ANNA GAVALDA

LA
CONSOLANTE

Cette édition de *La Consolante*
est publiée par Succès du Livre Éditions
avec l'aimable autorisation de Le Dilettante

© Le Dilettante, 2008

ISBN 13 : 978-2-73822-348-7

*Aussi égoïste et illusoire
que cela puisse paraître,
ce livre, Charles,
est pour vous.*

Il se tenait toujours à l'écart. Là-bas, loin des grilles, hors de notre portée. Le regard fiévreux et les bras croisés. Plus que croisés même, refermés, crochetés. Comme s'il avait eu froid ou mal au ventre. Comme s'il s'agrippait à lui-même pour ne pas tomber.

Nous bravait tous mais ne regardait personne. Cherchait la silhouette d'un seul petit garçon en tenant fermement un sachet en papier contre son cœur.

C'était un pain au chocolat, je le savais bien, et me demandais à chaque fois s'il n'était pas tout écrasé, à force...

Oui, c'était à cela qu'il se retenait, à la cloche, à leur mépris, au détour par la boulangerie et à toutes ces petites taches de gras à son revers comme autant de médailles, inespérées.

Inespérées...

Mais... Comment pouvais-je le savoir à l'époque ?

À l'époque, il me faisait peur. Ses chaussures étaient trop pointues, ses ongles trop longs et son index trop jaune. Et ses lèvres trop rouges. Et son manteau trop court et bien trop serré.

Et le tour de ses yeux trop sombre. Et sa voix trop bizarre.

Quand il nous apercevait enfin, souriait en ouvrant les bras. Se penchait en silence, touchait ses cheveux, ses épaules, son visage. Et, pendant que ma mère m'amarrait fermement à elle, je recomptais, fasciné, toutes ses bagues sur les joues de mon ami.

Il en avait une à chaque doigt. De vraies bagues, belles, précieuses, comme celles de mes grands-mères... C'était toujours à ce moment-là qu'elle se détournait horrifiée et que moi, je lâchais sa main.

Alexis, lui, non. Ne se dérobait jamais. Lui tendait son cartable et mangeait son goûter de l'autre, la vacante, en s'éloignant vers la place du Marché.

Alexis, avec son extraterrestre en talonnettes, son monstre de foire, son bouffon des primaires, se sentait plus en sécurité que moi, et était mieux aimé.

Croyais-je.

Un jour quand même, je le lui avais demandé :

— Mais, euh, c'est... c'est un monsieur ou une dame?

— De qui?

— De... le... la... celui qui vient te chercher le soir?

Il avait haussé les épaules.

Un monsieur bien sûr. Mais qu'il appelait sa nounou.

Et elle, sa nounou, elle avait promis par exemple de lui rapporter des osselets en or et il me les échangerait contre cette bille-là, si je voulais, ou, tiens... elle est en retard, ma nounou aujourd'hui... J'espère qu'elle n'a pas perdu ses clefs... Parce qu'elle perd toujours tout, tu sais... Elle dit souvent qu'un jour, elle oubliera sa tête chez la coiffeuse ou dans une cabine du Prisunic et après elle rit, elle dit que heureusement, elle a des jambes!

Mais un monsieur, tu vois bien.

Quelle question...

Je n'arrive pas à me souvenir de son nom. C'était quelque chose d'extraordinaire pourtant...

Un nom de music-hall, de velours lâche et de tabac froid. Un nom comme Gigi

Lamor ou Gino Cherubini ou Rubis Dolorosa ou…

Je ne sais plus et j'enrage de ne plus savoir. Je suis dans un avion pour le bout du monde, je dois dormir, il faut que je dorme. J'ai pris des médicaments pour ça. Je n'ai pas le choix, je vais crever sinon. Je n'ai pas fermé l'œil depuis tellement long… et je…

Je vais crever.

Mais rien n'y fait. Ni la chimie, ni le chagrin, ni l'épuisement. À plus de trente mille pieds, si haut dans le vide, je lutte encore comme un imbécile à tisonner des souvenirs mal éteints. Et plus je souffle plus les yeux me piquent, et moins j'y vois, plus bas je m'agenouille encore.

Ma voisine m'a déjà demandé à deux reprises d'éteindre ma veilleuse. Pardon, mais non. C'était il y a quarante ans, madame… Quarante ans, vous comprenez? J'ai besoin de lumière pour retrouver le nom de ce vieux travelo. Ce nom génial que j'ai oublié évidemment, puisque je l'appelais Nounou moi aussi. Et que j'adorais, moi aussi. Parce que c'était comme ça chez eux : on adorait.

Nounou qui était apparu dans leur vie en ruine, un soir d'hôpital.

Nounou qui nous avait gâtés, pourris, nourris, gavés, consolés, épouillés, hypnotisés pour de vrai, envoûtés et désenvoûtés mille fois. Touché les paumes, tiré les cartes, promis des vies de sultans, de rois, de nababs, des vies d'ambre et de saphirs, de poses alanguies et d'amours exquises, et Nounou qui en était sorti un matin de façon dramatique.

Dramatique comme il se doit. Comme il se le devait. Comme tout se devait avec eux.

Mais je... Plus tard. Je le dirai plus tard. Là, je n'ai pas la force. Et puis je n'ai pas envie. Je ne veux pas les reperdre maintenant. Rester encore un peu sur le dos de mon éléphant en Formica, avec mon coutelas de cuisine fiché dans mon pagne, ses chaînes, ses fards et tous ses turbans de l'Alhambra.

J'ai besoin de sommeil et j'ai besoin de ma loupiote. J'ai besoin de tout ce que j'ai perdu en cours de route. De tout ce qu'ils m'ont donné, et repris.

Et puis gâché aussi...

Parce que, oui, c'était comme ça dans leur monde. C'était ça, leur loi, leur Credo, leur vie de mécréants. On adorait, on se cognait, on pleurait, on dansait toute la nuit et tout s'embrasait.

Tout.

Il ne devait rien rester. Rien. Jamais. Nada. Des bouches amères, plissées, cassées, tordues, des lits, de la cendre, des visages défaits, des heures à pleurer, des années et des années de solitude, mais pas de souvenirs. Surtout pas. Les souvenirs, c'était pour les autres.

Les frileux. Les comptables.

« Les plus belles fêtes, vous le verrez mes bichons, sont oubliées au matin, disait-il, les plus belles fêtes, c'est *pendant* la fête. Le matin, ça n'existe pas. Le matin, c'est quand on prend le premier métro en se faisant de nouveau agresser. »

Et elle. Elle. Elle parlait tout le temps de la mort. Tout le temps… Pour la défier, pour la crever, cette salope. Parce qu'elle le savait, qu'on allait tous y passer, c'était sa vie de le savoir, et c'était pour ça qu'il fallait se toucher, s'aimer, boire, mordre, jouir et tout oublier.

« Mettez le feu, les gosses. Mettez-moi le feu à tout ça. »

C'est sa voix et je… je l'entends encore.

Des sauvages.

***

Il ne peut pas éteindre. Ni fermer les yeux. Il va devenir, non, il *est* en train de devenir fou. Il le sait. Se surprend dans le noir du hublot et…

– Monsieur… Ça va ?

Une hôtesse lui touche l'épaule.

Pourquoi m'avez-vous abandonné ?

– Ça ne va pas ?

Il voudrait lui répondre que si, que tout va bien, merci, mais il ne peut pas : il pleure.

Enfin.

- | -

1

Début de l'hiver. Un samedi matin. Aéroport Paris-Charles-de-Gaulle, terminal 2E.

Soleil laiteux, odeur de kérosène, fatigue immense.

– Vous n'avez pas de valise? me demande le chauffeur de taxi en touchant son coffre.

– Si.

– Elle est bien cachée, alors!

Il se marre, je me retourne :

– Oh, non... je... Le tapis... J'ai oublié de...

– Allez-y! Je vous attends!

– Non. Tant pis. Je n'ai plus la force, là… je… tant pis…

Il ne se marre plus.

– Hé! Vous n'allez pas la laisser quand même?

– Je la récupérerai un autre jour… Je reviens après-demain de toute façon… C'est comme si j'habitais là, je… Non… Allons-y… ça m'est égal. Je ne veux pas y retourner maintenant.

« Hé, toi, clap, clap, *mon Dieu, oui toi, je viendrai jusqu'à toi à… cheval!*

Oh yé, oui, à cheval!

Hé, toi, clap, clap, *mon Dieu, oui toi, je viendrai jusqu'à toi en… bicyclette!*

Oh yé, oui, en bicyclette!»

Ça swingue pas mal dans la 407 de Claudy A'Bguahana n° 3786. (Sa licence est scotchée sur le dossier.)

« Hé, toi, clap, clap, *mon Dieu, oui toi, je viendrai jusqu'à toi en… montgolfière!*

Oh yé, oui, en montgolfière!»

Il m'interpelle dans le rétro :

– Ça ne vous dérange pas les chants sacrés, au moins?

Je souris.

« Hé, toi, clap, clap, *mon Dieu, oui toi, je viendrai jusqu'à toi en… fusée à réaction!»*

Avec des cantiques pareils, nous aurions tous perdu la foi un peu moins tôt, non?

Oh, yé!

Oh, si…

– Non, non, ça va. Merci. C'est parfait.

– Vous arrivez d'où?

– Russie.

– Oh, là! Il fait froid là-bas, non?

– Très.

Entre brebis du même troupeau, j'aurais souhaité *ardemment* être plus fraternel, mais… Et là, je bats ma coulpe, oui ça je sais faire, je bats ma coulpe à réaction, je ne peux pas.

Et c'est ma très grande faute.

Je suis trop décalé, trop épuisé, trop sale et trop desséché pour entrer en communion.

Une bretelle d'autoroute plus loin :

– Est-ce que Dieu est dans votre vie, là?

Putain. Jésus. Et il fallait que ça tombe sur moi…

– Non.

– Vous savez quoi? Je l'ai tout de suite vu. Un homme qui laisse sa valise, comme ça, je me suis dit : Dieu n'est pas là.

Il me le répète en frappant son volant.

– Dieu-n'est-pas-là.

– Hé non… me confessé-je.

– Et pourtant si! Il est là! Il est partout! Il nous montre le che…

– Non, non, je l'interromps, d'où je reviens, d'où j'arrive, là… Il n'y est pas. Je vous assure.

– Et pourquoi alors?

– La misère…

– Mais Dieu *est* dans la misère! Dieu fait des miracles, vous savez?

Coup d'œil au compteur, 90, impossible d'ouvrir ma portière, donc.

– Moi, par exemple… Avant j'étais… J'étais rien! Il s'énervait. Je buvais! Je jouais! Je couchais avec beaucoup de femmes! Je n'étais pas un homme, vous voyez… Je n'étais rien! Et le Seigneur m'a pris. Le Seigneur m'a cueilli comme une petite fleur et Il m'a dit : «Claudy, tu…»

Je ne saurai jamais ce que le Vieux lui a pipoté, je m'étais assoupi.

Nous étions devant la porte de mon immeuble quand il m'a pressé le genou.

Sur le verso de la facture, avait écrit les coordonnées du paradis : *Église d'Aubervilliers. 46-48 rue Saint-Denis. 10h-13h.*

– Il faut venir ce dimanche présente-
ment, hein ? Il faut se dire : Si je suis
monté dans cette voiture-là, alors ce
n'était pas par hasard parce que le
hasard… (yeux immenses), ça n'existe
pas.

La vitre du siège passager était baissée,
je m'inclinai pour saluer mon berger :
– Mais alors… euh… Vous… vous ne
couchez plus du tout… euh… avec
aucune femme ?
Grand sourire.
– Seulement avec celles que le
Seigneur m'envoie…
– Et comment vous les reconnaissez ?
Très grand sourire.
– Ce sont les plus belles…

***

On nous a tout appris de travers,
méditai-je en poussant la porte cochère,
moi, le seul moment où j'étais sincère, je
me souviens, c'est quand je répétais « Je
ne suis pas digne de te recevoir ».
Là, oui. Là, j'y croyais vraiment.
Et *toi, clap, clap* en gravissant, *oui toi,*
mes quatre étages, je réalisais avec
horreur que j'avais cette putain de

rengaine dans la tête, *en taxi, oui en taxi.*

Oh, yé.

La barre de sûreté était mise et ces dix centimètres au bout desquels mon foyer me résistait me mirent hors de moi. Je venais de trop loin, j'en avais trop vu, l'avion avait pris trop de retard et Dieu était trop délicat. Je pétai un câble.

– C'est moi ! Ouvrez !

Je hurlais en cognant le battant :

– Mais ouvrez bon sang !

La truffe de Snoopy apparut dans l'interstice.

– Hé, c'est bon… On se calme, là… On se calme…

Mathilde tira le loquet, s'effaça et me tournait déjà le dos lorsque je franchis le seuil.

– Bonjour ! dis-je.

Elle se contenta de lever le bras en agitant mollement quelques doigts.

Enjoy prônait le dos de son tee-shirt. Ben voyons. L'espace d'un instant, je songeai à l'attraper par les cheveux et à lui briser la nuque pour la forcer à se retourner et lui répéter, droit dans les yeux, ces deux petites syllabes tellement désuètes : Bon-jour. Et puis, oh… J'ai laissé tomber. La porte de sa chambre avait déjà claqué de toute façon.

J'étais absent depuis une semaine, je repartais le surlendemain et que… quelle importance, tout ça…

Hein ? Quelle importance ? Je ne faisais que passer, n'est-ce pas ?

Je pénétrai dans la chambre de Laurence qui était aussi la mienne je crois. Le lit était impeccablement fait, la couette lisse, les oreillers gonflés, ventrus, hautains. Tristes. Je longeai les murs et posai le bout de mes fesses sur le bord du sommier pour ne rien froisser.

Je regardai mes chaussures. Assez longtemps. Je regardai par la fenêtre. Les toits par-dessus bord et le Val-de-Grâce au loin. Et puis ses vêtements sur le dossier du fauteuil…

Ses livres, sa bouteille d'eau, son carnet, ses lunettes, ses boucles d'oreilles… Tout cela devait bien signifier quelque chose, mais je ne voyais plus tellement quoi. Je… je ne comprenais plus.

Je tripotai l'un des tubes de granules posé sur la table de nuit.

Nux Vomica 9CH, troubles du sommeil.

Oui, ce devait être ça, cet endroit à présent, grinçai-je en me relevant.

Nux Vomica.

C'était pareil et c'était pire à chaque fois. Je n'y étais plus. Les berges s'éloignaient, je…

Allons, cesse, me fustigeai-je. Tu es fatigué et tu moulines n'importe quoi. Arrête.

L'eau était brûlante. Bouche ouverte, paupières closes, j'attendais qu'elle me débarrasse de toutes ces mauvaises écailles. Du froid, de la neige, du manque de lumière, des heures d'embouteillages, de mes interminables discussions avec ce connard de Pavlovitch, de ces batailles perdues d'avance et de tous ces regards qui me hantaient encore.

De ce type qui m'avait balancé son casque dans la figure la veille. De ces mots que je ne comprenais pas mais que je devinais sans peine. De ce chantier, qui me dépassait… À tous points de vue…

Mais qu'est-ce que j'avais été me fourrer là-dedans, vraiment? Et maintenant! Je ne retrouvais même plus mon rasoir au milieu de tous ces produits de beauté! Peau d'orange, règles douloureuses, touche d'éclat, ventre ferme, séborrhée grasse, cheveux cassants.

Mais à quoi ça rimait tout ce bordel! À quoi ça rimait?

Et pour quelles caresses?

Je me coupai et balançai tous ces machins à la poubelle.

– Tu sais… Je crois que je vais te faire un café, non?

Mathilde, bras croisés, se tenait à moitié déhanchée contre le montant de la porte de notre salle de bains.

– Bonne idée.

Elle fixait le sol.

– Oui… euh… J'ai fait tomber deux-trois trucs, là… Je vais… t'inquiète…

– Oh, non. Je ne m'inquiète pas. Tu nous fais le coup à chaque fois.

– Ah?

Elle secoua la tête.

– Bonne semaine? reprit-elle.

– …

– Allez! Un café.

Mathilde… Petite fille que j'avais eu tant de mal à apprivoiser… Tant de mal… Comme elle avait grandi, mon Dieu.

Heureusement qu'il nous restait Snoopy…

– Ça va mieux, là?

– Oui, fis-je en soufflant sur ma tasse, merci. J'ai l'impression d'atterrir enfin... Tu n'as pas cours?

– Hon hon...

– Laurence travaille toute la journée?

– Oui. Elle nous rejoindra chez Mamie... Oh, nooon... Me dis pas que t'as oublié... Tu sais bien que c'est son anniv' ce soir...

J'avais oublié. Non pas que c'était l'anniversaire de Laurence le lendemain, mais que nous nous préparions encore à une sympathique petite soirée. Un vrai repas de famille comme je les aimais. Tout ce dont j'avais besoin, vraiment.

– Je n'ai pas de cadeau.

– Je sais... C'est pour ça que je ne suis pas allée dormir chez Léa. Je savais que t'aurais besoin de moi...

L'adolescence... Quel yoyo épuisant.

– Tu sais Mathilde, tu as une façon de souffler le chaud et le froid qui m'étonnera toujours...

Je m'étais levé pour me resservir.

– Au moins j'étonne quelqu'un...

– Allez... lui répondis-je en lui passant la main dans le dos, enjoyons.

Elle s'était cabrée. Légèrement.

Comme sa maman.

26

Nous avions décidé d'y aller à pied. Au bout de quelques rues silencieuses, chacune de mes questions semblant l'accabler plus encore que la précédente, elle tripota son iPod et enquilla ses écouteurs.

Bon, bon, bon... Je crois que je devrais prendre un chien, non? Quelqu'un qui m'aimerait et me ferait la fête quand je rentrerais de voyage... Même empaillé, hein? Avec de grands yeux doux et un petit mécanisme qui lui remuerait la queue quand je toucherais sa tête.

Oh... Je l'aime déjà...

– Tu fais la gueule, là?

À cause de son machin, avait prononcé ces mots plus fort que de raison et ma voisine de clous s'était retournée.

Elle soupira, ferma les yeux, soupira de nouveau, ôta son écouteur gauche et l'enfonça dans mon oreille droite :

– Allez... Je vais te mettre un truc de ton âge, ça va te requinquer...

Et là, dans le bruit et les embouteillages, au bout d'un fil très court qui me retenait encore à une enfance très éloignée, quelques accords de guitare.

Quelques notes et la voix parfaite, rauque et un peu traînante, de Leonard Cohen.

*Suzanne takes you down to her place
near the river
You can hear the boats go by
You can spend the night beside her
And you know that she's half crazy...*
– Ça va mieux?
But that's why you want to be there.
Je hochai la tête, en petit garçon capricieux.

– Super.
Elle était contente.

Le printemps était encore loin mais le soleil procédait à quelques échauffements en s'étirant paresseusement sur le dôme du Panthéon. Ma-fille-qui-n'était-pas-ma-fille-mais-qui-n'était-pas-moins-non-plus me donnait le bras pour ne pas perdre le son et nous étions à Paris, plus belle ville du monde, j'avais fini par l'admettre à force de la quitter.

Déambulions dans ce quartier que j'aimais tant, tournant le dos aux Grands Hommes, nous deux, petits mortels qui n'étonnions personne, dans la foule tranquille des week-ends. Apaisés, gardes baissées, et au même rythme for *he's touched* our perfect bodies *with his mind.*

– C'est dingue, secouai-je la tête, et ça marche encore ce truc-là ?

– Hé ouais…

– Je devais déjà la fredonner dans cette même rue, il y a plus de trente ans… Tu vois, cette boutique, là…

Du menton, je lui désignai la devanture de chez Dubois, le magasin de couleurs de la rue Soufflot.

– Si tu savais le nombre d'heures que j'ai passées à saliver devant leur vitrine… Tout me faisait rêver. Tout. Leurs papiers, leurs plumes, leurs tubes de Rembrandt… Un jour, même, j'ai vu Prouvé en sortir. Jean Prouvé, tu te rends compte ! Eh bien, ce jour-là, je devais déjà être en train de me dandiner en murmurant que Jésus *was a sailor* et tout le bazar, c'est sûr… Prouvé… quand j'y repense…

– C'est qui ?

– Un génie. Même pas d'ailleurs. Un inventeur… Un artisan… Un type incroyable… Je te montrerai des livres… Mais euh… pour en revenir à notre gai luron, là… Moi, ma préférée, c'était *Famous Blue Raincoat*, tu ne l'as pas celle-ci ?

– Non.

– Ah ! Mais qu'est-ce qu'on vous

29

apprend à l'école enfin ? J'étais fou avec cette chanson, moi ! Fou ! Je crois même que j'avais bousillé ma cassette à force de revenir en arrière...

– Pourquoi ?

– Oh, je ne sais plus... Il faudrait que je la réécoute, mais dans mon souvenir, c'était l'histoire d'un type qui écrivait à l'un de ses amis... Un mec qui lui avait piqué sa femme autrefois, et il lui disait qu'il croyait qu'il lui avait pardonné... Il y avait une histoire de mèche de cheveux, je me souviens et... oh... pour moi qui n'arrivais pas à lever la moindre fille, grand dadais que j'étais, gauche et tellement ténébreux que c'en était pathétique, je trouvais cette histoire hyper, *hyper* sexy. Enfin... écrite pour moi, quoi...

Je riais.

– Je vais même te dire... J'avais tanné mon père pour qu'il me donne son vieux Burberry, l'avais teint en bleu et ça avait complètement foiré. Le truc était devenu caca d'oie. D'un moche ! tu ne peux même pas imaginer...

Elle riait.

– Et tu crois que ça m'aurait arrêté ? Que nenni. Je me sanglais là-dedans, col relevé, martingale défaite, les poings dans mes poches crevées et j'avançais...

Je lui mimais le ringard que j'étais. Peter Sellers dans ses meilleurs jours.

— ... à grandes enjambées, fendant la foule, mystérieux, insaisissable, prenant grand soin d'ignorer tous ces regards qui ne me regardaient même pas. Ah! il devait bien se marrer le père Cohen depuis son promontoire chez les grands maîtres zen, c'est moi qui te le dis!

— Et qu'est-ce qu'il est devenu?

— Ben... Il n'est pas mort que je sache...

— Nan, mais l'imper...

— Oh, là! Envolé... Avec tout le reste... Mais tu demanderas à Claire ce soir si elle s'en souvient.

— Oui... Et je la téléchargerai...

Je me renfrognai.

— Eh, c'est bon, là! On va pas *encore* se prendre la tête avec ça... Il en a gagné assez, des sous...

— Ce n'est pas une question d'argent, tu le sais bien... C'est plus grave que ça. C'est...

— Stop. Je sais. Tu me l'as déjà dit mille fois. C'est que le jour où y aura plus d'artistes, on sera tous morts et gnagna et tout ça.

— Exactement. On sera encore vivants mais on sera tous morts. Ben tiens, justement...

Nous étions devant chez Gibert.

– Entre. Je te l'offre, mon beau paletot verdâtre…

Je sourcillai devant la caisse. Trois autres CD étaient miraculeusement apparus sur le comptoir.

– Hé! fit-elle fataliste, ceux-là aussi j'avais l'intention de les télécharger…

Je payai et elle ripa contre ma joue. Vite fait.

De nouveau dans le flot du boulevard Saint-Michel, je m'enhardissais :

– Mathilde?

– Yes.

– Est-ce que je peux te poser une question délicate?

– Non.

Et quelques mètres plus loin, tandis qu'elle se couvrait le visage :

– Je t'écoute.

– Pourquoi c'est devenu comme ça entre nous? Tellement…

Silence.

– Tellement quoi? demanda sa capuche.

– Je ne sais pas… prévisible… monnayable… Je sors ma carte bleue et j'ai droit à un geste tendre. Enfin, tendre… Un geste, quoi… Que… combien c'est un baiser de toi, déjà?

J'ouvris mon portefeuille et vérifiai le reçu.

– Cinquante-cinq euros et soixante centimes. Bon…

Silence.

Le jetai dans le caniveau.

– Là encore, ce n'est pas une question d'argent, ça m'a fait plaisir de te les offrir, mais… j'aurais tellement préféré que tu me dises bonjour tout à l'heure quand je suis rentré, je… tellement…

– Je *t'ai* dit bonjour.

Je tirai sur sa manche pour qu'elle me regarde puis levai la main et lui mimai ses doigts lâches. Ou la lâcheté de ses doigts plutôt.

D'un geste brusque, elle reprit son bras.

– Ce n'est pas seulement avec moi d'ailleurs, continuai-je, je sais que c'est pareil avec ta mère… À chaque fois que je l'appelle, alors que je suis si loin et que j'aurais besoin de… Elle ne me parle que de ça. De ton attitude. De vos prises de bec. De cette espèce de chantage permanent… Un peu de douceur contre un peu de cash… Tout le temps. Tout le temps. Et…

Je m'immobilisai en la retenant de nouveau.

– Réponds-moi. Pourquoi c'est devenu comme ça entre nous ? Qu'est-ce qu'on a fait ? Qu'est-ce qu'on *t'a* fait pour mériter, ça ? Je sais… On va dire que c'est l'adolescence, l'âge ingrat, le tunnel et toutes ces conneries, mais toi… Toi, Mathilde. Je croyais que tu étais plus intelligente que les autres… Je croyais que ça ne prendrait pas sur toi. Que tu étais bien trop futée pour entrer dans leurs statistiques…

– Eh ben tu t'es trompé.

– Je vois ça…

« Que j'avais eu tant de mal à apprivoiser… » Pourquoi ce plus-que-parfait débile au-dessus de ma tasse tout à l'heure ? Parce qu'elle s'était donné l'immense peine d'enfoncer une capsule dans la machine et d'appuyer sur le petit bouton vert ?

Hé… Je suis un peu obtus, moi aussi…

Mais non, pourtant…

Elle avait quoi… sept, huit ans peut-être, et venait d'échouer à une finale de concours… Je la revois jeter sa bombe dans le fossé, baisser la tête et me foncer

34

dedans sans crier gare. Whouf. Le coup du bélier. J'avais même dû me retenir à un poteau pour ne pas tomber.

Ému, sonné, le souffle court et les mains tout empêtrées, j'avais fini par rabattre les pans de mon manteau sur elle pendant qu'elle me fichait des larmes, de la morve et du crottin plein la chemise en me sanglant de toutes ses forces.

Est-ce que l'on peut appeler ce geste «prendre quelqu'un dans ses bras»? Oui, décidai-je, oui. Et c'était la première fois.

La première fois... et quand je dis huit ans, je me trompe sûrement. Je suis nul pour les âges. Peut-être était-ce plus tard encore... Bon Dieu, ça en avait pris des années, hein?

Mais elle y était, là, elle y était. Elle tenait tout entière sous ma doublure et j'en profitai longtemps, les pieds gelés et les jambes douloureuses, bientôt scellées dans cette putain de carrière normande, à la cacher du monde et à sourire bêtement.

Plus tard, dans la voiture, alors qu'elle était roulée en boule à l'arrière :

– Comment il s'appelait, ton poney, déjà? Pistache?

Pas de réponse.
– Caramel?
Dans l'eau.
– Ah, ça y est, je me souviens! Chouquette!
– ...
– Hé? Qu'est-ce que tu pouvais espérer d'un poney moche et con, et qui s'appelait Chouquette en plus... Hein? Franchement? C'était bien la première et la dernière fois qu'il allait jusqu'en finale, le gros Chouquette, c'est moi qui te le dis!

J'étais mauvais. J'en faisais des tonnes et n'étais même pas sûr du nom. En y repensant bien, je crois que c'était Cacahuète...

Bon, de toute façon elle s'était retournée.

Je remis le rétro d'aplomb en serrant les dents.

Nous nous étions levés à l'aube. J'étais épuisé, j'avais froid, j'étais charrette et devais repasser à l'agence le soir même pour une énième nuit blanche. Et puis j'avais toujours eu peur des chevaux. Même les petits. Surtout les petits... Aïe aïe aïe... tout cela pesait bien lourd dans les embouteillages. Bien lourd... Et pendant que j'en étais là, à moudre mon mauvais grain, énervé, tendu, prêt à rompre, soudain ces mots :

– Quelquefois, je voudrais que ça soit toi mon père...

Je n'avais rien répondu de peur de tout gâcher. Je ne suis pas ton père, ou je suis comme ton père, ou je suis mieux que ton père, ou non, je veux dire, je suis... Pff... Mon silence, me sembla-t-il, saurait dire tout cela bien mieux que moi.

Mais aujourd'hui... Aujourd'hui que la vie était devenue si... Si quoi ? Si laborieuse, si *inflammable* dans nos cent dix mètres carrés. Aujourd'hui que nous ne faisions presque plus l'amour, Laurence et moi, aujourd'hui que je perdais une illusion par jour, et une année de vie par jour de chantier, que je parlais à Snoopy dans le vide et étais obligé de composer mon code pour être aimé, je regrettais ces feux de détresse...

J'aurais dû les mettre, bien sûr.

J'aurais dû me rabattre sur cette bande d'arrêt d'urgence comme ils le disent si bien, sortir dans la nuit, ouvrir sa portière, la tirer par les pieds et l'étouffer à mon tour.

Qu'est-ce que ça m'aurait coûté ? Rien.

Rien, puisque je n'aurais pas eu davantage de mots à prononcer... Enfin... C'est ainsi que je l'imagine, cette scène ratée : efficace et muette. Parce que les mots, bon sang, les mots... Je n'ai jamais su m'y prendre avec eux. Je ne l'ai jamais eue, la panoplie...

Jamais.

Et maintenant que je me tourne vers elle, là, devant les grilles de l'École de médecine, et que j'aperçois son visage, dur, contracté, laid presque, à cause d'une seule petite question, moi qui n'en pose jamais, je me dis que j'aurais mieux fait de la fermer encore une fois.

Elle marchait devant, à grandes enjambées, tête baissée.

— Etvousuroiestieux ? l'entendis-je baragouiner.

— Pardon ?

Volte-face.

— Et vous ? Tu crois que c'est mieux ?

Enrageait.

— Tu crois que c'est mieux, vous ? Hein ? Tu crois que c'est mieux ? Parce que vous l'êtes pas, prévisibles, vous ?

— Qui ça, nous ?

— Qui ça, qui ça... Ben vous ! Vous ! Maman et toi ! Je te demande, moi, dans quelle statistique vous êtes tombés tous les deux? Celle des couples tout pourris, là, qui...

Silence.

– Qui quoi? m'aventurai-je comme un con.

– Tu sais bien... murmura-t-elle.

Oui, je le savais. Et c'est la raison pour laquelle nous nous sommes tus jusqu'au bout.

J'enviais ses écouteurs à présent, moi qui n'avais que mon propre tumulte à me farcir.

Mes larsens et mon raincoat tout mité.

Arrivés rue de Sèvres, en face de ce gros magasin dédaigneux qui me décourageait déjà, j'obliquai vers un troquet.

– Tu permets? J'ai besoin d'un café avant la bataille...

Elle me suivit en grimaçant.

Je me brûlai les lèvres tandis qu'elle bidouillait de nouveau son bazar.

– Charles?

– Oui.

– Tu veux bien me dire ce qu'il chante, là... Parce que je comprends des trucs mais pas tout...

– Pas de problème.

Et nous nous partageâmes de nouveau le son. À elle, le dolby, à moi, la stéréo. Une oreille chacun.

Mais les premiers accords de piano furent vite noyés sous le bruit du percolateur.

– Attends...

M'entraîna vers l'autre extrémité du comptoir.

– T'es prêt ?

J'acquiesçai.

Une autre voix d'homme. Plus chaude.

Et je commençai ma traduction simultanée :

– *Si tu étais la route, j'irais...* Attends... Parce que ça peut être la route *ou* le chemin, ça dépend du contexte... Tu veux de la poésie ou du mot à mot ?

– Oh... gémit-elle en coupant le son, tu fais tout foirer... Je veux pas un cours d'anglais, je veux juste que tu me racontes ce qu'il dit !

– Bon, m'impatientai-je, fais-la-moi écouter une première fois tout seul et après je te dirai.

Je lui pris ses bidules et me couvris les oreilles des deux mains pendant qu'elle me regardait du coin de l'œil, fébrile.

J'étais sonné. Plus que je ne l'aurais imaginé. Plus que je ne l'aurais souhaité. Je… J'étais sonné.

Putain de chansons d'amour… Toujours aussi sournoises… À nous faire courber l'échine en moins de quatre minutes. Putain de banderilles dans nos cœurs à statistiques.

Lui rendis son oreillette en expirant.

— C'est bien, hein?

— C'est qui?

— Neil Hannon. Un chanteur irlandais… Bon, on y va, cette fois?

— On y va.

— Et tu t'arrêtes pas, hein?

— *Don't worry sweetie, it's gonna be all right*, la mâchouillai-je à la cow-boy.

Elle souriait de nouveau. Bien joué, Charly, bien joué…

Et je repris mon chemin là où je l'avais laissé puisque c'était bien un chemin dont il s'agissait, pas de doute.

— *Si tu étais le chemin, je te suivrais jusqu'au bout… Si tu étais la nuit, je dormirais tout le jour… Si tu étais le jour, je pleurerais toute la nuit…* Elle me collait à présent pour ne pas en perdre une miette… *Parce que tu es le chemin, la vérité et la lumière.*

Si tu étais un arbre, je pourrais mettre mes bras autour de toi... et... tu... tu ne pourrais pas te plaindre. Si tu étais un arbre... je pourrais graver mes initiales sur ton flanc et tu ne pourrais pas gémir parce que les arbres, ça ne gémit pas... (là, je prenais un peu de liberté, «'Cos trees don't cry», OK, bon, Neil, tu m'excuses, hein? j'ai une ado sous pression au bout du fil) *Si tu étais un homme, je... je t'aimerais quand même... Si tu étais une boisson, je boirais tout mon content de toi... Si tu étais attaquée, je tuerais pour toi... Si ton nom était Jack, je changerais le mien en Jill pour toi... Si tu étais un cheval, je nettoierais la merde de ton écurie sans jamais me plaindre... Si tu étais un cheval, je pourrais te chevaucher à travers les champs à l'aube et... tout le long du jour jusqu'à ce que le jour soit parti* (euh... pas le temps de fignoler)... *je pourrais te chanter dans mes chansons* (pas génial non plus)... (Elle s'en fichait bien et je sentais ses cheveux contre ma joue.) (Et son parfum aussi. Son Eau précieuse de jeune ado déchirée aux coudes.) *Si tu étais ma petite fille, j'aurais du mal à te laisser partir... Si tu étais ma sœur, je* euh... «find it doubly»... allez, au pif, *me senti-*

rais double. Si… si tu étais mon chien, je te nourrirais des restes directement de sur la table (sorry) *bien que ça fasse râler ma femme… Si tu étais mon chien* (et là, il se mettait à chanter crescendo), *je suis sûr que tu préférerais ça et alors tu serais mon loyal ami à quatre pattes et tu* (il hurlait presque) *n'aurais plus jamais besoin de penser, et…* (maintenant, il hurlait carrément, mais en triste) *et on serait ensemble jusqu'à la fin.* (Jusqu'à la *fiiiiiiiiiinnnnnnnnnn* en fait, mais l'on sentait que ce n'était pas gagné son affaire à lui non plus… Pas gagné du tout…)

Je lui rendis son bien en silence et commandai un second café dont je n'avais pas la moindre envie pour lui laisser le temps du générique. Le temps de se réhabituer à la lumière et de s'ébrouer un peu.

– J'adore cette chanson… soupira-t-elle.

– Pourquoi?

– J'sais pas. Parce que… Parce que les arbres, ça ne gémit pas.

– Tu es amoureuse? avançai-je en articulant sur des œufs.

Petite moue.

– Non, avoua-t-elle, non. Quand t'es amoureux, t'as pas besoin d'écouter ce genre de paroles, j'imagine…

Au bout de quelques minutes pendant lesquelles je grattais consciencieusement la mélasse au fond de ma tasse :
– Pour en revenir à ton truc, là…
Elle levait les yeux vers là-bas, vers ma question de tout à l'heure.
Je ne bronchai pas.
– Le tunnel et tout ça… Eh ben euh… Je crois que… on devrait en rester là en fait… Genre de pas être trop gourmands les uns avec les autres, tu vois ?
– Euh… pas exactement, non…
– Ben… toi tu peux compter sur moi pour t'aider à trouver un cadeau pour Maman et moi je peux compter sur toi pour me traduire les chansons que j'aime… et… Et voilà.
– C'est tout ? me révoltai-je gentiment, c'est *tout* ce que tu as à me proposer ?
Elle avait remis sa capuche.
– Oui. Pour l'instant, oui… Mais euh… c'est beaucoup en fait. C'est… ouais… c'est beaucoup.
Je la dévisageai.
– Pourquoi tu souris comme un crétin, là ?

– Parce que, répondis-je en lui tenant la porte, parce que si t'étais mon chien, je pourrais te filer les restes et tu serais enfin ma loyale friend.

– Ha, ha! Très malin.

Et pendant que nous guettions le flot des voitures, immobiles sur le bord du trottoir, elle leva la jambe et fit mine de me pisser sur le pantalon.

Elle avait été honnête avec moi et dans les escalators, je décidai de lui rendre la pareille :

– Tu sais Mathilde…

– Quoi? (sur le ton de quoi *encore*?)

– On est tous monnayables…

– Je sais, répondit-elle du tac au tac.

La certitude avec laquelle elle venait de me moucher me laissa rêveur. Il me semblait que nous étions plus généreux du temps de Suzanne…

Ou moins malins peut-être?

Elle s'éloigna d'une marche.

– Bon, hé, on arrête maintenant avec ces conversations lourdes de chez lourdes, d'ac?

– D'ac.

– Et qu'est-ce qu'on prend pour Maman alors?

– Ce que tu veux, répondis-je.

Une ombre passa.

– Moi, je l'ai déjà mon cadeau, fit-elle en serrant les dents, c'est *le tien*, là…

– Bien sûr, bien sûr, m'égayai-je laborieusement, laisse-moi le temps de chercher un peu, voyons…

Alors c'était cela, avoir quatorze ans aujourd'hui ? C'était être assez lucide pour savoir que tout se négociait en ce bas monde et en même temps assez naïve et tendre pour vouloir continuer de donner la main à deux adultes en même temps, et rester au milieu d'eux, bien au milieu, sans plus sautiller mais en les serrant fort, en les ferrant bien, pour les tenir *ensemble* malgré tout.

C'était beaucoup, non ?

Même avec de belles chansons, ça devait peser lourd…

Comment étais-je, moi, à son âge ? Complètement immature, j'imagine…

Je trébuchai en atteignant l'étage supérieur. Bah… aucune importance. Aucun intérêt. Aucun.

Je ne me souviens plus de rien de toute façon.

46

Allez, poulette, j'en ai déjà marre là, réalisai-je en me retenant à la rampe. On cherche, on trouve, on emballe et on se casse.

Un sac à main. Encore un... Le quinzième, j'imagine...

– Si cet article ne lui convenait pas, madame pourra toujours venir le changer, fayota la vendeuse.

Je sais, je sais. Merci. Madame change beaucoup. Et c'est la raison pour laquelle je ne me donne plus tant de mal, vous savez...

Mais je me tus et je payai, donc. Je payai.

À peine sortis du magasin, Mathilde s'était de nouveau évaporée et je restai là comme un con, devant un kiosque à journaux, à lire les gros titres sans les imprimer.

Est-ce que j'avais faim ? Non. Est-ce que j'avais envie de me promener ? Non. Est-ce que je ne ferais pas mieux d'aller me coucher ? Si. Mais non. Je ne me relèverais plus.

Est-ce que... Un type me bouscula pour attraper un magazine et c'est moi qui m'excusai.

Seul et sans imagination, dépareillé au milieu de la fourmilière, je levai le bras à l'attention d'un chauffeur de taxi et lui donnai l'adresse de mon bureau.

Je retournais travailler puisque c'était tout ce que je savais faire à présent. Voir les conneries qu'ils avaient faites ici pendant que j'étais parti vérifier celles qu'ils étaient en train de faire là-bas... C'était à peu près ça, mon métier, depuis quelques années... De grosses lézardes, un couteau ridicule et beaucoup d'enduit.

L'architecte prometteur était devenu petit maçon en prenant du galon. Il colmatait en anglais, ne dessinait plus, engrangeait des *miles* à gogo et s'endormait bercé par le doux ronron des guerres sur CNN dans des lits d'hôtel beaucoup trop grands pour lui...

Le temps s'était couvert, je posai mon front contre le frais de la vitre et comparai la couleur de la Seine à celle de la Moskova en tenant sur mes genoux un cadeau sans intérêt.

Est-ce que Dieu était là ?

C'était difficile à dire.

2

Ils sont venus, ils sont tous là.

On va les créditer par ordre d'apparition, ce sera plus simple.

Celui qui nous ouvre la porte en disant à Mathilde oh, mais comme elle a grandi, mais c'est que ça devient une femme à présent, c'est le mari de ma sœur aînée. J'en ai un autre, mais lui, c'est vraiment mon beau-frère préféré. Dis donc, t'as encore perdu des cheveux, toi, il ajoute en me décoiffant, t'as pensé à ramener de la vodka, cette fois? Hé, mais qu'est-ce tu fous chez les Ruskofs au juste? Tu danses le Kazatchok ou quoi?

Qu'est-ce que je vous disais... Il est bien, non? Il est parfait. Bon, allez, on le pousse un peu et le monsieur très droit qui prend nos manteaux, juste derrière, c'est mon papa, Henri Balanda. Lui par contre, il ne parle pas beaucoup. Il a renoncé. Là, il me prévient que j'ai du courrier en désignant la console à ma gauche. Je l'embrasse sans m'y attarder. Le courrier qui me trouve encore chez mes parents, ce sont toujours des hochets d'anciens combattants. Des réunions de promo, des relances d'abonnements à des journaux que je ne lis plus depuis vingt ans et des invitations à des colloques auxquels je ne me rends jamais.

Parfait, je lui réponds en cherchant déjà du regard la corbeille à papier qui n'en est pas une, me répétera ma mère en sourcillant tout à l'heure, puisque c'est un porte-parapluies je te le rappelle. Scénario bien huilé depuis le temps...

Ma mère que l'on aperçoit de dos justement, au fond du couloir, dans sa cuisine, ficelée dans son tablier à barder son rôti.

La voilà qui se retourne et embrasse Mathilde en lui disant mais que tu as grandi, tu es devenue une jeune fille à présent! J'attends mon tour en saluant mon autre sœur, pas la femme de Séraphin Lampion, celle du grand maigre assis là-bas. Lui, ce n'est pas le même genre. Directeur d'un magasin Champion en province mais qui comprend parfaitement les soucis et la politique économique de Bernard Arnault. Oui, le Bernard

Arnault du groupe LVMH. Une espèce de collègue à lui, si l'on veut. Parce qu'on fait un peu le même métier, vous comprenez et... J'arrête là. On en jouira mieux tout à l'heure.

Elle, elle s'appelle Edith et on l'entendra aussi. Elle parlera du poids des cartables et des réunions de parents d'élèves, mais vraiment, ajoutera-t-elle en refusant une seconde part de gâteau, c'est incroyable comme les gens s'investissent peu de nos jours. La kermesse de fin d'année par exemple, *qui* est venu me remplacer au stand de la pêche à la ligne, hein? Personne! Alors si les parents démissionnent, qu'est-ce qu'on peut exiger des gamins, je vous le demande? Bon, il ne faut pas lui en vouloir, son mari est le directeur du Champion alors qu'il avait la stature d'un hyper, il l'a prouvé, et la flaque de sciure du cours Saint-Joseph, c'est quand même son bout du monde à elle, donc, non, on ne lui en veut pas. C'est juste qu'elle nous fatigue et qu'elle devrait changer de disque de temps en temps. Et aussi de coiffure pendant qu'on y est... Suivons-la dans le salon où nous attend l'autre face : ma sœur Françoise. La numéro un. La madame Kazatchok pour ceux qui ne suivraient pas ou seraient restés à traîner en cuisine. Alors elle, elle change souvent de coiffure, mais est encore plus prévisible que sa cadette. D'ailleurs, il n'y a rien à en dire, il suffit de recopier sa première réplique : « Oh, Charles, mais tu as une mine épouvantable… Et puis tu… tu as grossi, non ? » Allez, la deuxième aussi, sinon on va me reprocher d'être partial : « Mais si ! Tu t'es empâté depuis la dernière fois, je t'assure ! Il faut dire que tu es toujours tellement mal fagoté aussi… »

Non, ne me plaignez pas, dans trois heures elles auront disparu de ma vie. Du moins jusqu'à Noël prochain, avec un peu de chance. Elles ne peuvent plus entrer dans ma chambre sans frapper à présent, et quand elles caftent, je suis déjà loin…

Et puis j'ai gardé la meilleure pour la fin. Celle que l'on ne voit pas mais qu'on entend rire à l'étage avec tous les ados de la maisonnée. Pistons-le, ce joli rire, et tant pis pour les noix de cajou…

***

– Nan, mais j'y crois pas ! me lance-t-elle en frottant le cuir chevelu de l'un de mes neveux, tu sais de quoi ils parlent, ces crétins?

Baisers au passage.

– Regarde-les, Charles. Regarde comme ils sont jeunes et beaux, tous… Regarde-moi ces belles dents! (soulève la lèvre supérieure de ce pauvre Hugo), mate un peu cette belle jeunesse! Tous ces milliards de kilos d'hormones qui débordent dans tous les sens! Et… et tu sais de quoi ils parlent?

– Non, fis-je, en me détendant enfin.

– De leurs gigas, putain… Ils sont tous en train de branler leurs bidules à zizique pour comparer leurs nombres de gigas… Consternant, non? Quand je pense que c'est ça qui doit payer nos retraites, pince-moi. Et après vous allez comparer vos forfaits de portable, j'imagine?

– C'est d'jà fait, ricana Mathilde.

– Hé, sérieux, vous me faites de la peine, les loulous… À votre âge, il faut mourir d'amour! Écrire des poèmes! Préparer la Révolution! Voler les riches! Sortir les sacs à dos! Partir! Changer le monde! Mais les gigas, là… Les gigas… Pff… Pourquoi pas vos plans d'épargne logement pendant qu'on y est?

– Et toi? demande l'ingénue Marion, tu parlais de quoi avec Charles quand t'avais notre âge?

Ma petite sœur se tourne vers moi.

– Ben nous... On était déjà couchés à cette heure-là, marmottai-je à mon tour, ou alors on faisait nos devoirs, n'est-ce pas?

– Absolument. Ou tu m'aidais à faire ma dissertation sur Voltaire peut-être?

– Fort probable. Ou alors nous nous avancions pour la semaine à venir... Et puis tu te souviens, on s'amusait à réciter des formules de géométrie par cœur...

– Mais oui! s'exclama leur tante adorée, ou des équati...

L'oreiller qu'elle venait de se prendre dans la figure l'empêcha de finir sa phrase.

Elle riposta aussitôt en hurlant. Un autre coussin gicla, puis une Converse, d'autres clameurs de guerre, une chaussette roulée en boule, un...

Claire me tira par la manche.

– Allez, viens. Maintenant qu'on a assuré l'ambiance ici, on va aller mettre le boxon en bas...

– Ça va être plus dur...

– Tatata... Suffit que je me colle à l'autre

taré en lui vantant les produits Casino et l'affaire est dans le sac…

Elle se retourne dans l'escalier et ajoute gravement :

— Parce qu'ils donnent encore des sacs chez Casino ! Alors que chez Champion, tu peux te gratter…

Elle pouffe.

C'est elle. C'est Claire. Et ça nous console des deux autres, pas vrai ? Enfin moi, ça m'a toujours consolé…

— Mais qu'est-ce que vous étiez encore en train de fabriquer là-haut, s'inquiète ma mère en triturant son tablier, pourquoi tous ces hurlements ?

Ma sœur se défend en lui montrant ses paumes :

— Hé, c'est pas moi, c'est Pythagore.

Entre-temps Laurence était arrivée. Était assise au bout du canapé et se cognait déjà le vaste plan de restructuration du rayon condiments.

Bon, d'accord, c'était sa soirée, son anniversaire et elle avait travaillé toute la journée mais… quand même… Nous ne nous étions pas vus depuis près d'une semaine… Est-ce qu'elle n'aurait pas pu me chercher? Se lever? Me sourire? Ou simplement me regarder peut-être?

Je me glissai derrière elle.

– Non, non, mais c'est une bonne idée de mettre les ketchups avec les sauces tomate, tu as raison...

Voilà ce que lui inspirait ma main sur son épaule.

Enjoy.

Alors que nous nous dirigions vers la salle à manger, elle me calcula enfin, comme ils disent à l'étage :

– Bon voyage?

– Excellent. Merci.

– Et tu m'as ramené un cadeau pour mes vingt ans? minauda-t-elle en s'agrippant à mon bras, un bijou de chez Fabergé, peut-être?

Décidément. C'est de famille...

– Des poupées russes, grognai-je, tu sais, une jolie femme, et plus tu t'y intéresses, plus tu la découvres petite...

– Tu dis ça pour moi? plaisanta-t-elle en s'éloignant.

Non. Pour moi.

Plaisanta-t-elle.
Plaisanta-t-elle en s'éloignant.
C'est à cause de ce genre d'incise que

j'étais tombé amoureux d'elle, il y a des années, alors que son pied remontait le long de ma jambe pendant que son mari m'expliquait ce qu'il attendait de mes services en jouant avec la bague de son cigare. Imprimant à cet innocent bout de papier un mouvement de va-et-vient que je jugeais… fort imprudent…

Oui… Parce qu'une autre aurait été plus prévisible, plus agressive. Tu dis ça pour moi ? aurait-elle persiflé ou grincé ou raillé ou mordu ou chiqué ou fusillé du regard ou n'importe quoi de moins cruel, mais pas elle. Non, pas elle. Pas la belle Laurence Vernes…

C'était l'hiver et je les avais retrouvés dans un restaurant cossu du VIIIe arrondissement. « Pour le café », avait-il précisé. Hé oui… pour le café… J'étais un fournisseur, pas un client.
Une mignardise, tout au plus.
Je me présentai enfin.
Essoufflé, débraillé, volumineux. Avec mon casque à la main et mes rouleaux sous le bras. Poursuivi par un garçon aussi épouvanté qu'obséquieux qui n'avait de cesse de me défaire de mes oripeaux en s'agitant dans mon sillon. Il

m'avait pris mon affreux blouson des mains et s'était éloigné en inspectant sa moquette pâle. Y traquant, j'imagine, des traces de cambouis, de boue, ou de quelque autre déjection probable.

La scène n'avait duré que quelques secondes mais elle m'avait enchanté.

J'en étais là donc, chafouin, goguenard, me débarrassant de ma longue écharpe et frissonnant une dernière fois quand mon regard croisa le sien par hasard.

Elle crut, ou sut, ou voulut que ce sourire fût pour elle, alors qu'il était pour l'absurdité d'une situation, pour la bêtise d'un monde, le sien, qui me nourrissait contre mon gré (il me semblait à l'époque, que de venir présenter un devis à un type qui avait fait fortune dans le cuir pour refaire son nouveau duplex « sans toucher au marbre » était une grande faute de goût de ma part... Mais les charges, mon Dieu les charges ! C'était Le Corbusier qu'on assassinait !) (j'ai changé depuis. J'en ai perdu des crans de ceinture dans des repas d'affaires, et amassé, des griefs commodes contre les Urssaf. Je me la coltine ma lucidité, je me la coltine. Avec le marbre...), contre mon gré, disais-je, et sans me convier, me priant de m'asseoir devant une nappe tachée pendant qu'un autre larbin virait les dernières miettes.

Mon mauvais esprit pour un sourire. Quiproquo donc.
Le premier.
Mais joli…
Joli et un peu pipé déjà, puisque son assurance, ses œillades, cette hardiesse flatteuse, je m'en rendis compte assez vite, hélas, nous les devions plus aux vertus de monsieur Taittinger qu'à mon improbable charme. Mais enfin… C'était bien son gros orteil que je sentais, là, dans le creux de mon genou, pendant que j'essayais de me concentrer sur ses desiderata à lui.
Me demandait des précisions sur leur chambre à coucher. «Quelque chose de spacieux et d'intime à la fois», ne cessait-il de répéter en se penchant sur mes cotes.

– N'est-ce pas, chérie? Nous sommes d'accord?
– Pardon?
– La chambre! souffla-t-il dans une volute excédée. Suis un peu, voyons…

Elle était d'accord. Seul son joli pied s'égarait.

Je l'ai aimée en connaissance de cause et vois mal comment je pourrais me plaindre aujourd'hui parce qu'elle s'éloigne en plaisantant...

C'est elle qui suivit le chantier. Nos rendez-vous se multiplièrent et, à mesure que les travaux avançaient, mes perspectives devinrent plus floues, ses poignées de main moins énergiques, les murs porteurs moins obsédants et les ouvriers de plus en plus encombrants.

Un soir enfin, et prétextant une vague histoire de parquet trop sombre, ou trop clair, elle ne savait plus, exigea que je la rejoigne dans l'heure.

Ainsi, nous fûmes les premiers à l'inaugurer, cette magnifique chambre... Sur une bâche de peintre, spacieuse et intime, au milieu des mégots et des pots de white-spirit...

Mais, après s'être rhabillée en silence, fit quelques pas, ouvrit une porte, la referma aussitôt, revint vers moi en lissant sa jupe et annonça simplement :

– Je ne vivrai jamais ici.

C'était dit sans arrogance cette fois,

sans amertume et sans agressivité. Elle ne vivrait jamais ici…

Nous éteignîmes les lumières et descendîmes les escaliers dans la pénombre.

« J'ai une petite fille, vous savez ? », me confia-t-elle entre deux étages, et, pendant que je toquais au carreau de la concierge pour lui rendre les clefs, ajouta tout bas, et pour elle seule :

« Une petite fille qui mérite mieux que ça, je crois… »

Ah ! Le plan de table ! C'est toujours le meilleur moment de la soirée, ça…

– Alors… Laurence… à ma droite, déclare mon vieux papa, puis vous, Guy, (la pauvre… Rayon frais, vol à la tire et chienlit de personnel droit devant…), toi, Mado, ensuite Claire, puis…

– Mais, non ! s'agace ma mère en lui arrachant son papier des mains. On avait dit Charles, là, et puis Françoise, ici… Ah, mais non, ça ne va pas… Il nous manque un homme maintenant…

Que serions-nous sans les plans de table ?

Claire me regardait. Elle le savait qu'il manquait un homme… Je lui souris et elle haussa les épaules d'un air crâne pour chasser cette tendresse de moi qu'elle n'aimait pas.

Nos regards valaient mieux que lui quand même…

Sans plus attendre, tira la chaise qui était devant elle, déplia sa serviette et interpella notre épicier préféré :

– Allez ! Viens par là, mon Guitou ! Viens t'asseoir à côté de moi pour me redire à quoi j'ai droit avec mes trois points de fidélité.

Ma mère soupira et rendit les armes :

– Oh… et puis mettez-vous comme vous voulez…

Quel talent, songeai-je.

Quel talent…

Mais l'intelligence de cette fille merveilleuse, capable de vous saboter un plan de table en deux secondes, de rendre supportable une réunion de famille, de secouer des gamins blasés sans les humilier, de se faire aimer d'une femme comme Laurence (inutile de préciser que la mayonnaise n'a jamais pris avec les deux autres, ce dont je me suis toujours réjoui par ailleurs…) et respecter de ses confrères, qu'on appelle la petite Vauban dans les cabinets feutrés de certains élus («Dossier assiégé par Balanda, dossier pris, dossier défendu par Balanda, dossier imprenable», ai-je lu un jour dans une revue d'urbanisme très sérieuse), tout cela, cette finesse, ce bon sens, s'arrêtait net aux abords du cœur.

L'homme qui nous manquait ce soir, et depuis des années maintenant, existait bien. Seulement il devait être en famille lui aussi. Auprès de sa femme, («chez Maman» comme elle disait, dans un sourire un peu trop jaune pour être honnête) et devant son rond de serviette.

Héroïque.

Et bien droit dans ses chaussons...

C'est qu'il avait même failli nous brouiller ce gros connard... «Non, Charles, tu ne peux pas dire ça... Il n'est pas gros...» Voilà le genre de réplique débile qu'elle me sortait du temps où je donquichotais encore et essayais de me battre contre ce moulin à paroles. Mais j'ai renoncé depuis, j'ai renoncé. Un homme, même mince, capable de dire posément, et sans ricaner, à une femme comme elle : «Sois patiente, je partirai quand mes filles seront grandes» ne vaut même pas le foin de la vieille Rossinante.

Qu'il crève.

« Mais pourquoi est-ce que tu restes avec lui ? », lui ai-je martelé sur tous les tons.

« Je ne sais pas. Parce qu'il ne veut pas de moi, j'imagine… »

Et c'est tout ce qu'elle trouve à plaider. Oui, elle… La nôtre… Notre jolie balise et la terreur du Palais…

Désespérante.

Mais j'ai renoncé… De fatigue et par honnêteté, moi qui suis incapable de balayer devant ma porte.

J'ai le bras trop court pour faire un bon procureur.

Et puis il y a des démissions qui grouillent là-dessous, des zones d'ombre et des terrains beaucoup trop glissants, même pour l'âme sœur d'un frère comme moi. Alors nous n'en parlons plus. Et elle débranche son portable. Et elle lève les épaules. Et c'est la vie. Et elle rit. Et elle se fade le champion de service pour penser à autre chose.

La suite ne se raconte pas. Trop vue, trop connue.

Le petit banquet. Le dîner du samedi soir chez des gens bien élevés où tout le monde joue sa partition avec vaillance. Le service du mariage, les affreux porte-couteaux en forme de basset, le verre qui tombe, le kilo de sel que l'on déverse sur la nappe, les débats sur les débats télévisés, les trente-cinq heures, la France qui fout le camp, les impôts que l'on paye et le radar que l'on n'avait pas vu venir, le méchant qui dit que les Arabes font trop d'enfants et la gentille qui rétorque qu'il ne faut pas généraliser, la maîtresse de maison qui assure que c'est trop cuit pour le plaisir d'être contredite et le patriarche qui s'inquiète de la température de son vin.

Allez... Je vous épargne tout ça... Vous les connaissez par cœur, ces parenthèses chaleureuses et toujours un peu déprimantes que l'on appelle la famille et qui vous remémorent de temps à autre comme il est court, le chemin parcouru...

La seule chose à sauver, ce sont les rires des enfants là-haut, et celle qui rit le plus fort justement, c'est Mathilde. Et ses gloussements nous ramènent devant la loge du boulevard Beauséjour, auprès des confidences de la superbe femme de mon maître d'ouvrage alors qu'elle venait de m'emballer le cœur et les sens dans une bâche toute pourrie.

Je ne saurai jamais à quoi elle a échappé cette petite fille, ni ce qu'elle méritait au juste, mais je sais combien elle m'a facilité le travail... Après cette dernière « réunion de chantier », je n'eus plus de ses nouvelles. Elle ne venait plus, demeurait injoignable, pire même, improbable, et j'envoyai mes dernières suggestions dans le vide.

Mais elle me hantait pourtant. Elle me hantait. Et comme elle était trop belle pour moi, je rusai.

Il était en bois aussi, mon cheval de Troie. Et j'y travaillai pendant des semaines.

C'était le projet de fin d'études que je n'avais jamais eu le courage de terminer. Mon chef-d'œuvre de compagnon, mes rêveries dans la colle, mon petit caillou jeté au fond du puits...

Moins j'espérais la revoir, plus je le peaufinais. Lançant des défis aux meilleurs artisans du faubourg Saint-Antoine, arpentant les magasins de modélisme, profitant même d'un séjour à Londres pour me perdre au milieu des chats d'une mémé étonnante, *Mrs Lily Lilliput*, capable de faire tenir Buckingham Palace dans un dé à coudre et à laquelle je laissai une petite fortune. Elle m'avait même refourgué, quand j'y repense, toute une batterie de moules à gâteaux en cuivre pas plus gros que des coccinelles. *An essential in the kitchen, indeed,* assurait-elle en établissant une facture... *oversized.* Et puis un jour, il fallut me rendre à l'évidence : il n'y avait rien à ajouter et je devais la retrouver.

Je savais qu'elle travaillait chez Chanel et, prenant mon courage à deux mains, entrelaçant les C de Conquête et Concupiscence, mais non mon fanfaron, de Chocottes et Cupidon plutôt, je poussai la porte de la rue Cambon. Rasé de trop près, entaillé par endroits même, mais avec un col propre et des lacets neufs.

On l'appela, elle fit l'étonnée, joua avec les perles de son sautoir, fut charmante, désinvolte et... Oh, que c'était cruel... Mais je ne me démontai pas et l'invitai à passer à l'agence le samedi suivant.

Et, quand sa puce découvrit mon cadeau, c'est-à-dire le sien, et que je lui montrai comment éclairer la plus belle maison de poupée du monde, je sus que l'affaire était en bonne voie.

Mais après les exclamations d'usage, elle demeura agenouillée un peu trop longtemps…

Émerveillée d'abord, puis troublée et silencieuse, se demandant déjà quel serait le prix à payer pour tant d'heures de minutieux espoir. Il était temps de tirer ma dernière cartouche : « Regardez, fis-je en me penchant au-dessus de sa nuque, il y a même du marbre, là… »

Alors elle sourit et me laissa l'aimer.

« Alors elle sourit et m'aima » aurait davantage claqué, n'est-ce pas ? Eût été plus fort, plus romanesque. Mais je n'ai pas osé… Parce que je n'ai jamais su, je crois… Et quand je l'observe à présent, assise de l'autre côté de la table, gaie, affable, tellement indulgente, tellement *magnanime* avec les miens, et toujours aussi séduisante, toujours aussi… Non, je n'ai jamais vraiment su… Après la moquette du Bristol et les artifices de l'alcool, peut-être que Mathilde fut le troisième quiproquo de notre histoire…

C'est nouveau, ce genre de vertiges… Cette introspection, ces questions vaines autour de nous deux et cela ne me ressemble guère. Trop de voyages peut-être ? Trop de décalages horaires, de plafonds d'hôtel et de nuits sans repos ? Ou trop de mensonges... Ou trop de soupirs... Trop de portable qui claque quand j'apparais en silence, de poses et de sautes d'humeur, ou... Trop de rien, en vérité.

Ce n'était pas la première fois que Laurence me trompait et jusqu'à présent, je n'y avais pas laissé trop de plumes. Non pas que cela m'enchantât, mais comme je l'ai déjà dit, je m'étais jeté dans la gueule du loup en flattant l'animal au passage. J'ai vite compris que j'avais chaussé un peu grand. Elle avait toujours refusé de m'épouser, n'avait plus voulu d'enfant, ne... Et puis... je travaillais tellement et j'étais si souvent parti, moi aussi... Alors je faisais le gros dos et baratinais mon amour-propre pour l'embrouiller.

J'y parvenais assez bien d'ailleurs. Je crois même que ses... débrayages furent souvent un bon combustible pour ce qui nous tenait lieu de couple. Nos oreillers en tout cas s'en trouvaient ravis.

Elle séduisait, les enlaçait, se lassait et me revenait.

Me revenait et me parlait dans le noir. Repoussait les draps, se redressait un peu, caressait mon dos, mes épaules, mon visage, longtemps, longuement, tendrement, et finissait toujours par murmurer des phrases comme : «C'est toi le meilleur, tu sais...» ou «Il n'y en a pas deux comme toi...» Je me taisais, restais immobile, n'essayais jamais de contrarier les méandres de sa main.

Car même si c'était ma peau, il m'a souvent semblé, lors de ces nuits de repli, que c'étaient ses cicatrices à elle, qu'elle tentait ainsi de circonscrire et d'apaiser, en les massant très doucement.

Mais nous n'en sommes plus là... Aujourd'hui c'est à l'homéopathie qu'elle confie ses troubles du sommeil et, même dans l'ombre, ne me laisse plus voir ce qui palpite et se disloque sous sa belle cuirasse...

À qui la faute ? À Mathilde qui a trop grandi et qui, comme l'Alice de l'histoire, a débordé de sa petite maison en l'atomisant ? Qui n'a plus tellement besoin que je lui tienne les étriers et saura bientôt parler l'anglais mieux que moi...

Aux négligences de son père qui paraissaient si criminelles autrefois et sont devenues presque drôles avec les années? L'ironie a pris la place de l'amertume et c'est tant mieux, mais je tiens moins bien la comparaison. Même si je ne me trompe jamais dans les dates des vacances scolaires, moi...

Au temps qui fait mal son boulot? Car j'étais jeune à l'époque, j'étais un peu plus jeune qu'elle, j'étais son «petit jeune» même. Et je l'ai rattrapée. Et je l'ai dépassée, je crois.

Je me sens si vieux certains jours.

Si vieux...

À ce métier de sauvage où il faut toujours se battre, convaincre et se battre de nouveau? Où rien n'est jamais acquis, où, à bientôt cinquante ans, j'ai l'impression d'être encore cet étudiant hagard shooté à la caféine qui radote «je suis charrette, je suis charrette» à qui veut bien l'entendre et se prend les pieds dans ses coupes en présentant un énième rendu de projet devant un énième jury à la seule différence que l'épée de Damoclès est devenue autrement plus tranchante avec les années.

Eh oui... Il ne s'agit plus de notes ou de passage en année supérieure à présent, mais d'argent. De beaucoup, beaucoup d'argent. D'argent, de pouvoir et de mégalomanie aussi.

Sans parler de la chose politique. Non, sans en parler.

Ou à l'amour, peut-être? À son...

– Et toi, Charles? T'en penses quoi, toi?

– Pardon?

– Du musée des Arts premiers?

– Oh là! Voilà bien longtemps que je n'y suis pas allé... J'ai visité le chantier plusieurs fois, mais...

– En tout cas, continue ma sœur Françoise, pour aller faire pipi, merci... Je ne sais pas combien ça nous a coûté encore ce machin-là, mais ils ont fait l'économie sur les panneaux des toilettes, ça je peux vous le dire!

Je ne pus m'empêcher d'imaginer la tête de Nouvel et de son équipe s'ils étaient là ce soir...

– Beuh... c'est fait exprès, reprend son rigolo de mari, parce que tu crois qu'y se gênaient les primitifs pour baisser le pagne, eux? Un petit buisson et hop!

Bon, non. Il valait mieux qu'ils ne soient pas là.

– Deux cent trente-cinq millions, lâche l'autre, le pas rigolo, en s'agrippant à sa serviette.

Et comme l'assemblée ne réagissait pas assez vite, il ajoute :

– Je parle en euros, bien entendu. Ce machin-là, comme tu le dis si bien ma chère Françoise, aura coûté aux contribuables français la bagatelle de... (il sort ses lunettes, son téléphone portable, le titille et ferme les yeux)... un milliard cinq cent quarante millions de francs.

– Anciens ?! s'étrangle ma mère.

– Mais non... rétorque-t-il en se dilatant d'aise, nouveaux !

Il exulte. Cette fois, c'est bon. Ça mord. L'assemblée est sens dessus dessous.

Je cherche le regard de Laurence qui me renvoie un petit sourire peiné. Il y a des choses comme ça, de moi, qu'elle respecte encore. Je retourne à mon assiette.

La conversation est relancée, charriant son lot de bon sens et de bonne bêtise. Il y a quelques années, c'était l'Opéra Bastille ou la BNF, eh bien on prend les mêmes et on recommence.

Claire, assise près de moi, se penche :

– Et la Russie, comment ça va ?

– La Berezina, je lui avoue en souriant.

– Arrête...

– Si, si, je t'assure... J'attends le dégel pour compter les morts...

– Merde.

– Oui, *tchort*, comme ils disent.

– C'est embêtant?

– Pff… pour l'agence, non, mais pour moi…

– Pour toi?

– Je ne sais pas… Je suis assez mauvais en Napoléon… Il me manque sa… *vision*, j'imagine…

– Ou sa folie…

– Oh! Ça, ça va venir!

– Tu plaisantes, n'est-ce pas? ajoute-t-elle soucieuse.

– Da! je la rassure en glissant ma main entre deux boutons de chemise, du haut de ce désastre, quarante siècles d'architecture ne me méprisent pas encore!

– Tu dois y retourner quand?

– Lundi…

– Non?

– Eh si…

– Pourquoi si vite?

– Alors la dernière… tiens-toi bien… c'est que les grues disparaissent… Pendant la nuit, pfiout, elles s'envolent.

– Impossible…

– Tu as raison… Il leur faut un peu plus de jours pour étendre leurs grandes ailes… Surtout qu'elles emmènent les autres machines avec elles…

74

Les pelleteuses, les bétonnières, les foreuses... Tout.

– Tu déconnes...

– Pas du tout.

– Et alors? Qu'est-ce que tu vas faire?

– Qu'est-ce que je vais faire? C'est une bonne question... Dans un premier temps, je vais faire engager une société de sécurité pour surveiller notre société de sécurité et puis quand celle-ci sera corrompue aussi, je...

– Tu quoi?

– Je ne sais pas... J'irai chercher les cosaques!

– Quel merdier...

– Tu l'as dit...

– Et tu gères ce bordel?

– Absolument pas. Rien n'est gérable. Rien. Tu veux que je te dise, ce que je fais?

– Tu bois!

– Pas seulement. Je relis *Guerre et Paix*. Et trente ans après, je retombe amoureux de Natacha comme au premier jour... Voilà, ce que je fais.

– Oh la misère... Et ils ne t'envoient pas des filles sublimes pour te détendre un peu?

– Pas encore...

– Menteur…

– Et toi ? Quoi de neuf sur le front ?

– Oh, moi… soupira-t-elle en attrapant son verre, moi j'avais choisi ce boulot pour sauver la planète et voilà que je me retrouve à cacher la merde des gens sous des bouts de moquette en gazon génétiquement modifié, mais sinon tout va bien.

Elle se marre.

– Et ton affaire de barrage, là ? ajoutai-je.

– C'est plié. Ils l'ont dans l'os.

– Tu vois…

– Pff…

– Quoi « pff » ? C'est bon, là… Enjoy, toi aussi !

– Charles ?

– Mmm…

– On devrait s'associer, tu sais…

– Pour quoi faire ?

– Une cité idéale…

– Mais *on est* dans une cité idéale, ma belle, et tu le sais bien…

– Oh, quand même… fit-elle dans une petite moue, il nous manque encore quelques magasins Champion, non ?

À ses mots, dling, la voix de son maître, l'autre nous reprend au vol :

– Pardon ?

– Rien, rien… On parlait de ta dernière promo sur le caviar…

– Pardon?

Claire lui sourit. Il hausse les épaules et retourne à son grand couplet, à savoir : Mais *où* passent nos impôts?

Oh… Je suis fatigué, tout à coup… Fatigué, fatigué, fatigué, et je fais passer le plateau de fromages sans y toucher pour gagner un peu de temps.

Je regarde mon père, toujours aussi discret, courtois, élégant… Je regarde Laurence et Edith qui se racontent des histoires de profs psychorigides et de femmes de ménage maladroites, à moins que ce ne soit le contraire, je regarde la décoration de cette salle à manger où rien n'a bougé depuis cinquante ans, je regarde le…

– C'est quand les cadeaux?

Les mômes ont déboulé. Je les bénis. Mon lit n'est plus très loin.

– Changez les assiettes et venez me rejoindre à la cuisine, ordonne leur grand-mère.

Mes sœurs se lèvent pour aller chercher leurs paquets. Mathilde me fait un clin d'œil en me montrant le sac de notre sac et Félix Rockefeller Potin clôt son

grand débat en s'essuyant la bouche :
– De toute façon, on va droit dans le mur!
Voilà. C'est dit. En général, il attend le café, mais là, problèmes de prostate j'imagine, a pris un peu d'avance. Allez... Ta gueule maintenant.
Pardon mais je suis fatigué, disais-je.

Françoise revient avec son appareil photo, éteint les lumières, Laurence se recoiffe discrètement et les enfants grattent des allumettes.
– Il y a encore de la lumière dans l'entrée! lance une voix.
Je me dévoue.
Mais en cherchant l'interrupteur, j'avise une enveloppe au-dessus de ma pile de courrier.
Une enveloppe blanche et longue et une écriture noire que je connais sans la reconnaître. Le cachet ne me dit rien. Un nom de ville et un code postal que je ne saurais situer sur la carte mais une écriture pourtant, qui...
– Charles! Qu'est-ce que tu fabriques? se plaint-on alors que le gâteau tremble déjà dans le reflet des vitres.
J'éteins et je reviens vers eux.
Mais je n'y suis plus.

Je ne vois pas le visage de Laurence dans la clarté des bougies. Je n'entonne pas de Joyeux Anniversaire. Je n'essaye même pas d'applaudir. Je... Je suis comme l'autre zozo quand il a croqué sa madeleine sauf que moi, c'est tout le contraire. Je me rétracte déjà. Je ne veux rien laisser venir. Je sens qu'un pan de monde oublié est en train de s'ouvrir à mes pieds, je sens le vide à la frange du tapis et je me statufie, cherchant instinctivement le montant de la porte ou un dossier de chaise auquel me raccrocher. Parce que, oui, je connais cette écriture et quelque chose ne va pas. Quelque chose de moi lui résiste. Quelque chose la craint déjà. Je cherche. Les cliquetis de mon cerveau se mettent en branle et couvrent l'effusion du dehors. Je n'entends pas leurs cris, je n'entends pas que l'on me prie de rallumer.

– Char-leu !

Pardon.

Laurence effeuille ses cadeaux et Claire me tend la pelle à gâteau :

– Ho ! Tu fais quoi, là ? Tu manges debout ?

Je m'assieds, me sers, enfonce ma petite cuill... me relève.

Parce qu'elle m'impressionne, je décachette précautionneusement cette lettre en me servant d'une clef pour ne pas la déchirer. La feuille est pliée en trois. Je soulève le premier pan, entends mon cœur battre, puis le second, et s'arrêter.

Trois mots.

Sans signature. Sans rien.

Trois mots.

Tchac.

Remontez le couperet.

En relevant la tête, je croise mon reflet dans le miroir au-dessus de la console. J'ai envie de secouer ce type, de lui dire : Mais qu'est-ce que tu essayais encore de nous enfumer avec ton Proust et toutes ces conneries, là…? Alors que tu savais…

N'est-ce pas que tu savais?

Il ne trouve rien à répondre.

Il me regarde et comme je ne réagis pas, finit par murmurer quelque chose. Je n'entends rien mais je vois ses lèvres trembler. Quelque chose comme : Reste, toi. Reste là avec elle. Moi j'y vais. Je suis obligé, tu comprends, mais toi, reste. J'assurerai.

Il retourne à son fraisier donc. Entend des sons, des voix, des rires, il prend la coupe de champagne que quelqu'un lui tend et la cogne contre d'autres en souriant. La femme qui partage sa vie depuis des années fait le tour de la table en embrassant tout le monde. Elle l'embrasse aussi. Elle dit : il est très beau, merci. Il se protège de cet élan de tendresse en avouant que c'est Mathilde qui l'a choisi et entend cette dernière le contredire avec véhémence, comme s'il l'avait trahie. Mais il a senti son parfum, et il a cherché sa main, seulement elle est loin déjà et embrasse quelqu'un d'autre. Il tend de nouveau sa coupe. La bouteille est vide. Se lève, va en chercher une seconde. La débouche trop vite. Geyser de mousse. Se sert, vide sa coupe, recommence.

– Ça va ? lui demande sa voisine.

– …

– Qu'est-ce que t'as ? T'es tout pâle. On dirait que tu viens de croiser un fantôme…

Il boit.

– Charles… murmure Claire.

– Rien. Je suis crevé…

Il boit.

Se lézarde. Se fissure. Se craquelle. Ne veut pas.

Le vernis craque, les charnières cèdent, les boulons sautent.

Il ne veut pas. Il lutte. Il boit.

Sa sœur aînée le regarde de travers. Il lui porte un toast. Elle insiste. Il lui déclare en souriant et en détachant bien chaque syllabe :

– Françoise… Pour une fois, pour *une fois* dans ta vie… Ne me fais pas chier…

Elle cherche son preux chevalier d'âne bâté de mari du regard pour la défendre mais il ne comprend pas ses mimiques outrées. Elle se décompose. Heureusement, tadada… L'autre est là !

Edith le reprend gentiment en opinant du serre-tête :

– Charlot…

Lui porte un toast à elle aussi et cherche déjà ses mots, mais une main vient de se poser sur son poignet. Il se tourne vers sa propriétaire. La main est ferme, il se calme.

Les brouhahas reprennent. La main est toujours là. Il la regarde.

Il demande :

– T'as des cigarettes ?

– Beuh… T'as arrêté de fumer il y a cinq ans, je te rappelle…

– T'en as?

Sa voix lui fait peur. Elle récupère son bras.

***

Ils sont tous les deux accoudés à la balustrade de la terrasse, tournant le dos à la lumière et au monde.

En face d'eux, le jardin de leur enfance. La même balançoire, les mêmes plates-bandes impeccablement entretenues, le même incinérateur de feuilles mortes, la même vue, le même manque d'horizon.

Claire sort son paquet de sa poche et le fait glisser sur la pierre. Il va pour le saisir mais elle ne le lâche pas :

– Tu te souviens comme ç'a été dur les premiers mois? Tu te souviens comme t'en as bavé pour arrêter?

Il resserre sa main sur la sienne. Il lui fait vraiment mal à présent, il lui dit :

– Anouk est morte.

Combien de temps ça dure, une cigarette?

Cinq minutes?

Alors ils restent cinq minutes sans se parler.

C'est elle qui craque la première et les mots qu'elle prononce l'accablent. Parce qu'il les redoutait, parce que...

— Tu as eu des nouvelles d'Alexis, alors?

— Je savais que tu allais me dire ça, lâche-t-il d'une voix très lasse, j'en aurais mis ma main à couper et tu ne peux même pas imaginer comme ça me...

— Comme ça te quoi?

— Comme ça me trouble... Comme ça me contrarie... Comme je t'en veux, je crois... Je pensais que tu serais un peu plus généreuse sur ce coup-là... Je pensais que t'allais me demander «Mais de quoi?» ou «Depuis quand?» ou... j'en sais rien. Mais pas lui, putain... Non, pas lui... Pas de but en blanc comme ça... Il ne mérite plus ça.

Nouveau silence.

– De quoi elle est morte?

Il sort la lettre de sa poche intérieure.

– Tiens... Et ne me dis pas « C'est son écriture » ou je te tue.

Elle la déplie à son tour, la referme, murmure :

– Si. C'est bien son écriture...

Se tourne vers elle.

Voudrait lui dire des tas de choses. Des choses tendres, des choses affreuses, des mots coupants, des mots très doux, des mots idiots, des mots de frère d'armes ou des mots de bonne sœur. Ou la secouer, ou la brutaliser, ou la fendre par le milieu, mais tout ce qu'il trouve à gémir, c'est sa syllabe :

– Claire...

Et elle, elle lui sourit la bluffeuse. Mais il la connaît bien, alors il abat simplement ses cartes et la saisit par le coude pour la ramener vers le bord.

Elle se tord les chevilles dans les graviers et lui, il parle tout seul. Il parle dans le noir.

Il parle pour elle, pour lui, pour l'incinérateur ou pour les étoiles, il dit :

– Voilà... C'est fini.

Déchire la lettre et la jette dans la poubelle de la cuisine. Quand il relève son pied de la pédale et que le couvercle retombe, clac, a l'impression d'avoir refermé, à temps, une espèce de boîte de Pandore. Et puisqu'il est devant l'évier, s'asperge le visage en gémissant.

Retourne vers les autres, vers la vie. Se sent mieux déjà. C'est fini.

***

Et l'impression de fraîcheur d'une giclée d'eau froide sur un visage épuisé, ça dure combien de temps?
Vingt secondes?
On y est. Du regard il cherche son verre, le vide cul sec et se ressert.

Va s'asseoir dans le canapé. Contre sa compagne. Elle tire sur le pan de sa veste.
– Et toi, toi... Sois gentille avec moi, toi... la prévient-il, parce que je suis déjà bien parti, tu sais...
Elle, ça ne l'amuse pas du tout, ça la chiffonne plutôt, ça la décoiffe. Et ça le dégrise.

Il se penche, pose sa main sur son genou et la dévisage par en dessous :

– Tu le sais qu'un jour tu vas mourir, toi aussi ? Tu le sais, ça, ma douce ? Que tu vas crever, toi aussi ?

– Mais c'est vrai qu'il a trop bu ! s'indigne-t-elle en se forçant à rire, puis, se reprenant : relève-toi, s'il te plaît, tu me fais mal, là.

Petit malaise au-dessus du sucrier. Mado lance des regards interrogateurs à sa benjamine qui lui fait signe de continuer à boire son café comme si de rien n'était. Touille, Maman, touille. Je t'expliquerai. Kazatchok lance une petite boutade dans le vide et la province commence à s'agiter :

– Bon, soupire Edith, on va y aller, là... Bernard, tu appelles les enfants s'il te plaît...

– Bonne idée ! renchérit Charles, remettez-moi tout ça dans le gros 4 x 4 ! Hein, mon champion ? T'as un beau quat'quat' à présent ? J'ai vu ça tout à l'heure... Avec les vitres teintées, et tout...

– Charles, je t'en prie, tu n'es plus drôle...

– Mais... je n'ai jamais été drôle, Edith. Tu le sais bien...

Il se lève, se poste en bas de l'escalier et gueule :

– Mathilde ! Au pied mon chien !

Puis se tournant vers l'ensemble des jurés médusés :

– Pas de panique. C'est un truc entre nous…

Silence très embarrassé soudain troublé par des jappements délirants.

– Qu'est-ce que je vous disais…

Il pivote en se retenant à la boule de laiton et apostrophe la reine de la fête :

– C'est vrai qu'elle est pénible ta gamine en ce moment, mais tu sais quoi ? C'est la seule belle chose que tu m'aies jamais donnée…

– Allez. On rentre, lâche Laurence à bout, et donne-moi les clefs. Je ne te laisse pas conduire dans cet état.

– Bien parlé !

Boutonne sa veste et courbe l'échine.

– Bonne nuit tout le monde. Je suis mort.

4

– Mais de quoi? demande aussitôt Mado.

– Je n'en sais pas plus… répond Claire qui était restée après les dernières embrassades pour les aider à secouer la nappe.

Son père vient de les rejoindre dans la cuisine avec une pile d'assiettes sales.

– Que se passe-t-il encore dans cette maison de fous? soupire-t-il.

– Notre ancienne voisine est morte…

– Et laquelle cette fois? La mère Verdier?

– Non. Anouk.

Oh, que les assiettes semblent lourdes soudain… Il les pose et s'assied en bout de table.

– Mais… quand?

– On ne sait pas…

– Elle a eu un accident?

– On ne sait pas, on te dit! répète sa femme agacée.

Silence.

– Elle était jeune pourtant. Elle était de…

– Soixante-trois ans, murmure son mari.

– Oh… Ce n'est pas possible. Pas elle. Elle était… trop vivante pour mourir un jour…

– Cancer peut-être? avance Claire.

– Oui ou…

Des yeux, sa mère lui indique une bouteille vide.

– Mado… la reprend-il en fronçant les sourcils.

– Quoi Mado? Quoi Mado? Elle buvait, tu le sais bien!

– Elle a déménagé il y a si longtemps… On ne sait pas comment elle a vécu après…

– Toujours à prendre sa défense, toi, hein?

Comme elle était mauvaise tout à coup. Claire se doutait bien qu'elle avait raté certains épisodes mais n'imaginait pas qu'ils en seraient encore là ce soir…

Elle, Charles, et son père à présent… Jolie partie de quilles…

Oh… Que c'était loin, tout ça… Mais, non, pourtant, mais non… Charles qui ne tient plus la rampe et toi, Papa… Toi que je n'ai jamais vu aussi vieux sous cette lampe… Que…

Anouk… Anouk et Alexis Le Men …

Quand nous laisserez-vous en paix?
Regardez-moi ça, tous les deux… L'herbe
n'a jamais repoussé après vous…

Eut très envie de pleurer tout à coup. Se
mordit les lèvres et se leva pour finir de
remplir la machine.

Allez. Foutez le camp maintenant.
Dégagez.

On ne tire pas sur des convalescents.

– Passe-moi les verres, Maman…

– Je n'arrive pas à le croire.

– Maman… C'est bon, là. Elle est morte.

– Non. Pas elle…

– Quoi, pas elle?

– Ça ne meurt jamais des gens comme
ça…

– Eh si! La preuve… Allez, aide-moi
parce qu'il faut que j'y aille après…

Silence. Ronron du lave-vaisselle.

– Elle était folle…

– Je vais me coucher, annonce son
père.

– Si, Henri! Elle était folle!

Il se retourne, très las :

– J'ai simplement dit que j'allais me
coucher, Mado…

– Oh, je sais ce que tu penses!

Elle se tut un moment puis reprit d'une

voix blanche en regardant au loin, par la fenêtre, une ombre qui n'existait plus et, sans plus se préoccuper d'être entendue :

– Un jour, je me souviens… C'était au début… Je la connaissais à peine… je lui avais offert une plante… ou une fleur en pot, je ne sais plus… Pour la remercier d'avoir reçu Charles, j'imagine… Oh! rien d'extraordinaire, hein? Une plante toute bête que j'avais dû rapporter du marché… Et, quelques jours plus tard, alors que je n'y pensais plus du tout, elle a sonné. Elle était dans tous ses états et me rendait mon cadeau en me le collant de force entre les mains.

« Eh bien? m'inquiétai-je, il y a un problème? » « Je… je ne peux pas la garder, balbutiait-elle, elle… Elle va mourir… » Elle était blanche comme un linge. « Mais… pourquoi vous dites ça? Elle va très bien, cette plante! » « Non, regardez… Il y a des feuilles qui sont devenues jaunes, là… » Elle tremblait. « Allons, fis-je en riant, c'est normal, ça! Vous les enlevez ces feuilles et puis c'est tout! » Et là, je m'en souviens comme si c'était hier, elle s'est mise à sangloter et m'a bousculée pour la poser à mes pieds.

On ne pouvait plus la calmer.

« Pardon. Pardon. Mais je ne peux pas,

hoquetait-elle, je ne peux pas, vous comprenez… J'ai pas la force, là… J'ai plus la force… Pour les gens, oui, pour les tout-petits, oui, je veux bien… Et quelque-fois, ça ne sert à rien non plus, je… ils partent quand même, vous savez… Mais là, quand je vois cette plante qui crève aussi, je…» Une vraie fontaine. «Je ne peux pas… Et vous ne pouvez pas me faire ça… Parce que… c'est moins impor-tant, vous comprenez… Hein? C'est moins important quand même?»

Elle me faisait peur. Je n'ai même pas eu l'idée de lui proposer un café ou de venir s'asseoir un moment. Je la regardais se moucher dans sa manche avec ses yeux exorbités et je me disais : Cette femme est folle. Elle est complètement marteau…

– Et ensuite? s'inquiéta Claire.

– Ensuite, rien. Qu'est-ce que tu voulais que je fasse? J'ai repris ma plante, je l'ai mise avec les autres dans le salon, et l'ai probablement gardée des années!

Claire se bagarrait avec le sac-poubelle.

– Tu aurais fait quoi à ma place, toi?

– Je ne sais pas… murmura-t-elle.

La lettre… Hésita une demi-seconde puis jeta les fonds d'assiettes, les morceaux de gras et le marc du café au-dessus de ce qui lui restait d'Alexis. L'encre coulait. Referma le sac de toutes ses forces, le lien craqua. Et merde, gémit-elle en le balançant dans l'office. Et merde.

– Mais… Tu te souviens d'elle, quand même ? insistait sa mère.

– Bien sûr… Tiens, pousse-toi que je passe l'éponge…

– Et tu n'as jamais pensé qu'elle était folle ? fit-elle en posant sa main sur la sienne pour la forcer à s'immobiliser une seconde.

Claire se releva, souffla sur le côté pour chasser cette mèche de cheveux qui lui piquait les yeux et soutint son regard. Le regard de cette femme qui lui avait si souvent fait la leçon avec ses principes, sa morale, et toutes ses bonnes manières :

– Non.

Puis, se concentrant de nouveau sur les striures du bois :

– Non. Je n'ai jamais pensé ça, figure-toi…

– Ah ? fit l'autre un peu déçue.

– J'ai toujours pensé que…

– Que quoi ?

– Qu'elle était belle.

Rides contrariées :

– Bien sûr qu'elle était jolie, mais je ne te

parle pas de ça, voyons, je te parlais *d'elle*, de son comportement…

J'avais bien compris, songea Claire.

Rinça l'éponge, s'essuya les mains, et se sentit vieille soudain. Ou alors de nouveau enfant et toute petite dernière.

Ce qui revenait au même.

Embrassa ce front défait et partit à la recherche de son manteau.

Depuis l'entrée, lança un bonne nuit Papa. Il était resté à portée de voix, elle le savait, et tira la porte derrière elle.

Une fois dans sa voiture, ralluma son portable, aucun message bien sûr, se mit en veilleuse, jeta un coup d'œil au rétroviseur pour déboîter et vit que sa lèvre inférieure avait doublé de volume. Et qu'elle saignait.

Pauvre idiote, se malmena-t-elle en continuant de mordiller là où c'était si bon d'avoir mal. Pauvre petite robe noire. Capable de contenir des millions de mètres cubes d'eau en t'adossant à un barrage monstrueux, mais infoutue d'endiguer trois larmes et bientôt emportée, noyée, sous un chagrin ridicule.

Va te coucher.

5

Elle l'avait rejoint dans la salle de bains.
– Le comptoir d'Air France a laissé un message. Ils ont ta valise…
Il grommelle trois mots en se rinçant la bouche. Elle ajoute :
– Tu le savais ?
– Pardon ?
– Que tu l'avais laissée à l'aéroport ?
Il acquiesce et leur reflet la décourage. Se retourne pour déboutonner son chemisier.

Elle continue :
– On peut savoir pourquoi ?
– Elle était trop lourde…
Silence.
– Et donc tu… tu l'as laissée ?
– Il est nouveau ce soutien-gorge, non ?
– On peut savoir ce qui se passe, là ?
La scène se déroulait dans le miroir. Deux bustes. Un mauvais Guignol. Se

sont dévisagés ainsi, de très près mais sans jamais se regarder, pendant un long moment.

– On peut savoir ce qui se passe? a-t-elle répété.

– Je suis fatigué.

– Et c'est parce que tu es fatigué que tu m'as humiliée devant tout le monde?

– ...

– Pourquoi tu as dit ça, Charles?

– ...

– À propos de Mathilde...

– C'est quoi? C'est de la soie?

Elle était sur le point de... et puis non. Quitta la pièce en éteignant la lumière.

Elle s'est relevée lorsqu'il s'est appuyé sur le fauteuil pour se déchausser et ce fut un soulagement. Si elle avait été capable de s'endormir sans se démaquiller, c'eût été signe que la situation était vraiment grave. Mais non, elle n'en était pas là.

N'en serait jamais là. Le déluge peut-être, mais après le contour des yeux. La terre tremble mais on hydrate.

On hydrate.

S'assit au bord du lit et se sentit gros.

Lourd plutôt. Lourd.

Anouk... s'allongea-t-il en soupirant. Anouk...

Qu'aurait-elle pensé de lui, aujourd'hui? Qu'aurait-elle reconnu de lui? Et ce département, là… C'était quoi, déjà? Que faisait Alexis si loin? Et pourquoi ne lui avait-il pas envoyé un vrai faire-part? Une enveloppe à liseré gris. Une date plus précise. Un lieu. Des noms de gens. Pourquoi? C'était quoi? Une punition? De la cruauté? Une simple information, ma mère est morte, ou un ultime crachat, et tu n'en aurais jamais rien su si je n'avais eu l'immense bonté d'âme de dépenser quelques centimes d'euro pour te l'annoncer…

Qui était-il aujourd'hui? Et depuis quand était-elle morte? Il n'avait pas eu la présence d'esprit de regarder la date sur le cachet. Depuis quand cette lettre l'attendait-elle chez ses parents? Où en étaient les asticots? Que restait-il d'elle? Avait-il donné ses organes comme elle le lui avait si souvent fait promettre?

Jure-le, disait-elle. Jure-le sur mon cœur.

Et il jurait.

Anouk… Pardonne-moi. Je… Qui a eu ta peau, finalement? Et pourquoi ne m'as-tu pas attendu? Pourquoi ne suis-je jamais revenu? Si. Je sais pourquoi.

Anouk, tu… Les soupirs de Laurence stoppèrent net son délire. Adieu.

– Qu'est-ce que tu dis?
– Rien, pardon… Je…
Tendit le bras vers elle, trouva sa hanche et s'y posa. Elle ne respirait plus.
– Pardon.
– Vous êtes trop durs avec moi, murmura-t-elle.
– …
– Mathilde et toi… Vous êtes… J'ai l'impression de vivre avec deux ados… Vous me fatiguez. Vous m'usez, Charles… Qu'est-ce que je suis devenue pour vous aujourd'hui? Celle qui ouvre son porte-monnaie? Sa vie? Ses draps? Quoi? Je n'y arrive plus, là… Je… Tu comprends?
– …
– Tu entends ce que je te dis?
– …
– Tu dors?
– Non. Je te demande pardon… J'avais trop bu et…
– Et quoi?
Que pouvait-il lui dire? Que comprendrait-elle? Pourquoi ne lui en avait-il jamais parlé? Qu'avait-il à raconter, d'ailleurs? Que restait-il de toutes ces années? Rien. Une lettre.

Une lettre anonyme et déchirée au fond d'une poubelle dans la maison de ses parents…

– Je venais d'apprendre la mort de quelqu'un.

– De qui?

– La mère d'un de mes amis d'enfance…

– De Pierre?

– Non. Un autre. Un que tu ne connais pas. Nous… nous ne sommes plus amis…

Elle soupira. Les photos de classe, les tartines beurrées et la piste aux étoiles, c'était pas trop son truc. La nostalgie, ça la barbait.

– Et t'es devenu très con tout à coup, à cause de la mort de la mère d'un type que t'as pas vu depuis quarante ans, c'est ça?

C'était exactement ça. Quel don génial elle avait de toujours tout résumer, plier, étiqueter, ranger, et oublier. Et comme il avait aimé cela d'elle… Son bon sens, sa vitalité, cette faculté de tout virer pour mieux voir venir. Comme il s'y était arrimé pendant toutes ces années. Comme c'était… confortable… Et salutaire, probablement.

Il s'y re-cramponna, donc. À son mordant, à ce crédit qu'il avait auprès d'elle, pour bouger sa main et la laisser descendre le long de sa cuisse.

Retourne-toi, suppliait-il en silence. Retourne-toi. Aide-moi.

Elle ne bougeait pas.

Il rapprocha son oreiller du sien et se cala dans sa nuque. Sa main continuait de rembobiner sa chemise de nuit.

Donne du mou, Laurence. Manifeste quelque chose, je t'en prie.

— Et qu'est-ce qu'elle avait de spécial, cette dame, plaisanta-t-elle, elle faisait de bons gâteaux?

Relâcha les plis de soie.

— Non.

— Elle avait des gros seins? Elle te prenait sur ses genoux?

— Non.

— Elle...

— Chch... l'interrompit-il en écartant ses cheveux, chut, arrête. Rien. Ce n'est rien. Elle est morte, c'est tout.

Laurence se retourna. Il fut tendre, il fut attentif, elle aima cela et ce fut affreux.

— Mmm... ça te réussit les enterrements, finit-elle par gémir en remontant la couette.

Ces mots le bouleversèrent et l'espace d'une demi-seconde, il eut la certitude que... mais non, rien. Serra les dents et chassa cette pensée avant même de l'envisager. Stop.

Elle s'endormit. Il se releva.

***

En prenant son ordinateur dans son cartable, vit que Claire avait essayé de l'appeler plusieurs fois. Grimaça.

Se fit un café et s'installa dans la cuisine.

Au bout de quelques clics, il le localisa. Vertige.

Dix chiffres.

Dix chiffres seulement les séparaient alors qu'il avait mis tant d'âpreté, et de jours, et de nuits, à élargir le gouffre.

Que la vie était facétieuse... dix chiffres pour une tonalité. Et décrocher.

Ou raccrocher.

Et comme sa sœur, il se rudoya. Sur son écran s'affichaient à présent les détails du parcours qui pourrait le mener jusqu'à lui. Le nombre de kilomètres, les sorties d'autoroute, le prix des péages et le nom d'un village.

Prenant ces frissons pour prétexte, alla chercher sa veste et sous prétexte de l'avoir sur les épaules, sortit son agenda.

Chercha les pages inutiles, celles du mois d'août par exemple, et nota les grandes lignes de cet improbable voyage.

Oui… En août peut-être? Peut-être… Il verrait…

Nota ses coordonnées de la même manière : en somnambule. Peut-être qu'il lui écrirait un mot, un soir… Ou trois?

Comme lui.

Pour voir si la guillotine fonctionnait toujours…

Mais est-ce qu'il en aurait le courage? Ou l'envie? Ou la faiblesse? Espérait que non.

Referma son carnet.

Son portable sonna de nouveau. Refusa l'appel, se leva, rinça sa tasse, revint, vit qu'elle lui avait laissé un message, hésita, soupira, céda, l'écouta, gémit, jura, s'emporta, la maudit, se plongea dans le noir, prit sa veste et alla s'étendre sur le canapé.

«Il aurait eu dix-neuf ans dans trois mois.»

Et le pire, c'est qu'elle avait prononcé ces mots calmement. Oui, calmement. Comme ça, au milieu de la nuit et après le bip.

Comment pouvait-on dire cela à une machine?

Penser cela?

Se complaire ainsi?

Fut pris d'un accès de fureur. Ho, hé, qu'est-ce que c'était que ce mélo de merde, là?

On débranche, mémère, on débranche.

Il la rappela pour l'engueuler.

Elle décrocha. Tu es ridicule. Je sais, répondit-elle.

– Je sais.

Et la douceur de sa voix lui coupa l'herbe sous le pied.

– Tout ce que tu vas me dire, Charles, je le sais déjà… Tu n'as même pas besoin de me secouer ou de me rire au nez, je sais le faire toute seule. Mais à qui d'autre que toi, je peux parler de tout ça? Si j'avais une bonne copine, c'est elle que je réveillerais, mais… c'est toi ma meilleure copine…

– Tu ne m'as pas réveillé…

Silence.

– Parle-moi, murmura-t-elle.

– C'est à cause de la nuit, reprit-il en se raclant la voix. L'angoisse de la nuit… Elle en parlait très bien, tu ne te souviens pas? Comment les gens flippaient, perdaient les pédales et se noyaient dans leur verre d'eau en lui tenant la main... Demain, ça ira mieux. Il faut dormir maintenant.

Long silence.

— Tu...

— Je...

— Tu te rappelles ce que tu m'avais dit ce jour-là? Dans ce café de merde en face de la clinique?

— ...

— Tu m'avais dit : «Tu auras d'autres enfants...»

— Claire...

— Excuse-moi. Je vais raccrocher.

Il se redressa.

— Non! Ce serait trop facile! Je ne vais pas te laisser t'en tirer comme ça... Réfléchis bien. Pense à toi pour une fois. Non, ça tu ne sais pas faire... Alors pense à toi comme à un dossier très compliqué. Regarde-moi dans les yeux et dis-le moi en face : Tu regrettes ce... cette décision? Tu la regrettes vraiment? Soyez honnête, maître...

— Je vais avoir qua...

— Tais-toi. Je m'en fous. Je veux juste que tu me répondes «oui» ou «non».

— ... rante et un ans, continua-t-elle, j'ai aimé un type à en crever et puis après j'ai travaillé pour l'oublier et j'ai tellement bien travaillé que je me suis perdue en cours de route.

Elle ricana.

– C'est con, hein?

– Ce n'était pas un type bien…

– …

– La seule fois où il s'est tenu correctement avec toi, c'est quand il t'a dit qu'il ne voulait pas de cette grossesse…

– …

– Et je dis grossesse exprès, Claire, pour ne pas dire… Parce que ce n'était rien. Rien. Juste…

– Tais-toi, le chiqua-t-elle, tu ne sais pas de quoi tu parles.

– Toi non plus.

Elle raccrocha.

Il insista.

Tomba sur son répondeur. La rappela sur sa ligne fixe. À la neuvième sonnerie, elle craqua.

Elle avait changé son fusil d'épaule. Sa voix était enjouée. Un truc du métier probablement. Une feinte pour sauver sa plaidoirie.

– Ouiii, SOS Pathos, bonsooiirr… Macha à votre écoute…

Sourit dans le noir.

Il aimait cette fille.

– On n'assure pas, hein? reprit-elle.

– Non…

– À l'époque, on serait allés au Balto avec tes petits camarades de promo et on aurait tellement bu qu'on aurait été bien incapables de dire toutes ces conneries… Et ensuite, tu sais quoi? On aurait *bien* dormi… Bien, bien dormi… Jusqu'à midi au moins…

– Ou deux heures…

– T'as raison. Deux heures, deux heures et quart… Et après on aurait eu faim…

– Et il n'y aurait rien eu à manger…

– Ouais… et le pire, c'est qu'y avait même pas de Champion dans ce temps-là… soupira-t-elle.

Je l'imaginais dans sa chambre avec son sourire tout de travers, ses piles de dossiers au pied de son lit, ses mégots noyés dans un fond de tisane et cette affreuse chemise de nuit en pilou qu'elle appelait son déshabillé de vieille fille. D'ailleurs je l'entendais se moucher dedans…

– C'est n'importe quoi, pas vrai?

– N'importe quoi, confirmai-je.

– Pourquoi je suis si conne? implora-t-elle.

– La faute à la génétique, j'imagine…

Ce sont tes sœurs qui ont pris toute l'intelligence…

J'entendis ses fossettes.

– Allez… Je vais te laisser, conclut-elle, mais toi aussi, mon Charles, fais attention à toi…

– Oh moi… me chassai-je d'un geste las.

– Oui, toi. Toi qui ne dis jamais rien. Qui ne te confies jamais et chasses le Caterpillar en te prenant pour le prince André…

– Comme c'est bien dit…

– Beuh… c'est mon métier, je te signale. Allez… Bonne nuit…

– Attends… Une dernière chose…

– Oui ?

– Je ne suis pas sûr que ça me plaise vraiment d'être ta meilleure copine, mais bon, admettons. Alors je vais te parler comme la meilleure des meilleures copines, OK ?

– …

– Quitte-le, Claire. Quitte cet homme.

– …

– Ce n'est pas ton âge. Ce n'est pas Alexis. Ce n'est pas le passé. C'est lui. C'est lui qui te fait du mal. Un jour, je me souviens, on parlait de ton boulot et tu m'avais dit : « Rendre la justice, c'est impossible, parce que la justice, ça n'existe pas. Mais par contre, l'injustice, oui. L'injustice, c'est facile à combattre parce que ça vous saute à la figure et alors tout devient limpide.» Eh ben, on y est là... Je me fous de ce type, de qui il est ou de ce qu'il vaut, mais ce que je sais, c'est que, en soi, il est une chose *injuste* dans ta vie. Fous-le au trou.

– ...

– T'es toujours là?

– T'as raison. Je vais faire un régime et puis je vais arrêter de fumer, et après je vais le bazarder.

– Voilà!

– Fastoche.

– Allez, va te coucher et rêve à un gentil garçon...

– Qui aurait un beau 4x4... soupira-t-elle.

– Énôôrme.

– Et un écran plat...

– Évidemment. Allez... Je t'embrasse.

– Moi... auglssi...

– 'tain, t'es pénible... Je t'entends encore pleurer...

– Ouais, mais ça va là, renifla-t-elle, ça va. C'est de la bonne grosse larme qui roule et c'est à cause de toi, idiot.

Et elle raccrocha de nouveau.

Il attrapa un coussin et s'enroula dans sa veste.

Fin de la dramatique du samedi soir.

***

Si Charles Balanda, un mètre quatre-vingts, soixante-dix-huit kilos, pieds nus, pantalon lâche et ceinture défaite, les bras repliés sous la poitrine et le nez enfoncé dans ce vieux coussin bleu s'était enfin endormi, l'histoire serait finie.

C'était notre héros. Il aurait eu quarante-sept ans dans quelques mois, il a vécu mais si peu. Si peu… N'était pas très doué pour ça. Doit se dire que le meilleur est passé et ne s'y appesantit guère. Le meilleur, vous dites ? Mais de quoi ? Et pour qu… Non, peu importe, il est trop fatigué. Les mots nous manquent, à lui comme à moi. Sa valise est trop lourde et je n'ai pas tellement envie de la lui porter. Je le comprends.

Je le comprends.

Mais.

Il y a ce petit morceau de phrase, là… Qui le rattrape encore et lui presse une éponge gonflée d'eau sur le visage alors qu'il est à moitié mort dans son coin.

Mort et déjà vaincu.

Vaincu et totalement indifférent. Les gains étaient trop faibles, les gants trop serrés, la vie trop prévisible.

« Dans trois mois. »

C'est ce qu'elle a dit, n'est-ce pas ?

Ces trois mots lui paraissent plus terribles que tout le reste. Ainsi, elle aurait tenu le compte depuis le début ? Depuis le premier jour de la fin de ses dernières règles ? Non… Ce n'était pas possible…

Et tous ces points de suspension, ce calcul mental de misère, ces semaines, ces mois et ces années vécus en creux, l'obligent à se retourner.

Il étouffait de toute façon.

Ses yeux sont grands ouverts. Parce qu'elle a dit dans trois mois, il pense : en avril alors… Et la machine repart et lui aussi recompte le vide sur ses doigts.

Donc juillet, donc septembre puisque cela faisait déjà deux mois déjà. Oui, c'est ça… Il se souvient à présent…

Fin de l'été… Il venait de terminer son stage chez Valmer et devait s'envoler pour la Grèce. C'était le dernier soir, ils fêtaient son départ. Elle était passée par hasard.

Tu tombes bien, s'était-il réjoui, viens par là, viens que je te présente et, quand il s'était retourné pour la prendre par les épaules, comprit qu'elle…

Oui. Il se souvient. Et parce qu'il se souvient, il est accablé. Ce message *intolérable*, c'était le collet qui dépassait d'une pelote bien mal ficelée et, en ouvrant la main, en dépliant neuf mois, donc vingt ans, dans l'obscurité, il a tiré dessus.

Tant pis. Tant pis pour lui. Il ne s'endormira pas. L'histoire n'est jamais finie. Et il a encore l'honnêteté de s'avouer que ces trois mois n'étaient qu'un prétexte. Si elle n'avait pas dit cela, il aurait trouvé autre chose. L'histoire n'est jamais finie. La cloche vient de retentir et il faut se relever.

Retourner au milieu du ring et continuer de prendre des coups.

Anouk est morte et Claire, ce soir-là, n'était pas venue par hasard.

6

Il l'avait suivie dans la rue. C'était une belle soirée, douce, chaude, élastique. Le macadam sentait bon Paris et les terrasses étaient bondées. À plusieurs reprises, s'inquiéta de savoir si elle avait faim, mais elle marchait devant lui, toujours, et de plus en plus loin.

– Bon, s'énerva-t-il, *moi* j'ai faim et j'en ai marre. Je m'arrête là.

Elle fit demi-tour, sortit un papier de son sac et le posa sur son menu.

– Demain. À cinq heures.

C'était une adresse en banlieue. Un endroit tout à fait improbable.

– À cinq heures, je serai dans un avion, lui sourit-il.

Mais pas longtemps.

Comment sourire à un visage pareil ?

***

Et elle était entrée dans ce café pliée en deux. Comme si elle essayait de retenir encore ce qu'elle venait de perdre. Il s'était levé, l'avait attrapée par la nuque et l'avait laissée pleurer tout son saoul. Derrière elle, le patron lui lançait des regards inquiets auxquels il répondait de l'autre main, comme il pouvait, en tassant l'air autour d'eux. Ensuite il avait laissé un gros pourboire, pour la gêne occasionnée, et l'avait emmenée voir la mer.

C'était idiot mais que pouvait-il faire d'autre ?

Il venait de refermer la porte des toilettes et enfilait un pull avant de revenir s'écrouler dans le canapé.

Que pouvait-il faire d'autre ?

Ils firent de longues promenades, burent beaucoup, fumèrent toutes sortes d'herbes amusantes et dansèrent, même, quelquefois. Mais la plupart du temps, ne faisaient rien.

Restaient assis et regardaient la lumière. Charles dessinait, rêvait, marchandait sur le port et préparait leurs repas pendant que sa sœur relisait indéfiniment la première page de son livre avant de fermer les yeux.

Elle ne dormait jamais pourtant. S'il lui avait posé la moindre question, elle l'aurait entendue et lui aurait répondu.

Mais n'en posa pas.

Ils avaient été élevés ensemble, avaient partagé le même appartement minuscule pendant presque trois ans et connaissaient Alexis depuis toujours. Rien ne leur résistait.

Il n'y avait aucune ombre sur cette terrasse abrupte.

Aucune.

Le dernier soir, ils allèrent au restaurant et à la deuxième bouteille de Restina, il lui prit le pouls :

– Ça va aller ?

– Oui.

– Sûr ?

Elle secoua la tête de haut en bas.

– Tu veux revenir vivre à la maison ?

De gauche à droite.

– Où vas-tu aller ?

– Chez une amie… Une fille de la fac…

– Bon…

Il venait de déplacer sa chaise pour partager avec elle le spectacle de la rue.

– Tu as toujours les clefs de toute façon…

– Et toi?

– Moi, quoi?

– Tu ne me parles jamais de tes histoires d'amour... Elle grimaça, enfin... d'amour... de tes histoires, quoi...

– Rien de très excitant, j'imagine...

– Et ta géomètre, là?

– Partie tirer d'autres plans...

Elle lui sourit.

Bien que bronzé, son visage lui sembla extrêmement friable. Il remplit de nouveau leurs verres et la força à trinquer à des jours meilleurs.

Au bout d'un long moment, elle essaya de se rouler une cigarette.

– Charles?

– C'est moi.

– Tu ne lui diras rien, n'est-ce pas?

– Qu'est-ce que tu veux que je lui dise? ricana-t-il. Que je lui parle d'honneur?

La feuille s'était déchirée. Il lui prit son paquet des mains, garnit précautionneusement une gouttière de papier et la porta à sa bouche pour la lécher.

– Je parlais d'Anouk...

Se figea.

– Non, fit-il en recrachant une miette de tabac, non. Bien sûr que non.

Lui tendit sa cigarette et se décala un peu vers le large.

– Tu... tu es encore en contact avec elle ?

– Rarement.

Ses lunettes venaient de retomber sur son nez. Elle n'insista pas.

***

Il pleuvait à Paris. Partagèrent un taxi et se quittèrent aux Gobelins.

– Merci, murmura-t-elle à son oreille. C'est fini, je te promets. Ça va aller...

Il la regarda dévaler les marches du métro.

Dut le sentir car elle se retourna à mi-chemin pour former le O des plongeurs avec son pouce et son index en clignant de l'œil.

Ce petit geste qui réconforte et assure que tout va bien.

Il l'avait crue et s'était éloigné le cœur léger.

Était jeune et naïf alors... Croyait aux signes...

C'était hier et cela fera dix-neuf ans dans quelques semaines.

Elle l'avait bien eu.

7

Il s'était assoupi et quand il revint à lui, Snoopy le dévisageait en silence. C'était le Snoopy d'autrefois, un visage rond, gonflé de sommeil et qui se frottait l'oreille avec sa patte de devant.

L'aube toquait à la fenêtre et il se demanda un instant s'il n'était pas encore en train de rêver. Les murs étaient si roses…

— Tu as dormi là ? lui demanda-t-elle tristement.

Misère, non. C'était la vie. Nouveau round.

— Quelle heure il est ? bâilla-t-il.

Elle s'était retournée et regagnait sa chambre.

— Mathilde…

S'immobilisa.

— Ce n'est pas ce que tu crois…

— Je ne crois rien, lui répondit-elle.

Et disparut.

6 h 12. Se traîna jusqu'à la cafetière et doubla les doses. La journée allait être bien longue…

Frigorifié, s'enferma dans la salle de bains.

Une fesse sur le rebord de la baignoire et le menton écrasé contre son poing, laissa son esprit divaguer dans les bouillons d'eau et la vapeur tiède. Ce qui l'absorbait à présent tenait en peu de mots : Balanda, tu fais chier. Arrête ça, et reprends-toi.

Jusque-là, tu as toujours été capable de trouver ton chemin sans trop réfléchir, tu ne vas pas t'y mettre aujourd'hui. C'est trop tard, tu comprends ? Tu es trop vieux pour t'offrir le luxe de ce genre de débâcle. Elle est morte. Ils sont tous morts. Tire le rideau et occupe-toi des vivants. Il y a derrière ce mur une petite porcelaine de Saxe qui joue les dures mais qui a l'air de bien morfler. Qui se lève beaucoup trop tôt pour son âge… Éteins ce putain de robinet et va lui arracher ses écouteurs une minute.

Frappa doucement et vint s'asseoir par terre, à ses pieds, le dos contre le montant de son lit.

— Ce n'était pas ce que tu crois…

– …

– Où tu es là, ma loyale amie ? murmura-t-il. Tu dors ? Tu écoutes des chansons tristes sous ta couette ou tu te demandes ce que ce vieux con de Charles vient encore te bassiner ?

– …

– Si j'ai dormi sur le canapé, c'est parce que je n'arrivais pas à dormir justement… Et que je ne voulais pas déranger ta maman…

L'entendit se retourner et quelque chose d'elle, son genou peut-être, lui toucha l'épaule.

– Et en même temps que je te raconte ça, je me dis que j'ai tort… Parce que je n'ai pas à me justifier auprès de toi… Tout ça ne te regarde pas, ou plutôt, ne te *concerne* pas. Ce sont des histoires de grands, enfin… d'adultes, et…

Oh, et puis merde, songea-t-il, qu'est-ce que tu es encore en train de t'enliser, là ? Parle-lui d'autre chose.

Leva la tête et inspecta son mur dans la pénombre. Il y avait bien longtemps qu'il ne s'était pas penché sur son petit monde et il adorait ça pourtant. Adorait regarder ses photos, ses dessins, son foutoir, ses posters, sa vie, ses souvenirs…

Les murs d'un enfant qui grandit sont toujours comme une leçon d'ethnologie amusante. Des mètres carrés qui palpitent et se renouvellent sans cesse en bouffant de la Patafix. Où en était-elle aujourd'hui ? Avec quelles copines était-elle allée faire le pitre dans une cabine de photomaton ? Quels étaient les gris-gris du jour et où se cachait le visage de celui qui ferait mieux d'être un arbre pour se laisser enlacer sans se plaindre ?

S'étonna d'y trouver une photo de Laurence et lui qu'il ne connaissait pas. Une photo qu'elle avait prise quand elle était encore enfant. Du temps où son index apparaissait toujours dans un coin de ciel. Ils avaient l'air heureux et l'on apercevait la montagne Sainte-Victoire derrière leurs sourires. Et là une gélule dans un sachet transparent sur lequel on pouvait lire *Be a Star instantly,* un poème de Prévert recopié sur une feuille à grands carreaux et qui finissait par :

À Paris
Sur la terre
La terre qui est un astre.

Des photos d'actrices blondes et lippues, des codes de sites Internet recopiés sur des cartons de bière, des porte-clefs, des peluches idiotes, des flyers laborieux pour des concerts made in RER, des bracelets en rubans, une publicité pour Monsieur G qui fais revenir l'être aimé et assure les examens du premier coup, le sourire de Corto Maltese, un vieux forfait de ski et même cette reproduction de l'Aphrodite de Callimaque qu'il lui avait envoyée pour clore un dossier épineux.

Leur première grande crise…
Était devenu fou parce qu'elle découvrait son ventre.

«Des teintures, des tatouages, des piercings, tout ce que tu veux! hurlait-il, même des plumes dans le cul si ça te chante! mais pas ton ventre, Mathilde. Pas ton ventre…» La forçait à lever les bras au ciel le matin, avant de partir au collège, et la renvoyait dans sa chambre si son tee-shirt remontait au-dessus du nombril.

S'en étaient suivies des semaines de soupe à la grimace bien amère, mais il avait tenu bon. C'était la première fois qu'il lui résistait. La première fois qu'il assumait son rôle de vieux chnoque.

Mais pas son ventre. Non.

«Le ventre d'une femme, c'est ce qu'il y a de plus mystérieux au monde, de plus émouvant, de plus beau, de plus sexe même, pour parler comme dans vos magazines débiles, radotait-il sous le regard condescendant de Laurence, et… Non… Cache-le. Ne les laisse pas te voler ça… Je ne suis pas en train de jouer les pères la morale ou de te parler de décence, Mathilde… Je te parle d'amour. Des tas de types vont essayer de deviner la taille de ton cul ou la forme de tes seins et ce sera de bonne guerre, mais ton ventre, garde-le pour celui que tu aimeras, tu… Tu me comprends?»

«Oui, je crois qu'on a bien compris, là, conclut sèchement sa mère qui avait envie de passer à autre chose. Va mettre ta robe de bure, ma fille.» Il l'avait regardée en secouant la tête et s'était finalement tu. Mais le lendemain, s'était rendu à la boutique du musée du Louvre et lui avait envoyé cette carte au dos de laquelle il avait écrit :

«Regarde, c'est parce que tu ne le vois pas qu'il est si beau.»

Le visage et les vêtements de l'adolescente s'allongèrent, mais elle n'évoqua jamais cette lettre. Il était même persuadé qu'elle l'avait bazardée. Mais non… La revoilà… Entre une chanteuse de rap en string et Kate Moss à moitié nue.

Poursuivit son exploration…

– Tu aimes Chet Baker, toi? s'étonna-t-il.

– De qui? grogna-t-elle.

– Lui, là…

– J'sais même pas qui c'est… Je le trouve juste trop beau.

C'était un cliché en noir et blanc. Quand il était jeune et ressemblait à James Dean. En plus fébrile. En plus intelligent et plus émacié. Était avachi contre un mur et se retenait au dossier d'une chaise pour ne pas tomber plus bas.

Trompette posée sur les genoux et yeux dans le vague.

Elle avait raison.
Juste. Trop. Beau.

– C'est drôle…

– Quoi?

Son souffle s'était rapproché de sa nuque.

– Quand j'avais ton âge… Non, nous étions un peu plus âgés… J'avais un ami qui était fou de lui. Fou, fou, fou. Raide dingue. Qui devait porter le même tee-shirt blanc et connaître cette photo par cœur, j'imagine… Et c'est justement

124

à cause de lui que je me suis gelé les miches sur le canapé cette nuit…

– Pourquoi?

– Pourquoi je me suis gelé les miches?

– Non… Pourquoi il l'aimait à ce point?

– Parce que c'était Chet Baker, tiens! Un immense musicien! Un type qui parlait toutes les langues et tous les sentiments du monde avec sa trompette! Et sa voix aussi… Je vais te prêter mes disques pour que tu comprennes pourquoi tu le trouves si beau…

– C'était qui ce copain?

Charles soupira un sourire. Il n'en sortirait jamais… Pas tout de suite en tout cas, il fallait s'y résoudre.

– Il s'appelait Alexis. Et lui aussi jouait de la trompette… Pas seulement d'ailleurs… Il jouait de tout… Du piano, de l'harmonica, du ukulélé… Il était…

– Pourquoi tu parles de lui au passé? Il est mort?

Décidément…

– Non, mais je ne sais pas ce qu'il est devenu. Ni s'il a continué la musique…

– Vous êtes fâchés?

– Oui… Et tellement bien que je croyais l'avoir effacé… Je croyais qu'il n'existait plus et…

– Et quoi?

– Et non. Il est toujours là... Et c'est parce que j'ai reçu une lettre de lui hier soir que j'ai dormi dans le salon...

– Qu'est-ce qu'il te disait ?

– Tu veux vraiment savoir ?

– Oui.

– Il m'annonçait la mort de sa mère.

– Eh ben... C'est gai... ronchonna-t-elle.

– Tu l'as dit...

– Hé... Charles...

– *Hey*, Mathilde ?

– J'ai un méga devoir de physique super dur pour demain...

Se remit debout en grimaçant. Son dos...

– Tant mieux ! se réjouit-il. Bonne nouvelle ! C'est exactement ce dont j'avais besoin. De la physique super dure avec Chet Baker et Gerry Mulligan. Dimanche de rêve en perspective ! Allez... Rendors-toi, maintenant. Gratte encore quelques heures, ma puce...

Était en train de chercher la poignée de sa porte quand elle insista :

– Pourquoi vous vous êtes fâchés ?

– Parce que... Parce qu'il se prenait pour Chet Baker, justement... Parce qu'il voulait tout faire comme lui... Et tout faire comme lui, c'était faire aussi beaucoup de conneries…

– Comme quoi?

– Comme la dope par exemple…

– Et alors?

– Bon, hé pe-ti-teu fil-leu, bougonna-t-il, les mains sur les hanches et en imitant le gros Nounours de *Bonne nuit les petits*, le marchand de sable est passé-eu et je vais remonter sur mon nua-geu… Tu auras une autre histoire demain… Et seulement si tu es sa-geu. *Pom pom podom.*

Aperçut son sourire dans le bleuté du radio-réveil.

Ensuite refit couler de l'eau chaude et s'enfonça dans son bain jusque par-dessus bord, cheveux et pensées inclus, puis remonta à la surface et ferma les yeux.

***

Et, contre toute attente, ce fut une belle journée de fin d'hiver.

Une journée pleine de poulies et de principe d'inertie. Une journée de *Funny Valentine* et de *How High The Moon*. Une journée totalement indifférente aux lois de la physique.

Son pied marquait la mesure sous ce petit bureau beaucoup trop encombré pour y voir clair et, un double-décimètre à la main, lui tapotait le crâne en rythme quand elle réfléchissait de travers.

Pendant quelques heures, il oublia sa fatigue et ses dossiers. Ses collaborateurs, ses grues migratrices et ses délais tous dépassés. Pendant quelques heures, les forces en mouvement s'exercèrent et se compensèrent enfin.

Une trêve. Un K-O par abandon. Une cure de cuivre. Une perfusion de nostalgie et de « poésie noire », comme ils disaient sur la pochette de l'un des CD.

Les enceintes de l'ordinateur de Mathilde n'étaient pas très bonnes hélas, mais les titres des morceaux s'affichaient sur l'écran et il avait l'impression que tous s'adressaient à lui.

À eux.

In A Sentimental Mood. My Old Flame. These Foolish Things. My Foolish Heart. The Lady Is A Tramp. I've Never Been In Love Before. There Will Never Be Another You. If You

Could See Me Now. I Waited For You
et... *I May Be Wrong*[1]...

Quel raccourci troublant, songeait-il. Et aussi... Et peut-être... Quelque chose comme une oraison presque convenable, non?

Il fallait être bien naïf pour s'approprier ainsi des mots tellement usés. Tellement dits, redits et grossièrement coupés qu'ils vêtiraient n'importe quel couillon de la planète. Mais tant pis, il assumait. Ça lui plaisait de se retrouver dans les titres des musiques ou des chansons comme autrefois. D'être de nouveau ce grand échalas qui bornait sa vie aux émotions des autres.

Un type soufflait dans une trompette et voilà. C'était Jéricho.

Il n'aimait pas trop le «tramp» qui était ambigu... Une vagabonde plutôt... Oui,

---

[1] D'humeur sentimentale. Mon ancien amour. Ces choses insensées. Mon idiot de cœur. La dame est une traînée. Je n'ai jamais aimé auparavant. Il n'y aura jamais personne d'autre que toi. Si tu pouvais me voir aujourd'hui. Je t'ai attendue *et...* Il se peut que je me trompe...

une va-nu-pieds, mais pour le reste, ça lui allait, et son foolish heart emmerdait Newton.

September Song.
Ouvrit sa main. Ce morceau-là, ils l'avaient entendu ensemble...
C'était si loin... Au New Morning, non? Et comme il était beau encore...
Effroyablement beau.
Mais tout esquinté. Maigre, creux, édenté et rongé par l'alcool. Et grimaçant, et se déplaçant avec précaution comme s'il venait juste de se faire tabasser.
Après le concert, ils s'étaient frités à cause de ça justement... Alexis ne devait pas tenir en place, être de nouveau en transe, s'agiter d'avant en arrière et marteler le zinc en fermant les yeux. Lui qui *entendait* la musique, qui la *voyait* encore, qui pouvait lire une partition comme d'autres ripent sur une page de pub, mais qui n'aimait pas tellement ça, lire les partitions... Charles, par contre, en était sorti déprimé. La figure de ce type montrait tant de souffrances et d'épuisement qu'il n'avait pas pu l'écouter, trop effrayé qu'il était, à le dévisager en silence.

– C'est affreux... Avoir tant de talent et se foutre en l'air comme ça...

Son ami lui avait sauté à la gorge. Mauvais chorus. Pluie d'insultes sur celui qui lui avait offert sa place.

– Tu ne peux pas comprendre... avait fini par lâcher Alexis dans un méchant sourire.

– Non...

Et Charles reboutonna sa veste.

– Je ne peux pas.

Il était tard. Devait se lever le lendemain matin. Travaillait.

– Tu ne comprends rien de toute façon...

– Bien sûr... Se délesta de sa mitraille, je sais... Et de moins en moins... Mais à ton âge, il avait déjà fait des trucs magnifiques, lui...

Avait prononcé ses mots si bas que l'autre aurait pu ne pas les entendre. D'ailleurs, il lui tournait déjà le dos. Mais il les avait entendus. Il avait l'oreille fine, ce sagouin... Peu importe, était déjà en train de tendre son verre au-dessus du comptoir...

Se baissa pour récupérer la gomme de Mathilde et en remontant à la surface, sut qu'il appellerait.

Chet Baker s'était jeté de la fenêtre d'un hôtel quelques années après ce concert. Des passants l'avaient enjambé en pensant qu'il s'agissait d'un pochetron endormi et il avait passé la nuit ainsi, démantibulé, sur un trottoir d'Amsterdam.

Et elle?

Voulait savoir. Voulait comprendre pour une fois.

Comprendre.

– Charles?

– ...

– Allô! Allô! Tour de contrôle à Charlie Bravo, vous me recevez?

– Pardon. Bon... alors? Qu'est-ce qui est opposé au poids du mobile, là?

– Hé?

– Quoi?

– J'en peux plus de ta musique...

Coupa le son en souriant. Il avait obtenu ce qu'il voulait.

Fin de l'improvisation.

Il appellerait.

***

Quand Laurence revint du hammam avec son amie Maud, Charles emmena

132

tout ce petit monde à la pizzeria du coin de la rue et ils fêtèrent de nouveau son anniversaire au son de *Come Prima*.

On planta une bougie sur sa part de tiramisu et elle rapprocha sa chaise de la sienne.

Pour la photo.

Pour faire plaisir à Mathilde.

Pour sourire ensemble sur le minuscule écran de son portable.

Puisqu'il devait prendre un avion à sept heures le lendemain matin, régla son alarme à cinq en se frottant les joues.

Dormit peu et mal.

On n'avait jamais vraiment su s'il s'était jeté de cette fenêtre ou s'il en était tombé.

Bien sûr, des traces d'héroïne subsistaient sur la table, mais quand on retourna enfin son aérienne carcasse, il tenait toujours la poignée à la main…

Éteignit son réveil à quatre heures et demie, se rasa, ferma doucement la porte derrière lui et ne laissa pas de petit mot sur la table de la cuisine.

De quoi Anouk était-elle morte? S'était-elle énervée sur une maudite crémone elle aussi pour leur sauver la mise à tous?

Elle avait vu tant de gens mourir... N'en était plus à une fenêtre ou une contrariété près... Surtout à cette époque... La grande époque du New Morning, au début des années 80, quand le sida tuait à tour de bras des gens jeunes et bien portants.

Ils avaient dîné ensemble dans ces sombres eaux là et, pour la première fois, il l'avait vue douter :

– Le plus dur, c'est qu'on est obligés de leur dire...

Elle s'étranglait déjà.

– ... à cause des risques de contamination, tu comprends... On est obligés de leur dire qu'ils vont crever comme des chiens et qu'on ne pourra rien faire pour eux. C'est même la première chose qu'on leur annonce... Pour qu'ils fassent attention de ne plus aller flinguer personne en sortant... Oui, tu vas crever, mais, hé, ne perds pas de temps... Va vite le dire à ceux que tu as aimés. Qu'ils le sachent tout de suite qu'ils vont y passer, eux aussi... Allez ! Cours ! Et, on se revoit le mois prochain, hein !

Et ça, tu vois, c'est la première fois que ça nous arrive... La première fois...

Et là, on est tous dans le même sac… Les grands pontes comme les petites mains… Tous balayés putain… Ah, elle y va, là. Elle nous pilonne bien, la garce… Pas de quartier. Tous des incapables. Tu sais… j'en ai fermé des paupières, et jusqu'à présent eh ben, c'était ma vie, quoi… Oui, bien sûr, tu me connais… Et même si j'ai toujours serré les dents, j'appelais l'aide-soignante quand le corps était descendu au frigo et on refaisait la chambre. Oui, on remettait des draps propres pour le suivant, et puis on l'attendait le suivant, et quand il arrivait, on s'occupait de lui. On lui souriait et on le soignait. On le *soignait*, tu m'entends ? C'est même pour ça qu'on l'avait choisi, ce métier de tarés…

Mais là ? Aujourd'hui ? Qu'est-ce qu'on est censés faire ?

Me vola ma cigarette.

– C'est la première fois de ma vie que je fais l'artiste, Charles… La première fois que je la vois, la Mort, que je lui mets une majuscule. Tu sais, ce truc dans vos devoirs de français, là, que les profs adoraient, c'était comment déjà ?

– Une personnification.

– Non, ça sonnait plus classe…

– Une allégorie?

– Voilà! Je l'allégorise. Je la vois qui rôde avec sa tête de crâne et sa putain de faux. Je la vois. Je la sens. Quand je prends mon service, je sens son odeur dans les couloirs et souvent même, il m'arrive de me retourner en sursaut parce que je l'entends marcher dans mon dos et...

Ses yeux brillaient.

– Tu crois que je deviens dingue? Tu crois que je perds la boule moi aussi, toi aussi?

– Non.

– Et le plus affreux, c'est qu'il y a cette nouvelle donne par-dessus tout le reste... La honte. La maladie honteuse. Le cul ou la came. Donc la solitude. La mort *et* la solitude. La famille qui ne vient pas, les mots compliqués pour embrouiller ces parents débiles qui en sont toujours à renifler la literie de leurs gamins... Oui, madame, c'est une infection pulmonaire, non madame, ça ne se soigne pas. Ah oui, vous avez raison monsieur, on dirait que ça touche d'autres organes aussi... Très perspicace, je vois... Combien de fois j'ai voulu hurler et les prendre par le col pour les secouer jusqu'à ce que leurs préjugés de merde tombent enfin et s'écrasent au pied de… De quoi? De ce qui leur restait d'enfant… De… ça n'a même pas de nom ce qu'on… De ces lits qui n'ont même plus la force de fermer les yeux pour ne plus être obligés de supporter tout ça…

Elle baissa la tête.

– À quoi ça sert de faire des mômes s'ils n'ont pas le droit de te parler de leurs amours quand ils sont grands, hein?

Repoussa son assiette.

– Hein? Et qu'est-ce qui reste alors? Qu'est-ce qui nous reste si on ne se parle pas d'amour ou de plaisir? Nos feuilles de paye? La météo?

S'emportait.

– Les enfants, c'est la vie, merde! Et c'est parce qu'on a baisé nous aussi qu'ils sont là, non? Et qu'est-ce qu'on s'en fout des papiers du sexe de l'autre? Deux garçons, deux filles, trois garçons, une pute, un gode, une poupée, deux fouets, trois menottes, mille fantasmes, il est où, le problème, là? Il est *où*? C'est la nuit, non? Et la nuit, il fait noir! C'est sacré, la nuit! Et même si c'est le jour, c'est… C'est bien aussi…

Elle essayait de sourire et se resservait à boire entre chaque point d'interrogation.

– Tu vois, pour la première fois de ma carrière, je... je ne sers à rien...

Je touchai son coude. J'avais envie de la prendre dans mes bras, je...
– Ne dis pas ça. Moi si je devais mourir à l'hosto, je voudrais que ce soit près de...
Elle me coupa à temps. Avant que je ne bousille tout, encore une fois.
– Arrête. On ne parle pas de la même chose. Toi tu vois un grand jeune homme pâle qui tend le bras vers une putain d'allégorisation, alors que moi je te parle de chiasse, d'herpès et de nécrose. Et quand je te disais comme un chien tout à l'heure, j'étais loin du compte. Les chiens, quand ils souffrent trop, on les pique, eux.

Nos voisins de table la regardaient bizarrement. J'avais l'habitude. Voilà vingt ans que cela se produisait. Anouk parlait toujours trop fort. Ou riait trop vite. Ou chantait trop haut. Ou dansait trop tôt, ou... Anouk allait toujours trop loin et les gens la regardaient en chuchotant des conneries. Passons. En temps normal, elle les aurait apostrophés en levant son verre. « À l'amour ! », aurait-elle cligné de l'œil à l'attention de ce bon père de famille ou « Au cul ! », ou pire même, dépendait du nombre de verres levés auparavant, mais ce soir-là, non. Ce soir-là, l'hôpital avait gagné. Les bien portants ne l'intéressaient plus. Ne la sauvaient plus.

Je ne savais pas quoi dire. Je pensais à Alexis qu'elle n'avait pas vu depuis plusieurs mois. À ses piqués en vrille et ses pupilles toujours dilatées. À ce fils qui lui reprochait d'être né blanc et voulait vivre comme Miles, Parker et tous les autres.

Qui se creusait. Qui n'en pouvait plus de trépigner. Qui se cherchait partout en restant allongé sur son lit toute la journée.

Et qui clignait des yeux dans la lumière du jour...

Avait-elle lu dans mes pensées ?

– Pour les toxicos, c'est encore autre chose... Soit il n'y a personne, soit les parents sont tellement effondrés qu'il faudrait les garder aussi. Et ceux-là, ceux qui sont encore là, ceux qui ont *toujours* été là, tu sais ce qu'ils nous disent ?

Je secouais la tête.

– « C'est de notre faute. »

À l'époque de ce dîner... vers 85 ou 86, je dirais... Alexis était encore relativement clean. Je pense qu'il fumait surtout... Je ne me souviens plus, mais il ne devait pas encore en être aux garrots et aux manches longues, sinon je me serais souvenu de ma réponse. Là, elle me parlait des parents des autres et j'acquiesçais tranquillement. Des autres...

Ce dont je me souviens, c'est que j'avais réussi à dévier le cours de la conversation et que nous bavardions de choses beaucoup plus légères, de mes études, du goût de nos desserts respectifs et du film que j'avais vu le week-end précédent quand son sourire se figea.

– Moi j'étais de garde dimanche, reprit-elle, et... Et il y avait ce gosse, là... à peine plus âgé que toi... un danseur... Il m'avait montré des photos... Un danseur, Charles... Un corps *magnifique* et...

Elle renversa son visage vers le plafond pour tout refouler, sa salive, sa morve et ce qui lui brouillait la vue, puis revint et me tint en joue.

– ... et ce dimanche donc, en lui passant de l'eau camphrée sur le corps, c'est-à-dire en ne faisant rien du tout, en me foutant ouvertement de sa gueule, je l'ai aidé à se pencher pour lui rafraîchir le dos et tu sais ce qui s'est passé sous ma main?

Elle me la montrait.

– Sous cette main, là… Cette main d'infirmière diplômée qui a pansé des milliers de malades depuis plus de vingt ans?

Je ne réagissais pas.

– Sur…

Elle s'interrompit pour vider son verre. Ses narines palpitaient.

– Sur la crête de l'épine dorsale, sa peau, elle s'est…

Je lui tendis ma serviette.

– … déchirée…

***

Il venait de récupérer sa valise et piétinait devant les comptoirs d'embarquement. Ça parlait déjà russe tout autour de lui et trois filles gloussaient en comparant le volume de leurs shoppings respectifs.

On voyait leurs ventres.

Avait envie d'un café.
Et d'une cigarette…

En sortant son livre, laissa tomber le talon du vol précédent qui lui tenait lieu de marque-page. Pas de panique, on lui en donnerait un tout neuf dans quelques mètres…

XXXIII
L'action principale de la bataille de Borodino se déroula sur un espace de deux verstes entre Borodino et les flèches de Bagration (en dehors de cet espace, la cavalerie d'Ouvarov fit une démonstration vers le milieu de la journée et, d'autre part, Poniatowski se heurta derrière Outi…
Pas une fenêtre…
Elle avait toujours eu le vertige…
… tsa à Toutchkov; mais ce furent des combats isolés et sans importance comparé à ce qui se passait au cen…
Il ne comprenait rien de ce qu'il lisait.

Son portable vibra, l'agence. Si tôt?
Non. Le message datait de la veille. C'était Philippe. Un des sbires de Pavlovitch avait envoyé un mail catastrophique. La deuxième chape était à

refaire, une couille dans les calculs, les types de la Voradine ne voulaient rien savoir et on avait retrouvé un type mort sur le site ouest. Un type qui n'était enregistré nulle part bien sûr. La police repasserait.

Allons bon… Pourquoi il n'avait pas disparu celui-là?

Il n'y avait plus de béton?

Prit une longue bouffée d'air pour expirer sa colère, chercha un siège libre, ferma son livre, remit les deux empereurs et leur demi-million de morts chacun au fond de son cartable et sortit ses dossiers. Consulta sa montre, y ajouta deux heures, tomba sur une boîte vocale et se remit à jurer en anglais. Good Lord, s'en donna à cœur joie. Ce fucking bastard ne l'écouterait pas jusqu'au bout de toute façon.

D'un coup, tout dégagea. Alexis, sa cruauté minable, Claire et les petites chapelles de Skopelos, les humeurs de Laurence, les moues de Mathilde, ses souvenirs, leur avenir, les clapotis du passé et tous ces sables mouvants. Hop. Éléments supprimés. Le chantier de ce chantier commençait à lui monter furieusement au nez et il retournerait à sa vie plus tard.

Là, pardon, mais il n'avait plus le temps.

Et Balanda, le Ponts et Chaussées, le *Master of Sciences*, le sorti de Belleville, le DPLG, le membre de l'Ordre, le bourreau de travail, le primé, le médaillé, le tout ce qu'on voudra. Oui, tout ce que vous voulez, tout ce que l'on peut imprimer encore sur une carte de visite quand on en a plein les bottes vira l'autre, le chancelant.

Aaah... Se sentit mieux.

Tout le monde, un jour ou l'autre, lui avait reproché l'importance qu'il accordait à son travail. Ses fiancées, sa famille, ses confrères, ses collaborateurs, ses clients, les femmes de ménage qui officiaient la nuit, et même un médecin, une fois. Les bienveillants le disaient scrupuleux, les autres besogneux ou pire encore, scolaire, et il n'avait jamais vraiment su se défendre.

Pourquoi travaillait-il tant depuis toutes ces années?

À quoi rimaient toutes ces nuits blanches? Cette vie à 1/100e? Ce couple si mal échafaudé? Cette petite raideur dans la nuque ? Ce besoin de monter des murs ?

Ce bras de fer perdu d'avance ?

Que… Non, n'avait jamais su comment se justifier pour être absous. N'en avait jamais ressenti le besoin pour dire les choses honnêtement. Mais là, oui. Si.

Ce matin-là, en se remettant debout, en sortant son passeport, en s'étonnant encore du poids de son bagage et au son de : *Les passagers du vol Air France AF1644 départ sept heures dix à destination de Moscou Sheremetyevo sont priés de se rendre porte 16*, il la tenait sa réponse : c'était pour respirer.

Respirer.

Les heures qui précèdent, le peu qui précède, le gouffre qui précède, pourraient nous suggérer, comment dire… quelques doutes, quant à la clairvoyance de cette riposte, mais bon… Laissons-lui le bénéfice du doute pour une fois.

Laissons-le respirer jusqu'à la porte 16.

8

Le vol passa à neuf cents kilomètres heure. À peine eut-il le temps d'allumer son ordinateur que le commandant de bord annonçait déjà deux degrés au sol, un bon séjour à tous et le baratin habituel de l'Alliance Sky Team.

Il retrouva Viktor, son chauffeur au sourire si doux (un trou, une dent, un trou, deux autres), lequel, avait-il fini par comprendre au bout de dizaines d'heures d'embouteillages (dans aucun autre pays au monde Charles n'avait passé autant de temps à l'arrière d'une voiture. D'abord perplexe, puis inquiet, puis agacé, puis fou, puis... résigné. Ah! c'était donc ça, le légendaire fatalisme russe? Regarder au travers d'une vitre embuée sa bonne volonté se diluer dans le colossal bordel ambiant?), était ingénieur du son dans une autre vie.

Il était bavard, racontait des tas d'histoires formidables auxquelles son passager ne comprenait rien en fumant des cigarettes à l'odeur épouvantable qu'il extrayait de paquets ravissants.

Et quand le portable de Charles sonnait, quand son client s'arc-boutait de nouveau, il s'empressait de mettre la musique à fond. Par discrétion. Pas la Balalaïka ou du Chosta, non, du rock bien local, le sien. Et des larsens bien rouges.

Misère.

Un soir, il avait ôté sa chemise pour lui montrer ce qu'avait été sa vie. Toutes les étapes y tressaillaient là : bien tatouées. Avait écarté les bras et pivoté comme une ballerine devant une pompe à essence sous les yeux écarquillés de Charles.

C'était... étonnant...

Retrouva ses petits camarades français, ses petits camarades allemands et ses petits camarades russes. Enquilla plusieurs réunions, autant de soupirs, de foutage de gueule et d'enculage de mouche, un déjeuner trop long, puis coiffa de nouveau son casque et enfila ses bottes. On lui parla beaucoup, on l'embrouilla, on lui tapa dans le dos et il finit par se marrer avec les gars de Hambourg. (Ceux qui étaient venus pour installer la clim'.) (Mais... où ?)

Oui, finit par en rire. Les poings sur les hanches, la main en visière et les pieds dans la merde.

Se dirigea ensuite vers les préfabriqués des chefs où l'attendaient deux types tout droit sortis d'un film des Karl Marx Brothers. Plus vrais que nature avec leurs gros pétards et leurs airs de cow-boy à la manque. Nerveux, pâles et déjà fébriles. Déjà tellement zélés...

Militsia, lui annonça-t-on.

Bien sûr.

Tous les autres appelés à la barre, des ouvriers pour la plupart, ne parlaient que le russe. Balanda s'étonna de l'absence de son interprète habituel. Il appela le bureau de Pavlov'. Un jeune homme était en route, qui parlait très bien le français, lui assura-t-on. Bien. Justement le voilà qui frappait à la porte, rouge et tout essoufflé.

La discussion commença. L'interrogatoire plutôt.

Mais quand ce fut à son tour de plaider, se rendit vite compte que les sourcils de

Starsky et Hutchoff remuaient bizarre-
ment.
Se retourna vers le traducteur :
— Ils comprennent ce que vous dites,
là ?
— Non, répondit l'autre, ils disent le
Tadjik pas boire.
Euh...
— Non, mais ce que je vous ai dit
avant... Sur les contrats de monsieur
Korolev...
Il acquiesça, recommença, et les milit-
silles pupilles s'arrondirent de nouveau.
Alors ?
— Eux disent vous garanteur.
??!?
— Pardon de vous demander ça, mais...
vous parlez le français depuis combien de
temps ?
— À Greynôble... répondit-il dans un
sourire angélique.
Oh putain...
Charles se frotta les paupières.
— Sigaryèt ? demanda-t-il au plus jeune
des deux shérifs en tapotant son index et
son majeur contre ses lèvres.

Spassiba.
Exhala une longue bouffée, une délicieuse bouffée de monoxyde de carbone

et de pur découragement en contemplant le plafond d'où pendouillait un néon cassé entre deux fléchettes.

Et là, eut une pensée pour Napoléon... Ce technicien de génie qui, il l'avait lu quelques chapitres plus tôt, n'avait pas gagné la bataille de Borodino parce qu'il souffrait d'un rhume de cerveau.

Allez savoir, se sentit soudain très solidaire. Non, mon gars, on ne t'en veut pas... C'était perdu d'avance ton affaire... Ces mecs-là sont beaucoup trop forts pour nous.

Beaucoup, beaucoup trop forts...

Finalement Pavlovitch arriva, Fiat Lux, accompagné d'un « officiel ». Un ami du beau-frère de la sœur de la belle-mère du bras droit de Loujkov, ou à peu près.

– Loujkov ? s'étonna Charles, *you mean... the... the mayor* ?

L'autre ne prit pas la peine de lui répondre, déjà trop absorbé par les présentations.

Charles sortit. Dans ces cas-là, il sortait toujours et tout le monde lui en savait gré.

Fut aussitôt rejoint par son super Assimil et se fendit d'un peu de zèle, lui aussi :

– Alors comme ça vous êtes allé à Grenoble?

– Non, non! le corrigea-t-il, moi je m'habite ici de par le jour!

Bon.

La lumière était tombée. Les engins se turent. Certains ouvriers le saluèrent pendant que d'autres les poussaient dans le dos pour les faire avancer plus vite et Viktor le raccompagna à son hôtel.

Il eut de nouveau droit à sa leçon de russe. Toujours la même.

Roubles, c'est roubli, euros, c'est yévra, dollar, hé… c'est dollar, crétin tendance «Allez… Avance, quoi…», c'est kaziol, crétin tendance «Tu me laisses passer, connard!», c'est moudak, et «Bouge ton cul!», c'est Cheveli zadam.

(Entre autres…)

Charles révisait distraitement, hypnotisé qu'il était par les kilomètres et les kilomètres et les kilomètres et les kilomètres de cages à poules en barres. C'était ce qui l'avait le plus frappé lors de son premier séjour à l'Est alors qu'il était encore étudiant. Comme si le pire de nos périphéries, le plus minant de nos HLM, n'en finissaient jamais de se propager.

L'architecture russe pourtant... Oui, l'Architecture Russe, c'était quelque chose...

Se souvenait d'une monographie de Leonidov que Jacques Madelain lui avait offerte...

On la connaissait l'Histoire... Ce qui était beau avait été détruit parce que c'était beau, donc bourgeois, ensuite on avait entassé tout un peuple dans... dans ça, et dans le peu de beau qui restait, eh bien, la nomenklatura s'y était installée.

Oui. On la connaît. Pas besoin de nous pontifier de la misère de comptoir à l'arrière d'une Mercedes doublée cuir avec le chauffage réglé à vingt degrés de plus que dans leurs cages d'escalier.

Hein, Balanda?

Oui, mais?

Allez, allez... Cheveli zadam.

***

Pendant que l'eau coulait, appela l'agence et résuma sa journée à Philippe, le plus concerné de ses associés. Des mails lui avaient été forwardés qu'il devait lire dans l'heure pour donner ses instructions. Il fallait aussi rappeler le bureau d'études.

– Pourquoi?

–Ben… Pour cette histoire de chape… Pourquoi tu ricanes? s'inquiétait-on à Paris.

– Pardon. C'est nerveux.

Évoquèrent ensuite d'autres chantiers, d'autres devis, d'autres marges, d'autres emmerdes, d'autres décrets, d'autres bruits de couloir de leur petit monde et, avant de raccrocher, Philippe lui annonça que c'était Maresquin et sa clique qui avaient décroché Singapour.

Ah?

Il ne savait plus s'il devait s'en désoler ou s'en réjouir.

Singapour… 10 000 kilomètres et sept heures de décalage…

Et soudain, dans la seconde, se souvint qu'il était extrêmement fatigué, qu'il n'avait pas eu son compte de sommeil depuis… des mois, des années, et que son bain allait déborder.

En revenant, chercha des prises pour recharger ses différentes batteries, jeta sa veste en travers du lit, défit les premiers boutons de sa chemise, s'accroupit, resta un moment perplexe dans la clarté froide du minibar, puis revint s'asseoir auprès de son vêtement.

Sortit son agenda.

Fit semblant de s'intéresser à ses rendez-vous du lendemain.

Fit semblant de le feuilleter avant de le ranger.

Comme ça. Comme on tripote un objet bien à soi quand on est loin des siens.

Et puis tiens…

Tomba sur le numéro d'Alexis Le Men.

Ça alors…

Son portable était encore sur la table de nuit.

Le considéra.

À peine eut-il le temps de composer l'indicatif et les deux premiers chiffres de son numéro que son ventre le tra… Referma son poing et se précipita aux toilettes.

En relevant la tête, se cogna contre son reflet.

Pantalon aux chevilles, mollets blancs, genoux cagneux, bras en camisole, visage contracté, regard misérable.

Un vieillard…

Ferma les yeux.

Et se vida.

Son bain lui sembla tiède. Il frisson-
nait. Qui d'autre pouvait-il appeler?
Sylvie... La seule véritable amie qu'il lui
eût jamais connue... Mais... comment
la retrouver? C'était quoi son nom,
déjà? Brémand? Brémont? Et est-ce
qu'elles étaient encore en contact? Vers
la fin, du moins? Est-ce qu'elle saurait
le renseigner?

Et... avait-il envie de le savoir lui-
même?

Elle était morte.

Morte.

N'entendrait plus jamais le son de sa
voix.

Le son de sa voix.

Ni son rire.

Ni ses colères.

Ne verrait plus jamais ses lèvres se
tordre, trembler ou s'étendre à l'infini.
Ne regarderait plus jamais ses mains.
L'envers de son poignet, le tracé de ses
veines, le creux de ses cernes. Ne
saurait plus jamais ce qu'elle cachait, si
bien, si mal, si loin, derrière ses sourires
fatigués ou ses grimaces idiotes. Ne la
regarderait plus en douce. Ne lui prendrait plus le bras au débotté. Ne...

À quoi ça l'avancerait de remplacer
tout cela par une cause de décès? Qu'y

gagnerait-il ? Une date ? Des détails ? Le nom d'une maladie ? Une fenêtre récalcitrante ? Un dernier faux pas ?

Franchement...

Le sordide en valait-il la chandelle ?

Charles Balanda se vêtait de propre et tirait sur ses lacets en se broyant les molaires.

Il le savait. Qu'il avait peur de connaître la vérité.

Et le faraud en lui, posait la main sur son épaule en le baratinant : Allons... Laisse donc... Reste avec tes souvenirs... Garde-la comme tu l'as connue... Ne l'abîme pas plus... C'est le plus bel hommage que tu puisses lui rendre, tu le sais bien... De la retenir encore de cette manière... Absolument vivante.

Mais le lâche, pesait sur sa nuque au contraire, et lui murmurait à l'oreille : Et puis tu t'en doutes, hein, qu'elle est partie comme elle a vécu ?

Seule. Seule et dans le désordre.

Complètement larguée dans ce monde beaucoup trop petit pour elle. Ce qui a dû la tuer ? Mais ce n'est pas difficile à deviner... Ses cendriers. Ou ces verres qui ne l'apaisaient jamais. Ou ce lit qu'elle n'ouvrait plus. Ou... Et toi ?

Qu'est-ce que tu viens faire chier avec l'encensoir, là ? T'étais où avant ? Si tu avais été là, tu ne serais pas en train de faire dans ton froc à l'heure qu'il est…

Allons, un peu de dignité, mon garçon, tu sais ce qu'elle en ferait, de ta compassion ?

Vos gueules, grinça-t-il, vos gueules.

Et parce qu'il était si fier, c'est le couard qui recomposa le numéro de son pire ennemi.

Qu'allait-il dire ? « Balanda à l'appareil » ou « C'est Charles… » ou « C'est moi » ?

À la troisième sonnerie, sentit sa chemise lui coller dans le dos. À la quatrième, ferma la bouche pour se refabriquer un peu de salive. À la cinquième…

À la cinquième, entendit le cliquetis d'un répondeur et une voix féminine pépier : « Bonjour, vous êtes bien chez Corinne et Alexis Le Men, merci de nous laisser un message, nous vous rappellerons dès que… »

Se racla la gorge, laissa passer quelques secondes de silence, une machine enregistra son souffle à des milliers de kilomètres, et raccrocha.

Alexis…
Enfila son imperméable.
Marié…
Claqua la porte.
Avec une femme…
Appela l'ascenseur.
Une femme qui s'appelait Corinne…
S'y engouffra.
Et qui vit avec lui dans une maison…
Descendit six étages.
Une maison où il y avait un répondeur…
Traversa le hall.
Et…
Se dirigeait à présent vers les courants d'air.
Et… et des chaussons alors ?

– *Please, Sir !*
Se retourna. Le concierge secouait quelque chose au-dessus du comptoir. Il revint en se frappant le front, reprit son trousseau de clefs et lui tendit celle de sa chambre en échange.

Un autre chauffeur l'attendait. Beaucoup moins exotique celui-là, et dans une voiture française. L'invitation était gentiment tournée, mais Charles ne se faisait aucune illusion : le bon petit soldat retournait au front… Et quand ils franchirent les grilles de l'ambassade, se résolut enfin à lâcher son portable.

Il mangea peu, n'admira pas, cette fois, le mauvais goût sublime de la maison Igoumnov, répondit aux questions qu'on lui posait et débita les anecdotes que l'on voulait entendre. Joua son rôle à la perfection, se tenait droit, s'agrippait aux manches de ses couverts, montait au filet, retournait plaisanteries et allusions, haussait les épaules quand c'était nécessaire, opinait, et riait même, et aux bons endroits, mais se défaisait, s'émiettait et se fissurait tranquillement.

Observait ses phalanges se recroqueviller et blanchir le long de son verre.

Le briser, saigner peut-être, et quitter la table...

Anouk était revenue. Anouk reprenait sa place. Toute la place. Comme avant. Comme toujours.

Où qu'elle soit, d'où qu'elle fût, elle le regardait. Se moquait de lui gentiment, commentait les manières de ses voisins, la morgue de ces gens, les bijoux de ces dames, le bien-fondé de tout cela et lui demandait ce qu'il faisait parmi eux.

– Qu'est-ce que tu fais là, mon Charles ?

– Je travaille.

– Ah bon ?

– Oui.

– ...

– Anouk... S'il te plaît...

– Tu te souviens de mon prénom, alors ?

– Je me souviens de tout.

Et son visage s'assombrit.

– Non, ne dis pas ça... Il y a des choses... des moments que... Je... Je voudrais que tu les aies oubliés...

– Non. Je ne crois pas. Mais...

– Mais ?

– Peut-être que nous ne parlons pas des mêmes...

– J'espère, sourit-elle.

– Tu...

– Je...

– Tu es toujours aussi belle...

– Tais-toi, idiot. Et lève-toi. Regarde... Ils retournent tous au salon...

– Anouk ?

– Mon grand ?

– Où étais-tu ?

– Où j'étais ? Mais ça, c'est à toi de me le dire... Allez, va les rejoindre. Tout le monde t'attend.

160

– Tout va bien? lui demanda son hôtesse en lui désignant un fauteuil.

– Oui, merci.
– Vous êtes sûr?
– Fatigué...

Ben voyons...
Elle avait bon dos, la fatigue. Depuis combien d'années se servait-il d'elle, bien planqué dans le flou de ses plis lâches? Cet écran si respectable et tellement, tellement commode...
C'est vrai, c'est chic la fatigue comme sillon d'une belle carrière. Flatteur, même. Une belle médaille épinglée sur un cœur désœuvré.

Il se coucha en pensant à elle, frappé, une fois encore, par la pertinence des lieux les plus communs. Ces phrases hagardes que l'on prononce quand les clous sont vissés : « Je n'ai pas eu le temps de lui dire au revoir... » ou « Si j'avais su, je lui aurais dit au revoir mieux que cela... » ou « J'avais encore tellement de choses à lui dire... »

Je ne t'ai même pas dit au revoir.

N'espéra aucun écho cette fois. C'était la nuit, et la nuit, elle n'y était plus. Soit elle travaillait, soit elle se racontait son histoire ou ses vastes plans de batailles en laissant à Johnny Walker et Peter Stuyvesant le soin de tourner les pages et de déplacer la cavalerie légère jusqu'à ce qu'elle finisse par s'oublier, capituler, et s'endormir enfin.

Mon Anouk...
S'il y avait un paradis, tu serais déjà en train de vamper saint Pierre...
Si.
Je te vois.
Je te vois lui papilloter la barbe et lui prendre ses clefs des mains pour les faire briller contre ta hanche.
Quand tu étais en forme, rien ne te résistait, et quand nous étions enfants, tu nous emmenais au ciel quand tu voulais.
Combien de portes ton sourire a-t-il enfoncées ? De queues avons-nous grugées ? De mètres avons-nous res-quillés ? De panneaux avons-nous retournés, contournés, bravés ?
Combien de bras d'honneur, de grincheux, de barrières et d'interdits ?
« Donnez-moi la main les gars, conspi-

rais-tu, et tout va bien se passer…» Et nous adorions ça, que tu nous appelles les gars alors que nous sucions encore nos pouces et que tu nous broies les phalanges en montant à l'assaut. Nous avions les chocottes, et même aussi un peu mal quelquefois, mais nous t'aurions suivie au bout du monde.

Ta Fiat pourrie nous tenait lieu de bateau, de tapis volant, de diligence. Tu encourageais tes quatre petits chevaux fiscaux en jurant comme le gros Hank dans *Lucky Luke*, Yeah! Hue Patte folle!!! Ton fouet claquait le long des périphériques et tu mâchais ta cigarette pour le plaisir de nous voir sursauter quand tu recrachais ta chique à la fenêtre.

Avec toi, la vie était épuisante, mais la télé restait éteinte. Et tout était possible.

Tout.

À condition de ne jamais lâcher ta main…

Tu nous avais même refait le coup quand les Marlboro avaient remplacé les tubes de Nestlé, tu t'en souviens? Nous revenions du mariage de Caroline et devions être en train de cuver nos cotillons à l'arrière quand tes cris d'angoisse nous avaient réveillés.

« Allô, allô, XB 12, vous m'entendez ? »

Nous émergeâmes en ronchonnant au beau milieu d'un pré et tous phares éteints pendant que tu t'adressais à l'allume-cigare sous la lumière faiblarde du plafonnier. « Vous m'entendez ? suppliais-tu. Notre vaisseau est en rade, mes Jidailles sont dans le mazout et j'ai l'Alliance rebelle aux fesses... Qu'est-ce que je fais Obi-bidule-Kenobi ? »

Alexis était accablé et grogna un putain tout pâteux sous le regard d'une vache effarée mais tu riais trop pour pouvoir l'entendre. « Pourquoi vous m'emmenez voir des films aussi idiots, aussi ?! » Puis nous avions retrouvé les ornières de l'hyperespace et je t'avais regardée sourire dans le rétro pendant un bon moment.

Je voyais la petite fille que tu avais dû être, ou que tu aurais été si l'on t'avait permis, alors, de faire des farces...

Assis derrière toi, je regardais ta nuque et je me disais : Est-ce que c'est parce qu'elle a eu une enfance aussi pourrie qu'elle a enchanté la nôtre ?

Et je réalisais que j'étais en train de vieillir, moi aussi…

Plusieurs fois, je touchai ton épaule pour m'assurer que tu ne t'endormais pas et, à un moment, tu as posé ta main sur la mienne. Le péage me l'avait reprise, mais que d'étoiles autour du vaisseau cette nuit-là, hein?

Que d'étoiles…

Oui, s'il y a un paradis, tu dois nous mettre une belle pagaille là-haut…

Mais… qu'y avait-il?

Qu'y avait-il après toi?

S'endormit les mains le long du corps. Nu, barbouillé, et seul, rue Smolenskaya, à Moscou en Russie. Sur cette petite planète qui était devenue, et ce fut sa dernière pensée consciente, terriblement ennuyeuse.

9

Se leva, retourna dans son bourbier, s'enferma de nouveau dans un baraquement enfumé, représenta ses papiers, reprit l'avion, récupéra sa valise, monta dans un taxi au rétroviseur duquel pendait une main de Fatma, retrouva une femme qui ne l'aimait plus et une jeune fille qui ne s'aimait pas encore, les embrassa toutes les deux, honora ses rendez-vous, déjeuna avec Claire, toucha à peine son assiette, lui assura que tout allait bien, biaisa quand la conversation s'éloignait des espaces boisés classés et des opérations de maintenance programmées sur des bâtiments issus de la décentralisation, comprit que la fissure était en train de gagner du terrain quand il la vit disparaître au coin de la rue et que son cœur se cassa la gueule dans ses chaussures, secoua la tête, tenta de se disséquer sur le boulevard des Italiens, se fora en silence, analysa la qualité du terrain, conclut qu'il était en butte à une manifestation de pure complaisance, se méprisa, se cingla, fit volte-face, mit un pied devant l'autre et recommença, changea ses devises, se remit à fumer, fut désormais incapable d'absorber la moindre goutte d'alcool, perdit du poids, gagna des appels d'offres, se rasa moins souvent, sentit la peau de son visage se desquamer par endroits, renonça à scruter la bonde quand il se lavait les cheveux, devint moins loquace, se sépara de Xavier Belloy, reprit rendez-vous chez l'ophtalmo, rentra de plus en plus tard, et souvent à pied, souffrait d'insomnies, marchait le plus possible, se repérait aux bordures des trottoirs, traversait en dehors des clous, franchissait la Seine sans lever le nez, n'admira plus Paris, ne toucha plus Laurence, réalisa qu'elle creusait comme une gouttière dans la couette entre leurs deux corps quand elle se couchait la première, se mit à regarder la télévision pour la première fois de sa vie, fut sidéré, réussit à sourire à Mathilde quand elle lui annonça sa note de physique, ne réagissait plus quand il la surprenait faire son marché sur LimeWire, se foutait éperdument du pillage ambiant, se relevait la nuit, buvait des litres d'eau sur le carrelage froid de la cuisine, essaya de lire, finit par abandonner Koutouzov et ses troupes à Krasnoïé, répondait aux questions qu'on lui posait, répondit non quand Laurence le menaça d'une vraie conversation, se répéta quand elle lui demanda si c'était par lâcheté, resserra sa ceinture, fit ressemeler ses derbys, accepta une invitation à Toronto pour une conférence sur les environmental issues in the construction industry qui le laissait totalement indifférent, se mit en rogne contre une stagiaire, finit par lui débrancher son ordinateur, attrapa un crayon au hasard et lui ficha entre les mains, allez-y, s'impatienta-t-il, montrez-moi, *vous*, montrez-moi ce que je devrais voir, mit en branle un projet pour un complexe hôtelier près de Nice, fit un trou de cigarette dans la manche de sa veste, s'endormit au cinéma, perdit ses nouvelles lunettes, retrouva son livre sur Prouvé, se rappela sa promesse, alla donc toquer chez sa grande un soir et lui lut ce passage à haute voix : « Je me souviens de mon père me disant : *Tu vois comment l'épine s'accroche sur la tige de cette rose ?* Ce faisant, il ouvrait sa paume, en parcourant d'un doigt le contour : *Regarde… Comme le pouce sur la main. Tout cela est bien fait, tout cela est solide, ce sont des formes d'égale résistance, malgré tout, c'est souple.* Cela m'est resté. Si vous regardez certains meubles que j'ai faits, on retrouve un peu partout un dessin de choses qui… », réalisa qu'elle n'en avait rien à carrer, se demanda comment cela était possible, elle qui était si curieuse autrefois, quitta sa chambre à reculons, le rangea au hasard, s'adossa contre le montant de la bibliothèque, observa son pouce, referma son poing, soupira, se coucha, se leva, retourna dans son bourbier, s'enferma de nouveau dans un baraquement enfumé, représenta ses papiers, reprit l'avion, récu…

Cela dura des semaines et eût pu tout aussi bien durer des mois ou des années.
Puisque c'était le faraud, en fin de compte, qui avait remporté la mise.
Et comme c'était logique… Ce sont toujours les farauds qui gagnent, non ?

Voilà presque vingt ans déjà qu'il vivait auprès d'elle sans jamais la voir, alors pourquoi se laisser impressionner aujourd'hui par trois petits mots qui n'avaient même pas eu l'élégance de se présenter? Oui, c'était l'écriture d'Alexis mais… et alors? Qui était-ce, cet Alexis?

Un voleur. Un type qui trahissait ses amis et laissait son amoureuse se faire avorter toute seule, et le plus loin possible.

Un fils ingrat. Un petit blanc. Un petit blanc talentueux peut-être, mais si lâche…

Il y a des années de cela, quand il avait… Non, quand elle avait… Non, quand la vie, disons, eut renoncé pour eux, Charles réalisa, et ce fut très pénible, qu'il avait beaucoup de mal à lire les cotes de ce projet que d'autres appelaient l'existence. Ne voyait pas bien comment tout cela pouvait tenir debout quand les fondations étaient si poreuses et se demanda même s'il ne s'était pas trompé depuis le début… Lui? Ce tas de gravats? Bâtir quelque chose? La bonne blague. Donna le change puisqu'il n'avait pas le choix, mais mon Dieu, ce fut… fastidieux.

Et puis un matin, s'ébroua, grogna, retrouva l'appétit, du plaisir au plaisir et le goût de son métier. Il était jeune et doué, lui répétait-on. Eut la faiblesse de recommencer à le croire, se força, et empila ses briques comme les autres.

Il la nia. Pire encore, la minimisa.

Réduisit l'échelle.

Enfin… C'est ce qu'il s'était bricolé… Jusqu'à ce qu'il tombe, un dimanche après-midi, sur un magazine qui traînait chez ses parents… Avait arraché la page et l'avait relue, debout, dans le métro, avec son frichti de restes sous le bras.

Tout était là, noir sur blanc, entre une pub pour une cure thermale et le courrier des lecteurs.

Plus qu'une révélation, ce fut un soulagement. Ainsi donc, il aurait développé ce truc-là ? Le syndrome du membre fantôme ? On l'avait amputé mais son crétin de cerveau n'avait pas suivi et continuait de lui envoyer des messages erronés. Et, bien qu'il n'y ait plus rien, parce qu'il n'y avait plus rien, cela il ne pouvait le nier, continuait de percevoir des sensations bien réelles. « Chaud, froid, picotements, fourmillements, crampes, et douleurs même, parfois… », précisait l'article.

Oui.

Exactement.

Il souffrait de tout cela.

Mais nulle part.

En fit une boulette, fila les tranches de rôti froid à son coloc', baissa la lampe et redressa sa table. C'était un esprit cartésien qui avait besoin de démonstrations pour continuer à avancer. Celle-ci le convainquit. Et l'apaisa.

En quoi les choses devraient-elles changer vingt ans après?

C'était ce fantôme-là qu'il aimait, et les fantômes, hé, ça ne meurt jamais…

Subit donc l'énumération qui précède, mais sans en pâtir plus que cela. Avait maigri? C'était plutôt une bonne chose. Travaillait davantage? Personne ne verrait la différence. S'était remis à fumer? Il arrêterait de nouveau. Se cognait dans des passants? On l'excusait. Laurence perdait pied? Chacun son tour. Mathilde préférait ces feuilletons débiles? Tant pis pour elle.

Rien de grave. Juste un mauvais coup sur le moignon. Ça passerait.

Peut-être en effet.

Peut-être qu'il aurait continué de vivre ainsi mais en plus léger. Peut-être qu'il aurait viré les virgules et se serait donné le mal de revenir à la ligne plus souvent.

172

Oui, peut-être qu'il nous aurait encore sorti ses conneries de respiration…

Mais il avait fini par céder.

À ses instances, à son gentil chantage, à sa voix qu'elle avait modulée chevrotante et qui tortillait le fil du téléphone.

D'accord, avait-il soupiré, d'accord.

Et était revenu déjeuner entre ses vieux parents.

Il ignora la console encombrée et le miroir de l'entrée, accrocha son imperméable en se tournant le dos et les rejoignit dans la cuisine.

Ils furent parfaits tous les trois, mastiquèrent longuement chaque bouchée et prirent grand soin d'éviter le sujet qui les avait réunis. Au café cependant, et sur l'air de oh-comme-c'est-idiot-mais-j'allais-oublier, Mado craqua et s'adressa à son fils en regardant bien au-delà de son épaule :

— Tiens, au fait, j'ai appris qu'Anouk Le Men était enterrée près de Drancy.

Il réussit à tenir la note.

— Ah, oui ? Je croyais qu'elle était dans le Finistère… Et comment tu sais ça ?

— Par la fille de son ancienne propriétaire…

Puis renonça.

– Alors, ça y est ? Vous avez fini par faire abattre le vieux cerisier ?

– Bien obligés... À cause des voisins, tu sais... Devine combien ça nous a coûté ?

Sauvé.

C'est ce qu'il crut du moins, mais, alors qu'il se relevait, elle posa sa main sur son genou :

– Attends...

S'inclina vers la table basse et lui tendit une grande enveloppe en papier kraft.

– En faisant un peu de tri l'autre jour, j'ai retrouvé des photos qui devraient t'amuser...

Charles se raidit.

– Tout cela est passé si vite, murmura-t-elle, regarde celle-ci... Comme vous étiez mignons tous les deux...

Alexis et lui se tenaient par l'épaule. Deux Popeye hilares qui fumaient la pipe en gonflant leurs minuscules biceps.

– Tu te souviens... C'était ce type bizarre qui vous déguisait tout le temps...

Non. Il n'avait pas envie de se souvenir.

– Allez, la coupa-t-il, je dois y aller maintenant...

– Tu devrais les garder...

– Mais non. Qu'est-ce que tu veux que j'en fasse?

Était en train de chercher ses clefs quand Henri vint le rejoindre.

– Pitié, plaisanta-t-il, ne me dis pas qu'elle a emballé la tarte!

Charles regarda l'enveloppe frémir sous le pouce de son père, suivit les côtes de son gilet, ses boutons usés, sa chemise blanche, cette cravate impeccable qu'il nouait chaque matin que Dieu faisait depuis plus de soixante ans, ce col rigide, sa peau diaphane, ces sillons de poils blancs que la lame avait oubliés et ce regard enfin.

Le regard d'un homme discret qui avait vécu toute une vie auprès d'une femme autoritaire, mais qui ne lui avait pas tout concédé.

Non. Pas tout.

– Prends-les.

Il obéit.

Ne pouvait ouvrir sa portière tant que l'autre demeurait immobile.

– Papa, s'il te plaît...

– …
– Hé! Il faut que tu te pousses, là!
Ils se dévisagèrent.
– Ça va?
Le vieux monsieur, qui ne l'avait pas entendu, s'écarta dans un aveu :
– Moi, c'était moins…
Un camion passa.

Aussi longtemps que la rue le lui permit, Charles observa sa silhouette rapetisser à l'envers de l'horizon.
Qu'avait-il marmonné au juste?
Nous ne le saurons jamais. Son fils, lui, devait avoir sa petite idée mais la perdit au feu suivant dans les pages de son guide de banlieue.
Drancy.
On le klaxonna. Il cala.

10

Son avion pour le Canada était à dix-neuf heures et elle se trouvait à quelques kilomètres de l'aéroport. Quitta l'agence à l'heure du déjeuner.

« Le cœur en bandoulière », voilà une jolie expression.

Partit le cœur en bandoulière, donc.

À jeun, ému, nerveux comme pour un premier rendez-vous.

Ridicule.

Et inexact.

Il n'allait pas au bal mais dans un cimetière et c'était plutôt en écharpe qu'il était, ce petit muscle estropié.

Parce que ça battait là-dedans, oui, mais n'importe comment. Ça cognait comme si elle était vivante, comme si elle le guettait sous les ifs et commencerait d'abord par le houspiller. Ah, enfin ! Mais tu en as mis du temps ! Et qu'est-ce que c'est que ces fleurs horribles que tu m'as apportées? Tiens pose-moi ça là et foutons le camp. Quelle idée aussi de me donner rendez-vous dans un clamart... T'es tombé sur la tête ou quoi?

Encore une fois, elle exagérait... Y jeta un bref coup d'œil. Elles étaient très bien, ces fleurs...

En camisole, oui.

Hé, Charles...
Je sais, je sais... Mais laissez-moi...
Encore quelques kilomètres, messieurs les bourreaux...

***

C'était en banlieue, un petit cimetière de province. Pas d'ifs, non, mais des grilles en fer forgé, du Saint-Esprit aux fenêtres des caveaux et du lierre sur les murs. Un cimetière à bedeau, avec un robinet rouillé et des arrosoirs en zinc. Il en fit vite le tour. Les derniers arrivés, c'est-à-dire les tombes les plus laides, dataient des années 80.

Fit part de sa perplexité à une petite dame qui briquait ses regrettés.

178

– Vous devez confondre avec celui des Mévreuses… Maintenant, les gens, c'est là-bas qu'on les enterre… Nous, c'est une concession de famille… Et encore, on a dû se battre vous savez, parce que les…

– Mais… C'est loin ?

– Vous êtes en voiture ?

– Oui.

– Alors, le mieux, c'est que vous repreniez la nationale jusqu'au Leroy-Merlin et… Vous voyez où il est ?

– Ne… non… répondit Charles qui commençait à trouver son bouquet un peu encombrant, mais euh… continuez, je trouverai…

– Sinon vous pouvez vous repérer au Leclerc…

– Ah ?

– Oui, vous passez devant, ensuite sous la ligne de chemin de fer, et après la déchetterie, c'est sur la droite.

Qu'est-ce que c'était que ce plan merdeux encore ?

Il la remercia et s'éloigna en ruminant.

N'avait pas détaché sa ceinture, que déjà, il était effondré.

C'était exactement comme elle avait dit : après le Leroy-Merlin et le Leclerc, une fourrière à macchabées accolée au site de la DDE. Avec le RER au-dessus et les gros porteurs en sourdine.

Des bennes de tri sur le parking, des sacs en plastique accrochés aux buissons et des murs en plaques de béton qui servaient de pissotières à tous les tagueurs du coin.

Non, secoua-t-il la tête, non.

Il n'était pas bégueule pourtant. C'était son boulot de constater ce que les promoteurs avaient salopé, mais non.

Sa mère avait dû se tromper... Ou l'autre avait dû confondre... La fille de la propriétaire, tu parles... Comme elle lui avait pourri la tête, celle-ci aussi... Ce n'était pas dur d'impressionner une jeune femme qui élevait son fils seule et rentrait claquée à l'heure où cette conne emmenait ses ratiers chier au square... Mais oui... ça lui revenait maintenant... Madame Fourdel... Une des rares personnes au monde devant laquelle Anouk n'en menait pas large... Le loyer... Le loyer de la mère Fourdel...

L'absurdité de ce parking, c'était la dernière crasse de l'usurière. Un mauvais tour, une erreur de commérages, une adresse retenue de travers. Anouk n'avait rien à voir avec cet endroit.

Charles garda longtemps la main crispée sur sa clef et la clef dans le démarreur.

Bon. Un tour vite fait.

Laissa les fleurs.

Pauvres morts...

Comme ça devait peser lourd, tout ce mauvais goût...

Des couvercles de marbre qui brillaient comme du Formica de cuisine, des fleurs en plastique, des livres ouverts à la porcelaine savamment craquelée, des photos hideuses dans du Plexiglas jauni, des ballons de foot, des brelans d'as, de sémillants brochets, des apostrophes débiles, du dégoulinant de regrets à la con. Et tout ça gravé pour l'éternité.

Un berger allemand en or.

Repose mon maître, je veille à tes côtés.

C'était probablement moins grave que ça, du moins plus tendre, mais notre homme avait décidé de tous les haïr.

Sur la terre comme au ciel.

Un cimetière franchouillard quadrillé comme une ville américaine. Des allées numérotées, des lits au carré, des fléchages pour l'âme du B23 et le repos du H175, des alignements chronologiques, les froids devant, les plus tièdes au fond, du gravier bien concassé, une mise en garde pour les déchets recyclables et une autre pour les saloperies fabriquées en Chine, et toujours, toujours, le vacarme de ces putain de trains au ras de leur sommeil.

Et là, c'était l'architecte qui se révoltait. Devait quand même y avoir un cahier des charges à respecter pour les morts, non ? Au moins un minimum ?! Un peu de paix, pardon, mais ce n'était pas prévu ?

Mais non… On s'était foutu de leurs gueules vivants, en les entassant dans des merdes de Phénix qu'ils avaient payées trois fois leur prix en s'endettant sur vingt ans, alors pourquoi ça devrait changer une fois canés ? Et combien ça leur avait coûté une vue sur la déchetterie pour perpète ?

Oh… et puis c'était leur problème après tout… Mais sa belle ? S'il la trouvait dans ce dépotoir, il…

Vas-y. Finis ta phrase. Qu'est-ce que tu ferais, mon con ? T'irais gratter pour la sortir de là ? Tu lui épousseterais sa jupe et la prendrais dans tes bras ?

Inutile. Il ne nous entend pas de toute façon. Un convoi de marchandises soulève des sacs de supermarché et les raccroche un peu plus loin.

***

Ce n'était plus la Fiat et pas encore le Faucon Millenium de Han Solo, ce devait donc être dans les années fastes de sa petite R5 rouge, sa première voiture *neuve,* et l'action se situe aux alentours de leurs dix ans… Onze peut-être… Étaient-ils au collège, déjà? Il ne s'en souvient plus… Anouk n'était pas comme d'habitude. S'était habillée belle et ne riait plus. Fumait cigarette sur cigarette, oubliait d'éteindre les essuie-glaces, ne comprenait rien aux histoires de Toto et leur répétait toutes les cinq minutes qu'il faudrait lui faire honneur.

Les garçons répondaient oui oui, mais ne voyaient pas très bien ce que ça voulait dire, de lui faire honneur, et comme Toto avait bu toute la bière, il faisait pipi dans le verre de son père et…

Elle les emmenait dans sa famille, chez ses parents qu'elle n'avait pas vus depuis des années et avait embarqué Charles dans l'aventure. Pour Alexis probablement. Pour le protéger de ce qui la rendait déjà si nerveuse et parce qu'elle se sentait plus forte quand elle les entendait ricaner zizi, saucisses et Cie à l'arrière.

– Quand on sera chez Mamie, vous oubliez Toto, hein?

– Mais ouiii…

C'était la banlieue de Rennes et c'était la zone. De cela, Charles se souvient parfaitement. Elle cherchait son chemin, roulait lentement, pestait, se plaignait de ne rien reconnaître, et lui, comme en Russie trente-cinq ans plus tard, ne pouvait détacher son regard de ces barres d'immeubles toutes neuves qu'il trouvait si tristes déjà…

Il n'y avait pas d'arbres, pas de magasins, plus de ciel, les fenêtres étaient toutes petites et les balcons pleins de bazar. N'osait rien dire mais était un peu déçu qu'une part d'elle soit d'ici. Il pensait qu'elle était arrivée dans leur rue par la mer… Sur une coquille Saint-Jacques… Comme sur le tableau du printemps qu'Edith aimait tant.

Elle avait apporté des tas de cadeaux et les avait forcés à rentrer leur chemise dans leur pantalon. Leur avait même donné un coup de peigne sur le parking et c'est à ce moment-là qu'ils comprirent que, lui faire honneur, ça voulait dire n'être pas comme d'habitude. Du coup, n'osèrent pas se chamailler pour savoir lequel des deux aurait le droit d'appuyer sur le bouton de l'ascenseur et la regardèrent pâlir jusqu'au dernier étage.

Même sa voix avait changé... Et quand elle leur tendit leurs cadeaux, sa mère les déposa dans la pièce d'à côté.

Alexis lui avait posé la question sur le chemin du retour :

– Pourquoi ils ne les ont pas ouverts ?

Elle avait mis du temps à répondre.

– Je ne sais pas... Peut-être qu'ils les gardent pour Noël...

Le reste est confus. Charles se souvient qu'il y avait beaucoup trop à manger et qu'il avait eu mal au ventre. Que ça sentait bizarre. Que ça parlait trop fort. Que la télé était tout le temps allumée. Qu'Anouk avait donné de l'argent à sa petite sœur qui était enceinte, et aussi à ses frères, et des médicaments pour son père. Et que personne ne l'avait remerciée.

185

Qu'Alexis et lui avaient fini par descendre jouer dans le terrain vague à côté et que lorsqu'il était remonté, seul, pour aller aux toilettes, il avait demandé à cette grosse bonne femme qui n'avait pas l'air commode :

– Pardon madame... Elle est où, Anouk ?

– De qui tu parles, toi ? lui avait-elle rétorqué de travers.

– Euh... Anouk...

– Connais pas.

Et elle s'était retournée vers son évier en maugréant.

Mais Charles avait *vraiment* mal au ventre.

– La maman d'Alexis...

– Ah ! Tu veux dire Annick ?

Qu'il était méchant, ce gentil sourire...

– Parce que c'est Annick qu'elle s'appelle, ma fille ! Anouk c'est personne ! C'est pour les petits Parisiens comme toi... C'est quand elle a honte, tu comprends ? Mais ici, c'est Annick, alors, alors mets-toi ça dans le crâne, mon gars. Et pourquoi que tu te tortilles comme ça aussi ?

Sa fille aînée apparut et lui indiqua l'endroit qu'il cherchait. Quand il en ressortit, elle était en train de récupérer toutes leurs affaires.

– Je ne leur ai pas dit au revoir… s'inquiéta Alexis.

– Ce n'est pas grave.

Elle le décoiffa.

– Allez, mes princes… On se tire d'ici…

Ils n'osèrent rien dire pendant un long moment.

– Tu pleures ?

– Non.

Silence.

Et puis elle s'était frotté le nez :

– Bon, alors euh… c'est Toto qui dit à la maîtresse : « Madame ! Madame ! Vous le saviez que les boules de Noël elles ont des poils ? Alors la maîtresse, elle lui répond : mais non, mon petit Toto, tu te trompes, elles n'ont pas de poils, voyons… Alors Toto, il se tourne vers son copain et il lui dit comme ça : Hé ! Noël ! Montre-lui tes boules à la maîtresse ! »

Elle pleurait de rire.

Plus tard, sur l'autoroute, alors qu'Alexis s'était endormi :

– Charles ?

– Oui?

– Tu sais, si je m'appelle Anouk maintenant, c'est... C'est parce que je trouve
que c'est plus joli comme prénom...

S'il ne lui répondit pas tout de suite,
c'est parce qu'il réfléchissait à une
réponse qui serait vraiment super.

– Tu comprends?

Avait incliné le rétro pour attraper son
regard.

Mais non. Ne trouvait pas de réponse
assez bien. Alors s'était contenté de
secouer la tête en lui souriant.

– Ça va mieux, ton ventre?

– Oui.

– Moi aussi, tu sais, continua-t-elle plus
bas, j'avais toujours mal au ventre
quand...

Et s'était tue.

Charles ne soupçonnait plus ce genre
de souvenirs. Alors pourquoi ce boome-
rang tout à coup? Les boules de Noël, les
cadeaux oubliés, les billets de cent francs
sur la table et l'odeur de cet appartement
qui puait le graillon et la jalousie rance?

Parce que...

Parce que sur la tombe de l'emplacement J93, on pouvait lire, au-dessus de
ses dates :

«Les enfoirés…» furent ses seules paroles de recueillement.

Retourna à sa voiture en pressant le pas, ouvrit le coffre et farfouilla dans son merdier.

C'était un traceur de chantier fluo. Secoua l'aérosol, s'agenouilla près d'elle, commença par se demander comment il allait procéder pour boucler le «n» et emmêler le «i» avec le «k» puis décida de tout barrer et lui rendit son vrai visage.

Bravo! On applaudit, là! Quelle bravoure!

Quel magnifique hommage!

Pardon.

Pardon.

Une mémé qui se rendait sur la tombe d'à côté le dévisagea en fronçant les sourcils. Il reboucha son marqueur et se releva.

– Vous êtes de la famille?

– Oui, répondit-il sèchement.

– Non, mais je vous demande ça… sa

bouche se tordit, parce que… il y a bien un gardien, mais…

Le regard de Charles la décontenança. Elle fit son petit ménage et le salua.

Ce devait être madame Maurice Lemaire.

Maurice Lemaire qui avait une belle plaque offerte par ses amis chasseurs avec un chouette fusil en relief.

Un voisin de rêve, hein mon Anouk ? Mais dis-moi… Tu es vraiment aux petits oignons par ici…

Alors qu'il quittait les lieux, aperçut celui qui devait être « bien un gardien, mais… ».

Il était noir.

Ah d'accord…

Tout s'explique.

En s'engouffrant dans l'habitacle, fut incommodé par l'odeur des fleurs. Les balança dans une benne et consulta sa montre.

Bien. Il aurait le temps d'appeler l'autre connard avant d'embarquer.

Son assistante tenta de le joindre à plusieurs reprises. L'ignora puis finit par débrancher.

Le regard fixe et les ongles des pouces profondément enfoncés dans le gras du volant, connut un moment de vertige.

Faire demi-tour… Inventer un accident… Prétendre qu'il avait raté son avion, ajouter «de peu», contourner Paris, rattraper l'Océane, sortir à Chose, viser Truc, chercher la rue Machin, pousser la porte du numéro 8.

Le trouver enfin.

Et lui balancer son poing dans la gueule.

Il aurait dû le faire il y a vingt ans de toute façon… Mais pas de regrets, entre-temps avait pris au moins dix kilos et amassé un peu de ressentiment. Sa mâchoire apprécierait.

Mais non. Petit Rocky en veste de tweed clignota et reprit sa place dans la file de gauche. Il s'était engagé. Il irait s'ennuyer dans un des salons du Park Hyatt de Toronto et reviendrait la tête et le cartable farcis d'*Advances in Building Technology* qui ne lui rendraient ni ses grues ni sa foi.

Oui… Là encore, il y aurait du flottement dans la nécro… Architecte, dites-vous?

Ah? Je ne m'en souvenais plus…

C'est drôle, pendant toutes ces années j'ai plutôt eu l'impression de faire tourner une agence... Tourner. C'est le mot. Petit âne aux yeux bandés qui s'était abruti autour de son puits.

Où la main du père de Jean Prouvé s'était-elle perdue dans cette poussière ? Et toutes ces heures passées dans les carnets d'Albert Laprade à l'âge où d'autres collectionnaient les vignettes Panini ? Et Le Thoronet ? Et les lignes du grand Álvaro ? Et tous ses voyages d'études avec ses seuls dessins pour monnaie d'échange...

Et toujours, toujours, l'empreinte, le sceau d'Anouk Le Men sur ce petit affairement qui lui tiendrait lieu de carrière, et d'existence...

Parce que oui, elle vacillait, oui, elle avait craché dans sa main pour aplatir leurs épis, oui, elle avait fait tomber tous ses paquets en refermant le coffre, et oui elle leur parlait durement tout à coup, mais ça ne l'avait pas empêchée de se retourner, de suivre du regard le désarroi de ce petit garçon né coiffé, de lever la tête elle aussi, de l'attendre, et de lui déclarer gravement quand il fut à sa hauteur :

– Charles… Toi qui dessines si bien…
Tu sais, tu devrais devenir architecte
quand tu seras grand… Et te débrouiller
pour les empêcher de faire ça…

Et le petit garçon qui dessinait si bien,
qui baissait pudiquement les yeux quand
Pavlovitch froissait ses enveloppes, qui
voyageait en business class le plus
souvent, qui allait suivre une conférence
inutile et fort coûteuse dans un hôtel de
la FiveStar Alliance où – c'était indiqué
sur son programme – il pourrait jouir d'un
service Spa avec *waterfalls* (chutes
d'eau) et *streams* (courants), et qui,
probablement, somnolerait sous son
casque pour avoir fait trop bonne chère,
oui, celui-là, ce misérable, rata la bretelle
du terminal 2 et hurla dans sa coquille de
tôle.
Hurla.
Le fait chier et ses mille wagons de
pines.
Il était bon pour refaire tout le tour.

11

– Allô?

Malheureusement, ce n'était pas lui, et pire même, ça tintinnabulait.

– Euh... je suis bien chez Alexis Le Men?

– Ben oui... continua la petite voix.

Fut déconcerté.

– Pourrais-je lui parler, s'il vous plaît?

– Papa! Téléphone!

Papa?

Il ne manquait plus que ça...

Et tout ce qu'il avait répété depuis près d'une heure, dans le parking, dans les escalators, dans les différentes queues, au bord de ces immenses baies vitrées enfin, sa façon de se présenter, les premiers mots qu'il prononcerait, son plan d'attaque, sa morsure, sa hargne, son venin, son chagrin, tout cela s'évanouit bêtement.

Tout ce qu'il trouva à lui torpiller après toutes ces années de plomb fut :

— Tu... tu as un enfant ?

— Qui est à l'appareil ? lui demanda-t-on sèchement.

Misère, non. Il n'avait pas du tout prévu les choses comme ça, notre super héros...

— C'est toi, Charles ?

— Oui.

Et la voix fut plus douce.

Beaucoup trop douce, hélas...

— Je t'attendais.

Long silence.

— Tu as reçu ma lettre, alors ?

La fissure s'élargit encore. Et de manière alarmante. Se leva, se dirigea vers une encoignure et s'y pelotonna. Posa son front contre le mur et ferma les yeux. Le monde autour de lui, était devenu... trop ardent.

Ce n'était rien. Ça allait passer. La fatigue. Les nerfs.

— Tu es toujours là ?

— Oui, oui... Pardon... Je suis dans un aéroport...

Il avait honte. Honte. Releva la tête.

— Mais ça va, ça va... Je suis là...

– Je te demandais si tu avais re…

– Bien sûr. Pourquoi je t'appellerais sinon?

– Mais j'en sais rien, moi! Pour le plaisir! Pour prendre de mes nouvelles, pour…

– Arrête.

Ça y est. C'était revenu. D'entendre de nouveau ce ton de joli cœur qu'il prenait quand il voulait baiser son monde, ça lui avait remis les idées et la colère d'aplomb dans la seconde.

– Tu ne peux pas la laisser là…

– Pardon?

– Dans ce cimetière de merde…

Alexis se mit à rire et ce son fut affreux.

– Ha! Ha! Toujours le même à ce que je vois… Toujours le beau prince sur son cheval blanc, hein? Toujours du panache, mon Balanda!

Puis sa voix changea du tout au tout :

– Mais dis-moi… T'arrives un peu tard là, non? Ho! Il est fourbu ton bourrin! Y a plus personne à sauver, tu le sais, ça?

– …

– Je peux pas la laisser là, je peux pas la laisser là, siffla-t-il, mais elle est morte, mon vieux! Elle est morte! Qu'elle soit là ou ailleurs, tu veux que je te dise ? Je crois qu'elle en a plus rien à foutre...

Évidemment qu'il le savait. C'était lui, le plus rationnel des deux. Le méthodique, le géométrique, le bon élève, le boutonné jusqu'au col, le délégué, le qui soufflait dans le ballon, le... Mais... Plus aujourd'hui... Aujourd'hui son circuit sentait le chaud et tout ce qu'il put dire pour sa défense, il le radota :

— Tu ne peux pas la laisser là... C'est tout ce qu'elle a toujours détesté... La zone, les HLM, le racisme... Tout ce qu'elle a fui pen...

— Que... qu'est-ce que tu me parles de racisme, là ?

— Son voisin...

— Quel voisin ?

— Dans la tombe d'à côté...

Silence interloqué.

— Minute... C'est bien Charles Balanda au téléphone ? Le fils de Mado et Henri Balanda ?

— Alex, s'te plaît...

— Nan mais de *quoi* tu me parles, là ? Hé, sérieusement... Ça va, là-haut ? Rien de cassé ? T'aurais pas oublié de mettre ton casque, des fois ?

— ...

— Allô ?

– Avec la déchetterie en plus…

– J'arrive! lança-t-il au-dessus du combiné, commencez sans moi! De quoi, la
déchetterie? De… Charles?

– Oui.

– Après tout ce temps… Il faut que je
t'avoue quelque chose de très important…

– Je t'écoute.

Il se, hum, racla solennellement la
gorge.

Charles se couvrit l'autre oreille.

– Quand les gens sont morts, tu sais, eh
bien… ils ne voient plus rien…

Quel salaud. Lui faire le coup de la
confidence pour le cueillir en se foutant
de sa gueule. C'était tout lui, ça.

Raccrocha.

N'était pas encore dans la passerelle
qu'il sentit le vide sous ses pieds : avait
oublié de lui demander le plus important.

***

On leur servit une coupe de champagne et il en profita pour gober un
somnifère et demi. Cocktail idiot, il en
était bien conscient, mais n'en était plus
à une bêtise près.

Depuis plusieurs semaines sa vie
n'avait été qu'une succession d'effets

secondaires indésirables et la machine avait tenu bon, alors… Au mieux, s'écroulerait dans quelques minutes, au pire, irait se pencher au-dessus de la lunette.

Oui, tout gerber, ce serait pas mal, tiens…

Dégoupilla une autre mignonnette.

En sortant ses dossiers, l'enveloppe de ses parents glissa sous son siège. Très bien. Qu'elle y reste. Il avait eu son compte, là. Le ridicule ne tuait pas, d'accord, mais il arrivait un moment, quand même, où c'était plus sain d'embrayer. Ne supportait plus ce qu'il était devenu : un homme complaisant.

Allez, allez. On piétine tout ça. Les souvenirs, la faiblesse et les youyous. De l'air !

Écarta sa cravate et défit son col.

En vain.

Car cet air, l'ignorait-il, était *pressurisé*.

Quand il émergea, avait tellement bavé que l'épaule de sa veste était trempée. Regarda sa montre et n'en crut pas son Lexomil : il n'avait dormi qu'une heure et quart.

Soixante-quinze minutes de répit… Voilà ce à quoi il avait eu droit.

Sa voisine portait un masque. Alluma de son côté, se contorsionna pour récupérer l'enveloppe, sourit en revoyant leurs tatouages magnifiques sur leurs avant-bras de petits marins, se demanda qui avait bien pu les leur dessiner, ferma les yeux. Mais oui... Sa mère avait raison... C'était lui... Ce petit bonhomme aux cheveux teints... Chercha son visage, son nom, sa voix, le retrouva devant les grilles de l'école et retourna à la case départ.

Nous aussi.

- II -

1

– C'est le 6A?

– Oui…

– Qu'est-ce qu'il a?

– J'en sais rien, crise de nerfs… Y te reste des glaçons? répondit-elle à sa collègue qui patientait de l'autre côté du chariot.

Quelque part au-dessus de l'océan, un de leurs passagers avait débouclé sa ceinture de sécurité.

Sanglotait et se cachait tout entier derrière sa main.

– *Are you all right?* s'inquiéta sa voisine.

203

Il ne l'entendit pas, submergé qu'il était, malmené dans sa propre zone de turbulences, se leva, l'enjamba, se retint aux appuie-tête, passa de l'autre côté du rideau, avisa une rangée vide et s'y effondra.

Fin de la business class.

Se colla au hublot et le couvrit de buée.

On lui envoya un steward.

– Vous avez besoin d'un médecin, monsieur ?

Charles leva la tête, tenta de lui sourire et dégaina sa botte secrète de merde :

– La fatigue…

L'autre fut rassuré et on le laissa en paix.

Rarement expression fut si mal employée.

En paix ? Mais quand avait-il vécu en paix ?

La dernière fois, il avait six ans et demi et remontait la rue Berthelot avec son nouvel ami.

Un garçon de sa classe qui s'appelait Le Men en deux mots et qui venait d'emménager juste à côté. Il l'avait remarqué dès le premier jour parce qu'il portait la clef de sa maison autour du cou.

C'était quelque chose à l'époque, d'avoir la clef de sa maison autour du cou. Ça vous posait un homme en cour de récré…

Il était déjà venu goûter chez lui plusieurs fois mais ce jour-là c'était son tour et Alexis avait dit, en se déchaussant :

– Tu sais, y faut pas faire de bruit parce que y a ma mère qui dort…

– Ah?

Charles fut impressionné. Ça pouvait dormir l'après-midi, une maman?

– Elle est malade? demanda-t-il tout bas.

– Non, elle est infirmière, mais comme elle part très tôt le matin, souvent elle fait la sieste… Regarde, la porte de sa chambre est fermée… C'est notre code…

Tout cela lui parut terriblement romanesque. Parce que c'était un jeu, de jouer ainsi. De faire rouler leurs petites voitures sans les percuter, de chuchoter en se retenant par la manche et de se découper eux-mêmes leurs tranches de pain d'épice.

Tous les deux, seuls au monde, et sursautant au moindre pschitt de limonade…

Oui, la paix déjà, n'était plus si évidente car à chaque fois qu'il passait devant cette porte, il sentait son cœur battre.

Un peu.

C'était comme si la Belle au bois dormant, ou alors une princesse extrêmement lasse, condamnée, défigurée peut-être ? se cachait là-derrière... Il marchait sur la pointe des pieds, retenait sa respiration et progressait vers la chambre de son ami en calant ses pas sur les lattes du parquet pour ne pas tomber.

Ce couloir était un pont suspendu au-dessus des crocodiles.

Il revint plusieurs fois et, toujours, cette porte close le fascinait.

Devait se demander si elle n'était pas morte, en vrai. Peut-être qu'Alexis lui mentait... Peut-être qu'il se débrouillait tout le temps tout seul et ne mangeait que des gâteaux...

Peut-être qu'elle ressemblait à ces statues dans leur livre d'histoire ?

Qu'elle était recouverte d'un voile dur et que ses pieds dépassaient de l'autre côté ?

Mais non pourtant, puisque la table de la cuisine était toujours en désordre...

Des bols de café et des mots croisés à moitié terminés, des cheveux pris dans une barrette, la peau d'une orange, des enveloppes déchirées, des miettes...

Et Charles observait Alexis nettoyer tout cela comme si c'était la chose la plus naturelle du monde, de vider les cendriers de sa maman et de lui plier ses chandails.

Son ami, alors, n'était plus celui que la maîtresse avait envoyé au coin quelques heures auparavant, c'était...

C'était bizarre. Même son visage changeait. Il se tenait plus droit et comptait les cigarettes fumées en fronçant les sourcils.

Ce jour-là par exemple, avait secoué la tête et rompu le silence :

– Pff... C'est dégoûtant.

Trois mégots étaient enfoncés dans un yaourt à peine entamé.

– Si tu veux, ajouta-t-il confus, j'ai un nouveau calot... Un mammouth... Il est sur ma table de nuit...

Charles ôta ses souliers et partit en expédition.

Oh, oh... La porte était grande ouverte... Détourna le regard à l'aller, mais, au retour, ne put s'empêcher d'y jeter un cil.

Le drap avait glissé et l'on voyait ses épaules. Et même la moitié de son dos. Il s'immobilisa. Sa peau était si blanche et ses cheveux, si longs...

Il devait s'éloigner, il fallait s'éloigner, il *allait* s'éloigner, lorsqu'elle ouvrit les yeux.

Comme elle était belle... Belle comme dans les histoires du catéchisme... Silencieuse et immobile, mais comme avec une sorte de lumière tout autour.

– Hé... Salut toi... fit-elle en se redressant légèrement pour caler sa paume sous sa nuque.

– Tu es Charles, n'est-ce pas ?

Il ne put lui répondre car on voyait un bout de son... Enfin de ses...

Il ne put répondre et partit en courant.

– Qu'est-ce que tu fais ? Tu t'en vas ?

– Oui, balbutia Charles qui s'énervait sur sa languette, je dois faire mes devoirs.

– Hé ! s'exclama Alexis, mais c'est mercredi de...

La porte avait déjà claqué.

2

Oublions cette histoire de paix ravie ou condamnée. Affirmation beaucoup trop vigoureuse pour être honnête. Bien sûr que Charles, une fois dans la rue, s'était agenouillé, avait renfilé convenablement sa chaussure, fait passer la grande boucle autour de la petite et était reparti du bon pied.

Bien sûr.

D'ailleurs il en souriait à présent. Tu parles d'une Sainte Vierge…

S'amusait de ce petit garçon qu'il était alors, illuminé et touché par la grâce mais perplexe cependant. Oui, perplexe. Qui vivait entouré de filles mais n'aurait jamais imaginé que c'était d'une autre couleur, vers le bout…

Non, il n'avait pas perdu la paix, il avait gagné une forme d'agitation, un trouble, qui grandirait avec lui et s'allongerait en même temps que ses bas de pantalon. Qui cacherait ses écorchures, lui ceindrait les hanches et s'élargirait vers le bas. Serait aplati par le fer de sa mère et désapprouvé par l'élégance de son père. S'effilocherait plus tard. Serait roulé en boule et couvert de taches. Puis gagnerait en maturité, en qualité donc, prendrait un pli impeccable, des revers aussi, exigerait d'être nettoyé à sec et finirait froissé dans les graviers d'un cimetière borgne.

Inclina son dossier en bénissant le ciel.

C'était une chance de se trouver dans un avion finalement. De voler si haut, de s'être shooté, d'être à jeun, de les avoir retrouvés, de se souvenir du parfum de vieille cocotte de Nounou, de les avoir connus, de s'en être fait aimer, et de ne s'en être jamais remis.

À cette époque, c'était une dame, mais aujourd'hui il sait bien que non. Aujourd'hui il sait qu'elle devait avoir vingt-cinq ou vingt-six ans et cette histoire d'âge – qui l'avait tellement hantée – lui donnait enfin raison, à lui : cela n'avait jamais eu la moindre importance.

Anouk n'avait pas d'âge parce qu'elle

n'entrait dans aucune case, et se débattait beaucoup trop pour se laisser circonscrire.

Se comportait comme une enfant souvent. Se roulait en boule au milieu de leurs Meccano et s'endormait sur le passage d'un convoi. Boudait quand c'était l'heure des devoirs, imitait la signature de son fils, implorait des mots d'excuse, pouvait rester des jours sans parler, tombait amoureuse n'importe comment, passait des soirées à attendre que le téléphone sonne en le couvrant d'un œil noir, les exaspérait à force de leur demander s'ils la trouvaient belle, non, mais... *vraiment* belle, et finissait par les engueuler parce qu'il n'y avait rien à dîner.

Et puis d'autres fois, non. D'autres fois, elle sauvait des gens, et pas seulement à l'hôpital. Des gens comme Nounou et tant d'autres qui la vénéraient comme la plus solide des idoles.

N'avait peur de rien ni personne. Faisait un pas de côté quand le ciel lui tombait sur la tête. Encaissait. Ferraillait. Écopait. Battait des cils, serrait les poings ou levait son majeur selon l'ennemi, finissait par comprendre que la ligne avait été coupée, raccrochait, haussait les épaules, se remaquillait et les emmenait tous au restaurant.

Oui, l'âge, ou la différence d'âge, était bien les seuls chiffres qui avaient résisté à ce bon élève. Une inéquation laissée dans la marge… Trop d'inconnues… Pourtant il se souvient comme son visage l'avait marqué la dernière fois. Mais ce n'étaient pas ses rides ou ses racines blanches qui l'avaient décontenancé, c'était… son désistement.
Quelque chose, quelqu'un, la vie, avait éteint la lumière.

On lui proposa un café, une lavasse infâme qu'il accepta avec joie. Téta le plastique brûlant en posant son front contre la vitre, observa les tremblements de l'aile, essaya de démêler les étoiles des autres long-courriers, recula les aiguilles de sa montre et continua de fendre sa nuit.

***

La seconde photo, c'est lui qui l'avait prise… Il s'en souvient parce que son oncle Pierre venait à l'instant même de le lui offrir, ce petit Kodak Instamatic dont il

212

rêvait depuis si longtemps, et il avait roulé la manche de son aube pour pouvoir l'inaugurer.

Alexis et lui venaient de faire leur première communion et tout le monde s'était réuni dans le jardin familial. Sous le cerisier que l'on avait abattu la semaine précédente justement... Son oncle devait être en train de lui casser les pieds à lui répéter qu'il fallait d'abord lire la notice, et vérifier la lumière, et le chargement, et... t'es-tu lavé les mains d'abord? mais Charles ne l'écoutait pas : Anouk était déjà en train de poser.

Avait coincé une mèche de cheveux entre son nez et sa lèvre supérieure et, grimaçant ainsi, semblait lui envoyer un énorme baiser moustachu de dessous son chapeau de paille.

S'il avait su qu'il loucherait ainsi sur ce cliché plusieurs vies plus tard, aurait davantage écouté les conseils du tonton... C'était mal cadré et la mise au point laissait à désirer, mais enfin... C'était bien elle... Et si c'était flou, c'est parce qu'elle faisait le pitre...

Oui, elle faisait le pitre. Et pas seulement pour la photo. Pas seulement pour sauver Charles de l'autre binocle. Pas seulement parce qu'il faisait beau et qu'elle se sentait en confiance dans un viseur qui l'aimait. Riait, léchait son verre quand la mousse débordait, leur catapultait des dragées et s'était même fabriqué des dents de vampire en nougatine, mais c'était... pour faire diversion... Oublier, et surtout, leur faire oublier à tous, que sa seule famille ce jour-là, les seuls êtres humains avec lesquels elle pourrait dire plus tard « Mais si... C'était à la communion du petit, tu sais bien... » et qui s'étaient improvisés parrain et marraine au moment de signer les registres, étaient une collègue de travail et un vieux cabot plus choucrouté que jamais...

Ah, justement. Le voilà... Le magnifique Nounou... Encadré de ses deux chérubins, fier comme Artaban et à peine plus grand qu'eux malgré ses talonnettes et sa mise en plis en accordéon.

– Ouh là, mes bichons! Mais faites donc attention avec vos cierges! Avec tout ce que la Jackie m'a laqué, je vais exploser, moi! Touchez, voir...

Ils avaient touché, et en effet, c'était exactement comme les machins en sucre au-dessus de leur pièce montée.

– Qu'est-ce que je vous disais… Bon, allez, souriez maintenant!

Et ils souriaient sur cette photo. Ils souriaient. En s'agrippant à lui tendrement pour essuyer leurs doigts sur ses manches en alpaga.

Alpaga… C'était la première fois que Charles entendait ce mot… Ils étaient tous sur le parvis de l'église, abasourdis par le boucan des cloches et scrutant l'horizon en tortillant leurs cordelières parce que Nounou était en retard.

Mado en perdait son latin et au moment où, tant pis, il fallait y aller, ils le virent descendre d'un taxi comme d'une limousine à la Croisette.

Anouk était partie d'un grand éclat de rire :

– Mais mon Nounou… Mais, mais… Tu es splendide!

– Je t'en prie, répondit-il un peu pincé, ce n'est qu'un petit costume d'alpaga, voyons… Je me l'étais fait faire pour la tournée d'Orlanda Marshall en…

– Qui c'était? demandai-je alors que nous nous dirigions vers la sacristie.

Grand soupir à la coup d'éventail et vase brisé.

– Oh… Une bonne amie à moi… Mais

215

elle n'a pas percé... La tournée a été annulée... Encore une histoire de cuisses si vous voulez mon avis...

Puis, embrassant son index et effleurant leurs fronts (son Rouge Baiser, le meilleur des saints chrêmes) :

– Allez mes Jésus, zou... Et si vous voyez de la lumière, pas de blague, vous baissez la tête, hein ?

Mais non, Charles avait récité son Notre-Père les yeux grands ouverts et il l'avait bien vue, qui souriait tout de travers en serrant très fort la main de son voisin.

Sur le moment, ça l'avait un peu agacé. Hé. Pas maintenant. Pouce. Elle n'allait pas encore se mettre à chialer quand même ? Mais aujourd'hui... Cette émotion qui est aux cieux... Que son nom soit sanctifié et que sa volonté soit faite. C'était la première communion de son unique enfant, journée pleine de grâce, petite trêve *officielle* dans une vie bien épineuse, et son seul passé, sa seule épaule, les seuls doigts qu'elle pouvait broyer pendant les glouglous de l'orgue, étaient ceux de la vieille copine d'Orlanda Marshall avec ses bottillons vernis et ses chapelets en sautoir sur son costume parme...

216

Ce n'était rien.
Et pourtant c'était beaucoup.
Mais c'était n'importe quoi.

C'était sa vie.

Il lui avait offert un stylo, qui avait appartenu à « Monsieur Maurice Chevalier s'il te plaît », mais dont on ne pouvait plus ôter le capuchon.

– Et alors ? Ton cœur ne fait pas boum ? avait-il ajouté en avisant le sourire embarrassé de Charles.

– Euh… si…

Et quand le petit s'était éloigné, c'est à la moue d'Anouk qu'il se sentit obligé de rendre des comptes :

– Pourquoi tu me regardes comme ça, toi ?

– Je ne sais pas… La dernière fois, tu m'avais dit qu'il avait appartenu à Tino Rossi ce foutu stylo…

– Allons Trésor…

Grande lassitude d'alpaga.

– C'est le rêve qui compte, tu le sais bien… Et puis, je trouvais que Maurice Chevalier, pour une communion, c'était plus… C'était mieux.

– Tu as raison. Tino Rossi, ça fait plutôt Noël…

– Et tu te trouves drôle?

Elle pouffait, il se renfrogna.

– Oh… Mon Nounou… Que serais-je sans toi?

Et son fond de teint rosissait.

Charles reposa les photos sur sa tablette. Il aurait aimé aller plus loin, mais voilà que ce vieux baladin, comme d'habitude, tirait de nouveau toute la couverture à lui. Et l'on ne pouvait pas lui en vouloir. C'était sa raison d'être, la scène, le spectacle, l'enteurtainemante, comme il disait…

Alors, allons-y, songea-t-il, allons-y. Après les petits chiens portant faux col et avant que la lumière ne se rallume, Ladies and Gentlemen, exceptionnellement pour vous ce soir, en direct de sa tournée triomphale vers le Nouveau Monde et sous vos yeux ébahis, le Grand, le Merveilleux, l'Exquis, l'Inoubliable Nounou…

***

Une nuit de janvier 1966 (quand elle lui raconterait cette histoire bien plus tard, Anouk, qui ne se souvenait jamais de rien, se servirait de ce curseur : la veille un Boeing s'était écrasé sur le Mont-Blanc...), une vieille dame est morte en cardiologie. C'est-à-dire trois étages au-dessus. C'est-à-dire à des années-lumière des préoccupations de l'IDE Le Men laquelle, à cette époque, était au déchocage. Charles emploie ce terme à dessein parce que c'était le sien, mais il faut comprendre : aux urgences. Anouk, et comme cela lui allait bien, était une infirmière *urgentiste*.

Oui, une vieille dame était morte et pourquoi l'aurait-elle su puisque rien n'est plus cloisonné qu'un hôpital. À chaque service ses pots, ses victoires, et ses petites misères...

C'était sans compter les bruits de couloir. Ou de machines à café en l'occurrence... Ce jour-là, l'une de ses collègues se plaignait d'un drôle de zozo qui commençait à les chauffer là-haut parce qu'il continuait de venir visiter sa défunte avec des fleurs fraîches tous les jours en s'étonnant d'être éconduit. En riait ensuite et demandait à la cantonade si quelqu'un pouvait lui signer une admission en psychiatrie.

Sur le moment, n'avait pas réagi plus que cela. Son cœur et son gobelet froissés pareillement avant d'être jetés à la poubelle. Elle avait son lot.

C'est seulement quand la sécurité s'en mêla et qu'il fut interdit dans les étages que le drôle de zozo en question entra dans sa vie. À n'importe quelle heure du jour ou de la nuit, qu'elle prît son service ou le quittât, elle le trouvait là, dans le hall d'accueil, assis entre les plantes vertes et la guitoune de la comptabilité. Prostré, toléré, battu par les courants d'air et le mouvement des foules, se déplaçant au gré des sièges libres et le visage toujours tendu vers les portes des ascenseurs.

Là encore, elle détournait le regard. Son lot, sa peine, ses corps désincarcérés, ses nourrissons ébouillantés, ses dégueulis de poivrots, ses pompiers trop lents, ses galères de baby-sitting, ses soucis d'argent, sa solitude, son... Détournait le regard.

Et puis un soir, allez savoir, parce que c'était un dimanche et que les dimanches sont les jours les plus injustes du monde, parce que sa garde était finie, parce qu'Alexis avait trouvé refuge chez leurs gentils voisins, parce qu'elle était trop épuisée pour sentir encore sa fatigue, parce qu'il faisait froid, que sa voiture était en panne et que l'idée même de marcher jusqu'à l'arrêt de bus la prenait à la gorge, et parce qu'il allait finir par crever enfin, à rester là sans bouger, au lieu de s'éclipser par la sortie de service, avait repris son trajet de lumière, et, plutôt que de baisser les yeux, était venue s'asseoir à ses côtés.

Pendant très longtemps, était restée silencieuse, se creusant le ciboulot à se demander comment elle pourrait lui faire lâcher son bouquet sans le casser en mille morceaux, mais non, ne trouvait pas, et, la nuque rompue, avait fini par admettre qu'elle était elle-même beaucoup trop mal en point pour aider qui que ce fût.

– Et donc? demanda Charles.

– Euh… Je lui ai demandé s'il avait du feu…

Il se bidonna :

– Hé! Vachement original comme entrée en matière!

Anouk souriait. N'avait jamais raconté cette histoire à personne et s'émerveillait de se souvenir si bien, elle qui oubliait souvent comment elle s'appelait la veille.

– Et après? Tu lui as demandé si c'était à lui, ces beaux yeux là?

– Non. Après je suis sortie fumer quelques lattes pour me donner du courage et quand je suis revenue, je lui ai dit la vérité. Je lui ai parlé comme je ne m'étais jamais confiée auparavant. À personne... Le pauvre, quand j'y repense...

– Qu'est-ce que tu lui as dit?

– Que je savais pourquoi il était là. Que je m'étais renseignée et qu'on m'avait dit que sa maman était partie tout doucement. Que j'aimerais bien avoir la certitude d'en mériter autant. Qu'elle avait eu de la chance de l'avoir auprès d'elle. Qu'une de mes collègues m'avait raconté qu'il était venu tous les jours et lui avait tenu la main jusqu'au bout. Que je les enviais, elle et lui. Que moi, je n'avais pas vu ma mère depuis des années. Que j'avais un petit garçon de six ans qu'elle n'avait jamais pris dans ses bras. Que je lui avais adressé un faire-part et qu'elle m'avait renvoyé une robe de fillette comme cadeau de naissance. Que ce n'était probablement pas par méchanceté, mais que c'était pire encore. Que je passais le plus clair de ma vie à soulager les gens mais que personne ne s'était jamais occupé de moi. Que j'étais fatiguée, que j'avais du mal à dormir, que je vivais seule et que je buvais quelquefois, le soir, pour pouvoir m'endormir parce que ça m'angoissait terriblement de savoir qu'un enfant dont la vie dépendait de la mienne dormait dans la pièce d'à côté... Que je n'avais jamais eu de nouvelles de son père, un homme dont je rêvais encore pourtant. Que je lui demandais pardon de lui raconter tout ça. Qu'il avait son chagrin lui aussi, mais qu'il n'avait plus de raison de revenir puisqu'il avait bien dû l'enterrer depuis... n'est-ce pas? Qu'il ne fallait pas traîner dans un endroit pareil quand on allait bien parce que c'était comme une offense à ceux qui souffraient, mais que s'il venait, alors ça voulait dire qu'il avait du temps et que si c'était le cas, euh... est-ce qu'il ne voudrait pas venir chez moi à la place?

Qu'avant de vivre ici, je travaillais de nuit dans un autre hôpital et qu'à l'époque, j'étais hébergée chez des amis qui pouvaient s'occuper de mon gamin, mais que depuis deux ans, je vivais seule et me ruinais en nourrices. Que parce qu'il apprenait à lire depuis la rentrée, je m'étais aménagé des horaires épuisants pour être là quand il revenait de l'école. Qu'il était haut comme trois pommes mais se réveillait tout seul chaque matin et que je m'inquiétais toujours de savoir s'il avait bien pris son petit déjeuner et... Que je ne l'avais jamais dit à personne parce que j'avais trop honte... Il était si petit... Oui. J'avais honte. Que j'allais être obligée de travailler pendant la journée à partir du mois prochain. Que ma surveillante ne me laissait pas le choix et que je n'avais pas encore osé le lui annoncer... Que les nourrices n'ont jamais le temps de vérifier les leçons des enfants ou de leur faire lire leur page de lecture, en tout cas pas celles qui étaient dans mes moyens et que... que je le payerai bien sûr! C'était un enfant très gentil, qui avait l'habitude de jouer tout seul et que... chez moi ce n'était pas très beau, mais quand même un peu plus chaleureux qu'ici et...

— Et?

— Ben après, rien... Et comme il ne réagissait pas, je me suis demandé s'il n'était pas sourd ou... Je ne sais pas... Un peu simplet, tu vois...

— Et?

— Et ça m'a semblé long, mon Dieu! Très Sainte-Anne comme ambiance! Et je nous mettais tous les deux dans le même panier, hein? Deux dingues sous les yuccas... Oh, quand j'y repense... Il fallait vraiment que je sois désespérée...

Je m'étais approchée dans l'idée de lui apporter mon soutien et voilà que je le suppliais de me sauver… Quelle misère, mon Charles, quelle misère…

– Continue…

– Eh bien, à un moment, je me suis levée quand même! Et il s'est levé avec moi. Et je suis allée prendre mon bus, et il m'a suivie. Et je me suis assise, et il s'est assis en face de moi et euh… J'ai commencé à flipper…

Elle riait.

– Merde, je me disais, ça ne va pas du tout, là… Je lui ai demandé de venir chez moi, mais pas tout de suite. Ni pour toujours. Au secours. Je faisais bonne figure, mais j'te jure, j'en menais pas large… Je me voyais déjà en train de l'emmener chez les flics… Bonjour monsieur l'agent, alors voilà… C'est un poussin orphelin qui me prend pour sa mère et qui me suit partout… Que… qu'est-ce que je fais? Du coup, je n'osais plus le regarder et me suis faite toute petite dans les tours de mon écharpe. Lui, par contre, ne cessait de me dévisager. Ambiance… Et à un moment, il m'a dit : « Votre main… » « Pardon? » « Donnez-moi votre main… Non, pas celle-ci, la gauche… »

– Qu'est-ce qu'il voulait?

– Je ne sais pas... Voir mon CV j'imagine... S'assurer que je lui avais dit la vérité... Il a donc lu dans ma paume et a ajouté : « Le petit... Il s'appelle comment? » « Alexis. » « Ah? » Pause. « Comme Sverdjak... » et comme je ne réagissais pas : « Alexis Sverdjak. Le plus grand lanceur de couteaux de tous les temps... » Et, là, tu me croiras si tu veux mais je me suis dit que j'avais peut-être merdé encore une fois... Il avait l'air tellement brindezingue avec son foulard de mémère sur la tête... Oui, là, je m'en suis voulu... Tu les cherches quand même, hein? me sermonnais-je en regardant mes ongles. Merde, c'est ton gosse! C'est quoi encore, cette Mary Poppins de foire que tu nous as dégottée?!

– Il était maquillé et tout?

– Non, encore plus indéfinissable que ça... Un très vieux poupon... Avec sa couperose, ses yeux en gelée, ses gants en peau de bibiche et ses cols douteux. Terrible, je te dis...

– Et il t'a suivie jusque chez toi?

– Oui. Il voulait voir où j'habitais. Mais a refusé de monter boire quelque chose. Dieu sait si j'ai insisté pourtant, mais non, impossible de lui faire entendre raison.

– Ensuite?

– Ensuite je lui ai dit au revoir. Je lui ai dit que je regrettais de l'avoir ennuyé avec toutes mes histoires et qu'il pouvait revenir quand il voulait. Qu'il serait toujours le bienvenu et que mon petit garçon serait sûrement très heureux d'entendre parler de Biduljak, mais que, surtout, surtout, il ne devait pas retourner à l'hôpital... Promis?

Je me suis éloignée en cherchant mes clefs et j'ai entendu : «Tu sais, Trésor, que j'étais un artiste, moi aussi?» Tu parles, si je m'en doutais! Je me suis retournée pour le saluer une dernière fois.

«Je faisais du music-hall...»

«Ah?»

Et là, mon Charles, là... Essaye d'imaginer la scène... La nuit, son ombre, sa voix tellement bizarre, le froid, les poubelles et tout... Franchement, j'étais pas fière... Je me voyais déjà dans les faits-divers du lendemain...

«Tu ne me crois pas? a-t-il ajouté. Regarde...»

Il a plongé sa main dans l'échancrure de son petit manteau et tu sais ce qu'il en a sorti?

– Une photo?

– Non. Une colombe.

227

– Trop fort…

– Comme tu dis… On en a eu des shows avec lui, pas vrai ? Mais celui-là restera toujours le plus beau pour moi… C'était à la fois tellement dingue, tellement ringard et tellement poétique… C'était… C'était Nounou… Tu aurais vu sa tête… Comme il bichait… Et là, j'ai chopé un grand sourire dont je n'arrivais plus à me défaire. J'ai bu mon café, je me suis lavé les dents et me suis couchée avec et… Et tu sais quoi ?

– Quoi ?

– Cette nuit-là, et pour la première fois depuis des années… Des années et des années… J'ai *bien* dormi. Je savais qu'il allait revenir… Je savais qu'il allait s'occuper de nous et que… Je ne sais pas… J'avais confiance… Il l'avait bien vu, que ma ligne de chance était encore plus courte que celle du cœur… Il m'avait appelée Trésor et avait caressé la tête de son piaf en découvrant ses chicots tout pourris, il… Il allait nous aimer, j'en avais la certitude. Et tu vois, pour une fois je ne m'étais pas trompée… Les années Nounou furent les plus belles de ma vie. Les moins dures en tout cas… Et ce grand merdier de feu d'artifice qui allait arriver deux ans plus tard, pour moi, ça ne faisait pas un pli : c'était lui. C'était lui l'artificier. C'était ce petit zébulon, ma révolution et… Oh… Comme il nous a fait du bien…

– Euh… Excuse-moi d'être si terre à terre, mais… toutes ces journées, là, à l'hosto, il avait sa volaille dans sa poche ?

– C'est drôle que tu me demandes ça parce que c'est justement une question que je lui avais posée peu de temps après et il n'avait jamais voulu me répondre… J'avais senti un malaise et n'avais pas insisté. C'est seulement des années plus tard, un jour que je devais me sentir particulièrement minable et où j'avais dû craquer encore une fois, qu'il m'avait envoyé une lettre. La seule qu'il m'ait jamais écrite d'ailleurs… J'espère que je ne l'ai pas perdue… Il y disait des choses très gentilles, des compliments que personne ne m'avait jamais faits, des… Oui, une lettre d'amour quand j'y repense… et à la fin, il terminait :

Tu te souviens de ce soir-là, à l'hôpital ? Je savais que je ne rentrerais plus jamais chez moi et c'est pour ça que j'avais Mistinguett dans ma poche. Pour la libérer avant de… Et puis tu es venue alors je suis rentré quand même.

Ses yeux brillaient.

– Et il est revenu quand?

– Le surlendemain… À l'heure du goûter… Tout pimpant, avec une nouvelle couleur de cheveux, un bouquet de roses et des roudoudous pour Alexis. On lui a montré la maison, l'école, les commerçants, ta maison… Et… Et voilà. La suite, tu la connais…

– Oui.

Mes yeux brillaient.

– Le seul hic à l'époque, c'était Mado…

– Je me souviens… Je n'avais plus le droit de venir chez vous…

– Oui. Et puis tu vois… Il a fini par se la mettre dans la poche, elle aussi…

***

Sur le moment, je n'avais pas osé la contredire, mais cela n'avait pas été aussi simple…

Ma mère n'était pas exactement une petite colombe blanche qui fermait les yeux quand on la caressait dans le sens des plumes. Alexis était toujours le bienvenu, mais j'étais interdit de séjour au numéro 20.

J'entendais des mots nouveaux, des mots qui n'avaient pas l'air très courtois pour Nounou. Moralité, mœurs, danger. Des mots qui me semblaient totalement débiles. Quel danger? D'avoir des caries parce qu'il nous offrait trop de bonbons? De sentir la fille parce qu'il nous faisait trop de bisous? De travailler moins bien à l'école parce qu'il ne cessait de nous répéter que nous étions des princes et que nous n'aurions jamais besoin de travailler plus tard? Mais, Maman... On le croyait pas, tu sais... D'ailleurs, elles étaient toujours pourries, ses prédictions. Il nous avait juré qu'on gagnerait le circuit des 24 Heures au loto de la kermesse et on n'a rien gagné du tout alors...

Non, si elle avait fini par céder, c'est parce que j'avais tenu bon pour une fois. J'étais resté douze heures sans manger et neuf jours sans lui adresser la parole! Et puis Mai 68 avait fini par la faire vaciller un peu... Puisque ce monde courait à sa perte eh bien, vas-y, mon fils, vas-y. Va jouer aux billes...

J'y étais retourné, mais du bout de sa démission et avec des recommandations et des horaires très stricts. Des mises en garde où il était question de gestes, de mon corps, de ses mains, de... Des phrases auxquelles je ne comprenais rien.

Aujourd'hui, bien sûr, je vois les choses différemment... Est-ce que, si j'avais un enfant, je le confierais à une baby-sitter aussi hybride que Nounou? Je ne sais pas... J'aurais probablement quelques réticences, moi aussi. Mais non... Nous n'avions rien à craindre... En tout cas, il n'y eut jamais le moindre malaise. Ce que Nounou faisait de ses nuits, c'était une autre histoire, mais avec nous c'était le plus pudique des hommes. Un ange. Un ange gardien qui se parfumait à *Tais-toi mon cœur* et nous laissait jouer à la guerre en paix.

Et puis il devint prétexte. C'était Anouk qui chiffonnait ma mère, et cela aussi, je peux le comprendre. Le trouble de mon père l'autre jour vaut tous les discours du monde...

Je pouvais aller jouer aux billes, mais vint un temps où je n'eus plus le droit de prononcer son nom à la maison. Que s'était-il passé exactement, je l'ignore. Ou alors je ne le sais que trop bien. Aucun homme n'aurait voulu vivre avec elle mais tous étaient prêts à lui assurer le contraire...

Quand elle était gaie, quand ses vertiges la laissaient en paix, quand elle dénouait ses cheveux et qu'elle préférait marcher pieds nus, quand elle se souvenait que sa peau était douce encore et que... c'était un soleil. Où qu'elle aille, quoi qu'elle dise, les visages se tournaient et tout le monde voulait sa part. Tout le monde voulait l'attraper par le bras, quitte à lui faire un peu mal, plutôt en lui faisant un peu mal d'ailleurs, pour faire cesser le bruit de ses bracelets une seconde. Juste une seconde. Le temps d'une grimace ou d'un regard. D'un silence, d'un abandon, de n'importe quoi d'elle. N'importe quoi, vraiment. Mais pour soi seul.

Oh oui... Elle avait dû en entendre des mensonges...

Étais-je jaloux ? Oui.

Non.

J'avais appris à les reconnaître, ces regards, à force, et ne les craignais plus. Il me suffisait de vieillir et je m'y employais. Jour après jour. J'étais confiant.

Et puis ce que je savais d'elle, ce qu'elle m'avait donné, ce qui m'appartenait, eux, tous les autres, ils ne l'auraient jamais. Pour eux, elle changeait sa voix, parlait trop vite, riait trop fort, mais avec moi, non, elle restait normale.

Donc c'était moi qu'elle aimait.

Mais quel âge ai-je, pour parler ainsi ? Neuf ? Dix ans ?

Et pourquoi ce dévolu ? Parce que ma mère, parce que mes sœurs, parce que les institutrices et les cheftaines scoutes. Parce que toutes les autres femmes autour de moi me désespéraient. Étaient laides, ne comprenaient rien, s'inquiétaient seulement de savoir si je savais mes tables ou si j'avais changé de maillot de corps.

Bien sûr.

Bien sûr puisque je n'avais pas d'autre objectif que de grandir pour me débarrasser d'elles.

Alors qu'Anouk… Parce qu'elle n'avait pas d'âge justement, ou parce que j'étais la seule personne au monde à l'écouter et à savoir quand elle mentait, ne s'était jamais *penchée* vers moi, ne supportait pas que l'on m'appelât Charlie ou Charlot, disait que j'avais un prénom doux et élégant, qui me ressemblait, me demandait toujours mon avis et admettait que j'avais souvent raison.

Et pourquoi cette assurance du haut de mon petit nez morveux ?

Mais parce qu'elle me l'avait dit, pardi !

234

J'avais passé la nuit chez eux et, avant de partir à l'école, elle avait glissé des goûters dans nos cartables.

À l'heure de la récréation, nous avions rejoint les autres avec nos sacs de billes dans une main et nos paquets d'aluminium dans l'autre.

– Oh! s'était enthousiasmé Alexis en dépiautant le sien, des gâteaux qui parlent!

Accroupi, je traçais une piste (déjà...) entre les graviers.

– *Je t'ai sur le bout de la langue* et *Tu me fais rire,* lut-il à haute voix avant de les enfourner.

Je frottais mes mains contre mes cuisses.

– Et toi? T'as quoi?

– Moi? dis-je, un peu déçu de constater que je n'en avais qu'un.

– Alors?

– Rien...

– Y a rien marqué?

– Nan, y a marqué «Rien».

– Oh... C'est nul... Bon, alors... C'est qui qui commence?

– Vas-y, fis-je en me relevant pour pouvoir le remettre dans mon blouson.

Nous jouâmes et je perdis beaucoup ce jour-là... Tous mes yeux de chats...

– Hé ! Mais t'es trop nul ou quoi ?

Je souriais. Là, dans la poussière, puis dans le rang en touchant ma poche, puis sous mon casier, et dans mon lit enfin, après m'être relevé plusieurs fois pour le changer de cachette, je souriais.

À la folie

Avec quarante ans de recul Charles ne se rappelait pas avoir jamais reçu déclaration plus efficace…

La gaufrette s'était émiettée et il avait fini par la jeter. Avait grandi, était parti, était revenu et elle avait ri. Et il l'avait crue. Et il avait vieilli, et il avait grossi et… et elle était morte.

Et voilà.

Allons, allons, Balanda, ce n'était qu'un biscuit… Tu sais comment ils les appellent dans les épiceries rétro aujourd'hui ? Des gaufrettes *amusantes*. Et puis tu n'étais qu'un enfant.

Tout cela est ridicule, n'est-ce pas ?

Ridicule.

Oui, mais…

N'eut pas le temps de se justifier. Avait sombré.

Un chauffeur l'attendait à l'aéroport avec son nom inscrit sur un écriteau.

Une chambre l'attendait à l'hôtel avec son nom inscrit sur un écran de télévision.

Sur l'oreiller, un chocolat et les prévisions météorologiques du lendemain.

Nuageux.

Une autre nuit commençait et il n'avait pas sommeil. Ça y est, soupira-t-il, je vais encore me faire baiser par le décalage. Autrefois, n'y aurait accordé aucune importance mais aujourd'hui sa pauvre carcasse renâclait. Se sentit... découragé. Descendit au bar, commanda un bourbon, lut la presse locale et mit un moment avant de réaliser que les flammes de la cheminée étaient factices.

Tout comme le cuir de son fauteuil. Et les fleurs. Et les tableaux. Et les boiseries. Et les stucs du plafond. Et la patine des lustres. Et les livres dans la bibliothèque. Et les odeurs d'encaustique. Et le rire de cette jolie femme au bar. Et la prévenance du monsieur qui l'empêchait de glisser de son tabouret. Et la musique. Et la lumière des bougies. Et... Tout, absolument *tout*, était faux. C'était le Disney World des riches et tout lucide qu'il fût, il en était. Ne lui manquait plus que les oreilles de Mickey.

Sortit dans le froid. Marcha des heures. Ne vit rien d'autre que du bâti à consommer. Glissa une carte en plastique dans la fente de la chambre 408. Coupa la clim'. Alluma la télévision. Coupa le son. Coupa l'image. Essaya d'ouvrir une fenêtre. Jura. Renonça. Se retourna et se sentit, pour la première fois de sa vie, pris au piège.

03 : 17 s'allongea
03 : 32 et se demanda
04 : 10 posément
04 : 14 calmement
04 : 31 ce qu'il
05 : 03 faisait là.

Prit une douche. Commanda un taxi. Rentra chez lui.

4

Jamais il n'avait payé un billet d'avion aussi cher ni perdu autant de temps. Deux journées entières venaient de lui claquer dans les mains. Perdues. Irrécupérables. Sans dossier, sans coup de téléphone, sans décision à prendre et sans responsabilité. Cela lui sembla aberrant d'abord, puis... terriblement exotique.

Il zona à l'aéroport de Toronto, fit de même pendant l'escale à Montréal, acheta des dizaines de journaux, des bricoles pour Mathilde, une cartouche de cigarettes et deux romans policiers qu'il oublia sur le comptoir.

Il était huit heures du matin quand il récupéra sa voiture. Frotta ses paupières, sentit le piquant de ses joues et croisa ses bras sur le volant.

Réfléchit.

À défaut d'y voir clair pour le reste, se situa géographiquement dans ce monde, jeta son dévolu sur le plus simple, se désola de n'en avoir pas de plus belle sous la main, admit qu'au point où il en était n'importe quelles pierres seraient bonnes à toucher... Consulta ses cartes, tourna le dos à la capitale et, sans bâton de pèlerin ni autre but que d'oublier la laideur accumulée à ses rétines et sous ses semelles depuis des semaines, partit visiter l'abbaye de Royaumont.

Et, pendant qu'il s'enquillait de nouveau le chapelet des zones urbaines, industrielles, commerciales, aménageables, résidentielles et autres qualificatifs plus tordus encore, lui revint à l'esprit cette conversation surréaliste qu'il avait eue avec un chauffeur de taxi le matin du jour où il apprit sa mort... Est-ce que Dieu était dans sa vie ? Non, manifestement... Mais ses architectes, oui. Et depuis toujours.

Plus que de la prière d'Anouk au pied de ces monstruosités de béton qui l'aidèrent à renoncer définitivement à sa famille, une grande part de sa vocation, il la tenait des cisterciens. D'une lecture d'adolescence pour être plus précis. S'en souvenait comme si c'était hier... Lui, fébrile, dans sa petite chambre de banlieue, sous les combles d'une maison située à un jet de pierre du nouveau périphérique et dévorant ce livre, *Les Pierres sauvages* de Fernand Pouillon.

Suspendu aux rapports de ce moine génial qui, saison après saison, privations après privations, bataillant contre le doute et la gangrène, sortait d'une terre aride son chef-d'œuvre d'abbaye. Le choc avait été tel qu'il s'était toujours interdit de le relire. Qu'une part de lui au moins, et malgré les désillusions qui allaient suivre, demeurât intacte...

Non, il ne revivrait plus les affres de maître Paul dans sa désolante carrière ni la Règle à laquelle s'étaient pliés les convers ni la mort horrible de la mule éventrée sous son timon, mais les premières phrases, il ne les avait jamais oubliées et il lui arrivait encore, quelquefois, de se les réciter tout bas pour sentir de nouveau le grain de la pierre ocre, le manche des outils et toute l'exaltation de ses quinze ans :
Dimanche de l'Oculi
La pluie a pénétré nos habits, le gel a durci le lourd tissu de nos coules, figé nos

barbes, raidi nos membres. La boue a
maculé nos mains, nos pieds et nos visa-
ges, le vent nous a recouverts de sable.
Le mouvement de la marche…

– … ne balance plus les plis glacés sur
nos corps décharnés, psalmodia-t-il tout
bas après avoir abaissé la vitre pour se
désenfumer.

Désenfumer… Qu'est-ce que c'est que
ce mot encore ? Hé, Charles… Tu ne
voulais pas dire « pour respirer » plutôt ?

Oui, sourit-il en tirant de nouveau sur sa
cigarette, exactement. On ne peut rien
vous cacher, je vois…

À cette heure, devait être en train de se
morfondre dans le manoir de l'onc' Picsou
à se farcir le boniment des vendeurs de
reinforced concrete et, au lieu de cela, clignait des yeux pour ne pas louper la sortie.

Prenait l'air, secouait le lourd tissu de sa
coule et roulait vers la lumière.

Vers ses vœux rompus, sa naïveté, son
brouillon de jeunesse ou le peu de lui qui
palpitait encore.

Frissonna. Ne chercha pas à savoir si
c'était de plaisir, de froid ou d'affolement,
remonta son carreau et se mit en quête
d'un comptoir où boire un vrai café avec
de vraies odeurs de tabac froid, de vrais

murs encrassés, de vrais pronostics pour la cinquième, de vraies engueulades, de vrais soiffards et un vrai patron de vraiment mauvaise humeur sous de vraies moustaches.

***

L'architecture imposante de l'église, dont les dimensions sont comparables à celles de la cathédrale de Soissons, est le fruit d'un compromis entre le faste de l'abbaye royale et l'austérité cistercienne…

Charles, rêveur, releva la tête et… ne vit rien.

… mais, peu de temps après la Révolution, continuait le panneau, *le marquis de Travalet qui avait déjà transformé l'abbaye en filature, la fait détruire entièrement afin de récupérer les pierres pour loger ses ouvriers.*

Ah?

Et alors? Pourquoi on ne lui avait pas coupé la tête à celui-là?

Il n'y a donc plus de moines à l'abbaye de Royaumont aujourd'hui.

Mais des artistes en résidence.

Et un salon de thé.

Bon.

Heureusement, le cloître.

L'arpenta les mains dans le dos, s'adossa à une colonne et observa longuement la forme des nids accrochés à la croisée des ogives.

En voilà des bâtisseuses…

L'endroit et l'instant lui semblèrent absolument parfaits pour un dernier tombé de rideau.

Bonsoir, bonsoir, les hirondelles, Nounou n'eut pas l'occasion de remettre son beau costume pour leur communion solennelle.

Un jour il ne revint pas. Le lendemain, non plus. La semaine suivante, pas davantage.

Anouk les rassurait : il avait certainement eu autre chose à faire. Réfléchissait : il est peut-être allé voir sa famille, il m'avait parlé d'une sœur en Normandie, je crois… Se raisonnait : et puis s'il avait un problème, il me l'aurait dit et… se taisait.

Se taisait et se relevait la nuit pour demander au premier goulot venu si, par hasard, il avait de ses nouvelles.

La situation était troublante. Ils savaient tout du Nounou à faux cils, ses Bobino, sa

Tête de l'Art, son Alhambra et tout le bata-clan, mais ignoraient et son nom et l'endroit où il habitait. Ils le lui avaient demandé pourtant, mais… « Par là-bas… », louvoyaient ses bagues au-dessus des toits de Paris. Ils n'insistaient pas. Sa main était retombée déjà, et là-bas semblait si loin…

– Vous voulez que je vous dise où j'habite ? J'habite mes souvenirs… Un monde qui n'existe plus depuis long-temps… Je vous ai raconté comment on chauffait nos crayons à la lampe et…

Les garçons soupiraient. Oui, tu nous l'as raconté un million de fois. André Machin avec son cerisier rose et son pommier blanc, Maître Yo-Yo et ses rossignols apprivoisés, les levers de torchon tous les soirs, et ce Russe à qui l'on attachait les mains et qui, pour boire sa bouteille de vodka, était obligé d'en croquer le goulot, et la patronne de L'Échelle de Jacob qui avait enfermé un journaliste dans la cave à charbon, et Milord l'Arsouille, et le corniaud de Jeannot de Flandres qui montait sur les tables et coinçait sa truffe dans les coupes de champagne des jolies clientes avant de les rapporter à son ivrogne de maître, et le soir où Barbara est montée sur scène à L'Écluse et que tu avais dû te remaquiller parce que tu avais trop pleuré et...

Devant tant de mauvaise foi, Nounou se mettait à bouder et la seule façon de faire cesser cette comédie était de lui demander d'imiter Fréhel. Il se faisait un peu prier bien sûr, puis gonflait ses joues, volait une cigarette à Anouk, se la collait à la lippe, calait ses mains sur ses hanches et la gueulait bien rauque :

Ohé, les côôôpains !
V'nez vous rincer la gueu-heu-leu !
Ce soir je suis toute seu-heu-leu !
Il est mort ce matin !

Là, ils se marraient et les Stones pouvaient aller se rhabiller. Ils en avaient de la satisfaction.

— Et puis quand je ne suis pas dans mes souvenirs, c'est avec vous que je vis, vous le voyez bien...

D'accord, mais t'es *où* alors, depuis tout ce temps, si ta plus belle histoire d'amour c'est nous ?

Anouk fit des recherches à l'hôpital, retrouva le dossier de sa mère, se présenta au téléphone, confia son trouble à la fameuse sœur en question, écouta ce qu'on lui répondit, reposa le combiné et tomba de son siège.

Ses collègues la relevèrent, insistèrent pour prendre sa tension et finirent par lui tendre un morceau de sucre qu'elle recracha dans un filet de salive.

Quand les garçons aperçurent son visage à la sortie du collège ce soir-là, ils surent que Nounou, lui, ne les attendrait jamais plus.

Elle les emmena boire un chocolat :

— On ne s'en rendait pas vraiment compte à cause de son maquillage et tout ça, mais vous savez... Il était très vieux en fait...

— De quoi il est mort ? demanda Charles.

— Je viens de vous le dire. De vieil-lesse...

— On ne le reverra plus jamais alors ?

— Pourquoi vous dites ça ? Non... moi, je... je le verrai touj...

Ce fut leur premier enterrement et les garçons hésitèrent une seconde avant de lâcher leurs poignées de paillettes et de confettis au-dessus du cercueil : Qui était ce Maurice Charpieu ?

Personne ne vint les saluer.

Les allées se vidèrent. Anouk chercha leurs mains, s'avança au bord du gouffre et murmura :

– Alors mon Nounou… Ça y est ? Tu les as retrouvés tous ces gens merveilleux dont tu nous as tellement rebattu les oreilles ? Ça doit être une sacrée bamboula là-haut, pas vrai ? Et… et tes petits caniches ? Dis-nous… Ils sont là, eux aussi ?

Ensuite les enfants partirent se balader et elle s'assit auprès de lui comme elle l'avait fait des années auparavant.

Lui jeta des petits cailloux sur la tête pour le plaisir de le voir lever les yeux au ciel encore une fois et fuma une dernière cigarette en sa compagnie.

Merci, disaient les volutes. Merci.

Ils rentrèrent en silence et, au moment exact où ils devaient être en train de se dire, tous les trois, que la vie était le numéro de cabaret le plus pourri du monde, Alexis se pencha en avant pour monter le son.

Ferré leur répétait que c'était extra et, d'accord – mais uniquement parce que c'était lui et que Nounou l'avait connu tout petit – ils acceptèrent de le croire pendant les trois minutes que durait sa putain de chanson. Ensuite il coupa la radio, parla d'autre chose et redoubla son année de cinquième.

Un soir, Anouk que cette histoire tracassait depuis longtemps, se jeta à l'eau :
– Dis-moi, mon chat...
– Quoi ?
– Pourquoi tu changes toujours de sujet quand on parle de Nounou ? Pourquoi tu n'as jamais pleuré, toi ? C'était quand même quelqu'un d'important dans ta vie, non ?
Il se concentra sur ses macaronis, fut obligé de relever la tête et donc de croiser son regard à cause des fils du gruyère, et répondit simplement :
– À chaque fois que j'ouvre l'étui de ma trompette, je sens son odeur. Tu sais, une odeur de vieux un peu et...
– Et ?
– Quand je joue, c'est pour lui et...
– Et ?
– Quand on me dit que je joue bien, c'est parce que je crois que je pleure en fait...
Si elle avait pu, elle l'aurait pris dans ses bras à ce moment précis de leurs vies.

Mais elle ne pouvait pas. Il ne voulait plus.

– Mais… euh… t'es triste alors ?

– Oh, non ! Au contraire ! Je suis bien !

Elle lui sourit à la place. Un petit sourire avec des bras, des mains, un cou et deux nuques tout au bout.

Charles consulta sa montre, fit demi-tour, jeta un coup d'œil à une minuscule grotte façon Lourdes (Le *parcours Saint-Louis* précisait la flèche. N'importe quoi…) et attendit d'être de nouveau dans le parking pour en finir et vomir son *Dies Irae*.

« Oui… Et puis, tu vois, il a fini par se la mettre dans la poche, elle aussi… », résonnait la voix d'Anouk.

Non, il n'avait pas cherché à la contredire sur ce point-là. Sa mère… Sa mère avait bien vite trouvé d'autres chats à fouetter… Tenait sa maison, son ménage, son rang, ses plates-bandes et tout le reste. Et puis de Gaulle était revenu. Elle avait donc fini par se détendre.

Pas sur ce point-là, donc, mais :

– Anouk…

– Charles…

– Aujourd'hui tu peux me le dire…

– Te dire quoi ?

– Comment il est mort…

Silence.

– De vieillesse tu nous avais dit, mais tu mentais. N'est-ce pas que tu mentais ?

– Oui…

– Il s'est suicidé ?

– Non.

Silence.

– Tu ne veux pas ?

– Quelquefois les mensonges c'est bien, tu sais… Surtout avec lui… Lui, qui vous a tellement fait rêver… Et tous ces tours de magie qu'il…

– Il s'est fait écraser ?

– Égorgé.

– …

– Je le savais, se maudit-elle, mais pourquoi je t'écoute tout le temps aussi ?

Elle se retourna pour demander l'addition.

– Tu vois, Charles, tu n'as qu'un seul défaut, mais bon sang… qu'il est triste, celui-là… Tu es trop intelligent… Pourtant dans la vie, crois-moi, il y a des choses qui ne rentrent pas dans les modes d'emploi… Quand je suis arrivée tout à l'heure

251

et que j'ai vu tous ces calculs que tu étais en train de te coltiner, en même temps que je t'embrassais, je te plaignais. Je me disais qu'à ton âge, tu passais vraiment trop de temps à essayer de plier le monde. Je sais, je sais! Tu vas me répondre que ce sont tes études et tout ça, mais... Mais voilà. À partir d'aujourd'hui, quand tu penseras aux dernières heures de la plus merveilleuse mère poule du monde, tu n'imagineras plus un vieux monsieur endormi dans ses châles et au milieu de ses souvenirs, non, et ça, ne t'en prends qu'à toi mon cœur, tu vas retourner t'enfermer avec ta calculette et tu ne pourras plus te concentrer, parce que tout ce que tu verras dans tes foutues parenthèses pleines de x et de y à l'infini, c'est un vieillard retrouvé nu dans une pissotière...

– ...

– Sans dentier, sans bague, sans papiers et sans... Un vieillard qui a attendu presque trois semaines à la morgue qu'une femme honteuse daigne le sortir de là en se forçant, mais pour la dernière fois de sa vie, Dieu soit loué, à admettre que oui, ils étaient liés par les liens du sang puisque cette épave ouverte eh ben, c'était l'cadet...

Ensuite elle m'avait raccompagné jusqu'à l'école, s'était retournée et m'était tombée dans les bras.

Ce n'était pas moi qu'elle étouffait, c'était le souvenir de Nounou, et si le cours suivant me parut plus confus encore que ce qu'elle m'avait annoncé en serrant les dents, ce n'était pas de la faute de ce vieux coquin – qui était mort sur scène après tout… non, c'était de la mienne puisque malgré mes efforts désespérés pour visualiser une étiquette accrochée à un orteil froid, je n'avais pu m'empêcher de lui faire sentir mon trouble à travers la toile de mon pantalon et… Oh, et puis pourquoi une phrase si tarabiscotée ? Elle m'avait fait bander et j'avais honte, point.

Voilà plus de deux heures que nous nous farcissions d'Ocagne et ses cours de géométrie infinitésimale et qu'elle ne me dise pas que j'étais intelligent sous prétexte que je voyais à peu près où la prof voulait en venir… Merde, non, elle le voyait bien que j'étais complètement perdu, au contraire ! D'ailleurs elle s'était écartée en secouant la tête.

Comme d'habitude, j'avais attendu qu'elle me rappelle pour un autre déjeuner et j'avais attendu longtemps, je me souviens...

Cet aveu sordide, et inutile, et que j'avais été quémander encore, comme un con que j'étais, ne me signifiait rien d'autre : avec Nounou, mon enfance ce jour-là, était morte pour de bon.

***

Il était trop tôt pour rentrer à Paris où personne ne l'attendait, sortit donc son agenda et composa un numéro qu'il remettait au lendemain depuis des mois.
– Balanda ? Mais je n'y croyais plus ! Bien sûr que je t'attends, tu penses !

Philippe Voernoodt était un ami de Laurence. Un type qui avait fait fortune dans l'immobilier... Ou dans Internet... Ou dans l'immobilier sur Internet peut-être ? Bref, un type qui roulait dans une voiture grotesque et n'avait probablement plus le temps d'aller chez le dentiste puisqu'il était sans arrêt en train de titiller son Palm avec un cure-dent humide.

Quand ce dernier lui tapait amicalement dans le dos, Charles perdait toujours quelques centimètres et ne pouvait s'empêcher de se demander alors si cette main, puissante certes, mais un peu courte, s'était déjà posée plus haut que l'avant-bras de sa bien-aimée...

Certains regards l'en auraient presque convaincu mais quand il le vit sortir de son bunker métallisé cet après-midi-là avec son téléphone portable en boucle d'oreille, il lui sourit tendrement.

Non, se rassura-t-il, non. Elle avait trop bon goût.

Ils s'étaient donné rendez-vous au nord de Paris dans une ancienne imprimerie que double slash Voernoodt point con avait achetée une bouchée de pain (bien sûr...) et voulait transformer en loft sublime (bis). Il y a encore quelques années, Charles ne se serait même pas déplacé. Il n'aimait plus travailler pour des particuliers. Ou alors choisissait ceux qui l'inspiraient. Mais voilà... Les banques... Les banques, depuis, l'avaient forcé à mettre un peu d'eau dans son vin et lui bouchonnaient l'existence. Et quand il en tenait un d'assez solide et mégalo pour l'aider à payer ses charges, mettait ses coquetteries dans sa poche et savait boire sa coupe jusqu'aux devis.

– Alors? Qu'est-ce que t'en penses?

C'était un lieu magnifique. Les volumes, la lumière, la densité, l'écho du silence, même, tout était… droit.

– Et c'est à l'abandon comme ça depuis dix ans, précisa-t-il en broyant son mégot sur le sol en mosaïque.

Charles ne l'entendit pas. Il lui semblait plutôt que c'était la pause déjeuner et qu'ils allaient tous revenir d'une seconde à l'autre, remettre leurs machines en route, tirer leurs tabourets, plaisanter, ouvrir ces centaines de casiers extraordinaires, soulever ce bidon d'encre posé là, jeter un œil à l'énorme horloge cerclée de plomb qui les dominait et tout faire repartir dans un boucan d'enfer.

Il s'éloigna encore et alla jeter un œil à la vitre du bureau.

Les poignées des tiroirs, les dossiers des chaises, le bois des tampons, les reliures des livres de comptes, tout ici, avait ce beau poli des ans et de la main.

– Bon, là on s'en rend pas compte à cause du bordel, mais imagine ça une fois propre… Sacrée surface pas vrai?

Charles admira un outil, une espèce de loupe très étrange qu'il glissa dans sa poche.

— Pas vrai? tintèrent les clefs du quat'quat'.

— Si, si... Une sacrée surface comme tu dis...

— Comment tu vois ça alors? Qu'est-ce que tu ferais?

— Moi?

— Ben oui, toi... Ça fait des mois que je t'attends, je te signale! Et j'ai la taxe foncière au cul pendant ce temps-là! Ha! Ha! (Il rit.)

— Moi je ne ferais rien. Je ne toucherais à rien. J'habiterais ailleurs et viendrais ici pour me reposer. Pour lire. Pour réfléchir...

— Tu plaisantes, là?

— Oui, mentit Charles.

— Ho, t'es bizarre aujourd'hui, non?

— Décalage horaire. Bon... Tu as des plans?

— Dans la voiture...

— Bien. Eh ben on peut y aller alors...

— Allez où?

— Rentrer.

— Mais tu ne fais pas le tour?

— Quel tour?

— Je sais pas, moi... À l'extérieur...

— Je reviendrai.

— Mais ? Tu ne m'as même pas demandé ce que je voulais…

— Oh… soupira Charles, je le sais ce que tu veux, va… Tu veux que ça reste un peu brut juste ce qu'il faut mais bien confortable comme il faut. Tu veux des sols en béton, ou en bois un peu *rough* genre plancher de wagon, tu veux une passerelle avec un chemin en verre et des rampes en acier brossé, là-bas, tu veux une cuisine high-tech, du matos de pro, un truc à la Boffi ou Bulthaup, j'imagine… Tu veux de la lave, du granit ou de l'ardoise. Tu veux de la lumière, des lignes pures, des matériaux nobles et de la charte écolo. Tu veux un grand bureau, des rayonnages sur mesure, des cheminées scandinaves et sûrement une salle de projection, non ? Et pour l'extérieur, j'ai le paysagiste qu'il te faut, un type qui te fera un jardin *en mouvement*, comme ils disent, avec des graines équitables et un système d'arrosage intégré. Et même une de ces piscines hors de prix qui sauvent l'honneur. Tu sais, sauvage mais bonne à boire…

Caressa les poutrelles.

— Sans oublier le pack « domotique, système d'alarme, digicode à caméra et portail automatique», cela allait sans dire…

– …

– Je me trompe?

– Euh… non… Mais comment t'as deviné?

– Bah…

Il était déjà dehors et s'interdisait de se retourner vers le carnage à venir.

– C'est mon métier.

Attendit que l'autre s'énerve sur la serrure (miséricorde, même le trousseau pesait son poids d'élégance…), réponde à son oreille, fouaille son petit personnel et lui tende enfin les clefs :

– Mais tu peux me faire ça pour quand?

«Ça», c'était le mot.

– Dis…

– Pour Noël?

– Pas de problème. Tu l'auras ta belle étable…

Son nouveau client le regarda de travers. Devait se demander si l'on s'adressait au bœuf ou à l'âne.

Charles serra chaleureusement sa petite main et repartit vers sa voiture en laissant la sienne courir le long des grilles.

Des éclats de peinture se fichèrent sous ses ongles.

Toujours ça de sauvé, songea-t-il en enclenchant la marche arrière.

Entre les intérêts des Russes, ceux de la HSBC et ce crétin appareillé, il avait de quoi ruminer jusque chez lui. Et c'était tant mieux parce qu'il s'était ensuqué dans les heures de pointe à présent.
Quelle…
Quelle drôle de vie…

Mit un moment à comprendre que c'était la radio, surtout, qui l'insupportait. Ferma le caquet de ces auditeurs à qui l'on avait tort de donner la parole et s'apaisa sur une station qui jazzait en continu.
Bang bang, my baby shot me down se désolait la crooneuse. Bang bang, trop facile, riposta-t-il.
Trop facile.
« Tu es trop intelligent… » Mais qu'est-ce que ça voulait dire, au juste ?
Oui, je pliais le monde. Oui, je cherchais la sortie. Oui, je rentrais quand les autres cherchaient un tee-shirt propre. Oui, je m'escrimais à lui confectionner des petits origamis très compliqués où les mensonges étaient toujours sous le rabat et continuais de voir Alexis et de le souf-

frir et de me faire manger par lui, dans le seul but de pouvoir lui lâcher « Il va bien » au détour d'une gorgée et d'un sourire qui, alors, ne m'était plus destiné.

Il va bien. Il m'a volé, il me vole et me volera encore. Il a volé mes parents et traumatisé ma grand-mère pour s'en mettre jusqu'aux yeux, mais il va bien, je te le promets.

Pas elle. Elle en est morte je crois. C'était une vieille dame qui avait la faiblesse de tenir à ses souvenirs…

Mais… N'était-il pas en train d'en faire autant ? De se laisser anéantir par une trimballée de bibelots poussiéreux ?

Précieux peut-être, mais de quelle valeur aujourd'hui ?

De quelle valeur ?

Bang bang, à l'arrêt Porte-de-la-Chapelle, si près du but et si loin de chez lui, Charles sentit, sentit physiquement, que l'heure était venue de bazarder tout ça une bonne fois pour toutes.

Pardon mais je ne peux plus.

Ce n'est même plus la fatigue, là, c'est… la lassitude.

Le vain.

Voyez… Je suis toujours ce pauvre bougre qui relit sa copie, avance le loyer et s'abîme la vue sur sa table à dessin. J'ai essayé de vous croire, pourtant. Oui, j'ai essayé de vous comprendre et de vous suivre mais... Pour en arriver où ?

Dans les embouteillages ?

Et toi, Alexis, toi qui m'as pris de si haut l'autre soir, avec ta Corinne, ta chaumière et tes charentaises, tu faisais moins le fier quand je suis venu te chercher au commissariat du XIVe, hein ?

Non, tu ne te souviens de rien bien sûr, mais repasse-moi ton répondeur une seconde que je te décrive la pauvre merde que tu étais alors... J'avais mis des plombes à te rhabiller en retenant ma respiration et t'avais porté jusqu'à ma voiture. Porter, tu m'entends ? Pas épauler, porter. Et tu pleurais, et tu me mentais encore. Et c'était ça, le pire. Que tu continues, après toutes ces années, après nos serments de gamins et la force des Jedi, après Nounou et la musique, et Claire, et ta mère, et la mienne, après tous ces visages que je ne reconnaissais plus, après tout ce que tu avais ruiné autour de moi, de me raconter des conneries.

J'avais fini par te frapper pour que tu la fermes enfin et t'avais déposé aux urgences de l'Hôtel-Dieu.

Pour la première fois, je n'étais pas resté avec toi et je m'en suis voulu, tu sais.

Oui, je m'en suis voulu de ne pas t'avoir laissé crever ce soir-là...

Tu as repris du poil de la bête, on dirait. Tu es maintenant assez fort pour envoyer des lettres anonymes, foutre ta mère à la casse et me rire au nez. Tant mieux, tant mieux. Mais tu veux que je te dise ? Quand je pense à toi, je la sens encore, cette odeur de pisse.

Et de gerbe.

Je ne sais pas de quoi Anouk est morte mais je me souviens de ce dimanche après-midi où j'étais venu vous voir avant de rejoindre mon dortoir...

Je devais avoir l'âge de Mathilde, mais j'étais beaucoup moins futé qu'elle, hélas... Je n'avais pas sa causticité. Elle ne m'avait pas encore appris à me méfier des adultes ni à plisser les yeux quand la vie s'avançait en tapinois. Non, j'étais un enfant. Un petit garçon obéissant qui vous portait des restes de gâteau et le bonjour de sa maman.

Je ne vous avais pas vus depuis longtemps et avais déboutonné le haut de ma chemise avant de sonner à votre porte.

J'étais si heureux d'échapper quelques heures à ma sainte famille pour venir prendre une bouffée de vous. M'asseoir dans votre cuisine en bordel, jauger l'humeur d'Anouk au nombre de ses bracelets, l'entendre te supplier de nous jouer quelque chose, savoir déjà que tu refuserais, parler avec elle, ployer sous le poids de ses questions, la laisser me toucher les bras, les épaules, les cheveux et baisser la tête quand elle ajouterait mais que tu es grand, mais que tu es beau, mais comme le temps passe, mais… pourquoi? et guetter l'instant où elle évoquerait Nounou en posant machinalement la main sur son poignet pour le faire taire avant de la porter à son front et rire de nouveau. Avoir la certitude que bientôt tu craquerais et t'affalerais de travers sur le premier fauteuil venu pour t'accorder à nos cancans et donner une jolie rondeur à nos silences…

Vous ne pouviez pas le savoir, vous ne l'avez jamais su, mais que me restait-il là-bas, quand les soirées étaient si longues, la promiscuité si pénible et les pions si cons ? Vous.

C'était vous, ma vie.

Non. Vous n'auriez pas pu le comprendre. Vous qui n'aviez jamais obéi à personne et ignoriez le sens même du mot discipline.

Peut-être alors, vous ai-je idéalisés ? C'est ce que je me disais en tout cas, et avouez que c'était tentant... J'essayais de m'en convaincre, vous embrouillais, expérimentais sur vous le *sfumato* du grand Leonardo qui était alors mon idole absolue et frottais sur mes souvenirs pour vous estomper jusqu'au moment où, ayant repris ma place attitrée au bout de la table et recommençant à peler minutieusement votre toile cirée toute pourrie en vous écoutant vous chamailler, je sentais mon cœur battre de nouveau.

Le sang.

Le sang était revenu.

– Pourquoi tu souris comme un gros niais, là ? me lançait Alexis.

Pourquoi ?

Parce que la terre ferme.

Voilà quinze ans que l'on m'expliquait, deux jardins plus loin, que la vie n'était qu'une succession de devoirs et de flagellations en tout genre. Que rien n'était acquis, que tout se méritait, et que le mérite, parlons-en!, était devenu une notion bien hasardeuse dans une société qui ne respectait plus rien, pas même la peine de mort. Alors que vous. Vous… Je souriais parce que votre frigo toujours vide, votre porte toujours ouverte, vos psychodrames, vos combines à la noix, votre philosophie de barbares, cette certitude qu'il n'y avait rien à thésauriser ici-bas et que le bonheur, c'était ici et maintenant, devant une assiette de n'importe quoi du moment qu'elle fût attaquée de bon cœur, me prouvaient exactement le contraire.

Pour Anouk, notre seul mérite, c'était de n'être ni mort ni malade, le reste n'avait aucune importance. Le reste suivrait. Mangez, les garçons, mangez, et toi, Alexis, arrête deux minutes de nous casser les oreilles avec tes couverts, tu as toute la vie pour faire du bruit.

Mais ce jour-là, après avoir frappé plusieurs fois et au moment où j'allais rebrousser chemin, j'entendis une voix que je ne reconnus pas :

– Qui est-ce ?

– Le Petit Charleron rouge.

– …

– Hé ! Ho ! Y a quelqu'un ?

– …

– Je vous apporte une galette et un petit pot de beurre !

La porte s'ouvrit.

Elle me tournait le dos. Une silhouette en robe de chambre, voûtée, les cheveux sales et un paquet de cigarettes à la main.

– Anouk ?

– …

– Ça ne va pas ?

– J'ai peur de me retourner, Charles. Je… je ne veux pas que tu me voies comme ça, je…

Silence.

– Bon… finis-je par articuler, je pose juste le plat sur la table et…

Elle s'était retournée.

Ses yeux surtout. Ses yeux me terrifièrent.

– Tu es malade ?

– Il est parti.

– Pardon ?

– Alexis.

Et, alors que je me dirigeai vers la cuisine pour me débarrasser de ce fraisier écœurant, je regrettais déjà d'être venu, sentant confusément que ma place n'était pas ici et que la situation allait vite me dépasser.

J'avais des devoirs. Je reviendrais.

– Il est parti où?

– Mais avec son père...

Ça, je le savais. Que le père prodigue avait refait son apparition il y a quelques mois dans une superbe Alfa. «Il est sympa?» «Ça va...», m'avait répondu Alexis et nous en étions restés là, sur ces deux mots. Blasés. Inoffensifs, m'avait-il semblé.

Misère. J'avais dû rater des épisodes... Qu'est-ce que j'étais censé faire à présent? Appeler ma mère?

– Mais euh... Il va revenir.

– Tu crois?

– ...

– Il a pris toutes ses affaires, tu sais...

– ...

– Il fera comme toi... Il reviendra manger du gâteau le dimanche...

Ce sourire-là, j'aurais préféré qu'elle me l'épargne.

Elle retourna plusieurs bouteilles et finit par se servir un grand verre d'eau qu'elle vida d'un trait en s'étranglant.

Bon. Je cherchais un moyen de la contourner pour rejoindre le couloir. Ne voulais pas être témoin de tout ça. Je savais qu'elle buvait mais refusais de savoir jusqu'où. C'était une chose d'elle qui ne m'intéressait pas. Je reviendrais quand elle se serait rhabillée.

Mais elle ne bougeait pas. Me regardait durement. Touchait son cou, ses cheveux, frottait son nez, ouvrait et refermait la bouche comme si elle était en train de se noyer. Ressemblait à un animal pris au piège, prêt à se dévorer la patte pour aller crever dans la pièce d'à côté. Et moi, je... je regardais les nuages par la fenêtre.

— Tu sais ce que ça veut dire d'élever un enfant seule ?

Je ne répondis rien. Ce n'était pas une question de toute façon, c'était une brèche qu'elle ouvrait pour pouvoir y trébucher. Je n'étais pas très courageux, mais pas complètement idiot non plus.

— Toi qui comptes si bien, ça fait combien de jours, quinze ans ?

Là oui, c'était une question.

— Euh... un peu plus de cinq mille, je crois...

Elle reposa son verre et alluma une cigarette. Sa main tremblait.

— Cinq mille... Cinq mille jours et cinq

mille nuits… Tu te rends compte? Cinq mille jours et cinq mille nuits toute seule… À te demander si ce que tu fais, c'est bien… À te faire du souci… À te demander si tu vas y arriver… À travailler. À t'oublier. Cinq mille jours à galérer et cinq mille nuits enfermée. Jamais un moment pour toi, jamais un jour de vacances, pas de parents, pas de sœur, personne pour te prendre ton petit et te laisser souffler un moment. Personne pour te rappeler que tu avais été un peu jolie autrefois… Des millions d'heures à te demander pourquoi il nous avait fait ça et puis un matin, le revoilà, ce salopard, et là, tu sais ce que tu te dis? Tu te dis que tu les regrettes déjà, ces millions d'heures, parce que c'était rien, comparé à celles qui allaient venir…

Cogna son front contre le mur.

– Tu penses… Un père pianiste dans les palaces, c'est quand même autre chose qu'une infirmière minable, hein?

Elle m'apostrophait mais je refusais de tomber dans son piège. Elle se trompait d'oreille. Moi j'étais trop petit pour tout ça, ce n'était pas de mon âge comme disait mon père. Non, ce n'était pas à moi de lui donner tort ou raison. Qu'elle se débrouille pour une fois.

– Tu ne dis rien?

– Non.

– Tu as raison. Il n'y a rien à dire. Et moi aussi, je suis tombée dans le panneau, alors... Je le comprends... Il n'y a rien de pire que les musiciens, crois-moi... On confond tout. On les prend pour Mozart ou j'sais pas quoi alors que c'est juste des charlatans qui ferment les yeux quand ils ont compris que c'était bon. Que t'étais cuite. Qui ferment les yeux en souriant avant de te... Je les hais.

Je m'en rends bien compte que j'ai jamais été une bonne mère mais c'était dur, tu sais? Je n'avais pas vingt ans quand Alexis est né et... et il avait disparu... C'est la sage-femme qui était allée le déclarer pendant sa pause déjeuner et elle était revenue toute fière en me tendant ce truc qui s'appelait un livret de famille. Je m'étais remise à pleurer. Qu'est-ce que tu voulais que je fasse d'un livret de famille, moi qui ne savais même pas où j'allais vivre la semaine suivante? Ma voisine de lit ne cessait de me répéter : « Allons, ne pleurez pas comme ça, ça va vous faire tourner le lait... » Mais j'en avais pas du lait! J'en avais pas, bordel de merde! Je regardais ce bébé qui braillait et je...

Je serrais les dents. Qu'elle se taise par pitié, qu'elle se taise. Pourquoi elle me racontait ça? Tous ces trucs de bonne femme que je ne pouvais pas comprendre? Pourquoi elle m'imposait ça, à moi, qui avais toujours été loyal avec elle? Qui avais toujours pris sa défense... Et là, j'aurais donné n'importe quoi pour être au milieu des miens. Ces gens normaux, équilibrés, *méritants*, qui ne hurlaient pas, qui n'empilaient pas de bouteilles vides sous leur évier et avaient l'élégance de nous renvoyer rudement dans nos chambres quand ils avaient besoin de s'épancher.

La cendre de sa cigarette était tombée dans sa manche.

— Jamais un signe de vie, pas de lettre, aucune aide, aucune explication, rien... Pas même la curiosité de savoir comment s'appelait son fils... Il était en Argentine, il paraît... C'est ce qu'il a dit à Alexis, mais je le crois pas. En Argentine mon cul. Pourquoi pas à Las Vegas pendant qu'on y est?

Elle pleurait.

– Il m'a laissée me cogner le plus dur et maintenant que le gosse est sevré, un crissement de pneu, deux promesses, trois cadeaux et bonsoir la vieille. Tu veux que je te dise? C'est dégueulasse...

– Il faut que j'y aille sinon je vais rater mon train.

– C'est ça, vas-y, fais comme eux. Abandonne-moi, toi aussi...

En passant près d'elle, je réalisai que je l'avais dépassée en taille.

– S'il te plaît... Reste...

Elle avait attrapé ma main et l'avait plaquée contre son ventre. Je me dégageai horrifié, elle était saoule.

– Pardon, murmura-t-elle, en resserrant les pans de son vêtement, pardon...

J'étais déjà sur le palier quand elle m'interpella :

– Charles!

– Oui.

– Pardon.

– ...

– Dis-moi quelque chose...

Je me retournai.

– Il reviendra.

– Tu crois?

Coincé place de Clichy, derrière le 81 et dans un autre siècle, il se souvenait parfaitement de ce petit sourire incrédule quand elle s'était enfin résolue à lever le menton. De ce visage si troublant, si... nu, du bruit de la porte dans son dos et du nombre de marches qui le séparaient alors du monde des vivants : vingt-sept.

Vingt-sept marches au cours desquelles il se sentit épaissir, s'alourdir. Vingt-sept fois son pied dans le vide et ses poings de plus en plus durs au fond de ses poches. Vingt-sept marches pour réaliser que ça y était, qu'il était passé de l'autre côté. Puisque au lieu de compatir à son chagrin et de blâmer l'attitude d'Alexis, il ne pouvait s'empêcher de s'en réjouir : la place était libre.

Et quand sa mère commença à le chicaner parce qu'il avait oublié de rapporter le plat, il l'envoya balader pour la première fois de sa vie.

Sa peau de petit garçon était restée dans l'escalier.

Il ne révisa pas ses cours dans le train et s'endormit réconcilié avec sa main droite ce soir-là. Après tout, c'était elle qui la lui avait prise... Il ne s'en trouva pas moins honteux, il était juste... plus vieux.

Pour le reste, j'avais eu raison encore une fois. Alexis revint.

— Ton père repasse te prendre quand ? lui demanda Anouk à la fin des vacances de Pâques.

— Jamais.

Grâce à ma mère et ses bonnes œuvres, on lui trouva une place au collège Saint-Joseph et je retrouvai la mienne, dans son sillon...

J'en fus soulagé. Anouk qui avait dû passer un marché avec le destin, ou le diable plus probablement, changea de vie. Arrêta de boire, coupa ses cheveux très courts, demanda à travailler au bloc et ne se laissa plus entamer par ses malades. Se contentait de les endormir.

Elle décida aussi de repeindre leur appartement, comme ça, dans un claquement de doigts après avoir bu son café :

— Va chercher Charles ! Ce week-end, on attaque la cuisine !

Et ce fut là, alors que nous étions tous les trois en train de lessiver les murs, que nous eûmes le fin mot de l'histoire... Je ne sais plus comment la conversation avait bifurqué sur son père, mais Anouk et moi cessâmes un instant de nous énerver sur nos éponges :

— En fait, il avait besoin d'un partenaire, mais quand il a réalisé que j'avais pas l'âge pour pouvoir cachetonner, c'était fini, je l'intéressais plus...

— Arrête... soupira Anouk.

— Je te jure! Il avait mal calculé ce con! « T'as que quinze ans? T'as que quinze ans? », il arrêtait pas de me répéter en s'énervant « T'es *sûr*? T'as que quinze ans? »

Comme il en riait, nous fîmes de même, mais... comment dire... La lessive Saint-Marc, ça décape, hein? Non, je dis ça parce qu'il nous avait fallu un bon moment avant de recommencer à parler, occupés que nous étions à recracher nos petits cristaux de soude...

— Je vois que j'ai cassé l'ambiance, plaisanta Alexis, mais, hé, c'est bon, là! Ch'uis pas mort...

Elle par contre, et là tous mes beaux calculs s'avérèrent nuls, n'avait pas survécu pendant son absence. Ne m'avait plus jamais laissé la revoir. Je frappais en vain et m'éloignais soucieux en dévalant quatre à quatre leur escalier pourri.

J'avais eu tout faux. La place ne serait jamais libre.

Mais j'avais eu une lettre... La seule d'ailleurs qui me parvînt jamais en quatre années de pensionnat...

Pardon si je ne t'ai pas ouvert hier. Je pense à toi souvent. Vous me manquez. Je vous aime.

Je fus un peu agacé d'abord, puis virai le « vous » et la brûlai comme je l'avais lue. Je lui manquais, c'est tout ce que je voulais savoir.

Pourquoi est-ce que je remue tout ça, au fait ? Ah, oui... le cimetière...

C'est vrai que tu es majeur à présent... Tes trahisons sont légales...

Elle ne fut plus jamais la même après ta petite virée en coupé italien. Était-ce son abstinence qui l'avait rendue plus... mesurée ? Qui l'empêchait désormais de nous prendre, de nous serrer, de nous manger et de tout nous donner ? Je ne crois pas.

C'était la méfiance. La certitude de la solitude. Et cette prudence tout à coup, cette drôle de douceur, ce changement de voltage, c'était un garrot, un clamp à la veine cave. Elle ne nous taquinait plus, ne disait plus en gloussant « Euh... Une certaine Julie au téléphone... » quand c'était ce crétin de Pierre qui avait encore oublié son livre de géo, et s'enfermait dans sa chambre quand tu jouais particulièrement bien.

Avait peur.

***

Après la gare Saint-Lazare, la circulation devint moins pénible. Charles biaisa, quitta le troupeau en empruntant des itinéraires de poulbot futé et recommença à détailler les façades aux feux rouges. Celle-ci notamment, le long du square Louis-XVI avec ses animaux Art déco qu'il adorait.

C'était comme ça qu'il avait séduit Laurence...

Il était fauché, elle était sublime, que pouvait-il lui offrir ? Paris.

Il lui avait montré ce que les autres ne voient jamais. Avait poussé des portes cochères, escaladé des murets, tenu sa

278

main et arraché la vigne vierge devant son front. Lui avait appris les mascarons, les atlantes et les frontons ciselés. Lui avait donné rendez-vous passage du Désir et s'était déclaré rue Gît-le-Cœur. Devait se trouver très malin, était très bête.

Était amoureux.

Elle inspectait ses talons pendant qu'il montrait sa carte d'étudiant à des concierges en savates tout droit sorties d'une photo de Doisneau, la tenait par la taille, levait l'index et l'embrassait dans le cou quand elle cherchait le visage de madame Lavirotte le long de l'avenue Rapp ou les rats de Saint-Germain-l'Auxerrois.

« Je ne les vois pas… », se désespérait-elle.

Normal. Il lui avait indiqué la mauvaise gargouille pour faire durer son rail de N° 5.

Ses plus beaux carnets datent de ces années-là, quand toutes les cariatides de Paris lui devaient quelque chose : l'arrondi de son épaule, son joli nez ou le galbe de son sein.

Un type lui fit une queue de poisson en agitant le bras.

Passé la Seine, il s'apaisa. Se souvint qu'il était en train de rouler vers elle et s'en trouva heureux. Elle, et Mathilde, ses deux mégères...

Et qui lui en faisaient voir de toutes les couleurs...

Bah, ça lui allait, les couleurs... Un peu fatigant quelquefois, mais plus gai.

5

Il avait décidé de les surprendre en leur préparant un bon dîner. Cogita le menu dans la queue chez le boucher, acheta des fleurs et passa chez le caviste.

Mit de la musique, remonta ses manches, chercha un torchon propre et coupa tout menu : l'ail, l'échalote, sa faiblesse et ses errances. Ce soir, trêve, il les écouterait.

L'enivrerait et la caresserait le plus long-temps possible. En la déshabillant, se déferait de sa peau de fantôme et en la léchant, oublierait l'amertume de ces derniers jours. Enterrerait Anouk, oublie-rait Alexis, rappellerait Claire pour lui dire que la vie était belle et que sa pouffe avait une voix de crécelle. Irait chercher Mathilde au collège le lendemain et lui offrirait celle, autrement fêlée, de Nina Simone.

I sing just to know that I'm alive.

Oui.

Lui. Lui était vivant.

Baissa la flamme, mit le couvert, prit une douche, se rasa, se servit un verre de vin et se rapprocha des enceintes en repensant à l'imprimerie du gros Voernoodt.

Après tout, ce n'était pas si grave... Pour une fois, travaillerait sans devis, sans décalage et sans drame. Quel luxe... Lui revint à l'esprit cette expression de typographes en colère qui l'avait enchanté : vouloir tout plaquer, c'était menacer de « chier dans le cassetin aux apostrophes ». Bon, il leur promettait de viser moins juste.

De sauver la lumière au moins...

Le vin était parfait, la cocotte chuchuitait et il écoutait Sibelius en attendant le retour de deux jolies Parisiennes. Tout allait bien.

Bientôt le final de la *Symphonie n° 2*.

Silence.

Silence sous son crâne.

***

C'est le froid qui le réveilla. Il gémit, son dos, et mit quelques secondes à retrouver ses esprits. La nuit était brûlée et le dîner avait... non, merde, mais quelle heure il était là?

Dix heures et demie. Mais qu'est-ce que...

Il appela Laurence, répondeur.

Chopa Mathilde :

— Vous êtes où, les filles?

— Charles? Mais? Tu n'es pas au Canada?

— Vous êtes où?

— Ben, c'est les vacances là... Je suis chez Papa...

— Ah?

— Maman n'est pas là?

Ouh, il n'aimait pas cette petite voix...

— Attends, j'entends justement la porte de l'ascenseur, lui mentit-il, je te laisse... Je te rappellerai demain...

— Hé?

— Oui?

— Tu lui diras que c'est bon pour samedi. Elle comprendra.

— OK.

— Encore un truc... Tu sais, je l'écoute tout le temps ta chanson...

— Laquelle?

— Mais si... Tu sais... Celle de Cohen...

— Ah?

— Je l'adore.

– Formidable. Je vais enfin pouvoir t'adopter, alors ?

Et il raccrocha en devinant son sourire.

La suite est plus triste.

Remit Sibelius dans son boîtier, enfila un pull, se dirigea vers la cuisine, souleva les couvercles, commença par trier le trop cuit du carbonisé, soupira et finit par tout balancer à la poubelle. Eut encore la vaillance de mettre les casseroles à tremper, attrapa la bouteille et jeta un dernier coup d'œil à ces chandeliers ridicules...

Éteignit la lumière, ferma la porte et... ne sut plus quoi faire.

Alors ne fit rien.

Attendit.

But.

Et, comme dans sa chambre d'hôtel la « nuit » précédente, épia sa trotteuse.

Essaya de lire.

Mais non.

Un opéra alors ?

Trop bruyant.

Se ressaisit vers minuit. Laurence n'était pas du genre à prendre le risque de perdre une jolie pantoufle sur la chaussée...

Mais non.

Pas de bonne fée ce soir...

Visait deux heures. Un dîner en bonne compagnie et le temps de trouver un taxi, deux heures, c'était possible.

Mais non.

Ouvrit la seconde bouteille.

Trois heures moins le quart madame Cafard.

C'était mort.

Expression de Mathilde qui ne voulait rien dire.

Qu'est-ce qui était mort?

Rien.

Tout.

But dans le noir.

Bien fait pour lui.

Ça lui apprendrait à rentrer sans prévenir…

Alla chercher l'enveloppe de photos.

Au point où il en était, autant tourner la lame encore un peu.

Alexis et lui. Enfants. Amis. Frères. Au parc. Dans le jardin. Dans la cour de l'école. Au bord de la mer. Le jour du Tour de France. Chez sa grand-mère. Nourrissant les lapins de la ferme et derrière le tracteur de monsieur Canut.

Alexis et lui. Bras dessus bras dessous. Toujours. Et pour toujours. Avaient mêlé leurs sangs, sauvé un oisillon et volé un numéro de *Lui* au café-tabac de Brécy. L'avaient lu derrière le lavoir, avaient beaucoup ricané, mais préféraient encore *Pif gadget*. L'avaient échangé au gros Didier contre un tour de mobylette.

Alexis avant une audition. Sérieux, chemise boutonnée, cravate offerte par Henri et trompette contre son cœur.

Anouk après cette même audition. Fière. Émue. L'index sous l'œil et les cils délavés.

Nounou pour fermer le banc avec Claire sur ses genoux. Claire tête baissée qui devait jouer avec ses bagues.

Son père. Photo coupée. Sans commentaire.

Lui étudiant avec beaucoup de cheveux. Agitant la main devant l'objectif en grimaçant.

Anouk dansant chez ses parents.

Robe blanche, cheveux tirés, le même sourire exactement que sur la première photo, sous le cerisier, presque quinze ans auparavant.

Pourtant, dans quelques heures elle…

Peu importe.

Charles se laissa tomber en arrière. Mais… c'est *quoi*, ça? se fustigea-t-il. Tu es là, à te vautrer dans le passé comme un cochon dans sa soue alors que c'est le présent qui devrait t'accabler. C'est le présent qui déraille, mon gars. Est-ce que tu réalises que ta femme est dans les bras d'un autre pendant que tu pleurniches en culotte courte?

Réagis bon sang. Lève-toi. Hurle. Frappe les murs. Déteste-la. Saigne.
Je vous en prie…
Pleure au moins!
J'ai tout pleuré dans l'avion.
Alors dis que tu es malheureux!
Malheureux? secoua-t-il la tête, mais… Qu'est-ce que ça veut dire, malheureux?
Tu as trop bu, tu le sauras dans quelques heures…
Non. Je n'ai jamais été aussi lucide, au contraire.
Charles…
Quoi encore? s'agaça-t-il.
Malheureux, c'est le contraire d'heureux.

Qu'est-ce que ça veut dire, heur…
Non. Rien. Ferma les yeux.

Et c'est lorsqu'il se décida enfin à s'extraire de son marasme pour retourner travailler qu'il entendit le bruit des verrous.

Elle passa devant lui sans le voir et se dirigea vers la salle de bains.

Rinça le foutre de l'autre.

Alla dans leur chambre, s'habilla et revint se maquiller.

Ouvrit la porte de la cuisine.

À défaut de son trouble, il devina son agacement. Elle tint bon pourtant et se fit un café avant de chercher à l'affronter.

Quel sang-froid, songea Charles, quel putain de sang-froid…

S'approcha en soufflant sur sa tasse, s'assit sur le fauteuil d'en face et soutint son regard dans la pénombre.

– Qu'est-ce que tu veux que je te dise ? demanda-t-elle en repliant ses jambes sous elle.

– Rien.

– Tu as pensé à ramener ta valise, cette fois ?

– Oui. Merci. D'ailleurs…

Allongea son bras et saisit le sac en plastique près de son cartable.

– Regarde ce que j'ai trouvé pour Mathilde…

Il se coiffa d'une casquette estampillée *I ❤ Canada* avec de grands bois d'élan en moumoute de chaque côté.

– Amusant, non ? Je crois que je devrais la garder…

– Charles…

– Tais-toi, la coupa-t-il, je viens de te dire que je n'avais pas envie de t'entendre.

– Ce n'est pas ce que tu…

Il se leva et alla poser sa tasse dans la cuisine.

– C'est quoi toutes ces photos ?

Revint les lui prendre des mains et les remit dans l'enveloppe.

– Enlève cette casquette ridicule, soupira-t-elle.

– Qu'est-ce qu'on fait ?

– Pardon ?

– Qu'est-ce qu'on fait ensemble ?

– On fait comme les autres. On fait ce qu'on peut. On avance.

– Sans moi.

– Je sais. Ça fait un moment que tu n'es plus là, figure-toi…

– Allons, répondit-il en lui souriant tendrement, c'est ta scène là… N'inverse pas les rôles, ma Pomponette, dis-moi plutôt ce que…

– Ce que quoi?

– Non. Rien.

Elle se déhancha et gratta quelque chose sur sa jupe :

– Dis donc... Tu as maigri, non?

Il rassembla ses affaires, changea de chemise et tira la porte sur ce mauvais vaudeville.

– Charles!

Elle l'avait rejoint dans les escaliers.

– Arrête... Ce n'était rien... Tu le sais que ce n'est rien...

– Bien sûr... C'est la raison pour laquelle je te demande ce que nous faisons encore ensemble.

– Non, mais je te parlais de cette nuit...

– Oh, c'est vrai? se désola-t-il, ce n'était même pas bien? Ma pauvre chérie... Quand je pense que je t'avais chambré une bouteille de Pomerol... Avoue que la vie est bien cruelle...

Descendit encore quelques marches avant d'annoncer :

– Ne m'attends pas ce soir. J'ai un serre-pinces à l'Arsenal et je...

Elle le retint par la manche de sa veste.

– Arrête, murmura-t-elle.

Il s'immobilisa.

– Arrête…

Puis se retourna.

– Mathilde?

– Quoi, Mathilde?

– Tu ne m'empêcheras pas de la revoir, n'est-ce pas?

Grande première, lut une sorte d'affolement sur ce beau visage.

– Pourquoi tu me dis ça?

– Je n'ai plus le courage de débarrasser la table, Laurence. Je… j'avais besoin de toi je crois et…

– Mais qu'est… Mais *où* tu es, là? Où tu vas? Qu'est-ce que tu fais?

– Je suis fatigué.

– Ça, je le sais. Merci. Tu me l'as déjà dit cent fois. Mais c'est quoi, cette fatigue? Ça veut dire quoi, au juste?

– Je ne sais pas. Je cherche.

– Viens, supplia-t-elle tout bas.

– Non.

– Pourquoi?

– C'est trop triste, ce que nous sommes devenus. On ne peut pas continuer comme ça juste pour elle. Ça ne… Souviens-toi… Et c'était encore dans un escalier d'ailleurs… Souviens-toi de ce que tu m'avais dit le… Le premier jour…

– Qu'est-ce que je t'avais dit, encore? fit-elle excédée.

– «Elle mérite mieux. »

Silence.

– Si elle n'était pas là, reprit Charles, c'est toi qui serais partie. Et depuis longtemps déjà...

Sentit ses ongles se refermer sur son épaule :

– Qui c'est cette femme brune sur les photos? C'est elle, la morte dont tu m'avais parlé l'autre jour? La mère de je ne sais plus qui? C'est elle qui fout la merde dans notre vie depuis des semaines? C'est qui? C'est quoi? Un truc à la *Mrs Robinson*?

– Tu ne pourrais pas comprendre...

– Ah oui? Alors vas-y, fulmina-t-elle, dis-le-moi, toi. Dis-le-moi puisque je suis si conne...

Charles hésita. Il y avait bien un mot qui, mais il n'osa le prononcer.

Pas à cause d'elle. À cause d'Anouk. Un mot dont il n'avait jamais été sûr. Un mot qui était resté coincé dans ses rouages pendant toutes ces années et avait fini par esquinter la belle machinerie.

Alors il en choisit un autre à la place. Moins définitif, plus lâche :

– La tendresse...

– Je ne savais pas que nous en étions là, riposta-t-elle.

– Ah ? Tu as de la chance...

– ...

– Laurence...

Mais elle s'était déjà retournée et avait repris de la hauteur.

L'espace d'une demi-seconde il songea à la rattraper mais l'entendit qui chantonnait *God bless you please, Missize Robinson, na na nani nana* et réalisa alors qu'elle n'avait rien compris.

Qu'elle n'aurait jamais envie de comprendre.

Et, se retenant à la rampe, poursuivit sa descente.

Oui, tiens... Que Dieu la bénisse.

Ce serait bien le moins qu'Il puisse faire après l'avoir tellement saquée.

La voiture de Laurence était garée quelques mètres plus loin. Il la dépassa, s'immobilisa, revint sur ses pas, griffonna quelques mots sur une page de son carnet et la glissa sous l'un des essuie-glaces.

Qu'était-ce ? Un remords ? Des regrets ? Une déclaration ? Des adieux ?

Non. C'était...

« Mathilde m'a dit de te dire que c'était bon pour samedi. »

C'était lui.

Exactement.

Charles Balanda. Notre homme. Quarante-sept ans dans une semaine, concubin cocu et aucun droit sur l'enfant qu'il avait élevé, il le savait. Aucun droit, mais beaucoup plus que cela. Sa vigilance, ce petit mot mal déchiré ou la preuve que la machinerie n'était pas tout à fait bousillée. Cette petite, elle, résisterait.

S'éloigna en tâtant ses poches.

S'était encore trompé.

N'avait pas tout purgé dans l'avion.

6

Les salua brièvement. Retrouva ses accoudoirs usés. Eut du mal à se concentrer. Commença par traire son ordinateur. 58 messages. Soupira. Tria le bon grain des emmerdes en secouant la tête par à-coups pour se débarrasser de ses soucis domestiques. Ouvrit par mégarde le spam suivant : *greeting charles.balanda did you ever ask yourself is my penis big enough ?* Sourit un peu jaune, écouta les doléances de tous, dispensa conseils et encouragements, vérifia le travail du jeune Favre, fronça les sourcils, attrapa son bloc et le noircit à une vitesse hallucinante, changea d'écran, réfléchit, réfléchit longuement, chassa le visage de L., essayait de comprendre, refusa plusieurs appels pour ne pas perdre le fil de sa pensée, corrigea certaines erreurs, en commit d'autres, consulta ses notes, feuilleta ses bibles, travailla, cogita encore, lança une impression et se leva en s'étirant.

Réalisa qu'il était déjà trois heures, attendit longtemps devant l'imprimante, finit par réagir et chercha en vain une ramette de papier.

Piqua une colère démesurée.

Frappa la machine, faussa un des bacs en shootant dedans, pesta, tonna, agonit d'injures le pauvre Marc qui avait eu la mauvaise idée de lui venir en aide et leur fit subir à tous l'absurdité de ces derniers mois et le poids de ses cornes.

« Le papier ! Le papier ! », répétait-il comme un dément.

Refusa d'aller déjeuner. Descendit fumer dans la cour et se cogna le voisin du dessous avec ses problèmes de fuites :

– Mais pourquoi vous me racontez tout ça ? Je suis plombier peut-être ?

Grommela des excuses que personne n'entendit. Faillit redémarrer au quart de tour en avisant la chemise « notes de frais » du chantier de la PRAT à Valenciennes, renonça puis retourna plein d'usage et raison, vivre entre ses plans le reste de son âge.

En fin d'après-midi, eut son avocat au téléphone :

— Je viens vous donner des nouvelles de vos procès ! plaisanta ce dernier.

— Pitié, non ! reprit-il sur le même ton, je vous paye une fortune pour que vous ne m'en donniez pas, justement !

Et après une conversation qui dura plus d'une heure et pendant laquelle le compteur de l'autre ne cessait de tourner, Charles prononça ces mots qu'il regretta aussitôt :

— Et vous… Vous faites aussi les affaires familiales ?

— Grands dieux, non ! Pourquoi cette question ?

— Non, rien. Allez… Je retourne à mes responsabilités… Vous fabriquer d'autres occasions de me plumer…

— Je vous l'ai déjà dit, Balanda, la responsabilité est le corollaire de la compétence professionnelle.

— Écoutez, je vais vous faire un aveu… Trouvez autre chose pour la prochaine fois parce que je ne la supporte plus, cette phrase…

— Ha ! Ha ! Je n'oublie pas que je vous dois un déjeuner à L'Ambroisie au fait !

— C'est ça… Si je ne suis pas au trou d'ici là…

– Oh, mais c'est ce qui pourrait arriver de mieux à la République, mon ami! Qu'un type comme vous ait l'occasion de s'intéresser à nos prisons…

Charles regarda sa main posée sur le combiné pendant un long moment.
« Pourquoi cette question ? »
Oui, pourquoi ? C'était ridicule. Il n'en avait pas de famille, lui.

***

Fait rare, ne fut pas le dernier à quitter l'agence et décida de se rendre au pavillon de l'Arsenal à pied.
Place de la Bastille, écouta ses messages.
« Il faut qu'on parle », disait la machine.
Parler.
Quelle drôle d'idée…
Ce n'était pas tant l'éloignement des berges qui le laissait perplexe, plutôt leur… *altérabilité*.
Et pourtant… Peut-être que. En annulant certains rendez-vous, en partant loin, en tirant de nouveau les rideaux d'une chambre d'hôtel en plein jour, en… Mais, ce que l'homme fantasmait

le long du boulevard Bourdon, l'architecte le défaisait aussitôt : le terrain, de part et d'autre, était devenu bien trop mouvant et, cet avenir-là, il était temps de l'admettre, inconstructible.

L'édifice avait tenu onze ans.

Et c'est le maître d'œuvre qui ricana en traversant. On ne pourrait pas venir l'emmerder avec sa responsabilité décennale cette fois-ci.

Fit son devoir, serra les bonnes mains et se rappela au bon souvenir des bonnes personnes. Vers onze heures, debout dans la nuit et devant cette statue de Rimbaud qu'il détestait (l'homme aux semelles de vent avait été démantibulé et l'on pouvait lire « l'homme aux semelles devant » sous cette chose ridicule), hésita un instant et se trompa de chemin.

Ou le retrouva, au contraire.

7

– Et c'est à c't'heure-là qu'tu rentres, toi? l'agressa-t-elle, le poing enroulé sur la hanche.

Il fit mine de la repousser contre le mur et se dirigea vers la cuisine.

– Dis donc, t'es gonflé... Pourquoi t'as pas appelé? J'aurais pu être en galante compagnie, j'te signale...

Avisa sa petite moue et se mit à rire.

– Ouais bon... J'ai dit «j'aurais pu» OK? J'*aurais* pu...

L'embrassa.

– Vas-y, fais comme chez toi, continua-t-elle, d'ailleurs *c'est* chez toi, au fait... Welcome home, mon chou, qu'est-ce qui t'amène? Tu viens m'augmenter le loy... Oh, oh, se reprit-elle, ça ne va pas toi... C'est encore tes Russes qui te font des misères?

Il ne savait pas par où commencer, ni

même s'il aurait le courage de trouver les mots, opta donc pour le plus simple :

– J'ai froid, j'ai faim et je veux de l'amour.

– Oh, putain... On est mal, là, on est mal ! Allez... Suis-moi.

– Je peux te faire une omelette avec des œufs pas frais et du beurre périmé, ça te va ?

Elle le regarda manger, leur décapsula une bière, décolla son patch et lui piqua une cigarette.

Il repoussa son assiette et la dévisagea en silence.

Elle se leva, alluma la loupiote sous la hotte, éteignit ailleurs et revint en déplaçant son tabouret pour pouvoir s'adosser contre le mur.

– On commence par où ? murmura-t-elle.

Il ferma les yeux.

– Je ne sais pas.

– Bien sûr que si, tu sais... Tu sais toujours tout, toi...

– Non. Plus maintenant.

– Tu...

– Je ?

– Tu sais de quoi elle est morte ?

301

– Non.

– Tu n'as pas appelé Alexis ?

– Si, mais j'ai oublié de lui demander…

– Ah ?

– Il m'a gonflé et j'ai raccroché.

– Je vois… Un dessert ?

– Non.

– Ça tombe bien, j'en ai pas… Tu pren…

– Laurence me trompe, la coupa-t-il.

– Première nouvelle, ricana-t-elle. Oh, pardon…

– Ça se voyait tant que ça ?

– Mais nooon, je plaisantais… Un café ?

– Ça se voyait tant que ça, donc…

– J'ai aussi de la tisane « ventre plat » si tu préfères…

– Est-ce que c'est moi qui ai changé, Claire ?

– Ou « nuit calme »… C'est bien aussi, nuit calme… Ça détend… Tu disais ?

– Je n'y arrive plus, là. Je n'y arrive plus.

– Hé… Tu ne serais pas en train de nous préparer une petite crise de la cinquantaine, toi ? La midlife crisis, comme ils disent…

– Tu crois ?

– Mais ça m'en a tout l'air…

— Quelle horreur. J'aurais aimé être plus original… Je crois que je me déçois un peu, réussit-il à plaisanter.

— Ce n'est pas si grave, si?

— De vieillir?

— Non, Laurence… C'est comme d'aller au Spa pour elle… C'est… je ne sais pas… un genre de masque de beauté… Ce genre de petits coups en douce, c'est sûrement moins dangereux que le Botox…

— …

— Et puis…

— Oui?

— Tu n'es jamais là. Tu travailles comme un taré, t'es toujours soucieux, mets-toi à sa place aussi…

— Tu as raison.

— Bien sûr que j'ai raison! Et tu sais pourquoi? Parce que je suis pareille. Je me sers de mon métier pour éviter de penser. Plus j'ai des dossiers merdiques et plus je me frotte les mains. Génial, je me dis, regarde-moi toutes ces heures de sauvées et… Et tu sais pourquoi je travaille, moi?

— Pourquoi?

— Pour oublier que mon beurrier pue…

— …

– Comment veux-tu que des gens nous soient fidèles? Fidèles à qui, à quoi? Fidèles comment? Mais... Tu l'aimes ton métier, non?

– Je ne sais plus.

– Si, tu l'aimes. Et je t'interdis de faire la fine bouche avec ça. C'est un privilège que l'on paye déjà bien assez cher... Et puis tu as Mathilde...

– J'*avais* Mathilde.

Silence.

– Arrête, s'agaça-t-elle, tu ne peux pas la réduire aux acquêts, cette môme... Et puis, tu n'es pas parti...

– ...

– Tu es parti?

– Je ne sais pas.

– Non. Ne pars pas.

– Pourquoi?

– C'est trop dur de vivre seul.

– T'y arrives bien...

Elle se leva, ouvrit tous ses placards puis la porte de son réfrigérateur, mornes plaines, et le regarda droit dans les yeux.

– Tu appelles ça *vivre*, toi?

Il lui tendit son bol.

– Je n'ai aucun droit sur elle, n'est-ce pas? Sur le plan légal, je veux dire...

– Bien sûr que si. La loi a changé. Tu peux très bien monter un dossier, fournir des attestations et... Mais tu n'en as pas besoin et tu le sais bien...

– Pourquoi?

– Parce qu'elle t'aime, idiot... Bon, s'étira-t-elle, tu ne vas pas me croire mais j'ai du boulot, là...

– Je peux rester?

– Aussi longtemps que tu voudras... C'est toujours le même clic-clac d'avant-guerre, ça te rappellera des souvenirs...

Elle déplaça ses montagnes de foutoir et lui tendit une paire de draps propres.

Comme à la grande époque, ils se succédèrent dans la minuscule salle de bains et partagèrent la même brosse à dents mais... l'ambiance n'y était plus.

Tant d'années avaient passé et les seules promesses importantes qu'ils s'étaient faites, ils ne les avaient pas tenues. L'unique différence, c'est que l'un comme l'autre aujourd'hui payaient dix fois, cent fois plus d'impôts.

Il s'allongea en plaignant son dos et retrouva ce bruit qui avait si souvent scandé ses nuits blanches d'étudiant, celui du métro aérien.

Ne put s'empêcher d'en sourire.

– Charles ?

Sa silhouette apparut en ombre chinoise.

– Je peux te poser une question ?

– Inutile. Bien sûr que je repartirai. Ne t'inquiète pas...

– Non... Ce n'est pas ça...

– Je t'écoute...

– Anouk et toi ?

– Oui... fit-il en changeant de position.

– Vous... Non. Rien.

– Nous, quoi ?

– ...

– Tu veux savoir si on a couché ensemble ?

– Non. Enfin... ce n'est pas ce que je voulais savoir. Ma question était moins... plus sentimentale, je crois...

– ...

– Excuse-moi.

Elle s'était retournée.

– Bonne nuit, ajouta-t-elle.

– Claire ?

– Je n'ai rien dit. Dors.

Et dans le noir, cet aveu :

– Non.

Elle retint la poignée et posa sa main bien à plat sur la porte pour la fermer le plus discrètement possible.

Mais après le cinquième raffut de la ligne 6, cet ajustement :
– Si.
Et bien plus tard encore, celui de ses armes, enfin :
– Non.

***

« Robe blanche, cheveux tirés, le même sourire exactement que sur la première photo, sous le cer... »
Robe blanche. Cheveux tirés. Le même sourire exactement.

Gros raout. On avait tout fêté, ce soir-là : les trente-cinq ans de mariage de Mado et d'Henri, la première année de droit de Claire, les fiançailles d'Edith et le concours de Charles.
Lequel ? Il ne s'en souvenait plus. Un concours... Et pour la première fois, il avait ramené une « amie » chez ses parents. Laquelle ? Il pourrait s'en souvenir, mais cela n'aurait aucun intérêt. Une jeune fille qui lui ressem-

blait... Sérieuse, de bonne famille, la tête bien faite et la cheville un peu épaisse... Une première année qu'il avait dû bizuter dans la chambre d'à côté d'ailleurs...

Allons, Charles... Tu nous avais habitués à un peu plus d'élégance... Un prénom quand même...

Laure, je crois... Oui, c'est ça, Laure... Pas très rigolote sous sa frange, qui réclamait toujours l'obscurité et lui causait énergie cinétique après l'amour... Laure Dippel...

Il la tenait par la taille, parlait fort, levait son verre, disait des bêtises, n'avait pas vu le jour depuis des mois, descendait en pression et piétinait ses lauriers en dansant n'importe comment.

Était déjà bien pompette quand Anouk fit son apparition :

– Tu nous présentes ? sourit-elle en jetant un rapide coup d'œil au décolleté de l'autre.

Charles s'exécuta et en profita pour se désarrimer.

– Qui est-ce ? demanda la petite matheuse matée.

– La voisine...

– Et pourquoi elle a les cheveux mouillés?

(Voilà exactement le genre de questions que cette fille ne cessait de poser.)

– Pourquoi? Mais j'en sais rien, moi! Parce qu'elle vient de prendre une douche, j'imagine!

– Et pourquoi elle n'arrive que maintenant?

(Voyez... Elle doit avoir deux colonnes dans le *Who's Who* à l'heure qu'il est...)

– Parce qu'elle travaillait.

– Qu'...

– Infirmière, la coupa-t-il, elle est infirmière. Et si tu veux savoir où et dans quel service, ses années d'ancienneté, son tour de hanche et ses points de retraite, il faudra le lui demander toi-même.

Elle fit la moue, il s'éloigna.

– Alors jeune homme? Prêt à vous sacrifier pour faire danser le troisième âge? entendit-il derrière son dos alors qu'il essayait de récupérer son briquet au fond d'un énorme chaudron de punch.

Son sourire se retourna avant lui.

– Allez poser votre canne, mamie. Je suis à vous.

Robe blanche, drôle, belle, et cinétique en diable.

C'est-à-dire qui a le mouvement pour
origine.

Déchaînée dans les bras de son
lauréat. Avait eu une journée difficile,
s'était battue contre des infections oppor-
tunistes et avait perdu. Perdait toujours
ces temps-ci. Voulait danser.

Danser et le toucher, lui, avec ses
millions de globules blancs et son
système immunitaire tellement efficient.
Lui si pudique, qui prenait bien soin de se
tenir loin de sa robe et qu'elle attirait vers
elle en riant. On s'en fout, Charles, on
s'en fout, feulait son regard. On est
vivants, tu comprends ? Vi-vants.

Et lui qui se laissait faire sous le regard
ahuri de sa petite amie. Mais lui, raisonnable enfin, si raisonnable hélas, qui finit
par lui rendre son bras et son énergie
proportionnelle à sa masse avant d'aller
prendre le frais sous les étoiles.

– Dis donc, elle est chaude la voisine…
Ta gueule.
– Nan, mais je veux dire pour son âge…
La garce.
– Il faut que je rentre.

– Déjà? se força-t-il.

– Tu sais bien que j'ai encore un oral lundi, soupira sa douce.

Il avait oublié.

– Tu viens?

– Non.

– Pardon?

Bon, épargnons-nous la suite de cette conversation assommante. À la fin, il lui a appelé un taxi et elle est partie réviser ce qu'elle savait probablement déjà par cœur.

Quand il revint vers la maison après un vague baiser et de fermes encouragements, des graviers crépitèrent sous les seringas.

– Alors comme ça tu es amoureux?

Allait répondre que non et lui avoua le contraire.

– Ah? C'est bien…

– …

– Et tu… Tu la connais depuis combien de temps?

Charles leva la tête, la regarda, lui sourit, la baissa.

– Oui.

Puis repartit vers le bruit.

Longtemps…

Il s'agita, la chercha du regard quelquefois, ne la vit pas, but, s'oublia, l'oublia.

Mais quand ses sœurs demandèrent le silence, quand la musique cessa et que les lumières s'éteignirent, quand un énorme gâteau fut apporté devant les mains jointes de sa mère et que son père tira de sa poche un discours sous les chut, et les oh, et les ah, et les chut encore, une main prit la sienne et le tira hors de ce cercle.

Il la suivit, gravit les marches derrière elle en attrapant quelques morceaux de bravoure au passage, « tant d'années... chers enfants... difficultés... confiance... épaulés... toujours... » puis elle ouvrit une porte au hasard et se retourna.

Ils n'allèrent pas plus loin, restèrent debout dans le noir, et tout ce qu'il sut de la vie à ce moment-là de la sienne, c'est que ses cheveux n'étaient plus mouillés.

Elle le plaquait si fort que la poignée lui vrilla les reins. N'eut pas la présence d'esprit d'en souffrir cependant. Elle l'embrassait déjà.

Et, après s'être si longtemps cherchés, s'étaient effondrés l'un dans l'autre.

312

Se mangeaient le visage, se dévoraient mutuellement et…

N'avaient jamais été aussi éloignés…

Charles se battait contre les épingles de son chignon alors qu'elle s'escrimait sur son ceinturon, écartait ses cheveux et elle les pans de son pantalon, essayait de tenir son visage bien droit alors qu'elle n'avait de cesse de l'abaisser, cherchait ses mots, des mots qu'il avait répétés des milliers de fois et qui avaient mué avec lui pendant qu'elle le suppliait de se taire, la forçait à le regarder tandis qu'elle se jetait de côté pour lui mordre l'oreille, s'engouffrait dans son cou pendant qu'elle le mutilait jusqu'au sang, n'avait pas encore commencé à la toucher, que, déjà, elle s'était enroulée autour de sa jambe et s'arc-boutait à lui en gémissant.

Tenait entre ses mains, l'amour de sa vie, la madone de son enfance, la plus belle d'entre toutes, l'obsession de tant de nuits et la raison de tant de galons, tandis qu'elle, tenait… bien autre chose…

Le goût du sang, la charge de l'alcool, l'odeur de sa transpiration, le frôlement de ses râles, cette douleur dans son dos, sa violence, ses ordres, ses ongles, rien de tout cela n'entama sa *fine amor*. C'était lui le plus fort, il réussit à l'immobiliser et elle n'eut pas d'autre choix que de l'entendre murmurer son prénom. Mais des phares passèrent au loin et il aperçut son sourire.

Renonça alors. Lui rendit ses bras, ses bracelets tordus, plia les genoux et ferma les yeux.

Elle le toucha, le flatta, vint sur lui, glissa ses doigts dans sa bouche, lécha ses paupières, lui chuchota à l'oreille des mots inaudibles, tira sur sa mâchoire pour le faire crier en l'obligeant à se taire, saisit sa main, cracha dedans, la guida, ondulait, se bilboquait, le remorquait, le rompait presque, le...

Et, maudit soit-il. Maudit soit celui qu'il était. Maudits, les sentiments. Maudite. Maudite, cette escroquerie, il la repoussa.

Ne *voulait pas* ça.

Il avait tout rêvé pourtant. Les pires débauches, les plus invraisemblables fantasmes, ses vêtements arrachés, sa douleur, son plaisir, ses suppliques, leur salive, le foutre et les baisers, le... Tout. Tout avait été envisagé, mais pas ça. Il l'aimait trop.

Trop bien, trop mal, trop n'importe comment peut-être, mais trop.

– Je ne peux pas, gémit-il. Pas comme ça...

Elle se figea et demeura un instant interdite avant de se laisser tomber en avant, le front contre sa poitrine.

– Pardon, continua-t-il, pard...

Elle se déhancha une dernière fois pour faire glisser le tissu de sa robe. Le rhabilla en silence, resserra sa ceinture, lissa sa chemise, sourit en avisant le nombre de boutonnières orphelines, puis, la peau plus douce et les bras le long du corps, revint contre lui et se laissa enfin enlacer.

Pardon. Pardon. Il ne sut dire que cela. Sans savoir d'ailleurs s'il s'adressait à elle ou à lui.

À sa belle âme ou à son entrejambe.

Pardon.

Il la serrait fort, respirait sa nuque, caressait ses cheveux, rattrapait vingt années de retard et dix minutes de perdues. Entendait les battements de son cœur, contenait ce désastre alors que des applaudissements montaient des lattes du parquet et cherchait... d'autres mots.

D'autres mots.

– Pardon.

– Non… C'est moi, souffla une toute petite voix qui, je… se brisa. Je croyais que tu avais grandi…

On criait son prénom. On le cherchait dans le jardin. Charles! La photo!

– Vas-y. Rejoins-les. Laisse-moi. Je descendrai plus tard.

– Anouk…

– Laisse-moi, je te dis.

J'ai grandi, voulut-il rétorquer mais le ton de sa dernière réplique l'en avait dissuadé. Alors s'exécuta et s'en alla poser, entre ses sœurs et pour ses parents, comme un bon petit qu'il était.

***

Claire venait d'éteindre.

Puis avorta.

Et Alexis continua de se foutre en l'air.

Mais jouait comme un dieu, disait-on…

Charles partit. Au Portugal d'abord, puis aux États-Unis.

Quitta le Massachusetts Institute of Technology avec une belle médaille, assez de vocabulaire pour traduire des chansons d'amour et une fiancée australienne.

La perdit sur le chemin du retour.

En souffrit. Beaucoup. Travailla pour d'autres. Finit par décrocher son ultime diplôme. S'inscrivit à l'Ordre. Vissa sa plaque. Gagna, pour des raisons obscures, un concours beaucoup plus gros que son ventre. En bava des ronds de chapeau. Finit par apprendre, et à ses dépens le plus souvent, que « la responsabilité de l'architecte libéral est illimitée et qu'il doit être assuré pour tout ce qu'il dit, fait, écrit ». Exigea donc un accusé de réception à chaque fois qu'il taillait son crayon. S'associa avec un garçon beaucoup plus talentueux que lui mais moins ingénieux. Lui laissa la gloire, les fulgurances et les interviews. Prit la part d'ombre, s'en trouva soulagé, assura le plus ingrat et permit désormais que tout ce qui précède tînt debout.

Revit Anouk. Partagea avec elle des déjeuners bon enfant où l'on n'évoquait plus que cela : son enfance. La trouvait toujours aussi belle, mais ne lui laissait plus l'occasion de le deviner. Enterra sa grand-mère. Se brouilla définitivement avec Alexis. Perdit dans ces années-là une première salve de cheveux et acquit, sous ce grand front, une sorte de réputation. Un label de qualité, une *traçabilité*, comme diraient les éleveurs. Tint sa main une dernière fois. N'eut plus le courage de la voir sombrer. Annula un déjeuner, trop de travail, puis un second. Et un troisième.

Annula tout.

Remplit des cartouches, acheta les murs, eut des aventures, renonça aux boîtes de jazz qui le rendaient toujours un peu triste puis rencontra, au détour de ses « petits » projets sans facture, un homme qui tenait à son marbre et avait une jolie femme.

Construisit une maison de poupée.

Et y emménagea.

Finit par s'endormir au ras du sol, dans un canapé-lit défoncé, entre des murs qui avaient vu tout cela.

C'est-à-dire pas grand-chose.

Était revenu au point de départ, avait perdu l'une et l'autre, peut-être même la troisième, et aurait horriblement mal au dos dans quelques heures.

8

Charles revint chez lui en même temps que Mathilde et concéda à Laurence cette fameuse «conversation» à laquelle elle tenait tant un samedi après-midi qu'ils étaient seuls dans l'appartement.

Ce ne fut pas une conversation d'ailleurs. Plutôt une longue plainte. Un énième procès. À la fin, elle pleura même. C'était la première fois et il en fut ému. Prit sa main. Elle se sortit de ce mauvais pas en invoquant sa chute probable d'œstrogènes et ses déséquilibres hormonaux. Ajouta qu'il ne pouvait pas comprendre et la lui retira. Il se sortit de ce mauvais pas en débouchant une bouteille de champagne.

– C'est ma sécheresse vaginale que l'on fête? ricana-t-elle en saisissant la coupe qu'il lui tendait.

– Non. Mon anniversaire.

Elle se frappa le front et vint l'embrasser.

Mathilde arriva peu après. Elle était allée aux puces avec ses copines et s'enferma directement dans sa chambre, laissant dans son sillon un « b'soir » et des ballerines avachies.

Laurence soupira, contrariée, et probablement un peu soulagée aussi de se savoir moins seule dans sa négligence...

C'est à ce moment-là que Miss Courants d'Air revint avec un énorme paquet mal ficelé dans du papier journal.

– Tu pourras dire que j'en ai hum-hum-é pour te le trouver, ton cadeau, hein !

Qu'elle lui tendit dans un grand sourire.

– J'y passe tous mes samedis !

– Mais ? Je croyais que tu révisais ton brevet avec Camille !? rétorqua sa mère.

– Ouais ben elle m'a aidée Camille ! Y reste des bulles ?

Charles adorait cette gamine.

– Tu l'ouvres pas ?

– Si, si, sourit-il, mais euh... ça sent bizarre, non ?

– Hé, haussa-t-elle les épaules, normal... Ça sent le vieux.

Charles frappa dans ses mains.

– Bon, eh bien on fait comme d'habitude, les filles ? Je vous emmène dîner chez Mario ?

– Tu ne vas tout de même pas sortir comme ça? s'étrangla Laurence.

Il ne l'entendit pas. S'admira dans le reflet des vitrines et sous le regard enchanté de sa belle fille.

– Vous m'aurez tout fait… entendirent-ils ronchonner dans leur dos.

En se pendant à son bras, on le rassura :

– Moi, j'te trouve hyperclasse…

Il répondit que lui aussi.

C'était un Renoma des années 70. Un imper de minet avec un col pelle à tarte et des manches qui lui arrivaient aux coudes. Auquel manquaient la ceinture, hélas, et plusieurs boutons.

Et déchiré par endroits en plus.

Et qui puait.

Vraiment.

Mais…

Bleu.

***

Pas de gouttière ce soir-là dans la couette festonnée, et, ce qui lui tenait donc lieu de cadeau de dernière minute, enveloppé dans une chemise de nuit ravissante.

Pour mettre fin à cette situation pénible, Charles se laissa rouler sur le côté.

Le silence qui suivit cette… pantomime fut assez laborieux. Pour l'alléger, il plaisanta, doux-amer :

– Ce doit être par solidarité… Mes hormones ne sont pas plus dociles que les tiennes, on dirait…

Elle s'en amusa, du moins il l'espérait, et finit par s'endormir.

Pas lui.

C'était sa première panne.

La semaine précédente pourtant, il s'était enhardi à demander conseil à propos de ces maudits cheveux qui tombaient par poignées à présent et s'était entendu répondre qu'il n'y avait rien à faire : la faute à trop de testostérone.

– Prenez-le comme un signe de virilité… avait conclu le pharmacien dans un sourire adorable. (Il était complètement chauve.)

Ah ?

Encore un mystère qui échappait à sa belle logique…

Un de trop. De trop humiliant en tout cas.

Stop, maintenant, songea-t-il. Stop. Il devait se désencombrer de toutes ces fadaises, lourder Calimero et reprendre pied.

Ne pas tenir ses engagements, sécher des conférences au bout du monde, gaspiller l'argent de l'agence, perdre son temps dans des abbayes en ruine, parler à des fantômes, les faire revivre pour le plaisir morbide de leur demander pardon, flinguer ses poumons, bousiller le matériel et se péter le dos dans les draps de sa jeunesse, passait encore, mais ne plus bander, non !

– Compris ? Stop, répéta-t-il à haute voix pour être sûr de s'être entendu.

Et, pour se prouver sa bonne foi, ralluma. Tendit le bras et se farcit l'arrêté du 22 mars 2004 *relatif à la résistance au feu des produits, éléments de construction et d'ouvrages.*

Les directives, les décisions, le code, le décret, les arrêtés, l'avis du comité, la proposition du directeur de la Sécurité civile, les 25 articles *et* les 5 annexes.

Après cela, s'endormit en caressant sa queue.

Oh. À peine.

Bourrade pudique d'un général en déroute à son plus fidèle grognard. Rentrons mon brave, rentrons.

Les corbeaux feront le reste…

9

Et fit comme il avait dit : vira tout.

Tristan, Abélard, le petit Marcel et toute cette bande de crétins.

Ne remarqua pas l'arrivée du printemps. Travailla davantage encore. Fouilla dans les affaires de Laurence et lui vola des somnifères. Comatait dans le canapé, rejoignait leur chambre quand le danger d'une improbable intimité était passé, se laissa pousser une sorte de barbe qui provoqua d'abord les railleries de ses deux colocataires puis leurs menaces et leur indifférence enfin.

Était là. N'y était plus.

Tirait sur la corde en donnant le change, mais très vaguement. Prenait l'air concentré quand on lui adressait la parole et demandait des précisions lorsque son interlocuteur était déjà hors de portée.

N'entendait pas ces chuchotements dans son dos.

Et puis ne comprenait pas pourquoi tant de projets étaient suspendus. Les élections, lui répondit-on. Ah oui… Les élections…

Démêla des écheveaux pénibles, s'entretint des heures au téléphone et durant d'interminables réunions avec des hommes et des femmes qui brandissaient toujours de nouveaux sigles. Des bureaux de vérification, des comités de défense, des missions de coordination, des centres d'études, des contrôleurs techniques, de la Socotec et du bureau Veritas en veux-tu en voilà, de nouveaux articles modifiant le CCH en imposant un CT obligatoire pour les ERP des quatre premières catégories, les IGH et les bâtiments de classe C. Des grouillots de chambres de commerce, des maires mégalos, des adjoints incompétents, des législateurs fous, des entrepreneurs excédés, des diagnostiqueurs alarmistes et des rapporteurs de tout et n'importe quoi.

Un matin, une voix lui rappela que les chantiers en cours produisaient 310 millions de tonnes de déchets par an. Un soir, une autre, moins agressive, et pour un projet qui s'annonçait infernal, lui soumit enfin l'évaluation chiffrée de la vulnérabilité des existants.

Il était épuisé, n'écoutait plus, mais avait noté ces mots sur une page de son carnet : La vulnérabilité des existants.

– Bon week-end !

Le jeune Marc, un énorme sac à l'épaule, était venu le saluer et comme le boss ne réagissait pas, avait ajouté :

– Dites... Vous vous souvenez de ce mot ?

– Pardon ? pivota-t-il par correction et pour se sortir de sa léthargie.

– Week-end, vous savez ? Ces deux jours totalement incongrus vers la fin de la semaine...

Charles se fendit d'un sourire las. Il aimait bien ce garçon. Retrouvait chez lui certains traits d'autrefois...

Cette fébrilité un peu balourde, son insatiable curiosité, ce besoin de se trouver des Maîtres et de les essorer jusqu'à la moelle. De tout lire les concernant, absolument tout et surtout le plus abscons. Les théories fumeuses, les discours introuvables, les fac-similés d'esquisses, les sommes traduites en anglais, portées aux nues, publiées au diable, et que personne n'avait jamais comprises. (Et là, il remerciait le Ciel au passage, s'il avait eu Internet et ses tentations au même âge, quel abîme c'eût été...)

Et puis cette énorme capacité de travail, cette discrétion courtoise, cette façon de buter sur le tutoiement, cette assurance qui n'avait rien à voir avec les raclements et la poussière de l'ambition mais qui devait lui laisser croire que le Pritzker, ma foi, était une péripétie de vie *envisageable* et même, même, cette longue tignasse qui se clairsèmerait bientôt...

– Et où allez-vous ainsi chargé? l'apostropha-t-il. Au bout du monde?

– Oui, à peu près. En province... Chez mes parents...

Charles aurait voulu faire durer un peu cette complicité inattendue. Le relancer, lui demander par exemple « Ah oui? Et quelle province? » ou « Je me suis toujours demandé en quelle année vous étiez... » ou encore « Mais comment avez-vous atterri chez nous, au fait? » mais il était trop fatigué, hélas, pour se frotter à ce bon silex. Et c'est seulement quand ce grand échalas tellement brillant s'agita vers le départ, qu'il aperçut le livre qui dépassait de son sac.

Une édition originale du *Delirious New York*.

– Toujours dans votre période batave, je vois…

L'autre se mit à balbutier comme un gamin pris les doigts dans la confiture :

– Oui, j'avoue, je… Ce type me fascine… vraiment… et…

– Et comme je vous comprends! Avec ce bouquin il s'est fait connaître et respecter là-bas sans même avoir construit le moindre building… Attendez… Je pars avec vous.

Alors qu'il était en train de composer le code de l'alarme, ajouta :

– J'étais très curieux à votre âge et j'ai eu de la chance d'assister à certaines séances de travail ébouriffantes, mais s'il y a une chose qui m'a vraiment bluffé vous savez, c'est quand il a présenté son projet pour la bibliothèque de Jussieu en 89…

– La séance de découpage?

– Oui.

– Ah! Ce que j'aurais aimé voir ça…

– C'était vraiment… comment vous

dire... Intelligent... Oui, je ne vois pas d'autre mot, intelligent...

– Mais on m'a dit que c'était un vieux truc à présent. Qu'il le faisait à chaque fois...

– Je ne sais pas...

Ils descendaient les escaliers côte à côte.

– ... mais je sais qu'il a recommencé au moins une fois parce que j'y étais.

– Non ? s'immobilisa le plus jeune en retenant son sac.

Ils s'arrêtèrent au premier bistro venu et Charles cette nuit-là, pour la première fois depuis des mois, des années, se rappela son métier.

Raconta.

En 1999, soit dix ans après le « choc Jussieu » et parce qu'il connaissait un gars du groupe d'ingénierie Arup, eut l'occasion de prendre place au Benaroya Hall de Seattle pour assister à l'un des meilleurs shows de sa vie. (Frasques de Nounou non comprises.) Pas le moindre soliste dans cet auditorium flambant neuf, mais tout ce que la ville comptait de riches donateurs, de bonne bourgeoisie et de powerful citizens. Du talkie-walkie énervé et des rubans de limousines tout le long de la Troisième Avenue.

Quelques mois auparavant un concours avait été lancé pour édifier une gigantesque bibliothèque. Pei et Foster y avaient participé aussi mais les deux projets retenus étaient ceux de Steven Holl et de Koolhaas. Le travail du premier était assez bateau mais, hé, c'était un petit gars du coin et cela pesait lourd dans la balance. *Buy american,* you know...

Non, il ne racontait pas, revivait plutôt. Se levait, écartait les bras, se rasseyait, poussait leurs bocks, crayonnait son carnet et lui expliquait comment ce génie, cinquante-cinq ans à l'époque, soit à peine plus âgé que lui, avait réussi, en présentant son projet d'une manière très théâtrale, simplement armé d'une feuille de papier blanc, d'un crayon et d'une paire de ciseaux – tantôt le mimant, tantôt pliant et déployant son papier découpé –, à emporter le morceau et obtenir un chantier dont le coût final s'élèverait à plus de 270 millions de dollars.

– Un format A4 tout simple, hein !

– Oui, oui, je vois… 270 millions les 5 grammes…

Ils commandèrent des omelettes, d'autres bières, et Charles, pressé par les questions de son étudiant, continua de disséquer le grand homme. Ou comment son sens de la formule, son art de la concision, son goût pour les diagrammes, son humour, sa vivacité d'esprit, sa goguenardise même, lui permirent, en moins de deux heures, de rendre claire et intelligible une vision d'une extrême complexité.

– C'est ce bâtiment avec des plates-formes décalées, c'est ça ?

– Exact, tout un jeu sur l'horizontalité dans un pays qui ne jure que par le ciel… Avouez que c'était assez gonflé quand même… Sans parler des contraintes sismiques et d'un cahier des charges absolument dément. Ce type dont je vous parlais, celui de chez Arup, m'a raconté qu'ils avaient failli devenir dingues…

– Et vous l'avez vue terminée ?

– Non. Jamais. Mais ce n'est pas ce que je préfère chez lui de toute façon…

– Racontez-moi.

– Pardon ?

– Ce que vous préférez…

Plusieurs heures plus tard, on les poussa dehors et ils restèrent encore un long moment, adossés au capot de la voiture de Marc, à confronter leurs goûts, leurs opinions et les vingt années qui les séparaient.

– Bon, il faut que j'y aille… J'ai raté le dîner, mais que je sois là pour le petit déjeuner au moins…

Il jeta son sac à l'arrière et proposa à Charles de le raccompagner. Celui-ci en profita pour lui demander dans quelle province vivaient ses parents, en quelle année il était, et comment il avait atterri chez eux.

– À cause de vous…

– À quoi de moi quoi ?

– J'ai choisi de faire mon stage chez vous à cause de vous.

– En voilà une drôle d'idée…

– Hof… à quoi ça tient ces choses-là… Il faut croire que j'avais besoin d'apprendre à réparer une imprimante, répliqua en souriant l'ombre de sa jeunesse.

Il buta contre le sac à dos de Mathilde dans l'entrée.

« SOS cher beau-père adoré chéri de tout mon cœur, je n'arrive pas à faire cet exo et c'est pour demain (et c'est à rendre, et c'est noté, et ça compte dans la moyenne) (si tu vois ce que je veux dire…)

ps : steup, PITIÉ pas d'explications !!!!!!! juste les réponses.

pss : je sais, j'abuse mais si tu pouvais t'appliquer dans ton écriture pour une fois, ça m'arrangerait beaucoup.

psss : merci.

pssss : bonne nuit.

psssss t : je t'adore. »

Dans le plan rapporté au repère orthonormal (O ; $\vec{i}$; $\vec{j}$), placer les points A(-7 ; 1) et B(1 ; 7).

1) a) Quelles sont les coordonnées des vecteurs $\vec{OA}$, $\vec{OB}$, $\vec{AB}$? Démontrer que AOB est un triangle rectangle isocèle.

b) Soit C le cercle circonscrit au triangle AOB. Calculer les coordonnées de son centre S et son rayon.

2) On note f la fonction affine définie par f(-7) = 1 et f(1) = 7 a) Déterminer f. b) Quelle est la représentation graphique… Etc.

Du pipi de chat…

Et Charles, une fois encore, s'attabla seul dans une cuisine fantôme. Ouvrit une trousse famélique, pesta en avisant un mâchouillas de crayon à papier, sortit son porte-mine et s'appliqua en formant bien les boucles de ses lettres.

Faisant cela, plaçant *C*, déterminant *f*, découpant du papier-calque et sauvant la mise d'une grosse paresseuse, ne put s'empêcher de mesurer l'abîme qui le séparait alors de Rem Koolhaas...

Se consolait en se souvenant que lui, et cela comptait dans la moyenne, était, en désespoir de cause, *adoré*.

Dormit quelques heures, but un café debout, se relut distraitement et ajouta sous le mot de la veille un « Tu exagères » sans préciser si c'était en réponse à son dernier post-scriptum ou à sa fumisterie.

Pour l'aider à déterminer ce dernier point, ressortit son Staedtler de sa poche et le glissa entre des cartouches vides, des Bics rongés et des petits mots criblés de fautes d'orthographe.

Que deviendrait-elle si je partais ? songea-t-il en enfilant sa veste.

Et moi ? Que...

Un taxi l'attendait qui devait le conduire vers d'autres fonctions.

– Quel terminal, vous dites?

N'importe lequel, ça m'est complètement égal.

– Monsieur?

– Le C, répondit-il.

Et de nouveau,

de nouveau,

le compteur.

10

Les embouteillages furent dantesq... dostoïevskiens. Ils mirent près de quatre heures à parcourir une trentaine de kilomètres, furent témoins de deux accidents graves et assistèrent à un festival d'accrochages.

On empruntait la file inverse en insultant les mécontents, on roulait sur le bas-côté en remontant les vitres à cause de la poussière, on rebondissait dans des trous spectaculaires et l'on écartait les voitures plus petites en leur faisant tâter du pare-chocs manufacturé à l'Ouest.

On serait même passé sur les blessés si l'on avait pu.

L'autre lui indiquait la chaussée puis la manette des essuie-glaces et sa blague semblait tellement l'enchanter que Charles fit un effort pour comprendre son jargon. C'était pour le sang, se bidonnaitil, toi comprendre? Le sang! *Krov*! Ha. Ha. Elle est bonne.

Le temps était lourd, la pollution extrême, et sa migraine l'empêchait de se concentrer sur ses rendez-vous du lendemain. Il gobait des sachets de poudre en se passant la langue sur les gencives pour hâter les effets de l'aspirine. Finalement, laissa ses dossiers se déliter à ses pieds.

Allez... Qu'il mette ses putain d'essuie-glaces et qu'on en finisse...

Quand enfin Viktor lui souhaita bonne nuit devant les malabars de l'hôtel, il fut incapable de réagir.

– Bla bla chto jalouyiétiéss?

Son passager baissa la tête.

– Bla bla bla goladyén?

Relâcha le loquet de la poignée.

– Moui staboye bla bla bla vodki! décida-t-il en déboîtant de nouveau.

Son sourire illuminait le rétroviseur.

Ils s'enfoncèrent dans des rues de plus en plus sombres et quand leur berline devint trop provocante, la confia à une bande de gamins émoustillés. Donna ses instructions, agita une grande main en forme de baffe, leur montra une liasse de billets qu'il remit aussitôt dans sa poche et leur laissa un paquet de cigarettes pour patienter.

Charles but un verre, un deuxième, commença à se détendre, un troi... et se réveilla à l'aube près des Algecos du chantier. Trou noir complet entre « sième » et les ronflements de l'appuie-tête voisin.
Jamais sa propre haleine ne l'avait tant... décontenancé.

La lumière lui tabassait le crâne. Tituba jusqu'à la pompe, rinça, laissa gonfler puis exploser sa pauvre gueule de bois, vomit en se relevant et recommença.

Inutile de feuilleter son Assimil pour comprendre que Totor s'en payait une bonne tranche.
Finalement ce dernier eut pitié et vint lui tendre une bouteille.
– Bois ! mon ami ! Bon !
Tiens, tiens... Ses premiers mots de français... On dirait que la nuit avait été sacrément poly-glottes...
Charles obéit et...
– Spassiba dorogoï ! Vkousna !
Fut requinqué.

Quelques heures plus tard, il traitait Pavlovitch de salopard dans le texte avant de le serrer dans ses bras en l'étouffant.

Ça y est, il était russe.

Commença à dessaouler à l'aéroport alors qu'il tentait de relire ses... notes (?) et retrouva totalement ses esprits quand Philippe l'appela pour l'engueuler.

– Dis, je viens d'avoir le mouchard de Becker... C'est quoi encore ce merdier avec le coffrage des bi-poutres au B-1. Bon Dieu, mais tu réalises combien on perd d'argent par jour, là ?! Tu réalises le...

Charles éloigna son téléphone de son oreille et l'examina avec méfiance. Mathilde, qui par ailleurs s'en fichait comme d'une guigne, ne cessait de lui répéter que ce machin-là était plein de menaces cancérigènes. « J'te jure ! Ça craint autant que le micro-ondes ! » Ouh là, fit-il en refermant son poing pour se protéger des postillons de son associé, elle a sûrement raison...

Ouvrit son livre au hasard, acheta sans discuter dix-sept étalons de choix à un officier de cavalerie en retraite qui avait des bêtes splendides, un atelier de tapis, des liqueurs vieilles d'un siècle et du vieux tokay, puis accompagna Nicolas Rostov au bal du gouverneur de Voronège.

Avec lui, harponna une jolie blonde grassouillette et lui débita des compliments « mythologiques ».

Lorsque le mari approcha, se releva vivement. Obéit aux ordres, montra son titre de transport, défit sa ceinture, ses bottes, son sabre, sa redingote et les déposa dans des bacs en plastique.

Sonna sans raison et fut pris à part pour être palpé.

Décidément ces Français, railla Nikita Ivanytch en pinçant la nuque de son épouse, ce sont bien tous les mêmes...

11

Il eut beau jeûner, s'abstenir de boire, dissoudre son foie dans des comprimés effervescents, toucher ses tempes, masser ses paupières, fermer les volets et basculer sa lampe, les effets de cette cuite mémorable ne se dissipèrent pas.

Se vêtir, manger, boire, dormir, parler, se taire, réfléchir, tout. Tout pesait.

Un gros mot lui traversait l'esprit quelquefois. Trois syllabes. Trois syllabes le prenaient en tenaille et le… Non. Tais-toi. Sois plus malin. Maigris encore et faufile-toi hors de cette merde. Pas toi. Tu n'as pas le temps de toute façon. Avance.

Marche et crève s'il le faut, mais avance.

Bientôt l'été, les jours ne lui avaient jamais semblé si longs et les énumérations qui précèdent reprirent, scandées, toujours, par la même litanie de verbes au passé simple. (Les valeurs du passé simple, souvenez-vous, aspect ponctuel, non prise en compte de la durée, expression de la successivité.) Il fut, il put, il dut. Il fit, il dit, il admit. Il alla, il observa, il trancha.

Il soutint, il obtint.

Il obtint, d'un secrétariat médical, un rendez-vous en dehors des heures de consultations.

Il se dénuda, on le pesa. On lui toucha le cou, le pouls, le mou. On lui demanda comment il voyait et ce qu'il entendait. On le pria d'être plus précis. Était-ce local, frontal, occipital, cervical, congénital, grippal, dental, brutal, matinal, général ? Était-ce…

— À se jeter contre les murs, coupa Charles.

On data une ordonnance en soupirant :

— Je ne vois rien. Le stress, peut-être ? Puis, relevant la tête, dites-moi, monsieur… Êtes-vous angoissé ?

Danger Danger, clignota le peu qui lui restait de défenses. Avance, on t'a dit.

— Non.

— Insomnies ?

— Rarement.

— Écoutez, je vous prescris des anti-inflammatoires mais si cela ne va pas mieux dans quelques semaines, alors ce sera le scanner...

Charles ne broncha pas. En cherchant son chéquier, se demanda seulement si cette machine saurait voir les mensonges.

Et la fatigue... Et les souvenirs...

L'amitié trahie, les vieilles demoiselles émasculées dans les urinoirs, les cimetières près des chemins de fer, l'humiliante tendresse d'une femme à laquelle on n'avait pas su donner de plaisir, les mots doux échangés contre des bonnes notes ou encore ces milliers de tonnes de charpentes métalliques qui, quelque part dans l'oblast de Moscou, ne soutiendraient probablement jamais rien.

Non, il n'était pas angoissé. Lucide tout au plus.

À la maison, l'ambiance était survoltée. Laurence préparait les soldes (ou une nouvelle semaine de défilés, il n'avait pas bien entendu) et Mathilde ses valises. S'envolait en Écosse la semaine suivante, *to improve,* puis irait rejoindre ses cousins sur la côte basque.

– Et ton brevet, alors ?

343

– J'y travaille, j'y travaille, rétorquait-elle en dessinant de longues arabesques dans les marges de ses annales. Je révise les figures de style là…

– Je vois ça… Le style nouille on dirait, non ?

Ils devaient la rejoindre début août et passer une semaine avec elle avant de la déposer chez son père. Ensuite il ne savait pas. Il y avait eu de la Toscane dans l'air mais Laurence n'en parlait plus et Charles n'avait pas osé remettre Sienne et ses cyprès sur le tapis.

L'idée de partager une villa avec ces gens qu'il avait croisés quelques semaines auparavant au cours d'un dîner interminable dans le poulailler d'acajou de sa belle-sœur ne l'enchantait guère.

– Alors ? Comment tu les trouves ? lui avait-elle demandé sur le chemin du retour.

– Prévisibles.

– Bien sûr…

Ce bien sûr était bien las, mais que pouvait-il dire d'autre ?

Vulgaires ?

Non. Il ne pouvait pas… Il était trop tard, son lit trop loin et ce débat trop… non.

Peut-être aurait-il dû dire « prévoyants »
à la place ? Ces gens avaient beaucoup
parlé de défiscalisation... Oui... Peut-
être... Le silence dans l'habitacle aurait
été moins pesant.

Charles n'aimait pas les vacances.

Partir encore, décrocher des chemises,
refermer des valises, choisir, compter,
sacrifier des livres, avaler des kilomètres,
être forcé de vivre dans des maisons de
location hideuses ou retrouver de
nouveau les couloirs d'hôtel et leurs
serviettes-éponges qui sentaient la blan-
chisserie industrielle, lézarder quelques
jours, se dire ah, enfin... essayer d'y
croire, et puis s'ennuyer.

Lui, ce qu'il aimait, c'étaient les esca-
pades, les coups de tête, les semaines
démantelées. Le prétexte d'un rendez-
vous en province pour se perdre loin des
autoroutes.

Les auberges du Cheval blanc où le
talent du chef excusait les horreurs de la
décoration. Les capitales du monde
entier. Leurs gares, leurs marchés, leurs
fleuves, leur histoire et leur architecture.
Les musées déserts entre deux réunions
de travail, les villages sans jumelage, les
talus sans point de vue et les cafés sans

terrasse. Tout voir mais n'être jamais touriste. Ne plus endosser ce vêtement misérable.

Le mot vacances avait un sens quand Mathilde était petite et qu'ensemble, ils gagnaient tous les concours de châteaux de sable du monde entier. Que de Babylone alors avait-il érigées entre deux marées... Que de Taj Mahal pour les petits crabes... De coups de soleil sur sa nuque, de commentaires, de coquillages et de verres dépolis... Que d'assiettes repoussées pour terminer des dessins sur des nappes en papier, de ruses pour endormir la maman sans réveiller sa fille et de petits déjeuners indolents où son unique souci était de les croquer toutes les deux sans laisser de miettes dans son carnet.

Oui, que d'aquarelles... Et comme tout cela se diluait bien sous sa main...

Et que c'était loin...

***

– Une madame Béramiand cherche à vous joindre...

Charles épluchait le courrier du jour. Leur projet pour le siège de la

Borgen & Finker à Lausanne n'avait pas été retenu.

Une chape de plomb lui tomba sur les épaules.

Deux lignes. Ni motif ni argumentaire. Rien qui pût justifier cette disgrâce. La formule de politesse était plus longue que leur mépris.

Déposa la lettre sur le bureau de son assistante :

— À classer.

— J'en fais des copies pour les autres ?

— Si vous en avez le courage, Barbara, si vous en avez le courage... Moi je vous avoue là que...

Des centaines, des milliers d'heures de travail venaient de partir en fumée. Et, sous la cendre, investissements, pertes, trésorerie, banques, montages financiers, négociations à venir, taux à recalculer, énergie.

Énergie qu'il n'avait plus.

Il s'était déjà éloigné lorsqu'elle ajouta :

— Et pour cette dame alors ?

— Pardon ?

— Béram...

— C'est à quel sujet ?

— Je n'ai pas bien compris... C'est personnel...

Charles chassa ce dernier mot d'un geste excédé.

– Pareil. Classez.

Il ne descendit pas déjeuner.

Quand un projet tombait à l'eau, un nouveau projet devait naître aussitôt ; ultime conviction d'un métier qui avait fragilisé toutes les autres. N'importe quoi, n'importe lequel. Un temple, un zoo, sa propre cage si rien ne venait, mais une seule idée, un seul coup de crayon, et vous étiez sauvé.

En était donc là, plongé dans la lecture d'un cahier des charges extrêmement compliqué, paumes plaquées contre les tempes, comme pour tenter de ressouder une boîte crânienne qui se fissurait de toutes parts, à prendre des notes en serrant les dents quand la même, debout dans l'encadrement de la porte, se racla la gorge. (Il avait décroché son téléphone.)

– C'est encore elle...

– La Borgen ?

– Non... cet appel perso dont je vous ai parlé ce matin... Qu'est-ce que je dis ?

Soupir.

– C'est à propos d'une femme que vous avez bien connue…

Politesse du désespoir, Charles lui devait bien un sourire.

– Oh là! Mais j'en ai connu tellement! Dites-moi tout : sa voix? Rauque?

Mais Barbara n'avait pas souri.

– Une certaine Anouk, je crois…

12

– C'est vous la peinture sur sa tombe, n'est-ce pas?

– Pardon? Oui, mais que… qui est à l'appareil?

– Je le savais. C'est Sylvie, Charles… Tu ne te souviens pas de moi? Je travaillais avec elle à la Pitié… J'étais là pour votre communion et…

– Sylvie… Bien sûr… Sylvie.

– Je ne veux pas te déranger plus longtemps, c'était juste pour…

Sa voix s'était enrouée.

– … te remercier.

Charles ferma les yeux, laissa sa main glisser le long de son visage, abandonna sa douleur, se pinça le nez, tenta de se bâillonner encore.

Arrête. Arrête ça tout de suite. Ce n'est rien, c'est son émotion à elle. Ce sont ces médicaments qui te détraquent sans te soulager et ces plans parfaits qui prennent déjà trop de place dans vos archives. Contiens-toi, nom de Dieu.

— Tu es toujours là ?

— Sylvie...

— Oui ?

— Dequd... dérailla-t-il, de quoi elle est morte ?

— ...

— Allô ?

— Alexis ne te l'a pas dit ?

— Non.

— Elle s'est tuée.

— ...

— Charles ?

— Vous habitez où ? Je voudrais vous voir.

— Tutoie-moi, Charles. Tu me tutoyais tu sais... Et justement, j'ai quelque chose pour...

— Maintenant ? Ce soir ? Quand ?

Dix heures le lendemain matin. Il lui fit répéter son adresse une seconde fois et se remit à travailler aussitôt.

Sidération. État de sidération. C'est Anouk qui le lui avait appris, ce mot. Quand la douleur est telle que le cerveau renonce, pour un temps, à faire son boulot de transmetteur.

Cette hébétude entre le drame et les hurlements.

– Alors c'est ça qui se passe avec les canards de monsieur Canut quand il leur coupe la tête et qu'ils continuent à courir comme des fous?
– Non, répondait-elle en levant les yeux au ciel, ça c'est juste une blague de très mauvais goût qu'ils ont inventée à la campagne pour faire peur aux Parisiens. C'est complètement idiot, d'ailleurs... On n'a peur de rien nous, pas vrai?
Où se déroulait-elle encore, cette conversation? En voiture sûrement. C'était en voiture qu'elle disait le plus de bêtises...

Comme tous les enfants, nous étions affreusement sadiques et, sous prétexte de réviser nos cours de sciences nat', cherchions toujours à l'entraîner vers la face la plus gore de son métier. Nous aimions les plaies, le pus et les amputations. Les descriptions détaillées de la lèpre, du choléra, de la rage. La bave, les crises de tétanie et les bouts de doigts qui restaient coincés dans les moufles. Était-elle dupe? Bien sûr que non. Elle nous savait assez tordus pour en rajouter une couche à l'occasion et, quand elle sentait que nous étions bien ferrés, glissait mine de rien :

— Non mais… C'est bien la douleur, vous savez… Heureusement qu'elle existe… La douleur, c'est la survie, mes petits gars… Eh oui! Sans elle, nous laisserions nos mains dans le feu, et c'est parce qu'on dit un gros mot quand on rate le clou qu'on a encore nos dix doigts! Tout ça pour vous dire que… Qu'est-ce qu'il a, à me faire des appels de phares, celui-là? Double mon gros, double! Euh… où j'en étais moi, déjà?

— Les clous, soupira Alexis.

— Ah oui! Tout ça pour vous dire : le bricolage, le barbecue, c'est bon, vous avez pigé… Mais plus tard, vous verrez, il y a des trucs qui vous feront souffrir. Je dis « des trucs », mais je pense des gens, en fait… Des gens, des situations, des sentiments et…

À l'arrière, Alexis me faisait signe qu'elle yoyotait complètement.

— Si je peux voir les appels de phares, je peux te voir aussi, petit crétin. Allons! C'est important ce que je vous dis là! Ce qui vous fera souffrir dans la vie, fuyez-le, mes amours. Partez en courant. Partez le plus vite possible. Vous me le promettez?

– OK, OK… On fera comme les canards, t'inquiète…

– Charles ?

– Oui ?

– Comment tu fais pour le supporter ?

Je souriais. Je m'amusais bien avec eux.

– Charles ?

– Oui ?

– Tu as compris ce que j'ai dit ?

– Oui.

– Qu'est-ce que j'ai dit ?

– Que la douleur c'était bien parce que c'était notre survie mais qu'il fallait la fuir même si on n'avait plus de tête…

– Le fayot… avait gémi mon voisin.

Avec quoi t'es-tu démolie Anouk Le Men ?

Un très gros marteau ?

13

Elle habitait dans le XIXe arrondissement près de l'hôpital Robert-Debré. Charles avait plus d'une heure d'avance. Il déambula le long des Maréchaux en se souvenant de ce monsieur très droit qui l'avait construit dans les années 80. Pierre Riboulet. Son professeur de composition urbaine à l'ENPC.

Très droit, très beau, très intelligent. Qui parlait peu. Mais si bien. Qui lui sembla le plus accessible de tous ses enseignants mais qu'il n'osa jamais aborder. Qui était né de l'autre côté, dans un immeuble insalubre sans air ni soleil et ne l'avait jamais oublié. Qui répétait souvent que créer la beauté était «d'une évidente utilité sociale». Qui les incitait à mépriser les concours et à retrouver la saine ambiance de rivalité des ateliers. Qui leur avait fait découvrir les *Variations Goldberg*, l'*Ode* à *Charles Fourier*, les textes de Friedrich Engels et surtout, surtout, l'écrivain Henri Calet. Qui construisait à hauteur d'hommes, d'âmes, des hôpitaux, des universités, des bibliothèques et des logements plus dignes sur des décombres de barres HLM. Et qui était mort quelques années auparavant, à l'âge de soixante-quinze ans, en laissant derrière lui de nombreux chantiers orphelins.

Exactement le genre de parcours dont Anouk avait dû rêver...

Il fit demi-tour et chercha la rue Haxo.

Dépassa le bon numéro, poussa la porte d'un troquet en grimaçant, commanda un café qu'il n'avait pas l'intention de boire et se dirigea vers le fond de la salle. Sa tripaille le lâchait de nouveau.

Se re-sangla. Était arrivé au dernier cran de sa ceinture.

Sursauta devant les lavabos. Le type d'à côté avait vraiment une sale gueu... mais c'est toi, misérable. C'est toi.

N'avait rien avalé depuis deux jours, était resté à l'agence, avait déplié le « brancard des charrettes », soit une espèce de gros fauteuil en mousse qui sentait le tabac froid, avait peu dormi et ne s'était pas rasé.

Ses cheveux (ha ha) étaient longs, ses cernes bistres, sa voix moqueuse :

– Allez Jésus… Courage… C'est la dernière station là… Dans deux heures on n'en parle plus.

Laissa une pièce sur le comptoir et revint sur ses pas.

***

Elle était aussi émue que lui, ne savait que faire de ses mains, le fit entrer dans une pièce immaculée en s'excusant pour le désordre et lui proposa quelque chose à boire.

– Vous avez du Coca-Cola ?

– Oh, j'avais tout prévu mais je ne m'attendais pas à ça… Attendez…

Revint dans le couloir et ouvrit un placard qui sentait la vieille basket.

– Vous avez de la chance… Je crois que les petits n'ont pas tout bu…

Charles n'osa pas demander de glaçons et ingurgita son pansement tiède en lui demandant sur un ton presque affable combien elle avait de petits-enfants.

Entendit la réponse, n'écouta pas le chiffre et assura que c'était formidable.

Il ne l'aurait pas reconnue s'il l'avait croisée dans la rue. Il se souvenait d'une petite brunette plutôt ronde et toujours gaie. Il se souvenait de ses fesses, grand sujet de conversation à l'époque, et aussi qu'elle leur avait offert *Le Bal des Laze* en 45 tours. Chanson dont Anouk était folle et qu'ils finirent par exécrer.

— Taisez-vous, taisez-vous. Écoutez comme c'est beau…

— Putain, mais ils l'ont pas encore pendu ce mec, depuis le temps!!? On n'en peut plus là, m'man, on n'en peut plus…

Drôle de cartonnier que la mémoire… Jane, Anouk et leur fiancé… Cela venait de lui revenir à l'instant.

Aujourd'hui ses cheveux étaient d'une couleur étonnante, elle portait des lunettes aux montants tarabiscotés et lui sembla très maquillée. Le fond de teint avait laissé une ligne de démarcation sous le menton et ses sourcils étaient redessinés au crayon. Là il était trop chiasseux pour le réaliser, mais plus tard, en repensant à cette matinée, et Dieu sait qu'il y repenserait, il comprendrait. Une femme, vivante, coquette, et qui attend la visite d'un homme qui ne l'a pas vue depuis plus de trente ans, ne pouvait pas faire moins. Honnêtement.

Prit place sur un canapé en cuir glissant comme de la toile cirée et reposa son verre sur le sous-verre prévu à cet effet, entre un magazine de Sudoku et une énorme télécommande.

Ils se regardèrent. Ils se sourirent. Charles, qui était le plus courtois des hommes, chercha un compliment, une amabilité, une petite phrase sans conséquence pour alléger le poids de tous ces napperons mais non. Là, c'était trop lui demander.

Elle baissa la tête, fit tourner toutes ses bagues, les unes après les autres, et demanda :

– Alors comme ça tu es architecte?

Il se redressa ouvrit la bouche allait répondre que… et puis lâcha :

– Dites-moi ce qui s'est passé.

Elle parut soulagée. Se fichait bien qu'il fût architecte ou charcutier et n'en pouvait plus de garder tout ce qui allait suivre pour elle seule. C'était la raison pour laquelle elle s'était permis d'insister auprès de cette pimbêche de secrétaire d'ailleurs… Retrouver quelqu'un qui l'avait connue, raconter, se délester, vider l'eau du bain, refiler son paquet de misère et passer à autre chose.

– Ce qui s'est passé à partir de quand ?
Charles réfléchit.

– La dernière fois que je l'ai vue, c'était au début des années 90… Habituellement, je suis plus précis, mais… Il secoua la tête en souriant, j'ai fait beaucoup d'efforts pour ne plus l'être, je crois… Comme tous les ans, elle m'avait invité à déjeuner pour mon anniversaire et…

Son hôtesse l'encouragea à continuer. Un petit hochement de tête bienveillant mais tellement cruel. Un petit geste qui disait : Ne t'inquiète pas, prends ton temps, plus rien ne presse, tu sais… Non, plus rien ne presse, *aujourd'hui.*

– … ce fut le plus triste de tous mes anniversaires… En un an, elle avait beaucoup vieilli. Son visage s'était empâté, ses mains tremblaient… Elle n'avait pas voulu que je commande de vin et fumait cigarette sur cigarette pour tenir le coup. Elle me posait des questions mais se fichait bien de mes réponses. Mentait, disait qu'Alexis allait très bien et qu'il me

360

passait le bonjour alors que je savais pertinemment que c'était faux. Et elle le savait que je le savais… Portait un chandail couvert de taches et qui sentait le… je ne sais pas… le chagrin… Un mélange de cendriers froids et d'eau de Cologne… Le seul moment où son œil s'alluma, ce fut quand je lui proposai de l'accompagner un jour sur la tombe de Nounou où elle n'était jamais retournée. Oh oui! Ça c'est une bonne idée! s'égaya-t-elle. Tu te souviens de lui? Tu te souviens comme il était gentil? Tu te… Et de grosses larmes noyèrent tout.

Sa main était glacée. En la prenant entre les miennes, je réalisai soudain que ce vieux monsieur qui aurait pu être son père et qui n'aimait pas les femmes, avait été sa seule histoire d'amour…

Elle insista pour que je lui parle de lui. Que je lui raconte des souvenirs, encore et encore, même ceux qu'elle connaissait par cœur. Je me forçais un peu mais j'avais un rendez-vous important dans l'après-midi et faisais de grands effets de manche pour surveiller ma montre sans en avoir l'air. Et puis je n'avais plus envie de me souvenir, moi… Ou alors pas avec elle. Plus en face de ce visage ravagé qui gâchait tout…

Silence.

– Je ne lui ai pas proposé de dessert.
À quoi bon ? Elle n'avait rien mangé de
toute façon… J'ai commandé deux cafés
et rappelé le garçon pour lui faire signe
d'apporter l'addition en même temps,
ensuite je l'ai raccompagnée jusqu'au
métro et…

Sylvie dut sentir que le moment était
venu de l'aider un peu :
– Et ?
– Je ne l'ai jamais emmenée en
Normandie. Je ne l'ai jamais appelée. Par
lâcheté. Pour ne plus la voir s'abîmer,
pour la garder dans le musée de mes
souvenirs et pour l'empêcher de me
donner mauvaise conscience. Parce que
c'était trop… Mauvaise conscience qui
me hantait pourtant, et dont je m'allégeais
un peu chaque année au moment des
cartes de vœux. Cartes de vœux de
l'agence, bien sûr… Impersonnelles,
commerciales, nulles, et sur lesquelles,
grand seigneur que j'étais, j'ajoutais une
ou deux lignes à la main et un « Je t'embrasse » comme un coup de tampon. Je
lui ai téléphoné deux ou trois fois par la
suite, notamment, je me souviens, parce
que ma nièce avait avalé je ne sais plus

quel médicament… Et puis un jour, mes parents, qui ne la voyaient plus depuis longtemps, m'ont appris qu'elle avait déménagé et qu'elle était partie… En Bretagne, je crois…

– Non.

– Pardon?

– Elle n'était pas en Bretagne.

– Ah bon?

– Elle n'était pas loin d'ici…

– Où ça?

– Dans une cité, près de Bobigny…

Charles ferma les yeux.

– Mais comment? murmura-t-il, je veux dire, pourquoi? C'était sa seule certitude, je me souviens, la seule promesse qu'elle s'était faite… Ne jamais… Comment est-ce possible? Que s'est-il passé?

Elle releva la tête, le regarda droit dans les yeux, laissa son bras glisser le long du fauteuil et ôta la bonde :

– Début des années 90… Bon, peut-être… Je n'ai pas la mémoire des dates… Tu dois être la dernière personne avec laquelle elle soit allée déjeuner à cette époque… Où est-ce que je commence? Je suis perdue là… Je vais commencer avec Alexis, je suppose… Puisque c'est à partir de lui que tout s'est déglingué…

Elle n'avait presque plus de nouvelles de lui depuis des années… Je crois me souvenir que tu étais un de leurs seuls liens d'ailleurs, non?

Charles acquiesça.

– C'était dur pour elle… Du coup elle travaillait énormément, accumulait les gardes et les heures supplémentaires, ne prenait jamais de vacances et ne vivait que pour l'hôpital. Je pense qu'elle buvait déjà pas mal, mais bon… Ça ne l'a pas empêchée de passer surveillante en chef et d'être toujours dans les services les plus durs… Après l'immuno, elle est passée en neurologie et je l'ai rejointe à ce moment-là. J'aimais travailler avec elle… C'était une mauvaise surveillante d'ailleurs… Qui préférait soigner plutôt que d'organiser des emplois du temps… Elle interdisait aux malades de mourir, je me souviens… Elle les engueulait, les faisait pleurer, les faisait rire… Bref, que des choses interdites…

Sourire.

– Mais elle était intouchable parce que c'était la meilleure. Ce qui lui faisait défaut en matière de connaissances médicales, elle le compensait par son extrême attention aux gens.

Non seulement elle était toujours la première à percevoir les moindres changements, les plus légers symptômes, mais en plus, elle avait un instinct extraordinaire... Un pif... Tu ne peux pas savoir... Ils l'avaient bien compris les toubibs, qui s'arrangeaient toujours pour faire leurs visites en fonction de son emploi du temps à elle... Bien sûr, ils écoutaient les lits, mais quand elle ajoutait quelque chose, tu peux me croire, ça ne tombait pas dans l'oreille d'un sourd. J'ai toujours pensé que si son enfance avait été différente, si elle avait pu faire des études, elle serait devenue un très grand médecin. Un de ceux qui font honneur à leur service sans jamais perdre de vue le nom, le prénom, le visage et les angoisses de leur feuille de soins...

Soupir.

– Elle était formidable et c'est parce qu'elle n'avait plus de vie qu'elle leur en donnait tant, j'imagine... Elle ne s'occupait pas seulement des patients mais de leurs familles aussi... Et des plus jeunes, des petites aides-soignantes qui avançaient dans certaines chambres à reculons et avaient tant de mal à glisser un bassin sous des corps si... Elle touchait les gens, les prenait dans ses bras, les caressait, revenait après ses heures de service, sans blouse et un peu maquillée pour assurer les visites qu'ils n'avaient pas, ou plus. Elle leur racontait des histoires, parlait beaucoup de toi, je me souviens... Disait que tu étais le garçon le plus intelligent du monde... Elle était si fière... C'était une époque où vous déjeuniez encore ensemble de temps en temps et un déjeuner avec toi, c'était sacré, mon Dieu! Là, on ne plaisantait plus avec les horaires et tout l'hôpital pouvait bien crever! Et puis d'Alexis, de musique... Elle inventait n'importe quoi, des concerts, des gens debout, des contrats mirobolants... C'était le soir, tout le monde titubait de fatigue et l'on entendait sa voix dans les couloirs... Ses mensonges, ses délires... C'était elle-même qu'elle berçait, personne n'était dupe. Et puis un matin, un coup de fil du Samu lui a renversé un seau d'eau froide sur la tête : son soi-disant virtuose était en train de crever d'une overdose...

Et c'est là que la descente a commencé. D'abord elle ne s'y attendait pas du tout... Ce qui ne finira jamais de m'étonner d'ailleurs... Toujours cette histoire de cordonniers les plus mal chaussés... Elle pensait qu'il fumait des joints de temps en temps parce que ça l'aidait à «jouer mieux». Tu parles... Et alors, elle, cette femme, la plus grande professionnelle avec laquelle j'aie jamais travaillé, parce que là je te parlais de sa tendresse, mais elle savait être dure aussi, elle savait les tenir tous à distance : la Faucheuse, les médecins toujours débordés, les petits internes péteux, les collègues blasées, les fonctionnaires de la fonction, les familles envahissantes, les malades complaisants, personne, tu m'entends ? *Personne* ne lui résistait. On disait *La* Men, on disait Amen. C'était ce mélange de douceur et de professionna-lisme qui était si étonnant, si excep-tionnel, et qui imposait le respect... Attends, j'ai perdu le fil, là...

– Le Samu...

– Ah oui... eh bien, là, elle a complète-ment paniqué. Je crois qu'elle avait été traumatisée, je veux dire médicalement traumatisée, «dommage et lésions de la structure ou du fonctionnement du corps», par les premières années du sida. Je crois qu'elle ne s'en était jamais remise... Et de savoir que son fils avait une forte chance, non, pas ce mot, une forte probabilité, de finir comme tous ces malheureux, ça l'a... Je ne sais pas... Ça l'a cassée en deux. Tac. Comme un bout de bois. Là, c'est devenu plus dur pour elle de cacher ses problèmes de boisson. C'était la même, mais ce n'était plus elle. Un fantôme. Un automate. Une machine à sourire, à panser et à se faire obéir. Un nom et un numéro de code d'agent sur une blouse qui sentait l'alcool... Elle a commencé par rendre sa casquette de surveillante en disant qu'elle en avait ras le bol de régler des conneries de pape-rasses, puis a voulu prendre un mi-temps pour pouvoir s'occuper d'Alexis. Elle s'est démenée pour le sortir de là et le faire admettre dans les meilleurs centres. C'était devenu sa raison de vivre et, d'une certaine manière, ça l'a sauvée aussi... Disons que c'était une bonne attelle... Répit de courte durée puisque...

Elle avait ôté ses lunettes, se pinça le haut du nez, assez longtemps, et reprit :

– Puisque ce... ce salopard, excuse-moi, je sais que c'est ton ami, mais je ne vois pas d'autre mot...

– Non. Ce...

– Pardon ?

– Rien. Je vous écoute.

– Il l'a jetée. Quand il a retrouvé assez de force pour articuler une pensée correcte, il lui a annoncé calmement que,

suite à un travail qu'il avait fait avec
« l'équipe de soutien », il ne devait plus la
voir. Il lui a annoncé ça gentiment d'ailleurs... Tu comprends Maman, c'est pour
mon bien, il ne faut plus que tu sois ma
mère. Ensuite il l'a embrassée, ce qu'il
n'avait pas fait depuis des années et est
reparti rejoindre les autres dans son joli
parc entouré de grandes grilles...

Là, elle a posé le premier congé
maladie de sa vie... Quatre jours, je me
souviens... Au bout de quatre jours, elle
est revenue et a demandé à passer en
service de nuit. Je ne sais pas quelles
raisons elle leur a données mais je les
connais : c'est plus facile de biberonner
quand le paquebot marche au ralenti...
Toute l'équipe a été formidable avec elle.
Elle qui avait été notre roc, notre réfé-
rence, est devenue notre plus grande
convalescente. Je me souviens de ce
vieux bonhomme formidable, Jean
Guillemard, un médecin qui avait passé
sa vie à travailler sur la sclérose en plaques. Il lui avait écrit une lettre superbe,
très détaillée, lui rappelant les nombreux
cas qu'ils avaient suivis ensemble et
concluait en lui assurant que si la vie lui
avait donné plus souvent l'occasion de
travailler avec des gens de sa qualité, il

en saurait probablement davantage aujourd'hui et partirait en retraite plus heureux...

Ça va ? Tu veux un autre Coca peut-être ?

Charles sursauta :

– Non, non, je... merci.

– Moi, par contre, excuse-moi, mais je vais me servir quelque chose... De parler de tout ça, tu ne peux pas savoir comme ça me remue. Quel gâchis... Quel monstrueux gâchis... C'est toute une vie, tu comprends ?

Silence.

– Non, vous ne pouvez pas comprendre... L'hôpital, c'est un autre monde et ceux qui n'en sont pas ne peuvent pas comprendre... Des gens comme Anouk ou moi, avons passé plus de temps avec les malades qu'avec nos proches... C'était une vie à la fois très dure et très protégée... Une vie d'uniforme... Je ne sais pas comment font celles qui n'ont pas ce truc devenu un peu ringard aujourd'hui et qu'on appelle la vocation. Non, j'ai beau chercher, je ne vois pas... C'est impossible de tenir sans ça... Et je ne parle pas de la mort, non, je parle de quelque chose de beaucoup plus difficile encore... De la... De la foi dans la vie, je crois… Oui, c'est ça le plus dur quand on travaille dans ces secteurs lourds, c'est de ne pas perdre de vue que la vie est plus… Je ne sais pas… *légitime* que la mort. Certains soirs je t'assure, elle est bien vicieuse la fatigue… Parce qu'il y a ce vertige, là, et… Dis donc, plaisanta-t-elle, me voilà bien philosophe tout à coup ! Ah, elles sont loin nos batailles de dragées dans le jardin de tes parents !

Elle se leva et se dirigea vers la cuisine. Il la suivit.

Elle se servit un grand verre d'eau pétillante. Charles, qui s'était adossé à la rambarde du balcon, se tenait là, au douzième étage, debout devant le vide. Silencieux. Indisposé.

– Bien sûr, tous ces témoignages ont été très importants pour elle, mais ce qui l'a le plus aidée à l'époque, aidée si je puis dire car la suite est moins évidente, ce sont les paroles d'un seul homme : Paul Ducat. Un psychologue qui n'était attaché à aucun service en particulier mais qui venait plusieurs fois par semaine au chevet de ceux qui le réclamaient.

Il était très bon, je dois le reconnaître…

C'est idiot mais j'avais vraiment l'impression, je veux dire physiquement l'impression, qu'il faisait le même boulot que les équipes de ménage. Il entrait dans des chambres pleines de miasmes, fermait la porte, restait là, parfois dix minutes, parfois deux heures, ne voulait rien savoir de nos cas, ne nous adressait jamais la parole et nous saluait à peine, mais quand nous prenions sa suite, c'était... comment te dire... la lumière avait changé... On aurait dit que ce type avait ouvert la fenêtre. Une de ces grandes fenêtres sans poignée et qui ne sont jamais ouvertes autrement, pour la simple raison qu'elles sont... condamnées...

Un soir, tard, il est entré dans le bureau, ce qu'il n'avait jamais fait auparavant, mais il avait besoin d'un papier, je crois et... Et elle était là, un miroir à la main, en train de se maquiller dans la pénombre.

Pardon, il a dit, je peux allumer ? Et il l'a vue. Et ce qu'elle tenait dans l'autre main, ce n'était pas un crayon ou un bâton de rouge à lèvres mais une lame de bistouri.

Elle but une longue gorgée d'eau.

– Il s'est agenouillé auprès d'elle, a nettoyé ses plaies, ce soir-là et pendant des mois... En l'écoutant longuement, en lui assurant que la réaction d'Alexis était tout à fait normale. Mieux que ça même, vitale, saine. Qu'il reviendrait, qu'il était toujours revenu, n'est-ce pas? Que non, elle n'avait pas été une mauvaise mère. Jamais de la vie. Qu'il avait beaucoup travaillé avec des toxicomanes et que ceux qui avaient été bien aimés s'en sortaient plus facilement que les autres. Et Dieu sait s'il avait été aimé, hein! Oui, riait-il, oui, Dieu le savait! Et il en était jaloux même! Que son fils était bien là où il était, qu'il se renseignerait, qu'il la tiendrait au courant et qu'elle devait continuer à se comporter comme elle l'avait toujours fait. C'est-à-dire être là, tout simplement, et surtout, surtout, rester elle-même, parce que c'était à lui de faire le chemin à présent et que ce chemin, peut-être, l'éloignerait d'elle… Du moins un temps… Vous me croyez, Anouk? Et elle l'a cru et… Tu n'as pas l'air bien… Ça va? Tu es tout pâle…

– Je crois qu'il faudrait que je mange quelque chose mais j'ai… Il essaya de sourire… enfin, je… Vous avez un morceau de pain?

– Sylvie? articula-t-il entre deux bouchées.

– Oui ?

– Vous racontez bien…

Son regard se voila.

– Et pour cause… Depuis sa mort, je ne pense qu'à ça… La nuit, le jour, des bribes de souvenirs me reviennent sans arrêt… Je dors mal, je parle toute seule, je lui pose des questions, j'essaye de comprendre… C'est elle qui m'a appris mon métier, c'est à elle que je dois les moments les plus forts de ma carrière, et aussi mes plus beaux fous rires. Elle a toujours été là quand j'ai eu besoin d'elle, elle trouvait toujours les mots qui rendent les gens plus forts, plus… tolérants… Elle est la marraine de ma fille aînée et quand mon mari a eu son cancer, elle a été, comme d'habitude, formidable… Avec moi, avec lui, avec les petites…

– Il euh…

– Non, non, s'illumina-t-elle, il est toujours là, lui ! Mais tu ne le verras pas, il a pensé que c'était mieux de nous laisser seuls… Je continue ? Tu as encore faim ?

– Non, non, je vous… Je t'écoute…

– Donc, elle l'a cru, disais-je, et là, j'ai vu, *vu* de mes yeux vu, tu m'entends ?, ce qu'on appelle « le pouvoir de l'amour ». Elle s'est redressée, elle s'est sevrée, elle a minci, elle a rajeuni et, sous la croûte du… chagrin, comme tu disais tout à l'heure, son ancien visage a réapparu. Les mêmes traits, le même sourire, cette même gaieté dans le regard. Tu te souviens comme elle était quand il y avait une bêtise dans l'air? Vive, irrésistible, folle. Comme ces collégiennes délurées qui se trompent de dortoir et ne se font jamais prendre… Et belle, Charles… Si belle…

Charles se souvenait.

– Eh bien, c'était lui… Ce Paul… Tu ne peux pas savoir comme j'étais heureuse de la voir ainsi. Je me disais : ça y est, la Vie a compris ce qu'elle lui devait. La Vie la remercie enfin… C'est à ce moment-là que moi, j'ai quitté le métier. À cause de mon mari, justement… Il en avait réchappé de peu et, en nous serrant la ceinture, nous pouvions nous passer de mon salaire. En plus notre fille allait avoir un bébé et Anouk était revenue, alors… Il était temps de raccrocher et de m'occuper un peu des miens… Le bébé est né, un petit Guillaume, et j'ai réappris à vivre comme les gens normaux. Sans stress, sans gardes, sans être obligée de chercher un calendrier à chaque fois que l'on me proposait une sortie et en oubliant toutes ces odeurs… Les plateaux repas, les désinfectants, le café en train de passer, le sang, les plaquettes… J'ai tout échangé contre des après-midi au square et des paquets de gâteaux… Là, j'ai un peu perdu Anouk de vue, mais nous nous téléphonions de temps en temps. Tout allait bien.

Et puis un jour, une nuit plutôt, elle a appelé et je ne comprenais rien de ce qu'elle me baragouinait. La seule chose que je pigeais, c'est qu'elle avait bu… Je suis allée la voir le lendemain.

Il lui avait écrit une lettre qu'elle n'arrivait pas à comprendre. Il fallait que je la lise, *moi*, et que je lui explique. Qu'est-ce qu'il disait, là ? Qu'est-ce qu'il disait ?!! Il la quittait ou il ne la quittait pas ? Elle était… anéantie. J'ai donc lu cette…

Secoua la tête.

– … cette merde pleine de jargon jargonnant à la soupe psy… C'était élégant et tout bien emberlificoté de jolis mots. Ça se voulait digne, généreux, mais c'était juste… le comble de la lâcheté…

Alors ? Alors ? suppliait-elle, ça veut dire quoi, tu crois ? Je suis où, moi ?

Qu'est-ce que tu voulais que je lui dise ? Tu es nulle part. Regarde… Tu n'existes déjà plus. Il te méprise à ce point qu'il ne se donne même pas la peine d'être clair… Non… Je ne pouvais pas. À la place, je l'ai prise dans mes bras et là, bien sûr, elle a compris.

Tu vois, Charles, c'est une chose dont j'ai souvent été témoin et que je n'arriverai jamais à comprendre… pourquoi des êtres aussi exceptionnels dans le boulot, des gens qui, objectivement, font le Bien sur terre, s'avèrent être d'infâmes connards dans la vraie vie ? Hein ? Comment c'est possible, ça ? Au bout du compte elle est où, leur humanité ?

Donc je suis restée avec elle toute la journée. J'avais peur de la quitter. J'étais sûre qu'elle allait, au mieux se pilonner à l'alcool, au pire… Je l'ai suppliée de venir vivre un peu chez nous, il y avait la chambre des filles, nous serions discrets et… Elle s'est mouchée un bon coup, a rattaché ses cheveux, s'est lissé les paupières, a relevé la tête et m'a souri. Le sourire le plus crevard que je lui aie jamais connu.

Et pourtant Dieu sait si… Enfin… Passons. Elle a essayé de l'étirer le plus loin possible, cette grosse crâneuse, et m'a assuré, en me raccompagnant à la porte, que je pouvais y aller, qu'elle ne me ferait pas *ça,* qu'elle était passée par des moments plus durs et que la couenne était solide, à force.

J'ai cédé à condition de pouvoir lui téléphoner à n'importe quelle heure du jour et de la nuit. Elle a ri. Elle a dit d'accord. A ajouté qu'elle n'en était plus à une emmerdeuse près... Et en effet, elle a tenu bon. Je n'en revenais pas. Je l'ai revue un peu plus souvent à ce moment-là et j'avais beau guetter le moindre signe, espionner le blanc de ses yeux, renifler son manteau en allant l'accrocher, et... mais non... Elle était sobre...

Silence.

— Avec le recul, je me dis que cela aurait dû m'inquiéter au contraire. C'est horrible ce que je vais te dire là, mais finalement, tant qu'elle buvait, ça voulait dire qu'elle était vivante et, d'une certaine manière, je ne sais pas... *réactive*... Enfin... je me dis tellement de choses aujourd'hui... Et puis un jour, elle m'a annoncé qu'elle allait donner sa démission. Je suis tombée des nues. Je m'en souviens très bien, nous sortions d'un salon de thé et marchions le long des Tuileries. Il faisait beau, nous nous tenions par le bras, et c'est là qu'elle m'a annoncé : c'est fini. J'arrête. J'avais ralenti le pas et étais restée silencieuse un long moment en espérant une suite :

378

j'arrête parce que ou j'arrête puisque… Mais non, rien. Pourquoi, Anouk, pourquoi? ai-je fini par articuler, tu n'as que cinquante-cinq ans… Comment vas-tu vivre? De quoi vas-tu vivre? Je pensais surtout pour *qui* ou pour *quoi* vas-tu vivre mais je n'ai pas osé le lui formuler ainsi. Elle n'a rien répondu. Bon.

Et puis ce murmure :

«Tous, tous… Ils m'ont tous abandonnée. Les uns après les autres… Mais *pas l'hôpital*, tu m'entends? Là, il faut que ce soit moi qui parte la première, sinon je sais que je ne m'en remettrai pas. Qu'une chose au moins, dans ma chienne de vie, ne me laisse pas sur le carreau… Tu m'imagines, moi, le jour de mon pot de départ? ricana-t-elle, je prends mon cadeau, je leur fais la bise à tous et après? Je vais où après? Je fais quoi? Je meurs quand? »

Je n'ai su que répondre mais ce n'était pas très grave : elle était déjà en train de monter à l'arrière d'un autobus et me disait au revoir par la fenêtre.

Elle posa son verre et se tut.

– Et après? s'aventura Charles. C'est… c'est fini?

– Non. Mais oui, en fait… Oui…

S'excusa, retira ses lunettes, déchira un morceau de Sopalin et ruina son maquillage.

Charles se leva, alla à la fenêtre et, lui tournant le dos cette fois, se retint au balcon comme à un bastingage.

Il avait envie de fumer. N'osa pas. Il y avait eu un cancer dans cette maison. Peut-être que cela n'avait rien à voir avec le tabac mais comment savoir ? Regarda les tours au loin et repensa à ces gens…

Ceux qui ne l'avaient jamais aimée. Qui ne l'avaient jamais appelée par son vrai prénom. Qui lui avaient mis le manque, le chancre et la biture dans le sang. Qui ne lui avaient jamais tendu la main autrement que pour lui prendre son pognon. Celui qu'elle gagnait en interdisant aux mourants de mourir pendant qu'Alexis bouclait son cartable tout seul et se passait la clef autour du cou, mais qui – rendons-leur cette justice – un soir de gros cafard, avaient donné à Nounou l'occasion d'improviser un formidable numéro d'illusionniste.

– Arrête, Trésor, avec ces tocards… Arrête ça maintenant… Qu'est-ce que tu veux à la fin ? Dis-moi…

Et, en piochant des accessoires ici et là dans la cuisine, les avait tous imités.

Incarnés, plutôt.

Le papa qui gronde. La maman qui console. Le grand frère qui asticote. La petite sœur qui zozote. Le grand-père qui radote. Et la vieille tante qui gratte sous ses bisous de ventouse. Et le grand-oncle qui pète. Et le chien, et le chat, et le facteur, et monsieur le curé, et même le garde champêtre en empruntant la trompette d'Alexis... Et ce fut gai comme un vrai repas de famille et...

Il aspira un bon bol de périphérique et, Dieu que ce mot était laid, *verbalisa* ce qui le hantait depuis six mois. Non, vingt ans :
– Je... j'en fais partie...
– De quoi ?
– De ceux qui l'ont abandonnée...
– Oui mais toi tu l'as beaucoup aimée...
Il se retourna et elle ajouta, dans une fossette moqueuse :
– Je ne sais pas pourquoi je dis « beaucoup » d'ailleurs...

– Ça se voyait tant que ça ? s'inquiéta le vieux petit garçon.
– Non, non, je te rassure. À peine. C'était presque aussi discret que les costumes de Nounou...

Charles baissa la tête. Son sourire lui chatouillait les oreilles.

— Tu sais, je n'ai pas osé te couper tout à l'heure quand tu affirmais qu'il avait été sa seule histoire d'amour, mais quand je suis allée au cimetière l'autre jour et que j'ai vu ces lettres orange qui pétaient comme un grand feu d'artifice au milieu de toute cette... désolation, moi qui m'étais juré de ne plus pleurer, je t'avoue que... Et puis cette horrible bonne femme d'à côté est venue en faisant tssk tssk. Elle l'avait vu, le gougnafier qui avait fait ça, si c'était pas une honte... Je n'ai rien répondu. Que voulais-tu qu'elle comprenne, cette vieille peau ? mais j'ai pensé : ce gougnafier, comme vous dites, c'était l'amour de sa vie.

Ne me regarde pas comme ça, Charles, je viens de te le dire que je ne voulais plus pleurer. J'en ai marre, là... Et puis ce n'est pas comme ça qu'elle voudrait nous voir, c'est...

Sopalin.

— Elle avait une photo de toi dans son portefeuille, elle parlait tout le temps de toi, elle n'a jamais eu de mots durs à ton égard. Elle disait que tu avais été le seul homme au monde, et là, le pauvre Nounou est hors concours évidemment, à s'être comporté en gentleman avec elle...

Elle disait heureusement que je l'ai rencontré celui-là, il a sauvé tous les autres... Elle disait aussi que si Alexis s'en était sorti, c'était grâce à toi parce que lorsque vous étiez petits, tu t'étais occupé de lui mieux qu'elle... Que tu l'avais toujours aidé pour ses devoirs et ses auditions et que sans toi, il aurait plus mal tourné encore... Que tu avais été la colonne vertébrale d'une maison de dingues et...

— La seule chose qui... ajouta-t-elle.
— Qui quoi?
— Qui la désespérait, je crois, c'était de vous savoir brouillés...
Silence.

— Allez, Sylvie, réussit-il à articuler, finissons-en maintenant...
— Tu as raison. Ça va aller vite... Donc elle a quitté l'hôpital discrètement. S'était mise d'accord avec la direction pour faire croire aux autres qu'elle partait en vacances et n'est jamais revenue. Tous ont été terriblement déçus de ne pas avoir l'occasion de lui témoigner leur admira-

tion et leur affection, mais puisque c'était son choix alors… Elle a reçu des lettres à la place. Les premières elle les a lues et puis après elle m'a avoué que non, elle ne pouvait plus. Mais tu aurais vu ça… C'était impressionnant… Ensuite nos coups de fil se sont espacés et duraient de moins en moins longtemps. D'abord parce qu'elle n'avait plus grand-chose à raconter et puis ma fille a eu des jumeaux et je suis devenue *très* occupée! Enfin parce qu'elle m'avait annoncé qu'Alexis et elle s'étaient retrouvés et là, assez inconsciemment j'imagine, j'ai dû me dire qu'il prenait le relais. Que c'était son tour à présent… Tu sais comment ça se passe avec les gens pour lesquels tu t'es fait beaucoup de souci… Quand la situation semble s'améliorer un peu, tu es trop content de pouvoir souffler… Alors j'ai fait comme toi… Une espèce de minimum des usages… Son anniversaire, les bons vœux, les faire-part de naissance et les cartes postales… Le temps a passé et peu à peu, elle est devenue un souvenir de ma vie d'avant. Un merveilleux souvenir…

Et puis un jour, l'une de mes lettres est revenue. J'ai voulu l'appeler mais sa ligne avait été coupée. Bon. Elle avait dû rejoindre son fils quelque part en province et elle avait sûrement un tas de gamins sur les genoux... Elle appellerait un jour ou l'autre et nous nous raconterions plein des nian-nianteries de mamies gâteuses...

Elle n'a jamais rappelé. Bah... C'était la vie... Et puis il y a... trois ans, je crois, j'étais dans le RER et il y avait cette vieille dame très droite dans le fond du wagon. Je me souviens, mon premier réflexe ça avait été de me dire : J'aimerais bien être comme elle à son âge... Tu sais, comme quand on dit « C'est un beau vieillard ». Belle masse de cheveux blancs, aucun maquillage, une peau comme celle des bonnes sœurs, très ridée, mais fraîche encore, la taille mince et... elle s'est un peu déportée de mon côté pour laisser descendre quelqu'un et là, le choc.

Elle m'a reconnue aussi et m'a souri, gentiment, comme si nous nous étions quittées la veille. Je lui ai proposé de descendre à la station suivante pour boire un café. Je sentais qu'elle n'était pas très chaude mais bon... si cela me faisait plaisir...

Et elle qui était si bavarde, si... volubile autrefois, il a fallu que je lui tire les vers du nez pour qu'elle me parle un peu d'elle. Oui, son loyer était devenu trop cher et elle avait déménagé. Oui, c'était une cité un peu dure, mais il y avait là-bas une solidarité qu'elle n'avait jamais rencontrée ailleurs... Elle travaillait dans un dispensaire le matin et faisait du bénévolat le reste du temps. Les gens venaient chez elle ou elle se rendait à domicile... Elle n'avait pas tellement besoin d'argent de toute façon... C'était un monde de troc : un pansement contre un plat de couscous ou une piqûre contre un peu de plomberie... Elle avait l'air étrangement calme mais pas malheureuse non plus. Elle disait qu'elle n'avait jamais exercé son métier aussi bien. Elle avait l'impression d'être encore utile, se fâchait quand on l'appelait «docteur» et chouravait de la came en douce au dispensaire. Tous les médicaments qui arrivaient en fin de péremption... Oui, elle vivait seule et... Et toi? demanda-t-elle. Et toi?

Alors je lui ai raconté mon petit train-train, mais à un moment, j'ai vu qu'elle ne m'écoutait plus. Il fallait qu'elle y aille. On l'attendait.

Et Alexis? Oh... Là, elle s'était un peu rembrunie... Il vivait loin et puis elle sentait bien que sa belle-fille ne l'aimait pas beaucoup... Elle avait toujours l'impression de déranger... Mais bon, il avait deux beaux enfants, une grande fille et un petit garçon de trois ans et c'était ça le plus important... Ils allaient tous bien...

Nous étions de nouveau sur le quai quand je lui ai demandé si elle avait de tes nouvelles. Et ton Charles, au fait? Alors elle a souri. Mais oui. Bien sûr... Tu travaillais beaucoup, tu voyageais partout dans le monde, tu avais une grande agence près de la gare du Nord, tu vivais avec une femme superbe. Une vraie Parisienne... La plus élégante de toutes... Et puis vous aviez une grande fille, vous aussi... Qui était ton portrait tout craché d'ailleurs...

Charles chancela.

– Que... Mais comment elle sav...

– Je ne sais pas. J'imagine qu'elle ne t'a jamais perdu de vue, elle.

Son visage n'était qu'une crampe.

– Je suis descendue à l'arrêt suivant complètement tourneboulée et... la dernière fois que j'ai eu de ses nouvelles, c'était pour m'annoncer son inhumation le surlendemain.

Et ce n'est pas Alexis qui m'a prévenue, c'est une de ses voisines avec laquelle elle avait sympathisé et qui avait cherché mon numéro dans ses affaires...

Resserra les pans de son chandail.

– Nous voilà rendus au dernier acte... Il fait un froid de canard, la scène se passe quelques jours avant Noël dans un cimetière de misère. Pas de céré-monie, pas de discours, rien. Même les types des pompes funèbres étaient un peu gênés. Ils lançaient des petits coups de tête inquiets au hasard pour voir si quelqu'un allait prendre la parole, mais non. Alors au bout d'un moment quand même, ils se sont avancés près d'elle et ont fait semblant de se recueillir cinq minutes, les mains croisées devant leurs braguettes, et puis quoi, ils les ont détendues, leurs cordes, puisqu'ils étaient payés pour ça après tout...

Je m'étonnais de ne pas te voir, mais comme elle m'avait dit que tu voyageais beaucoup...

Devant moi il n'y avait presque personne. Une de ses sœurs, je crois, qui avait l'air de s'ennuyer mortellement et ne cessait de tripoter son portable, Alexis, son épouse, un autre couple et un homme assez âgé qui portait une espèce d'uniforme de la Croix-Rouge et qui pleurait comme une grosse bête, et... c'est tout.

Mais derrière, Charles, derrière... Cinquante, soixante personnes... Peut-être plus encore... Beaucoup de femmes, plein de gamins, des tout-petits, des ados, de grands dadais qui ne savaient pas quoi faire de leurs grands bras, des vieilles, des vieux, des costumes du dimanche, des bouquets de fleurs, des bijoux superbes et de la pacotille sur des blousons siglés, des clopins-clopants, des tout couturés, des... Tous les genres, tous les âges, et tous les étages... Tous ceux qu'elle avait dû soulager un jour, j'imagine...

Quelle clique... Et pourtant pas un bruit, pas un braillement, un silence incroyable, mais quand les fossoyeurs ont reculé, ils se sont tous mis à applaudir. Longtemps, longtemps...

C'était la première fois que j'entendais des applaudissements dans un cimetière et là, je me suis enfin autorisée à pleurer : elle l'avait eu son hommage... et je ne vois pas ce qu'un prêtre ou n'importe quel autre blabla de circonstance aurait pu dire de plus juste à son sujet...

Alexis m'a reconnue et il s'est effondré dans mes bras. Il hoquetait tellement que je n'ai pas bien compris ce qu'il me bavait. En gros qu'il était un mauvais fils et que, jusqu'au bout, il n'avait pas assuré. J'ai remis mes mains dans mes poches, il faisait froid et c'était un peu facile. Sa femme m'a lancé un petit sourire pincé et elle est venue le décoller de mon manteau. Ensuite je suis repartie parce que… je n'avais plus rien à faire là… Mais sur le parking, une dame m'a abordée par mon prénom. C'était elle, le coup de téléphone… Elle m'a dit : venez on va boire une boisson chaude. Bon, en la regardant de plus près, tu comprenais vite que les boissons chaudes, ça n'avait pas dû être trop son truc dans la vie… D'ailleurs elle a commandé un pastis…

Et c'est elle qui m'a raconté les dernières années de la vie d'Anouk. Tout ce qu'elle avait fait pour ces gens, et encore ! ils n'avaient pas pu tous venir ! Y avait plus de place dans le car du fils à Sandy ! Et qu'était même pas son car en plus…

Je ne vais pas t'en faire des tartines, tu la connaissais comme moi… Tu imagines bien… Cette dame avait quelques problèmes de… euh… d'élocution, mais à un

moment, elle a dit une chose très jolie :
« C'te femme, de c'que j'en dis moi, eh
ben c'est qu'elle avait un cœur gros
comme un sac à l'élastique, voilà de ce
que j'en dis… »

Sourires.

– De quoi elle est morte ? lui ai-je
demandé. Mais elle ne pouvait plus
parler. Tout ça, ça lui fichait trop le
bourdon… Et puis soudain, un courant
d'air dans mon dos et elle a gueulé :
Jeannot ! Viens donc dire bonjour à la
dame ! C'est une amie à Anouk !

C'était ma madeleine de tout à l'heure
avec son mouchoir grand comme un
torchon de cuisine et sa cape de la
Croix-Rouge modèle 14-18. Il m'a souri
tout de guingois et là j'ai tout de suite
compris qu'il avait dû être son dernier
chouchou… Un type qui avait l'air aussi
imprévisible que Nounou. Aussi bien
déguisé en tout cas… Enchantée… Il
s'est assis en face de moi et l'autre est
allée noyer son chagrin plus près du bar.
Je sentais qu'il avait très envie de
s'épancher lui aussi, mais j'étais fatiguée. J'avais envie de partir, d'être enfin
seule… Alors je suis allée aux faits : que
s'était-il passé *à la fin* ? Et c'est là que j'ai

appris, pendant que les flippers et la télé braillaient, que notre belle Anouk, celle qui avait passé sa vie entière à emmerder la mort, se l'était finalement donnée.

Pourquoi? Il ne savait pas. Mais plusieurs choses peut-être…

Deux fois par semaine, elle travaillait au Pain de l'amitié, une épicerie sociale réservée aux gens dans la panade et qui vendait de la nourriture pour presque rien. Une «cliente» était venue avec ses tas de mioches et elle ne voulait pas prendre de viande parce que c'était pas halal, et pas de bananes parce qu'il y avait des taches noires, et pas de yaourts parce qu'ils allaient être périmés le lendemain, et vas-y que je t'en taloche un au passage et là, Anouk, si gentille d'habitude, s'est mise à hurler.

Que c'était normal que les pauvres soient pauvres parce qu'ils étaient vraiment trop cons. Que ça rimait à quoi ces conneries d'abattoir quand on avait des gamins si pâles et déjà carencés?! Que si vous le tapez encore une fois, espèce de traînée, une seule fois vous m'entendez? *je vous tue*. Et qu'est-ce que ça voulait dire d'avoir un putain de téléphone portable tout neuf et de fumer dix euros de clopes par jour quand ses petits n'avaient même pas de chaussettes en plein hiver! Et c'était quoi ce bleu, là?! Il avait quel âge celui-ci? Trois ans? Avec quoi tu l'as tapé, ordure, pour qu'il ait une marque pareille? Hein?

L'autre est partie en l'insultant et Anouk a défait son tablier. Elle a dit que c'était fini. Qu'elle ne reviendrait plus. Qu'elle n'y arrivait plus.

L'autre chose, murmura le gros... Jeannot, c'était qu'on était le 15 et que son fils l'avait pas encore invitée pour Noël, alors elle savait pas si elle devait garder les cadeaux pour ses petits-enfants ou si elle devait les envoyer par la poste. C'est idiot, mais ça la tracassait beaucoup cette histoire... Et puis, il y avait cette gamine aussi... j'me souviens pus d'son nom... qu'elle avait beaucoup aidée rapport à l'école et tout ça, et elle lui avait même trouvé un stage à la mairie, et la petite lui a annoncé qu'elle était tombée enceinte... Dix-sept ans... Alors Anouk lui a dit que c'était plus la peine qu'elle revienne la voir si elle se faisait pas avorter et...

Vous voulez que je vous dise de quoi elle est morte? Elle est morte de découragement. Voilà de quoi elle est morte.

C'est Joëlle, du menton il me désignait madame «boissons chaudes», qui l'a trouvée. Y avait pus rien chez elle. Pus un meuble. Pus rien du tout. Y m'ont dit après qu'elle avait tout donné à les Maüs. Y avait juste un fauteuil et puis vous savez ce truc avec l'eau qui coule... Une fontaine? Non, non, un truc d'hôpital, mais si, vous savez, avec un fil... Une perfusion? C'est ça! La police elle a dit qu'elle s'était suicidée et le médecin il a répondu que non, que plus précisément elle s'était thanasiée... Et comme Joëlle pleurait, il lui a dit qu'elle n'avait pas souffert, qu'elle s'était juste endormie. Alors quand même... Ça va...

— Mais vous, vous... Vous étiez un ami?

— Oh, on peut dire ça comme ça, mais j'étais surtout son assistant, vous voyez... J'allais chez les gens avec elle, j'lui portais son sac, quoi...

Silence.

— Maintenant ça va être plus cher...

— De quoi?

— Ben l'docteur...

Sylvie s'était levée. Elle jeta un coup d'œil à la pendule, mit une casserole d'eau à chauffer puis, les yeux dans le vague, reprit tout bas :

– Sur le chemin du retour, dans les embouteillages, je me suis souvenue d'une phrase qu'elle avait prononcée des millions d'années plus tôt alors que nous étions en train de gémir dans les vestiaires après une journée particulièrement difficile : « Tu veux que je te dise, ma cocotte... ce métier n'a qu'un seul avantage : il nous permettra de partir sans emmerder le monde... »

Releva la tête :

– Voilà mon cher Charles, tu en sais autant que moi...

Elle commença à s'agiter et il sentit qu'il était temps de la laisser tranquille. N'osa pas l'embrasser.

Elle le rattrapa sur le palier.

– Attends ! j'ai quelque chose pour toi...

Et elle lui tendit une boîte entourée de gros scotch sur laquelle son prénom était écrit en lettres majuscules.

– C'est ce vieux bonhomme toujours... Il m'a demandé si je connaissais un certain Charles et il a sorti ce truc de sous son manteau. Chez elle, a-t-il continué, y avait juste un gros sac pour son fils avec les cadeaux des gamins, et pis ça...

Charles se la cala sous le bras et marcha comme un zombi. Droit devant. Rue de Belleville, faubourg du Temple, place de la République, Turbigo, Sébasto, les Halles, le Châtelet, la Seine, Saint-Jacques au radar et Port-Royal au hasard, et quand il sentit que c'était bon, que la fatigue physique commençait à l'emporter sur les soubresauts de l'affect, sans ralentir le pas, sortit son trousseau de clefs et se servit de la plus fine pour déchirer le scotch.

C'était une boîte à chaussures pour enfant. Il remit son trousseau dans sa poche, se cogna contre un pilier, s'excusa et souleva le couvercle.

La poussière, les mites, ou le temps tout simplement, avaient bien fait leur sale boulot mais il la reconnut quand même. C'était Mistinguett, la colombe empaillée de Nou…

Mais ? Que…

Il ne pensa qu'à une chose : ramener la boîte contre lui et la serrer le plus fort possible. Ensuite, rien.

Rien ne pouvait plus lui arriver.

Tant mieux. Il était trop fatigué pour continuer de toute façon.

14

C'était chaud sous sa joue. Ferma les yeux, se sentit bien.

Hélas, on l'ennuyait déjà. Des tas de gens.

J'l'ai pas vu! J'l'ai pas vu! C'est à cause de leurs nouveaux couloirs de merde, là! Combien de morts il leur faudra à ces cons? Mais j'l'ai pas vu, j'vous dis! Faut dire qu'il était pas dans les clous non plus, hein?! Oh, putain... J'l'ai pas vu...

Monsieur? Monsieur?

Ça va?

Il souriait.

Allez tous vous faire foutre...

Appelez les pompiers, entendit-il. Alors, non. Décida de se relever.

Pas l'hôpital.

Il avait eu sa dose, là...

Tendit la main, s'appuya contre un bras, puis un deuxième, se laissa hisser, fit un geste vers sa boîte, remercia de la tête et, ainsi soutenu, trottina jusqu'à l'autre rive.

Bougez le bras pour voir… L'autre… Et les jambes… C'est le visage qu'est pas mal amoché… Oui mais le choc, on ne sait pas… Ça se voit pas tout de suite, les séquelles… Y vomit ou y vomit pas ? Le touchez pas trop quand même… Vous ne voulez pas qu'on appelle les pompiers ? Je peux vous emmener aux urgences… Allons ! On est tout près de Cochin, là ! Vous êtes sûr ? Faut pas le laisser comme ça, hein ? Qu'est-ce qui dit ?
Il dit qu'il est sûr.

Alors l'essaim s'essaima. Un mort qui ne meurt pas, ça n'a pas tellement d'intérêt.
Et puis… sans embrouille, pas d'embrouille. Un bon citoyen cependant lui proposa de noter pour lui la plaque du conducteur et de se porter témoin devant les assurances.
Charles serrait sa boîte contre son cœur et tournait la tête de droite à gauche.
Non. Merci. Il était juste un peu sonné. Ça allait passer. Pas de problème.

Le seul à être resté à ses côtés sur le banc était une espèce de clodo. Il n'avait pas de mérite, il s'ennuyait.

Charles lui demanda s'il avait une cigarette.

En se penchant vers la flamme, crut qu'il allait défaillir. Revint en arrière le plus lentement possible, passa sa langue sur ses lèvres pour ne pas souiller le filtre et aspira une longue bouffée de calme.

Au bout d'un très long moment, une heure peut-être, son ange gardien tendit le bras.

Il lui indiquait la devanture d'une pharmacie.

La petite préparatrice, Géraldine, c'était souligné sur son sein, poussa un cri en l'apercevant. Sa patronne accourut, le pria de s'asseoir sur une chaise et le fit souffrir avec mille délices.

L'ivresse du caducée...

Son nouvel ami était resté devant la vitrine et levait le pouce pour lui donner du courage.

Son nouvel ami aimait bien Géraldine...

Charles grimaça beaucoup. Son visage, ou ce qu'il en restait, fut gratté, nettoyé, aseptisé, étudié, commenté, puis couvert de petits pansements suturants.

Il se releva en se retenant à un présentoir, claudiqua jusqu'à la caisse, se fit refourguer des pommades contre la promesse d'une visite chez un médecin, mentit, remercia, paya et retourna affronter le monde.

Son ancien ami avait disparu. Il se traîna jusqu'à un bureau de tabac en s'étonnant d'aimanter tant de regards si fuyants.

Le patron du bar n'était pas si sensible, lui. Il en avait vu d'autres...

– Eh ben alors? plaisanta-t-il. On est passé sous un bus ce matin?

Charles sourit aussi peu que la douleur le lui permettait :

– Une fourgonnette...

– Bah... Vous ferez mieux la prochaine fois...

Un buraliste. Un buraliste *parisien* qui avait de l'humour... Quelle merveille...

Il s'offrit un demi pour fêter ça.

– Tenez! Je vous ai mis une paille... De quoi? Faim? Nicole! Sors-moi une purée pour le jeune homme!

Et Charles, une fesse sur un tabouret de comptoir, se restaura du bout des lèvres en écoutant monsieur Nicole lui débiter la longue liste de tous les blessés, écrasés, estropiés, boiteux, morts et autres amputés que sa bonne situation (angle d'un grand carrefour, c'est ce qui faut pour le commerce) lui avait permis de comptabiliser en vingt-cinq ans de vigie.

– J'crois bien que j'ai une pétition quelque part contre leur nouvelle connerie de bus à contresens, ça vous intéresse ?

– Non.

Avançait péniblement, tenait sa boîte d'une main et sa jambe de l'autre. Était perdu.

Pas dans la rue Monge bien sûr, mais…

Composa le numéro de Laurence comme on sort cinq balles d'un barillet, posa l'appareil contre sa tempe et attendit.

Répondeur.

Fit demi-tour et poussa la porte d'une agence de location de voitures devant laquelle il était passé, cinq minutes d'intense gamberge plus tôt.

Rassura le commercial, ce n'était rien, une porte vitrée. Ah… fit l'autre soulagé, ben mon collègue aussi justement… Trois points de suture. Charles haussa les épaules. Chochotte, le collègue…

Au dernier moment, son genou enflé le conjura de changer d'avis :

– Attendez ! Donnez-moi une boîte automatique plutôt…

En retenant des larmichettes de douleur, se tortilla derrière le volant d'une petite citadine de catégorie A, consulta son agenda, le retourna à la bonne page puis régla les rétros et réalisa qu'Elephant Man serait du voyage.

Lui sut gré de cette compagnie… inespérée, prit à gauche et visa la porte d'Orléans.

Le feu venait de passer au vert. Redémarra en jetant un coup d'œil au tableau de bord.

Si tout allait bien il serait chez Alexis pour le dîner.

S'empêcha de sourire parce qu'il avait déjà trop mal mais le cœur, y était.

- III -

1

Au début ce fut facile, il avait pris une décision.

Quittait la ville, roulait vite, ne respectait plus les distances de sécurité.

Ignorait ce qui l'attendait mais ne le craignait pas. Ne craignait plus rien. Son reflet ou ce qui lui tenait lieu de visage, sa fatigue, et ce qu'il voyait là-devant, cette femme consciencieuse, cherchant sa veine, y enfonçant une longue aiguille, l'arrimant avec soin, ouvrant son poing pour la dernière fois, desserrant son garrot et vérifiant le débit de sa mort avant de se rasseoir dans l'unique fauteuil d'un appartement vide... Que... Non. Il était blindé.

Avait joint son assistante entre deux glissières et laissé un message à Laurence.

– Très bien, j'annule. Au fait, pour lundi soir... Décollage à 19 h 45. Je crois que j'ai réussi à vous surclasser... J'ai déjà le code du billet, vous avez de quoi noter ? lui demanda la première.

– J'ai bien eu ton message, avait fini par rappeler la seconde, écoute ça tombe bien parce que tu sais, j'ai mes Coréennes sur le dos ce week-end... (Non, il ne savait pas.) Dis-moi, puisque je te tiens, tu n'oublies pas Mathilde, hein ? Tu lui avais promis de l'accompagner à l'aéroport lundi... Je crois que c'est en début d'après-midi, je te redirai... (Les salons d'Air France, sa deuxième patrie...) Et pour son argent de poche ? Il te reste des livres ?

Non. Non. Il n'avait pas oublié. Ni sa grande, ni Howard.

Charles n'oubliait jamais rien. C'était son talon d'Achille d'ailleurs... Que disait-elle, Anouk ? Qu'il était intelligent ? Pas du tout... Il avait eu si souvent l'occasion de travailler avec des esprits hors du commun et ne se nourrissait, lui, d'aucune illusion. Depuis toutes ces années, s'il avait su donner le change et tromper son monde, c'était à cause de sa mémoire justement... Ce qu'il lisait, voyait, entendait, il le retenait.

Aujourd'hui c'était un homme encombré, chargé, *loaded* en anglais, comme leurs dés. Quand ils sont pipés. Et ces migraines terribles dont il ne souffrait plus pour le moment, ensevelies qu'elles étaient sous une chape de douleurs plus... manifestes, n'avaient rien de physiologiques. Stupide contretemps d'ordre informatique plutôt. La lettre d'Alexis et le raz de marée qui en avait découlé, son enfance, ses souvenirs, Anouk, le peu que nous savons d'elle et tout ce qu'il ne nous a pas raconté, tout ce qu'il a préféré garder pour lui seul, pour la protéger encore et parce qu'il est si pudique, ce surplus d'émotions imprévues avait, en quelque sorte, saturé sa mémoire. De la chimie, des molécules, un scanner même... ? Allons-y, allons-y, mais tout cela n'aurait aucune incidence. C'était à lui de restaurer ses fichiers.

Voilà précisément pourquoi il était en train de ralentir devant une barrière de péage.

– Tu es où? demanda Laurence.

– Saint-Arnoult… Autoroute…

– C'est quoi? Un nouveau chantier?

– Oui, mentit-il.

C'était la vérité.

Mais, à mesure que l'horizon s'élargissait, ce voyage lui sembla moins évident. Il avait délaissé la file de gauche et cogitait à l'ombre d'un énorme camion.

Instinctivement, sous chaque panneau annonçant une sortie, effleurait la manette des clignotants.

La faute à sa mémoire, assurait-il. Ttt tt… La fausse modestie… pare-soleil bien commode quand on met cap au sud… Parlons un peu de lui, nous, et rendons à ce chat échaudé ce qui lui appartient.

Charles était devenu architecte par hasard, en hommage, par allégeance, et parce qu'il dessinait remarquablement bien. Bien sûr, ce qu'il voyait, ce qu'il comprenait, il le retenait, mais il le représentait aussi. Facilement. Naturellement. Sur la feuille, dans l'espace, et devant n'importe quel public. Même les regards les plus décourageants finissaient par acquiescer. Mais ce talent-là ne suffit pas. Ce qu'il crayonnait si bien, c'étaient ses raisonnements, sa clairvoyance.

Il était calme, patient et le simple fait de penser, à ses côtés, devenait un privilège. Mieux que cela même, un jeu. Par manque de temps, avait toujours refusé les postes de professeur que beaucoup lui avaient proposés, mais à l'agence, aimait s'entourer de jeunes gens. Marc et Pauline, cette année, le génial Giuseppe ou encore le fils de son ami O'Brien auparavant. Tous ces étudiants étaient accueillis à bras ouverts dans leurs grands locaux de la rue La Fayette.

Il était dur avec eux et leur imposait une énorme charge de travail mais les traitait en égaux. Vous êtes plus jeunes, donc plus vifs que moi, leur assenait-il, alors prouvez-le. Comment feriez-vous, là?

Prenait le temps de les écouter et sabordait leurs inepties sans jamais les humilier. Les encourageait à copier, à dessiner le plus possible, même mal, à voyager, à lire, à écouter la musique, à réapprendre le solfège, à visiter les musées, les églises, les jardins et...

Se désolait de leur ignorance crasse et finissait par regarder sa montre en sursautant. Mais...? Vous n'avez pas faim? Évidemment qu'ils avaient faim. Et alors? Pourquoi vous me laissez pontifier comme un imbécile, là? On ne vous a pas prévenus que c'était fini les vieilles biques des Beaux-Arts? Allez... Pour me faire pardonner, direction Terminus Nord. Plateau de fruits de mer pour qui veut! Mais à peine assis, c'était plus fort que lui, abaissait leurs menus et les priait de regarder tout autour. École de Nancy, Art déco, nouvelles simplifications, réaction contre l'Art nouveau, épure des formes, lignes sobres et géométriques, Bakélite, acier chromé, essences rares et... et le garçon était revenu.

Soupirs de soulagement dans les rangs.

Dans leur microcosme, c'était facile de le dénigrer. On lui reprochait d'être... comment dire... un peu *classique,* non? Jeune, en avait souffert. Mais l'avait entendu. Raison pour laquelle il s'était encordé à Philippe, ce garçon plus... subjectif, qui ne craignait pas, lui, de donner des réponses émotionnelles aux situations données et dont il admirait l'intransigeance, le talent, la créativité. Professionnellement, ce tandem fonctionnait bien, mais c'était Charles que les étudiants sollicitaient.

Même les plus illuminés. Les vision-naires, les fébriles, ceux qui étaient prêts, eux aussi, à crever de faim au pied de leur Sagrada Família.

C'était Charles.

Son bon sens, sa mesure… S'en était longtemps trouvé confus. Les mauvais jours, songeait qu'il était le fils de son père et qu'en effet, n'était pas allé, n'irait jamais très loin. D'autres fois, comme ce matin d'hiver quelques mois aupara-vant, alors qu'il était déjà en retard et était descendu d'un taxi au milieu des embouteillages, s'était soudain retrouvé seul au milieu de la cour Carrée du Lou-vre où il n'avait pas mis les pieds depuis une éternité, avait alors oublié son rendez-vous, cessé de courir et retrouvé son souffle.

Le gel, la lumière, ces proportions absolument parfaites, ce sentiment de puissance sans la moindre volonté d'écrasement, cette trace divine de la main de l'homme… Avait pivoté sur lui-même en interpellant les pigeons :

– Hé ? Foutrement classique pas vrai ?

Mais cette fontaine absurde… Reprit sa course en espérant que Lescot, Lemercier et tous les autres, d'aussi haut qu'ils fussent, s'amusaient, de temps en temps, à cracher dedans.

Évitons tout malentendu. Ces critiques, *mainly* franco-françaises par ailleurs, circonscrivaient, ou tentaient de circonscrire, une attitude morale, une disposition, en aucun cas la nature de son travail. De par sa formation d'ingénieur (cette faiblesse, ce handicap, en venait-il à croire certains soirs), son obsession du détail, sa parfaite connaissance des structures, des matériaux ou de tout autre phénomène physique, la réputation de Charles demeurait, depuis longtemps déjà, au-delà de tout soupçon.

Simplement, se retrouvait dans la théorie du génial Peter Rice et de Auden avant lui, selon laquelle, au cours d'un projet, certains étaient obligés de se cogner le sale boulot du Iago de Shakespeare et ramener systématiquement à la raison les élans désordonnés des passions des autres.

Classique? Bah... Soit. Mais conservateur, non. Non. Pour preuve, convaincre l'industrie, les promoteurs, la chose politique et le grand public que leurs idées étaient cent fois, mille fois supérieures à tous ces bâtiments ordinaires mais habillés de jolies fanfreluches postmodernes ou pseudo-historiques, était devenu la partie la plus éprouvante de son métier.

Et, ainsi malmené, se retrouvait *Perplex'd in the extreme* pour en revenir à Othello.

Heureusement d'ailleurs, heureusement. Le rôle était un peu plus court mais…

Ho ? T'es où là, pépère ? se secoua-t-il en réintégrant la file du milieu, qu'est-ce que tu nous charabiatouilles encore ? Pourquoi tu nous causes de Rice et du Maure tout à coup ?

Pardon, pardon. C'est juste cette histoire de mémoire qui ne tient pas la route.

Évidemment.

Elle avait raison…

Souviens-toi.

Une dernière fois.

Quand elle était arrivée tout à l'heure et qu'elle a vu tous ces calculs que tu étais en train de te coltiner, en même temps qu'elle t'embrassait, elle te plaignait. Elle te disait qu'à ton âge, tu passais vraiment trop de temps à

essayer de plier le monde. Elle savait,
elle savait! Tu allais lui répondre que
c'étaient tes études et tout ça, mais…
Mais?

Se tut. N'essaya plus d'argumenter,
était fatigué. La prochaine sortie serait la
bonne.

Non.
S'il te plaît.
Reviens.
Nous ne t'avons pas suivi jusque-là
pour faire demi-tour à Rambouillet.
Pourquoi toujours cogiter? Vivre en
maître d'œuvre, tirer des plans, maquet-
ter, échafauder, calculer, anticiper, pré-
voir? Pourquoi, toujours, ces servitudes?
Tu disais tout à l'heure que tu ne craignais
plus rien…
Je mentais.
De quoi as-tu peur?

Je voudrais que…
Oui?

Bon. Jouons-la finaude. Regardons
ailleurs. La forme des nuages, les premières vaches, la dernière Audi, l'aire
de La Briganderie, l'envol de cette

buse, le prix du sans-plomb dans 17 km, la…

Quand nous étions enfants, reprit tout bas sa conscience, et que nous nous chamaillions… ce qui arrivait souvent parce que nous avions tous les deux un foutu caractère et que nous nous disputions, j'imagine, l'attention et les baisers d'une même femme, Nounou, à bout de patience et de menaces pour tenter de nous réconcilier, finissait toujours par aller chercher son piaf empaillé qui prenait la poussière au-dessus du Frigidaire, lui fourrait dans le bec ce qu'il avait sous la main, un brin de persil le plus souvent, et venait l'agiter sous nos petits nez boudeurs :

– Rrôu, rrôu… La colombe de la Paix, mes bichons… Rrôôuuu…

Et nous pouffions. Et pouffer ensemble, c'était n'être plus fâchés alors… et… Et la boîte à chaussures était là, à la place du mort, et…

On s'en fout du sans-plomb. Les voitures de location, elles carburent toujours au diesel, non ? Quoi ? Pardon ? Tu disais ?

Se redressa, tira sur la ceinture, est-ce que… Est-ce qu'il n'y avait pas aussi un

415

peu d'espoir dans cette maudite perf' ? Est-ce qu'elle n'était pas en train de nous surestimer, de nous *éprouver* encore une fois ?

Ne nous laisserait-elle jamais en paix avec ses putain d'excès d'amour qui nous avaient déjà tellement...

Ah ? 1,22 euro quand même... Dis donc, Balanda, tu nous fatigues avec ton charabia, là... Ta super intelligence, tes citations en VO, ta rigueur, tes étudiants béats, ta culture, ton ingéniosité et tout le bazar, tu sais qu'on échangerait bien toute cette quincaillerie contre une phrase qui tient debout, nous ?

Fronça les sourcils, alluma une cigarette, attendit que la nicotine lui désincarcérât la moelle et finit par se l'avouer, sa misère :

« Je voudrais qu'elle ne soit pas morte pour rien. »

Eh ben, nous y voilà ! Allez, c'est bon. Respire. Ça y est. Tu l'as conceptualisé ton truc.

Hein ? Tu l'as ton projet, là ? Roule maintenant. Roule, tais-toi et, pardon, ne respire pas tant que ça. Tu ne le sais pas, mais tu as une côte fêlée.

Oui mais si ça se passe ma…

Tais-toi, on a dit. Débranche.

Parce qu'il ne pouvait se faire confiance, sur ce plan du moins, allongea, aïe, le bras jusqu'à la bande FM.

Entre deux pubs débiles, un pop singer à la voix haut perchée se mit à bêler *Relax, take it easy* une bonne douzaine de fois.

Iii-iiiiiiii-zi.

Ça va, ça va. J'ai compris.

Chercha ses lunettes de soleil, les ôta aussitôt, trop lourdes, trop de plaies, referma la boîte à gants et coupa le son.

Son téléphone portable se mit à broncher. Même sort.

Une colombe toute miteuse et un éclopé défiguré dans une minuscule voiture japonaise, comme arche de Noé on pouvait rêver mieux, et pourtant, et pourtant… Se délitait en secret sous ses Steri-Strip.

Après lui le déluge…

***

Quitta l'autoroute, puis la nationale, et bientôt les départementales.

Réalisa alors, pour la toute première fois depuis des mois, que la Terre tournait autour du Soleil, eh oui, et qu'il vivait dans un pays soumis au rythme des saisons.

Sa propre torpeur, les lampes, les néons, la lueur des écrans et les décalages horaires, tout avait conspiré à le lui faire oublier. Fin juin, début de l'été, ouvrit grand les fenêtres et rentra son premier foin.

Autre révélation, la France.

Tant de paysages dans un si petit pays... Et ces couleurs... Cette extraordinaire palette qui variait, contrastait et se précisait selon les régions et leurs matériaux de construction... La brique, la tuile brune et plate, les teintes chaudes de la Sologne. Les pierres patinées, les enduits, le sable ocré des rivières... Puis la Loire, l'ardoise et le tuffeau. Le jeu infini des gris et du blanc crayeux des façades... Ivoire, grèges dans cette lumière de fin d'après-midi... Les toits bleutés soulignés par le rouge brique des souches de cheminées... Les menuiseries souvent pâles, ou plus marquées, selon la fantaisie et les fonds de pot de leurs propriétaires...

Et bientôt, une autre région, d'autres carrières, d'autres roches... Le schiste, la lauze, le grès, la lave et le granit même, par endroits. D'autres moellons, d'autres appareillages, d'autres parements, d'autres couvertures... Ici les murs gouttereaux remplaceront les pignons, là les hivers seront plus rudes et les habitations davantage serrées les unes contre les autres. Là encore, les encadrements et les linteaux moins finement travaillés et les tons plus...

Occasion ou jamais pour Charles d'évoquer le travail remarquable de Jean-Philippe Lenclos et de son Atelier, mais bon... On l'avait sommé de ne plus la ramener alors... Alors gardait pour lui son attirail, ses contacts, ses *références*, et roulait de plus en plus lentement. Tournait la tête en grimaçant, mangeait les talus, donnait de brusques coups de volant, fauchait les bordures et traversait de minuscules villages en drainant tous les regards après lui.

La soupe chauffait. C'était l'heure de pincer les géraniums, des bancs, et des chaises tirées devant des façades encore toutes gorgées de soleil. On hochait la tête à son passage et on le commentait jusqu'au prochain bouleversement.

Les chiens, eux, levaient à peine une oreille. Laissaient courir puces et Parisiens...

Charles était nul en nature. Bocages, haies, futaies, landes, prairies, pâturages, coteaux, bosquets, lisières, charmilles, il connaissait les mots mais n'aurait pas bien su où les placer, sur un relevé topographique... N'avait jamais rien bâti loin des villes et ne se souvenait d'aucun livre auquel il eût pu se référer, les Lenclos s'étant « cantonnés » à l'habitat par exemple.

De toute façon, pour lui, la campagne, c'était cela : un endroit où lire. Devant une cheminée l'hiver, contre un tronc au printemps et à l'ombre l'été. Il en avait tâté pourtant... Quand il était petit chez ses grands-parents, à la grande époque de monsieur Canut avec Alexis, puis, plus tard, quand Laurence l'avait traîné chez tel ou tel de leurs amis, dans leurs... *résidences secondaires...*

Souvenirs de week-ends peu dépaysants où l'on ne cessait de lui quémander avis, devis, conseils et pans de mur à abattre. Serrait alors les dents en avisant ces baies vitrées hideuses, ces ouvertures criminelles, ces piscines incongrues, ces caves cadenassées et ces campagnards en habits du dimanche, à la botte savamment crottée et au cachemire ton sur ton.

Répondait dans le vague, c'était difficile à dire, il faudrait voir, il ne connaissait pas bien la région, puis, ayant scrupuleusement déçu tout ce petit monde, s'en allait, un livre à la main, à la recherche d'un creux où faire la sieste.

Un creux, parlons-en! On y était, là. Plus de panneaux, aucune direction, des hameaux fantômes, une chaussée colonisée par les herbes folles et pour toute escorte, une escouade de lapins en goguette.

Qu'est-ce que le fils de Miles Davis était parti faire dans ce trou?

Et où était-il d'ailleurs?

Son agenda était nul comme GPS. Où se trouvait la D73? Et pourquoi n'avait-il pas encore traversé ce bled dont il n'arrivait plus à lire le nom?

Anouk...

Où me mènes-tu encore ?

Est-ce que tu me vois, là ? La jauge et le ventre vides, complètement largué devant un embranchement qui n'annonce rien d'autre que du bois de chauffage à 8 km et des feux de la Saint-Jean déjà éteints ?

Où irais-tu à ma place ?

Droit devant, n'est-ce pas ?

Allez...

Au village suivant, abaissa sa vitre.

Il était perdu. Marcy ? Manery ? Margery peut-être ? ça leur disait quelque chose ?

Non.

Et la D73 ?

Ah ! ça, oui. C'était la route là-bas, à gauche à la sortie du bourg, passez la rivière et, après la scierie, vous prendrez tout de suite à droite...

Une dame a dit :

– Ce serait-y pas Les Marzeray qui cherche, le monsieur de l'Oise ?

Et là, il faut bien l'admettre, Charles connut un grand moment de solitude. Qu'est-ce que...

Laissa à son pauvre cerveau le sursis d'un sourire niais pour démêler tout ce merdier.

L'Oise d'abord, ce devait être sa plaque d'immatriculation, il ne l'avait pas repérée en prenant la voiture mais admettons, ensuite Les Marzer[ɛ], comment ça s'écrivait? Avec un « y » à la fin? Un « M » et un « y » mal torchés à la page du 9 août, c'était tout ce qu'il avait, comme certitudes. Essaya de se relire mais non, à part le saint du jour, rien n'était clair. Quant au saint en question, ho ho, poilant.

On se concerta, on en débattit assez longuement et on acquiesça. Va pour un i grec.

Ils en avaient des drôles de questions, les Zoiseux…

– Mais… C'est encore loin?
– Bah… Une vingtaine de kilomètres…

Vingt kilomètres le long desquels son volant devint bien glissant et sa cage thoracique de plus en plus contondante. Vingt très lents kilomètres qui le lui confirmèrent : il avait totalement perdu la face.

Quand le clocher des Marzeray apparut au loin, se gara sur le bas-côté.

Traîna la patte, pissa dans les ronces, inspira, souffrit, souffla, échancra sa chemise, l'attrapa par les pointes du col et l'agita pour la faire sécher. Tamponna son front contre son bras. Eut mal aux écorchures, eut mal au lin. Inspira encore, Dieu qu'il puait, se reboutonna, renfila sa veste et expira une dernière fois.

Son ventre se mit à gargouiller. Lui en sut gré mais l'engueula pour le principe. Merde, l'heure était grave, là! De quoi? Un steak? Mais tu n'as plus de place, crétin. T'es devenu tout peau de chagrin, tu le vois bien…

Oui… Voilà… Un bon gros steak avec Alexis… Pour lui faire plaisir… *Mangez, les garçons, mangez, le reste suivra…*

Son seul problème (encore?! commençait à le gaver celui-là…), c'était le cœur.

Qu'il avait au bord des lèvres à présent…

Alors fuma.

Pour le dissoudre.

S'assit sur le capot tiède, prit son temps, aggrava ses risques d'impuissance et embruma des tas de petites bestioles. Se rappelait comme il en avait bavé pourtant... Était bien cynique à l'époque. Disait qu'arrêter de fumer était la seule grande aventure qui leur restait, à eux, petits Occidentaux trop bien nourris. La seule.

Ne l'était plus.

Se sentait vieux, hanté par la mort, dépendant.

Ralluma son portable pour voir. Mais non. Ne captait plus rien.

2

Tourna la page du 10 août devant la mairie, Alexis vivait Clos des Ormes, le chercha un bon moment et finit par se rebrancher sur Radio Commères :

– Oh… C'est plus loin, ça… C'est les nouvelles maisons après la coopérative…

« Nouvelles maisons », sur le moment il n'avait pas imprimé mais ça voulait dire lotissement, en chienlit correcte. Ça commençait bien… Tout ce qu'il aimait… Constructions de merde, crépi de merde, volets roulants, boîte aux lettres de série et lampadaires à lanternes chichiteuses.

Et le pire c'est que ça coûtait cher, ces verrues-là…

OK, abrège. Et le numéro 8 alors ?

Des thuyas, une grille prétentieuse et un portail à ferronneries Lapeyro-médié-vales. Ne manquaient plus que les petits lions en haut de chaque pilier… Charles lissa les poches de sa veste et tira la chevillette.

Une bobinette blonde apparut derrière la porte-fenêtre.

Des bras l'en éloignèrent.

Bon…

Appuya de nouveau sur cette putain de sonnette.

Une voix de femme lui répondit :

– Oui ?

Non ? C'était pas possible ? Y avait un interphone ? Il ne l'avait pas vu. Un interphone ? Ici ? Dans l'une des régions les plus désertées de France ? Classée Parc naturel et tout le bazar ? Quatrième maison d'un lopin salopé qui n'en comptait guère plus d'une douzaine, et un interphone ? Mais… À quoi ça rimait ?

– Qui êtes-vous ? répéta le… dispositif.

Charles répondit va te faire foutre mais l'articula autrement :

– Charles. Un am… un ancien ami d'Alexis…

Silence.

Imaginait sans peine la stupéfaction, le branle-bas de combat chez les Sam Suffit, les « T'es sûr ? », les « T'as bien entendu ? ». Releva les épaules, se

427

fabriqua une sorte de drapé sublime et attendit que la grille (automatique?) s'ouvre en éclaboussant Moïse.

Raté.

– Il n'est pas là…

Bon… Tactique et longueur de temps font plus que force etc. Il avait une revêche au bout de la phase, prenons-en notre parti et sortons l'artillerie lourde :

– Vous êtes Corinne, n'est-ce pas? minauda-t-il. J'ai beaucoup entendu parler de vous… Je m'appelle Balanda… Charles Balanda…

La porte d'entrée (bois exotique, modèle Cheverny, ou Chambord peut-être, prête à poser, à croisillons aspect plomb intégrés au double vitrage et joint d'étanchéité périphérique posé sur le bâti) s'ouvrit sur un visage euh… moins coquet.

Elle lui tendit son bras, sa main, son bélier et, parce qu'il essaya de lui sourire pour l'amadouer, comprit enfin ce qui la crispait : c'était sa gueule. Sa gueule à lui.

Et puis quand même… Il l'avait oublié depuis… Son pantalon était troué, sa veste déchirée et sa chemise tachée de sang et de Betadine…

– Bonjour… Pardon… C'est… Enfin… Je suis tombé ce matin… Je ne vous dérange pas ?

– …

– Je vous dérange ?

– Non, non… Il va revenir d'une minute à l'autre… Puis, se retournant vers un petit garçon, file à la maison, toi !

– Très bien… Je vais l'attendre…

Normalement, elle aurait dû dire : «Voyons, entrez je vous en prie», ou «Vous prendrez bien un verre en l'attendant», ou… mais elle répéta le même «Très bien» en plus pète-sec, et s'en retourna dans sa petite maison de maçon.

Authentique.

Et de qualité.

Alors Charles fit un peu d'anthropologie.

Erra Clos des Ormes.

Compara ces piliers creux mais bosselés façon granit mal équarri, ces balustres à moins de dix euros le mètre linéaire, ces pavés vieillis en usine, ces dalles en béton teinté coloris pierre, ces barbecues grandioses, ces meubles de jardin en résine, ces toboggans fluo, ces tonnelles en polyester, ces portes de

garage aussi larges que les parties dites
« d'habitation », ces...

Que du goûtu...

Il n'était plus cynique, non. Il était snob.

Revint sur ses pas. Une autre voiture
était garée derrière la sienne. Ralentit,
sentit sa jambe se raidir encore, le même
blondinet jaillit hors du jardin suivi d'un
homme qui devait être son papa.

Et là, que c'est accablant quand on y
pense, mais on ne pense plus, on
constate, la première pensée de Charles
après toutes ces commotions, ce fut :

« Le salaud. Il a encore tous ses
cheveux, lui... »

Accablant.

Mais ensuite. Qu'allait-on imaginer ?

Des violons ? Un ralenti ? Un cadre
flouté ?

– Et alors ? Tu marches comme un petit
vieux maintenant ?

Qu'allait-on imaginer...

Charles ne sut que répondre. Il devait
être trop sentimental.

Alexis lui fit mal en lui claquant l'épaule :

– Quel bon vent t'amène ?

Gros con.

– C'est ton fils ?

– Lucas, viens par là ! Viens dire bonjour à tonton Charles !

Se pencha pour l'embrasser. Prit son temps. Avait oublié le parfum frais de ces chairs-là…

Lui demanda s'il n'en avait pas marre que Spiderman soit accroché à son tee-shirt, toucha ses cheveux, son cou, quoi ? même sur tes chaussettes ? eh ben… et ton slip aussi ? Apprit comment placer ses doigts pour fabriquer de la toile « qui colle », essaya à son tour, se trompa, promit qu'il s'entraînerait puis se redressa et vit qu'Alexis Le Men pleurait.

Oublia alors ses bonnes résolutions et ruina le boulot de la pharmacienne.

Les plaies, les bosses, les sutures, les digues et tous les emplâtres de la vie, tout craqua.

Leurs mains se refermèrent sur eux et c'est Anouk, qu'ils enlacèrent…

Charles recula le premier. La douleur, les ecchymoses. Alexis souleva son gamin, le fit rire en lui grignotant le ventre, mais c'était pour se cacher, pour se moucher, et le hissa sur ses épaules.

– Qu'est-ce qui t'est arrivé ? T'es tombé d'un échafaudage ?

– Oui.

– Tu as vu Corinne ?

– Oui.

– Tu passais dans le coin ?

– Voilà.

Charles s'immobilisa. Trois pas plus loin, l'autre finit par se retourner. Prit son air arrogant de grand propriétaire terrien et tira sur les jambes de son fils pour rééquilibrer son fardeau. Celui-là du moins.

– T'es venu me faire la morale, c'est ça ?

– Non.

Ils se regardèrent longtemps.

– Toujours dans tes délires de cimetière ?

– Non, répondit Charles, non… Je n'en suis plus là…

– T'en es où alors ?

– Tu m'invites à dîner ?

Soulagé, Alexis le gratifia d'un joli sourire d'autrefois, mais c'était trop tard. Charles venait de reprendre toutes ses billes.

Une Mistinguett contre un dîner au Clos des Ormes, au prix du mauvais goût, de l'essence, et du temps perdu, le marché lui sembla correct.

Le ciel était dégagé, ma belle. Tu l'as vue, tu l'as eue ta branche d'olivier, hein ?

Bien sûr c'était court, un abandon plutôt qu'un élan, je te l'accorde, et bien sûr ça ne te suffit pas. Mais rien ne te suffisait jamais alors…

Et de sentir ses poches à nouveau pleines, d'avoir cette certitude-là, que la partie était terminée, qu'il ne jouerait plus, donc qu'il ne perdrait plus, parce que ce parcours, si assommant soit-il, était désormais trop bref pour se mesurer encore à un adversaire aussi médiocre, lui procura un immense soulagement.

Claudiqua plus gaiement, chatouilla les genoux du super héros, ouvrit sa main, replia le majeur et l'annulaire, visa et pffiou, emballa un petit piaf qui dansait sur les fils électriques :

— Même pas vrai ! répliqua le petit Lucas. Il est où, alors ?

— Je l'ai mis dans ma voiture.

— J'te crois même pas…

— Tu as tort.

— Pff… J'te f'rais dire que j't'aurais vu si c'était vrai…

— J'te f'rais dire que ça m'étonnerait parce que c'était le chien des voisins qui t'intéressait…

433

Et pendant qu'Alexis était en train de décharger les courses de la semaine en effectuant des allers-retours entre son coffre et son super beau garage, Charles coupa la chique à un petit garçon bien suspicieux.

– Oui, mais pourquoi il est déjà collé sur un bout de bois alors ?

– Euh… Je te rappelle que ça colle, la spider-toile…

– On le montre à Papa ?

– Non. Il est encore sous le choc, là… Il faut le laisser un peu tranquille…

– Il est mort ?

– Mais non ! Bien sûr que non ! Il est sous le choc, je te dis. On le relâchera plus tard…

Lucas hocha la tête gravement puis la releva, Lumière, et demanda :

– Tu t'appelles comment ?

– Charles, sourit Charles.

– Et pourquoi t'as plein de pansements sur la tête ?

– Devine…

– Parce que t'es moins fort que Spiderman ?

– Ben ouais… Des fois, je rate…

– Tu veux que je te montre ma chambre ?

Sa mère troubla cette arachnéenne complicité. D'abord il fallait passer par le garage et enlever ses chaussures. (Charles tiqua, il ne s'était encore jamais déchaussé dans une maison.) (Sauf au Japon bien sûr...) (Oh oui. Qu'il était snob...) Ensuite elle leva l'index, pas de bazar, hein? Enfin elle se tourna vers celui qui avait l'air de s'imposer, donc.

– Vous... Vous restez dîner?

Alexis venait d'apparaître derrière ses cabas Champion. (Voilà qui ferait plaisir à son beau-frère... Et comme c'était savoureux... S'il osait, s'il avait du réseau, quel beau MMS il enverrait à Claire...)

– Bien sûr qu'il reste! Quoi...? Qu'est-ce qu'il y a?

– Y a rien, rétorqua-t-elle sur un ton qui affirmait le contraire, c'est juste que rien n'est prêt justement. Que demain c'est la fête de l'école je te rappelle et que j'ai toujours pas terminé le costume de Marion. Je ne suis pas couturière, moi!

Alexis, fébrile, naïf, tout à sa belle réconciliation, posa son barda et balaya ses arguments :

– Pas de problème. Ne t'inquiète pas. C'est moi qui vais faire la cuisine...

Se retournant :

– Et Marion au fait? Elle n'est pas là?

435

Elle est où ?

Encore un soupir au-dessus des patins :

– Elle est où, elle est où… Tu sais très bien où elle est…

– Chez Alice ?

Ah non, pardon, ce n'était pas le dernier :

– Évidemment…

– Je vais les appeler.

C'était l'avant-avant-dernier :

– Bonne chance. Personne ne répond jamais là-bas… Je ne sais même pas pourquoi ils ont le téléphone…

Alexis ferma les yeux, se souvint qu'il était gai, et se dirigea vers la cuisine.

Charles et Lucas n'osaient pas bouger.

– Elle demande si elle peut rester dormir ! cria Alexis.

– Non. On a un invité.

Charles fit signe, que non, non, non, il refusait d'être ce mauvais alibi là.

– Elle dit qu'elles sont en train de répéter leur chorégraphie pour demain…

– Non. Qu'elle rentre !

– Elle te supplie, insista son papa, elle ajoute « à genoux » même !

À bout d'arguments, Corinne la boute-en-train se servit du plus mesquin :

— Hors de question. Elle n'a pas son appareil dentaire.

— Attends, si ce n'est que ça, je peux lui apporter…

— Ah bon ? Je croyais que tu t'occupais du dîner, toi ?

Quelle ambiance… Charles, qui avait besoin d'un peu d'air tout à coup, se mêla de ce qui ne le regardait pas :

— Je peux faire le coursier si ça vous arrange…

Le regard qu'elle lui lança le lui confirma : tout ça ne le regardait absssolument pas.

— Vous ne savez même pas où c'est…

— Mais moi je sais ! s'exclama Lucas. Je vais lui montrer la route !

Rasant les murs, un ange passa.

Le maître de maison sentit qu'il était temps de montrer à son pote, à son camarade, à son ancien copain de régiment, *qui* faisait la loi ici. Non mais.

— Bon, c'est d'accord, mais tu reviens tout de suite après le petit déj', hein ?

Charles l'installa à l'arrière, fit demi-tour et se barra fissa du Clos des Oui-Oui.

Interrogea le rétroviseur :

437

– Alors ? On va où maintenant ?

Un énôôôôôrme sourire l'informa que la petite souris était passée deux fois déjà.

– On va dans la plus super maison du monde !

– Ah oui ? Et elle est où, cette maison ?

– Ben...

Lucas se détacha, s'avança, regarda la route, réfléchit deux secondes et claironna :

– Tout droit !

Son chauffeur leva les yeux au ciel.

Tout droit.

Bien sûr...

Était-il bête...

Au ciel...

Qui avait viré au rose.

Qui s'était repoudré pour les accompagner...

– On dirait que tu pleures, s'inquiéta son voisin.

– Non, non, c'est juste que je suis très fatigué...

– Pourquoi t'es fatigué ?

– Parce que je n'ai pas beaucoup dormi.

– Tu as fait un grand voyage pour venir me voir ?

– Oh là ! Si tu savais…

– Et tu t'es combattu avec des monstres ?

– Hé, gouailla Charles en pointant le
pouce vers sa gueule de baroudeur, tu
crois quand même pas que je me suis fait
ça tout seul, non ?

Silence respectueux.

– Et là ? C'est du sang ?

– À ton avis…

– Pourquoi y a des taches qui sont
marron foncé et d'autres qui sont marron
clair ?

L'âge du pourquoi des pourquoi des
pourquoi. Il avait oublié…

– Ben… Ça dépendait des monstres…

– Et les plus méchants c'étaient
lesquels ?

Ils jacassaient en pleine cambrousse,
là…

– Dis donc, c'est encore loin ta super
maison ?

Lucas inspecta le pare-brise, fit une
moue, se retourna :

– Oh… On vient juste de la passer…

– Bravo ! râla Charles pour de faux,
bravo, le copilote ! Je ne sais pas si je te
prendrai dans mes futures expéditions,
moi !

Silence contrit.

– Mais si... Bien sûr que je t'emmènerai... Tiens, viens sur mes genoux, va... Tu seras mieux pour m'indiquer le chemin...

Cette fois-ci, c'était clair et sans aucun repentir possible, il venait de se faire un ami Le Men pour la vie.

Mais Dieu qu'il avait mal...

Firent une belle manœuvre sur le palier de vaches brunes, godillèrent sur le goudron tiède, tournèrent devant un panneau qui annonçait *Les Vesperies,* s'y prirent à quatre mains pour récupérer le tracé des ornières et s'engagèrent dans une magnifique allée bordée de chênes.

Charles qui n'avait oublié ni son odeur ni sa mise, commença à baliser :

– Elle habite dans un château, Alice ?

– Ben oui...

– Mais euh... Tu les connais bien, ces gens-là ?

– Ben... C'est surtout la baronne et Victoria que je connais... Victoria, tu verras, c'est la plus vieille et la plus grosse...

Oh putain... Le gueux et son crapoussin chez les aristos du coin... Ne lui manquait que ça...

Quelle journée, mais *quelle* journée...

– Et euh… Elles sont gentilles ?

– Non. Pas la baronne. Elle, elle est cé-o-aine-eu.

Bon, bon, bon… Après le crépi acrylique, les mâchicoulis…

France, terre de contrastes…

Parce qu'elles le chatouillaient et que c'était délicieux, les mèches folles de son conducteur le remirent en selle : Tudieu, mon gars ! À l'assaut ! Et sus au donjon !

Oui mais le problème, c'est qu'il n'y en avait pas de château… L'allée centenaire débouchait sur une grande prairie à moitié fauchée.

– Tu dois tourner par là…

Ils suivirent le cours d'une petite rivière (les anciennes douves ?) sur une centaine de mètres et un ensemble de toits plus ou moins affaissés (mais plutôt plus) se détacha au milieu des arbres. Des ormes peut-être ? ricana en dedans le Parigot tête de veau qui savait à peine reconnaître les troncs pissotières des Parisiens à têtes de chiens.

Direction les anciens communs, donc…

Il se sentit mieux.

– Et maintenant tu t'arrêtes parce que ce pont, y risque de s'écrouler…

– Ah?

– Ouais, et c'est super dangereux, ajouta-t-il tout émoustillé.

– Je vois…

Il se rangea près d'un break Volvo hors d'âge et maculé de boue. Le hayon était ouvert et deux clebs roupillaient dans le coffre.

– Lui c'est Eugli et lui c'est Idousse…

Des queues s'agitèrent, soulevant de la poussière de paille.

– Ils sont très laids, non?

– Oui, mais c'est fait exprès, assura son miniguide, tous les ans, ils vont au refuge et ils demandent au bonhomme de leur donner le chien le plus moche de tous…

– Ah bon? Mais pourquoi?

– Ben… pour qu'il sorte, tiens!

– Mais… Ils en ont combien en tout?

– J'sais pas…

Je vois, persifla Charles, on n'était pas du tout chez les Godefroy de Bouillon mais dans un repaire de néo babas tendance grand retour à la Terre.

Miséricorde.

– Et il y a des chèvres aussi?

442

– Oui.

– J'en étais sûr !

– Et la baronne ? Elle fume de l'herbe ?

– Pff… t'es bête, toi. Elle en mange tu veux dire…

– C'est une vache ?

– Un poney.

– Et la grosse Victoria aussi ?

– Non. Elle c'était une reine, je crois… Help.

Ensuite Charles la boucla. Fourra son mauvais esprit dans sa poche et mit son mouchoir dégueulasse par-dessus.

L'endroit était si beau…

Il le savait pourtant, que les communs étaient toujours plus émouvants que leurs maîtres… Avait des tas d'exemples en tête… Mais il ne les cherchait plus, là, il ne pensait plus, il admirait.

Le pont, déjà, aurait dû lui mettre la puce à l'oreille. L'agencement des pierres, l'élégance du tablier, les galets, les rambardes, les piliers…

Et cette cour, dite « fermée » mais si gracieuse… Ces bâtiments… Leurs proportions… Cette impression de sécurité, d'invulnérabilité, alors que tout s'écroulait…

Une dizaine de bicyclettes avaient été abandonnées en chemin et des poules picoraient au milieu des dérailleurs. Il y avait même des oies et surtout un canard étonnant. Comment dire... presque vertical... Comme s'il se tenait sur la pointe des pi... almes...

— Tu viens? s'impatienta Lucas.

— Il est bizarre ce canard, non?

— Lequel? Lui? Surtout y court super vite, tu verrais...

— Mais c'est quoi? C'est un genre de croisement avec un pingouin?

— J'sais pas... Y s'appelle l'Indien... Et quand il est avec sa famille, ils marchent toujours à la queue leu leu, c'est trop marrant...

— En file indienne alors?

— Tu viens?

Charles sursauta encore :

— Et lui, c'est qui?

— C'est la tondeuse.

— Mais c'est... C'est un lama!?

— Commence pas à le caresser parce qu'après y va te suivre partout et tu pourras plus t'en débarrasser...

— Il crache?

— Quelquefois... Et son crachat, y vient pas de sa bouche mais de son ventre, et ça puuuue...

– Mais dis-moi, Lucas… C'est quoi, cet endroit ? C'est un genre de cirque ?

– Oh oui ! rigola-t-il, ça tu peux le dire. C'est pour ça que Maman, euh…

– Elle n'aime pas trop que vous veniez…

– Pas tous les jours, quoi… Tu viens ?

La porte croulait sous un amas de… végétation (Charles n'y connaissait rien en botanique non plus), de la vigne et des rosiers, ça d'accord, mais aussi des machines grimpantes orange pétard en forme de petites trompettes et d'autres, incroyables, mauves, avec un cœur très tarabiscoté, et des… étamines (?) comme il n'en avait jamais vu, en 3D, impossibles à dessiner, et des pots de fleurs… Partout… Aux rebords des fenêtres, le long des soubassements, à l'assaut d'une vieille pompe ou posés sur des tables et des guéridons en fer.

Poussés, serrés, empilés, étiquetés même, pour certains. De toutes les tailles et de toutes les époques, depuis les Médicis en fonte jusqu'aux vieilles boîtes de conserve en passant par des containers décapités, des seaux de granulés *Haute Digestibilité* et de grands bocaux en verre qui laissaient voir des racines pâles sous leur marque *Le Parfait*.

Et puis des poteries... D'enfants probablement... Brutes, moches, rigolotes, et
d'autres, plus anciennes, improbables,
une corbeille du XVIIIe couverte de lichens
ou la statue d'un faune auquel manquait
une main (celle de la flûte?) mais qui
avait le bras encore assez long pour
retenir des cordes à sauter...

Des gamelles, des écuelles, une Co-
cotte-Minute sans poignée, une girouette
cassée, un baromètre en plastique qui
vantait l'efficacité des amorces *Sensas*,
une poupée Barbie sans cheveux, des
quilles en bois, des arrosoirs d'un autre
âge, un cartable couvert de poussière, un
os à moitié rongé, un vieux martinet
accroché à un clou rouillé, une corde, une
cloche au bout, des nids d'oiseaux, une
cage vide, une pelle, des balais fatigués,
un camion de pompiers, une... Et, au
milieu de tout ce bric-à-brac, deux chats.

Imperturbables.

L'arrière-boutique du Facteur Cheval...

– Tu regardes quoi? Tu viens?
– Ils sont brocanteurs les parents
d'Alice?
– Non ils sont morts.
– ...
– Tu viens?

La porte d'entrée était entrouverte. Charles toqua, puis posa sa main bien à plat sur le pan de bois tiède.

Pas de réponse.

Lucas s'était faufilé à l'intérieur. La poignée était plus chaude encore, la retint un moment avant d'oser le suivre.

Le temps que ses pupilles s'habituent au changement de luminosité, ses papilles étaient déjà éblouies.

Combray, le retour.

Cette odeur... Qu'il avait oubliée. Qu'il croyait avoir perdue. Dont il se contrefichait. Qu'il aurait méprisée et qui le faisait fondre de nouveau. Celle du gâteau au chocolat en train de cuire dans la vraie cuisine d'une vraie maison...

N'eut pas l'occasion de saliver très longtemps car déjà, et comme sur le seuil quelques instants plus tôt, ne savait plus où donner de l'étonnement.

Un bordel *considérable* mais qui donnait une impression étrange. Une impression de douceur, de gaieté. D'ordre...

Des bottes alignées decrescendo sur plusieurs mètres de carreaux en terre cuite, encore des... semis (?) (boutures ?) à toutes les fenêtres dans des caissettes en polystyrène ou chapeautant feu des bacs de glace à la vanille, une cheminée gigantesque, creusée à même la pierre et surmontée d'un linteau de bois très sombre, presque noir, sur lequel étaient posés un archet, des bougies, des noix, d'autres nids, un crucifix, un miroir tout piqueté, des photos et une étonnante procession de bestioles fabriquées en trucs de la forêt : écorces, feuilles, brindilles, glands, cupules, mousse, plumes, pommes de pin, marrons, châtaignes, baies séchées, os minuscules, coques, bogues, ailettes, chatons...

Charles était fasciné. *Qui* a fait ça ? demanda-t-il dans le vide.

Une cuisinière, plus imposante encore, en émail bleu ciel, avec deux gros couvercles bombés sur le dessus et cinq portes en façade. Ronde, douce, tiède, appelant la caresse... Un chien devant, sur une couverture, sorte de vieux loup qui se mit à gémir en les apercevant, tenta de se redresser pour les accueillir, ou les impressionner, mais qui renonça, et s'affaissa en couinant de nouveau.

Une table de ferme (de réfectoire ?), immense, bordée de chaises dépareillées, sur laquelle on venait de dîner et qui n'avait pas été débarrassée. Des couverts en argent, des assiettes bien saucées, des verres à moutarde copyrightés Walt Disney et des ronds de serviette en ivoire.

Un vaisselier ravissant, stylé, fin, chargé jusqu'à la gueule de terrines, de faïences, de bols, d'assiettes et de tasses ébréchés. Dans le creux d'une souillarde, un évier en pierre, sûrement très malcommode, où s'empilaient des tas de casseroles dans une bassine jaunie. Au plafond, des paniers, un garde-manger au tamis troué, une suspension en porcelaine, une espèce de boîtier presque aussi long que la table, creux, ponctué d'ouvertures et d'encoches où se balançaient l'histoire de la cuillère à travers les âges, un rouleau à mouches d'un autre siècle, des mouches de celui-ci, ignorant le sacrifice de leurs aïeules et se frottant déjà les pattes à la perspective de toutes ces bonnes miettes de gâteau…

Sur les murs, que l'on avait dû chauler sous les Valois, des dates et des prénoms d'enfants le long d'une toise invisible, de nombreuses fissures, une nature morte, un coucou muet et des étagères se chargeant, elles, de remettre les pendules à l'heure… Attestant d'une vie plus ou moins contemporaine de la nôtre, pliant sous le poids de paquets de spaghettis, de riz, de céréales, de farine, de pots de moutarde et autres condiments aux marques familières et dans des formats dits familiaux.

Et puis… Mais… Cette densité surtout… Derniers rayons d'une des journées les plus longues de l'année à travers une vitre festonnée de toiles d'araignées.

Lumière d'acacia, ambrée, silencieuse. Pleine de cire, de poussière, de poils et de cendres…

Charles se retourna :

– Lucas !

– Pousse-toi, je dois la faire sortir sinon elle crotte partout…

– C'est quoi ça, encore ?

– Tu as jamais vu une chèvre ?

– Mais elle est toute petite !

– Oui mais elle crotte beaucoup quand même… Pousse-toi de la porte, s'teu plaît…

– Et Alice, alors ?

– Elle n'est pas là-haut… Viens, on va les chercher dehors… Mince, elle m'a échappé !

La chieuse venait de grimper sur la table et Lucas affirma que tant pis, que ce n'était pas grave. Que Yacine mettrait ses crottes dans une boîte à bonbons et qu'il les amènerait à l'école.

450

– Tu es sûr? Le gros chien n'a pas l'air d'accord…

– Oui mais il n'a plus de dents… Tu viens?

– Marche moins vite mon grand, j'ai mal à la jambe…

– Ah oui… J'm'en rappelais plus… Excuse-moi.

Ce petit gars était vraiment épatant. Charles brûlait d'envie de lui demander s'il avait connu sa grand-mère, mais n'osa pas. N'osait plus poser de questions. Avait peur d'abîmer quelque chose, d'être grossier, de se sentir plus balourd encore sur cette planète désarmante, hors du monde, qu'on abordait par un pont au bord de l'affaissement, où les parents étaient morts, les canards droits et les chèvres dans les corbeilles à pain.

Avait posé sa main sur son épaule et le suivait vers le soleil couchant.

Ils contournèrent la maison, traversèrent une prairie d'herbes très hautes où seul un chemin avait été fauché, furent rejoints par les chiens du coffre, sentirent l'odeur d'un feu de broussailles (celle-ci aussi, il l'avait oubliée…) et les aperçurent au loin, à la lisière d'un bois, en cercle, s'interpellant, riant et bondissant autour des flammes.

– Zut, il nous suit...

– Qui?

– Le capitaine Haddock...

Charles n'eut pas besoin de se retourner pour savoir de quelle bestiole il s'agissait encore...

Il se marrait.

À qui pourrait-il raconter tout cela?

Qui le croirait?

Il était venu en dératiseur, se colleter son enfance et la brader enfin pour pouvoir recommencer à vieillir peinard et voilà qu'il retombait dedans en tirant sur sa jambe de bois parce que quand même euh... c'était lunatique les lamas, non? Oui, il se marrait, et il aurait tellement voulu que Mathilde soit là... Oh putain... Y va cracher, là... Y va cracher, je le sens.

– Il nous suit toujours?

Mais Lucas ne l'écoutait plus.

Un théâtre d'ombres...

Une première silhouette se retourna, une deuxième leur fit signe, un énième chien vint à leur rencontre, une troisième les montra du doigt, une quatrième, minuscule, se mit à courir en direction des arbres, une cinquième sauta au-dessus du feu, une sixième et une septième applaudirent, une huitième prit son élan, une neuvième enfin, se retourna.

Charles avait beau plisser les yeux et mettre sa main en visière, Lucas avait dit la vérité : il n'y avait pas d'adultes. S'inquiéta... Ça puait le caoutchouc brûlé... Est-ce que ça n'était pas un peu dangereux, toutes ces baskets qui dérapaient dans les braises ?

Puis chancela. Sa petite canne venait de lui échapper. La dernière silhouette à s'être retournée, celle à la queue-de-cheval, s'était penchée en ouvrant les bras et Lucas se jeta contre elle.

Ding.

Une balle de flipper.

– *Hellooo Mister Spiderman...*

– Pourquoi tu dis toujours spailledeurman ? s'agaça-t-il, c'est spi-dairman, je te l'ai déjà dit plein de fois...

– *Okay, okay...* Pardon, bonjour monsieur Spiiiiderman, la vie est belle ? Tu viens participer à notre concours de sauts de la mort ?

Et se redressa pour le laisser filer.

J'y suis, eurêketa Charles, le petit lui avait fait une blague. Les parents n'étaient pas morts du tout mais absents, et la jeune fille au pair les laissait faire n'importe quoi.

La jeune fille au pair en contre-jour qu'il distinguait à peine sous sa main et qui n'était pas très raisonnable, mais qui avait un sourire craquant. Presque imparfait. L'une de ses incisives chevauchant légèrement sa voisine.

Se glissa dans son ombre pour la saluer sans être gêné par la lumière et... le fut quand même.

Avait trop vécu pour être encore au pair et tout ce qui entourait ce sourire, le confirmait, l'avérait.

Tout.

Elle souffla sur sa mèche pour mieux le voir, lui, ôta un gros gant de cuir, frotta sa main contre son pantalon, la lui tendit et lui ficha de la sciure et des éclats de bois plein la paume.

– Bonsoir.

– Bonjour, répondit-il, je... Charles...

– Enchantée, *Charles*...

Elle l'avait dit en anglais, Tchârl'z, et de s'entendre ainsi, si différemment prononcé, le rendit tout chose.

Comme s'il était un autre. Plus léger, et mieux accentué.

– Je suis Kate, ajouta-t-elle.

– Je... Je suis venu avec Lucas pour...

Sortit de sa poche une petite trousse de toilette.

– Je vois, sourit-elle autrement, plus incisive encore, l'engin de torture... *So* vous êtes un ami des Le Men?

Charles hésita. Connaissait les usages mais sentait déjà qu'il serait inutile de baratiner une fille pareille.

– Non.

– Ah?

– Je l'étais... D'Alexis, je veux dire et... Non... rien... Une vieille histoire...

– Vous l'avez connu musicien?

– Oui.

– Alors je vous comprends... Quand il joue, c'est mon ami aussi...

– Il joue souvent?

– Non. *Alas...*

Silence.

Retour aux usages.

– Vous êtes d'où? De Sa Gracieuse Majesté?

– *Well... Yes* et... non. Je... continua-t-elle en étendant le bras, je suis d'ici...

Avait englobé dans ce geste le feu, les enfants, leurs rires, les chiens, les chevaux, les prés, les bois, la rivière, le capitaine Haddock, son hameau de toits croulants, les premières étoiles, diaphanes, et même les hirondelles qui s'amusaient, elles au contraire, à mettre tout ce ciel entre parenthèses.

– C'est un beau pays, murmura-t-il.

Son sourire se perdit au loin :

– Ce soir, oui…

Revint :

– Jef! Remonte tes bas de survête-ment, sinon tu vas prendre feu, mon grand…

– Ça sent déjà le cochon grillé! fusa une autre voix.

– Jef! Le méchoui! Le méchoui! entonnait-on en face.

Et Jef, avant de prendre son élan, s'agenouilla pour enrouler ses trois bandes 100 % synthétiques.

Donc six, corrigea Charles qui, tout dérouté qu'il fût, s'en tenait encore au réconfort de la rigueur.

OK. Six. Mais nous la fais pas, va…

De quoi?

Hé… «Beau pays» t'as fayoté mais c'était son bras que tu regardais…

Évidemment… Vous avez vu comme elle est dessinée? Tant de muscles le long d'un bras si fin, avouez que c'est étonnant, non?

Bien sûr…

456

Euh... Excusez-moi mais les lignes et les courbes, c'est un peu mon métier quand même...

Ben voy...

Un rire magnifique venait de dégommer Jiminy Casse-couilles.

Vertige sous une côte fêlée. Charles se retourna très lentement, localisa la source de cette cascade folle et sut qu'il n'était pas venu pour rien.

– Anouk, murmura-t-il.

– Pardon?

– Elle... Là-bas...

– Oui?

– C'est elle?

– Elle qui?

– La petite... La fille d'Alexis...

– Oui.

C'était elle. Celle qui sautait en l'air le plus haut, hurlait le plus fort et riait le plus loin.

Même regard, même bouche, même front, même air canaille.

Même poudre. Même mèche.

– Elle est belle, hein?

Aux anges, au ciel, Charles acquiesça.

Quel bonheur pour une fois, d'être ému.

– *Yes… beautiful… but a proper little monkey,* confirma Kate, notre ami Alexis n'a pas fini de s'amuser… Lui qui a pris grand soin d'enfermer tout ce qui dépassait dans un étui, ça va lui faire drôle…

– Pourquoi dites-vous cela?

– L'étui?

– Oui.

– Je ne sais pas… Une impression…

– Il ne joue vraiment jamais?

– Si… Quand il est un peu saoul…

– Et ça lui arrive souvent?

– Jamais.

Le fameux Jef repassa devant eux en se frottant les mollets. Cette fois oui, ça sentait vraiment le roussi.

– Comment l'avez-vous reconnue? Elle ne lui ressemble pas tellement…

– Sa grand-mère…

– Manouk?

– Oui. Vous… vous la connaissiez?

– Non… À peine… Elle est venue une fois avec Alexis…

– …

– Je m'en souviens… Nous étions en train de prendre un café dans la cuisine et à un moment, sous prétexte de poser sa tasse dans l'évier, elle est venue derrière moi et m'a caressé la nuque…

– …

– C'est idiot mais ça m'avait fait fondre en larmes… Mais pourquoi je vous raconte tout ça ? se reprit-elle, excusez-moi.

Charles l'en priait :

– Je vous en prie.

– C'était une période un peu dure… J'imagine qu'elle était au courant de… de *my predicament*… Il n'existe pas, ce mot, en français… de ce merdier, mettons… Ensuite ils sont partis mais au bout de quelques mètres leur voiture s'est arrêtée et elle est revenue à ma rencontre.

Vous avez oublié quelque chose ?

Kate, avait-elle murmuré, ne buvez pas seule.

Charles regardait le feu.

– Oui… Anouk… Je m'en souviens… Hé ! Laissez sauter les petits maintenant ! Lucas, viens plutôt par là… C'est moins large… *Jeez*, si je le rends rôti à sa mère, je suis bonne pour la Cour, moi…

– À propos, réagit Charles, il faut qu'on y aille. Ils doivent nous attendre pour dîner…

– Vous êtes *déjà* en retard, plaisanta-t-elle, il y a des gens comme ça, même quand vous êtes à l'heure, vous avez l'impression de les avoir fait attendre… Je vais vous raccompagner…

– Non, non…

– Si, si !

Puis, interpellant les plus grands :

– Sam ! Jef ! Je retourne à mes gâteaux ! Qui vient m'aider d'ailleurs ? Vous restez près du feu jusqu'à la fin et plus personne ne saute, OK ?

– Ouais, ouais, meugla l'écho.

– Je viens avec toi, annonça un gamin un peu rond, à la peau très mate et à la tignasse toute bouclée.

– Mais… tu m'as dit que tu voulais sauter, toi aussi. Vas-y. Je te regarde…

– Bah…

– Il a les pétoches ! railla-t-on à droite. Go, Yaya ! Go ! Viens faire fondre ta graisse, là !

Le petit haussa les épaules et se retourna :

– Vous le connaissez, Eschyle ?

– Euh… fit Charles en ouvrant de grands yeux, c'est… C'est un des chiens ?

– Non, c'était un Grec qui écrivait des tragédies.

– Ah ! Autant pour moi, se marra-t-il, je le connais euh… vaguement quoi…

– Et vous savez comment il est mort ?

– …

– Eh ben les aigles, quand ils veulent manger une tortue, ils sont obligés de la laisser tomber de très haut pour pouvoir la fracasser, et comme Eschyle était chauve, l'aigle a cru que c'était un rocher et, tac, il lui a balancé sa tortue sur la tête et voilà.

Pourquoi il me raconte ça? Il m'en reste un peu, moi...

– Charles, vint-elle à son secours, je vous présente Yacine... Dit Wiki. Pour Wikipédia... Si vous avez besoin d'un renseignement, d'une notice biographique, ou de savoir combien de bains Louis XVI a pris pendant sa vie, voilà votre homme...

– Combien? demanda-t-il en serrant la main minuscule qu'on lui tendait.

– Bonjour, quarante, votre fête, c'est laquelle? celle du 4 novembre?

– Tu connais tout le calendrier par cœur?

– Non mais le 4 novembre, c'est une date *très* importante.

– C'est ton anniversaire?

Léger. Léger dédain d'enfant.

– Plutôt celui des mètres et des kilos, je dirais... 4 novembre 1800, date officielle du passage au système décimal des poids et mesures en France…

Charles regarda Kate.

– Oui… C'est un peu fatigant quelquefois, mais on finit par s'habituer… Allez… On y va… Et Nedra? Elle a disparu?

Il lui indiqua les arbres :

– Il me semble que…

– Oh non… se désola-t-elle. La pauvre puce… Hattie! Viens par là une minute!

Elle s'éloigna avec une autre gamine et lui parla dans l'oreille avant de l'envoyer sous les frondaisons.

Du regard, Charles interrogea Yacine, mais ce dernier fit semblant de ne pas comprendre.

Elle revint et se pencha pour ramass…

– Laissez, laissez, fit-il en se penchant à son tour.

OK. Était *presque* chauve et *presque* ignare mais, jamais au grand jamais, n'aurait permis à une femme chargée de marcher à ses côtés.

N'avait pas imaginé que ce fût si lourd. Se redressa en tournant la tête pour cacher sa grimace et marcha avec hum… désinvolture en se broyant les molaires.

Oh putain… Il en avait charrié des trucs de filles dans sa vie pourtant… Des sacs, du shopping, des manteaux, des cartons, des valises, des plans, des dossiers même, mais une tronçonneuse, euh…

Sentit la fêlure gagner du terrain.

Allongea le pas et fit un dernier effort pour paraître, ah ah, viril :

— Et derrière ce mur, c'est quoi?

— Un potager, répondit-elle.

— Si grand?

— C'était celui du château…

— Et vous… Vous le cultivez?

— Bien sûr… Mais c'est surtout le fief de René… L'ancien fermier…

Charles ne pouvait plus renchérir, il avait trop mal. Ce n'était pas tant le poids de ce bazar, c'était son dos, sa jambe, ses mauvaises nuits…

Jetait des regards en coin à la femme qui marchait près de lui.

Son teint hâlé, ses ongles courts, les brindilles dans ses cheveux, son épaule manufacturée chez Michel-Ange, le chandail qu'elle avait roulé autour de sa taille, son tee-shirt fatigué, les marques de transpiration sur sa poitrine et dans son dos, et se trouva tout à fait minable.

— Vous sentez le bois vert…

Sourire.

– Vraiment ? fit-elle en ramenant ses bras le long de son corps, c'est… c'est galamment dit.

– Au fait… Tu sais pourquoi il s'appelle René ?

Ouf, c'était à elle que Trivial Pursuit Junior s'adressait.

– Non, mais tu vas me l'apprendre…

– Parce que sa mère a eu un autre garçon avant qui est mort presque tout de suite, alors lui c'était le re-né.

Charles avait pris un peu d'avance pour se décharger au plus vite mais l'entendit qui murmurait :

– Et toi, mon Yacine ? Tu sais pourquoi je t'adore ?

Bruits d'oiseaux.

– Parce que tu sais des choses que même Internet ne saura jamais…

Il crut qu'il n'arriverait pas au bout, changea de main, c'était pire encore, transpira à grosses gouttes, cavala sur les derniers mètres et finit par la poser devant la porte de la première grange venue :

– Parfait… Il faut que je démonte la chaîne de toute façon…

Ah?

Bigre…

Chercha son mouchoir pour y enfouir sa peine.

Foutre Dieu, ce qu'il avait fait là, il le jurait, aucun Guillaumet ne l'aurait fait. Bon… et Lucas maintenant?

Elle les raccompagna de l'autre côté.

Charles aurait eu des tonnes de choses à lui dire mais le pont était trop fragile. Un « J'ai été heureux de faire votre connaissance » lui semblait hors de propos. À part son sourire et sa main rugueuse, qu'avait-il connu d'elle? Oui mais… Que dire d'autre en pareilles circonstances? Il cherchait, il cherchait, il… trouva ses clefs.

Ouvrit la portière de derrière et se retourna.

— J'aurais été heureuse de faire votre connaissance, dit-elle simplement.

— Je…

— Vous êtes tout abîmé.

— Pardon?

— Votre visage.

— Oui, je… J'étais distrait…

— Ah?

— Moi aussi. Je veux dire, je… J'aurais été heureux…

Passé le quatrième chêne, réussit enfin à prononcer une phrase qui tînt à peu près debout :

— Lucas?

— Oui?

— Elle est mariée, Kate?

– Eh alors ? Vous en avez mis du temps !

– C'est parce qu'y z'étaient tout au fond des prés, expliqua le petit.

– Qu'est-ce que je t'avais dit, grimaça l'autre, allez... à table... J'ai encore trois boutons à coudre, moi...

La terrasse était carrelée, la nappe traitée antitaches et le barbecue au gaz. On lui indiqua un fauteuil en plastique blanc et Charles s'assit sur un coussin fleuri.

Bref, c'était bucolique.

Le premier quart d'heure dura des plombes.

Pénélope faisait la gueule, Alexis ne savait pas sur quel pied danser et notre héros était perdu dans ses pensées.

Regardait ce visage, qu'il avait vu grandir, jouer, souffrir, aimer, embellir, promettre, mentir, se creuser, se tordre et disparaître, et était fasciné.

– Pourquoi tu me regardes comme ça ? J'ai tellement vieilli ?

– Non... J'étais en train de me dire le contraire justement... Tu n'as pas changé.

Alexis lui présenta la bouteille de vin :

– Je ne sais pas si je dois le prendre comme un compliment...

Elle soupira.

– Pitié... Vous n'allez pas nous la jouer réunion d'anciens combattants, là...

– Si, répondit Charles en la regardant droit dans les yeux, tu peux le prendre comme un compliment. Puis, s'adressant à Lucas, tu sais que ton papa était plus petit que toi quand je l'ai rencontré ?

– C'est vrai, Papa ?

– C'est vrai...

– Alex, ça brûle, j'te signale...

Elle était parfaite. Charles se demandait s'il raconterait cette soirée à Claire... Non, probablement que non... Quoique... Alexis en bermuda Quechua avec son tablier « C'est moi le

Chef » bien amidonné, ça pourrait l'aider à déglutir le mythe...

– Et c'était le plus grand champion de billes de tous les temps...

– C'est vrai, Papa ?

– Je ne me souviens plus.

Charles lui fit un clin d'œil pour lui confirmer que c'était vrai.

– Et vous aviez la même maîtresse ?

– Bien sûr.

– Alors tu connaissais Manouk auss...

– Lucas, le coupa-t-elle, tu manges maintenant ! Ça va être froid.

– Oui, je la connaissais très bien. Et je trouvais que mon ami Alexis avait de la chance de l'avoir comme maman. Je trouvais qu'elle était belle et gentille, et qu'on riait tout le temps quand on était avec elle...

En prononçant ces mots, Charles sut qu'il avait tout dit, qu'il n'irait pas plus loin. Pour le lui faire savoir et la rassurer, se tourna vers la maîtresse de maison, la gratifia d'un sourire charmant et passa en mode faux cul :

– Allez... Assez parlé du passé... Cette salade est délicieuse... Et vous Corinne, alors ? Vous faites quoi dans la vie ?

Hésita une seconde puis se décida à lâcher sa boîte d'épingles. Se trouva bien aise d'être ainsi sollicitée par un homme élégant, qui ne roulait pas les manches de sa chemise, portait une jolie montre, et habitait Paris.

Elle parla d'elle et il acquiesçait en buvant plus que de raison.

Pour tenir la distance.

N'entendit pas tout mais comprit qu'elle travaillait dans les ressources humaines (prononçant ces deux derniers mots, dut se méprendre sur la nature du sourire de son hôte...), au sein d'une filiale de France Télécom, que ses parents habitaient la région, que son père possédait une petite PME de chambres froides et d'armoires réfrigérantes pour la restauration industrielle, que les temps étaient difficiles, le fond de l'air frais et les Chinois très nombreux.

– Et toi, Alexis?

– Moi? Moi, je travaille avec beaupapa! Commercial... Qu'est-ce qu'il y a? J'ai dit une bêtise?

– ...

– C'est le vin? Il est bouchonné, c'est ça?

– Non, mais je… Tu… Je pensais que tu étais prof de musique ou euh… Je ne sais pas…

À cet instant précis, à son très léger rictus, à sa main qui chassait un… moustique on va dire, au « Chef » de son tablier qui avait disparu sous la table, Charles les vit enfin, ces vingt-cinq années d'éloignement, sur le front du représentant en cellules de refroidissement rapide.

– Oh… fit-il, la musique…

Sous-entendu cette fille facile, cette amourette.

Cette méchante acné.

– Qu'est-ce que j'ai dit, là ? s'inquiéta-t-il encore. J'ai dit une connerie ?

Charles posa son verre, oublia l'enrouleur de store au-dessus de sa tête, la poubelle de table assortie à la nappe et la bobonne assortie à la poubelle de table :

– Bien sûr que t'as dit une connerie. Et tu le sais très bien… Pendant toutes ces années qu'on a passées ensemble, à chaque fois que t'avais un truc important à dire, je me souviens, *à chaque fois*, tu te servais de la musique… Quand t'avais pas d'instrument, t'en inventais, quand t'as commencé le Conservatoire, t'es enfin devenu un bon élève, quand tu passais une audition, tout le monde était sur le cul, quand t'étais triste, tu jouais des trucs gais, quand t'étais gai, tu nous faisais tous chialer, quand Anouk chantait, c'était Broadway, quand ma mère nous faisait des crêpes, tu lui sortais ton putain d'*Ave Maria*, quand Nounou avait le cafard, tu...

Ne termina pas sa phrase.

– Imparfait, Balanda. Tout ce que tu viens de dire, c'est de l'imparfait.

– Exactement, reprit Charles d'une voix plus blanche encore, oui... Tu as raison... On ne saurait mieux dire... Merci pour la leçon de grammaire...

– Hé... Vous attendrez que Lucas et moi on soit couchés pour vous montrer vos cicatrices, hein ?

Charles alluma une cigarette.

Elle se leva aussitôt et ramassa leurs couverts.

– Et c'est qui encore, cette nounou ?

– Il ne vous en a jamais parlé ? sursauta-t-il.

– Non mais il m'a raconté beaucoup d'autres choses, vous savez... Et vos crêpes et votre soi-disant gaieté, là, excusez-moi, mais je...

— Stop, dit Alexis sèchement, ça suffit maintenant. Charles... sa voix s'était adoucie, il te manque des épisodes, t'en es bien conscient... et c'est pas à toi que je vais faire un cours sur le... le branlant des théories auxquelles il manque des données dans les calculs, hein?

— Bien sûr... Pardon.

Silence.

Se fabriqua une sorte de cendrier avec un morceau de papier d'aluminium et ajouta:

— Et les frigos, alors? Ça boume?

— T'es trop con...

Ce sourire-là était joli et Charles le lui renvoya bien volontiers.

Ensuite ils parlèrent d'autres choses. Alexis se plaignit d'une fissure qu'il avait dans sa cage d'escalier et l'homme de l'art promit d'aller y jeter un coup d'œil.

Lucas vint les embrasser:

— Et l'oiseau?

— Il dort encore.

— Il se réveillera quand?

Charles tourna ses paumes en signe d'ignorance.

— Et toi? Tu seras encore là demain?

— Bien sûr, qu'il sera là, assura son

père. Allez… Va te coucher maintenant.
Maman t'attend.

— Tu viendras me voir à mon spectacle
de l'école alors?

— Tu as de beaux enfants…

— Oui… Et Marion? Tu l'as vue?

— Tu penses si je l'ai vue… murmura
Charles.

Silence.

— Alexis…

— Non. Ne dis rien. Tu sais, si Corinne
est comme ça avec toi, il ne faut pas lui
en vouloir… C'est vraiment elle qui s'est
tapé le sale boulot, et… Et tout ce qui
vient de mon passé lui fait peur j'imagine… Tu… tu comprends?

— Oui, répondit Charles qui ne comprenait pas du tout.

— Sans elle, j'y serais resté et…

— Et?

— C'est difficile à expliquer, mais j'ai eu
l'impression que pour sortir de l'enfer, il
fallait que j'y laisse la musique. Une
sorte de pacte, quoi…

— Tu ne joues plus jamais?

— Si… Des petites conneries… Pour
leur spectacle de demain par exemple,
je les accompagne à la guitare, mais
jouer vraiment… Non…

474

— Je n'arrive pas à le croire...

— C'est... Ça me rend fragile... Je ne veux plus jamais sentir le manque, et la musique, ça me fait ça... Ça m'aspire...

— Tu as eu des nouvelles de ton père ?

— Jamais. Et toi... Dis-moi... Tu as des enfants ?

— Non.

— Tu es marié ?

— Non.

Silence.

— Et Claire ?

— Claire non plus.

Corinne venait de revenir avec le dessert.

***

— Ça ira ?

— C'est parfait, répondit Charles, tu es sûr que je ne vous dérange pas ?

— Arrête...

— De toute façon je partirai très tôt... Je peux prendre une douche ?

— Par là...

— T'as pas un tee-shirt à me prêter ?

— Mieux que ça...

Alexis revint en lui tendant un vieux polo Lacoste.

– Tu t'en souviens ?

– Non.

– Je te l'avais piqué pourtant…

Entre autres… songea Charles en le remerciant.

Prit garde de ne pas décoller ses pansements puis se laissa fondre. Longtemps.

Du coin de la serviette, frotta le miroir pour se voir.

Avança les lèvres.

Trouvait qu'il ressemblait un peu à un lama.

Abîmé.

C'est ce qu'elle avait dit…

En se penchant pour fermer les volets vit qu'Alexis, un verre à la main, était assis seul sur une des marches de la terrasse. Renfila son pantalon et attrapa son paquet de cigarettes.

Et la bouteille au passage.

Alexis se décala pour lui laisser une place :

– Tu as vu ce ciel… Toutes ces étoiles…

– …

– Et dans quelques heures, il fera de nouveau jour…

Silence.

– Pourquoi t'es venu, Charles?

– Travail de deuil…

– Qu'est-ce que je jouais pour Nounou? Je ne m'en souviens plus…

– Ça dépendait de comment il était déguisé… Quand il mettait son imper ridic…

– Je sais! *La Panthère rose*… Mancini…

– Quand il prenait une douche et qu'on le voyait torse poil, c'était un truc genre l'arrivée des gladiateurs dans l'arène…

– Do… Do-Solll…

– Quand il avait sa culotte de peau… Celle avec les glands brodés sur le rabat de devant qui nous faisait tellement marrer, t'avais une petite polka bavaroise…

– Lohmann…

– Quand il voulait nous forcer à faire nos devoirs, tu lui dégainais *Le Pont de la rivière Kwaï*…

– Et il adorait… Il se calait la baguette sous le bras et il s'y croyait complètement…

– Quand il arrivait à se sortir un poil de l'oreille du premier coup, c'était *Aïda*...

– Exact... *La Marche triomphale*...

– Quand il nous gonflait, tu faisais le pin-pon de l'ambulance pour qu'on l'emmène à l'hospice. Quand on avait fait une connerie et qu'il nous enfermait dans ta chambre en attendant qu'Anouk revienne pour nous punir, tu lui couinais du Miles par le trou de la serrure...

– *Ascenseur pour l'échafaud*?

– Bien sûr. Quand il nous courait après pour le bain, tu montais sur la table et c'était *La Danse du sabre*...

– J'en crevais, je me souviens... 'Tain, j'ai failli claquer plusieurs fois...

– Quand on voulait des bonbons, à lui aussi, tu lui fourguais ton Gounod...

– Ou Schubert... Ça dépendait de combien on en voulait... Quand il nous faisait ses petits numéros pourris, je lui massacrais *La Marche de Radetzky*...

– Je ne m'en souviens plus...

– Mais si...

Poum pouma Strauss.

Charles souriait.

– Mais ce qu'il préférait...

– C'était ça... continua Alexis en sifflotant.

— Oui... Là on pouvait avoir tout ce qu'on voulait... Là, il imitait même la signature de mon père...

— *La Strada*...

— Tu te souviens... Il nous avait emmenés le voir rue de Rennes...

— Et on avait fait la gueule toute la journée...

— Ben ouais... On n'avait pas compris... Vu son résumé, on croyait que c'était *Les Bidasses en folie*...

— Qu'est-ce qu'on a été déçus...

— Qu'est-ce qu'on était cons...

— T'avais l'air étonné tout à l'heure, mais à qui tu veux que j'en parle? T'en as parlé à qui, toi?

— À personne.

— Tu vois... C'est pas racontable un Nounou, ajouta Alexis en s'éclaircissant la gorge, fal... fallait y être...

Une chouette râla. Alors quoi? On ne s'entendait plus dans le noir!

— Tu sais pourquoi je ne t'ai pas prévenu?

— ...

— L'enterrement...

— Parce que t'es une ordure.

– Non. Si... Non. Parce que je voulais l'avoir à moi tout seul pour une fois.

– ...

– Depuis le premier jour, Charles, je... J'ai été jaloux à en crever... D'ailleurs je...

– Vas-y... Continue... Raconte-moi... Ça m'intéresse de comprendre comment tu t'es camé jusqu'à l'os à cause de moi. Les bonnes excuses de la mauvaise foi, ça m'a toujours fasciné...

– Je te reconnais bien là... Les grands mots...

– C'est marrant, j'avais plutôt l'impression que t'en avais pas beaucoup profité de ta mère, moi... J'avais l'impression qu'elle se sentait un peu seule vers la fin...

– Je lui téléphonais...

– Formidable. Bon... je vais me coucher... Je suis tellement fatigué que je ne suis même pas sûr de pouvoir m'endormir...

– T'as eu que ses bons côtés... Quand on était gosses, c'est toi qu'elle faisait rire et c'est moi qui nettoyais les chiottes et qui la portais jusqu'à son lit...

– Ça nous est arrivé de les nettoyer ensemble... murmura Charles.

– Y en avait que pour toi… C'était toi le plus intelligent, le plus doué, le plus intéressant…

Charles se releva.

– Vois comme je suis un bon camarade, Alexis Le Men… Cette merveille que j'étais, et je prends la peine de te le rappeler pour que tu puisses passer la seconde et raconter à tes gosses comment un vieux travelo nous faisait pisser de rire en imitant Fred Astaire bourré dans les caniveaux de l'école, l'a laissée tomber beaucoup plus tôt que toi, et comme une merde, et sans *un seul* coup de téléphone, lui… Et ne serait probablement même pas venu à son enterrement si tu avais eu la grandeur d'âme de le prévenir parce que d'avoir si bien travaillé, d'avoir été si intelligent et si doué, l'avait rendu très occupé et très très con. Sur ce, bonsoir.

Alexis l'avait suivi :

– Alors tu sais ce que c'est…

– De quoi ?

– D'abandonner des trucs en bas…

– …

– De sacrifier des morceaux de vies pour pouvoir remonter…

– Sacrifier… Morceaux de vie… T'en as de la rhétorique pour un vendeur d'Esquimaux, railla Charles, mais on n'a rien sacrifié du tout! On a juste été lâches… Oui, c'est moins chic, comme mot, lâche… C'est moins… ronflant… Avait rapproché son pouce de son index : Toute petite embouchure, hein? Petite, petite, petite…

Alexis secoua la tête.

– La flagellation… T'as toujours aimé ça… C'est vrai que t'es passé entre les mains des Bons Pères, toi… J'avais oublié… Tu sais ce que c'est la grande différence entre nous deux?

– Oui, fit Charles, emphatique, je le sais. C'est la Sssouffrrrance. Avec un grand S comme dans seringue, note bien, c'est pratique. Qu'est-ce que tu veux que je réponde à ça?

– La différence c'est que t'as été élevé par des gens qui croyaient en plein de choses alors que moi j'ai grandi avec une femme qui ne croyait en rien.

– Elle croyait en la v…

Charles regretta aussitôt sa dernière syllabe. Trop tard :

– Bien sûr. Y a qu'à voir ce qu'elle en a fait…

– Alex… Je comprends… Je comprends que t'aies besoin d'en parler…

D'ailleurs ça s'entend qu'elle a été bien répétée cette petite scène... J'en suis même à me demander si c'est pas pour cette raison-là que tu m'as envoyé ce faire-part si chaleureux l'hiver dernier... Pour me refourguer tout ce que t'as plus l'occasion d'aller déposer au sous-sol...

Mais je ne suis pas la bonne personne, tu comprends ? J'ai trop de... de billes dans l'affaire... Je ne peux pas t'aider. Ce n'est pas que je ne veux pas, c'est que je ne *peux* pas. Toi encore, tu as fait des enfants, tu... Tandis que moi, je... je vais me coucher. Tu salueras ta rédemptrice de ma part...

Ouvrit la porte de sa chambre :

– Une dernière chose... Pourquoi tu n'as pas fait don de son corps à la science comme elle te l'avait si souvent fait promettre ?

– Mais l'hôpital, putain ! Tu trouves pas qu'elle leur en avait déjà assez donn...

La machine s'était enrayée.

Alexis tomba en arrière et se laissa glisser jusqu'au sol :

– Qu'est-ce que j'ai fait, Charlot ? éclata-t-il en sanglots, dis-moi ce que j'ai fait...

Charles ne pouvait s'accroupir et encore moins s'agenouiller.

Lui toucha l'épaule.

– Arrête… Je dis n'importe quoi moi aussi… Si elle l'avait vraiment voulu, elle t'aurait laissé un mot.

– Elle m'en a laissé un.

Douleur, signal, survie, promesse. Reprit sa main.

Alexis se déhancha, chercha son portefeuille, en sortit une feuille blanche pliée en quatre, la secoua et se racla la gorge :

– *Mon amour…* commença-t-il.

S'était remis à pleurer, la lui tendit.

Charles, qui n'avait pas ses lunettes sur lui, recula d'un pas vers la lumière de sa chambre.

C'était inutile.

Il n'y avait rien d'autre.

Expira très longuement et très profondément.

Pour changer de douleur.

– Tu vois qu'elle croyait en quelque chose… Tu sais, reprit-il plus gaiement, j'aimerais bien te tendre la main pour t'aider à te relever, là, seulement, je me suis fait écraser ce matin, figure-toi…

– Fais chier, sourit Alexis, faut toujours que tu fasses mieux que les autres… Attrapa le pan de sa veste, se hissa jusqu'à lui, replia sa lettre et s'éloigna en imitant la voix pointue de Nounou :

– *Allez, mes bichons ! Zou ! Au dodo !*

Charles tituba jusqu'à son lit, se laissa tomber, aïe, comme une masse et songea qu'il venait de vivre la journée la plus longue de sa…

Dormait déjà.

4

Où était-il encore ?

Quels draps ? Quel hôtel ?

Les ramages craignos des rideaux le réveillèrent tout à fait. Ah oui... Le Clos des Ormes...

Pas un bruit. Consulta sa montre et crut d'abord qu'il la tenait à l'envers.

Onze heures et quart.

Première grasse matinée du siècle...

Un mot avait été déposé devant la porte de sa chambre : « Nous n'avons pas osé te réveiller. Si tu n'as pas le temps de passer par l'école (en face de l'église), laisse la clef à la voisine (grille verte). Je t'embrasse. »

Admira le papier peint des toilettes, le PQ assorti aux bergères de la toile de Jouy, se réchauffa une tasse de café et gémit devant le miroir de la salle de bains.

Le lama avait pris des couleurs pendant la nuit… Un joli camaïeu de mauve tirant sur le verdâtre… N'eut pas le courage de se cracher à la figure et emprunta ses lames à Alexis.

Rasa ce qui pouvait l'être et le regretta aussitôt. C'était encore pire.

Sa chemise puait la charogne. Remit donc son vieux crocodile de jeune homme et s'en trouva étrangement heureux. Bien qu'informe et très usé, sans parler de la queue qui s'était décousue et semblait bien flapie, non, sans en parler, il l'avait reconnu. C'était un cadeau d'Edith. Un cadeau du temps où ils s'en offraient encore. Elle avait dit, je te l'ai pris en blanc, tu es *tellement* conventionnel, et, presque trente ans plus tard, lui sut gré de ses principes à la con. Avec la mine qu'il arborait aujourd'hui, une autre couleur aurait été… moins seyante…

Sonna plusieurs fois chez la voisine à la grille verte, aucune réponse. N'osa pas déposer le trousseau chez une autre (craignait le courroux de Corinne!) et se résolut à faire un crochet par l'école.

Était un peu contrarié de retrouver Alexis en plein jour. Aurait préféré s'en

487

tenir aux dernières notes de la veille pour continuer sa route sans lui… mais se consolait à l'idée d'embrasser Lucas, et la belle Marion, avant de les reperdre tout à fait de vue…

**

En face de l'église, soit, mais la plus laïque du monde.

Une école à la Jules Ferry, probablement édifiée dans les années 30, les garçons bien symétriques aux filles, c'était gravé dans la pierre sous l'enlacement des lettres R et F, avec un vrai préau dont les murs avaient été repeints en vert wagon à hauteur des coups de tatanes et des marronniers blanchis par la craie. Des marelles ineffaçables (ce devait être beaucoup moins drôle) et des plis dans le goudron qui devaient faire la joie des tireurs d'agates…

Un très beau bâtiment paré de briques, droit, rigoureux, *républicain*, malgré tous les ballons et autres lampions dont on l'avait affublé ce jour-là.

Charles se frayait un chemin en levant les bras pour éviter des volées de gamins qui couraient dans tous les sens. Après le gâteau au chocolat et l'odeur du feu de bois, retrouvait l'ambiance des kermesses de Mathilde. Une petite touche champêtre en plus… Des pépés en casquettes et des mémés aux jambes molletonnées avaient remplacé les élégantes du Ve arrondissement et ce n'étaient pas des stands à sandwichs bio mais un vrai cochon de lait qui rôtissait là-bas…

Il faisait beau, il avait dormi plus de dix heures, la musique était gaie et son portable déchargé. Le remit dans sa poche, s'adossa à un muret, et, bien calé entre des effluves de barbe à papa et celle du porcelet, s'en mit plein les mirettes.

Jour de fête…

Ne manquait plus que le facteur…

Une dame lui tendit un gobelet. La remercia d'un simple hochement de la tête comme s'il avait été un étranger trop désorienté pour se souvenir de ses premiers rudiments de français, but une gorgée de ce liquide… indéterminé, sec, râpeux, tourna ses plaies vers le soleil, ferma les yeux et remercia la voisine d'avoir ainsi pris la clef des champs.

La chaleur, l'alcool, le sucre, l'accent du pays, les cris des enfants, dodelinait genti…

– Tu dors *encore*?!

N'eut pas besoin d'ouvrir les yeux pour reconnaître la voix de son super coéquipier.

– Non. Je bronze…

– Ben je te ferais dire d'arrêter parce que t'es tout marron déjà!

Baissa la tête :

– Mais? T'es déguisé en pirate?

On acquiesça sous le bandeau noir.

– Et tu n'as pas de perroquet sur l'épaule?

Le crochet retomba :

– Ben non…

– Tu veux qu'on aille chercher mon oiseau?

– Mais s'il se réveille?

Bien qu'ayant été en partie élevé par Nounou, ou pour cette raison peut-être, Charles avait toujours pensé qu'il était plus simple de dire la vérité aux enfants. N'avait pas beaucoup de principes en matière de pédagogie, mais la vérité, si. La vérité n'avait jamais bridé l'imagination. Bien au contraire.

– Tu sais… Il ne peut pas se réveiller parce qu'il est empaillé…

La moustache de Lucas s'étira jusqu'à ses boucles d'oreilles :

— Je le savais mais je ne voulais pas te le dire. J'avais peur que tu sois triste...

Qui? Qui a eu la bonne idée d'inventer les enfants? fondit-il en calant son gobelet derrière une tuile.

— Viens. On va le chercher...

— Oui mais... pignocha le petit, c'est pas vraiment un perroquet...

— Oui mais... grandiloqua le grand, tu n'es pas vraiment un pirate non plus...

Sur le chemin du retour s'arrêtèrent au Rendez-vous des Chasseurs qui était aussi une épicerie, une armurerie, un Crédit agricole et un salon de coiffure le jeudi après-midi, achetèrent un rouleau de ficelle et Charles, agenouillé devant l'église, arrima fermement Mistinguett avant de la renvoyer sur les planches.

— Et tes parents, ils sont où?

— Je ne sais pas...

Enchanté, rejoignit sa classe en marchant sur des œufs.

Lui parlait déjà :

— Tu sais dire « Coco », Coco?

Charles retourna tenir son mur. Attendrait le passage de Lucas pour rentrer à Paris…

Une petite fille lui apporta une assiette fumante :
– Oh, merci… C'est gentil…
Là-bas, derrière une immense table, la même dame que tout à l'heure, celle qui avait une poitrine impressionnante, lui lançait plein de petites civilités.
Oups, il avait fait une touche… Retourna bien vite à ses couverts en plastique et se concentra sur son morceau de jambon grillé en ricanant.
Venait de se souvenir du fil à linge de madame Canut…
– Je te jure que c'est son soutif'… répétait Alexis.
– Comment tu peux en être si sûr?
– Ben… Ça se voit…
C'était… fascinant.

Agitation sur l'estrade. À pas menus, on acheminait des grands-mères vers les meilleures places pendant que la sono, une, deux, vous m'entendez? Larsen, une, deux, Jean-Pierre, s'teuplaît, la technique, pose ton verre maintenant, une, deux, tout le monde est là? Bonjour à tous, installez-vous, je vous rappelle que le tirage de la tombo... larsen, Jean-Pierre ! Bon di... couic.

Bon.

Des mamans agenouillées vérifiaient coiffures et maquillages pendant que des papas bidouillaient leurs Caméscopes. Charles croisa Corinne en grande conversation avec deux autres dames, un problème de survêtement volé manifestement, et lui rendit son trousseau de clefs.

– Vous avez pensé à fermer le portail aussi ?

Oui. Il y avait pensé. Loua sa merveilleuse hospitalité et s'éloigna. Le plus loin possible.

Chercha le soleil, tira une chaise côté cour pour pouvoir s'éclipser discrètement entre deux tableaux, allongea les jambes et, la récréation étant presque terminée, se remit à penser à son travail. Sortit son agenda, vérifia les rendez-vous de la semaine, décida quels dossiers il emporterait à Roissy et commença à établir une...

Un brouhaha sur la gauche le déconcentra une seconde. À peine. Gracieux aller-retour entre rétines et cortex. Juste le temps de réaliser qu'il y avait aussi des mamans très sexy à la communale des Marzeray… liste de coups de téléphone à donner, et voir avec Philippe pour cette histoire de…

Leva de nouveau la tête.

Elle lui souriait.

– *Hullo…*

Charles fit tomber son agenda, marcha dessus en lui tendant la main et, le temps de se baisser pour le récupérer, elle s'était décalée pour venir à ses côtés. Pas tout à fait d'ailleurs, avait laissé une chaise vacante entre eux deux.

Sorte de chaperon peut-être?

– Pardon. Je ne vous avais pas reconnue…

– C'est parce que je n'ai plus mes bottes, plaisanta-t-elle.

– Oui… Ce doit être ça…

Elle portait une robe portefeuille qui lui cache-cœurait le buste, lui nouait la taille et lui dessinait de jolies cuisses, et découvrait ses genoux aussi, quand elle les croisait ou décroisait les jambes en tirant sur le tissu bleu gris où cavalaient des tas de petites arabesques turquoise.

Charles aimait la mode. Coupes, matières, patrons, finitions, avait toujours

pensé que les architectes et les coutu-
riers faisaient plus ou moins le même
métier et observait justement, comment
ces arabesques s'y prenaient pour contourner l'emmanchure sans perdre le fil
de leurs volutes.

Elle sentit ce regard. Grimaça :

– Je sais... Je n'aurais pas dû la
mettre... J'ai beaucoup grossi depuis
que...

– Mais pas du tout ! protesta-t-il, pas du
tout... Je regardais vos...

– Mes quoi ? le retourna-t-elle encore
sur le gril.

– Vos... Vos motifs...

– Mes motifs ? *My God...* vous voulez
dire que vous les connaissez déjà ?

Charles baissa la tête en souriant. Une
femme qui savait démonter une chaîne
de tronçonneuse, laissait entrevoir un
soutien-gorge rose pâle quand elle se
penchait en avant et savait aussi bien
jouer des deux langues, ce n'était même
pas la peine de chercher un dossard...

Sentit, misère, qu'elle le dévisageait à
son tour.

– Vous avez dormi sous un arc-en-
ciel ?

– Oui... Avec Judy Garland...

Quel joli sourire elle avait...

– Vous voyez, c'est ce qui me manque le plus ici... soupira-t-elle.

– Les comédies musicales ?

– Non... Ce genre de reparties idiotes... Parce que... ajouta-t-elle plus gravement, c'est ça la solitude... Ce n'est pas la nuit qui tombe à cinq heures, les animaux à nourrir et les enfants qui se chamaillent toute la journée, c'est... Judy Garland...

– *Well, to tell you the truth, I feel more like the Tin Man right now...*

– *I knew you must speak English.*

– Pas assez bien *to catch your... motives,* hélas...

Retour de l'incisive :

– Tant mieux...

– Mais vous ? ajouta-t-il, laquelle est-ce, votre langue maternelle ?

– Maternelle ? Le français puisque ma mère est née à Nantes. *Native ? English. On my father's side...*

– Et vous avez grandi où ?

N'entendit pas sa réponse parce que Super DJ était revenu aux manettes :

« Re-bonjour à tous donc, et merci d'être venus si nombreux. Le spectacle va bientôt commencer. Eh oui, eh oui... Les enfants sont bien énervés... Je vous rappelle qu'il est encore temps d'acheter

496

des tickets pour notre grande tombola. Des lots ma-gni-fiques cette année!

Premier prix, un week-end romantique pour deux dans un gîte trois épis sur le lac de Charmièges, avec… Tenez-vous bien… pédalos, boulodrome et karaoké géant!

Deuxième prix, un lecteur DVD Toshiba gracieusement offert par les établissements Frémouille que l'on salue au passage, Chez Frémouille, pas d'embrouille, sans oublier…

Charles avait posé son index sur le Steri-Strip du haut. Sentait qu'il allait foutre le camp s'il continuait à glousser aussi bêtement.

… sans oublier de nombreux filets garnis de la maison Graton et fils, sise 3, rue du Lavoir à Saint-Gobertin, boucherie charcuterie spécialités de pieds et boudins, mariages, deuils et communions, plus des dizaines de lots de consolation parce que tout le monde n'a pas la chance d'être cocu, pas vrai, Jean-Pierre? Ha! Ha! Allez, allez… Place aux artistes que je vous demande d'applaudir très fort… Plus fort que ça, voyons! Jacqueline on vous demande à l'accueil… Bonne journée à t… » couic bis.

Jean-Pierre n'avait aucun humour.

Alexis, accompagné d'une première de la classe à rubans et clarinette, s'installa dans le fond pendant que les maîtresses plaçaient de tout-petits déguisés en poissons entre des flots en carton. La musique les déhancha et les mômes partirent à vau-l'eau. Étaient bien trop occupés à faire des signes à leurs mamans pour suivre le courant...

Charles jeta un coup d'œil aux cui... pardon, au programme que Kate avait posé sur ses genoux :

La Revanche du pirate des Caraïbes.

Eh bé...

Vit aussi qu'elle ne faisait plus du tout sa maligne et avait même les yeux un peu trop brillants pour être honnêtes, se tourna alors vers la scène pour comprendre laquelle de ces petites sardines pouvait bien la mettre dans cet état-là...

– Il y en a un à vous ?

– Même pas, s'étrangla son rire, mais ça m'émeut toujours, ces petits spectacles en bouts de ficelle... C'est bête hein ?

Avait joint ses mains de chaque côté de son nez pour se cacher de lui et, réalisant qu'il la fixait toujours, fut plus confuse encore :

– Oh... Ne regardez pas mes mains.

Elles sont…

— Non. C'est votre intaille que j'admirais…

— Ah? respira-t-elle un bon coup en retournant sa paume et tout étonnée de la trouver encore là.

— Elle est magnifique.

— Oui… Et très ancienne… Un cadeau de mon… Bon, chuchota-t-elle en lui indiquant les flots, je vous raconterai la suite plus tard…

— J'y compte bien, murmura Charles encore plus bas.

La suite du spectacle, il la regarda sur le visage d'Alexis.

Lucas et sa bande de pirates venaient de les aborder en chantant un air désabusé :

C'est nous les plus terribles, les plus cruels,
Et qu'est-ce qu'on fiche sur c'rafiot?
On lave le pont, on fait la vaisselle,
Cap'taine, ça suffit, on d'vient marteau!
D'astiquer les cuivres, d'sortir les poubelles.
Cap'taine, vous entendez?
Trouvez-nous une belle frégate, une cargaison.

Cap'taine, c'est pour ça qu'on a signé,
Pour le rhum et la baston !

Alexis qui ne remarqua rien dans un premier temps, concentré qu'il était sur sa guitare.

Puis se redressa, sourit à la cantonade, localisa son fils et retourna à ses cordes.

Non.

Revint.

Plissa les yeux, manqua deux-trois accords, les riboula, les écarquilla, et joua n'importe quoi. Mais c'était sans importance. Qui aurait pu l'entendre sous la colère des flibustiers ? Du rhum et d'la baston-on-on ! hurlèrent-ils sur tous les tons avant de disparaître derrière une grande voile.

Un canon tonna et ils réapparurent armés jusqu'aux dents. Autre chanson, autres notes, Mistinguett s'éclatait et Alexis n'y était plus du tout.

Lâcha enfin l'épaule de son fils et, du regard, chercha une explication dans le public.

À force d'application, finit par tomber sur le sourire goguenard de son vieux camarade. Celui qui venait de comprendre que ce n'était pas très difficile, de lire sur les lèvres d'un malentendu…

Il lui indiquait Lucas du menton :
C'est elle ?
Charles acquiesça.
Mais… comment tu…
En souriant, pointa son index vers le ciel.
L'autre secoua la tête, la baissa de nouveau et ne la releva plus jusqu'au partage du butin.

Charles profita des applaudissements pour leur fausser compagnie. N'avait pas du tout envie de ressortir les sanglots longs.
Mission accomplie.
Retour à la vie.

Était en train de franchir les grilles de l'école quand un « *Hey !* » le rattrapa. Remit sa cigarette dans sa poche et se retourna :
– *Hey, you bloody liar !* le héla-t-elle en lui montrant son poing gauche, *why did you say* « J'y compte bien » *if you don't give a shit ?*
N'attendit pas que son visage se décomposât tout à fait pour ajouter, d'une voix plus affable :

– Non... pardon... Ce n'était pas *du tout* ce que je voulais dire... En fait, je voulais vous inviter à... non... rien... Le regarda dans les yeux et baissa encore d'un ton, vous... Vous partez déjà?

Charles n'essaya pas de soutenir son regard.

– Oui, je... j'au... bafouilla-t-il, j'aurais dû vous saluer, mais je ne voulais pas vous dégean... pardon, vous déranger...

– Ah?

– Je n'avais pas prévu de venir. J'ai fait... comment vous dire... l'école buissonnière et maintenant, il faut vraiment que je rentre.

– Je vois...

Dans un dernier sourire, un qu'il ne lui connaissait pas, elle tira, sans y croire une seconde, la plus foireuse de ses cartouches :

– Et le tirage de la tombola alors?

– Je n'ai pas pris de ticket...

– Bien sûr. Eh bien... Au revoir...

Elle lui tendit la main. Sa bague avait tourné, la pierre était froide.

M'inviter à quoi? se souvint Charles, mais c'était trop tard. Elle était déjà loin.

Soupira et regarda s'éloigner les plus... déliées de ses arabesques...

***

En cherchant la sienne, reconnut sa voiture, garée de travers sous les platanes en face de la poste.

Le coffre était encore ouvert et les mêmes chiens que la veille le saluèrent avec la même bonhomie.

Ouvrit son agenda, retrouva la page du 9 août et se remémora le nom des villes à traverser.

Roula une bonne demi-heure sans rien concevoir qui puisse s'énoncer clairement. Chercha une station-service, la trouva derrière un super-marché, mit un temps fou à trouver ce bordel de putain de merde de bouton qui activait l'ouverture du clapet du réservoir. Ouvrit la boîte à gants, cher-cha le manuel, s'énerva plus bruyam-ment encore, le trouva, fit le plein, se trompa de carte, puis de code, renonça, paya en liquide et tourna trois fois autour du rond-point suivant avant de retrouver la trace de ses pattes de mouche.

Alluma la radio, l'éteignit. Alluma une

cigarette, l'écrasa. Secoua la tête, le regretta. Venait de réveiller ses migraines. Repéra enfin le panneau qu'il espérait. S'arrêta devant la bande blanche, regarda à gauche, regarda à droite, regarda en face et...

... et fit un peu de conjugaison :

– Mais je suis con. Mais tu es con... Mais il est con !

5

Elle était en train de farfouiller quelque chose dans la poche de son tablier :

– Oui ?

– Bonjour, euh... Je voudrais une part de ce gâteau au chocolat qui cuisait dans votre four hier soir vers neuf heures moins le quart...

Leva la tête.

– Eh oui, continua-t-il en agitant un carnet aux souches déchirées, quand même... Boulodrome *et* karaoké géant... J'ai eu un remords...

Elle mit plusieurs secondes à réagir, fronça les sourcils et se mordit la lèvre pour s'empêcher de sourire.

– Il y en avait trois.

– Pardon ?

– Des gâteaux... Dans le four...

– Ah ?

– Oui, rétorqua-t-elle toujours aussi

pincée, il se trouve qu'on ne fait pas les choses à moitié chez moi...

– J'avais cru comprendre...

– *So* ?

– Eh bien euh... Peut-être que vous pourriez m'en mettre un petit bout de chaque...

Sans plus se préoccuper de lui, coupa trois minuscules parts et lui tendit son assiette :

– Deux euros. À régler à la jeune fille d'à côté...

– À quoi vouliez-vous m'inviter, Kate ?

– À dîner, je crois. Mais j'ai changé d'avis.

– Ah ?

Elle était déjà en train de servir quelqu'un d'autre.

– Et si c'est moi qui vous invite ?

Se redressa et l'envoya bouler gentiment :

– Je leur ai promis de les aider à tout ranger, j'ai une demi-douzaine de gamins sous le coude et il n'y a pas de restaurant à moins de cinquante kilomètres à la ronde, à part ça, il est bon ?

– Pardon ?

– Le gâteau ?

Euh... Charles n'en avait plus tellement envie... Cherchait une dernière réplique bien sentie quand un type essoufflé et visiblement très contrarié lui vola sa scène :

– Dites ? Ce n'était pas votre fils qui devait s'occuper du Chamboule Tout cet après-midi ?

– Si, mais vous lui avez demandé de tenir la buvette...

– Ah, mais oui ! Bien sûr... Tant pis, je vais demander à...

– Attendez, le coupa-t-elle en se tournant vers Charles, Alexis m'a dit que vous étiez architecte, c'est vrai ?

– Euh... Oui...

– Alors c'est pour vous ce stand-là. Empiler des boîtes de conserve, ça devrait être dans vos cordes, non ? Puis, rappelant l'autre : Gérard ! Ne cherchez plus...

Le temps d'enfourner une bouchée de gâteau Charles se laissa mener vers le fond du préau.

– *Hey !*

Décidément...

Se retourna en se demandant à quel *bloody* il allait encore être tancé.

Mais non.

Ce n'était rien.

507

Juste un petit clin d'œil au-dessus d'un grand couteau.

***

– Pour chaque partie, les enfants doivent vous donner un ticket bleu, ils savent où les acheter… et les gagnants auront le droit de choisir un lot dans ce carton-là… Un parent d'élève viendra vous voir dans l'après-midi pour vous remplacer quelques minutes si vous avez besoin de prendre une pause, lui expliqua le monsieur en écartant les gamins qui se pressaient déjà autour d'eux, ça va? Vous avez des questions?

– Pas de question.

– Alors bonne chance. J'ai toujours du mal à trouver une bonne âme pour s'occuper de ce stand parce que vous verrez… fit mine de se couvrir les oreilles, c'est un peu bruyant…

Pendant les dix premières minutes, Charles se contenta d'empocher les tickets, de tendre des boules de chaussettes remplies de sable et de remettre les boîtes en place, ensuite il prit un peu d'assurance et fit comme il avait toujours fait : améliora le chantier en cours.

Posa sa veste sur un escabeau et annonça le nouveau plan d'occupation des sols :

– Bon… Taisez-vous deux minutes, on ne s'entend plus, là… Toi… Va me chercher une craie… D'abord, je ne veux plus de ce bazar… Vous allez me former une belle queue en vous alignant les uns derrière les autres. Le premier qui resquille, je le mets au milieu des boîtes, vu ? Merci…

Saisit la craie, traça deux lignes bien distinctes puis fit une marque sur le poteau en bois :

– Ça, c'est la toise… Ceux qui sont plus petits que ce trait, ont le droit de s'avancer jusqu'à la première ligne, les autres doivent reculer derrière la seconde, compris ?

Ils avaient compris.

– Ensuite… Les petits ont le droit de tirer dans ces boîtes-là… leur indiquait les plus grosses, celles données par le cuisinier et qui avaient dû contenir dix bons kilos de jardinière ou de tomates pelées, les grands, par contre, doivent me dégommer celles-ci… (Plus petites et beaucoup plus nombreuses...) Vous avez droit à quatre chaussettes chacun et, évidemment, pour avoir un lot, la planche doit être nickel... Vous me suivez toujours?

Hochements de tête respectueux.

– Enfin... je ne vais pas passer mon samedi à ramasser votre foutoir, donc j'ai besoin d'un assistant... Qui veut bien être mon assistant numéro un? Sachant qu'un assistant a droit à des parties gratuites...

On se battit pour le seconder.

– Parfait, exulta le général Balanda, parfait. Et maintenant... Que le meilleur gagne...

Et n'eut plus rien à faire d'autre que de compter les points en encourageant les plus jeunes et en provoquant les ados. Guidant le bras des premiers et faisant semblant de tendre sa paire de lunettes aux seconds, ceux qui se pointaient plein de morgue, wouarf! le Chamboule Tout, trop fadoche, et touchaient le mur plus souvent qu'il n'aurait fallu...

Assez rapidement, il y eut foule et, caisse de résonance oblige, Charles songea que s'il avait sauvé son dos, et son honneur, il serait probablement sourd à la fin de la journée...

Son honneur au fait... De temps en temps, levait la tête et la cherchait du regard. Aurait bien voulu qu'elle le voie ainsi, triomphant au milieu de son armée de tireurs d'élite, mais non. Était toujours au milieu de ses cakes, à jacasser, à rire, à se pencher vers des cohortes d'enfants qui venaient l'embrasser et... N'en avait strictement rien à battre. De lui, entendait-il.

Si tant est qu'il puisse encore entendre quelque chose...

Tant pis. Était heureux. Aimait bien conduire des projets pour la première fois de sa vie, et gérer des édifices d'aluminium, ma foi, c'était la première fois.

Jean Prouvé aurait été fier de lui...

Bien sûr, personne ne vint jamais le remplacer, bien sûr il avait envie de pisser, et de fumer, et, bien sûr, finit par abandonner cette histoire de tickets bleus.

– Tu n'en as plus?
– Ben... non...
– Allez... Joue quand même, va...

Sans ticket? L'info se propagea si rapidement qu'il dut renoncer à ses velléités d'escapade. C'était lui, le roi de la Conserve, il en prit son parti et regretta, pour la première fois depuis des années, de n'avoir pas son carnet de croquis sous la main. Il y avait là quelques sourires, quelques bravades, quelques dégaines, qui auraient bien mérité un peu d'éternité...

Lucas était venu le rejoindre :

— J'ai donné mon perroquet à Papa...

— Tu as bien fait.

— Ce n'était pas un perroquet. C'était un pigeon blanc.

Tiens, tiens... Yacine était là, lui aussi...

Il fut sauvé par la tombola. On annonça son tirage et tous les mômes se dispersèrent comme par enchantement. Les ingrats, songea-t-il en soupirant d'aise. Confia son carnet aux garçons, récupéra les chaussettes éparpillées aux quatre coins du préau, rassembla toutes les boîtes dans un sac en toile de jute et ramassa de nombreux papiers de bonbons en grimaçant à chaque fois qu'il se baissait.

Se touchait les flancs.

Pourquoi avait-il si mal ?
Pourquoi ?

Récupéra sa veste et chercha un endroit où fumer sans se faire prendre par le surveillant.

Fit d'abord un détour par les toilettes et fut bien… empêtré. Les cuvettes étaient si basses… Visa de son mieux et retrouva l'odeur du savon jaune, celui qui ne moussait pas et était toujours là, à racornir sur son support de laiton chromé.

Nostalgie quand tu nous tiens… Se cacha derrière le vieux bâtiment pour s'en griller une.

Hou… Qu'elle était bonne…

Même les graffitis n'avaient pas tellement évolué… Les mêmes cœurs, les mêmes Truc + Machine = Amour Infini, les mêmes nichons, les mêmes quéquettes et les mêmes ratures rageuses sur les mêmes secrets éventés…

Envoya son mégot par-dessus le mur et retourna vers les haut-parleurs.

Marchait lentement. Ne savait pas très bien où aller. N'avait pas envie de revoir Alexis. Entendait les conneries du pote

de Jean-Pierre et décomptait mentalement les heures qui le séparaient
encore des Maréchaux.

Bon… Je vais quand même lui dire au
revoir, cette fois… *Goodbye*, *So long*,
Farewell, ce n'était pas le vocabulary
qui manquait… *Adieu*, même, qui,
comme beaucoup de très jolis mots,
avait l'élégance de voyager sans
passeport.

Oui… à Dieu… c'était pas mal, ça,
pour une femme qui…

En était là de ces élucubrations quand
Lucas se précipita sur lui :

– Charles ! T'as gagné !

– Les pédalos ?

– Non ! Un grand panier avec plein de
pâtés et de saucissons dedans !

Oh misère…

– T'es pas content ?

– Si, si… Super content…

– Je vais te le chercher. Tu bouges
pas, hein ?

– C'est bien, vous allez pouvoir m'inviter chez moi alors…

Se retourna.

Elle était en train de dénouer son
tablier.

– Je n'ai pas de fleurs, lui sourit-il.

– Ce n'est pas grave... Je vous en prêterai...

Un des garçons qu'il avait aperçus la veille le salua avant d'interrompre leur petit marivaudage :

– Est-ce que Jef, Fanny, Mickaël et Léo peuvent venir dormir à la maison ce soir ?

– Charles, fit-elle, je vous présente Samuel. Mon grand Samuel...

C'est vrai qu'il était grand... Presque aussi grand que lui... Cheveux longs, peau d'adolescent, chemise blanche froissée mais extrêmement élégante, qui avait dû appartenir à une autre génération que la sienne et était chiffrée L.R. en lettres bâtons, jean troué, nez droit, regard franc, très mince et... dans quelques années... très beau...

Ils se serrèrent la main.

– Dis donc t'as bu, toi ? ajouta-t-elle en fronçant les sourcils.

– Euh... J'étais pas exactement aux gâteaux, j'te signale...

– Alors tu ne rentres pas en scooter...

– Mais non... C'est juste que je me suis renversé la fin d'un tonneau de bière sur le fute... Regarde... Bon, et pour ce soir, alors ?

– Si les parents sont d'accord, je suis

d'accord. Mais vous nous aidez à tout replier d'abord, OK?

— Sam! le rappela-t-elle. Qu'ils apportent leurs sacs de couchage, hein?
Leva un pouce pour lui signifier qu'il l'avait entendue.
Vers Charles :
— Vous voyez ce que je veux dire... Je vous avais annoncé une demi-douzaine de gamins mais je suis toujours un peu pessimiste... Et je n'ai rien à manger... Heureusement que vous avez pris des billets...
— Je ne vous le fais pas dire.
— Et le Chamboule Tout? Ça s'est...
Furent de nouveau coupés. Par la petite fille qu'elle avait appelée Hattie, hier soir, il s'en souvenait.
— Kate?
— Et maintenant voici Miss Harriet... Notre numéro trois...
— Bonsoir...
Charles l'embrassa.
— Est-ce que Camille peut venir dormir à la maison? Oui... je sais... Sac de couchage...
— Alors, si tu sais, c'est parfait, répondit Kate. Et Alice? Elle nous a prévu

516

quelqu'un, elle aussi?

– Je ne sais pas, mais tu verrais tout ce qu'elle a trouvé à la brocante! Il faut que tu rapproches la voiture...

– *Good Lord, no!* Vous ne trouvez pas qu'on a déjà assez de saloperies comme ça?

– Attends, c'est super beau! Y a même un fauteuil pour Nelson!

– Je vois... Minute, la rattrapa-t-elle en lui tendant un porte-monnaie, cours à la boulangerie et prends tous les pains qui leur restent...

– *Yes M'am...*

– Quelle organisation... s'émerveilla Charles.

– Ah? Vous appelez ça comme ça, vous? J'avais plutôt l'impression que c'était tout le contraire... Vous... vous venez quand même?

– Et comment!

– Qui est Nelson?

– Un chien très snob...

– Et L.R.?

Kate s'était immobilisée :

– Que... Pourquoi vous me demandez ça?

– La chemise de Samuel...

– Ah oui... Pardon. Louis Ravennes...

Son grand-père... Rien ne vous échappe, je vois...

– Si, beaucoup de choses, mais un ado monogrammé ce n'est pas si courant...

Silence.

– Allez... se secoua-t-elle, déblayons tout ça et rentrons. Les bêtes ont faim et je suis fatiguée.

Rattacha ses cheveux.

– Et Nedra? demanda-t-elle à Yacine, où est-ce qu'elle est encore?

– Elle a gagné un poisson rouge...

– Eh ben... C'est pas ça qui va nous la rendre plus bavarde... Allez... au boulot...

Charles et Yacine empilèrent des chaises et démontèrent des chapiteaux pendant plus d'une heure. Enfin... surtout Charles... L'autre était moins efficace parce qu'il lui racontait des tas d'histoires :

– Là, tu vois, en défaisant ce nœud, tu as tiré la langue. Et tu sais pourquoi?

– Parce que c'est difficile et que tu ne m'aides pas?

– Pas du tout. C'est parce que quand tu te concentres sur quelque chose, tu utilises l'hémisphère de ton cerveau qui s'occupe aussi de tes activités motrices, donc en bloquant *exprès* un truc de ton corps, tu es plus concentré… C'est pour ça que les gens qui sont en train de marcher ralentissent le pas quand ils se mettent à penser à un problème compliqué… Tu comprends?

Charles se redressa en se tenant le bas du dos:

— Hé, monsieur l'Encyclopédiste… Tu voudrais pas tirer un peu la langue, toi aussi? On irait plus vite…

— Et le muscle le plus puissant de tout ton corps, tu sais lequel c'est?

— Oui. C'est mon biceps quand je vais t'étrangler.

— Raté! C'est ta langue!

— J'aurais pu m'en douter… Allez… Prends l'autre bout de la table, là…

Profita de ce qu'il fut aux prises avec son hémisphère pour lui poser une question, lui aussi:

— C'est ta maman, Kate?

— Oh, rétorqua-t-il de cette petite voix flûtée que prennent les enfants quand ils veulent nous entortiller, elle dit que non, mais moi je sais bien que si… quand même un peu, hein?

— Elle a quel âge?

— Elle dit qu'elle a vingt-cinq ans mais

on ne la croit pas…

– Ah bon? Et pourquoi?

– Parce que si elle avait vraiment vingt-cinq ans elle ne pourrait plus monter aux arbres…

– Bien sûr…

Arrête, songea Charles, arrête ça. Plus tu cherches et moins tu comprends. Laisse donc tomber les modes d'emploi… Joue un peu toi aussi…

– Eh ben moi, je te dis qu'elle a vraiment vingt-cinq ans…

– Comment tu le sais?

– Ça se voit.

Quand tout fut balayé, Kate lui demanda s'il pouvait ramener les deux petits.

Tandis qu'il était en train de les installer à l'arrière, une grande gigue s'approcha :

– Vous allez aux Vesp'?

– Pardon?

– Chez Kate, quoi… Vous pouvez nous emmener, avec ma copine?

Elle lui indiquait une autre grande gigue.

– Euh… bien sûr…

Tout le monde se tassa dans la petite voiture de location et Charles les écouta jacasser en souriant.

Ne s'était pas senti aussi utile depuis des années.

Les auto-stoppeuses parlaient d'une boîte de nuit où elles n'avaient pas encore le droit d'aller et Yacine disait à Nedra, cette petite fille si mystérieuse qui ressemblait à une princesse balinaise :

– Ton poisson... Tu ne le verras jamais dormir parce qu'il n'a pas de paupières et tu croiras qu'il ne t'entend pas parce qu'il n'a pas d'oreilles... Mais en vrai, il se reposera, tu sais... Et puis les poissons rouges, ce sont eux qui ont la meilleure ouïe parce que l'eau est un très bon conducteur et qu'ils ont une structure osseuse qui répercute tous les bruits jusqu'à leur oreille invisible alors euh...

Charles, fasciné, se concentrait pour le suivre au-dessus des gloussements des deux autres :

– ... alors tu pourras lui parler quand même, tu comprends ?

Depuis son rétroviseur, la vit hocher gravement la tête de bas en haut.

Yacine surprit son regard, se pencha en avant et murmura :

– Elle ne parle presque jamais...

– Et toi ? Comment est-ce que tu sais tout ce que tu sais ?

– Je ne sais pas…

– Tu es un bon élève, alors ?

Petite grimace.

Et grand sourire de Nedra dans le miroir qui bougeait la tête dans le sens contraire.

Essaya de se souvenir de Mathilde au même âge. Mais non… Ne se souvenait plus… Lui qui n'oubliait jamais rien, avait perdu cela en cours de route. L'enfance des enfants…

Puis pensa à Claire.

À la maman qu'elle aur…

Yacine, auquel rien n'échappait, posa son menton sur son épaule (c'était son perroquet…) et dit, pour lui changer les idées :

– Mais quand même… Tu es content de les avoir gagnés, tes saucissons, hein ?

– Oui, répondit-il, tu ne peux pas savoir comme je suis content…

– En vrai j'ai pas le droit d'en manger… À cause de ma religion, tu sais… Mais Kate dit que Dieu s'en fiche… Qu'il n'est pas madame Varon quand même… Tu crois qu'elle a raison ?

– Qui est madame Varon ?

– La dame qui nous surveille à la cantine… Tu crois qu'elle a raison ?

– Oui.

Venait de lui revenir à l'esprit cette histoire d'épicerie sociale que Sylvie lui avait racontée la veille et fut extrêmement troublé.

– Hé ! Attention ! Il faut que tu tournes maintenant !

6

– Eh bien! Je vois que vous n'avez pas perdu de temps! Vous avez déjà trouvé les deux plus jolies filles du pays!

Qui gloussèrent de plus belle, demandèrent où étaient les autres et disparurent dans la nature.

Kate avait remis ses bottes.

– J'allais faire la tournée des popotes, vous venez avec moi?

Ils traversèrent la cour :

– Normalement, ce sont les enfants qui sont chargés de nourrir la ménagerie, mais bon... C'est leur fête aujourd'hui... Et puis comme ça, je vais vous faire visiter... Se retourna : vous allez bien, Charles?

Il avait mal partout. À la tête, au visage, au dos, au bras, au torse, aux jambes, aux pieds, à l'agenda, au retard accumulé, à la mauvaise conscience, à

Laurence et aux coups de téléphone qu'il n'avait pas encore donnés.

– Très bien. Je vous remercie.

Avait toute la volaille à ses trousses. Plus trois clebs. Plus un lama.

– Ne le caressez pas, sinon il…

– Oui, oui… Lucas m'a prévenu… Qu'il serait très collant…

– Avec moi c'est pareil, ricana-t-elle en se penchant pour attraper un seau.

Non, non. Elle ne l'avait pas dit.

– Pourquoi ce sourire? s'inquiéta-t-il.

– Rien… *Saturday Night Fever*… Alors, là, c'est l'ancienne porcherie, mais aujourd'hui, c'est le garde-manger… Attention aux nids… Ici, comme dans tous les autres bâtiments, il pleut de la fiente tout l'été… C'est là qu'on entrepose les sacs de grain et de granulés et quand je dis « garde-manger », je pense plutôt aux souris et aux loirs malheureusement… Et, s'adressant à un chat qui pionçait sur un vieil édredon : ça va, mon pépère? C'est pas trop dur, la vie? Souleva une planche et se servit d'une boîte de conserve pour remplir son seau. Tenez… Vous pouvez prendre cet arro-soir, là… ?

Ils retraversèrent la cour dans l'autre sens.

Elle se retourna :

– Vous venez ?

– J'ai peur d'écraser un poussin…

– Un poussin ? Aucun risque. Ce sont des canetons… Avancez sans vous soucier d'eux. Tenez… Le jet est là…

Charles ne remplit pas l'arrosoir jusqu'en haut. Craignait de ne plus pouvoir le soulever…

– Ici le poulailler… Un de mes endroits préférés… Le grand-père de René avait des idées très modernes en matière de basse-cour et rien n'était trop beau pour ses poulettes… C'était d'ailleurs un grand motif de disputes avec sa femme si j'ai bien compris…

Charles eut d'abord un mouvement de recul à cause de l'odeur puis fut sidéré par… que dire ? l'attention, le soin avec lequel cet endroit avait été pensé… Les échelles, les dortoirs et les pondoirs, bien alignés, parés, chanfreinés, sculptés même…

– Regardez ça… En face de cette poutre, il a même percé une fenêtre pour que ces demoiselles puissent se soulager en regardant la vue… Et là, suivez-moi…

Une volière pour s'ébattre, une rocaille, une mare, des abreuvoirs, un peu de poussière pour chasser la vermine et... Regardez la vue justement... Regardez comme c'est beau...

Pendant qu'il déversait le contenu de son arrosoir, elle ajouta :

– Un jour de... je ne sais pas... de grand désespoir, je pense... elle riait... j'ai eu l'idée saugrenue d'emmener les enfants dans un de ces complexes de vacances qui s'appellent *Center Parcs*, vous connaissez ?

– De nom...

– Je crois que c'était la plus mauvaise idée de ma vie... De mettre ces sauvageons sous cloche... Ils ont été infernaux... Ils ont même failli noyer un gosse... Bon, aujourd'hui on en rit beaucoup, mais sur le moment... vu le prix... bref, oublions... Tout ça pour vous dire que le premier soir, après avoir fait le tour de ce... truc, Samuel a déclaré solennellement : nos poules sont mieux traitées. Ensuite, ils ont passé la semaine à regarder la télé... Du matin jusqu'au soir... De vrais zombis... J'ai laissé faire... Après tout, c'était ça, leur exotisme...

– Vous ne l'avez pas ?

– Non.

– Mais vous avez Internet ?

– Oui... Je ne peux pas les priver du monde entier quand même...

– Et ils s'en servent beaucoup ?

– Surtout Yacine. Pour ses recherches... sourit-elle.

– Il est étonnant, ce gamin...

– C'est le mot.

– Dites-moi, Kate, c'est...

– Plus tard. Attention, ça déborde... Bon... on laisse les œufs, c'est le grand plaisir de Nedra...

– Et elle, justement ?

Elle se retourna :

– Vous aimez le très bon whisky ?

– Euh... Oui...

– Alors, plus tard.

– Ici, l'ancien fournil... Qui sert de maison pour les chiens... Attention, l'odeur est insoutenable... Ici, une resserre... Ici, l'étable... Transformée en garage à vélos... Là, le cellier... Ne regardez pas le merdier... C'était l'atelier de René...

Charles n'avait jamais rien vu de semblable. Combien de siècles accumulés ? Combien de bennes, combien de bras et combien de semaines s'il avait fallu débarrasser tout ça ?

– Vous avez vu tous ces outils ! s'ex-
clama-t-il, on dirait le musée des Arts et
Traditions populaires, c'est extraordinaire...

– Vous trouvez ? grimaça-t-elle.

– Ils n'ont pas la télé mais ils ne
doivent pas s'ennuyer une seconde...

– Pas *une,* hélas...

– Et ça ? Qu'est-ce que c'est ?

– C'est la fameuse motocyclette que
René bricole depuis... la guerre, j'imagine...

– Et ça ?

– Je ne sais pas.

– C'est incroyable...

– Attendez... Nous avons mieux en
magasin...

Ressortirent au grand jour.

– Ici, les clapiers... Vides... J'ai mes
limites... Ici, une première grange pour
le foin, le fenil, donc... Là-bas, la paille...
Qu'est-ce que vous regardez ?

– La charpente... Ces gars-là me sidè-
rent... Vous n'imaginez pas l'étendue de
connaissances théoriques qu'il faut pour
créer des ouvrages pareils... Non,
continua-t-il rêveur, vous ne pouvez pas
imaginer... Même moi, qui suis dans la
partie, je... Comment s'y prenaient-ils ?

C'est un mystère... Quand je serai vieux, je prendrai des cours de charpenterie...

— Attention au chat...

— Encore! Mais vous en avez combien?

— Oh... Il y a un grand turnover... Ça meurt et ça naît beaucoup... Surtout à cause de la rivière... Ces idiots avalent des hameçons encore appâtés et ne s'en relèvent pas...

— Et les enfants?

— C'est le drame. Jusqu'à la prochaine portée...

Silence.

— Comment faites-vous, Kate?

— Je ne fais pas, Charles, je ne fais pas. Mais il m'arrive de donner des cours d'anglais à la fille du vétérinaire contre quelques visites...

— Non mais... Je parlais de tout le reste...

— Je suis comme les enfants : j'attends la prochaine portée. C'est une chose que la vie m'a apprise... Un jour... ferma le verrou, après l'autre... C'est bien suffisant.

— Vous enfermez les chats?

— Mais les chats ne passent jamais par les portes, voyons...

Ils se retournèrent et c'était… La Cour des Miracles…

Cinq corniauds, plus cabossés les uns que les autres, attendaient l'heure de la soupe.

— Allez, mes horreurs… À vous maintenant…

Retourna au garde-manger et remplit leurs écuelles.

— Celui-là, là…

— Oui…

— Il n'a que trois pattes ?

— Et il lui manque un œil… C'est pour ça qu'on l'a appelé Nelson…

Avisa le désarroi de son hôte et précisa :

— *Admiral Lord Nelson*… *Battle of Trafalgar*… Ça vous dit quelque chose ?

— Ici, la remise à bois… Là, une autre grange… Avec l'ancien grenier… Pour le grain, donc… Rien de spécial… Que du bazar… Un autre musée comme vous dites… Ici, une plus écroulée encore… Mais de très belles portes à double battant parce que c'est là qu'on rangeait les voitures hippomobiles… Il en reste deux dans un état déplorable. Venez voir…

Dérangèrent les hirondelles :

531

– Mais celle-ci, elle est belle encore…

– Le petit tonneau, là ? C'est Sam qui l'a retapé. Pour Ramon…

– Qui est Ramon ?

– Son âne, précisa-t-elle en levant les yeux au ciel, sa bourrique d'âne…

– Pourquoi cet air désespéré ?

– Parce qu'il s'est mis en tête de participer à un concours d'attelage qui a lieu dans le coin cet été…

– Et alors ? Il n'est pas prêt ?

– Oh si, il est prêt ! Il s'est tellement bien entraîné qu'il redouble d'ailleurs… Mais ne parlons pas de ça, je n'ai pas envie d'être de mauvaise humeur…

S'était adossée contre un brancard :

– Parce que vous le voyez bien… C'est n'importe quoi ici… Tout va de travers, tout se fissure, tout s'écroule… Les enfants sont tout le temps pieds nus dans leurs bottes, et encore… quand ils en ont… Je suis obligée de les vermifuger deux fois par an, ils courent partout, inventent un million de conneries par minute et peuvent inviter tous les copains qu'ils veulent, mais il y a une chose qui tient encore debout, une seule : ce sont les études. Vous nous verriez le soir, autour de la table de la cuisine, ça ne rigole pas... Docteur Katyll se transforme en Mister Hyde! Et là... Samuel... C'est mon premier échec... Je sais, je ne devrais pas dire « mon » mais enfin... c'est compliqué...

— Ce n'est pas si grave, si?

— Non, j'imagine... Mais...

— Continuez, Kate, continuez, dites-moi...

— Il est entré au lycée en septembre dernier, donc j'ai dû l'envoyer en pension... Ici, je n'avais pas le choix... Déjà que le collège n'est pas terrible... Et là, ça a été la catastrophe... Je ne m'y attendais pas du tout, parce que je garde, moi, des souvenirs formidables de mes années *boarding school,* mais... je ne sais pas... peut-être que c'est différent en France... Il était tellement soulagé de rentrer le week-end que je n'avais pas le cœur de l'envoyer travailler. Et voilà le résultat...

Souriait de travers.

— J'aurai peut-être un champion de France d'attelage d'âne à la place... Allez... Partons... On fait peur aux mères...

C'est vrai que ça piaillait sec dans les nids au-dessus de leurs têtes.

– Vous avez des enfants ? demanda-t-elle.

– Non. Si... J'ai une Mathilde de quatorze ans... Je ne l'ai pas fabriquée moi-même, mais...

– Mais ça ne change pas grand-chose...

– Non.

– Je sais. Tenez... Je vais vous montrer un endroit qui va vous plaire...

Frappa à la porte d'un énième bâtiment :

– Oui ?

– On peut venir visiter ?

C'est Nedra qui leur ouvrit.

Si Charles pensait qu'il était allé au bout de sa capacité d'étonnement alors s'était trompé.

Resta silencieux une longue minute.

– L'atelier d'Alice, lui souffla-t-elle.

Ne retrouva pas la parole pour autant.

Il y avait tellement à voir... Des tableaux, des dessins, des fresques, des masques, des marionnettes en plumes et en écorces, des meubles fabriqués avec des morceaux de bois, des guirlandes de feuillages, des maquettes et des tas d'animaux extraordinaires...

– C'était donc elle, le linteau de la cheminée?

– C'était elle...

Alice, de dos, assise devant une table
placée sous la fenêtre, se retourna en
leur tendant une boîte :

– Regardez tous les boutons que j'ai
trouvés à la brocante! Regardez celui-là
comme il est beau... C'est de la mosaïque... Et celui-là... C'est un poisson en
nacre... C'est pour Nedra... Je vais lui
faire un collier avec pour fêter l'arrivée
de Monsieur Blop...

– On peut savoir qui est Monsieur Blop?

Charles était content de n'être plus le
seul à poser des questions idiotes.

Nedra leur indiqua le bout de la table.

– Mais... continua Kate, vous l'avez
mis dans le beau vase de *Granny*?!

– Ben oui... C'est ce qu'on voulait te
dire... On n'a pas trouvé d'aquarium...

– C'est parce que vous avez mal
cherché... Vous avez déjà gagné des
dizaines de poissons, que vous n'avez
jamais été fichus de garder plus d'un été
entre parenthèses, et j'ai *déjà* acheté
plein de bocals...

– Bocaux, corrigea l'artiste.

– Merci, *bowls. So*… débrouillez-vous…
– Oui mais ils sont tout petits…
– Eh bien vous n'avez qu'à lui en construire un! Comme Gaston!

Referma la porte et se retourna vers Charles en gémissant :
– Je n'aurais jamais dû prononcer cette phrase-là : «Vous n'avez qu'à…», c'est toujours le signe de conséquences épuisantes… Allez… On finit la visite par les écuries et vous n'oublierez pas le guide. Suivez-moi…

Se dirigèrent vers une autre cour.
– Kate? Je peux vous poser une dernière question?
– Je vous écoute.
– *Qui* est Gaston?
– Vous ne connaissez pas Gaston Lagaffe? se désola-t-elle, Gaston et son poisson Bubulle?
– Si, si, bien sûr…
– Moi, c'est pour comprendre Gaston que je me suis remise sérieusement au français quand j'avais dix ans. Qu'est-ce que j'en ai bavé d'ailleurs… À cause des onomatopées…
– Mais… Vous avez quel âge? Si ce n'est pas trop indiscret… Rassurez-

vous, j'ai confirmé à Yacine que vous aviez bien vingt-cinq ans, mais…

– Je croyais que c'était la dernière question, sourit-elle.

– Je me suis trompé. Il n'y aura jamais de dernière question. Ce n'est pas de ma faute, c'est vous qui…

– Qui quoi ?

– Je me sens très bêta, mais j'ai l'impression de découvrir le… Le Nouveau Monde… donc fatalement, beaucoup de questions…

– Allons… Vous n'êtes jamais allé à la campagne ?

– Ce n'est pas l'endroit qui m'impressionne, c'est ce que vous en avez fait…

– Ah oui ? Et j'en aurais fait quoi d'après vous ?

– Je ne sais pas… Une sorte de paradis, non ?

– Vous dites ça parce que c'est l'été, que la lumière est belle et que l'école est finie…

– Non. Je dis ça parce que je vois des enfants drôles, intelligents et heureux.

Elle s'était immobilisée.

– Vous… Vous pensez vraiment ce que vous venez de dire ?

Sa voix était devenue si grave…

– Je ne le pense pas, j'en suis convaincu.

Elle s'appuya à son bras pour ôter un caillou de sa botte :

– Merci, murmura-t-elle dans une affreuse grimace, je… On y va ?

Bêta, le mot était faible, Charles se sentait complètement con, oui…

Pourquoi venait-il de faire pleurer cette fille adorable ?

Elle fit quelques pas et reprit plus gaiement :

– Eh oui… presque vingt-cinq ans… Pas tout à fait… Trente-six, pour être plus précise…

Donc, vous l'avez compris, la grande allée de chênes, ce n'était pas pour cette modeste ferme, mais pour un château qui appartenait à deux frères… Eh bien figurez-vous qu'ils l'ont brûlé eux-mêmes au moment de la Terreur… Il était à peine bâti, ils y avaient mis tout leur cœur et toutes les économies, enfin… toutes celles de vos ancêtres… et quand ça a commencé à sentir la lanterne par ici, d'après la légende, mais la légende m'enchante, ils auraient pris le temps de vider consciencieusement leur cave avant de mettre le feu et se seraient pendus tout seuls.

Je tiens ça de la bouche d'un type tout à fait loufoque qui a débarqué un beau jour à la maison parce qu'il cherchait... Non... l'histoire est trop longue... Je vous la raconterai une autre fois... Pour en revenir à mes frères... C'étaient de vieux garçons qui ne vivaient que pour la chasse... Qui dit chasse dit chasse à courre donc chevaux, et rien n'était trop beau pour leurs chevaux. Jugez vous-même...

Ils venaient de tourner le coin de la dernière grange :

— Regardez-moi cette merveille...

— Pardon ?

— Rien. Je pestais parce que je n'ai pas mon carnet à dessin.

— Bah... Vous reviendrez... C'est encore plus beau le matin...

— C'est ici que vous devriez vivre...

— Les enfants y vivent pendant l'été... Il y a plein de petites chambres pour les palefreniers, vous verrez...

Les mains sur les hanches et le souffle court, Charles admirait le travail de son lointain confrère.

Un bâtiment rectangulaire couvert d'un enduit ocré et très fatigué qui ne laissait voir que les chaînes d'angle et les encadrements des ouvertures en pierre de taille, des combles brisés couverts de tuiles fines et plates, une alternance rigoureuse de lucarnes à volutes et d'oculus, et une grande porte cintrée encadrée de deux très longs abreuvoirs...

Cette écurie, simple, élégante, construite au bout du monde et pour le seul plaisir de deux nobliaux qui n'avaient pas eu la patience d'attendre leur tour au tribunal, disait à elle seule tout l'esprit du Grand Siècle.

– Ces types avaient la folie des grandeurs...

– Il paraît que non. Toujours d'après ce bonhomme, il paraît que les plans du château étaient assez décevants au contraire... Ils avaient la folie des chevaux... Et maintenant, elle se marrait, c'est notre gros Ramon qui en profite... Venez... Regardez le sol... Ce sont des galets de rivière...

– Comme sur le pont...

– Oui... Pour que les sabots ne glissent pas...

L'intérieur était très sombre. Plus qu'ailleurs, les poutres et les solives étaient ici colonisées par des dizaines de nids d'hirondelle. L'endroit devait mesurer à peu près dix mètres sur trente et était constitué de six stalles délimitées par des cloisons en bois très foncé accrochées à des poteaux sommés de boules en laiton.

Pégase, Vaillant, Hongroise… Plus de deux siècles, trois guerres et cinq républiques ne les avaient pas effacés…

La fraîcheur des pierres, les nombreux bois de cerf recouverts de toiles d'araignées, la lumière, jaillissant des formes arrondies des oculus et qui projetait de grands faisceaux de poussière phosphorescente, et ce silence, soudain, seulement troublé par l'écho de leurs pas hésitants, butant sur le relief bosselé des galets, c'était… Charles, qui avait toujours eu une peur panique des chevaux, avait l'impression d'être entré dans un édifice religieux et n'osait pas s'aventurer plus loin que la nef.

Un juron de Kate le sortit de sa torpeur :

– Regardez-moi ce pull… Ça y est… Les souris l'ont bouffé… *Fuck…* Venez par là, Charles… Je vais vous raconter tout ce que ce monsieur des Monuments historiques m'a appris quand il est venu… Ce n'est pas forcément évident mais nous sommes ici dans une écurie ultra-moderne… La pierre des mangeoires a été polie pour le confort des… poitrails… Poitraux?

– Poitrails *sounds good*, sourit-il.

– … pour le confort des canassons donc, et creusée en auges individuelles pour surveiller leurs rations quotidiennes, les râteliers, figurez-vous, sont dignes de Versailles… En bois de chêne tourné et surmontés, à leurs extrémités, de petits vases sculptés…

– Des acrotères…

– Si vous le dites… Mais ce n'est pas ça, le comble du raffinement… Regardez… Chaque barreau tourne sur lui-même pour… comment avait-il dit déjà?… pour « ne pas opposer de résistance à la sortie du fourrage »… Fourrage toujours souillé de poussière et de crottes de souris et qui provoquait de nombreuses maladies, voilà pourquoi ceux-là, contrairement aux écuries des autres ploucs, ne sont pas inclinés mais presque verticaux, avec une petite trappe, là, en dessous, pour récupérer cette maudite poussière… Et comme les chevaux étaient en face d'un mur aveugle, on a posé des grilles entre chaque stalle pour qu'ils ne s'ennuient pas et puissent jacasser avec le voisin... *Hello dear, did you see the fox today?* Regardez comme elles sont jolies... On dirait une vague qui vient mourir jusqu'au poteau... Au-dessus de votre tête, plusieurs ouvertures pour descendre le foin du grenier et...

Tira sur sa manche pour le forcer à la suivre :

– Ici, le seul box fermé. Très grand et lambrissé... On y mettait les juments pleines et les poulains... Levez la tête... L'œil-de-bœuf, au-dessus, permettait au garçon d'écurie de surveiller l'avancement des mises bas depuis son lit...

Étendit le bras :

– Vous n'aurez pas manqué d'admirer les trois lanternes au plafond... La lumière était quasi nulle et c'était affreusement compliqué à manipuler mais beaucoup moins dangereux que les éclairages à main posés sur le rebord des fenêtres et... Que... qu'est-ce qu'il y a de drôle ?

– Rien. Je suis émerveillé... J'ai l'impression d'avoir une conférencière pour moi tout seul...

– Pff... haussa-t-elle les épaules, je me donne du mal parce que vous êtes architecte mais si je vous gonfle, vous m'arrêtez.

– Dites-moi, Kate?

– Quoi? se retourna-t-elle.

– Vous n'auriez pas un putain de sale caractère par hasard?

– Oui, finit-elle par admettre après une série de petites moues tout à fait dans le ton de l'époque, très XVIIIe, c'est bien possible… On continue?

– Je vous suis.

Mit ses mains derrière son dos et son sourire en veilleuse.

– Là… reprit-elle doctement, cet escalier par exemple… Est-ce qu'il n'est pas *sublime*?

– Il l'est.

Il n'avait rien d'extraordinaire pourtant. Un escalier à deux quartiers tournants et qui, n'étant pas destiné à ces chers bidets, avait été taillé dans un bois très ordinaire. Qui avait pris la couleur des pierres et l'usure des bottes mais dont les proportions, et l'on en reviendrait toujours là, étaient absolument parfaites. À tel point que Charles n'eut même pas l'idée d'apprécier celles de sa jolie guide qui tenait la rampe juste devant lui, trop occupé qu'il était à définir la hauteur des contremarches par rapport à la largeur des marches.

Largeur que les menuisiers appellent « le giron » mais enfin, ce n'était pas une raison.

Quels idiots, ces grands fronts…

– Voilà les chambres… Il y en a quatre… Enfin trois… La dernière est condamnée…

– Elle s'écroule ?

– Non, elle attend des bébés chouettes… Comment dit-on d'ailleurs ? Des chouettons ?

– Je ne sais pas…

– Vous ne savez pas grand-chose, hein ? le taquina-t-elle en lui passant sous le nez pour ouvrir la deuxième porte.

Le mobilier était assez sommaire. Des petits lits en fer recouverts de paillasses éventrées, des chaises boiteuses, des crochets auxquels pendaient des lanières de cuir moisies. Ici une cheminée condamnée, là euh… une… ruche peut-être, plus loin un moteur à moitié démonté, là, des cannes à pêche, des piles de livres lus et relus par des générations de rongeurs passionnés, des pans de plâtre écroulés, encore un chat, des bottes, de vieux numéros de *La Vie agricole*, des bouteilles vides, une calandre de Citroën, une carabine, des boîtes de cartouches, un... Aux murs, des chromos naïfs malmenés par des affiches coquines, une Playmate tirant sur le nœud de son bikini en faisant de l'œil à un crucifix déjà très penché, un calendrier de 1972 offert par les engrais Derome et partout, partout, la même moquette, sombre, épaisse, patiemment tissée par des dizaines de milliers de mouches mortes...

– Du temps des parents de René, c'était là qu'on logeait les ouvriers agricoles...

– Et c'est ici que vos enfants dorment?

– Non, le rassura-t-elle, j'ai oublié de vous montrer la dernière pièce sous l'escalier... Mais attendez... Vous qui aimez les charpentes... Venez voir le grenier... Attention à votre tê...

– Trop tard, gémit Charles qui n'en était plus à une bosse près.

Écarta bien vite sa paume de son front :

– Vous imaginez ça, Kate? Le travail et l'intelligence qu'il a fallu à ces hommes pour mettre au point une structure pareille? Vous avez vu la taille de ces jambes de force? Et la longueur de la panne faîtière? C'est la poutre culminante là-haut... Ne serait-ce que d'abattre, tailler et manipuler un tronc pareil, vous imaginez le casse-tête? Et tout est parfaitement chevillé... Et le poinçon n'est même pas renforcé par une pièce métallique... Il lui indiquait l'endroit où tout semblait prendre appui... Ce sont des combles à versants brisés dits « à la Mansart » qui permettaient de gagner beaucoup de hauteur sous les toits... Voilà pourquoi vous avez de si jolies lucarnes...

– Ah si. Vous savez deux-trois trucs quand même...

– Non. Je suis nul en bâti rural. Je n'ai jamais eu, pour reprendre le jargon de mes confrères, une démarche *patrimoniale*. J'aime inventer, pas restaurer. Mais bien sûr, quand je vois ça, moi qui cherche toujours à expérimenter de nouveaux matériaux et de nouvelles techniques en m'appuyant sur des calculs de logiciels de plus en plus perfectionnés, je me sens... comment dire... un peu dépassé...

– Et matrimoniale? avait-elle lancé alors qu'ils étaient de nouveau dans l'escalier.

– Pardon?

– Vous venez de me dire que vous n'étiez pas dans une démarche patrimoniale, mais pour le reste, vous... vous êtes marié?

Charles se retint à la rampe vermoulue.

– Non.

– Et vous... Vous vivez avec... euh... la maman de votre Mathilde?

– Non.

Aïe.

Ce n'était rien. Une méchante écharde qui n'aimait pas les bobards.

Avait-il menti?

Oui.

Mais *vivait*-il avec Laurence?

– Regardez... Ils ont déjà installé tout leur barda...

Une montagne de coussins et de sacs de couchage culminait au milieu de la pièce. Il y avait aussi une guitare, des paquets de bonbons, une bouteille de Coca, un jeu de tarot et des cartons de bière.

– Eh bien... ça promet, siffla-t-elle. Donc, nous voilà dans la sellerie... Le seul endroit confortable du lieu-dit «Les Vesperies»... Le seul endroit où le parquet est joli et les boiseries soignées... Le seul endroit à avoir bénéficié d'un poêle digne de ce nom... Et tout ça pour quoi à votre avis?

– Pour le régisseur?

– Pour les cuirs, mon cher! Pour les protéger de l'humidité. Pour que les selles et les brides de ses seigneuries jouissent d'une hygrométrie parfaite! Tout le monde se gelait les miches mais les cravaches étaient bien au chaud. Formidable, non? J'ai toujours pensé que c'était cette pièce qui avait décidé du sort du pigeonnier...

– Quel pigeonnier?

– Celui que les gens du pays ont démonté pierre par pierre pour se consoler d'avoir raté le château... C'est votre histoire plus que la mienne mais les pigeonniers étaient vraiment les symboles haïs de l'Ancien Régime... Plus le seigneur voulait frimer, plus son pigeonnier était gros, et plus son pigeon-nier était gros, plus les pigeons bouffaient de semences. Un pigeon peut engloutir près de cinquante kilos de grain par an... Sans parler des jeunes pousses du potager dont ils sont fous...

– Vous savez autant de choses que Yacine...

– Euh... C'est lui qui m'a appris tout ça! Elle riait.

Cette odeur… C'était celle de Mathilde quand elle était petite… Et pourquoi avait-elle cessé de monter à cheval, au fait? Elle qui était tellement mordue…

Oui… Pourquoi? Et pourquoi l'ignorait-il? Qu'avait-il encore laissé passer? Dans les affres de quelle réunion était-il ce jour-là? Un matin elle lui avait dit ce n'est plus la peine que tu m'emmènes au club et il n'aurait même pas cherché à connaître la raison de ce désaveu? Comment était-ce…

— À quoi pensez-vous?

— À mes œillères… murmura-t-il.

Lui tourna le dos et observa les crochets, les porte-selles, les brides cassées, le banc qui était aussi un coffre, le petit évier d'angle en marbre, le pot rempli de… goudron (?), le bidon d'Emouchine forte, les pièges à souris, les crottes de souris, les tire-bottes sous la fenêtre, ce harnachement impeccablement entretenu, celui de l'âne probablement, les fers alignés sur une étagère, les brosses, les cure-pieds, les bombes des enfants, les couvertures des poneys, le poêle qui avait perdu son tuyau mais gagné six Kronenbourg et cette espèce de meuble en forme de tipi qui l'intriguait…

– C'est quoi ? l'interrogea-t-il.

– Un porte-chambrières.

Bon.

Il regarderait dans le dictionnaire...

– Et là ? demanda Charles, le nez au carreau.

– Le chenil... Ou ce qu'il en reste...

– C'était immense...

– Oui. Et ce qu'il en reste laisse à croire que les chiens étaient aussi bien traités que les chevaux... Je ne sais pas si vous pouvez les voir d'ici mais il y a des médaillons avec des profils de clébards sculptés au-dessus de chaque porte... Non... On ne voit plus rien... Il faudrait que je débroussaille tout ça... On attendra les mûres... Regardez... Même les grilles sont belles... Quand les enfants étaient petits et que je voulais avoir la paix, je les installais là. Pour eux c'était comme un parc et moi, ça me permettait de faire autre chose sans me soucier de la rivière... Un jour la maîtresse de... d'Alice, je crois, m'avait convoquée : « Écoutez, je suis très ennuyée de vous en parler mais la petite a raconté à la classe que vous l'enfermiez dans un chenil avec ses frères, c'est vrai ? »

– Et alors? se régalait Charles.

– Alors je lui ai demandé si elle leur avait parlé des fouets aussi. Bref, ma réputation était faite...

– C'est merveilleux...

– De fouetter les enfants?

– Non... Toutes ces histoires que vous racontez...

– Hof... Et vous justement? Vous ne dites rien...

– Non. Moi, je... J'aime écouter...

– Oui, je sais, je suis trop bavarde... Mais c'est si rare qu'un être civilisé vienne jusqu'à nous...

Entrouvrit l'autre fenêtre et redit aux courants d'air :

– Tellement rare...

Revinrent sur leurs pas :

– Je meurs de faim... Pas vous?

Charles haussa les épaules.

Ce n'était pas une réponse mais il ne savait plus quoi dire.

Ne savait plus comment tenir le plan. N'arrivait plus à lire l'échelle. Ne savait plus s'il devait partir ou rester. Continuer à l'écouter ou la fuir. Connaître le fin mot de l'histoire ou remettre les clefs de la voiture dans la boîte aux lettres de l'agence comme il était indiqué sur le contrat.

N'était pas calculateur mais c'était sa vie, de voir venir, et...

— Moi aussi, affirma-t-il pour chasser le cartésien, le logisticien, le paraphé dans la marge, le lu et approuvé, le bien enchâssé dans une vie pleine de dispositions, de clauses et de garanties. Moi aussi.

Après tout il avait fait ce chemin pour retrouver Anouk et sentait qu'elle n'était pas très loin.

Elle avait même touché cette nuque, là. Juste là...

— Alors allons voir ce que les escargots nous ont laissé...

Chercha un panier qu'il lui prit aussitôt des mains. Et comme la veille, et sous le même grand lavis de ciel pâle, quittèrent la cour et rapetissèrent au milieu des graminées.

Bourses-à-pasteur, marguerites, mille-feuilles aux ombrelles graciles, ficaires, chélidoines, stellaires, Charles ignorait tous ces noms de fleurs mais voulut fayoter un peu :

— Qu'est-ce que c'est ce... cette tige blanche, là-bas ?

– Où ?

– Juste devant…

– La queue d'un chien.

– Ah ?

Son sourire, même moqueur, était… allait bien dans le paysage…

Le mur du potager était en très mauvais état mais la grille, encadrée de ses deux piliers, en imposait encore. Charles les caressa en passant et sentit la chatouille rêche des lichens.

Kate fit grincer la porte d'un cabanon, cherchait un couteau, puis il la suivit entre les légumes. Tous les rangs étaient tirés au cordeau, impeccablement tenus et disposés de chaque côté de deux allées en croix. Il y avait un puits au milieu et des brassées de fleurs dans tous les coins.

Non, il ne fayotait pas, il aimait apprendre.

– Et ces petits arbres, là, tout tordus le long des allées, c'est quoi ?

– « Tordus… », s'indigna-t-elle, taillés, vous voulez dire ! Ce sont des pommiers… Et menés en contre-espaliers, s'il vous plaît…

– Et ce bleu magnifique sur le mur ?

– Ça ? De la bouillie bordelaise ? C'est pour la vigne…

– Vous faites du vin?

– Non. On ne le mange même pas le raisin. Il a un goût atroce...

– Et ces grandes corolles jaunes?

– De l'aneth.

– Et là? Ces espèces de plumets?

– Des queues d'asperge...

– Et ces grosses boules?

– Des têtes d'ail...

Se retourna :

– C'est la première fois que vous voyez un potager, Charles?

– D'aussi près, oui...

– Vraiment? rétorqua-t-elle l'air sincèrement désolé, mais comment vous avez fait pour vivre jusque-là?

– Je me le demande aussi...

. – Vous n'avez jamais mangé de tomates ou de framboises à peine cueillies?

– Quand j'étais enfant peut-être...

– Vous n'avez jamais fait rouler une groseille à maquereau au-dessus de votre lèvre? Vous n'avez jamais mangé une fraise des bois encore tiède? Vous ne vous êtes jamais cassé les dents et abîmé la langue sur des noisettes beaucoup trop amères?

– Je crains que non... Et ces énormes feuilles rouges à gauche?

– Vous savez… Vous devriez poser toutes ces questions au vieux René, ça lui ferait tellement plaisir… Et puis il en parle beaucoup mieux que moi… Moi, j'ai à peine le droit de venir ici… D'ailleurs, regardez… se pencha… On prend juste quelques salades pour accompagner votre festin et on remet le couteau, hop, ni vu ni connu…

Ce qu'ils firent.

Charles inspectait le contenu de son panier.

– Qu'est-ce qui vous tracasse encore ?

– Sous une feuille… Il y a une énorme limace…

Elle se pencha. Sa nuque… Saisit la bestiole et la déposa dans un seau près du portillon.

– Avant, René les écrabouillait toutes mais Yacine l'a tellement bassiné qu'il n'ose plus y toucher. Maintenant il les balance dans le potager de son voisin…

– Pourquoi le voisin ?

– Parce qu'il lui a tué son coq…

– Et pourquoi Yacine s'intéresse-t-il aux limaces ?

– Seulement à ces grosses-là… Parce qu'il a lu quelque part qu'elles pouvaient vivre entre huit et dix ans…

– Et alors ?

– *My goodness!* Vous êtes aussi crampon que lui ! Je ne sais pas... Il trouve que si la Nature ou Dieu ou ce que vous voulez a créé *exprès* un animal si petit, si repoussant et pourtant si costaud, c'est qu'il devait bien y avoir une raison et qu'un violent coup de bêche pour s'en débarrasser était une insulte à toute la création. Il a beaucoup de théories comme celles-ci d'ailleurs... Il regarde René travailler et lui fait la conversation pendant des heures en lui racontant les origines du monde de la première patate à nos jours.

Le petit est content, il a du public, le vieux est aux anges, il m'a avoué un jour qu'il aurait son certificat avant de mourir et les grosses limaces sont enchantées. Elles vont faire un tour en ville... Bref, tout le monde y trouve son compte... Suivez-moi, je vais vous faire revenir par la vue et puis on verra quelles bêtises ils sont en train de faire... C'est toujours inquiétant quand on n'entend rien.

Longèrent ce qu'il restait de mur et empruntèrent un chemin de terre qui les mena jusqu'au haut d'une colline.

Des prés vallonnés et bordés de haies à perte de vue, des bottes de foin, des pans de forêts, un ciel immense et une bande de gamins en contrebas, plus ou moins en maillot de bain et plus ou moins à califourchon sur des bêtes à poils, riant, criant, hurlant et courant le long des berges d'une rivière très sombre qui suivait son cours en allant se perdre derrière d'autres bosquets...

– Bon... Tout va bien, soupira-t-elle. On va pouvoir se poser un peu, nous aussi...

Charles ne bougeait pas.

– Vous venez ?

– On s'habitue ?

– À quoi ?

– À ça...

– Non... C'est tous les jours différent...

– Hier, pensa-t-il tout haut, le ciel était rose et les nuages bleus, et ce soir c'est le contraire, ce sont les nuages qui... Vous... vous vivez ici depuis longtemps ?

– Neuf ans. Venez, Charles... Je suis fatiguée... Je me suis levée très tôt, j'ai faim et j'ai un peu froid...

Il ôta sa veste.

C'était un vieux truc. Il l'avait fait mille fois déjà.

Oui, c'était un vieux truc de poser sa veste sur les épaules d'une jolie femme sur le chemin du retour, mais la grande nouveauté c'est que la veille il tenait une tronçonneuse et aujourd'hui un panier plein de limaces...

Et demain?

– Vous aussi, vous avez l'air fatigué, lui avoua-t-elle.

– Je travaille beaucoup...

– J'imagine. Et qu'est-ce que vous construisez alors?

Rien.

Baissa le bras.

Un gros coup de blues venait de lui tomber dans l'escarcelle.

Il n'avait pas répondu à sa question...

Kate courba la tête. Songea qu'elle aussi, était pieds nus dans ses bottes...

Que sa robe était tachée, ses ongles cassés, et ses mains affreuses. Qu'elle n'avait plus vingt-cinq ans. Qu'elle avait passé l'après-midi à vendre des gâteaux faits maison dans la cour d'une petite école en sursis. Qu'elle avait menti. Qu'il y avait un restaurant à quinze kilomètres. Qu'elle avait dû être ridicule en lui faisant visiter son tas de cailloux comme s'il s'était agi d'un palais magnifique. À lui, en plus... À cet homme qui avait dû tous les visiter... Et qu'elle avait saoulé avec ses histoires de bourrins, de poules et de gosses mal dégrossis...

Oui mais... De quoi d'autre aurait-elle pu lui parler?

Qu'y avait-il d'autre dans sa vie à présent?

Commença par remettre ses mains dans ses poches.

Le reste serait plus difficile à dissimuler.

Descendaient la colline, épaule contre épaule, silencieux et très éloignés l'un de l'autre.

Le soleil se couchait dans leur dos et leurs ombres étaient immenses.

– *I...* murmura-t-elle très lentement,
I will show you something different from either
Your shadow at morning striding before you
Or your shadow at evening rising to meet you

I will show you your fear in a handful of dust[1].

Comme il s'était immobilisé et la regardait d'une façon qui la mit mal à l'aise, elle se sentit obligée de préciser :
– T. S. Eliot…
Mais Charles se foutait éperdument du nom du poète, c'était le reste qui… que… comment avait-elle deviné ?

Cette femme… qui régnait sur un monde plein de fantômes et d'enfants, qui avait des mains si belles et récitait des vers transparents à la tombée du jour, qui était-elle ?

– Kate ?
– Mmm…
– Qui êtes-vous ?
– C'est drôle, c'est justement la question que j'étais en train de me poser… Eh bien… De loin, comme ça, on dirait une grosse fermière en bottes Le

---

[1] Je te montrerai quelque chose qui n'est
Ni ton ombre au matin s'élançant devant toi,
Ni ton ombre le soir qui s'étire à ta rencontre,
Je te montrerai ta peur dans une poignée de poussière.

Chameau qui essaye de se rendre inté-
ressante en récitant les bribes d'un
poème déprimant à un homme couvert
de sparadraps...

Et son rire bouscula leurs ombres.

– *Come along* Charles! Allons nous
faire de grosses tartines! Nous les
avons bien méritées...

7

Ils furent accueillis par les plaintes du vieux chien sur son grabat. Kate s'accroupit, prit sa tête sur ses genoux et lui frotta les oreilles en lui disant des mots tendres. Ensuite, et là Charles *hallucina,* pour reprendre l'expression préférée de Mathilde, elle écarta les bras, le saisit par en dessous et le souleva de terre (en se mordant la lèvre, elle) pour l'emmener pisser dans la cour.

Hallucina tellement qu'il n'osa même pas la suivre.

Combien ça devait peser un bestiau pareil? Trente? Quarante kilos?

Cette fille n'en finirait jamais de le... de le quoi? De le stupéfier. De le scotcher pour en revenir à son Petit Littré de quatorze ans et demi. Oui, de le scotcher *grave.*

Son sourire, sa nuque, sa queue-de-cheval, sa petite robe seventies, ses hanches, ses ballerines, sa flopée de gamins dans la nature, ses projets de débroussaillage, son sens de la repartie, ses larmes quand on s'y attendait le moins, et maintenant l'hélitreuillage du molosse en quatre secondes et demie, c'était…

C'était trop pour lui.

Était revenue les mains vides.

– Qu'est-ce que vous avez? fit-elle en s'époussetant les cuisses, on dirait que vous venez de voir la Vierge en short. Ce sont les enfants du pays qui disent ça… J'adore cette expression… « Ho! Mickaël! T'as vu la Vierge en short ou quoi?!? »… Une bière?

Inspectait la porte de son réfrigérateur.

Il devait vraiment avoir l'air très couillon parce qu'elle tendit le bras pour lui montrer ce que c'était, une bière.

– Vous êtes toujours là?

Puis, ne pouvant mettre son trouble à lui sur le compte de sa banalité à elle, trouva une explication plus rationnelle :

– Il est paralysé de l'arrière-train… C'est le seul qui n'ait pas de nom… On l'appelle le Grand Chien et c'est lui, le dernier gentilhomme de cette maison… Sans lui, nous ne serions probablement pas là ce soir… Enfin, moi, je n'y serais plus…

— Pourquoi?

— Hé… Vous n'en avez pas eu assez? soupira-t-elle.

— De quoi?

— De mes petits romans du terroir?

— Non.

Et comme elle commençait à s'agiter près de l'évier, il souleva une chaise et vint à ses côtés.

— Laver de la salade, je sais faire, assura-t-il. Tenez… Asseyez-vous, là… Prenez votre bière et racontez-moi…

Elle hésitait.

Le maître d'œuvre fronça les sourcils et leva l'index comme s'il s'essayait à un peu de dressage :

— *Sit!*

Elle finit par se poser, retira ses bottes, ramena les pans de sa robe sur elle et bascula en arrière.

— Oh… gémit-elle, c'est la première fois que je m'assois depuis hier soir. Je ne me relèverai jamais…

— Je ne *peux pas* concevoir, ajouta Charles, que vous fassiez la cuisine pour tant de monde dans un évier aussi peu pratique. Ce n'est même plus de la déco rustique, là, c'est… C'est du masochisme! Ou du snobisme peut-être, non?

Du goulot de sa bouteille, elle lui indiqua une porte à côté de la cheminée :

– L'arrière-cuisine... Il n'y a pas de soubrette mais vous trouverez un grand évier et même une machine à laver la vaisselle en cherchant bien...

Puis rota grassement.

En *Lady* qu'elle était.

– Parfait... mais euh... tant pis, je reste avec vous. Je vais me débrouiller...

Disparut, revint, s'agita, ouvrit des placards, trouva des trucs et fit avec.

Sous un regard amusé.

Tandis qu'il se battait avec des limaces, ajouta :

– J'attends toujours mon nouvel épisode...

Elle se tourna vers la fenêtre :

– Nous sommes arrivés ici en... octobre, je crois... Je vous dirai plus tard dans quelles circonstances, là j'ai trop faim pour me cuisiner... Et au bout de quelques semaines, quand il a fait nuit de plus en plus tôt, j'ai commencé à avoir peur... C'était très nouveau pour moi, la peur.

J'étais toute seule avec les petits et

tous les soirs, il y avait des faisceaux de phares au loin… D'abord au bout de l'allée puis de plus en plus près… Ce n'était rien pourtant… Juste les phares d'une voiture à l'arrêt… Mais c'était ça, le pire : ce rien. Comme une paire d'yeux jaunes qui nous guettait… J'en ai parlé à René. Il m'a donné le fusil de chasse de son père mais euh… J'étais bien avancée… Alors un matin, après avoir déposé les enfants à l'école, je suis allée à la SPA qui se trouve à une vingtaine de kilomètres d'ici. Ce n'est pas vraiment une SPA d'ailleurs… Plutôt une espèce de refuge qui est aussi une casse de voitures. Un endroit… euh… sympathique avec un patron assez… *pittoresque,* on va dire. Maintenant c'est un ami, il n'y a qu'à voir le nombre de baltringues qu'il nous a refourguées depuis, mais ce jour-là, croyez-moi, je n'en menais pas large. Je pensais que j'allais finir étranglée, violée, et passée à la concasseuse. Elle riait. Je me disais : Zut, qui va aller chercher les enfants à quatre heures, alors ?

Mais non. L'œil blanc, le trou dans la tête, les doigts en moins et les tatouages fantaisistes, c'était juste… un style. Je lui ai raconté mon problème, il est resté longtemps silencieux puis m'a fait signe de le suivre. « Avec çui-là, on viendra pus vous faire chier sous vot'balcon, c'est moi qui vous'l'dis… » J'ai sursauté de terreur. Dans une cage qui puait la merde, une espèce de loup essayait de nous chiquer en se jetant comme un furieux contre le grillage. Il a ajouté entre deux glaviots : « Vous avez une laisse ? »

Euh…

Charles, qui avait laissé tomber ses cœurs de laitue, se retourna en riant :

– Vous aviez une laisse, Kate ?

– Non seulement je n'avais pas de laisse mais surtout je me demandais comment j'allais pouvoir remonter dans la voiture avec lui ! J'allais me faire bouffer vivante, c'était clair ! Mais bon… Je ne me suis pas démontée… Il a pris une sangle, a ouvert la cage en hurlant, en est ressorti avec ce monstre couvert de bave, ensuite il me l'a tendue comme s'il s'agissait d'un radiateur ou d'une jante chromée. « D'habitude j'fais payer un tit quéqchose pour le principe mais là, j'allais le buter t'façon… Bon, ben, j'vous laisse, hein ? J'ai du boulot… » Et il m'a plantée, là. « Plantée » étant une image vu que je me suis fait embarquer en moins de deux. Il faut dire qu'à l'époque, j'étais encore un peu féminine, je ne m'étais pas encore transformée en Charles Ingalls!

L'autre, le nôtre, s'amusait trop pour songer à la contredire.

– Finalement j'ai réussi à le manœuvrer jusqu'au coffre et là…

– Et là?

– Et *là*, je me suis dégonflée…

– Vous l'avez rendu au bonhomme?

– Non. J'ai décidé de rentrer à pied… Je me suis encore laissé trimballer sur une centaine de mètres et puis j'ai fini par lâcher ce taré. Je lui ai dit : « Ou tu viens avec moi et tu auras une vie de pacha, et quand tu seras vieux, je te moulinerai ta viande et te porterai dans la cour tous les soirs, ou tu retournes d'où tu viens et tu finis comme carpette dans une Renault 5 pourrie. Fais ton choix. » Bien sûr, il s'est barré direct à travers champs et j'ai pensé que je ne le reverrais jamais. Mais non… Il réapparaissait de temps en temps… Je le voyais courser les corbeaux, entrer dans les sous-bois et tracer de grandes voltes autour de moi. De grandes voltes de moins en moins grandes… Et, trois heures plus tard, quand on a traversé le village, il me suivait tranquillement, la langue pendante. Je lui ai donné à boire et j'ai voulu l'enfermer dans le chenil le temps que René me ramène à la voiture sur sa mob' mais il est redevenu dingue, alors je lui ai demandé de m'attendre et nous l'avons laissé là.

Reprit son souffle dans une gorgée de bière :

– Quand on est revenus, j'avais quand même les jetons...

– Qu'il se soit enfui?

– Non, qu'il bouffe les gosses! Je n'oublierai jamais cette scène... À l'époque, je me garais encore dans la cour... Je ne savais pas que le pont était en train de s'écrouler... Il était couché devant la porte, il a levé la tête, j'ai coupé le moteur et me suis retournée vers les enfants : «On a un nouveau chien, il a l'air méchant mais je crois que c'est juste une impression... On va voir, OK?»

Je suis sortie la première, j'ai pris Hattie dans mes bras et j'ai fait le tour pour ouvrir aux deux autres. Il venait de se lever, j'ai essayé de faire quelques pas, mais Sam et Alice se cramponnaient à mon manteau. Il est venu vers nous en grognant, je lui ai dit : «Arrête, idiot, tu vois bien que ce sont mes petits, là...», et on est allés se promener. Je ne vous cache pas que j'avais les jambes... *like jelly* et que les enfants ne la ramenaient pas non plus… Et puis ils ont fini par me lâcher… On est allés à la balançoire et le grand chien s'est couché dans l'allée. Ensuite on est rentrés, on a dîné et il a trouvé sa place devant la cheminée… C'est plus tard que les ennuis ont commencé… Il a tué un mouton, deux moutons, trois moutons… Une poule, deux poules, dix poules… Je remboursais tout le monde mais j'ai compris, à l'un de ces petits borborygmes dont René a le secret, que les chasseurs en parlaient beaucoup au café. Qu'il y avait de la battue dans l'air… Alors, un soir, je l'ai prévenu : « Si tu continues, ils vont te tuer, tu sais… »

Charles se battait avec une essoreuse à salade qui devait dater des années yé-yé.

– Et alors ?

– Alors il a fait comme d'habitude : il m'a écoutée. Il faut dire qu'on nous avait donné un chiot à ce moment-là et… je ne sais pas… peut-être qu'il voulait lui montrer le bon exemple… En tout cas, il s'est calmé.

Avant de venir ici, je n'avais jamais eu d'animaux et je trouvais que les gens étaient pathétiques avec leurs toutous, mais celui-là, vous voyez, il…

Il m'a bien dressée…

Un seigneur, vous disais-je... Sans lui, je n'y serais pas arrivée... Il m'a servi d'ange gardien, de *nanny*, de maître-nageur, de confident, de messager, d'antidépresseur, de... beaucoup de choses... Quand je perdais les enfants de vue, il me ramenait le troupeau et quand j'avais le blues, se forçait à faire une connerie pour me changer les idées... Une petite poule en passant, un ballon, la jambe du facteur, le super rosbif du dimanche... Oh oui! Il s'en est donné du mal pour que je relève la tête! Voilà pourquoi je... Je le porterai jusqu'au bout...

– Et vos visiteurs du soir?

– Le lendemain de son arrivée, les phares étaient de nouveau là. J'étais en chemise de nuit derrière la fenêtre de la cuisine et je crois qu'il a *senti* ma peur. Il a commencé à hurler comme un possédé devant la porte. J'avais à peine ouvert qu'il était déjà au bout de l'allée. Je pense qu'il a réveillé tout le pays... Après j'ai dormi tranquille. Cette nuit-là, et toutes les autres...

Au début, les gens d'ici m'appelaient la femme au loup... Bon, s'étira-t-elle, c'est prêt?

– Je fais la vinaigrette...

– *Excellent. Thank you, Jeeves.*

***

– Là, dit-elle, c'est mon jardin…

Ils étaient de l'autre côté de la maison et Charles n'avait jamais vu autant de fleurs de toute sa vie.

C'était aussi bordélique, sauvage, et étonnant que le reste.

Ni allées ni bordures ni massifs ni plates-bandes ni gazon. Juste des fleurs.

Partout.

– Au début, il était magnifique… C'est ma mère qui l'avait dessiné et puis… je ne sais pas… avec les années, tout est parti de travers… Il faut dire que je ne m'en occupe pas beaucoup… Manque de temps… À chaque fois qu'elle revient, elle est accablée et passe toutes ses vacances à quatre pattes à essayer de retrouver ses étiquettes… De ce point de vue elle est bien plus anglaise que mon père… Une très, très grande jardinière… Fana de Vita Sackville-West, membre de la Royal Horticultural Society, de la Royal National Rose Society, de la British Clematis Society, de… Enfin, vous voyez le genre…

Charles pensait que les roses étaient des fleurs pointues, et roses le plus souvent, ou blanches, ou rouges, quand on demandait au fleuriste de vous donner un coup de pouce pour séduire une femme impressionnable, aussi fut-il bien étonné d'apprendre que tous ces buissons, ces lianes, ces grandes corolles, ces trucs rampants et ces genres de pétales tout simples, étaient *aussi* des roses.

Au milieu des fleurs il y avait une grande table bordée de chaises encore plus dépareillées que celles de la cuisine sous une tonnelle où s'accrochait tout ce qui portait feuillage et aimait grimper. Kate en fit bien volontiers l'inventaire :

– Glycine... Clématite... Chèvrefeuille... Bignone... Akebia... Jasmin... Mais c'est au mois d'août que c'est le plus beau. S'asseoir ici au mois d'août, à la fin de la journée, quand vous êtes bien fatigué et que tous les parfums prennent le frais, c'est... merveilleux...

Déposèrent sur la nappe leurs piles d'assiettes, le panier de charcuterie, les quatre gros pains, une bouteille de vin, des serviettes, des pots de cornichons, des pichets d'eau, une dizaine de verres à moutarde, deux à pied, et le grand saladier.

– Bon... eh bien on va pouvoir sonner la cloche...

– Vous avez l'air soucieux, lui dit-elle alors qu'ils étaient de nouveau dans la maison.

– Je peux me servir de votre téléphone ?

Leurs regards se croisèrent.

Kate baissa la tête.

Venait d'apercevoir des phares au loin.

– Bi... bien sûr... bégaya-t-elle en agitant ses mains autour d'elle à la recherche d'un tablier invisible, le... là-bas, au fond du couloir.

Mais Charles ne bougeait pas. Attendait qu'elle revienne à lui.

Ce qu'elle fit, dans un petit sourire tout mordillé.

– Je dois prévenir l'agence. Pour la voiture, vous savez...

Elle acquiesça nerveusement. D'une façon qui disait non, je ne veux pas savoir. Et, tandis qu'il se dirigeait vers Paris, sortit et s'accroupit devant la pompe.

Tu le savais que c'était une mauvaise idée, se maudit-elle en se noyant sous un filet d'eau de plus en plus froide.

Qu'est-ce que tu croyais, *you silly old fool,* qu'il était venu photographier les ponts de Madison?

C'était un vieil appareil à cadran rond. Et c'est long, de composer un numéro sur un cadran rond. Il commença donc par Mathilde pour se donner du courage.
Répondeur.
L'embrassa et assura qu'elle pouvait compter sur lui lundi matin.
L'agence ensuite.
Répondeur.
Se présenta, expliqua la situation et comprendrait qu'on le majorât.
Laurence enfin.
Compta cinq tonalités, se demandait ce qu'il allait lui...
Répondeur.
Quoi d'autre?
«Ayez la courtoisie de me laisser un message», les priait-elle tous et sur un ton très haute couture.
Courtois? Charles l'était. Se lança dans une explication confuse, employa le mot «contretemps» et eut à peine le temps de l'emb... qu'il était dégagé par le bip.
Reposa le combiné.
Observa les traces de salpêtre et les fissures le long du mur. Toucha cette

lèpre et resta un long moment à s'écailler dans le vide.

L'appel de la cloche le sortit de là.

Rejoignit Kate dans la cour.

Elle était assise sur la troisième marche d'un escalier en pierre, avait remis ses ballerines et passé un gros pull.

– Venez au spectacle ! lui lança-t-elle. Je vais vous faire la voix off !

Hésita à s'installer à ses pieds... Elle verrait son crâne dégarni...

Bon... Tant pis.

– Le premier, ce sera Yacine. Parce que c'est lui le plus gourmand et parce qu'il n'est jamais en train de *faire* quelque chose... Yacine ne participe jamais à aucun jeu... Il est craintif et maladroit... Les autres disent que c'est parce que sa tête est trop lourde... Il sera accompagné de Hideous et Ugly, nos ravissants Dupont et Dupond de la gent canine... Tenez... Les voilà... Ensuite Nelson, accompagné de sa maîtresse et suivi de Nedra, qui voue la même adoration à la même Alice...

La porte de l'atelier s'entrouvrit.

– Qu'est-ce que je vous disais... Ensuite les ados... Ces ventres sur pattes qui n'entendent jamais rien sauf la cloche à l'heure des repas. Trois Caddies par quinzaine, Charles... *Trois* Caddies pleins à ras bord! Avec eux, il y aura Ramon, le capitaine Haddock et la chèvre pour fermer le ban... Tout ce petit monde vient pour la carotte du soir... Eh oui, la carotte... soupira-t-elle, nous sommes une maison pleine de rituels idiots comme celui-ci... Ça m'a pris du temps mais j'ai compris un jour que les rituels idiots aidaient à vivre...

Plus les derniers chiens qui traînent encore par-ci par-là... le chiot dont je vous parlais tout à l'heure et qui est devenu un magnifique euh... genre de basset hound, vu la longueur étonnante de ses oreilles... et *last but not least,* notre cher Freaky, qui a sûrement été le manchon de Frankenstein dans une vie antérieure... Vous l'avez repéré?

– Non, fit Charles depuis sa loge, la main en visière et le sourire bien vissé, je ne crois pas...

– Vous verrez, c'est le petit gros couvert de cicatrices avec une oreille mal recousue et des yeux globuleux...

Silence.

– Pourquoi? demanda-t-il.

– Pourquoi quoi ?

– Tous ces animaux ?

– Pour m'aider.

Pointa le doigt vers la colline :

– Les voilà… Mon Dieu… Ils sont encore plus nombreux que je ne pensais… Et tout là-bas, près des sapins, je ne sais pas si vous les apercevez… Nos grandes cavalières… Harriet et sa copine Camille sur les ponettes qui cavalent ventre à terre pour une fois. Restera-t-il des carottes ???

Le grand défilé qui suivit lui donna raison sur toute la ligne. La cour fut bientôt remplie de cris, de poussière et de caquètements.

Kate surveillait les réactions de son hôte du coin de l'œil :

– Depuis tout à l'heure, j'essaye de me mettre à votre place, finit-elle par lui avouer, je me dis : Mais que pense-t-il de tout cela ? Que vous êtes tombé dans une maison de fous, non ?

Non. Il était en train de penser au contraste entre l'agitation présente et ses cafouillages laborieux au fond du couloir.

Ces derniers temps, avait l'impression de passer sa vie à parler à des machines…

– Vous ne répondez pas…

– N'essayez pas de vous mettre à ma place, plaisanta-t-il doux-amer, elle est beaucoup plus…

– Plus quoi ?

Du bout de sa chaussure, dessinait des arcs de cercle dans les graviers.

– Moins vivante.

Soudain, il eut très envie de lui parler d'Anouk.

– À table ! lança-t-elle en se relevant.

Profita de son départ pour demander à Yacine :

– Dis-moi… Comment ça s'appelle les bébés chouettes ?

– Des hiboux d'choux, sourit Alice.

L'autre était décomposé.

– Hé ! Mais ce n'est pas grave, si tu ne sais pas… le rassura-t-il.

Mais si.

C'était grave.

– Je sais qu'on dit « juvéniles » pour les oiseaux qui ne sont pas encore adultes, mais les chouettes euh…

– Et les petits du chameau ? ajouta Charles au pif et pour le sortir de cette mauvaise passe.

Grand sourire.

– Des chamelons.

Ouf.

Enfin, « ouf »… Façon de parler… Le gamin lui tint la jambe avec ça pendant une bonne partie du dîner. Le chaton, le raton, l'oison, le taurillon, l'aiglon, l'autruchon, le mironton, le bufflon, l'ânon, le carpillon, le loutron, le gorillon et le girafon.

Non. Pardon. Le girafeau.

Assise de l'autre côté de la table, elle le regardait opiner consciencieusement du chef et s'amusait very much.

Ils étaient douze sous les frondaisons. Tout le monde parlait en même temps. Le pain et les cornichons voyageaient beaucoup et l'on se racontait des histoires de kermesse.

Qui avait gagné quoi, comment le fils de la maîtresse avait triché et au bout de combien de verres le père Jalet avait lâché le comptoir de la buvette.

Les grands voulaient dormir à la belle étoile et les petits affirmaient que, eux aussi, ils étaient grands. D'une main, Charles remplissait le verre de Kate, de l'autre, chassait le museau d'un quelque chose qui lui bavait sur l'épaule… de Kate qui grondait : « *For Christ's sake!* Arrêtez de nourrir les chiens ! », et que personne n'écoutait parce qu'elle parlait le chinois. Qui soupirait alors et filait en douce des tartines de rillettes à son Grand.

Pour le dessert, on alluma des torches et des bougies. Samuel et sa bande débarrassèrent et allèrent chercher les gâteaux invendus. On se battit un peu. Personne ne voulait de la tarte aux pommes de madame Truc parce que madame Truc sentait mauvais. Les ados, tout en astiquant sur leur manche les écrans de leurs portables dernier cri, parlaient de bons coins de pêche, de problèmes de vêlages et de la nouvelle ensileuse des Gagnoux. Une belle plante portait un débardeur blanc sur lequel un point noir avait été dessiné à l'endroit du téton gauche suivi d'une flèche qui prévenait : « distributeur de claques » et la machine fonctionnait plutôt bien.

Yacine se demandait tout haut si l'on disait baleinon ou baleineau, Nedra contemplait la flamme d'une bougie et Charles contemplait Nedra.

Un La Tour…

Les auto-stoppeuses étaient parties à la recherche d'un endroit « où ça capte » et Alice fabriquait des coccinelles avec de la cire et des grains de poivre de saucisson.

Entre deux éclats de voix, on entendait le vent dans les arbres et les cris des juvéniles.

Charles, attentif, se concentrait pour plus tard.
Leurs bêtises, leurs rires, leurs visages.
Cet îlot dans la nuit.
Il ne voulait rien oublier.

Elle le retint en posant la main sur sa manche :
— Non, ne vous levez pas. Aux enfants de travailler un peu... Vous voulez un café ?
Alice dit qu'elle allait le lui préparer, Nedra apporta le sucre et les autres déterrèrent une torche pour reconduire les animaux au pré.

Ce fut un dîner très gai et plein d'éphé-mères.

8

Ils se retrouvèrent seuls.

Kate avait récupéré son verre et tourna sa chaise face à l'obscurité. Charles vint s'asseoir à la place d'Alice.
Voulait regarder ses petites bêtes…
Puis se déhancha, chercha ses cigarettes et les lui proposa :
— Quelle horreur, couina-t-elle, j'adorerais vous accompagner mais j'ai eu *tellement* de mal à m'en passer…
— Écoutez, il ne m'en reste plus que deux. Fumons nos dernières dernières ensemble et n'en parlons plus.
Kate lançait des regards inquiets de tous côtés :
— Il y a des enfants ?
— Je n'en vois pas…
— Bon… Super.
Inspira une bouffée en fermant les yeux.
— J'avais oublié…

Se sourirent et s'empoisonnèrent reli-
gieusement.

– C'est à cause d'Alice… déclara-t-elle.

Baissa la tête et reprit plus bas :
– J'étais dans la cuisine. Les enfants
dormaient depuis longtemps. Je fumais
cigarette sur cigarette et je… *buvais seule*
pour reprendre l'expression de la maman
d'Alexis…
Elle est arrivée en pleurnichant. Elle
avait mal au ventre. C'était une époque
où nous avions tous plus ou moins mal au
ventre, je crois… Elle voulait des bras, un
câlin, des mots de réconfort, toutes ces
choses que je n'arrivais plus à leur
donner… Elle a quand même réussi à
m'escalader et s'est faufilée sur mes
genoux.
Elle a repris son pouce et j'avais beau
chercher, je ne trouvais rien à dire pour
l'apaiser ou l'aider à se rendormir. Je…
Rien…
À la place, nous regardions le feu.
Au bout d'un très long moment, elle m'a
demandé : Ça veut dire quoi « prématurément » ?
Plus tôt que prévu, ai-je répondu. Elle
s'est tue de nouveau puis a ajouté :

C'est qui qui va s'occuper de nous si tu meurs prématurément ?

Je me suis penchée vers elle et me suis souvenue que j'avais laissé mes Craven sur ses genoux.

Et qu'elle venait d'apprendre à lire...

Que vouliez-vous que je réponde à ça ?

« Jette-le dans le feu. »

J'ai regardé le paquet se tordre et disparaître et me suis mise à pleurer.

J'avais vraiment l'impression que je venais de perdre mes dernières béquilles... Beaucoup plus tard, je l'ai portée jusqu'à son lit et suis revenue en courant. Pourquoi si vite ? Pour fouiller la cendre, tiens !

J'étais déjà très *down* et ce sevrage sauvage m'a enfoncée encore plus... À ce moment-là, j'avais en horreur cette maison froide et triste qui m'avait déjà tout pris, mais je lui reconnaissais *une* qualité : le marchand de tabac le plus proche était à six kilomètres et fermait à six heures du soir...

Écrasa le mégot dans la terre, le posa sur la table et se servit un verre d'eau.

Charles se taisait.

Ils avaient la nuit devant eux.

– Ce sont les enfants de ma sœu… Sa voix s'était brisée. Pardon… de ma sœur et… Oh, fit-elle en se maudissant, voilà pourquoi je ne voulais pas vous inviter à dîner.

Il sursauta.

– Parce que quand vous êtes arrivé avec Lucas hier soir, même derrière vos blessures, ou à cause d'elles peut-être, je l'ai vu votre regard et…

– Et? reprit-il un peu inquiet.

– Et je savais ce qui allait se passer… Je savais que nous dînerions autour de cette table, que les enfants se disperseraient, que je resterais seule avec vous et que je vous raconterais ce que je n'ai jamais dit à personne… Je suis confuse de vous l'avouer, monsieur Charles Inconnu, mais je *savais* que ça tomberait sur vous… C'est ce que je vous ai dit tout à l'heure dans la sellerie… Il y en a eu des expéditions par ici, mais vous êtes le premier homme civilisé à vous être aventuré jusque dans le poulailler et pour tout vous dire je… je ne vous espérais plus.

Tentative de sourire un peu ratée.

Toujours ce problème de mots bon sang. Charles ne les avait jamais sous

587

la main quand il fallait. Si encore la nappe avait été en papier, aurait pu lui esquisser quelque chose. Une ligne de fuite ou d'horizon, l'idée d'une perspective ou encore un point d'interrogation, mais parler mon Dieu, que... Que dire avec des mots?

– Il est encore temps de vous lever, vous savez! ajouta-t-elle.

Celle-ci était réussie.

– Votre sœur, murmura-t-il.

– Ma sœur était... Bon, écoutez, continua-t-elle plus gaiement, je me mets à pleurer tout de suite comme ça ce sera fait.

Tira sur la manche de son pull comme on déplie un mouchoir :

– Ma sœur, mon unique sœur s'appelait Ellen. Elle avait cinq ans de plus que moi et c'était une fille... merveilleuse. Belle, drôle, radieuse... Je ne dis pas ça parce que c'était elle, je le dis parce que *c'était* elle. Elle était mon amie, la seule je crois, et beaucoup plus que cela encore... Elle s'est beaucoup occupée de moi quand nous étions enfants. M'écrivait quand j'étais en pension et, même après son mariage, nous nous téléphonions presque tous les jours. Rarement plus de vingt secondes parce qu'il y avait toujours un océan ou deux continents entre nous, mais vingt secondes, oui.

Nous étions très différentes pourtant. Comme dans les romans de Jane Austen, vous savez… La grande *sensible* et la petite *sensitive*… Elle était ma Jane et mon Elinor, elle était calme, j'étais turbulente. Elle était douce, j'étais pénible. Elle voulait une famille, je voulais des missions. Elle attendait des enfants, j'attendais des visas. Elle était généreuse, j'étais ambitieuse. Elle écoutait les gens. Moi, jamais… Comme avec vous ce soir… Et comme elle était parfaite, elle me donnait le droit de ne pas l'être… C'était elle le pilier et le pilier était solide, je pouvais donc aller me promener… La famille tiendrait debout…

Elle m'a toujours soutenue, encouragée, aidée, aimée. Nous avons eu des parents adorables mais complètement à côté de la plaque et c'est elle qui m'a élevée.

Ellen…

Il y a bien longtemps que je n'avais prononcé son nom à voix haute…

Silence.

– Et, toute cynique que j'étais à l'époque, continua-t-elle, je fus bien obligée de le reconnaître, les *happy ends* n'étaient pas seulement réservés aux romans victoriens... Elle a épousé son premier amour et son premier amour était à la hauteur... Pierre Ravennes... Un Français. Un type adorable. Aussi généreux qu'elle... « Beau-frère » avait alors beaucoup plus de sens que *brother-in-law.* Je l'aimais beaucoup et la loi n'avait rien à voir avec tout ça. Il était fils unique et en avait beaucoup souffert. D'ailleurs il était devenu obstétricien... Oui, c'était ce genre d'homme là. Qui savait ce qu'il voulait... Je pense qu'une tablée comme celle de ce soir l'aurait enchanté... Il disait qu'il voulait sept enfants et on ne savait jamais s'il plaisantait. Samuel est arrivé... Je suis sa marraine... Puis Alice, et Harriet. Je ne les voyais pas très souvent mais j'étais toujours frappée par l'ambiance qui régnait chez eux, c'était... Vous connaissez Roald Dahl ?

Il acquiesça.

– J'adore ce bonhomme... À la fin de *Danny The Champion Of The World*, il y a un message à l'attention de son jeune

590

lecteur qui dit à peu près : Quand vous serez grands, s'il vous plaît n'oubliez pas que les enfants veulent et *méritent* des parents qui soient *sparky.*

Je ne sais pas comment le traduire en français... Brillants ? Drôles ? Étincelants ? Dynamites ? Champagne, peut-être... Mais ce que je sais, c'est que leur foyer était... sparkyssime... J'étais émerveillée et un peu *confused* à la fois, je me disais que moi, je ne saurais jamais faire ça... Que je n'avais pas la générosité, la gaieté et la patience nécessaires pour rendre des enfants aussi heureux...

Je m'en souviens très bien, je me disais, comme une boutade et pour me rassurer : Si j'ai des enfants un jour, je les confierais à Ellen... Et puis...

Grimace triste.

Charles eut envie de lui toucher l'épaule ou le bras.

Mais n'osait pas.

– Et puis voilà... Aujourd'hui, c'est moi qui leur lis les livres de Roald Dahl...

Lui prit son verre des mains, le remplit et lui tendit de nouveau.

– Merci.

Long silence.

Les rires et les accords de guitare au loin lui donnèrent le courage de continuer.

– Un jour, je suis venue les voir à l'improviste... Pour l'anniversaire de mon filleul justement... À l'époque, je vivais aux États-Unis, je travaillais beaucoup et n'avais encore jamais vu leur petite dernière... J'étais avec eux depuis quelques jours quand le père de Pierre s'est annoncé. Le fameux Louis de la chemise... C'était un homme fou, truculent, drôle. Du pur concentré de sparky pour le coup... Un négociant en vin qui aimait boire, manger, rire, jeter les enfants au plafond avant de les pendre par les pieds et étouffer ceux qu'il aimait contre son gros ventre.

Il était veuf, il adorait Ellen et je pense qu'elle l'a épousé autant que son fils... Il faut dire que notre père à nous était déjà un vieux monsieur quand nous sommes nées... Professeur de latin et de grec à l'université... Très gentil mais assez... vague... Plus à l'aise avec Pline l'Ancien qu'avec ses filles... Quand Louis a compris que j'étais là et que je pouvais garder les enfants, il a supplié Pierre et Ellen de l'accompagner visiter un chai ou je ne sais quoi en Bourgogne. Venez, insistait-il, ça vous fera du bien... Vous

n'êtes pas partis depuis si longtemps!
Allez… Venez… On va visiter une belle
propriété, se taper la cloche, dormir dans
un hôtel sublime et demain après-midi
vous serez revenus… Pierre! Fais-le pour
Ellen! Sors-la un peu de ses biberons!

Ellen hésitait. Elle n'avait pas du tout
envie de me quitter, je crois… Et là,
Charles, là je dis que la vie est une belle
salope parce que c'est *moi* qui ai insisté
pour qu'elle parte. Je sentais que cette
petite virée faisait tellement plaisir à
Pierre et son père… Vas-y, je lui ai dit, va
te taper la cloche et dormir dans un lit à
baldaquin, *we'll be fine.*

Elle a dit d'accord, mais je savais qu'elle
se forçait. Qu'une fois encore, elle faisait
passer les autres avant elle…

Tout s'est enclenché très vite. Nous
avions décidé de ne rien dire aux enfants
qui étaient en train de regarder un dessin
animé pour ne pas prendre le risque
d'une scène inutile. Quand Mowgli aurait
retrouvé son village, Maman reviendrait
demain et voilà.

Auntie Kate se sentait capable d'as-
sumer ça. *Auntie* Kate n'avait pas encore
sorti tous ses cadeaux de son sac de
voyage…

Silence.

– Seulement Maman n'est jamais revenue. Ni Papa. Ni Grand-Père.

– Le téléphone a sonné dans la nuit, une voix qui roulait les «r» m'a demandé si j'avais un lien de parenté avec Rrravennes Louis, Rrravennes Pierrre, ou Chérrraingueton Élin. Je suis sa sœur, ai-je répondu, alors on m'a passé quelqu'un d'autre, de mieux gradé, et ce quelqu'un d'autre s'est tapé le sale boulot.

Le conducteur avait-il trop bu? s'était-il assoupi? l'enquête le dirait, mais ce qui était sûr, c'est qu'il roulait beaucoup trop vite et que l'autre, le chauffeur du camion qui transportait des machines agricoles, aurait dû se ranger plus correctement et mettre ses warnings avant d'aller faire pipi.

Le temps qu'il se reboutonne, il n'y avait plus rien de sparky derrière son dos.

Kate s'était levée. Déplaça sa chaise près de son chien, se déchaussa et glissa ses pieds sous son flanc mort.

Jusque-là Charles avait tenu bon, mais de voir cette grosse bête qui ne pouvait plus remuer la queue lever gravement les yeux vers elle pour lui signifier la joie qu'il avait de pouvoir lui être encore utile à quelque chose, finit de le craqueler tout à fait.

Et il n'avait plus de cigarettes…

Posa sa main sur sa joue tuméfiée.

Pourquoi la vie était-elle si négligente avec ceux qui la servaient le plus loyalement?

Pourquoi?

Pourquoi ceux-là?

Il avait de la chance. Avait attendu d'avoir quarante-sept ans pour comprendre ce qu'Anouk célébrait quand elle envoyait tout balader sous prétexte qu'ils étaient vivants.

Les PV, leurs mauvaises notes, le téléphone coupé, sa voiture encore en panne, ses galères d'argent et la folie du monde.

À l'époque, il trouvait ça un peu facile, lâche même, comme si ce simple mot devait excuser toutes ses défaillances.

« Vivants. »

Bien sûr… Quoi d'autre?

C'était évident.

D'ailleurs ça ne comptait même pas.

Franchement elle était lourde avec ça…

– Ellen et son beau-père sont morts sur le coup. Pierre, qui était à l'arrière, a attendu d'être à l'hôpital de Dijon pour tirer sa révérence au milieu de ses collègues… J'ai déjà eu souvent l'occasion de… rictus… de *relater ces faits*, vous imaginez bien… Mais en réalité, je n'ai jamais rien dit…

– Vous êtes toujours là, Charles?
– Oui.
– À vous, je peux?
Hocha la tête. Était trop ému pour prendre le risque de lui laisser entendre le son de sa voix.
Plusieurs minutes s'écoulèrent. Il pensa qu'elle avait renoncé.

– En fait, n'avez pas cru ce qu'on vient de vous annoncer, ça n'a *aucun* sens, c'était un mauvais rêve. Allez donc vous recoucher.
Bien sûr, vous ne pouvez pas, et vous passez le reste de la nuit hébétée, à regarder le téléphone en attendant que le capitaine Machin vous rappelle pour s'excuser. Écoutez, il y a errrreur sur les corrrrps… Mais non, la terre a continué de tourner. Les meubles du salon ont repris leur place et un nouveau jour vient vous agresser.

Il est presque six heures et vous faites le tour de l'appartement pour mesurer l'étendue du drame. Samuel, dans une petite chambre bleue, six ans depuis la veille, le front contre son *teddy bear* et les paumes grandes ouvertes. Alice, dans la même en rose, trois ans et demi, et déjà rivée à son pouce… Et, près du lit de ses parents, Harriet, huit mois, qui ouvre de grands yeux quand vous vous penchez au-dessus de son berceau, et qui, vous le voyez bien, est *déjà* un peu déçue de retrouver votre visage incertain plutôt que celui de sa mère…

Vous soulevez cet enfant, vous fermez les portes des autres chambres parce qu'elle se met à gazouiller et, pour dire la vérité, vous n'êtes pas très pressée qu'ils se réveillent… Vous vous félicitez de vous être souvenue du nombre de cuillerées de poudre pour le biberon, vous vous installez dans un fauteuil devant la fenêtre parce que de toute façon, il faudra bien l'affronter ce putain de nouveau jour, alors autant que ce soit perdue dans les yeux d'un bébé qui tète et vous… vous ne pleurez pas, vous êtes dans cet état de…

– Sidération, murmura Charles.

– *Right. Numb.* Vous le prenez contre vous pour le rot et vous lui faites mal à vous retenir si fort à lui comme si ce petit *burp* était la chose la plus importante du monde. La dernière à laquelle vous puissiez encore vous raccrocher. Pardon, vous lui dites, pardon… Et vous vous bercez dans sa nuque.

Vous vous souvenez que votre avion repart demain, que vous venez d'obtenir la bourse que vous attendiez depuis si longtemps, que vous avez un fiancé qui vient à peine de s'endormir, lui, et à des milliers de kilomètres de là, que vous aviez prévu d'aller à la *garden-party* des Miller le week-end suivant, que votre père aura bientôt soixante-treize ans, que votre mère, ce petit oiseau inconséquent, n'a jamais été capable de prendre soin d'elle-même, que… qu'il n'y a personne à l'horizon. Mais surtout, et ça vous ne le réalisez pas encore, que vous ne reverrez plus jamais Ellen…

Vous savez que vous devez appeler vos parents, ne serait-ce que parce que quelqu'un doit aller là-bas. Répondre à des questions, attendre que l'on dézippe des housses et signer des papiers. Vous vous dites, je ne peux pas envoyer *Dad* là-bas, il est… inadapté pour ce genre de situation, quant à Maman… Vous regardez les gens qui marchent à grandes enjambées dans la rue et vous leur en voulez de leur égoïsme. Où vont-ils ainsi ? Pourquoi font-ils comme si rien ne s'était passé ? C'est Alice qui vous sort de votre torpeur et la première chose qu'elle vous demande c'est : Elle est revenue Maman ?

Vous faites un deuxième biberon, vous l'installez devant la télévision et vous bénissez Titi et Grosminet. D'ailleurs vous les regardez avec elle. Samuel arrive, il se love contre vous, il dit : c'est nul, c'est toujours Titi qui gagne. Vous acquiescez. C'est carrément nul, même… Vous restez avec eux devant la télévision le plus long-temps possible mais à un moment il n'y a plus rien à voir… Et puis vous leur aviez promis la veille de les emmener au jardin du Luxembourg alors il faut bien s'habiller, hein ?

C'est Samuel qui vous montre où descendre les poubelles et comment remonter le dosseret de la poussette. Vous le regardez faire et vous pressentez que ce petit garçon n'a pas fini de vous apprendre à vivre…

Vous marchez dans la rue et vous ne reconnaissez rien, vous devriez vraiment appeler vos parents mais vous n'en avez pas le courage. Pas pour eux, pour vous.

Tant que vous ne dites rien, ils ne sont pas morts. Le gendarme peut encore vous présenter ses excuses.

Là, c'est dimanche. Et le dimanche ça ne compte pas. C'est un jour où il ne se passe jamais rien. Où l'on reste en famille.

Les voiliers sur le bassin, les tourniquets, les balançoires, le guignol, tout est bon à prendre. Un grand garçon installe Samuel sur le dos d'un âne et son sourire est un merveilleux sursis. Vous ne pouvez pas le savoir mais c'est le début d'une grande passion qui vous emmènera jusqu'au concours d'attelage de Meyrieux-sur-Lance presque dix ans plus tard...

Elle souriait.

Charles, non.

– Ensuite vous les emmenez manger des frites au Quick de la rue Soufflot et vous les laissez jouer toute l'après-midi dans la cage à boules.

Vous êtes là. Vous n'avez pas touché à votre plateau. Vous les regardez.

Deux enfants s'amusent comme des fous dans l'aire de jeu d'un fast-food un jour d'avril à Paris et le reste n'a aucune importance.

Sur le chemin du retour, Samuel vous demande si ses parents seront là quand ils rentreront et comme vous êtes lâche, vous répondez que vous ne savez pas. Mais non, vous n'êtes pas lâche, c'est juste que vous ne *savez pas*. Vous n'avez jamais eu d'enfants, vous ne savez pas si vous devez leur annoncer la nouvelle de but en blanc ou créer une sorte de... progression dramatique pour leur permettre de se familiariser avec le pire. Dire d'abord qu'ils ont eu un accident de voiture, les faire goûter, puis leur annoncer qu'ils sont à l'hôpital, leur donner leur bain, ajouter que c'est un peu grave et... Si c'était vous, vous le leur diriez tout de suite, mais ce n'est pas vous, hélas. Soudain vous regrettez de ne pas être aux *States*, là-bas vous trouveriez facilement le numéro d'une *Helpline* et une psy archisûre d'elle au bout du fil pour vous aider. Vous êtes perdue et regardez longuement la vitrine du magasin de jouets à l'angle de la rue de Rennes pour gagner du temps...

Quand vous poussez la porte de l'appartement, Samuel se précipite sur le bouton clignotant du répondeur. Vous ne vous en êtes pas rendu compte parce que vous êtes en train de vous battre avec le minuscule manteau d'Harriet et, au-dessus des babillements d'Alice qui déballe sa dînette dans l'entrée, vous reconnaissez la voix du capitaine.

Il ne vous présente aucune excuse. Il vous engueule plutôt. Il ne comprend pas que vous ne l'ayez pas rappelé et vous prie de noter le numéro du commissariat et l'adresse de l'hôpital où reposent les corps. Il vous salue maladroitement et vous présente de nouveau ses condoléances.

Samuel vous regarde et vous, vous… vous regardez ailleurs… Une Harriet bien calée sur la hanche, vous aidez sa sœur à transporter son bazar et, pendant que vous installez la puce dans son parc, une petite voix dans votre dos demande : Les corps de qui ?

Alors vous allez dans sa chambre avec lui et vous répondez à sa question. Il vous écoute gravement et vous êtes sidérée par son… *self-control* et puis, lui aussi, retourne à ses petites voitures.

Vous n'en revenez pas, vous êtes soulagée mais vous trouvez ça très… *fishy*. Bon, chaque chose en son temps. Qu'il joue pour le moment, qu'il joue… Mais quand vous quittez sa chambre, il redemande, entre deux vroum vroum :

D'accord, ils ne reviendront plus jamais mais jusqu'à quand alors?

Alors vous vous enfuyez sur le balcon et vous vous demandez où sont les alcools forts dans cette maison. Vous allez prendre le téléphone sur son socle et, toujours depuis le balcon, vous commencez par appeler votre amoureux. Vous avez l'impression de l'avoir réveillé, vous lui exposez froidement la situation et au bout d'un silence long comme... l'océan Atlantique, le voilà aussi désespérant que les petits : *Oh honey... I feel so terribly sorry for you but... when are you coming back?* Vous raccrochez et là, vous vous mettez enfin à pleurer.

Vous ne vous êtes jamais sentie aussi seule de toute votre vie et bien sûr, ce n'est qu'un début.

Exactement le genre de situation où vous auriez besoin d'appeler Ellen...

Charles?

– Oui.

– Je vous ennuie?

– Non.

– Alcool fort, disais-je... Vous aimez le whisky? Attendez-moi une seconde...

Elle lui montra la bouteille :

– Le saviez-vous, qu'un des meilleurs whiskies du monde s'appelait Port Ellen?

– Non. Je ne sais rien, vous savez bien...

– Très difficile à trouver... La distillerie a fermé depuis plus de vingt ans, je crois...

– Alors gardez-le! protesta-t-il.

– Non. Je suis heureuse de le boire avec vous ce soir. Vous allez voir, c'est extraordinaire. Un cadeau de Louis justement... Une des rares choses qui nous ait suivis jusqu'ici... Il aurait su mieux que moi vous parler des notes d'agrumes, de tourbe, de chocolat, de bois, de café, de noisette et de je ne sais quoi d'autre encore, mais pour moi, c'est juste... du Port Ellen... Ce qui est formidable, c'est qu'il en reste! À une époque, j'avais besoin de boire pour m'endormir et n'étais pas très regardante sur les étiquettes... Mais cette bouteille-là, je n'aurais jamais osé m'en servir comme d'un assommoir. Je vous attendais.

– Je plaisante, se reprit-elle, en lui tendant un verre, ne m'écoutez pas. Qu'allez-vous penser de moi? Je suis ridicule.

Une fois encore, les mots se dérobèrent. Elle n'était pas ridicule du tout, elle était… Il ne savait pas… Une femme avec des notes de bois, de sel, et de chocolat peut-être…

– Bon, je termine mon histoire… Je crois que j'ai fait le plus dur… Ensuite il a fallu vivre et quoi qu'on en dise, c'est toujours plus facile quand on *doit* vivre. J'ai appelé mes parents. Mon père s'est retranché dans son mutisme, *as usual*, et ma mère est devenue hystérique. J'ai confié les enfants à la fille de la concierge et ai emprunté sa voiture à ma sœur pour aller la rejoindre en enfer. Tout a été très compliqué… Je ne savais pas que c'était si compliqué de mourir… Je suis restée deux jours là-bas… Dans un hôtel déprimant… C'est sûrement là que j'ai commencé à apprendre à boire… Près de la gare de Dijon, passé minuit, il est plus simple de trouver une bouteille de J&B que des somnifères… Je suis allée aux pompes funèbres et j'ai tout organisé pour que les corps soient incinérés à Paris. Pourquoi incinérés ? Parce que je ne savais pas où les enfants allaient vivre, j'imagine… C'était idiot mais je ne voulais pas les enterrer loin de leurs enf…

– Ce n'est pas idiot du tout, la coupa Charles.

Elle fut surprise par le ton de sa voix.

– Louis, lui, a été enterré avec sa femme dans le Bordelais. Où d'autre? sourit-elle, mais les urnes de Pierre et Ellen sont ici...

Charles tiqua.

– Dans une des granges... Au milieu du bazar... Je pense que les enfants les ont déjà vues mille fois sans se douter une seconde que... Enfin, bref, nous en reparlerons quand ils seront plus grands... Ça aussi, c'est une chose que j'ai découverte... Que faire de nos morts? Dans l'absolu, c'est tellement simple... On pense que leur souvenir est beaucoup plus important que leur mode de sépulture et on a raison évidemment, mais dans la pratique, surtout quand ces morts ne sont pas vraiment les vôtres, que faire? Pour moi, ça a été très compliqué parce que je... J'ai mis beaucoup plus de temps qu'eux à faire mon deuil... Elle n'y est plus mais pendant longtemps, il y avait une immense photo dans la cuisine. Je voulais que Pierre et Ellen assistent à tous nos repas... Pas seulement dans la cuisine d'ailleurs... J'en avais mis partout... J'étais obsédée à l'idée qu'ils puissent oublier leurs parents. Qu'est-ce que j'ai pu les tourmenter avec ça quand j'y pense... Dans

606

le salon, il y avait une étagère où l'on déposait pieusement les cadeaux fabriqués à l'école pour les fêtes des Mères. Une année Alice a ramené... je ne sais plus... une boîte à bijoux, je crois... Et bien sûr, comme tout ce que fait Alice, c'était une splendeur. Je l'ai félicitée et suis allée le déposer sur l'autel avec les autres. Elle n'a rien dit mais quand je suis sortie, elle l'a prise et l'a balancée de toutes ses forces contre le mur. « C'était pour toi que je l'avais faite ! s'est-elle mise à hurler, pour *toi* ! Pas pour une morte ! » J'ai ramassé les morceaux et suis allée enlever la photo dans la cuisine. Une fois encore, ces enfants venaient de m'éduquer et il me semble que j'ai abandonné le noir ce jour-là. Il est bon, hein ?

– Divin, répondit Charles entre deux gorgées.

– C'est pour cette même raison que j'ai toujours refusé qu'ils m'appellent Maman et avec le recul, je pense que ça leur a beaucoup coûté... Pas tellement à Sam, mais aux filles, oui... Surtout à l'école... Dans la cour de récré... Mais je ne suis pas votre maman, leur répétais-je, votre maman était beaucoup mieux que moi. Je leur en parlais beaucoup… Et de Pierre, aussi… Que j'avais assez peu connu finalement… Et puis un jour, j'ai compris qu'ils ne m'écoutaient plus. Je croyais les aider mais j'étais juste… morbide. C'est moi que je voulais aider… Du coup il y avait toujours une ombre au-dessus de ce « maman » comme si c'était un gros mot. Ce qui est le comble quand on y pense… Pourtant, je n'arrive pas à m'en vouloir, je… j'adorais ma sœur…

Aujourd'hui encore, il ne se passe pas une journée sans que je lui parle… Il me semble que j'agissais ainsi pour… je ne sais pas… lui rendre hommage… Dis donc, leva-t-elle la tête, quelle ambiance…

Des gloussements et des plouf montaient de la vallée.

– Il y a du bain de minuit dans l'air… Pour en revenir à cette histoire, c'est Yacine, le sage Yacine qui nous a tous détendus. Il était arrivé la veille, ne disait rien, écoutait toutes nos conversations et puis à table, pendant le dîner, s'est frappé le front : « Aaah, ça y eeeest… j'ai compriiis… En fait, Kate, ça veut dire maman en anglais ! » Et on s'est tous regardés en souriant : il avait tout compris…

– Mais le type qui m'a embauché au Chamboule Tout par exemple... il a dit « votre fils » en parlant de Samuel...

– Eh oui... Comment pouvait-il savoir que « votre fils » signifie *« your nephew »* en français des Vesperies... On va voir ce qu'ils font ?

Comme d'habitude, furent accompagnés de quelques corniauds réchappés de la casse.

Kate, qui était pieds nus, avançait précautionneusement.   Charles   lui proposa son bras.

Oublia ses bobos et se redressa fièrement.

Avait l'impression d'escorter une reine dans la nuit.

– On ne va pas les déranger ? s'inquiéta-t-il.

– Pensez-vous... Ils seront ravis...

Les grands faisaient les couillons près de la rivière et les petits s'amusaient à faire fondre des bonbons au-dessus du feu.

Charles accepta un petit crocodile à moitié fondu qui ressemblait un peu au blason qu'il portait sur le cœur.

C'était infâme.

– Mhmmm… délicieux.

– Tu en re-veux un autre?

– Sans façon, merci.

– Tu viens te baigner?

– Euh…

Les filles discutaient dans un coin et Nedra était penchée contre l'épaule d'Alice.

Cette enfant ne parlait qu'aux flammes…

Kate exigea une sérénade. Le musicien de service s'exécuta bien volontiers.

Ils étaient tous assis en tailleur et Charles eut l'impression d'avoir de nouveau quinze ans.

Avec plein de cheveux…

Il pensait à Mathilde… Si elle avait été là, lui aurait appris des morceaux un peu plus intéressants que ce grat grat laborieux. Il pensait à Anouk, toute seule dans son cimetière de merde à des centaines de kilomètres de ses petits-enfants. À Alexis, qui avait déposé son âme à la consigne et devait «tenir ses objectifs» en refourguant des chambres froides à des cantines de sous-préfectures. Au visage de Sylvie. À la douceur et à la générosité avec lesquelles elle lui avait

raconté toute une vie qui en avait tellement manqué... À Anouk encore, qu'il
avait suivie jusqu'ici et qui aurait été si
heureuse de faire l'andouille avec les
enfants d'Ellen... Qui aurait bouffé des
kilos de bonbons écœurants et se serait
lancée dans un numéro de gitane autour
du feu en tapant dans ses mains.

Qui serait même sûrement déjà dans
l'eau à l'heure qu'il est...

– J'ai besoin de m'adosser contre un
arbre, lui avoua-t-il en grimaçant, la main
posée sur sa poitrine.

– Bien sûr... Allons là-bas... saisit la
torche en passant. Vous avez mal, c'est
ça ?

– Je n'ai jamais été aussi bien, Kate...

– Mais... Que vous est-il arrivé au
juste ?

– Je me suis fait renverser par une
voiture hier matin. Rien de grave.

Elle lui indiqua une paire de fauteuils
club en cuir d'écorce et planta leur grand
chandelier sous les étoiles.

– Pourquoi ?

– Pardon ?

– Pourquoi vous vous êtes fait renverser
par une voiture ?

611

– Parce que… C'est une histoire assez longue… J'aimerais bien entendre la fin de la vôtre d'abord. Je vous raconterai la mienne la prochaine fois.

– Il n'y aura pas de prochaine fois, vous le savez bien…

Charles se tourna vers elle et…

– Allez, reprenons, préféra-t-il dire plutôt qu'une espèce de déclaration à la gélatine Haribo.

L'entendit soupirer.

– Je vous la raconterai parce que je… Je suis exactement comme vous. Je…

Merde, la suite était… lui collait déjà aux doigts.

Il ne pouvait quand même pas lui déclarer qu'il ne l'espérait plus. Elle, elle avait dit ça comme une boutade, le poulailler, les conquistadors et tout le bazar alors que lui… c'était…

Ce n'était pas de la verroterie…

– Vous, quoi ?

– Rien. J'attends mon tour.

Silence.

– Kate…

– Oui ?

– Je suis très heureux de vous avoir rencontrée… Très, *très* heureux…

– …

612

– Maintenant racontez-moi ce qui s'est passé entre les cris de votre maman et la kermesse d'aujourd'hui…

– Oh là… Yacine! Viens voir par là, mon grand! Va nous chercher la bouteille et nos deux verres qui sont sur la table, s'il te plaît. Puis, s'adressant à Charles, n'allez rien imaginer surtout, je lui ai obéi.

– À qui?

– À Manouk. Je ne bois plus seule. C'est juste que j'ai besoin de mon Port Ellen pour vous emmener jusqu'ici… Pourquoi vous me regardez comme ça?

– Rien… Vous devez être la seule personne au monde à lui avoir jamais fait confiance…

Yacine, essoufflé, leur tendit leurs verres et retourna à sa tambouille.

– *So… Back to Hell*… Mes parents sont arrivés le lendemain. Si les enfants n'avaient pas encore réalisé que leur vie était un champ de ruines, les mines épouvantables de leur *Granny* les ont mis définitivement au parfum… Via une amie d'Ellen, j'ai trouvé une jeune fille au pair pour les seconder et suis repartie sur mon campus à Ithaca.

– Vous étiez encore étudiante?

– Non, je suis… enfin, j'étais, ingénieur agronome. Bon sang ne saurait mentir, plaisanta-t-elle, ma mère m'avait appris à jardiner mais moi je voulais sauver l'humanité! Je ne voulais pas gagner une médaille au Chelsea Flower Show, je voulais régler une bonne fois pour toutes le problème de la faim dans le monde! Ha ha, ajouta-t-elle sans rire, j'étais mignonne, hein? J'ai beaucoup travaillé sur des tas de maladies et… Je vous raconterai tout ça plus tard… Là, je venais d'obtenir une bourse pour étudier les taches noires de la papaye.

– Vraiment? s'amusa Charles.

– Vraiment. *Ring Spot Virus*… Mais bon… Ils ont réglé ce problème sans moi… Quoique… Je ne vous l'ai pas montré tout à l'heure mais j'ai un petit laboratoire là-bas…

– Non?!

– Eh si… Maintenant je ne sauve plus le monde, je bidouille des plantes pour aider les gens riches à vivre mieux et plus longtemps… Disons que je suis dans la pharmacopée de confort, quoi… Je suis très branchée if en ce moment… Vous avez déjà entendu parler du taxol de l'if en cancérologie? Non? *Well*… C'est un autre débat… Là, je suis dans mon petit appartement de fonction avec mon fiancé qui me demande si je vais faire une salade de pâtes pour le barbecue des Miller.

The situation was totally insane. Qu'est-ce que j'allais foutre chez les Miller alors que j'avais deux urnes au fond d'une penderie, trois orphelins sur les bras et deux parents à consoler? La nuit qui a suivi a été très longue. Je comprenais, j'entendais ses arguments mais bon, c'était déjà trop tard... C'était moi qui avais poussé Ellen à partir prendre du bon temps et il me semblait que j'avais... comment dire... ma part de... *responsabilité* dans cette affaire...

Gorgée de tourbe pour faire passer ce mot.

– Le pire c'est que nous nous aimions, ce Matthew et moi... Nous avions même prévu de nous marier il me semble... Bref, il y a des nuits comme ça où des vies disparaissent en quelques heures... J'étais bien placée pour le savoir... Le lendemain, j'ai fait le tour de l'administration et me suis consciencieusement... *deleted.* Annulée, rayée, supprimée auprès de tas de collègues et sur tous les papiers que l'on me tendait en me faisant les gros yeux comme si j'étais une petite fille égoïste qui cassait ses jouets et ne tenait pas ses promesses.

J'avais travaillé comme un chien pour en arriver là et je repartais la queue entre les jambes, je crois même que je me sentais coupable... J'ai même dû leur demander pardon... En quelques heures, j'ai abandonné tout ce que j'avais : l'homme que j'aimais, mes dix années d'études, mes amis, mon pays d'adoption, mes souches faibles, mes ADN, mes papayes et même mon chat...

Matt m'a accompagnée à l'aéroport. C'était affreux. Je lui ai dit, tu sais je suis sûre qu'il y a plein de projets passionnants en Europe aussi... Nous faisions le même métier... Il a hoché la tête et m'a répondu cette chose qui m'a longtemps hantée : Tu ne penses qu'à toi.

Je pleurais en franchissant la passerelle. Moi qui avais tant roulé ma bosse sur des plantations du monde entier, je n'ai jamais repris l'avion depuis ce jour-là...

Il m'arrive encore de penser à lui... Quand je suis là, perdue dans ce trou, en bottes, à moitié gelée, à regarder Sam entraîner son âne, avec mes chiens pourris, le vieux René et son patois incompréhensible et tous les gosses du

616

village perchés sur les clôtures qui font la claque en attendant que le nouveau gâteau soit enfin cuit, je pense à lui, à ce qu'il m'a dit, et un magnifique *Fuck you* me réchauffe le cœur bien plus efficacement que ma grosse Aga…

– Qui est-ce ?

– La cuisinière… La première chose que j'ai achetée en arrivant ici… C'était une folie d'ailleurs… Toutes mes économies y sont passées… Mais il y en avait une chez ma *nanny* en Angleterre et je savais que je n'y arriverais pas sans elle… C'est le même mot en français, *cuisinière*, pour la dame et pour l'appareil, et ce flou lexical m'a toujours semblé très pertinent. Pour moi, pour nous tous, c'est une vraie personne. Une espèce de bonne grand-mère chaude, gentille, présente, et nous sommes toujours fourrés dans ses jupes. Le four du bas à gauche par exemple est très utile…

Quand les enfants sont couchés et que j'en ai plein les bottes, je m'assois devant et j'enfourne mes pieds à l'intérieur. C'est… *lovely*… Heureusement que personne ne vient jamais ! La femme au loup les pieds dans le four, ça les occuperait encore quelques saisons ! Oui, on avait une voiture vraiment pourrie à

617

l'époque mais une Aga bleu Wedgwood qui m'avait coûté le prix d'une Jaguar...

Bon... revenons à nos moutons. À nos agneaux, devrais-je dire. À nos agneaux sacrifiés. Mes parents sont repartis, la jeune fille au pair m'a fait comprendre que ma mère avait été la plus difficile à gérer et... Et quoi ?

Et ça a été très dur...

Samuel s'est remis à mouiller ses draps, Alice faisait des cauchemars et continuait de me demander tous les jours quand Maman ne serait plus morte.

Je les ai emmenés voir une pédopsychiatre qui m'a dit : Posez-leur des questions, interrogez-les constamment, forcez-les à verbaliser leur mal-être et surtout, surtout, ne les laissez jamais dormir avec vous. J'ai dit oui, oui, et j'ai tout laissé tomber au bout de trois séances.

Je ne leur ai jamais posé de questions mais je suis devenue la plus grande experte en Playmobil, en Lego, et en gommettes du monde entier. J'ai fermé la porte de la chambre de Pierre et d'Ellen et nous avons dormi tous ensemble dans la chambre de Sam. Les trois matelas par terre... Il paraît que c'est criminel mais moi j'ai trouvé ça formidablement efficace. Plus de cauchemars, plus de fuites et plein d'histoires avant de s'endormir… Je savais qu'Ellen leur parlait en français mais lisait Enid Blyton, Beatrix Potter et tous les livres de notre enfance en anglais et j'ai pris sa suite.

Je ne les forçais pas à « verbaliser leur mal-être » mais Samuel me reprenait souvent pour m'expliquer comment Maman lisait ce passage-là et aussi qu'elle imitait la voix fâchée de Mr MacGregor ou celle de Winnie the Pooh beaucoup mieux que moi… Aujourd'hui encore, même avec Yacine et Nedra, nous sommes dans *Oliver Twist* en version originale. Ce qui ne les empêche pas d'avoir des notes exécrables au collège, je vous rassure !

Et puis il y a eu la première fête des Mères… La première d'une longue série qui nous secoue toujours un peu… Et puis je suis allée voir les maîtresses pour leur demander d'arrêter avec leur putain d'heure des mamans… C'est Alice qui m'avait raconté ça un soir… Que ça la faisait pleurer tout le temps… « Et maintenant, les enfants, mettez vos manteaux parce que ça va être l'heure des mamans ! » Je leur ai demandé si elles pouvaient rajouter « et des tantes... » mais ça n'a jamais bien pris...

Ah! Le corps enseignant... Ce sont mes moulins à moi, ça... Est-ce que vous vous rendez compte que Yacine est le dernier de sa classe? Lui? Le petit garçon le plus brillant, le plus curieux que j'aie jamais croisé? Et tout ça parce qu'il ne sait pas tenir un crayon correctement. J'imagine qu'on ne lui a jamais appris à écrire... J'ai essayé pourtant mais rien n'y fait, il a beau s'appliquer, c'est illisible. Il y a quelques mois, il a dû faire un dossier sur Pompéi. Il y a passé un temps fou et c'était extraordinaire. Alice avait fait toutes les illustrations et nous avions même réalisé quelques reproductions de moulages sur la table de la cuisine. Tout le monde s'y était mis... Eh bien, il n'a eu que 10 sur 20 parce qu'elle avait bien précisé que les textes devaient être écrits à la main. Je suis allée la voir pour lui assurer qu'il avait tout tapé lui-même mais elle m'a répondu que c'était « vis-à-vis des autres »...

Vis-à-vis des autres...

Je hais cette expression.

Je la vomis.

Vis-à-vis des autres, qu'est-ce que c'est notre vie à nous, depuis neuf ans?

Un naufrage?

Un gai naufrage…

Là, je me tiens parce que Nedra arrive derrière mais quand j'en aurai fini avec le primaire, j'irai la voir et je lui dirai : «Madame Christèle P., vous êtes une grosse conne.» Oui, je suis grossière mais je n'ai pas eu à le regretter parce que ça m'a valu une très jolie récompense…

Je racontais cette anecdote à je ne sais plus qui, que j'allais insulter cette peau de vache un de ces jours et Samuel qui était là avec ses copains a dit dans un grand soupir : «Ma vraie mère n'aurait jamais fait ça…» C'était une belle récompense parce que c'est assez dur avec lui ces derniers temps… Crise d'adolescence classique j'imagine, mais beaucoup plus compliquée dans notre cas… Ses parents ne lui ont jamais autant manqué… Il ne porte plus que les vêtements de son père et de son grand-père et, évidemment… la tante Kate avec ses gâteaux et ses carottes à la fenêtre, c'est devenu un peu léger comme modèle de vie… Heureusement cette petite phrase prononcée *tendrement* m'a rappelé que l'ingrat glouton fainéant et boutonneux avait encore un peu d'humour… Mais bon, que cela ne me déconcentre pas. Je me la ferai, cette conne !

Rires.

– Mais comment avez-vous tous atterri ici ?

– J'y viens… Tendez-moi votre verre.

Charles était saoul. Saoul d'histoires.

– J'ai donc fait ce que je pouvais… J'étais souvent nulle mais ces enfants ont été d'une gentillesse et d'une patience exemplaires… Comme leur maman… Leur maman qui me manquait telle- ment… Parce qu'en vérité, c'est *moi* qui pleurais la nuit. Quand ils étaient malheu- reux, je voulais qu'elle soit là et quand ils étaient heureux, c'était pire encore. Je vivais dans son appartement, au milieu de ses affaires, je me servais de sa brosse à cheveux et lui empruntais ses pull-overs. Je lisais ses livres, ses petits mots sur la porte du Frigidaire, et même ses lettres d'amour, un soir de grande détresse… Je n'avais personne à qui parler d'elle. Mes *dearest friends* se levaient quand je me couchais et il n'y avait pas encore Internet, Skype et tous ces satellites géniaux qui ont transformé notre grande planète en petit boudoir…

Je voulais qu'elle m'apprenne à faire la voix de Winnie. Et celle de Tigger. Et celle de Rabbit aussi. Je voulais qu'elle m'envoie des signes de là-haut pour me dire ce qu'elle pensait de mes initiatives farfelues et si c'était si grave que ça de dormir pêle-mêle dans nos chagrins... Je voulais qu'elle me redise que ce garçon ne valait pas le coup et que j'avais bien fait de ne pas lui avoir laissé l'occasion de me retrouver. Je voulais qu'elle me serre dans ses bras et qu'elle me prépare de grands bols de lait chaud à la fleur d'oranger à moi aussi...

Je voulais lui téléphoner et lui raconter comme c'était dur d'élever les enfants d'une sœur qui avait disparu en prenant bien soin de ne pas leur dire au revoir pour ne pas leur faire de peine. Je voulais tout rembobiner et lui dire : Laisse-les donc partir tous les deux boire leur pinard, nous on va se finir au sherry et je te raconterai des histoires de papayes et de coucheries sur le campus.

Elle aurait *adoré* que je lui parle ainsi. Elle n'attendait que ça d'ailleurs...

Je crois que je devenais un peu dingue et qu'il aurait été plus raisonnable de déménager mais je ne pouvais pas leur imposer ça... Et puis ce n'était pas si simple… J'ai oublié de vous raconter tout le côté… *technique* de cette affaire… Le conseil de famille, la convocation chez le juge des tutelles, le notaire et tous ces micmacs pour avoir de quoi les élever… Ça vous intéresse aussi, Charles, ou on part directement à la campagne?

– Ça m'intéresse beaucoup mais…

– Mais?

– Est-ce qu'ils ne vont pas prendre froid à barboter si tard?

– Pff… C'est increvable, ces bêtes-là… Dans deux minutes les garçons vont courser les filles et tout le monde sera bien réchauffé, croyez-moi…

Silence.

– Vous êtes très attentif, hein?

Il rosit dans le noir.

La distributrice de claques venait de passer devant eux en hurlant poursuivie par Bob Dylan.

– Qu'est-ce que je vous disais… Au fait… Est-ce que vous mettriez des préservatifs dans la sellerie, vous?

Charles ferma les yeux.

Quelles montagnes russes, cette fille-là…

– J'en ai mis… Près de la boîte à sucre pour les chevaux… Quand je l'ai annoncé à Sam, il m'a regardée effaré comme si j'étais une affreuse perverse, mais en attendant l'affreuse perverse a la conscience tranquille!

Il se garda bien d'argumenter. Leurs épaules se touchaient par moments et le sujet était un peu... bref...

– Oui. Le côté technique m'intéresse beaucoup, sourit-il en regardant le fond de son verre.

Dans le noir c'était difficile à dire, mais il lui sembla entendre son sourire.

– Ça va être long, le prévint-elle.

– J'ai tout mon temps...

– L'accident a eu lieu un 18 avril et j'ai assuré une sorte d'intérim «à l'arrache» comme disent mes ados jusqu'à la fin du mois de mai, ensuite il a fallu réunir ce qu'on appelle donc un «conseil de famille», soit trois personnes de la branche paternelle et autant de l'autre. De notre côté, c'était vite vu, *Dad*, Maman et moi, du côté de Pierre, les choses se sont avérées beaucoup plus compliquées. Ce n'était pas une famille, c'était un nœud de Mauriac ce truc-là, et le temps qu'ils se mettent d'accord, nous avons dû annuler un premier rendez-vous.

Je les ai vus arriver et j'ai eu une énorme bouffée de tendresse pour Louis et son fils. J'ai compris pourquoi le premier ne voulait plus les voir et pourquoi le second était tombé fou amoureux de ma sœur. C'étaient des gens... comment vous dire... bien armés... Oui, c'est ça... Bien armés dans la vie... Il y avait la sœur aînée de Louis, son mari, et Édouard, l'oncle de Pierre du côté de sa mère... euh... Vous me suivez toujours?

– Je vous suis toujours.

– L'oncle Édouard avait un joli sourire et des cadeaux pour les enfants, les deux autres, appelons-les « les experts-comptables » puisque c'était son métier à lui, et son obsession à elle, les comptes justes je veux dire, ont commencé par me demander si je savais parler français. Ça commençait très très fort!

Elle riait.

– *I think I've never spoken French as well as*... aussi bien que ce jour-là! Je leur ai sorti tout mon Chateaubriand et mes plus beaux imparfaits du subjonctif à ces deux ploucs de province!

Alors, premier point... Qui allait être nommé tuteur des enfants? Bon... Personne ne se bousculait au portillon. La juge m'a regardée et je lui ai souri. Affaire classée. Second point, qui serait nommé subrogé tuteur? C'est-à-dire, qui me fliquerait? Qui «contrôlerait ma gestion»? Ah, là! tout de suite, ça s'est agité sous les cachemires. Les otites, les cauchemars et les dessins de bons-hommes sans bras de ces enfants, ça n'avait pas tellement d'importance, mais leur patrimoine, attention…

Mine de les mimer, Kate lui donnait beaucoup de coups de coude en douce…

– Que vouliez-vous que je fisse contre eux deux? Que je mourusse ou qu'un beau désespoir alors me secourût? Je regardais le visage de mon vieux papa qui prenait des notes pendant que ma mère tortillait son mouchoir en gémis-sant et les écoutais raconter leurs salades au juge. Le pauvre Doudou était dans les choux, c'était du côté de Louis qu'il y avait un peu de cash… Un appar-tement à Cannes et un autre à Bordeaux, sans compter celui de Pierre et Ellen. Enfin… de Pierre surtout… Madame l'experte connaissait l'acte de vente mieux que moi… Le problème c'est que Louis et sa sœur étaient en procès depuis dix ans pour un bout de terrain ou je ne sais quoi et… bref, je vous passe les détails…

Good Lord, j'ai senti que ça allait être mouvementé, cette histoire... Finalement, c'est le beau-frère de Louis qui a remporté le titre. *Code civil article 420 et suite,* rappela la juge, *le rôle du subrogé tuteur est de représenter les incapables mineurs lorsque les intérêts de ces derniers se trouvent en opposition avec ceux du tuteur.* Nous nous sommes tous mis d'accord pendant que la greffière greffait mais je me souviens que je n'y étais déjà plus. Je me disais :

Dix-sept ans...

Dix-sept ans et deux mois sous leur regard...

Help.

En sortant du tribunal, mon père a enfin ouvert la bouche :

« *Alea jacta est.* »

Eh ben... j'étais bien avancée avec ça... Et parce qu'il devinait mon accablement, a ajouté que je n'avais rien à craindre, que c'était dans Virgile, « *Numero deus impare gaudet* »...

– Ce qui signifie ? demanda Charles.

– Que ces enfants étaient trois et que la Divinité aimait le nombre impair.

Le regarda en se marrant :

– Quand je vous disais que je me sentais seule ! Ensuite il y eut de nombreux rendez-vous chez le notaire pour goupiller l'idée d'une rente qui me serait versée tous les trimestres et la certitude que ces enfants pourraient faire de belles études si je les avais tuteurés convenablement jusque-là… Ce qui fut, je ne vous le cache pas, un énorme soulagement. Dix-sept ans et deux mois, même avec ce petit pécule, je saurai faire, et, à moins qu'ils ne se tirent avec l'oseille à leur majorité pour aller jouer au casino, ils devraient s'en sortir…

Enfin… On verra… Comme je vous disais tout à l'heure : un jour après l'autre… Allez, un dernier verre chacun, le temps d'arriver jusqu'à cette rivière…

– Entre tous ces rendez-vous et ces milliers de coups de téléphone, la vie suit son cours.

Je perds les carnets de santé, j'achète des chaussures d'été, je fais connaissance avec les autres mamans, j'entends beaucoup parler d'Ellen, je souris vaguement, j'ouvre son courrier et j'envoie des faire-part ou des photocopies d'extraits d'acte de décès en retour, je me mets à cuisiner, j'apprends à convertir les *pounds and ounces*, les *cups*, les *tablespoons*, les *feet*, les *inches* et tout le reste, je participe à ma première kermesse d'école, je commence à bien m'en sortir avec la voix débile de Tigger, je tiens, je craque, j'appelle Matthew dans la nuit, je le dérange au milieu d'une manipulation, il ne peut pas me parler, il va me rappeler. Je pleure jusqu'au matin et fais changer le numéro de peur qu'il ne me rappelle vraiment et trouve des arguments plus convaincants pour me faire revenir…

L'été arrive. Nous partons chez mes parents dans leur cottage près d'Oxford. Ce sont des semaines terribles. Terriblement tristes. Mon père est miné par le chagrin et ma mère confond toujours Alice et Hattie. Je ne savais pas que les vacances scolaires étaient si longues en France… J'ai l'impression d'avoir vieilli de vingt ans. Je voudrais remettre ma blouse et m'enfermer avec mes germes… Je leur lis moins d'histoires mais j'aide Harriet à faire ses premiers pas et je… j'ai du mal à la suivre…

Le contrecoup, j'imagine… Tant que nous étions dans l'échafaud… faudage? faudement?

– De quoi? s'inquiéta-t-il.

– De cette nouvelle vie...

– Prenez échafaudement alors, c'est avec ce mot qu'on élevait des cathédrales...

– Ah? Tant que nous y étions, j'étais dans l'action, je me battais, mais là, c'était fini. Il n'y avait plus rien à faire d'autre qu'à tenir pendant dix-sept ans et un mois. Je dois porter cinq personnes à bout de bras et j'abrège ces vacances qui me tuent. Parce que j'ai beaucoup maigri et que j'ai tout laissé là-bas, je porte de plus en plus souvent les vêtements d'Ellen et je... je ne vais pas bien du tout...

On étouffe à Paris, les enfants tournent en rond et je donne sa première fessée à Samuel, et puis, sur un coup de tête, je décide de louer un gîte dans un tout petit patelin perdu... Le village s'appelle Les Marzeray et nous nous y rendons tous les jours en poussette pour nous ravitailler et boire une menthe à l'eau en face de l'église.

J'apprends à jouer à la pétanque et recommence à lire des livres qui racontent des histoires tristes, mais inventées. La cafetière-épicière m'indique une ferme où je pourrais trouver des œufs et même un poulet. Le bonhomme n'est pas commode mais je peux toujours essayer…

Les enfants prennent des couleurs, nous marchons beaucoup, pique-niquons et faisons la sieste dans les prés, Samuel tombe en pâmoison devant une ânesse et son petit, et Alice commence un magnifique herbier. *It runs in the blood…*

Sourire.

– Je suis comme elle, je découvre ou redécouvre la nature autrement que sous des lames de microscope, j'achète un appareil jetable et demande à un touriste de me prendre en photo avec les petits. La première… Elle est sur la cheminée de la cuisine et c'est ce que j'ai de plus cher au monde… Nous quatre, devant la fontaine près de la boulangerie des Marzeray, cet été-là… Convalescents, en déséquilibre sur la margelle et osant à peine sourire à cet inconnu mais… vivants…

Larmes.

– Pardon, reprit-elle en se frottant le nez contre sa manche, c'est le whisky… Quelle heure est-il ? Presque une heure… Je dois les coucher.

Charles, que toutes ces histoires avaient corseté, proposa à Nedra de la prendre dans ses bras.

Elle refusa.

Yacine marchait près de lui, silencieux. Il avait mal au cœur. Harriet et Camille les suivaient en laissant traîner leurs sacs de couchage.

La belle étoile était trop froide...

***

Kate porta de nouveau son chien dans la cuisine et disparut à l'étage après lui avoir demandé s'il pouvait rallumer le feu.

Connut un moment d'angoisse, mais non, il n'était pas si manche que ça... Alla chercher des bûches sous l'auvent, rinça leurs verres et vint se frotter, lui aussi, contre leur grosse *nanny* en fonte. S'accroupit, caressa le chien, toucha l'émail, ouvrit tous les fours et souleva les deux couvercles.

Sous sa paume, les températures étaient toutes différentes.

Il en découvrait des choses...

Chercha la photo dont elle venait de lui parler et grimaça de tristesse.

Ils étaient si petits...

– Elle est belle, hein ? dit-elle dans son dos.

Non. Il n'aurait pas dit ça…

– Je n'avais pas réalisé qu'ils étaient si jeunes…

– Moins de quatre-vingts kilos, répondit-elle.

– Pardon ?

– C'est ce que nous pesions à l'époque… Tous les quatre, sur la balance de la gare routière… Mais, bon… En sautant dessus à pieds joints avec nos livres et tous les doudous, on a quand même réussi à se faire engueuler par le type du guichet. Madame ! Tenez vos gosses, enfin ! Vous allez finir par dérégler la machine avec vos bêtises !

Good.

C'était exactement ce que j'avais prévu de faire…

Elle avait retourné un fauteuil canné auquel manquait un accoudoir. Charles se tenait plus bas, les bras autour des genoux, assis sur un minuscule repose-pieds tapissé de boutons de rose et de trous de mites.

Restèrent un moment silencieux.

– Le vieux bonhomme pas commode, c'était René, n'est-ce pas ?

– Oui, sourit-elle. Tiens, là, je vais me faire plaisir... Je vais prendre mon temps... Mais j'ai peur que vous soyez mal assis, non ?

Il se tourna de façon à pouvoir s'adosser contre le montant de la cheminée.

Pour la première fois, se trouva face à elle.

Regardait son visage seulement éclairé par ce feu qu'il allait entretenir, et la dessina.

Commença par ses jolis sourcils, qu'elle avait très droits, ensuite euh...

Que d'ombres...

– Prenez tout votre temps, murmura-t-il.

– C'était un 12 août... Jour de l'anniversaire d'Harriet... Sa première bougie... Un jour triste, ou gai, il fallait décider. Nous avons décidé de lui préparer un gâteau et sommes partis à la recherche de ces fameux œufs frais. Mais c'était un prétexte... J'avais déjà repéré cette ferme éloignée du village au cours de nos promenades précédentes et voulais la voir de plus près.

Il faisait très chaud je me souviens, et

déjà, sous la grande allée de chênes, nous nous sentions mieux... Certains étaient malades et je pensais à tous ces génomes de champignons que d'autres que moi étaient probablement en train de séquencer...

Samuel, sur son petit vélo, roulait devant nous en les comptant, Alice cherchait des glands « troués » et Hattie dormait dans sa poussette.

Même avec la perspective d'une bougie, j'étais assez cafardeuse. Je ne voyais pas bien où nous allions comme ça... Moi aussi, je me sentais affaiblie par une sorte de gale ou je ne sais quel parasite... *Solitudina vulgaris* peut-être ? Ivres de marches et de grand air, les enfants s'endormaient très tôt et me laissaient de longues soirées pour ruminer mon sort. Je m'étais remise à fumer et vous ai menti tout à l'heure... Je ne les lisais pas tous, ces romans que j'avais emportés... Mais, je lisais des haïkus... Un petit livre volé à la table de nuit d'Ellen...

Je cornais des pages qui disaient :

Couvert de papillons
l'arbre mort
est en fleur !

Ou :

Sans souci
sur mon oreiller d'herbes
je me suis absenté.

Mais le seul qui m'obsédait vraiment à l'époque, je l'avais lu sur une porte des toilettes du campus :

Life's a bitch
and then
you die.

Oui. Celui-là résonnait bien…

— Et pourtant vous vous en souvenez encore, rétorqua Charles. Des japonais, je veux dire…

— Je n'ai pas de mérite. Aujourd'hui le recueil est dans nos toilettes à nous, répondit-elle en souriant.

Je continue… Nous avons traversé le pont et les enfants étaient en transe. Les grenouilles ! les araignées d'eau ! les libellules ! Ils ne savaient plus où donner de la tête.

Samuel avait abandonné son vélo et Alice me tendait ses sandales. Je les ai laissés jouer un moment en collectant pour elle des joncs et des renoncules aqu... *ranunculus aquatilis...* Et puis Harriet que j'avais laissée là-haut dans sa poussette s'est manifestée et nous sommes remontés avec nos trésors. Ensuite... Je ne sais pas ce que vous avez pensé, vous, hier soir quand vous êtes arrivé ici avec Lucas, mais moi, ces murets, cette cour, cette petite maison cachée sous la vigne et tous ces bâtiments autour... fatigués mais encore si vaillants, ce fut... *love at first sight.* Nous avons toqué à la porte, personne, et, à cause de la chaleur, sommes allés goûter dans l'une des granges. Samuel s'est précipité sur les tracteurs et regardait, fasciné, les vieilles charrettes. Il y a des chevaux, tu crois? Les filles émiettaient leurs biscuits en riant au milieu des poules et j'étais désespérée d'avoir oublié mon appareil photo. C'était la première fois que je les voyais comme ça... Ni plus ni moins âgés que leur âge...

Un chien est arrivé. Une espèce de petit fox qui aimait aussi les Chocos BN et pouvait sauter jusqu'à l'épaule de Sam. Son maître arrivait derrière... J'ai attendu qu'il pose ses seaux et se rafraîchisse à la pompe avant d'oser le déranger.

Parce qu'il cherchait son chien, nous a aperçus tous les trois et est venu tranquillement à notre rencontre. Je ne l'avais pas encore salué que déjà, les enfants l'assaillaient de questions.

«Oh là! fit-il en levant les mains, mais vous avez un accent bien pointu, vous autres!»

Il leur a dit comment s'appelait son chien, Filou, et lui a fait faire plein de petits tours rigolos.

Un vrai cabot...

Je lui ai dit que nous étions venus chercher des œufs. «Ah ça, pour sûr, j'dois bien en avoir à la cuisine mais les petiots, y vont préférer aller les chercher par eux-mêmes, pas vrai?» et il nous a emmenés dans son poulailler. Pour un monsieur pas commode, je le trouvais bien aimable...

Ensuite nous l'avons suivi dans sa cuisine pour trouver une boîte et là, j'ai su qu'il devait vivre seul depuis très longtemps... C'était tellement sale... Sans parler de l'odeur... Il nous a proposé à boire et nous nous sommes tous assis autour de sa toile cirée qui nous collait aux coudes. C'était un sirop très bizarre et il y avait des mouches mortes dans la boîte à sucre mais les enfants ont été parfaits. Je n'osais pas sortir Hattie de sa poussette. Le sol était aussi... attachant que le reste... À un moment, n'en pouvant plus, je me suis levée pour ouvrir la fenêtre. Il m'a regardée faire sans rien dire et je crois que notre amitié est née là, quand je me suis retournée en disant : « Aaah... C'est quand même mieux comme ça, non ? »

C'était un vieux garçon qui semblait bien embarrassé et n'avait jamais vu d'enfants d'aussi près, j'étais une future vieille fille qui ne se laissait pas emmerder par une poignée difficile et avait dix-sept années à tirer, nous nous sommes souri dans cette brise tiède...

Sam lui a expliqué que les œufs c'était pour faire un gâteau d'anniversaire à sa petite sœur. Il a regardé Harriet sur mes genoux : « C'est aujourd'hui son anniversaire ? » J'ai hoché la tête et il a ajouté : « C'est qu'j'aurais bien une peluche pour c'te p'tiote, moi... » Misère, je me demandais encore quel machin dégoûtant il allait lui mettre dans les mains... Un lapin rose gagné au stand de tir d'une fête foraine en 1912 ?

Suivez-moi, a-t-il déclaré, en aidant Alice à descendre de sa chaise. Il nous a conduits jusqu'à un autre bâtiment et s'est mis à grogner dans l'obscurité : « Où qu'c'est qui z'étaient fourrés encore... ? »

Ce sont les enfants qui les ont trouvés et là j'ai vraiment dû libérer Hattie…

Charles commençait à bien s'y connaître en sourires-de-Kate, mais celui-ci était vraiment plus contagieux que les autres…

– Qu'est-ce que c'était?

– Des chatons… Quatre minuscules chatons cachés sous une vieille bagnole… Les enfants sont devenus dingues. Ils lui ont demandé s'ils pouvaient les prendre dans leurs bras et nous sommes tous allés jouer dans l'herbe derrière la maison.

Pendant qu'ils s'amusaient avec eux comme si c'était de la pâte à guimauve, nous nous sommes assis sur un banc. Il avait son chien sur les genoux, se roulait une cigarette, souriait en les observant et m'a félicitée : j'avais une bien belle portée, moi aussi… Je me suis mise à pleurer direct. J'étais loin d'avoir mon compte de sommeil, je n'avais pas parlé à un adulte bienveillant depuis… Ellen, et je lui ai tout balancé.

Il est resté longtemps silencieux avec son briquet dans sa pogne et puis il a dit : «Y seront heureux quand même, vous verrez… Alors? Lequel qu'elle a choisi, la drôlette?»

Ce sont les grands qui ont décidé pour elle et j'ai promis qu'on viendrait le chercher le jour de notre départ. Il nous a raccompagnés jusqu'aux chênes. Le bas de la poussette était rempli de légumes de son potager et les enfants se sont longtemps retournés pour le saluer.

Arrivés à notre petite cuisine de location, j'ai réalisé que je n'avais pas de four... J'ai planté une bougie sur une madeleine et ils sont allés se coucher épuisés. Ouf, ce foutu jour était derrière nous... Je l'avais décidé gai, mais n'y serais jamais arrivée sans cette maison qui, je trouvais, portait un beau nom de crépuscule...

J'étais en train de fumer sur la terrasse quand Sam est arrivé en traînant son ours derrière lui. C'était la première fois qu'il venait me voir comme ça. La première fois qu'il me prenait dans ses bras... Et là, ce n'était pas le feu mais les étoiles, qui nous servaient d'écran de secours...

«Tu sais, je crois qu'il ne faut pas le prendre, ce petit chat», finit-il par m'annoncer très sérieusement. «Tu as peur qu'il s'ennuie à Paris?» «Non, mais je ne veux pas qu'on le sépare de sa maman et de ses frères et sœurs...»

Oh, Charles… J'étais en madeleine moi aussi… Tout. Tout me faisait pleurer…

« Mais on pourra aller le revoir demain, hein ? », il a ajouté.

Bien sûr. Nous y sommes retournés le lendemain, et le jour d'après, et finalement nous avons passé le reste de nos vacances à la ferme. Les enfants bricolaient dans les granges pendant que je vidais la cuisine dans la cour et la nettoyais à grande eau. Ce monsieur René, avec ses poules, ses vaches, le vieux cheval qu'il avait en pension, son petit chien et son gigantesque foutoir était devenu notre nouvelle famille. Pour la première fois, je me sentais bien. Protégée. J'avais l'impression que rien de mauvais ne pourrait nous atteindre derrière ces murets, que le reste du monde se tenait de l'autre côté des douves…

Le jour du départ, nous étions tous bien émus et lui avons promis que nous reviendrions le voir pendant les vacances de la Toussaint. « Alors il faudra me voir au bourg, a-t-il dit, parce que je n'habiterai plus là… » Ah bon ? Et pourquoi ? Il était trop vieux, il ne voulait plus passer un hiver ici tout seul. Avait été très malade l'année précédente et avait décidé d'aller vivre chez sa sœur qui venait de tomber veuve. Il allait louer la maison à des jeunes et ne garderait que le potager.

Et les animaux? se sont inquiétés les enfants. Bah... Il prendrait les poules et Filou, mais le reste, hein...

Ce «hein» avait un petit accent d'abattoir...

Bon. Eh bien, nous irions le voir au bourg... Nous avons fait un dernier grand tour avant de partir et je n'ai pas pu prendre tous les cageots qu'il m'avait si gentiment préparés : la voiture était trop petite.

Se leva, souleva le couvercle de gauche et remplit une bouilloire.

— L'appartement aussi, nous parut bien petit... Et les trottoirs... Et le square... Et les contractuelles... Et le ciel... Et les arbres du boulevard Raspail... Et même le jardin du Luxembourg où je ne voulais plus aller parce que les promenades éclair à dos d'âne étaient devenues trop luxueuses...

Tous les soirs je me disais que j'allais faire des cartons et réaménager l'appartement et tous les matins je repoussais

644

cette épreuve au lendemain. Par l'intermédiaire d'un ancien collègue, l'American Chestnut Foundation m'a proposé de traduire une énorme thèse sur les maladies du châtaignier. J'ai inscrit Hattie à la crèche, là encore je vous passe toutes les complications administratives… Misérables humiliations… Et, pendant que les grands étaient à l'école, je me battais avec le *Phytophtora cambivora* et autres *Endothia parasitica.*

Je détestais ce boulot, passais mon temps à regarder le gris par la fenêtre et me demandais s'il y avait une poêle à trous dans la cuisine de René…

Et puis un jour arriva qui fut plus noir que les autres… Hattie était tout le temps malade, mouchait, toussait et s'étouffait la nuit dans ses glaires. C'était l'enfer pour obtenir un rendez-vous chez le médecin et les délais d'attente pour voir un kiné me rendaient dingue. Sam qui savait déjà presque lire s'ennuyait à mourir en classe de CP, et la maîtresse d'Alice, la même que l'année précédente, continuait d'exiger la signature des deux parents sur les petits mots qu'elle distribuait. Je ne pouvais pas le lui reprocher bien sûr, mais si j'avais choisi, moi, de faire son métier, j'aurais été plus attentive avec cette petite fille qui dessinait déjà tellement mieux que toutes les autres…

Quoi d'autre ce jour-là? La gardienne m'avait pris la tête avec la poussette qui salissait son entrée, je venais de recevoir une lettre du syndic avec le devis pour les travaux de l'ascenseur, c'était exorbitant et totalement imprévu, la chaudière était en panne, mon ordinateur venait de me planter et quatorze pages de châtaigniers avaient disparu dans la nature… et, *icing on the cake*, alors que j'avais enfin décroché un putain de rendez-vous chez le kiné, la voiture avait été emmenée à la fourrière… Une autre, plus maligne, aurait commandé un taxi mais moi j'ai pleuré.

Je pleurais tellement que les enfants n'osaient même pas me dire qu'ils avaient faim.

Finalement Samuel a préparé des bols de céréales pour tout le monde et… le lait n'était plus bon, il avait tourné…

Ne pleure pas pour ça, se désolait-il, on peut les manger avec des yaourts, tu sais…

Qu'ils étaient gentils quand j'y pense…

Nous nous sommes couchés dans notre bivouac. Je n'avais pas eu le courage de lire une histoire et nous nous en racontions dans le noir à la place…

Comme souvent, nos rêveries nous ramenaient aux Vesperies... Quelle taille avaient les chatons aujourd'hui ? Est-ce que René les avait pris avec lui ? Et le petit âne ? Est-ce que d'autres enfants lui apportaient des pommes après l'école ?

Attendez-moi, je leur ai dit.

Il devait être neuf heures du soir, je suis allée passer un coup de téléphone et suis revenue en marchant sur le ventre de Samy pour le faire râler. Je me suis remise sous ma couette entre eux trois et j'ai prononcé lentement ces mots : Si vous voulez, on part habiter là-bas pour toujours...

Grand silence et puis il a chuchoté : Mais... on pourra emmener nos jouets ?

On en a encore parlé un petit moment et, quand ils se sont enfin endormis, je me suis relevée et j'ai commencé à faire des cartons.

La bouilloire sifflait.

Kate posa un plateau devant le feu. Odeur de tilleul.

– La seule chose que René m'avait dite au téléphone, c'était que la maison n'était pas encore louée. Les jeunes qui devaient s'y installer la trouvaient trop

647

isolée. Peut-être que ça aurait dû me mettre la puce à l'oreille… Que des gens du cru avec de jeunes enfants aient renoncé à y vivre… Mais j'étais trop excitée pour l'entendre… Bien plus tard cet hiver-là, j'ai souvent eu l'occasion d'y repenser. On a eu tellement froid certaines nuits… Mais bon, nous avions pris l'habitude de camper et nous nous sommes tous installés dans le salon autour de la cheminée. Physiquement, nos premières années ici furent les plus éprouvantes de ma vie mais je me sentais… invulnérable…

Ensuite, il y a eu le Grand Chien et puis l'ânon pour remercier ce petit gars qui m'avait aidée à porter des bûches tous les soirs, et puis les chats ont fait d'autres chats, et puis c'est devenu le joyeux merdier que vous connaissez aujourd'hui… Vous voulez du miel ?

– Non merci. Mais… Vous… vous vivez seule depuis toutes ces années ?

– Ah ! sourit Kate cachée derrière son mug. Ma vie sentimentale… Je ne savais pas si j'allais évoquer ce chapitre-là justement…

– Bien sûr que vous allez m'en parler, répliqua-t-il en taquinant les braises.

– Ah bon ? Et pourquoi ?

– J'en ai besoin pour finir mon relevé topographique.

– Je ne sais pas si ça en vaut la peine…

– Dites toujours…

– Et la vôtre, alors?

– …

– Bon. Je vois que c'est *encore* moi qui me tape les cartons! J'y vais mais ce n'est pas très glorieux, vous savez…

Elle s'était avancée pour se rapprocher du feu et Charles tourna une page invisible.

Son profil à présent…

– Aussi durs furent-ils, les premiers mois passèrent très vite. J'avais tellement à faire… J'ai appris à boucher des fissures, à enduire, à peindre, à couper du bois, à mettre une goutte d'eau de Javel dans l'eau des poules pour qu'elles ne soient pas malades, à poncer des volets, à tuer des rats, à me battre avec les courants d'air, à acheter des morceaux de viande en promotion et à les découper avant de les congeler, à… à des tas de choses dont je ne me serais jamais crue capable et, toujours, avec une petite fille très curieuse dans les pattes…

À l'époque, je me couchais en même temps que les enfants. Passé huit heures du soir, j'étais *out of order.* C'était ce qui pouvait m'arriver de mieux d'ailleurs... Je n'ai jamais regretté ma décision. Aujourd'hui, c'est devenu plus compliqué à cause des écoles et demain, ce le sera plus encore, mais il y a neuf ans, croyez-moi, cette vie de Robinson nous a tous sauvés. Et puis les beaux jours sont arrivés... La maison était devenue presque confortable et j'ai recommencé à me regarder dans une glace pour me coiffer. C'est idiot mais ça ne m'était pas arrivé depuis presque un an...

Un matin j'ai remis une robe et le lendemain je suis tombée amoureuse.

Elle riait.

– Évidemment sur le moment, cette histoire me paraissait le comble du romantisme. La flèche inespérée d'un Cupidon qui s'était paumé dans les labours et toutes ces *foolisheries,* mais aujourd'hui, avec le recul, et vu les suites de ce... Enfin bref, aujourd'hui j'ai viré l'angelot.

C'était le printemps et *je voulais* tomber amoureuse. Je voulais qu'un homme me prenne dans ses bras. J'en avais ras le bol d'être Superwoman qui mettait des plombes à enlever ses bottes et avait eu trois enfants en moins de neuf mois. Je voulais qu'on m'embrasse et qu'on me dise que j'avais la peau douce. Même si ce n'était plus vrai du tout...

J'ai donc mis une robe pour accompagner la classe de Samuel visiter je ne sais plus quoi avec les élèves de l'autre instituteur et... et je me suis assise à côté de lui dans le car pour le trajet du retour...

Charles abandonna ses croquis. Son visage était trop mouvant. Il y a dix minutes, elle avait l'âge de l'humanité et quand elle souriait comme ça, dans le fond du car, pas tout à fait quinze ans.

– Le lendemain j'ai trouvé un prétexte pour l'attirer jusqu'ici et je l'ai violé.

Se tourna vers lui :

– Euh... Il était consentant, hein ! Consentant, gentil, un peu plus jeune que moi, célibataire, enfant du pays, super bricoleur, super doué avec les mômes, super fort en oiseaux, en arbres, en étoiles, en randonnées... Idéal, quoi... Emballez-moi ça vite fait que je le congèle !

Non... Je ne devrais pas faire preuve de tant de cynisme... J'étais amoureuse... Je crevais d'amour et je l'ai *bien* aimé… La vie était devenue tellement plus facile… Il s'est installé ici. René qui l'avait connu tout minot m'a donné sa bénédiction, le Grand Chien ne l'a pas bouffé et il a pris le lot sans faire de manières. Ce fut un bel été et Hattie a eu un vrai gâteau pour ses deux ans… Et puis un bel automne aussi… Il nous a appris à aimer la nature, à la regarder, à la comprendre, il nous a abonnés à *La Hulotte*, m'a présentée à plein de gens adorables que je n'aurais jamais connus sans lui… M'a rappelé que j'avais moins de trente ans, que j'étais gaie et que j'aimais les grasses matinées…

Je suis devenue complètement idiote. Je répétais : « J'ai trouvé mon maître ! J'ai trouvé mon maître ! »

Au printemps suivant, j'ai voulu un enfant. C'était probablement un peu tôt mais j'y tenais beaucoup. Je devais me dire que ce serait une façon de resserrer tous les liens. Avec lui, avec ceux d'Ellen, avec cette maison… Je voulais un enfant à moi pour être sûre de ne jamais abandonner les trois autres… Je ne sais pas si vous pouvez me comprendre ?

Non. Charles était trop jaloux pour essayer de démêler tout ça.

Je l'ai *bien* aimé…

Ce « bien » l'avait mordu sous le crocodile.

Il ne savait même pas ce que ça voulait dire…

Et puis c'était un peu la moindre des choses pour un cul-terreux d'instit' de savoir s'y prendre avec les gosses et de reconnaître la Grande Ourse !

— Bien sûr que je comprends, murmura-t-il gravement.

— Ça n'a jamais marché… Une autre, toujours, aurait probablement eu plus de patience mais au bout d'un an, je suis allée à la grande ville pour me plier à une série d'examens. J'en avais pris trois sans broncher, j'avais quand même droit au mien, non ?!

Mon ventre m'a tellement obsédée que j'ai un peu merdé sur le reste…

Il ne dormait plus à la maison tous les soirs ? C'est qu'il avait besoin de calme pour corriger ses dictées… Il ne sillonnait plus le pays avec nous tous les dimanches à la recherche d'un nouveau vide-greniers ? C'est qu'il devait en avoir un peu marre de nos cochonneries… Il ne me faisait plus l'amour aussi tendrement ? Mais c'était de ma faute aussi ! Avec tous mes calculs tellement débandants…

Il trouvait que les enfants étaient bien encombrants? Eh oui... Il y en avait trois... Et mal tenus? Eh oui... Je trouvais que la Vie leur devait bien ça... Que leur enfance devait ressembler à un magnifique bras d'honneur... Que je parlais trop souvent en anglais quand je m'adressais à eux? Eh oui... Quand je suis fatiguée, je parle la langue qui me vient le plus naturellement...

Que... Que... Que... Qu'il avait demandé sa mutation pour la rentrée prochaine?

Ah... Là, je n'avais plus d'arguments.

Je n'avais rien vu venir... Je croyais qu'il avait fait comme moi, que les mots prononcés et les promesses d'engagement, même sans juge et sans greffière, avaient un sens. Malgré des hivers qui s'annonçaient durs et une dot un peu chargée...

Il a eu sa mutation et je suis devenue ce que j'étais quand je vous ai raconté ma dernière cigarette...

Une tutrice abandonnée...

Qu'est-ce que j'ai été malheureuse, quand j'y pense, sourit-elle penaude. Mais qu'est-ce que je foutais là aussi?! Qu'est-ce que j'étais venue rater ma vie dans une maison aussi pourrie? À me la

jouer Karen Blixen dans mon fumier...
À rentrer du bois tous les soirs et à aller faire mes courses de plus en plus loin pour qu'on ne me fasse pas de réflexions sur le nombre de bouteilles que je couchais discrètement entre des paquets de Pépito et des boîtes pour les chats...

À tout cet effondrement s'est ajoutée une chose beaucoup plus pernicieuse encore : la mésestime de soi. OK, notre histoire avait tourné court mais bon... ça arrive à beaucoup de gens... Le hic, c'étaient ces trois années qui nous séparaient... Je ne me disais pas : il est parti parce qu'il ne m'aimait plus, je me disais : il est parti parce que je suis vieille.

Trop vieille pour être aimée. Trop moche, trop lestée. Trop bonne, trop conne, trop nonne.

Pas très glamour avec ma tronçonneuse, mes lèvres gercées, mes mains rouges et ma cuisinière qui pesait six cents kilos...

Non... Pas très.

Je ne lui en voulais pas d'être parti, je le comprenais.

J'aurais fait exactement la même chose à sa place...

Se resservit une tasse et souffla longtemps sur l'eau tiède.

– La seule chose positive de cette histoire, plaisanta-t-elle, c'est que nous sommes toujours abonnés à *La Hulotte*! Vous le connaissez, le type qui fait ça? Ce Pierre Déom?

Charles lui fit signe que non.

– Formidable. Pur… Pur génie… Ça m'étonnerait qu'il veuille y aller mais il mériterait un grand terrier au Panthéon ce monsieur-là… Mais bon… Je n'avais plus tellement la tête à reconnaître une noisette rongée par un écureuil d'une autre croquée par un campagnol… Quoique… J'ai dû m'y intéresser quand même un peu sinon nous ne serions pas là ce soir…

L'écureuil l'éclate en deux parties alors que le campagnol y fait un trou joliment ciselé. Pour plus de détails, voir le linteau de cette cheminée…

Moi, c'était plutôt campagnol, mon affaire… J'étais toujours entière mais complètement vide à l'intérieur. Utérus, cœur, avenir, confiance, courage, placards… Tout était vide. Je fumais, je buvais de plus en plus tard dans la nuit et puis, comme Alice avait appris à lire, je n'ai plus pu mourir prématurément alors j'ai fait une espèce de dépression à la place...

Vous me demandiez tout à l'heure pourquoi j'avais tant d'animaux, eh bien à ce moment-là je l'ai su. C'était pour me lever le matin, nourrir les chats, ouvrir la porte aux chiens, porter du foin aux chevaux et embrouiller les enfants. Les animaux continuaient à faire vivre cette maison et à les occuper loin de moi...

Les animaux se reproduisaient à la saison des amours et ne pensaient qu'à bouffer le reste du temps. C'était un exemple épatant. Je ne lisais plus d'histoires et leur donnais des baisers de fantôme, mais tous les soirs, en refermant les portes de leurs chambres, je veillais à ce que tous aient bien leur chat attitré comme bouillotte...

Je ne sais pas combien de temps cela aurait pu durer ni jusqu'où exactement... Je commençais à perdre les pédales. Est-ce qu'ils ne seraient pas mieux dans une vraie famille d'accueil? Avec un papa et une maman «aux normes»? Est-ce que je ne ferais pas mieux de bazarder tout ça et de repartir aux États-Unis avec eux? Ou sans, d'ailleurs...

Est-ce que… Je ne parlais même plus à Ellen et baissais la tête pour être sûre de ne pas croiser son regard…

Ma mère m'a appelée un matin. Il paraît que j'avais trente ans.

Ah ?

Déjà ?

Seulement ?

Je me suis assommé la tête à la vodka pour fêter ça.

J'avais raté ma vie. Je voulais bien assurer le minimum, trois repas par jour et les conduites à l'école mais c'était tout.

En cas de réclamation, adressez-vous au juge.

C'est dans ces eaux-là que j'ai croisé Anouk et qu'elle a posé sa main sur ma nuque…

Charles détaillait les chenets.

– Et puis un jour, j'ai reçu un coup de téléphone du secrétariat de gynécologie où j'avais été auscultée plusieurs semaines auparavant… On ne pouvait rien me dire, je devais me déplacer. J'ai noté le rendez-vous tout en sachant que je ne m'y rendrais pas. La question n'était plus, et ne serait probablement plus, à l'ordre du jour.

Pourtant j'y suis allée... Pour me sortir, me changer les idées, et parce qu'Alice avait besoin de tubes de peinture ou de je ne sais quelle autre denrée absolument introuvable ici.

Le toubib m'a reçue. Il a commenté mes radios. Mes trompes et mon utérus étaient complètement atrophiés. Minuscules, bouchés, hors d'état de procréer. Il faudrait refaire une série d'examens plus poussés mais il avait lu dans mon dossier que j'avais passé de longues périodes en Afrique et pensait que j'avais contracté la tuberculose.

Mais... je n'ai pas le souvenir d'avoir été malade, me défendis-je. Il était très calme, devait être le mieux gradé de la caserne et avoir l'habitude d'annoncer des nouvelles désagréables. Il m'a parlé longuement mais je n'ai rien écouté. C'était une forme de tuberculose qui avait très bien pu passer inaperçue et... je ne me souviens plus... J'avais le cerveau aussi nécrosé que le reste...

Ce dont je me souviens, c'est que lorsque je me suis retrouvée dans la rue, j'ai touché mon ventre sous mon pull. L'ai caressé même... J'étais complètement perdue.

Heureusement l'heure tournait. Il fallait que j'avance si je voulais avoir le temps de passer à la grande papeterie avant de récupérer les enfants à la sortie de l'école. Je lui ai tout acheté... Tout ce dont elle aurait rêvé... De la peinture, des pastels, une boîte d'aquarelles, des fusains, du papier, des brosses et des pinceaux, un kit de calligraphie chinoise, des perles... Tout.

Ensuite, je suis allée dans un magasin de jouets et j'ai pourri les deux autres... C'était n'importe quoi, j'avais déjà du mal à joindre les deux bouts, mais tant pis. *Life was* definitely *a bitch.*

J'étais très en retard, ai failli avoir un accident et suis arrivée complètement échevelée devant les grilles. Il faisait presque nuit et je les ai vus qui m'attendaient, angoissés, tous les trois assis sous le préau.

Il n'y avait personne d'autre qu'eux dans la cour...

Je les ai vus relever la tête et j'ai vu leurs sourires. Des sourires d'enfants qui venaient juste de réaliser, que non, ils n'avaient pas été abandonnés. Je me suis jetée sur eux et je les ai pris dans mes bras. J'ai ri, j'ai pleuré, je leur ai demandé pardon, je leur ai dit que je les aimais, qu'on se quitterait jamais, qu'on était les plus forts et que... Que, hé, les chiens devaient nous attendre, là?

Ils ont ouvert leurs cadeaux et j'ai recommencé à vivre.

— Voilà, ajouta-t-elle en reposant sa tasse, vous savez tout... Je ne sais pas quel rapport vous allez faire à ceux qui vous ont envoyé en mission jusqu'ici mais en ce qui me concerne, je vous ai tout montré...

— Et les deux autres? Yacine et Nedra... D'où viennent-ils?

— Oh Charles, soupira-t-elle, ça va bientôt faire... tendit la main vers lui, attrapa son poignet et le retourna pour ausculter sa montre... sept heures que je parle de moi sans discontinuer... Vous n'en avez pas marre?

— Non. Mais si vous êtes fatiguée, ce...

— Vous n'avez plus du tout de cigarettes? le coupa-t-elle.

— Non.

— *Shit*. Bon... Eh bien, remettez une bûche alors... Je reviens...

Elle avait passé un jean sous sa robe.

– Recommencer à vivre, pour moi qui avais un ventre mort, ça voulait dire ouvrir ma maison à d'autres enfants.

Elle était si grande, il y avait tant d'animaux, tant de cachettes, tant de cabanes... Et puis j'avais tellement de temps finalement... J'ai fait une demande auprès des services sociaux pour devenir assistante maternelle. J'avais dans l'idée de recevoir des gamins pendant les vacances. De leur offrir une super colo, de bons souvenirs, des... Enfin, je ne savais pas vraiment mais il me semblait que la vie d'ici s'y prêtait bien... Que nous étions tous dans la même galère et qu'il fallait se serrer les coudes... et puis que... Que je pouvais bien servir à quelque chose... malgré tout... J'en ai parlé aux miens et ils ont dû me répondre un truc comme : Mais... on sera obligés de prêter nos jouets alors ?

Rien de plus traumatisant à l'horizon...

J'ai appris un monde nouveau. Suis allée chercher un dossier à la PMI et j'ai soigneusement rempli les cases. Mon état civil, mes revenus, mes motivations... Me suis aidée de mon Harrap's pour ne pas faire de fautes d'orthographe et ai joint des photos de la maison. J'ai cru qu'ils m'avaient oubliée mais quelques semaines plus tard, une assistante sociale s'est annoncée pour venir voir si je pouvais obtenir un agrément.

Elle se toucha le front en riant.

– Je me souviens, la veille on avait lavé tous les chiens dans la cour! Il faut dire qu'ils puaient tellement! Et j'avais fait des nattes aux filles... Je crois même que je m'étais déguisée en dame... Nous étions par-faits!

L'assistante sociale était jeune et souriante, sa coéquipière, la puéricultrice, euh... moins avenante... J'ai commencé par leur proposer de faire le tour des lieux et nous sommes parties avec Sam, ses sœurs, les gamins du village qui traînaient toujours dans les parages, les chiens, le... non, le lama n'était pas encore là... enfin... vous imaginez le cortège...

Charles imaginait bien.

– Nous étions fiers comme des coqs. C'était quand même la plus belle maison du monde, non? La puéricultrice nous gâchait notre plaisir en demandant toutes les trois secondes si ce n'était pas dangereux. Et la rivière? Ce n'est pas dangereux? Et les douves? Ce n'est pas dangereux? Et les outils? Ce n'est pas dangereux?

Et le puits ? Et la mort-aux-rats dans les écuries ? Et… Ce gros chien, là ?

Et votre connerie ? avais-je envie de lui répondre, elle n'a pas fait trop de dégâts, déjà ?

Mais bon, j'ai été très *fair play.* Écoutez, les miens s'en sont sortis jusqu'à présent, ai-je plaisanté.

Ensuite, je les ai reçues dans mon beau salon… Vous ne le connaissez pas mais il est très chic. Je l'appelle mon Bloomsbury… Ce ne sont pas Vanessa Bell et Duncan Grant qui ont dessiné des fresques sur les murs et la cheminée, mais la belle Alice… Pour le reste, c'est un peu la même ambiance qu'à Charleston. Accumulation, bric-à-brac, tableaux… À l'époque de cette visite, il était plus civilisé. Les meubles de Pierre et d'Ellen avaient encore un peu d'allure et les chiens n'avaient pas le droit de grimper sur les canapés en chintz…

J'avais sorti le grand jeu. Théière en argent, serviettes brodées, *scones, cream and jam.* Les filles assuraient le service et je tirais sur ma jupe avant de m'asseoir. La Reine en personne aurait été… *delighted*…

Le courant est tout de suite passé avec la jeune assistante sociale. Elle me posait des questions très pertinentes sur ma... vision des choses... Mes idées en matière d'éducation, ma capacité à me remettre en cause, à m'adapter à des enfants difficiles, ma patience, mon degré de tolérance... Même avec cette mésestime de moi dont je vous parlais tout à l'heure et qui est restée depuis lors une fidèle compagne, là, je me sentais intouchable. Il me semblait que j'avais fait mes preuves... Que cette maison pleine de courants d'air respirait la tolérance et que les cris des enfants dans la cour parlaient pour moi...

L'autre bique ne nous écoutait pas. Elle regardait, effarée, les fils électriques, les prises de courant, l'os rongé qui avait échappé à ma vigilance, le carreau cassé, les taches d'humidité sur les murs...

Nous discutions tranquillement quand elle a poussé un petit cri : une souris était venue voir s'il n'y avait pas déjà quelques miettes sous le guéridon...

Holy Shit!

Non, mais celle-ci, on la connaît bien ! l'ai-je rassurée, elle fait partie de la famille vous savez... Les enfants lui donnent des corn-flakes tous les matins...

C'était la vérité mais je voyais bien qu'elle ne me croyait pas…

Elles sont reparties en fin d'après-midi et je priai le Ciel pour que le pont ne s'écroule pas sous leur voiture. J'avais oublié de les prévenir de se garer de l'autre côté…

Charles souriait. Il était au premier rang et la pièce était vraiment excellente.

– Je n'ai pas eu l'agrément. Je me souviens plus du blabla mais en gros, l'électricité n'était pas aux normes. Bon… Sur le moment, j'étais vexée comme tout et puis j'ai oublié… C'étaient des gamins que je voulais ? Eh bien, je n'avais qu'à regarder par la fenêtre ! Il y en avait partout…

– C'est ce que m'a dit la femme d'Alexis, rétorqua Charles.

– Quoi ?

– Que vous étiez comme le joueur de flûte de Hamelin… Que vous entraîniez tous les enfants hors du village…

– Pour les noyer peut-être ? fit-elle agacée.

– …

– Pff… Quelle conne celle-ci aussi… Comment il fait, votre ami, pour vivre avec elle ?

– Je vous l'ai dit que ce n'était plus mon ami.

– Ce sera votre histoire à vous, c'est ça?

– Oui.

– C'est pour lui que vous êtes venu?

– Non... Pour moi...

– ...

– Mon tour viendra. Je vous le promets... Parlez-moi de Yacine et Nedra maintenant...

– Pourquoi vous vous intéressez tellement à tout ça?

Que pouvait-il lui répondre?

Pour vous regarder le plus longtemps possible. Parce que vous êtes la face lumineuse de celle qui m'a mené jusqu'à vous. Parce que, à sa manière, elle serait devenue ce que vous êtes si elle avait eu une enfance moins mutilante...

– Parce que je suis architecte, répondit-il.

– Quel rapport?

– J'aime bien comprendre comment les édifices tiennent debout...

– Ah oui? Et nous sommes quoi, nous, alors? *A zoo? Some kind of boarding house or... A hippy camp?*

– Non. Vous êtes... Je ne sais pas encore... Je cherche. Je vous dirai... Allez... J'attends Yacine...

Kate tira sur sa nuque. Était fatiguée.

– Quelques semaines plus tard, j'ai reçu un coup de téléphone de la gentille, celle qui aimait bien mes normes... Elle m'a redit comme elle était désolée, a commencé à fustiger l'administration et ses règlements débi... Je l'ai interrompue. Pas de problème. Je m'en étais remise.

Justement, à ce propos... Elle avait là un petit garçon qui aurait bien besoin de vacances... Il habitait chez une de ses tantes mais ça n'allait pas du tout... Est-ce que, peut-être, nous pourrions nous passer de la bénédiction du conseil général? Ce serait juste l'affaire de quelques jours... Pour lui permettre de voir autre chose... Elle n'aurait pas osé « resquiller » ainsi si ça avait été un autre que lui, mais celui-là, vous verrez, il était vraiment étonnant... Elle a ajouté en riant : Je trouve qu'il mérite de venir voir vos souris !

C'était pour les vacances de Pâques, je crois... Un matin, elle me l'a amené « en fraude » si je puis dire et... Vous connaissez le personnage... On l'a tout de suite adoré.

Il était irrésistible, posait des tas de questions, s'intéressait à tout, rendait mille services, s'était pris de passion pour Hideous, se levait très tôt pour aider René au potager, savait ce que mon nom signifiait et racontait des tas d'histoires formidables à mes petits péquenauds qui n'étaient jamais sortis de leur village...

Quand elle est venue le rechercher, ça a été... horrible.

Il sanglotait à chaudes larmes... Je me souviens, je l'ai pris par la main et nous sommes allés au fond de la cour. Je lui ai dit : «Dans quelques semaines, ce sera les grandes vacances et là, tu pourras rester pendant deux mois»... Mais lui, hoquetait-il, il voulait rester pour tou-jouhou-houuurs. Je lui ai promis que je lui écrirais souvent, alors, là, oui, si je lui donnais la preuve que je ne l'oubliais pas, alors d'accord. Il voulait bien remonter dans la voiture de Nathalie...

Le temps qu'il fasse un gros câlin à son chien préféré, elle, cette petite fonction-naire qui fonctionnait selon son cœur, m'a avoué avant de refermer sa portière que son père avait battu sa mère à mort sous ses yeux.

Je suis tombée de haut. Ça m'apprendrait à jouer les bonnes dames patronnesses aussi... Je voulais ouvrir une colo, pas me prendre un nouveau paquet de merde sur le coin de la figure...

Enfin... C'était trop tard maintenant... Yacine était parti mais pas les images. Pas l'obsession d'un homme bousillant la mère de ses enfants dans un coin du salon... Je croyais que j'étais un peu aguerrie pourtant... Mais non. La vie nous réserve toujours de jolies surprises...

Donc, je lui ai écrit... Nous lui avons tous écrit... J'ai pris plein de photos des chiens, des poules, de René et en glissais une ou deux dans chaque lettre... Et il est revenu, à la fin du mois de juin.

L'été a passé. Mes parents sont arrivés. Il s'est mis ma mère dans la poche et répétait après elle les noms latins de toutes les fleurs puis demandait à mon père de les lui traduire. Mon père qui lisait sous le grand robinier et lui déclamait : *Tytire, tu patulae recubans sub tegmine fagi* en lui apprenant à chanter le nom de la belle Amaryllis...

J'étais la seule à connaître son histoire et j'étais émerveillée qu'un petit garçon qui en avait tant vu puisse être un élément aussi apaisant...

Les enfants se moquaient tout le temps de lui parce qu'il était très froussard mais il ne se vexait jamais. Il disait : je vous regarde parce que je réfléchis à ce que vous faites... Moi, je savais, qu'il ne voulait *plus jamais* prendre le moindre risque de se faire mal. Il les laissait jouer aux « Indiens qui torturent » et retournait voir Grani dans ses roses...

À partir de la mi-août, j'ai commencé à redouter son départ.

Nathalie avait prévu de venir le chercher le 28. Le 27 au soir il avait disparu.

Le lendemain, nous avons organisé une gigantesque partie de cache-cache. En vain. Et Nathalie est repartie très ennuyée. Cette histoire pouvait lui coûter cher... Je lui ai promis que je le lui amènerais moi-même dès que je le retrouverais. Mais le surlendemain soir il était toujours introuvable... Elle était paniquée. Il fallait appeler les gendarmes. Il s'était peut-être noyé ? En même temps que j'essayais de la rassurer, j'ai vu un truc bizarre dans cette cuisine, je lui ai dit : laisse-moi encore un peu de temps, je les préviendrai, je te promets...

Les enfants étaient très stressés, ils ont dîné en silence et sont allés se coucher en appelant son nom dans les couloirs.

Au milieu de la nuit, je suis venue me faire un thé. Je n'ai pas allumé la lumière, me suis assise au bout de la table et je lui ai parlé : Yacine, je sais où tu es. Il faut que tu sortes maintenant. Tu ne veux quand même pas que les gendarmes viennent te chercher, si ?

Aucune réponse.

Évidemment...

J'aurais fait la même chose à sa place et j'ai fait ce que j'aurais voulu que l'on me fasse, si j'avais été à sa place.

Yacine, écoute-moi. Si tu sors maintenant, je vais m'arranger avec ton oncle et ta tante et je te promets que tu pourras rester avec nous.

Je prenais un risque bien sûr, mais bon... aux différentes allusions de Nathalie, j'avais compris que l'oncle en question ne tenait pas particulièrement à cette énième bouche à nourrir...

Yacine, *please*. Tu vas attraper toutes les puces de ce chien ! Est-ce que je t'ai déjà menti une seule fois depuis que tu me connais ?

Et j'ai entendu : « Oh là là... Tu ne peux pas savoir comme j'ai faim ! »

– Il était où ? demanda Charles.

Kate se retourna :

– Le banc, là, contre le mur qui ressemble à un gros coffre... Je ne sais pas si vous pouvez les voir mais il y a deux ouvertures sur le devant... C'est un banc-niche que j'avais trouvé chez un antiquaire au début de notre installation ici... Je trouvais l'idée géniale mais les chiens n'y sont jamais allés bien sûr... Ils préfèrent les canapés d'Ellen... Et là, comme par hasard, Hideous y était toujours fourré et n'était même pas venu baver sous nos assiettes pendant le dîner...

– *Elementary, my dear Watson,* sourit-il.

– Je l'ai nourri, j'ai appelé l'oncle et l'ai inscrit à l'école. Voilà pour Yacine... Quant à Nedra, elle est arrivée par le même biais, en contrebande, mais dans des circonstances beaucoup plus dramatiques... On ne savait rien d'elle sauf qu'elle avait été récupérée dans une espèce de squat et qu'elle avait le visage cassé. C'était il y a deux ans, elle devait en avoir trois, enfin... on n'a jamais très bien su... Et c'était encore une combine de Nathalie.

Là aussi, ce devait être du provisoire... Le temps de lui réparer la mâchoire qu'une baffe un peu lourde avait dû lui déboîter et d'assurer sa convalescence en attendant qu'on lui retrouve un bout de famille quelque part...

Et là, croyez-moi, Charles, quand vous avez toutes vos dents de lait mais pas de papiers, la vie est très très compliquée... Nous avons trouvé un médecin qui a accepté de l'opérer au noir mais pour le reste, c'est désespérant. Ils n'ont pas voulu me la prendre à l'école et je lui fais la classe moi-même. Enfin... je fais ce que je peux puisqu'elle ne parle pas...

– Pas du tout?

– Si... Un peu... Quand elle est seule avec Alice... Mais elle a une vie de chien... Non. Pardon. Rien à voir avec mes chiens. Elle n'est pas idiote du tout et comprend très bien sa situation... Elle sait qu'on peut venir la chercher d'un jour à l'autre et que je ne pourrai rien faire pour elle.

Charles comprit soudain pourquoi elle s'était enfuie dans les bois la veille.

– Elle pourra toujours se cacher sous le banc...

– Non... Ce n'est pas pareil... Yacine a le droit d'être ici, il est en pension. J'ai simplement inversé les dates et l'oblige à aller dans sa famille pendant les vacances. Alors qu'elle... Je ne sais pas… Je suis en train de monter un dossier d'adoption, mais là encore, c'est l'enfer. Toujours ce problème de normes… Il faudrait que je me trouve un gentil mari qui travaille dans la fonction publique, sourit-elle, un genre professeur des écoles, quoi…

Courba le dos et étira ses bras devant le feu.

– Voilàhhh, bâilla-t-elle, vous savez tout.

– Et les trois autres?

– Quoi?

– Vous auriez pu les adopter aussi…

– Oui… J'y ai pensé… Pour me débarrasser de mes subrogés par exemple, mais…

– Mais?

– J'aurais l'impression de tuer leurs parents une seconde fois…

– Ils ne vous en ont jamais parlé?

– Si. Bien sûr. D'ailleurs c'est devenu une espèce de gimmick… «Ouais, ouais, je vais ranger ma chambre… quand tu m'auras adopté…», et c'est très bien comme ça…

Long silence.

– Je ne savais pas que ça existait, murmura Charles.

– De quoi?

– Des gens comme vous…

– Et vous aviez raison. Ça n'existe pas. Enfin moi, je n'ai pas l'impression d'exister…

– Je ne vous crois pas.

– Quand même… On n'est pas beaucoup sortis depuis neuf ans… J'essaye toujours de mettre un peu d'argent de côté pour les emmener faire un grand voyage, mais je n'y arrive pas. Surtout que j'ai acheté la maison l'année dernière… C'était une idée fixe. Je *voulais* que nous soyons chez nous. Je *voulais* que les enfants soient de quelque part plus tard. Je les forcerai à partir mais je *voulais* qu'ils aient cette base… J'ai tanné René avec ça tous les jours jusqu'à ce qu'il craque. Quand même, gémissait-il, c'est qu'elle était dans sa famille depuis la Grande Guerre… Pourquoi que ça changerait ? Et puis il avait ses neveux à Guéret…

J'ai cessé de boire mon café du matin avec lui en revenant de l'école et, au bout de cinq jours, il a craqué.

« Idiot, tu sais bien que c'est nous, tes neveux… », je l'ai engueulé gentiment.

Bien sûr, il a fallu que j'en réfère au juge et à mon cher subrogé et ils ont tous commencé à me prendre la tête.

Comment? Mais était-ce bien raisonnable? Et pourquoi ces ruines? Et l'entre-
tien, alors?

Oh putain… Ils ne les avaient pas vécus
les hivers, eux… J'ai fini par leur dire :
c'est simple, soit vous me permettez de
vendre un appartement pour acheter
cette maison, soit je vous rends les
gosses. La nouvelle juge avait d'autres
misères à fouetter et les deux autres sont
tellement cons qu'ils m'avaient prise au
sérieux…

Je suis allée chez le notaire avec René
et sa sœur et j'ai échangé une merde de
résidence des Mimosas contre ce magnifique royaume. Quelle fête, ce soir-là…
J'avais invité tout le village… Même
Corinne Le Men…

C'est vous dire si j'étais heureuse…

Maintenant je vis sur la location de
deux appartements qui ont des syndics
très zélés… Il y a toujours des travaux,
des ravalements, des merdes… *Well*…
C'est peut-être aussi bien comme ça…
Qui s'occuperait des fauves si nous
partions?

Silence.

– Vivre? Survivre? Peut-être… Mais
exister, non. J'en ai pris des muscles,

677

mais mon pauvre cerveau m'a lâchée en cours de route. Maintenant je fais des gâteaux et je les vends à la kermesse...

– Je ne vous crois toujours pas.

– Non?

– Non.

– Et vous avez encore raison... Bien sûr, de loin, on dirait un peu une sainte, non? Mais il ne faut pas croire à la bonté des gens généreux. En réalité ce sont les plus égoïstes...

Je vous l'ai avoué quand je vous parlais d'Ellen tout à l'heure, que j'étais une jeune femme ambitieuse...

Ambitieuse et *très* orgueilleuse! J'étais ridicule mais je ne plaisantais pas tant que ça quand je vous disais que je voulais éradicater la faim dans le monde. Mon père nous avait élevées en langues mortes et ma mère trouvait que Mrs Thatcher était bien coiffée ou que le dernier chapeau de *Queen Mum* à Ascot n'allait pas du tout avec sa robe. *So*... je n'avais pas beaucoup de mérite à espérer une vie un peu plus grande, hein?

Oui, j'étais ambitieuse. Et voilà... Ce destin que je n'aurais jamais pu obtenir toute seule parce que je ne serais jamais arrivée à la cheville de mes

modèles, ces enfants me l'ont offert...
Tout petit destin, grimaça-t-elle, mais
enfin... assez amusant pour vous tenir
éveillé jusqu'à trois heures du matin...

Elle s'était retournée et lui souriait
dans les yeux.

Et là, à cet instant précis, Charles
sut.

Qu'il était fait comme un rat.

– Je sais que vous êtes pressé mais
vous n'allez pas partir maintenant, si ?
Vous pouvez prendre la chambre de
Samuel, si vous voulez...

Parce qu'elle avait croisé ses bras, la
lui dévoilant ainsi, et qu'il n'était plus
pressé du tout, ajouta :

– Une dernière chose...

– Oui ?

– Vous ne m'avez pas raconté l'histoire de votre bague...

– Mais oui ! Où avais-je la tête aussi ?

La regarda :

– Eh bien...

Se pencha vers lui et posa son index
au-dessus de sa pommette droite :

– Vous la voyez, la petite étoile, là ?
Au milieu des pattes-d'oie ?

– Bien sûr que je la vois, assura
Charles qui était complètement miro.

– Première et dernière claque que mon père m'ait jamais donnée... Je devais avoir seize ans et sa bague m'a blessée... Le pauvre, il en a été malade... Tellement malade qu'il ne l'a plus jamais portée...

– Mais qu'est-ce que vous aviez fait, aussi? s'indigna-t-il.

– Je ne me souviens plus... J'avais dû dire que j'emmerdais Plutarque!

– Et pourquoi donc?

– Plutarque a écrit un traité d'éducation des enfants qui m'a *beaucoup* gonflée figurez-vous! Non, je plaisante, je pense que c'était encore une histoire de sortie... Peu importe... Je saignais... Bien sûr, j'en ai fait des tonnes et du coup, je n'ai plus jamais revu l'intaille...

Que j'aimais beaucoup par ailleurs... Qui me faisait rêver, petite fille... Cette pierre si bleue... Je ne me souviens plus... Je crois qu'on dit niccolo... Et le motif... Là, elle est très sale, mais regardez ce jeune homme qui marche d'un si bon pas en portant un lièvre sur son épaule... Je l'adorais... Il avait un si joli derrière... Je lui ai souvent demandé ce qu'elle était devenue, mais il ne s'en souvenait plus. Peut-être l'avait-il vendue...

Et puis dix ans plus tard, alors que nous sortions du bureau du juge et que les dés étaient jetés, nous sommes allés boire un thé place Saint-Sulpice. Mon vieux papa a fait semblant de chercher ses lunettes et a sorti la bague qui était cachée dans un mouchoir. *You make us proud, he said* et il me l'a offerte. *Here, you'll need it too when you're looking for respect*... Au début, elle était beaucoup trop grande et glissait autour de mon majeur mais avec tout ce bois que j'ai coupé, elle tient très bien, sur mes grosses papattes, maintenant !

Il est mort il y a deux ans... Encore un gros chagrin... Mais un chagrin plus naturel...

Quand il venait, l'été, je le chargeais de surveiller la cuisson des confitures... C'était vraiment un job pour lui, ça... Il prenait son livre, s'asseyait devant l'Aga, tournait les pages d'une main et la cuillère en bois de l'autre... C'est au cours d'une de ces longues après-midi à l'abricot qu'il m'a donné mon dernier cours de civilisation ancienne.

Il avait *beaucoup* hésité à m'offrir cette intaille, m'avoua-t-il, parce que d'après son ami Herbert Boardman, cette saynète serait liée à un thème très récurrent dans le répertoire de la gemmologie antique, celui des « Sacrifices Champêtres ».

S'en est suivie une longue théorie sur la notion de sacrifice avec les *Élégies* de Tibulle et toute la clique en illustration sonore, mais je ne l'écoutais plus. Je regardais son reflet dans la bassine en cuivre et je trouvais que j'avais eu de la chance de grandir sous le regard d'un homme si délicat...

Car vois-tu, cette notion de sacrifice est bien relative et...

Take it easy, Dad, je l'ai rassuré, tu le sais bien que *there is no sacrifice at all* dans tout ça... Allez... Concentre-toi sinon ça va brûler...

Elle se releva en soupirant :
– Voilà. C'est fini. Vous faites ce que vous voulez mais moi je vais me coucher...

Lui prit le plateau des mains et se dirigea vers l'arrière-cuisine.
– Ce qui est incroyable, lança-t-il, c'est qu'avec vous, tout est histoires et que toutes les histoires sont belles...
– Mais *tout* est histoires, Charles... Absolument tout, et pour tout le

682

monde… Seulement, on ne trouve jamais personne pour les écouter…

***

Elle lui avait dit : la dernière chambre au bout du couloir. C'était une petite pièce mansardée, et Charles, comme dans celle de Mathilde, contempla longuement les murs de cet adolescent. Une photo, surtout, retint son attention. Elle était punaisée au-dessus de son lit à la place du crucifix et le couple qui souriait là, lui donna le dernier coup d'ongle de la journée.

Ellen était exactement comme Kate l'avait racontée : radieuse… Pierre l'embrassait sur la joue en tenant au creux de son bras un petit garçon endormi.

Il s'assit au bord du lit, la tête baissée et les mains jointes.

Quel voyage…

De sa vie, n'avait senti un tel décalage… Ne s'en plaignait pas cette fois, il était juste… perdu.

Anouk…

Qu'est-ce que c'était que ce merdier encore ?

Et pourquoi es-tu partie, toi, alors que tous ces gens que tu aurais adorés se sont donné tellement de mal pour continuer ?

Pourquoi n'es-tu pas venue la voir plus souvent ? Tu nous as toujours répété que sa vraie famille, on la rencontrait le long du chemin...

Et alors ? Cette maison était la tienne... Et cette belle fille aussi... Elle t'aurait consolée de l'autre...

Et pourquoi ne t'ai-je jamais rappelée ? J'ai tant travaillé toutes ces années et pourtant je ne laisserai rien qui me survive... Les seules fondations importantes, celles qui m'ont mené jusqu'à cette petite chambre et qui auraient mérité toute mon attention, je les ai comblées à coups d'égoïsme et de concours... Perdus, pour la plupart... Non, je ne me flagelle pas, tu aurais détesté ça, simplement je...

Sursauta. Un chat avait trouvé sa main.

Sur un des murs des toilettes, découvrit l'écriture de Kate en version originale. C'était une citation d'E. M. Forster qui disait à peu près :

« I believe in aristocracy, though... *Et pourtant, je crois en l'aristocratie. Si le* mot est exact et si un *Démocrate* peut l'employer. *Non pas à une aristocratie de pouvoir basée sur le rang et l'influence, mais à celle des prévenants, des discrets et de ceux qui ont du cran. On trouve ses membres dans toutes les nations, parmi toutes les classes et chez des gens de tout âge. Et il y a comme une connivence secrète entre eux quand ils se croisent. Ils représentent la seule vraie tradition humaine, l'unique victoire permanente de notre drôle de race sur la cruauté et le chaos.*

Des milliers d'entre eux périrent dans l'obscurité; peu sont de grands noms. Ils sont à l'écoute des autres comme ils le sont d'eux-mêmes, sont attentionnés sans en faire des tonnes, et leur vaillance n'est pas une pose mais plutôt une aptitude à pouvoir tout endurer. Et en plus... they can take a joke... *Ils ont de l'humour...*»

Eh ben... soupira Charles, déjà qu'il s'était senti bien rapetisser au fur et à mesure qu'elle lui racontait sa vie, prends-toi ça dans la tronche à présent... Il y a quelques heures encore, aurait lu ce texte en se posant de simples problèmes de traduction,

685

queer race, *swankiness...* Mais là, *entendait* ces mots. Avait mangé leurs gâteaux, bu leur whisky, s'était baladé avec eux toute l'après-midi et les avait vus s'incarner dans un sourire toujours au bord des larmes.

Le château n'était plus, la noblesse demeurait.

Voûté et le pantalon sur les chevilles, se sentit bien merdeux.

Tandis qu'il cherchait du regard le papier rose, découvrit son anthologie de haïkus.

L'ouvrit au hasard et lut :

*Grimpe en douceur
Petit escargot —
Tu es sur le Fuji !*

Sourit, remercia Kobayashi Issa pour son soutien moral et s'endormit dans un lit de jeune homme.

***

Se leva aux aurores, libéra les chiens, avant de se rendre à sa voiture, fit un détour pour attraper les premiers rayons du soleil sur l'ocre des écuries. Colla ses mains à la fenêtre, aperçut plein d'ados endormis, se rendit à la boulangerie et acheta toute la fournée de croissants. Enfin… de ce que la vendeuse, encore pétrie de sommeil, appelait des croissants…

Un Parisien aurait dit « vos genres de petites brioches courbées… ».

Quand il revint, la cuisine sentait bon le café et Kate était dans son jardin.

Prépara un plateau et la rejoignit.

Elle posa son sécateur, marchait pieds nus dans la rosée, était plus chiffonnée encore que la boulangère et lui avoua qu'elle n'avait pas fermé l'œil de la nuit.

Trop de souvenirs…

Serra son bol pour se réchauffer.

Le soleil se leva en silence. Elle n'avait plus rien à dire et Charles trop à démêler…

Comme des chats, les enfants vinrent se frotter à elle.

– Qu'allez-vous faire, aujourd'hui ? demanda-t-il.

– Je ne sais pas… Sa voix était un peu triste. Et vous ?

– J'ai beaucoup de travail…

– J'imagine… Nous vous avons détourné du droit chemin…

– Je ne dirais pas ça…

Et comme la conversation prenait des airs de blues, il ajouta plus gaiement :

– Je dois partir à New York demain et pour une fois, je voyagerai en touriste… Une soirée d'hommage rendu à un vieil architecte que j'aime beaucoup…

– C'est vrai, vous allez là-bas ? s'égaya-t-elle. Quelle chance ! Si j'osais je vous demanderais de me…

– Osez, Kate, osez. Dites-moi.

Elle envoya Nedra chercher un truc sur sa table de nuit qu'elle lui tendit à son tour.

C'était une petite boîte en fer avec un blaireau dessiné sur le couvercle.

Badger
Healing balm
Relief for hardworking hands

Soulage les mains de ceux qui travaillent dur…

– C'est de la graisse de blaireau ? s'amusa-t-il.

– Non, de castor, je crois… En tout cas, je n'ai jamais rien trouvé de plus efficace… Je m'en faisais envoyer par une amie mais elle a déménagé...

Charles retourna la boîte et traduisit à haute voix :

– « Paul Bunyon a dit un jour : Donnez-moi assez de Badger, et je pourrai reboucher les fissures du Grand Canyon. » En effet. Quel programme... Et où je vais vous trouver ça ? Dans un drugstore ?

– Vous allez du côté d'Union Square ?

– Absolument, mentit-il.

– Vous mentez...

– Absolument pas.

– Menteur...

– Kate, j'aurai quelques heures de libre et serais... honoré de vous les consacrer... C'est sur Union Square même ?

– Oui, une petite boutique qui s'appelle Vitamin Shoppe, je crois... Sinon, dans les Whole Foods peut-être...

– Parfait. Je me débrouillerai.

– Et...

– Et ?

– Si vous continuez un peu plus bas sur Broadway, il y a la librairie Strand. Si vous avez deux minutes de plus, est-ce que vous pourriez faire le tour des rayons en vitesse juste pour moi ? J'en rêve depuis si longtemps...

– Vous voulez que je vous rapporte un livre en particulier ?

– Non. Juste l'ambiance… Entrez, allez jusqu'au fond à gauche, là où il y a les biographies, regardez bien tout et respirez en pensant à moi…

Respirer en pensant à vous ? Mmm… Aurais-je besoin d'aller si loin ?

En cherchant le chemin de la salle de bains, trouva Yacine plongé dans un dictionnaire :

– Dis-moi, il mesure combien, le mont Fuji ?

– Euh… attends… « Point culminant du Japon constitué par un volcan éteint, 3 776 mètres. »

Éteint ? Mon œil.

Prit sa douche en se demandant comment une famille aussi nombreuse tenait dans un endroit si spartiate. Pas l'ombre d'une crème de beauté par ici… Fit le tour des chambres en embrassant les enfants et les pria de saluer les grands pour lui quand ils se réveilleraient.

Chercha Kate partout.

– Elle est partie apporter des fleurs à Totette, le prévint Alice. Elle m'a dit de te dire au revoir de sa part.

– Mais… Elle revient quand ?
– Je ne sais pas.
– Ah ?
– Oui, c'est pour ça qu'elle m'a dit de te dire au revoir…

Alors elle aussi, avait préféré éviter une scène inutile…

Ce départ impossible lui sembla très violent.

Sous l'arceau sombre des chênes, repensa à celui d'Ellen pendant que Baloo apprenait à Mowgli à chanter après lui :
Il en faut peu pour être heureux.
Oh ! oui ! vraiment très peu pour être heureux…
Expira, eut mal. Tourna à droite et retrouva le goudron.

- IV -

1

« PARIS 389 »

Pendant les trois cent quatre-vingt-huit premiers kilomètres, Charles ne pensa à rien d'autre qu'à ces heures encore chaudes. Se mit en pilotage automatique et fut assailli par une multitude d'images.

Nedra en oiseau blessé avec sa mâchoire béante, les noms des chevaux, le sourire de Lucas dans le rétroviseur, son grand sabre en carton doré, le clocher de l'église, les rectangles de craie à l'assaut des marronniers, la lettre d'amour qu'Alexis gardait dans son porte-feuille, le goût du Port Ellen, les hurlements d'une des grandes gigues quand Léo avait voulu l'asperger de son spray « Leurre pour sanglier, odeur de la laie en chaleur », celle des fraises Tagada qui fondaient au bout de leurs bâtons, les clapotis de la rivière dans la nuit, la nuit sous les étoiles, les étoiles que cet homme dont elle avait voulu un enfant prétendait reconnaître, les ânes du jardin du Luxembourg, le Quick où il avait si souvent emmené Mathilde, le magasin de jouets de la rue Cassette devant lequel ils avaient rêvé eux aussi et qui s'appelait *Il était une fois…*, les mouches crevées dans les chambres des palefreniers, ce bécassou de Matthew qui n'avait pas su isoler l'ADN du bonheur, l'arrondi de son genou quand elle était venue s'asseoir près de lui, l'abordage qui avait suivi, le trouble d'Alexis, cet étui qu'il n'ouvrait plus, le sourire triste du Grand Chien, l'œil torve du lama, le ronronnement de ce chat qui était venu le sortir de son inconsolable chagrin, la vue depuis leurs bols ce matin, la muraille de beaufitude dont Corinne avait circonscrit son très fragile mari, le rire de leur Marion qui viendrait bientôt pulvériser tout ça, la façon qu'elle avait de toujours souffler sur sa mèche même quand ses cheveux étaient bien attachés, les cris des enfants et le vacarme des boîtes de conserve sous le préau, le rosier *Wedding Day* qui croulait devant la tonnelle, les vestiges de Pompéi, la danse des hirondelles et les coups de balai de la chouette quand ils avaient rappelé Nino Rota, la voix de Nounou qui les avait envoyés se coucher une toute dernière fois, la vessie du camionneur, le vieux professeur qui avait laissé sur la joue de sa cadette l'empreinte d'un bel éphèbe, le goût des fruits tièdes qu'il n'avait jamais connu, ce polo qu'il ne remettrait plus, la prédiction de René, leur boxon sur la balance, la souris dans le tapis, les dix enfants avec lesquels ils avaient dîné la veille, les devoirs sous la lampe et l'agrément qu'on lui avait refusé, ce pont qui s'effondrerait un jour et les couperait définitivement du monde, la beauté des charpentes, les taches de lichens vert-de-gris sur les pierres de l'escalier, sa cheville à côté, le dessin des serrures, la délicatesse des modénatures, l'épave de la voiture, ses deux nuits dans un hôtel près du funérarium, l'atelier d'Alice, l'odeur des baskets braisées, le grain de beauté qu'elle avait dans la nuque et qui l'avait obsédé tout le temps de sa confidence, comme si Anouk lui faisait de l'œil à chaque fois qu'elle tombait dans ses paumes pour en rire ou en pleurer, la résilience du petit Yacine, leur résilience à tous, l'odeur du chèvrefeuille et les lucarnes « à la capucine », le couloir du premier étage sur le mur duquel ils avaient tous écrit leurs rêves, son rêve à elle, les condoléances du militaire, les urnes dans la grange, les préservatifs dans les morceaux de sucre, le visage de sa sœur, cette vie qu'elle avait abandonnée, ces lits qu'elle avait rapprochés, ce passeport qui devait être périmé, ses rêves d'abondance qui l'avaient rendue stérile, l'épaisseur des murs, l'odeur de l'oreiller de Samuel, la mort d'Eschyle, les phares dans la nuit, leurs ombres portées, la fenêtre qu'elle avait ouverte, le…

Pendant le dernier kilomètre, dans un Paris où l'air était « assez bon » selon l'indice du jour, réalisa qu'il avait effectué tout le trajet aller obsédé par la mort et celui du retour stupéfait par la vie.

Un visage s'était superposé à un autre et cette même lettre qui reliait leurs deux prénoms finit de l'ébranler tout à fait.

Les modes d'emploi ne servaient à rien, le destin, à l'oreille du moins, était un cas.

2

Se rendit directement à l'agence. Faillit se mettre en pétard parce que toutes les lumières n'avaient pas été éteintes. Décida que non. Un autre jour. Mit son portable à charger, chercha son sac de voyage et se changea enfin. En se battant avec l'une des jambes de son pantalon, avisa la pile de courrier qui l'attendait sur son bureau.

Boucla sa ceinture et ralluma son ordinateur sans ciller. Les mauvaises nouvelles étaient derrière, le reste ne serait que contrariétés et les contrariétés ne l'affecteraient plus. Leurs nouvelles normes, leur Grenelle de l'environnement, leurs lois, leurs décrets hypocrites pour sauver une planète déjà exsangue, leurs devis, leurs taux, leurs intérêts, leurs conclusions, leurs appels, leurs rappels et leurs réclamations, écume, écume, tout n'était qu'écume. Il y avait là, au milieu de nous, des gens d'une autre caste qui se reconnaissaient quand ils se croisaient et qui l'avaient mis dans la confidence.

Il n'en était pas, pourtant. N'avait aucun courage et s'était bien gardé d'« endurer » le moindre crève-cœur. Seulement voilà. Ne pouvait plus les ignorer. Anouk lui avait refilé un piaf mort et il s'était aventuré dans un poulailler…
En était revenu défiguré mais ramenait dans ses cales, des épices et de l'or.
Qu'on ne couvre pas d'honneurs le cartographe, qu'on ne le reçoive pas à la cour, qu'on le laisse simplement changer tout cela en plomb.
Ce n'était pas le récit de sa vie qui l'avait bouleversé, c'était ce qu'elle avait dit à son ombre.
Peut-être qu'il ne retournerait jamais là-bas, peut-être qu'il n'aurait jamais l'occasion de lui dire au revoir, peut-être qu'il ne saurait jamais si Samuel s'était suffisamment entraîné, ni n'entendrait la voix de Nedra, mais une chose était sûre, n'en partirait jamais non plus.

Où qu'il aille, quoi qu'il fasse désormais, serait avec eux et avancerait paumes ouvertes.

Anouk se foutait bien de se désinté-
grer ici ou ailleurs. Se foutait de tout
sauf de ce qu'elle venait de lui offrir en
s'en étant privée.

Pour reprendre l'expression de Kate,
n'arriverait jamais « à la cheville de ses
modèles », n'avait pas eu d'enfants et
périrait « dans l'obscurité », mais vivrait
d'ici là. Vivrait.

C'était son gros lot caché sous les
terrines et les saucissons.

Sur ces grandes pensées lyrico-char-
cutières, lut ses mails et se remit au
travail.

Au bout de quelques minutes, se releva
et se dirigea vers ses rayonnages.

Cherchait un dictionnaire des
couleurs.

Il y avait ce truc, là, qui le titillait depuis
le premier feu…

*Vénitien : couleur de cheveux à reflets
acajou. La teinte dite* blond vénitien
contribue à la beauté des Vénitiennes.

C'est bien ce qu'il pensait…

En profita pour chercher « chambrière »
dans le Petit Larousse.

T'as raison mon gars, t'en es pas parti,
hein…

Haussa les épaules et se remit à travailler *vraiment*. Les emmerdes pleuvaient de toutes parts? Aucune importance. Avait sous la main son « grand fouet pour faire travailler les chevaux dans les manèges ».

Se concentra jusqu'à sept heures, rendit la voiture et rentra chez lui à pied.

Espérait trouver quelqu'un derrière la porte...

Les deux répondeurs qu'il venait d'interroger tour à tour n'avaient pu répondre à cette question.

Encore un peu raide, remontait la rue des Patriarches.

Avait faim et rêvait d'entendre une cloche au loin...

– Je ne t'embrasse pas, je viens de me faire un masque, le prévint-elle du bout des lèvres. Tu ne peux pas savoir comme je suis crevée… J'ai passé le week-end avec des Coréennes complètement hystériques… Je crois que je vais prendre un bain et aller me coucher…

– Tu ne veux pas dîner?

– Non. On s'est fadé le Ritz et j'ai trop mangé. Et toi? Ça s'est bien passé?

Elle n'avait pas levé la tête. Était enfoncée dans le canapé et feuilletait le *Vogue* américain.

– Regarde-moi ça comme c'est vulgaire…

Non. Charles n'avait pas envie de regarder.

– Et Mathilde?

– Chez une copine…

Se retint à la poignée et connut un moment de... d'abattement.

C'était une cuisine sur mesure conçue par un des amis de Laurence, un architecte d'intérieur, concepteur d'espace, créateur de volume, passeur de lumière et autres trouducuteries.

Façades en érable clair, larges pilastres verticaux en inox brossé, plan de travail en pierre dolomite, portes coulissantes, évier soudé d'un seul tenant, colonne de chaud, colonne de froid, matos de chez Miele, hotte aspirante, machine à café, cave à vin, four vapeur et tout le bazar.

Oh, oui. Elle était belle...

Propre, nette, immaculée. Belle comme une morgue.

Le problème, c'est qu'il n'y avait rien à manger... Beaucoup de pots de crème dans la porte du réfrigérateur, mais pas des pâturages d'Isigny, hélas... de La Prairie... Du Coca light, des yaourts 0 %, des plats sous vide et des pizzas surgelées.

C'est vrai que Mathilde s'envolait le lendemain... Et c'était elle qui rythmait le peu de repas que l'on préparait ici... Laurence cuisinait pour les amis mais il paraît que ses horaires imprévisibles et ses voyages à répétition les avaient dispersés…

Tout n'était que notes de frais à présent.

Et parce qu'il venait de prendre cette bonne résolution, de ne plus soupirer après son indigence, récupéra le dernier numéro du *Moniteur* dans son cartable et vint la prévenir qu'il descendait au troquet du coin.

– Mais… se rida le masque, qu'est-ce qui t'est arrivé?

Il devait avoir l'air aussi surpris qu'elle car elle ajouta :

– Tu t'es battu?

Ah… *Ça*?

C'était il y a si longtemps… Une autre vie…

– Non, je… Je me suis cogné dans une porte…

– C'est terrible.

– Oh… Il y a des choses pires…

– Non, mais je parlais de ta tête!

– Ah. Pardon…

– T'es sûr que ça va? T'as l'air bizarre…

– J'ai faim… Tu m'accompagnes?

– Non. Je viens de te dire que j'étais crevée…

Feuilleta sa bible hebdomadaire au-dessus d'une entrecôte et commanda une autre bière pour faire passer les frites à la béarnaise. Mangeait de bon cœur et éplucha les pages d'appels d'offres d'un œil presque neuf. Était-ce le tour du cadran chez Alexis ou sa nuit aux Vesperies, n'était plus du tout fatigué.

Commanda un café et se leva pour acheter un paquet de cigarettes.

Fit demi-tour devant le comptoir.

Par solidarité.

Ne plus fumer serait une façon de brouiller la nature du manque.

(Cette pensée n'était pas de lui.)

Se rassit, tripota un morceau de sucre, enfonçait son ongle dans l'emballage en papier blanc et se demandait ce qu'elle était en train de faire à cette même seconde…

Dix heures moins vingt…

Étaient-ils encore à table ? Dînaient-ils dehors ? L'air était-il aussi doux qu'hier ? Les filles avaient-elles trouvé un aqua-rium décent pour Monsieur Blop ? Les grands avaient-ils laissé la sellerie dans

706

l'état dans lequel les frères Blason aimeraient la trouver en rentrant d'exil? La barrière du pré était-elle bien refermée? Le Grand Chien était-il de nouveau aux pieds de leur nanny?

Et elle?

Était-elle devant une cheminée? Lisait-elle? Rêvait-elle? Si oui, à quoi? Pensait-elle à...

N'alla pas au bout de cette dernière question. S'était battu avec des fantômes pendant plus de six mois, venait de se taper une montagne de frites pour rattraper le temps et les crans perdus et ne voulait plus perdre son gros lot de vue.

Il n'était plus fatigué. Avait entouré deux-trois projets qui lui semblaient inté-ressants, était chargé d'une mission de la plus haute importance, devait trouver un blaireau à New York, ne connaissait pas son nom mais avait la certitude qu'en écrivant «Mademoiselle Kate aux Vesperies», un facteur la trouverait et lui tendrait son baume.

Appela Claire, lui parla d'Alexis, la fit ricaner. Il avait tant de choses à lui dire... J'ai une très grosse audience demain matin, il faut absolument que je révise, se désola-t-elle, on déjeune bientôt?

Au moment où elle allait raccrocher, redit son prénom.

– Oui?

– Pourquoi les hommes sont-ils si lâches?

– Beuh… Pourquoi tu me demandes ça tout à coup?

– Je ne sais pas… Je viens d'en croiser plein ces derniers jours…

– Pourquoi? soupira-t-elle. Parce qu'ils ne donnent pas la vie, je crois… Excuse-moi, c'est très cliché comme réponse, mais tu me prends un peu au dépourvu, là, et je n'ai pas encore bétonné le dossier… Mais… Tu dis ça pour moi?

– Pour vous toutes…

– T'es tombé sur la tête ou quoi?

– Oui. Attends, je te montre…

Claire, perplexe, posa son téléphone sur sa pile d'emmerdements. Il vibra de nouveau. Découvrit le visage bariolé de son frère sur l'écran et gloussa une dernière fois avant de retourner à ses stations d'épuration.

Alexis en slap-slap et tablier devant son barbecue à gaz… Que c'était bon… Et son frère qui avait une voix si gaie ce soir…

Ainsi il l'avait retrouvée, son Anouk… se méprit-elle dans un sourire un peu mélancolique.

***

Mélancolique ? Le mot était faible. Quand elle était revenue ce matin, Kate savait que sa voiture ne serait plus là et pourtant… ne put s'empêcher de la chercher du regard.

Se traîna toute la journée. Retourna sans lui dans tous les lieux qu'elle lui avait montrés. Les granges, le poulailler, les écuries, le potager, la colline, la rivière, la tonnelle, le banc de leur petit déjeuner au milieu des sauges et… Tout était dépeuplé.

Répéta plusieurs fois aux enfants qu'elle était fatiguée.

Qu'elle n'avait jamais été aussi fatiguée…

Cuisina beaucoup pour rester dans cette cuisine où ils avaient passé une partie de la nuit avec Ellen.

Pour la première fois depuis des années, la perspective des grandes vacances l'angoissa terriblement. Deux mois ici, seule avec les enfants… Mon Dieu…

– Qu'est-ce que tu as, demanda Yacine?

– Je me sens vieille…

Assise par terre, était adossée à ses fours avec la tête du Grand Chien sur ses genoux.

– Mais non, tu n'es pas vieille! C'est dans longtemps tes vingt-six ans…

– T'as raison, rit-elle, dans super longtemps, même!

Fit bonne figure jusqu'à la fin des hirondelles mais était déjà couchée quand Charles croisa Mathilde dans le couloir :

– Eh ben! sursauta-t-elle, elle était en quoi, cette porte? Se mit sur la pointe des pieds : bon… On vise où, là, pour t'embrasser?

La suivit et s'affala sur son lit pendant qu'elle préparait ses bagages en lui racontant son week-end.

– Tu veux quoi comme musique?

– Un truc cool…

– Pas du jazz quand même? fit-elle horrifiée.

Elle était en train de compter ses chaussettes quand il lui demanda :

710

– Pourquoi as-tu arrêté de monter à cheval?

– Pourquoi tu me poses cette question?

– Parce que je viens de passer deux jours merveilleux au milieu d'enfants et de chevaux et que je n'ai cessé de penser à toi...

– C'est vrai? sourit-elle.

– Tout le temps. Toutes les minutes je me demandais pourquoi je ne t'avais pas emmenée...

– Je ne sais pas... Parce que c'était loin... Parce que...

– Parce que quoi?

– Parce que t'avais tout le temps peur...

– Des chevaux?

– Pas seulement. Que je tombe... Que je perde... Que je me fasse mal... Que j'aie trop froid ou trop chaud... Qu'il y ait des embouteillages... Que Maman nous attende... Que je n'aie pas le temps de finir mes devoirs... Que... J'avais l'impression de te gâcher tes week-ends...

– Ah? murmura-t-il.

– Non, mais il y avait pas que ça...

– Quoi d'autre?

– Je sais pas... Bon, y va falloir que tu me laisses mon lit, là...

Referma sa porte derrière lui et eut l'impression d'avoir été chassé du paradis.

Le reste de l'appartement l'intimidait.

Allons, se secoua-t-il, qu'est-ce que c'était que ces simagrées encore ? Tu es chez toi, là ! Tu vis ici depuis des années ! Ce sont tes meubles, tes livres, tes vêtements, tes traites... *Come on*, T'Chârl'z.

Reviens.

Tourna en rond dans le salon, se fit un café, passa l'éponge, feuilleta des magazines sans même lire les images, leva les yeux vers sa bibliothèque, la trouva trop bien rangée, chercha un Compact Disc, mais lequel il ne se souvenait plus, lava sa tasse, l'essuya, la rangea, repassa l'éponge, tira un tabouret, se toucha le flanc, décida de cirer ses chaussures, alla dans l'entrée, s'accroupit, grimaça de nouveau, ouvrit un meuble et cira *toutes* ses paires de chaussures.

Vira les coussins, alluma une lampe, posa son cartable sur la table basse, chercha ses lunettes, sortit des dossiers, lut les images sans même imprimer les textes, recommença depuis le début, se laissa tomber en arrière et guetta les bruits du dehors. Se redressa, essaya de nouveau, fit glisser ses lunettes en se frottant les paupières, referma cette chemise et posa ses mains dessus.

Ne voyait que son visage.

Aurait voulu être fatigué.

Se brossa les dents, poussa discrètement la porte de la chambre conjugale, aperçut le dos de Laurence dans la pénombre, posa ses vêtements sur le fauteuil qui lui avait été attribué, retint sa respiration et souleva son bout de literie. Se souvenait de sa dernière performance. Sentit son parfum, sa chaleur. Avait le cœur en vrac. Voulait aimer.

Se lova contre elle, allongea la main et la glissa entre ses cuisses. Comme toujours, fut chaviré par la douceur de sa peau, souleva son bras et lui lécha l'aisselle en attendant qu'elle se tourne et s'ouvre tout à fait. Laissa ses baisers suivre la courbe de ses hanches, saisit son coude pour l'empêcher de bouger et...

– Qu'est-ce que ça sent? dit-elle.

Il ne comprit pas sa question, tira la couette au-dessus de lui et...

– Charles? Qu'est-ce que c'est que cette odeur? demanda-t-elle de nouveau en virant les plumes.

Soupira. S'éloigna d'elle. Répondit qu'il ne savait pas.

– C'est ta veste, c'est ça ? C'est ta veste qui pue le feu de bois...

– Peut-être...

– Enlève-la de ce fauteuil, s'il te plaît. Ça me déconcentre.

Quitta le lit. Ramassa ses vêtements.

Les jeta dans la baignoire.

Si je n'y retourne pas maintenant, je n'y retournerai jamais.

Revint et s'allongea en lui tournant le dos.

– Et alors ? disaient ses ongles en traçant de longs huit sur son épaule.

Alors rien. Il lui avait prouvé qu'il bandait encore. Pour le reste, qu'elle aille se faire foutre.

Les grands huit se transformèrent en petits zéros puis disparurent.

Une fois encore, c'est elle qui s'endormit la première.

Facile.

Elle s'était fadé le Ritz et des Coréennes hystériques.

Charles, lui, comptait les moutons.

Et les vaches, et les poules, et les

chats, et les chiens. Et les enfants.
Et ses *beauty marks.*
Et les kilomètres…

Se leva à l'aube, glissa un mot sous la porte de Mathilde. « Onze heures en bas. N'oublie pas ta carte d'identité. » Plus trois petites croix parce que c'était comme ça qu'on embrassait là où elle allait.

Poussa la porte cochère.
Respira.

– Il nous reste presque une heure, tu veux manger quelque chose?

– …

Ce n'était pas sa Mathilde habituelle.

– Hé, fit-il en l'attrapant par la nuque, tu es stressée ou quoi?

– Un peu… lui souffla-t-elle sur la poitrine, je sais même pas où je vais…

– Mais tu m'as montré les photos, ils ont l'air très *kind*, ces MacMachins…

– Un mois c'est long quand même…

– Mais non… Ça va passer à toute vitesse… Et puis, c'est si beau l'Écosse… Tu vas adorer… Allez, viens déjeuner…

– J'ai pas faim.

– Boire alors. Suis-moi…

Se frayèrent un chemin entre valises et chariots et trouvèrent une place tout au fond d'une gargote craspouille. Il n'y avait qu'à Paris que les aéroports étaient si sales, songea-t-il. Trente-cinq heures, *famous* frenchy désinvolture ou certitude d'avoir, à portée de taxis ronchons, la plus jolie ville du monde? Il ne savait pas, mais était toujours accablé.

Mordillait le bout de sa paille, lançait des regards inquiets autour d'elle, surveillait l'heure sur son téléphone et n'avait même pas mis ses écouteurs.

– Ne t'inquiète pas ma puce, je n'ai jamais raté un avion de ma vie...

– C'est vrai! Tu viens avec moi? fit-elle semblant de miscomprendre.

– Non, fit-il en secouant la tête, non. Mais je t'enverrai un texto tous les soirs...

– Tu *promise*?

– *I promise.*

– Pas en anglais, quand même?

Elle par contre en faisait des efforts pour avoir l'air désinvolte...

Charles aussi.

C'était la première fois qu'elle partait si loin et si longtemps.

La perspective de cette vacance l'angoissa terriblement. Un mois dans cet appartement, tous les deux, et sans cette enfant... Mon Dieu...

717

Lui prit son sac à dos des mains et l'accompagna jusqu'aux rayons X.

Parce qu'elle marchait très lentement, était persuadé qu'elle regardait les vitrines. Lui proposa de lui offrir des journaux.

Elle n'en avait pas envie.

– Des chewing-gums alors ?

– Charles… s'immobilisa-t-elle.

Il avait déjà vécu cette scène. L'avait souvent accompagnée à ses départs en colonie et savait comment cette petite fille si crâne perdait tous ses moyens à mesure que le point de ralliement approchait.

Chercha sa main, se sentit flatté d'être ce bras-là, et préparait mentalement quelques phrases fermes, mais rassurantes, à lui glisser dans la poche de derrière.

– Oui ?

– Maman m'a dit que vous alliez vous séparer…

Trébucha légèrement. Venait de se prendre un Airbus dans la tempe.

– Ah ?

Petite syllabe écrabouillée qui pouvait signifier : « Ah ? Elle te l'a donc dit ? » ou : « Ah ? Je n'étais pas au courant… »

N'eut pas la force de jouer les fiers-à-bras :

– Je n'étais pas au courant.

– Je sais... Elle attend que tu ailles mieux pour te l'annoncer.

C'est un très gros modèle. Leur A380, non ?

– ...

– Elle dit que tu n'es pas toi-même depuis quelques mois mais que dès que tu irais mieux, vous vous sépareriez...

– Vous... Vous en avez de drôles de conversations pour ton âge, réussit-il à articuler.

Le terminal se dressait face à eux.

– Charles ?

Elle s'était retournée.

– Mathilde ?

– J'irai habiter avec toi.

– Pardon ?

– Si vous vous séparez vraiment, je te préviens, je partirai avec toi.

Comme elle avait eu l'élégance de lui mâchouiller ces derniers mots sur un ton de cow-girl crachant sa chique, il en fit autant :

– Oh ! Je te vois venir toi ! Tu dis ça pour que je continue à faire tes devoirs de maths et de physique !

– Damned. Comment t'as deviné ? se força-t-elle à sourire.

Ne put tenir la note. Avait un train d'atterrissage dans le bide.

– Et même si c'était vrai, tu sais bien que ce n'est pas possible… Je ne suis jamais là…

– Justement… plaisanta-t-elle encore.

Mais comme il ne la suivait plus, ajouta :

– Ce sont vos histoires, je m'en fous, mais je partirai avec toi. Il faut que tu le saches…

On annonça son embarquement.

– Nous n'en sommes pas là, lui chuchota-t-il à l'oreille en la serrant dans ses bras.

Elle ne répondit rien. Dut le trouver très naïf.

Passa le portillon, se retourna, et lui envoya un baiser.

Le dernier de son enfance.

Son vol disparut du tableau d'affichage.

Charles était encore là. N'avait pas bougé d'un millimètre, attendait les secours. Sa poche sonna : *vous avez un nouveau message.*

« JE TM »

Ripa sur le clavier et fut obligé de s'essuyer la main sur le cœur pour l'aider à réviser un peu :

« MI 2 »

Consulta sa montre, fit demi-tour, bouscula des tas de gens, se prit les pieds dans des sacs, déposa le sien à la consigne, courut jusqu'à la borne des taxis, essaya de resquiller, se fit engueuler, avisa un motard « toutes destinations » et le pria de le mener là où le vase venait de déborder.

Jamais plus de sa vie, ne prendrait un avion en chancelant.

Jamais plus.

5

À une centaine de mètres du lycée où elle ferait sa prochaine rentrée, poussa la porte d'une agence immobilière, annonça qu'il cherchait un deux-pièces le plus près possible, on lui montra des photos, ajouta qu'il n'avait pas le temps, choisit le plus lumineux, laissa sa carte et signa un gros chèque pour être pris au sérieux.

Il reviendrait dans deux jours.

Remit son casque et pria son chauffeur de l'emmener sur l'autre rive.

En lui confiant son cartable, lui assura qu'il n'en aurait pas pour très longtemps.

La fameuse moquette beige de chez Chanel… Se retrouva plus de dix ans en arrière avec ses gros souliers dans le viseur du loufiat de service.

La fit appeler. Ajouta que c'était urgent.

Son portable sonna :

– Elle a raté son avion ? s'inquiéta-t-elle.

– Non, mais tu peux descendre, là ?

– Je suis en pleine réunion...

– Alors ne descends pas. Je voulais juste te dire que j'allais mieux.

Entendit le cric cric des rouages sous le joli catogan.

– Mais... Je croyais que tu avais un avion à prendre toi aussi ?

– J'y vais. Ne t'inquiète pas... Je vais mieux, Laurence, je vais mieux.

– Écoute, tu m'en vois ravie, rit-elle un peu nerveusement.

– Donc tu peux me quitter.

– Que... Qu'est-ce que c'est que cette histoire encore ?

– Mathilde m'a confié vos confidences...

– C'est ridicule... Attends-moi, j'arrive...

– Je suis pressé.

– J'arrive.

Pour la première fois depuis qu'il la connaissait, la trouva trop maquillée.

N'avait rien à ajouter.

Il avait trouvé un appartement, devait filer, s'envolait.

– Charles, arrête ça. Ce n'était rien… Des conversations de filles… Tu sais comment c'est…

– Tout va bien, lui sourit-il, tout va bien, c'est *moi* qui m'en vais. C'est *moi*, le salaud.

– Bon… Si tu le dis…

Jusqu'au bout, aura admiré sa classe.

Elle ajouta quelque chose mais à cause de son casque, hocha la tête sans savoir quoi.

Tapota sur la cuisse du jeune homme pour l'exhorter à godiller entre les voitures.

Ne *pouvait* manquer ce vol. Avait un blaireau à débusquer.

***

Quelques heures plus tard, Laurence Vernes irait chez le coiffeur, sourirait à la petite Jessica en enfilant sa blouse, s'installerait devant un miroir pendant qu'une autre préparerait sa couleur, prendrait un magazine, feuilletterait les ragots, lèverait la tête, regarderait en face et se mettrait à pleurer.

Ensuite on ne sait pas.

Elle n'est plus dans l'histoire.

6

S'attaqua à un énorme dossier intitulé *P.B. Tran Tower/ Exposed Structures* et le désossa jusqu'à ce qu'une hôtesse lui demande de relever sa tablette.

Relut ses notes, vérifia le nom de l'hôtel, regarda par le hublot le tracé des villes et songea qu'il allait bien dormir. Qu'il s'était recalé.

Pensa à beaucoup d'autres choses. Au travail qu'il venait d'accomplir, qui le rendait heureux et qu'il pouvait effectuer de partout dans le monde. De son bureau, d'un deux-pièces inconnu, d'un fauteuil d'avion ou de…

Ferma les yeux, sourit.

Tout allait être très compliqué.

Tant mieux.

C'était son métier, de trouver des solutions…

« Détail d'un joint entre les modules de pierre des colonnes montrant l'insertion

725

du système de contrevenant en acier»,
précisait la légende de son dernier
croquis.

La gravité, les tremblements de terre,
les cyclones, le vent, la neige… Toutes
ces emmerdes que l'on appelait les
charges d'exploitation et qui, il venait de
s'en souvenir, l'amusaient beaucoup…

Envoya un message dans les Highlands
et décida de ne pas toucher à sa montre.

Voulait vivre en même temps qu'elle.

**

Se leva très tôt, s'enquit auprès du
concierge de la livraison de son
smoking de location, but un café en
carton en descendant Madison et,
comme toujours dans cette ville, déambula le nez en l'air. New York, pour un
enfant qui avait aimé jouer aux
Meccano, n'était qu'un torticolis.

Pour la première fois depuis des
années, entra dans des boutiques et
acheta des vêtements. Une veste et
quatre nouvelles chemises.

Quatre !

Se retournait de temps à autre.
Guettait, craignait quelque chose. Une
main sur son épaule, un œil dans un

triangle, une voix descendue d'un gratte-ciel qui lui dirait : « Hé... Toi... Tu n'as pas le droit d'être si heureux... Qu'as-tu volé encore, que tu caches là, contre ton cœur ? »

Non... mais je... J'ai une côte fêlée, je crois...

Lève les bras pour voir.

Et Charles, s'exécutant, était emporté par le flot des *passers-by.*

Secouait la tête, se traitait d'idiot et consultait sa montre pour se rappeler où il était.

Bientôt quatre heures... Avant-dernier jour d'école... Les enfants avaient dû vider leurs cases dans des cartables fatigués... Elle lui avait raconté que tous les soirs, accompagnée des chiens, elle allait les attendre au bout de l'allée, là où le car les déposait, et qu'ils chargeaient tout leur barda sur le bât de l'âne « ... quand j'arrive à le choper ! ».

Avait ajouté qu'une centaine de chênes étaient à peine suffisants pour leur permettre à tous de vider leurs sacs et raconter leur... Une main venait de se refermer sur son épaule. Se retourna.

De l'autre, un homme en costume

sombre lui indiquait les feux tricolores :
DON'T WALK. Le remercia et s'entendit
répondre qu'il était bienvenu.

Trouva la boutique aux vitamines et
rafla les six boîtes qu'ils avaient en stock.
De quoi boucher pas mal de fissures...
Laissa le sac en papier sur le comptoir et
les glissa dans ses poches.
Aimait cette idée.
De la sentir peser un peu.

Poussa la porte de chez Strand. « Dix-
huit miles de livres » se vantait leur
slogan. Ne put les parcourir tous mais
y passa quelques heures. À piller le
rayon architecture bien sûr, mais s'offrit
aussi un *digest* de la correspondance
d'Oscar Wilde, un court roman de
Thomas Hardy, *Fellow-Townsmen*, à
cause du résumé : « Notables de la ville
de Port Bredy dans le Wessex, Barnet et
Downe sont deux vieux amis. Pourtant le
destin les a traités bien différemment.
Barnet, un homme prospère, a été
malheureux en amour et subit aujourd'hui
les conséquences d'un mariage judicieux
mais dénué de tendresse. Downe, un
avocat sans le sou, rayonne de bonheur
dans sa modeste maison, entouré d'une

femme aimante et d'enfants qui l'adorent. Le hasard d'une nuit les invitera à reconsidérer leurs destins…», *their different lots in life…* et un génial *More Than Words* de Liza Kirwin qu'il parcourut avec bonheur en mangeant un sandwich sur des marches, au soleil.

C'était une sélection de lettres illustrées tirées du *Smithsonian's Archive Of American Art*.

Envoyées à des épouses, des amoureux, des amis, des patrons, des clients ou des confidents, par des peintres, de jeunes artistes, de parfaits inconnus, mais aussi Man Ray, le génial Gio Ponti, Calder, Warhol ou encore Frida Kahlo.

Des lettres fines, émouvantes ou purement informatives, toujours agrémentées d'un dessin, d'un croquis, d'une caricature ou d'une vignette précisant un lieu, un paysage, un état d'esprit ou même un sentiment quand l'alphabet n'y suffisait pas.

More than words… Plus que des mots… Ce livre, que notre taiseux de Charles avait découvert par hasard sur un chariot alors qu'il se dirigeait vers les caisses, le rabibocha avec une partie de lui-même. Celle qu'il avait abandonnée dans un tiroir avec ses carnets toilés et sa minuscule boîte d'aquarelles.

Qui dessinait pour le plaisir alors… Ne cherchait pas toujours à esquisser des résolutions et se moquait bien des contrevenants d'acier et autres raidisseurs de câbles…

Se prit d'affection pour un certain Alfred Frueh qui deviendrait plus tard l'un des grands caricaturistes du *New Yorker* et envoya des centaines de missives absolument merveilleuses à sa fiancée. Lui racontant ses voyages en Europe peu avant la Première Guerre, détaillant à chaque étape, les mœurs locales, les coutumes, le monde qui l'entourait… Se glissant un vrai edelweiss séché sous le bras et le lui portant à la mine de plomb depuis la Suisse, ou lui prouvant à quel point il était heureux en lisant ses lettres à elle, qu'il avait découpées en format timbre et avec lesquelles il se mettait en scène : la lisant dans son tub, devant son chevalet, à table, dans la rue, sous le camion qui lui roulait dessus, dans son lit, pendant que sa maison brûlait ou qu'un tigre lui passait une épée au travers du corps. Lui envoyant aussi sa propre *art gallery* en mille découpages et trois dimensions pour partager avec elle les tableaux qui l'avaient ému à Paris, et tout cela, galonné de textes pleins d'humour, tendres et tellement... élégants...

Aurait voulu être cet homme. Gai, confiant, aimant. Et talentueux.

Et puis cet autre, là, ce Joseph Lindon Smith, au trait parfait, racontant par le détail ses déboires de peintre en humanités sur le vieux continent à des parents bien inquiets. Se dessinant sous une pluie de pièces de monnaie dans une rue de Venise ou à moitié mort d'avoir mangé trop de melons.

Dear Mother and Father, Behold Jojo eating fruits!

Saint-Exupéry en Petit Prince, demandant à Hedda Sterne si elle était libre à dîner et... allez, tu le reprendras plus tard... le feuilletant une dernière fois avant de le refermer, repéra l'autoportrait d'un homme perdu, voûté et la tête dans les mains, devant une photographie de sa belle. *Oh! I wish I were with you.*

Oui, oh.

Je voudrais.

Fit un détour par le Flatiron Building, cet immense bâtiment en forme de fer à repasser qui l'avait tellement impressionné lors de sa première visite... Édifié en 1902, l'un des plus hauts à l'époque et surtout, l'une des premières structures en acier. Leva les yeux.

1902...

1902 putain!

Quels génies...

Et parce qu'il s'était perdu, se retrouva devant la vitrine d'un magasin de matos pour pâtissiers. N.Y. Cake Supplies. Pensa à elle, pensa à eux tous, et se ruina en emporte-pièce.

Il n'en avait jamais vu autant de sa vie. Toutes les formes possibles et imaginables...

Décrocha des chiens, des chats, une poule, un canard, un cheval, un poussin, une chèvre, un lama (oui, il y avait des *cutters* en forme de lama...), une étoile, une lune, un nuage, une hirondelle, une souris, un tracteur, une botte, un poisson, une grenouille, une fleur, un arbre, une fraise, une niche, une colombe, une guitare, une libellule, un panier, une bouteille et euh... un cœur.

La vendeuse lui demanda s'il avait beaucoup d'enfants.

Yes, he replied.

Rentra à son hôtel fourbu et chargé de sacs comme un bon con de touriste qu'il était, et qu'il adorait avoir été.

Prit une douche puis la forme, lui, d'un pingouin, et passa une soirée délicieuse. Howard l'avait serré dans ses bras en lui disant « *My son !* », et l'avait présenté à des tas de gens passionnants. S'entretint longtemps d'Ove Arup avec un Brésilien et dénicha un ingénieur qui avait travaillé sur les coques de l'opéra de Sydney. À mesure qu'il buvait, son anglais devenait de plus en plus fluide et se retrouva même sur une terrasse face à Central Park, à baratiner une jolie fille in the moonlight.

Finit par lui demander si elle était architecte.

– *Nat meee…* cancana-t-elle.

Elle était…

Il n'avait pas compris. Ajouta que c'était formidable et l'écouta débiter un tas de bullshits sur Paris qui était so romantic, la fromage so good et les Français so great lovers.

Regardait ses dents parfaites, ses mains manucurées, son anglais sans monarchie, ses bras maigrichons, proposa d'aller lui chercher une autre coupe de champagne et se perdit en chemin.

Acheta du scotch et un bloc de papier dans une échoppe pakistanaise, héla un taxi, arracha son faux col et veilla tard.

Emballa séparément des chiens, des chats, une poule, un canard, un cheval, un poussin, une chèvre, un lama, une étoile, une lune, un nuage, une hirondelle, une souris, un tracteur, une botte, un poisson, une grenouille, une fleur, un arbre, une fraise, une niche, une colombe, une guitare, une libellule, un panier, une bouteille et un cœur.

Tout ça bien empaqueté et mélangé dans un colis, elle n'y verrait que du feu.

S'endormit en pensant à elle.

À son corps, un peu.

Mais à elle surtout.

À elle avec son corps autour.

C'était un lit immense, genre *double* big obèse *King Size*, alors comment était-ce possible?

Que cette femme, qu'il connaissait à peine, prît déjà toute la place?

Encore une question pour Yacine...

Se fit servir son petit déjeuner dans le patio et dessina, sur le papier à en-tête de l'hôtel, les tribulations d'un blaireau à New York.

Les siennes donc.

Ses poches pleines de graisse de castor, ses déambulations chez Strand, sa séance de lecture au milieu de clodos et d'ados rebelles (se donna beaucoup de mal pour que le tee-shirt de l'un d'eux fût visible : *Keep shopping everything is under control*), son poil lissé dans son beau tuxedo, sa queue au vent sur la terrasse avec une blairotte qu'il ne pouvait pas blairer, sa nuit à déchirer du scotch en s'en fichant plein les griffes et… non… ne raconta pas l'exiguïté du lit…

Trouva le code postal des Marzeray sur Internet, se rendit au Post Office et précisa *Kate and Co.* sur le paquet.

Retraversa l'océan en découvrant le destin de Downe et Barnet.

Affreux.

Lut ensuite les lettres que Wilde écrivit de prison.

Refreshing.

En atterrissant, s'agaça d'avoir perdu cinq heures de vie. Monta son dossier de « locataire solvable », passa chez

Laurence, mit ses vêtements, quelques disques et quelques livres dans une valise plus grande et laissa son trousseau de clefs bien en évidence sur la table de la cuisine.

Non. Là elle ne le verrait pas.

Sur la tablette de la salle de bains.

Geste complètement idiot. Il aurait encore tant de choses à récupérer, mais bon… La mauvaise influence du dandy, on va dire… de celui qui, abandonné de tous et agonisant en face d'un papier peint qu'il abhorrait, avait eu encore la bravacherie de murmurer : « Décidément, l'un de nous deux devra partir… »

Partit.

7

Ne travailla jamais autant que ce mois de juillet là.

Deux de leurs projets avaient passé le premier tour. L'un sans grand intérêt, un bâtiment administratif qui les ferait manger, l'autre, plus excitant mais beaucoup plus compliqué, auquel Philippe tenait beaucoup. La conception et la réalisation d'une nouvelle ZAC dans une nouvelle banlieue. C'était énorme et Charles fut long à convaincre.

Le terrain était en pente.

– Et alors ? avait rétorqué son associé.

– Alors, je t'en prends une au hasard… Tiens, celle du 15 janvier dernier, par exemple :

« Lorsqu'une pente est nécessaire pour franchir une dénivellation, elle est inférieure à 5 %. Lorsqu'elle dépasse 4 %, un palier de repos est aménagé en haut et en bas de chaque plan incliné et tous les 10 mètres en cheminement continu. Un garde-corps permettant de prendre appui est obligatoire le long de toute rupture de niveau de plus de 0,40 mètre de hauteur. En cas d'impossibilité technique, due notamment à la topographie et à la disposition des constructions existantes, une pente de cheminement supérieure à 5 % est tolérée. Cette pente peut aller jusqu'à 8 % sur une longueur inférieure ou égale à 2 mètres et jusqu'à...

– Stop.

Se mit à sa table de travail en secouant la tête. Derrière ces chiffres ubuesques, l'administration leur signifiait donc que la pente moyenne d'un terrain constructible ne pouvait dépasser 4 %.

Ah ?

Songeait aux grands dangers que représentaient la rue Mouffetard, la rue Lepic, la colline de Fourvière et les *stradine* à l'assaut de celles de Rome...

Et l'Alfama, et le Chiado à Lisbonne. Et San Fran...

Allez... Au travail... Aplanissons, nivelons, uniformisons, puisque c'était cela qu'ils voulaient, transformer le pays en une gigantesque suburbia.

Et vous me faites tout ça en développement durable, hein!?

Bien sûr. Bien sûr.

Se consolait en gardant les passerelles pour la fin. Charles adorait dessiner et cogiter passerelles et ponts. Ici, lui semblait-il, la trace de la main de l'homme était visible.

Dans le vide, l'industrie était encore obligée de s'incliner devant le concepteur...

S'il avait pu choisir, serait né au XIXe, à l'époque où les grands ingénieurs étaient aussi de grands architectes. Les plus belles réussites, selon lui, survenaient lorsqu'on utilisait des matériaux pour la première fois. Le béton par Maillart, l'acier par Brunel, Eiffel ou la fonte par Telford...

Oui, ces gars-là avaient dû bien s'amuser... Les ingénieurs alors, étaient aussi des entrepreneurs et corrigeaient leurs erreurs quand elles se présentaient. Résultat, leurs erreurs étaient parfaites.

Le travail d'Heinrich Gerber, d'Ammann ou de Freyssinet, le viaduc du Kochertal de Leonhardt, et celui, suspendu, de Brunel à Clifton. Et le Verreza... Bon, tu t'égares, là, tu t'égares. Tu as une Zone d'Aménagement Concerté sous le coude alors concerte-toi et sors ton code de l'urbanisme.

... jusqu'à 12 % sur une longueur égale ou inférieure à 0,50 mètre. »

Mais ces doutes seraient peut-être bénéfiques... Se mettre dans une situation de gagner, c'était aussi se mettre en situation d'échec. Vouloir un marché à tout prix induisait une démarche timide et conservatrice. Ne pas choquer... Philippe et lui étaient bien d'accord sur ce point et il travailla sur ce projet comme un dément. Mais détendu.

Souple, incliné.

La vie était ailleurs...

Dînait presque tous les soirs avec le jeune Marc. Découvraient, au fond d'impasses improbables, des arrière-salles de bouis-bouis encore ouverts après minuit, mangeaient en silence et essayaient des bières du monde entier.

Finissaient toujours par déclarer, ivres d'épuisement, qu'ils allaient écrire un guide. *Le Gosier très en pente* ou *La ZAG* (Zone d'Aménagement de la Glotte), et qu'enfin, *enfin*, on reconnaîtrait leur génie !

Ensuite Charles le déposait en taxi et s'écroulait sur un matelas posé à même le sol dans une pièce vide.

Un matelas, un drap, un savon et un rasoir, c'était tout ce qu'il avait pour le moment. Entendait la voix de Kate, « cette vie de Robinson nous a tous sauvés… », s'endormait nu, se levait avec le jour et avait l'impression de le lancer là, le pont de sa vie.

Parla plusieurs fois à Mathilde au téléphone, lui annonça qu'il avait quitté la rue Lhomond et campait de l'autre côté, en bas de la montagne Sainte-Geneviève.

Non, n'avait pas encore choisi sa chambre.

Attendait son retour…

N'avait jamais eu avec elle de conversations aussi longues et réalisa combien elle avait mûri ces derniers mois. Elle lui parla de son père, de Laurence, de sa jeune demi-sœur, lui demanda s'il avait vu Led Zeppelin en concert, pourquoi Claire n'avait jamais eu d'enfants et est-ce que c'était vrai, cette histoire de porte?

Pour la première fois, Charles parla d'Anouk à quelqu'un qui ne l'avait pas connue. Dans la nuit, longtemps après l'avoir embrassée, trouva cela évident. De l'avoir partagée avec un cœur qui avait l'âge du sien quand...

– Mais tu l'aimais d'*amour*? avait-elle fini par lui demander.

Et, comme il n'avait pas répondu immédiatement, cherchant un autre mot, plus juste plus précis moins compromettant, entendit son grognement désabusé lui donner la baffe qu'il attendait depuis plus de vingt ans pour pouvoir revenir à lui :

– Ben oui, j'suis conne, moi... De quoi d'autre on peut aimer?

***

Le 17, serra pour la dernière fois l'énorme paluche de son chauffeur russe. Venait de passer deux jours à s'arracher le peu de cheveux qu'il lui restait sur un chantier fantôme. Pavlovitch avait disparu, la plupart des gars étaient partis chez Bouygues, ceux qui étaient restés menaçaient de tout saboter s'ils n'étaient pas payés *siu minoutou*, deux cent cinquante kilomètres de câbles n'en faisaient plus que douze et il y avait encore cette autorisation, là, que…

– *Quelle* autorisation ? fulmina-t-il sans même se donner la peine de switcher sur l'anglais. *Quel* chantage encore ? Combien vous voulez *en tout*, bordel de merde ? Et où était-il, cet enfoiré de Pavlovitch ? Il était chez Bouygues, lui aussi ?

Ce projet avait été cafouilleux depuis le départ. Ce n'était même pas le leur d'ailleurs, c'était un ami de Philippe, un Italien qui était venu les supplier *di salvargli*, de sauver *l'onore* et *la reputazione* et *le finanze* et *lo studio* et *la famiglia e la Santa Vergine*. Tout juste s'il ne s'était pas signé en embrassant ses doigts… Philippe avait accepté et Charles n'avait rien dit.

Devinait là-dessous une espèce de partie de billard à trois bandes dont son incorruptible génie d'acolyte avait le secret. Sauver ce chantier, c'était se mettre Machin dans la poche, Machin qui était le bras droit de Truc, Truc qui

avait 10 000 mètres carrés à décentra-
liser et… Bref, Charles avait lu les plans,
cru que ce serait facile, récupéré son
Tolstoï jauni et, comme le petit Empe-
reur, était parti avec six cent mille
hommes leur montrer un peu quels
grands tacticiens ils étaient…

Et comme lui, revint anéanti.
Non, même pas. S'en foutait éperdument. Avait simplement gardé la main de
Viktor assez longtemps dans la sienne et
senti ses phalanges, et leurs sourires,
craquer un peu. Dans une autre vie, ils
auraient été bons camarades…
Lui tendit aussi la liasse de roubles qu'il
avait sur lui. L'autre renâcla :
– Pour les leçons de russe…
– *Nyèt, nyèt*, continuait-il de lui péter les
métacarpes.
– Pour tes enfants…
Alors là, oui. Le libéra.
Se retourna une dernière fois, ne vit pas
les plaines désolées, les débris de
soldats affamés aux pieds gelés et
emmaillotés dans des chiffons ou des
peaux de mouton, mais un dernier
tatouage. Un fil de fer barbelé le long d'un
bras qui s'était levé très haut pour lui
souhaiter beaucoup de *shtchastya*…

Le retour, par contre, fut difficile. Vivre en vieil étudiant quand la vie tournait charrette ne pesait guère, mais atterrir d'une défaite quand on n'avait plus de foyer c'était… Une autre branlée…

N'eut pas le courage de prendre un taxi et rongea sa débâcle dans le RER.

Pauvre trajet. Triste, et sale. Des tours à gauche, des campements de Roms à droite… Pourquoi de « Roms » d'ailleurs ? Ne soyons pas si délicats, bidonville fera très bien l'affaire. Rendons cet hommage à la mondialisation de nous permettre de jouir des mêmes curiosités qu'ailleurs… Gagnant le ballast, voyait défiler des tas de saloperies et se souvenait qu'Anouk s'était éteinte par ici.

Nounou dans des chiottes et elle, à son point de départ…

C'est dans cette humeur, d'immense gâchis, qu'il rejoignit son campement de l'autre côté de la gare du Nord.

Alla directement dans le bureau de son associé et ouvrit sa giberne.

– *Terror belli, decus pacis…*

– Pardon ? soupira Philippe sous de mauvais sourcils.

– Terreur pendant la guerre, bouclier pendant la paix, je te le rends…

– De quoi tu me parles, là ?

– De mon bâton de Maréchal. Je n'irai plus là-bas…

La suite de leur conversation fut extrêmement technique, financière plutôt, et quand Charles referma la porte sur toute l'amertume qu'il venait de causer, décida de filer sans passer par la case accoudoirs.

Avait plus de 2 500 kilomètres de retraite sur le cœur, deux heures de plus à son horloge biologique, était de nouveau fatigué et devait passer au pressing s'il voulait se vêtir le lendemain.

Alors qu'il franchissait le pas de la porte, Barbara lui fit un signe sans interrompre sa conversation téléphonique.

Indiquait un colis sur l'étagère.

Il verrait cela demain… Claqua la porte, s'immobilisa, sourit bêtement, revint sur ses pas et reconnut le cachet.

Qui faisait foi.

Ne l'ouvrit pas tout de suite et, comme quelques semaines auparavant, traversa Paris avec une surprise sous le bras.

L'inquiétude en moins.

Descendit le boulevard Sébastopol, le pas léger, la côte flottante, l'air jouasse du gandin qui venait d'obtenir un premier rendez-vous. Souriant aux horodateurs et re-re-re-contemplant son adresse quand le petit bonhomme était rouge.

(Boulevard ainsi nommé, est-il besoin de le rappeler, en souvenir d'une victoire franco-anglaise en Crimée. Ah!)

Le contemplait de nouveau dans les clous. S'en doutait, que son écriture serait ainsi. Déliée et serpentueuse… Comme les motifs de sa robe… Et le savait, qu'elle ne tiendrait pas dans les cases. Et qu'elle aurait choisi de jolis timbres…

Elle s'appelait Cherrington.

Kate Cherrington…

Qu'il était nigaud…

Et qu'il était fier.

De l'être encore à son âge.

Profita de ce coup d'hélium pour remplir ses placards. Laissa un énorme chariot devant les caisses de la supérette et promit qu'il serait chez lui dans deux heures quand on le livrerait.

Sortit du magasin avec un balai et un seau rempli de produits ménagers, nettoya son appartement pour la première fois depuis l'état des lieux, brancha le réfrigérateur, défit des packs d'eau, rangea méthodiquement les céréales de Mathilde, sa confiture préférée, son lait demi-écrémé et son shampoing très doux, déplia des serviettes de toilette, vissa des ampoules et se prépara le premier steak de l'impasse des Bœufs.

Repoussa son assiette, vira les miettes, alla chercher son cadeau.

Ouvrit le couvercle d'une boîte en fer blanc et découvrit des chiens, des chats, des poules, des canards, des chevaux, des poussins, des chèvres, des lamas, des étoiles, des lunes, des nuages, des hirondelles, des souris, des tracteurs, des bottes, des poissons, des grenouilles, des fleurs, des arbres, des fraises, des niches, des colombes, des guitares, des libellules, des paniers, des bouteilles et...

Bon. Les aligna tous sur la table. Comme il aimait faire, méthodiquement et par catégories.

Toutes les formes existaient en plusieurs sablés, mais de cœur, il n'y en avait qu'un.

C'était un signe ? C'était un signe... *C'était* un signe !

748

L'appellation « nigaud » semblait bien en deçà de la situation, non ?

Dear Charles,
J'ai préparé la pâte, Hattie et Nedra ont fait les cookies, Alice leur a ajouté des yeux et des moustaches, Yacine a trouvé votre adresse (c'est bien vous ?) et Sam est allé les poster…
Thanks.
I miss you.
We all miss you.
K.

N'en croqua aucun, les aligna de nouveau, mais debout, sur la cheminée de la chambre où il vivait et s'endormit en pensant à elle.
À la forme qu'il prendrait, si elle venait sur lui comme un emporte-pièce.

Le lendemain matin, dessina sa cheminée au milieu du vide et ajouta :
Vous me manquez aussi.
Et, comme elle l'avait dit à propos du mot « cuisinière », trouva le flou de sa langue bien commode.
Ce « vous » pouvait signifier *you* ou *you.*
Elle choisirait…

Aurait pu, ou dû, baisser la garde davantage, mais ne savait pas faire cela.

Sa séparation d'avec Laurence, aussi recevable fût-elle, lui avait laissé un méchant goût de veulerie en bouche.

Encore une fois, s'était planqué derrière sa table, ses perspectives et son AutoCAD. Ce logiciel de travail où tout était parfait puisque tout était virtuel. Avait projeté ailleurs pour ne rien élaborer de lui-même, et, s'arc-boutant sur ses dénivellations, était sûr de ne pas trébucher.

Calculait. Encore et encore.

Pensait à Kate sans cesse mais jamais vraiment.

C'était... Il aurait été bien incapable de l'expliquer... Comme une lumière... Comme si la certitude de savoir qu'elle existait, même loin de lui, même en dehors de lui, suffisait à l'apaiser. Bien sûr, nourrissait des pensées plus... *incarnées* quelquefois, mais pas tant que ça... Fanfaronnait quand il rêvait de jouer aux Petit Beurre avec elle. En vérité, se sentait... comment dire... impressionné peut-être... Oui, allez... va pour *impressed*. Elle avait eu beau tout faire pour n'en être pas tributaire, transpirer, roter, l'envoyer chier en levant sa bague, bouder, râler, jurer, se moucher dans sa manche, boire like a fish, violer l'Éducation nationale, baiser les services sociaux, fustiger ses rondeurs, ses mains, son orgueil, se dénigrer souvent et l'abandonner sans le moindre adieu, cet adjectif lui allait bien.

C'était idiot, c'était dommage, c'était inhibant, mais c'était ainsi. Quand il pensait à elle, concevait un monde, plutôt qu'une femme cicatrisée en étoile.

D'ailleurs, en y réfléchissant bien, dès le départ, elle avait distribué les rôles. Il était l'étranger, le visiteur, *the explorer*, le Colomb qui avait atterri là parce qu'il s'était gouré de route.

Parce qu'une gamine avait des dents mal positionnées et une mère plus tordue encore.

Et, en le laissant reprendre sa route sans le saluer, avait sciemment faussé le compas…

On est revenu aux modes d'emploi, je vois… Alors qu'est-ce que c'était, là, cette histoire de pont, cette vie monacale, ce Grand Dénuement sublime ? Ta literie en plumes d'oie te manque, c'est ça?

Non, c'est que...

Que quoi?

J'ai mal au dos putain... *Tellement* mal au dos...

Achète-toi un lit!

Non, mais y a pas que ça...

Y a quoi?

La culpabilité...

Aaaaaah...! Eh ben, bonne chance alors... Parce que tu verras, y en a pas des modes d'emploi pour ça.

Non?

Non. Si tu en cherches, tu en trouveras sûrement, les marchands du Temple sont partout, mais tu ferais mieux d'économiser et de te payer un sommier à la place. En plus, elle vient de te l'écrire, que tu lui manquais.

Pff... *Miss you* en anglais, c'est juste une expression. Comme *Take care* ou *All my love*...

Elle n'a pas écrit *Miss you*, elle a écrit I *miss you*.

Oui mais...

Mais?

Elle habitait à Pétaouchnoque, elle avait plein de gosses, des animaux qui mettraient trente ans à crever, une maison qui sentait le chien mouillé et…

Stop, Charles, stop. C'est toi qui pues, là.

Et parce que ce genre de palabres entre lui Cogito et lui Ergo sum ne le menait nulle part, et parce qu'il avait beaucoup de travail surtout, préférait travailler.

Quel con…

Heureusement, Claire.

8

Elle lui avait dit il faut absolument que je te fasse découvrir cet endroit. Non seulement c'est délicieux mais le mec est génial.

– Quel mec?

– Le serveur...

– Toujours ton fantasme du garçon de café? Le pouce dans le gilet et les hanches bien prises dans son grand tablier blanc?

– Non, non, pas du tout. Lui, tu verras, c'est... Je peux pas te dire... Je l'adore... Une espèce d'aristo hyperclasse. Un truc tombé de la lune. Un genre de croisement entre Monsieur Hulot et le duc de Windsor...

En notant la date de ce déjeuner sur son agenda, Charles avait levé les yeux au ciel.

Les toquades de sa sœur...

Ils s'étaient retrouvés dans les premiers jours d'août, le temps de boucler leurs dossiers et de souhaiter de bonnes vacances à leurs assistantes respectives. Claire aurait un train à prendre en fin d'après-midi pour assister à un festival de musique soul dans le Périgord noir.

– Tu me déposeras à la gare?

– On prendra un taxi, tu sais bien que je n'ai pas de voiture…

– Justement, c'est ça que je voulais te dire… Après m'avoir déposée, tu pourrais garder ma caisse? Je n'ai plus d'abonnement…

Charles leva de nouveau les yeux. Ça l'emmerdait de se battre avec les parcmètres parisiens. Bon… Il irait la déposer chez ses parents… Il ne les avait pas vus depuis si longtemps…

– OK.

– T'as bien noté l'adresse?

– Oui.

– Ça va? T'as une petite voix… Mathilde est revenue?

Yes, she is, mais il ne l'avait pas vue. C'était Laurence qui l'avait récupérée et elles étaient parties directement à Biarritz.

Charles n'avait pas eu l'occasion, ou le courage, de raconter ses péripéties conjugales à sa sœur.

– Je te laisse, j'ai un rendez-vous, lui répondit-il.

***

On ne pouvait pas mieux dire : la gaucherie, la poésie, le dégingandé de Monsieur Hulot, mais avec la classe et la fleur à la boutonnière de *HRH Edwârde*.

Ouvrit grand ses grands bras, les accueillit dans son minuscule bistro comme sur le perron de Saint James's Palace, salua la nouvelle robe de Claire en alexandrins, et, dans un léger bégaiement, leur indiqua une table près de la fenêtre.

– Qu'est-ce que tu regardes ? demanda-t-elle.

– Les dessins…

Baissa son menu et suivit le profil de son frère.

– À ton avis, c'est un homme ou une femme ? continua-t-il.

– De quoi ? Ce dos, là ?

– Non. La main qui tenait la sanguine…

– Je ne sais pas. On lui demandera.

Tati de Windsor leur servit d'office un verre de rouge et s'était retourné pour

commenter l'ardoise quand un grognement sortit du passe :

– Téléphone !

Les pria de l'excuser et s'en alla saisir le
portable qu'on lui tendait.

Charles et Claire le virent rougir, pâlir,
sentir un trouble s'élever de son âme
éperdue, porter sa main à son front,
lâcher le téléphone, se baisser, perdre
ses lunettes, les remettre de guingois, se
précipiter vers la sortie, attraper sa veste
au portemanteau et claquer la porte
pendant que ledit portemanteau s'écra-
sait sur le sol, emportant avec lui une
nappe, une bouteille, deux couverts, une
chaise et le porte-parapluies.

Silence dans la salle. Tous se regardèrent ahuris.

Un chapelet de jurons monta des four-
neaux. Le cuisinier apparut, un jeune type
à la mine renfrognée qui se frotta les
mains dans son tablier avant de ramasser
son mobile.

Toujours marmottant dans sa barbe, le
posa sur le bar, se baissa, sortit un
magnum de champagne et commença à
titiller le bouchon en prenant tout son
temps.

Le temps que son front froncé se transforme en un quelque chose qui pouvait ressembler à un sourire...

– Bon... fit-il en s'adressant à eux tous, on dirait que mon associé vient de donner un héritier à la couronne...

Le bouchon fusa. Ajouta :

– C'est la tournée du tonton...

Tendit la bouteille à Charles en le priant de servir les autres. Il avait du travail.

S'éloigna une coupe à la main et dodelinant du chef comme s'il n'en revenait pas, d'être aussi ému...

Se retourna. Du menton leur indiqua le carnet abandonné sur le comptoir :

– Merci de passer vos commandes vous-mêmes, de déchirer la première feuille et de me la déposer sur le passe, bougonna-t-il. Et gardez-en un exemplaire. Je vous laisserai calculer vos additions aussi...

La porte se referma et ils entendirent :

– Et écrivez en lettres majuscules si possible ! Je suis analphabète !

Et puis ce rire.

Gigantesque. Gastronomique.

– Putain, mon Philou... Putain !

Charles se tourna vers sa sœur :

— T'as raison, c'est vachement pitto-resque comme endroit...

Les servit et passa la bouteille à la table voisine.

— J'en reviens pas, murmura-t-elle, je l'imaginais complètement asexué ce mec-là...

— Ah! Ça, c'est tout vous, les filles... Dès qu'un garçon est gentil, vous le castrez.

— Ben voyons, siffla-t-elle.

But une gorgée et ajouta :

— Regarde. Toi... T'es le garçon le plus gentil que je connaisse et...

— Et quoi?

— Non. Rien... Tu vis avec une femme euh... super épanouissante...

— ...

— Pardon, se reprit-elle. Excuse-moi. C'était nul.

— Je suis parti, Claire...

— Parti où?

— De chez moi.

— Noooon??? se marra-t-elle.

— Siiiiii... lugubra-t-il.

— Champagne!

Et comme il ne réagissait pas :

— Tu es malheureux?

— Pas encore.

– Et Mathilde ?

– Je ne sais pas… Elle dit qu'elle veut venir avec moi…

– Tu habites où ?

– Près de la rue des Carmes…

– Ça ne m'étonne pas…

– Que je sois parti ?

– Non. Que Mathilde te suive…

– Pourquoi ?

– Parce que les ados aiment les gens généreux. Après on se fait la couenne, mais à cet âge-là, on a encore besoin d'un peu de bienveillance… Dis donc, comment tu vas faire avec ton boulot ?

– Je ne sais pas… Je vais m'organiser autrement, j'imagine…

– Tu vas être obligé de changer de vie…

– Tant mieux. J'étais fatigué de l'autre… Je croyais que c'étaient les décalages horaires mais pas du tout, c'était… ce que tu viens de dire… Un problème de bienveillance…

– Je n'en reviens pas… Depuis quand ?

– Un mois.

– Depuis que t'as revu Alexis, alors ?

Charles sourit. Quelle fine mouche, celle-ci…

– Voilà…

Claire attendit d'être planquée derrière la carte des vins pour dégoupiller un petit :

– Merci Anouk !

Il ne répondit rien. Souriait toujours.

– Oh, toi… fit-elle en le regardant par en dessous, t'as rencontré quelqu'un…

– Non…

– Menteur. T'es tout rose.

– Ce sont les bulles…

– Ah ouais ? Et elles sont gaulées comment, les bulles ? Elles sont blondes ?

– Ambrées…

– Ben voyons… Attends… Commandons si on ne veut pas se faire engueuler par l'autre Cro-Magnon et après, j'ai… regarda sa montre, trois heures pour te tirer les vers du nez… Tu prends quoi ? De l'artichaut ? Un cœur de veau ?

Il cherchait ses lunettes.

– Où tu vois ça ?

– Juste en face de moi, se marra-t-elle.

– Claire ?

– Mhmm ?

– Comment ils font, les mecs qui sont dans l'autre camp au tribunal ?

– Ils pleurent leur mère… Bon, j'ai choisi. Alors ? C'est qui ?

– Je ne sais pas.

– Oh putain, non… Ne me fais pas ce coup-là…

– Écoute, je vais tout te raconter et tu me diras, toi qui es si maligne, si tu vois ce que c'est…

– C'est une mutante?

Il hocha la tête.

– Qu'est-ce qu'elle a de spécial?

– Un lama.

– ?!?

– Un lama, deux mille mètres carrés de toiture, une rivière, cinq enfants, dix chats, six chiens, trois chevaux, un âne, des poules, des canards, une chèvre, des nuées d'hirondelles, plein de cicatrices, une intaille, des fouets, un cimetière de poche, quatre fours, une tronçonneuse, un girobroyeur, une écurie du XVIIIᵉ, une charpente à tomber par terre, deux langues, des centaines de roses et une vue sublime.

– Qu'est-ce que c'est que ça? fit-elle en écarquillant les yeux.

– Ah! Tu n'es pas plus avancée que moi, je vois…

– Comment elle s'appelle?

– Kate.

Il prit leur commande et alla la déposer devant l'antre de l'ours.

– Et… reprit Claire, elle est belle ?
– Je viens de te le dire…

***

Alors Charles se mit à table.

La fosse contre la déchetterie, son coup de bombe sur la pierre tombale, Sylvie, le garrot, la colombe, son accident sur le boulevard de Port-Royal, le regard vide d'Alexis, sa petite vie sans rêve et sans musique comme traitement de substitution, les silhouettes autour du feu, le legs d'Anouk, le Chamboule Tout, la couleur du ciel, la voix du capitaine de gendarmerie, les hivers aux Vesperies, la nuque de Kate, son visage, ses mains, son rire, ces lèvres qu'elle n'avait cessé de persécuter, leurs ombres, New York, la dernière phrase du court roman de Thomas Hardy, son lit plein d'échardes et les biscuits qu'il recomptait tous les soirs.

Claire n'avait pas touché à son assiette.

– Ça va être froid, la prévint-il.
– Ouais. Si tu restes là comme un con à tripoter des gâteaux, ça va refroidir, c'est sûr…

— Qu'est-ce que tu veux que je fasse d'autre ?

— Le maître d'œuvre.

— T'as pas vu l'ouvrage…

Elle vida son verre, lui rappela que c'était elle qui l'invitait, consulta l'ardoise et laissa de l'argent sur la table :

— Il faut qu'on y aille…

— Déjà ?

— J'ai pas de billet…

— Pourquoi tu passes par là ? lui demanda-t-il.

— Je t'emmène chez toi.

— Et la voiture ?

— Je te laisserai quand t'auras déposé un sac de voyage et tes carnets à l'arrière…

— Pardon ?

— T'es trop vieux, Charles. Il faut que tu te bouges maintenant. Tu vas pas recommencer avec elle comme avec Anouk. T'es juste… trop vieux. Tu comprends ?

— …

— Je te dis pas que ça va marcher tu sais, mais… Tu te souviens quand tu m'avais forcée à venir en Grèce avec toi ?

764

– Oui.

– Eh ben... chacun son tour...

Il porta sa valise et l'accompagna jusqu'à son compartiment.

– Et toi, Claire ?

– Moi ?

– Tu ne m'as rien raconté de tes amours...

Elle se fendit d'une affreuse petite grimace pour ne pas avoir à lui répondre.

– C'est trop loin, continua-t-il.

– De quoi ?

– Tout...

– C'est vrai. T'as raison. Retourne chez Laurence, continue de porter des cierges à Anouk, de servir la soupe à Philippe et de border Mathilde jusqu'à ce qu'elle se barre, ce sera moins fatigant.

Lui claqua un baiser avant d'ajouter :

– Mets aussi du pain aux pigeons pendant que t'y es...

Et disparut sans se retourner.

Charles s'arrêta à la boutique du Vieux Campeur, passa à l'agence, remplit son coffre de livres et de dossiers, éteignit son ordinateur, sa lampe, et laissa une longue note de travail à Marc. Il ne savait pas quand il rentrerait, serait difficilement joignable sur son portable, l'appellerait et lui souhaitait bon courage.

Puis fit un crochet par la rue d'Anjou. Il y avait là une boutique où il était sûr d'en trouver...

9

Se fit tout un cinéma. Cinq cents kilomètres de bandes-annonces et presque
autant de versions différentes de la
première scène.

C'était beau comme du chabadabada.
Lui apparaissant, elle se retournant. Lui
souriant, elle se pétrifiant. Lui ouvrant
les bras, elle se jetant dedans. Lui dans
ses cheveux, elle dans son cou. Lui
disant je ne peux pas vivre sans vous,
elle trop émue pour répondre. Lui la
soulevant de terre, elle riant. Lui l'emportant vers... euh...

Bon, là, c'était déjà la deuxième
scène et le plateau serait probablement
plein de figurants...

Cinq cents kilomètres, ça en faisait de
la pellicule... Avait *tout* envisagé, et
bien sûr, rien ne se déroula comme
prévu.

Il était près de dix heures du soir quand il traversa le pont. La maison était vide. Entendit des rires et des bruits de couverts dans le jardin, suivit la lumière des bougies et, comme au fond du pré l'autre fois, vit de nombreux visages se retourner avant d'apercevoir le sien.

Des visages et des silhouettes d'adultes inconnus. Merde... Il était bon pour tout rembobiner...

Yacine se précipita à sa rencontre. En se penchant pour l'embrasser, la vit qui se levait à son tour.

Il ne se souvenait plus qu'elle était aussi belle que dans ses souvenirs.

– Quelle bonne surprise, fit-elle.

– Je ne vous dérange pas ?

(Ah ! Quels dialogues ! Quelle émotion ! Quelle intensité !)

– Non, bien sûr que non... J'ai des amis américains qui sont là pour quelques jours... Venez... Je vais vous les présenter...

Coupez ! pensa Charles, foutez-moi tout ça dehors ! Ces chieurs n'ont rien à faire dans le plan !

– Avec plaisir...

– Qu'est-ce que vous avez là? demanda-t-elle en avisant le bazar qu'il tenait sous le bras.

– Un sac de couchage…

Et, comme dans un film de Charles Balanda, elle se retourna, lui sourit dans la pénombre, baissant ainsi la tête, lui laissa voir sa nuque et posa sa main dans son dos pour lui indiquer le chemin.

Instinctivement, notre jeune premier ralentit le pas.

De là où il est, le spectateur ne s'en est probablement pas rendu compte, mais cette paume, ces cinq longs doigts légèrement écartés et lestés d'un sacrifice champêtre à la chute de rein parfaite, pressant doucement le coton tiède de sa chemise, ce fut… quelque chose…

Prit place au bout de la table, se vit offrir un verre, une assiette, des couverts, du pain, une serviette, des *Hi!*, des *Nice to meet you*, des baisers d'enfants, des truffes de chiens, un sourire de Nedra, un gentil signe de tête de la part de Sam, du genre sois le bienvenu gringo, tu peux toujours essayer de pisser sur mon territoire, il est immense et tu ne viseras jamais assez loin, des parfums de fleurs et d'herbes coupées, des vers luisants, un quart de lune, une conversation qui allait trop vite et à laquelle il ne comprenait rien, une chaise dont le pied arrière gauche s'enfonçait tranquillement dans le salon d'une taupe, une énorme part de tarte aux poires, un nouveau goulot, un chemin en pointillé de miettes entre son assiette et toutes les autres, des altercations, des questions, des prises à partie à propos d'un sujet qu'il n'avait pas bien suivi. Le mot « *bush* » revenait souvent mais... euh... c'était le bonhomme ou les plantes ? et... Bref, une espèce de flottement délicieux.

Mais aussi les bras de Kate enroulés autour de ses genoux, ses pieds nus, sa gaieté soudaine, sa voix qui n'était plus tout à fait la même quand elle s'exprimait dans sa langue et ses regards en coin qu'il attrapait entre deux gorgées et qui semblaient dire à chaque fois : *So...* C'est vrai ? Vous êtes revenu...

Lui souriait en retour et, toujours aussi silencieux, eut l'impression de n'avoir jamais été aussi bavard avec une femme.

Après il y eut le café, les spectacles, le pousse-café, les imitations, le bourbon, d'autres rires, d'autres *private jokes* et

770

même un peu d'architecture puisque ces gens étaient bien élevés...

Tom et Debbie étaient mariés et professeurs à Cornell, l'autre, Ken, le grand chevelu, était chercheur. Il lui sembla qu'il tournait beaucoup autour de Kate... *Well*, c'était difficile à dire avec ces Américains qui étaient toujours en train de se peloter pour un oui ou pour un non. Avec leurs *sweeties,* leurs *honeys*, leurs *hugs* et leurs *gimme a kiss* dans tous les sens...

Charles s'en foutait. Pour la toute première fois de sa vie, avait décidé de se laisser vivre.

Se. Laisser. Vivre.

Ne savait même pas s'il serait capable de tenir une telle gageure...

Il était là en vacances. Heureux et un peu saoul. Fabriquant avec des morceaux de sucre un temple aux éphémères morts pour la Lumière que Nedra lui apportait dans des capsules de bière. Répondant « *Yes* » or « *Sure* » quand il le fallait, « *No* » quand c'était mieux, et se concentrant sur la pointe de son couteau pour donner une touche plus dorique à ses piliers.

771

Ses ZAC, ses PLU, ses PAZ et ses POS le rattraperaient bien assez vite…

Épiait son rival entre deux convois…

En plus les cheveux longs à cet âge-là, c'était… *pathetic.*

Et puis il avait une grosse gourmette des fois qu'il ne se souviendrait plus de son prénom. Et puis son prénom, parlons-en. Ça faisait carrément Barbie.

Ne manquait plus que le camping-car…

Mais surtout, et ça le pilo-velu en chemise hawaïenne l'ignorait totally, le modèle qu'il avait choisi, c'était l'*Himalaya light.*

La peau du cul, d'accord, mais garni de duvet de canard traité au Téflon.

T'entends, Samson?

Au Téflon, mon gars, au Téflon.

Autant te dire que je peux tenir un moment…

L'Himalaya, mais light.

C'est son programme de l'été.

Quand il s'était éloigné dans la cour avec sa bougie à la main, Kate avait bien essayé de rapatrier la *perfect housewife* qui sommeillait en elle en lui proposant le capa… le canap…

Mais pff… Ils étaient tous trop faits pour jouer aux bonnes manières.

– *Hey*, lança-t-elle, *don't*… Ne mettez pas le feu, hein?

Charles leva la main pour lui signifier qu'il n'était pas si *stupid* quand même.
– C'est déjà fait, baby, c'est déjà fait, ricanait-il en se prenant les pieds dans les graviers.

Oh, oui. Il était cuit comme un cookie…

S'installa dans les écuries, eut un mal de chien à trouver l'ouverture de son putain de bivouac et s'endormit sur un sommier de mouches crevées.
Quelle merveille…

10

Bien sûr, c'est Ken qui était allé chercher les croissants cette fois-ci…

Et en courant…

Avec ses belles Nike, sa queue-de-cheval (?), et les manches de son tee-shirt roulées sur ses épaules. (Luisantes.) (De sueur.)

Bon, bon, bon…

Charles toussa et rangea ses scénarios torrides.

Si encore ce type avait été un imbécile… Mais non. C'était une grosse tête bien faite. Un homme adorable. Passionné, passionnant, drôle. Et ses compatriotes as well.

Le ton avait été donné. Régnerait dans cette maison une atmosphère, give m'en five, de bonne camaraderie, de Baden Powell à la you kaï di you kaï da. Tant pis. Tant mieux. Les enfants étaient heureux d'avoir soudain tant d'adultes à solliciter et Kate était heureuse de voir les enfants heureux.

N'avait jamais été aussi belle… Même ce matin, avec sa gueule de bois cachée derrière ses grandes lunettes noires…

Belle comme une femme qui connaît par cœur le prix de la solitude et pose enfin les armes.

Avait une permission de quelques jours et, little by little, s'éloignait d'eux. Ne voulait plus prendre d'initiatives, leur confiait la maison, les gosses, les animaux, les interminables bulletins météo de René, et les horaires des repas.

Lisait, dorait, dormait au soleil et n'essayait même pas de faire semblant de vouloir les aider.

Et puis il n'y avait pas que cela… N'avait plus jamais posé la main sur Charles. Plus de sourires en coin ni de regards appuyés. Plus de kidding me *or* teasing you. Plus de trésor dans la paille et de rêves de missionnaires.

Souffrit d'abord de cette apparente froideur qui avait pris la forme, pénible, de la *convivialité*.

Alors c'était ainsi? Tout inespéré qu'il fût, se trouverait désormais relégué au rôle de membre d'une bande? Elle ne l'appelait plus jamais par son prénom mais disait «you guys» à la cantonade.

Shit.

En pinçait-elle pour ce grand dadais? Même pas sûr…

Elle en pinçait pour elle-même.

Jouait, déconnait, disparaissait avec les enfants et cherchait à se faire engueuler *avec eux.*

Au même titre qu'eux.

Bénissait ces adultes en leur portant des dizaines de toasts pendant des repas qui duraient de plus en plus longtemps et avait profité de leur présence pour virer le tuteur.

S'en trouvait parfaitement heureuse.

Charles, qui, et c'était très inconscient, aurait pu, ou dû, être… comment dire… intimidé? empêché? par ces petits moignons d'ailes sous la bretelle du soutien-gorge, ne l'en aima que davantage.

Mais bon. Se gardait bien de le lui faire savoir… Avait pris pas mal de coups sur la gueule ces derniers temps et cet os, là, qui prenait appui sur sa colonne pour lui protéger le cœur était précisément en train de se consolider. Ce n'était pas le moment d'ouvrir les bras à tort et à travers.

Non. Ce n'était pas une sainte… C'était une grosse feignante qui n'en fichait pas une, avait une sacrée descente, cultivait de la marie-jeanne (c'était donc ça, sa « pharmacopée de confort »…) et n'entendait même pas l'appel de la cloche !
Il n'y avait rien de moral en elle.
Ouf.
Cette découverte valait bien un peu d'indifférence.
Patience, petit escargot, patience…

Mais qu'était-il en train de faire au juste pour avoir le temps de ruminer toutes ces fadaises de vieil ado transi ?
Il balayait des mouches.

N'était pas seul. Avait entraîné à sa suite Yacine et Harriet qui, ayant cédé leurs chambres à la bannière étoilée, avaient décidé de s'exiler avec lui.
On tira les pièces à la courte paille et ils passèrent deux jours entiers à bouffer de la toile d'araignée et à se balader dans les différentes granges comme dans les entrepôts du Mobilier national. Commentant, rafistolant, décapant et repei-

gnant tables, chaises, miroirs et autres vestiges bouffés par les termites et les capricornes. (Yacine, un peu agacé par ces imprécisions dans les vermoulures, leur fit un cours : Les trous, c'étaient les capricornes, l'aspect pourri-feuilleté-friable, c'étaient les termites.)

Organisèrent une petite *party* de crémaillère et Kate, découvrant sa chambre, nue, décapée, blanchie à la Javel pure, austère et monacale, avec tous ces dossiers empilés au pied de son lit, son ordinateur portable et ses bouquins sur l'ingénieux bureau qu'il avait bricolé sous une alcôve, resta un moment silencieuse.

– Vous êtes venu ici pour travailler? murmura-t-elle.

– Non. C'est juste pour vous impressionner…

– Ah?

Tous les autres étaient chez Harriet.

– Il y a quelque chose que je voudrais vous dire, ajouta-t-elle en se penchant à la fenêtre.

– Oui?

– Je… Vous… Enfin… Si je…

Charles se retenait à sa poignée de cacahuètes.

– Non. Rien, fit-elle en se retournant, c'est très cosy, ici, hein?

Depuis trois jours qu'il était là, c'était la première fois qu'il l'avait pour lui seul, posa donc deux minutes ses insignes de gentil louveteau :

– Kate… Parlez-moi…

– Je… Je suis comme Yacine, déclara-t-elle brusquement.

– …

– Je ne sais pas comment vous dire ça, mais je… jamais plus, je ne prendrai le moindre risque de souffrir encore.

– …

– Vous comprenez?

– …

– C'est une chose que Nathalie m'a racontée… Beaucoup d'enfants placés, quand ils sentent un changement dans l'air, deviennent soudain odieux et causent les pires tourments à leur famille d'accueil. Et vous savez pourquoi ils agissent ainsi? Par instinct de survie. Pour se préparer mentalement et physiquement à une nouvelle séparation. Ils se rendent odieux pour que leur départ soit perçu comme un soulagement. Pour bousiller l'amour… Cet… ce piège grossier auquel ils ont failli se laisser prendre encore une fois…

Son doigt courait le long du miroir.

– Eh bien moi je suis comme eux, figurez-vous. Je ne veux plus souffrir.

Charles cherchait des mots. Un, deux, trois. Plus même, s'il ne pouvait faire moins, mais des mots, de grâce, des mots…

– Vous ne dites jamais rien, soupira-t-elle.

Et, s'éloignant vers la chambre voisine :

– Je ne connais rien de vous. Je ne sais même pas qui vous êtes ni pourquoi vous êtes revenu mais il y a une chose qu'il faut que vous sachiez. J'ai recueilli beaucoup de monde dans cette maison and, c'est vrai, *there is a Welcome on the mat but*…

– Mais ?

– Je ne vous donnerai pas l'occasion de m'abandonner…

Repassa la tête dans l'encadrement de la porte, avisa ce poids léger K-O debout et arrêta le décompte :

– Pour en revenir à des sujets plus sérieux, vous savez ce qui manque ici, *darling* ?

Et comme il était vraiment trop down, ajouta :

– Une Mathilde.

Cracha son dentier, quelques dents avec, et lui rendit son sourire avant de la suivre autour du buffet.

Et, pendant qu'il la regardait rire, lever son verre et jouer aux fléchettes avec les autres, songea que merde, elle n'allait pas le violer alors…

Se souvint aussi d'une blague de l'absente en question :

– Tu sais pourquoi les escargots n'avancent pas vite ?

– Euh…

– Parce que la bave, ça colle.

Alors cessa de baver.

Ce qui suit s'appelle le bonheur et le bonheur est très embarrassant.
Ne se raconte pas.
Dit-on.
Disent-ils.

Le bonheur est plat, mièvre, *boring* et toujours laborieux.
Le bonheur ennuie le lecteur.
Un tue l'amour.

Si l'auteur avait deux sous de jugeote, l'auteur procéderait donc à une ellipse.
Y a pensé. A consulté son Gradus :
ELLIPSE. *Suppression de mots qui seraient nécessaires à la plénitude de la construction, mais que ceux qui sont exprimés font assez entendre pour qu'il ne reste ni obscurité ni incertitude.*

???

Pourquoi se passer de mots qui seraient nécessaires à la plénitude de la construction d'un récit qui en a tant manqué justement?

Pourquoi se priver de ce plaisir?

Sous prétexte d'écriture, écrire «Ces trois semaines aux Vesperies furent les plus heureuses de sa vie» et le renvoyer à Paris?

C'est vrai. Ces six mots : les, plus, heureuses, de, sa, vie, ne laisseraient ni obscurité ni incertitude...

«Il fut très heureux et eut beaucoup d'enfants.»

Mais l'auteur renâcle.

S'est cogné des chauffeurs de taxi, des repas de famille, des lettres piégées, des décalages horaires, des insomnies, des débandades, des concours ratés, des chantiers boueux, une injection de Valium/potassium/morphine, des cimetières, des morgues, de la cendre, des fermetures de cabarets, une abbaye en ruine, des renoncements, des reniements, des ruptures, deux overdoses, un avortement, des contusions, trop d'énumérations, des décisions judiciaires et même des Coréennes hystériques.

Aspirait aussi à un peu d'herbe…
Pardon. De vert.

Que faire ?
Aller plus avant dans ce guide des procédés littéraires.

AUTRES DÉF. 1 *Un récit elliptique observe strictement l'unité d'action, évitant tout épisode oiseux, rassemblant tout l'essentiel en quelques scènes.*

Ainsi, nous aurions droit à quelques scènes…
Merci.
L'Académie est trop bonne.

Mais lesquelles ?
Puisque *tout* est histoires…

Refuse cette responsabilité. De départager ce qui est « oiseux » de ce qui ne l'est pas.
Et, plutôt que de juger, s'en remet à la sensibilité de son héros.
Il a fait ses preuves…
Ouvre son carnet.
Dans lequel une ellipse serait un amphithéâtre romain, les colonnades de la place Saint-Pierre ou l'opéra de Pékin de Paul Andreu, mais en aucun cas une omission.

Contre la page de gauche, un ticket de caisse du magasin de bricolage où Ken, Samuel et lui s'étaient rendus la veille. Il faut toujours garder les tickets de caisse. Tout le monde sait ça.

Ça ne va jamais. Jamais le bon écrou, ni la bonne longueur de clous... On a toujours oublié quelque chose et puis ils n'avaient pas pris assez de papier de verre. Les filles avaient râlé à cause des échardes...

En face, des crobars et des calculs. Rien d'insurmontable. Un jeu d'enfant.

Un jeu pour les enfants, justement. Et pour Kate.

Kate qui n'allait jamais se baigner avec eux dans la rivière...

– Il y a trop de vase, avait-elle grimacé.

Charles était la tête, Ken les bras, et Tom la barque de soutien, avec des bières au frais, au bout d'une ligne accrochée à la dame de nage.

À eux trois, avaient conçu et réalisé un magnifique embarcadère.

Et même un plongeoir sur pilotis.

Étaient allés récupérer d'énormes bidons d'huile à la décharge voisine et les avaient parés de planches en pin.

Charles avait même prévu des marches et une rambarde façonnée « datcha russe » pour faire sécher les serviettes et s'y accouder pendant les interminables concours de plongeons qui allaient suivre...

Avait encore cogité pendant la nuit et le lendemain, avait grimpé dans un arbre avec Sam et tendu un filin d'acier entre les deux rives.

C'est ce que l'on aperçoit sur la troisième page.

Cette espèce de poignée bizarre bidouillée avec un ancien guidon de bicyclette : la tyrolienne des enfants.

Était retourné une troisième (!) fois chez BricoTruc et avait rapporté deux échelles plus solides. Ensuite, avec les autres « grands », avait passé le reste de la journée alangui sur leur chic plage de bois et encouragé des tas de ouistitis qui leur passaient au-dessus de la tête en hurlant Banzaï ! avant de se laisser choir au milieu du courant.

– Il y en a combien ? fit-il éberlué.

– Tout le village, souriait Kate.

Il y avait même Lucas et sa grande sœur…

Ceux qui ne savaient pas nager étaient désespérés.

Mais pas très longtemps.

Kate ne supportait pas les enfants désespérés. Était allée chercher une corde.

Ceux qui ne savaient pas nager ne se noyaient donc qu'à moitié. On les ramenait vers le bord et on attendait qu'ils se soient remis de leurs émotions et de toutes ces tasses bues avant de leur permettre d'y retourner.

Les chiens jappaient, le lama ruminait et les araignées d'eau déménageaient.

Les gamins qui n'avaient pas de maillot de bain étaient en slip et les slips mouillés devenaient transparents.

Les plus pudiques réenfourchaient leur vélo. La plupart revenaient avec un maillot et un sac de couchage sur leur porte-bagages.

Debbie, elle, assurait les goûters. She loved *le four à pâtisserie de l'Aga.*

Les dessins des pages suivantes ne montrent que cela : des silhouettes de petits Tarzan entre ciel et eau accrochés à un vieux guidon. À deux mains, à une main, à deux doigts, à un doigt, à l'endroit, à l'envers, à cochon pendu. À la vie. À la mort.

Mais aussi Tom dans sa barque pour récupérer les plus sonnés, des dizaines de sandales et de baskets alignées sur la berge, des taches de soleil pétillant sur l'onde à travers les branches d'un peuplier, Marion assise sur la première marche tendant un morceau de gâteau à son frère, et un grand benêt derrière elle qui allait bientôt la pousser en ricanant.

Son profil, pour Anouk, et celui de Kate, pour lui.

Esquisse rapide. N'osait pas la dessiner trop longtemps.

Fuyait les discours des assistantes sociales.

C'est Alexis qui était venu chercher sa couvée.

– Charles ?! Mais qu'est-ce que tu fais là ?

– Ingénierie offshore…

– Mais tu… Tu es là pour combien de temps ?

– Ça dépend… Si on trouve du pétrole sous la rivière, encore un petit moment je pense…

– Viens donc dîner à la maison un soir !

Et Charles, le gentil Charles, répondit que non.

Qu'il n'en avait pas envie.

Alors que l'autre s'éloignait en refilant le camouflet à ses gosses, qu'est-ce que c'était que toutes ces marques sur vos cuisses ? et qu'allait dire Maman ? et ton maillot qui est troué et où sont tes chaussettes et mesquinini et mesqui-niania, se retourna et comprit que Kate l'avait entendu.

Vous ne m'avez toujours pas raconté votre histoire… disait son regard.

– J'ai une bouteille de Port Ellen dans mon cartable, lui répondit-il.

– Non ?

– Yes.

Elle remit ses lunettes en souriant.

Ne s'était jamais baignée et encore moins mise en maillot de bain.

Les avait bien eus…

Portait de longues liquettes blanches en toile de coton, fendues très haut et auxquelles manquaient toujours plusieurs boutons… Charles ne la dessinait pas elle, mais ce qu'il y avait derrière elle pour pouvoir la mater tranquillement. Beaucoup des dessins de ces pages-là prennent donc appui sur sa peau. Regardez bien le premier plan, on aperçoit toujours le haut d'un genou, un bout d'épaule ou sa main posée sur la rambarde…

Ce joli garçon, là ?

Non, ce n'est pas Ken. C'est son boy-friend de mille neuf cents ans.

Les deux pages suivantes ont été arrachées.

C'était le même embarcadère et la même tyrolienne mais mis au propre et consciencieusement cotés.

Pour Yacine. Qui les avait envoyées à la rédaction du magazine Sciences et Vie junior *à la rubrique « Concours Innovez ».*

– Regarde… lui avait-il dit un soir en grimpant sur ses genoux.

– Oh, non, avait gémi Samuel, y va pas recommencer… Ça fait deux ans qu'il nous gonfle avec ça…

Et puisque Charles, comme d'habitude, ne comprenait rien, Kate intervint :

– Tous les mois, il se précipite sur cette page-là pour savoir quel petit génie forcément moins malin que lui a gagné les 1 000 euros…

– 1 000 euros… languit l'écho, et elles sont toujours nulles leurs inventions…

Regarde, Charles, il faut envoyer, lui prit le magazine des mains, «le prototype d'une invention originale, utile, astucieuse voire amusante. Adresser un dossier contenant les schémas et une description précise…». C'est exactement ce que t'as fait, pas vrai? Alors? Tu veux bien? Tu veux bien?

Les pages avaient donc été envoyées, et dès le lendemain, et jusqu'à la fin des vacances, Yacine et Hideous se précipiteraient au-devant du facteur.

Le reste du temps, se demandaient bien ce qu'ils allaient faire de tout cet argent…

– Tu lui payeras un lifting, à ton clebs! raillaient les jaloux.

Quelques lignes…

Ma chérie, ma puce, ma petite grande, ma téléchargeuse préférée…

Où es-tu ? Que fais-tu ? Du surf ou des surfeurs ?

Je pense souvent à…

Le brouillon s'arrête là. La cloche avait sonné et Charles, encore tout groggy d'elle, avait rejoint les autres en passant par la colline. Le seul endroit où l'on pouvait obtenir un peu de satellite à condition de se tenir sur une jambe, le bras en l'air, et en se contorsionnant vers l'ouest.

Avait entendu sa voix, son rire, des échos vagues et de Piña Colada.

Elle lui demanda quand il allait les rejoindre mais n'écouta pas les bredouillis de son beau-père jusqu'au bout. On l'attendait.

L'embrassa et ajouta :
– Tu veux que je te passe Maman ?
Charles baissa les bras.

« Urgence uniquement » clignotait l'écran.

Que faisait-elle semblant de ne pas comprendre, cette enfant de parents divorcés ?

Qu'il avait pris une garçonnière pour l'été ?

But peu ce soir-là et rejoignit sa mansarde bien avant le couvre-feu.

Lui écrivit une longue lettre.

Mathilde,

Ces chansons que tu écoutes à longueur de journée…

Chercha une deuxième enveloppe.

Aucun espoir de gagner. N'avait rien inventé d'original et pour la première fois de sa vie, fut bien incapable de fournir un schéma précis.

Paturon, chanfrein, ganache, gorge, ars, boulet, salières, Charles ne connaissait aucun de ces termes et pourtant, ces croquis-là sont probablement les plus beaux de son carnet.

Kate avait emmené les touristes en excursion et il avait travaillé toute la matinée.

Déjeuna comme on le lui avait appris, de quelques tomates tièdes volées au potager et d'un morceau de fromage, puis s'en était allé le long des lisières avec ce livre qu'elle lui avait prêté, « Formidable traité d'architecture…».

La Vie des abeilles *de Maurice Maeterlinck.*

Cherchait un joli point de vue pour chasser son spleen.

En effet, cogitait de plus en plus tard dans la nuit, recommençait dix fois ses calculs et se cassait la gueule dans ses pentes à 4 %.

Était un homme en famille sans famille. Avait quarante-sept ans et n'arrivait plus très bien à se situer dans la courbe…
Ainsi il aurait fait la moitié du chemin ?
Non.
Si ?
Mon Dieu…
Et là ? N'était-il pas en train de perdre le peu de temps qu'il lui restait ?
Devait-il partir ?
Où ?
Dans un appartement vide en face d'une cheminée condamnée ?
Comment était-ce possible ? Après avoir tant travaillé, de se retrouver si démuni à son âge ?
C'était l'autre morue qui avait raison…
Comme un rat, l'avait suivie jusqu'à la rivière.
Et maintenant ?
La corde !

Ça se trouve, la nuit, elle était en train de se taper monsieur Barbie pendant qu'il fabriquait ses lotissements de merde.

Et son entrejambe qui le déman-
geait…
(Les aoûtats.)

S'adossa à l'ombre d'un arbre.
Première phrase :
« Je n'ai pas l'intention d'écrire un
traité d'apiculture ou de l'élevage des
abeilles. »
Contre toute attente, dévora ce livre.
C'était LE polar de l'été. Tous les ingré-
dients s'y trouvaient réunis : la vie, la
mort, la nécessité de vivre, la nécessité
de mourir, l'allégeance, les massacres,
la folie, les sacrifices, la fondation de la
cité, les jeunes reines, le vol nuptial, le
massacre des mâles et leur génie de
bâtisseuses. Cette extraordinaire cellule
hexagonale qui « atteint à tous les
points de vue la perfection absolue, et
[dont] il serait impossible à tous les
génies assemblés d'y améliorer rien ».

Hocha la tête. Du regard chercha les
trois ruches de René et relut l'un des
derniers paragraphes :
« Et de même qu'il est inscrit sur la
langue, dans la bouche et dans l'es-
tomac des abeilles qu'elles doivent
produire leur miel, il est inscrit dans nos

yeux, dans nos oreilles, dans nos moelles, dans tous les lobes de notre tête, dans tous les systèmes nerveux de notre corps, que nous sommes créés pour transformer ce que nous absorbons des choses de la terre, en une énergie particulière et d'une qualité unique sur ce globe. Nul être, que je sache, n'a été agencé pour produire comme nous ce fluide étrange, que nous appelons pensée, intelligence, entendement, raison, âme, esprit, puissance cérébrale, vertu, bonté, justice, savoir; car il possède mille noms, bien qu'il n'ait qu'une essence. Tout en nous lui fut sacrifié. Nos muscles, notre santé, l'agilité de nos membres, l'équilibre de nos fonctions animales, la quiétude de notre vie, portent la peine grandissante de sa prépondérance. Il est l'état le plus précieux et le plus difficile où l'on puisse élever la matière. La flamme, la chaleur, la lumière, la vie même, puis l'instinct plus subtil que la vie et la plupart des forces insaisissables qui couronnaient le monde avant notre venue, ont pâli au contact de l'effluve nouveau.

Nous ne savons où il nous mène, ce qu'il fera de nous, ce que nous en ferons.»

Eh ben… songea Charles, nous voilà pas dans la merde…

S'assoupit en ricanant. Était tout disposé, lui, à produire ce fluide étrange qui nécessiterait de sacrifier ses muscles, l'agilité de ses membres et l'équilibre de ses fonctions animales.

Quel crétin.

Se réveilla dans un tout autre état d'esprit. Un cheval, un grand, un gros, un terrible, broutait à moins d'un mètre de lui. Crut qu'il allait défaillir et fut pris d'une crise d'angoisse comme il en avait rarement connu.

Ne bougeait pas d'un millimètre, clignant seulement de l'œil quand une gouttelette de sueur lui battait les cils.

Au bout de quelques minutes de tachycardie, attrapa discrètement son carnet, essuya sa paume sur l'herbe sèche et traça un point.

« Ce que vous ne comprenez pas, ne cessait-il de répéter à ses jeunes collaborateurs, ce qui vous échappe ou vous dépasse, dessinez-le. Même mal, même grossièrement. Vouloir dessiner quelque chose, c'est être obligé de s'immobiliser pour l'observer, et observer, vous verrez, ce sera déjà comprendre…»

Paturon, chanfrein, ganache, gorge, ars, boulet, salières, ignorait ces mots, et la petite écriture ronde qui les légendait au bas de ces croquis aquarellés et encore tout gondolés de sa transpiration était celle d'Harriet.

— Top! Tu dessines trop bien! Tu me le donnes celui-ci?

Encore une page d'arrachée donc.

Fit un détour par la rivière pour se rincer la couenne et, en se frictionnant avec sa chemise moite, décida qu'il profiterait du départ des autres pour s'éclipser dans la foulée.

Il ne travaillait pas correctement et, à tout prendre, aurait préféré qu'elle le noie vraiment.

Cette vie entre deux eaux le rendait idiot.

Décida de préparer le dîner en les attendant et se rendit au village pour faire quelques courses.

Profita de ce qu'il était de nouveau en terre civilisée pour écouter ses messages.

Marc lui exposait brièvement des tas de contrariétés et lui demandait de le rappeler le plus vite possible, sa mère se plaignait de son ingratitude et lui détailla les bobos de l'été, Philippe voulait savoir où il en était et lui racontait son rendez-vous avec le bureau d'études de Sorensen, et Claire, enfin, l'engueula vertement devant le monument aux morts.

Se souvenait-il qu'il avait sa voiture?
Quand avait-il l'intention de la lui rendre?
Avait-il oublié qu'elle partait la semaine suivante chez Paule et Jacques?
Et qu'elle était beaucoup trop tapée pour être encore prise en stop?
Pourquoi était-il injoignable?
Était-il trop occupé à baiser pour penser aux autres?
Était-il heureux?
Es-tu heureux?
Raconte.

S'assit en terrasse, commanda un verre de blanc et appuya quatre fois sur la touche rappel.
Commença par le plus ingrat puis eut grand plaisir à entendre la voix de ceux qu'il aimait.
Goupilla un truc formidable.

Lécha la cuillère en bois, reposa des couvercles, mit le couvert en chantonnant, *on a vu souvent, rejaillir le feu, d'un ancien volcan, qu'on croyait* et toutes ces conneries. Nourrit les chiens et porta du grain aux poules.

Si Claire le voyait… Ses « tchip tchip » et son geste auguste du semeur…

En revenant, aperçut Sam et Ramon qui s'entraînaient dans la grande prairie dite « du château » en slalomant entre des bottes de paille.

Alla à leur rencontre. S'adossa à la barrière en saluant tous ces ados qui dormaient avec lui dans les écuries et qu'il rejoignait de plus en plus souvent pour d'interminables parties de poker.

Avait déjà perdu 95 euros mais considérait que ce n'était pas cher payé pour ne plus gamberger dans le noir.

Le bourricot n'avait pas l'air très motivé et, alors que Sam passait devant eux en grommelant, Mickaël lui lança :

– Mais pourquoi tu le fouettes pas ?

Charles se délecta de sa réponse.

Aux vrais écuyers les jambes et les mains, aux impuissants la cravache.

Une telle révélation valait bien une page vierge.

Referma son carnet, accueillit la maîtresse de maison et ses hôtes avec des coupes de champagne et un festin sous la treille.
— Je ne savais pas que vous cuisiniez si bien, s'émerveilla Kate.
Charles la resservit.
— C'est vrai que je ne sais rien, se rembrunit-elle.
— Vous ne perdez rien pour attendre.
— J'espère bien…

Son sourire traîna très longtemps sur la nappe et Charles considéra qu'il avait atteint là le dernier refuge avant son col.

Quelle expression affreuse... Avant son ultime coup de piolet... Ha! Ha! Tu trouves que c'est mieux? Il était de nouveau pompette et s'encordait à toutes les conversations qui passaient sans en suivre aucune. Un de ces quatre matins, la prendrait par les cheveux et la traînerait tout le long de la cour avant de la déposer sur son machin en Téflon pour lui lécher les écorchures.

— À quoi pensez-vous? lui demanda-t-elle.

— J'ai mis trop de paprika.

Était amoureux de son sourire. Prenait son temps pour le lui dire mais le lui dirait longtemps.

Avait plus de deux fois vingt ans et se tenait face à une femme qui avait vécu deux fois plus que lui. L'avenir leur était devenu une chose terrifiante.

Parce que ce truc formidable avait été formidable en effet, délaissa son carnet pendant quelques jours.

Un seul dessin en témoigne... Et brouillé par un rond de pastis en plus...

C'était le soir et ils étaient tous sur la place du village. La veille, ses Parisiens chéris étaient arrivés en fanfare (cette idiote de Claire avait klaxonné tout le long des chênes...), Sam et consorts brutalisaient le flipper pendant que les petits jouaient autour de la fontaine.

Charles avait fait équipe avec Marc et Debbie et ils s'étaient pris une pâtée monumentale. Kate les avait prévenus pourtant :

– Vous verrez, les vieux vous laisseront gagner la première partie pour vous mettre en confiance and then... they'll kick your ass!!!

Leur ass bien kické comme des couillons de Parisiens et de Ricains qu'ils étaient, biberonnaient des anisettes pour se consoler pendant que sa sœur, Ken et Kate tentaient laborieusement de sauver l'honneur.

Tom, lui, comptait les points.

Plus ils perdaient, plus ils payaient de tournées et plus ça tournait, moins ils repéraient où était ce fucking côchônnay.

C'est Claire qui pointe sur cet unique croquis d'un week-end haut en couleur.

Elle n'est pas très concentrée. Flirte avec Barbie boy dans un anglais sommaire mais imagé : « You tire my bioutifoule chippendale or you tire pas ? Bicose if you tire pas correctly, nous are in big shit, you understande ? Show mi, plise, what you are capable to do with your two boules… »

Le super genius, chercheur en atomes de l'atome, n'enderstandait rien du tout à part que cette fille était dingue, qu'elle roulait des joints comme personne et que si elle continuait à s'agripper à son bras pendant qu'il essayait désespérément de sauver son dernière parte, il jette elle dans le fountain, okay ?

Plus tard, et dans un anglais plus précis, Charles lui raconterait ce qu'elle faisait et comment elle était devenue l'une des avocates les plus redoutables de France, et probablement d'Europe, dans sa partie.

— But… What does she do ?

— She saves the world.

— No ?

— Absolutely.

Ken leva les yeux vers celle qui était en train de déconner avec un pépé tout en crachant ses noyaux d'olive sur la tête de Yacine, et demeura bien perplexe.

— *Qu'est-ce que tu lui racontes encore ? s'inquiéta-t-elle.*

— *Ton métier…*

— *Yes ! she said en s'adressant au médusé, I am very good in global warming ! Globaly I can réchauffer anything, you know… Do you still live chez your parents ?*

Kate riait. Tout comme Marc avec lequel Claire avait fait le trajet pour les rejoindre et qui était d'après lui le système de navigation le plus foireux du marché.

Mais qui avait de la très bonne musique… Tant mieux parce qu'ils s'étaient perdus six fois quand même…

Mangeaient de la ventrèche de porc et des frites très grasses entre deux raclées et avaient réussi avec leurs bêtises et leurs rires, à rapatrier tout le village sous les tilleuls.

C'était le don de Kate, songea Charles. De créer la vie partout où elle allait…

– T'attends quoi ? lui demandera Claire le surlendemain soir, de l'autre côté du pont, avant de charger, elle aussi, des kilos de fruits et de légumes dans sa petite voiture.

Et comme son frère continuait de frotter son pare-brise, lui envoya un grand coup de pied dans le cul.

– T'es trop con, Balanda…

– Aïe.

– Tu sais pourquoi tu ne seras jamais un grand architecte ?

– Non.

– Ben parce que t'es trop con.

Rires.

Tom venait de réapparaître, les bras chargés d'ice creams pour les enfants, et Marc ramassait les boules perdues quand Kate annonça :

– Allez ! La consolante et après on y va…

Les pépés tirèrent des chiffons de leurs poches en acquiesçant.

– Qu'est-ce que c'est ? demanda Charles inquiet, un genre de tord-boyaux ?
Souffla sur sa mèche :
– De quoi ? La consolante ? Vous n'avez jamais entendu ce mot-là ?
– Non.
– Eh bien... Il y a la première manche, la deuxième, la belle, la revanche et la consolante. C'est une partie pour rien... Sans enjeu, sans compétition, sans perdants... Pour le plaisir, quoi...

Charles joua parfaitement et permit à son équipe de gagn... d'honorer ce mot magnifique.
La consolante.

Alors qu'il allait se coucher, saluant tout le monde et laissant sa sœur à ses cours particuliers (la soupçonnait de parler l'anglais beaucoup mieux que cela et de s'inventer des challenges avec sa langue), elle lui annonça :
– T'as raison, va dormir. Il faut que tu sois à onze heures à la gare de Limoges demain matin.

– Limoges? Mais qu'est-ce que tu veux que j'aille foutre là-bas?

– C'est ce que j'ai trouvé de plus pratique pour elle.

– Qui, elle?

– Comment elle s'appelle déjà? fit-elle semblant de froncer les sourcils, Mathilde, je crois… Oui, c'est ça… Mathilde.

« Les » « plus » « heureuses » « de » « sa » « vie ».

Voilà pourquoi.

En revenant avec elle, les trouvèrent tous, encore, de nouveau, et comme toujours, à table.

On se poussa pour leur faire de la place et l'on fêta dignement la nouvelle recrue.

Ils passèrent le reste de l'après-midi au bord de la rivière.

Pour la première fois depuis son arrivée, Charles n'emporta pas son carnet. Tous les gens qu'il aimait sur cette terre étaient autour de lui et il n'y avait rien d'autre qu'il puisse encore rêver, imaginer, concevoir ou dessiner.

Absolument rien.

***

Le lendemain, croisèrent Alexis et Madame au marché.

Claire mit quelques secondes avant de se décider à l'embrasser.

Mais l'embrassa.

Gaiement. Tendrement. Cruellement.

Ils étaient déjà loin quand Corinne lui demanda qui était cette fille.

— La sœur de Charles...

— Ah ?

Se tournant vers le fromager :

— Dites, vous n'avez pas oublié le gruyère râpé comme la dernière fois ?

Puis vers son ombre de mari :

— Et qu'est-ce que t'attends pour payer, là ?

Rien, il n'attendait rien. C'était exactement ce qu'il était en train de faire.

Il reviendrait le lendemain aux Vesperies sous prétexte de leur emprunter un outil et l'un des enfants lui annoncerait qu'elle était déjà partie.

Charles, qui travaillait avec Marc dans le salon, ne prit pas la peine de se lever.

Tom, Debbie et Ken, après avoir maintes fois repoussé leur départ pour l'Espagne, s'en allèrent aussi.

Et la mère de Kate, arrivée la veille, prit la chambre de Hattie à leur suite.

Hattie qui commençait à se débrouiller très bien au poker et qui, gentiment, laissa sa deuxième chambre à Mathilde...

Deux nuits seulement.

Ensuite, l'autre descendit son matelas dans la sellerie.

Charles qui s'était inquiété de savoir comment la greffe « rate des villes, rats des champs » allait prendre, fut bien vite rassuré. Elle s'était remise en selle dès le deuxième jour, brancha ses enceintes et les pluma tous.

Le savait pourtant, que c'était une grande bluffeuse. Aurait pu les prévenir...

Allait se coucher écœuré en entendant son rire renchérir plus haut que tous les autres.

Un matin qu'ils étaient seuls, elle lui demanda :

– Qu'est-ce que c'est, cette maison ?

– Justement... C'est ce qu'on appelle une maison, je crois...

– Et Kate ?

– Quoi, Kate ?

– T'es in love ?

– Tu crois ?

– Grave, fit-elle en levant les yeux au ciel.

– Merde. C'est embêtant ?

– J'sais pas… Et cet appartement que j'ai même pas vu alors ?

– Ça ne change rien… Mais à propos… Il y a une question que je voudrais te poser…

Il la lui posa et obtint la réponse qu'il avait envie d'entendre. Se souvint alors de Claire et de son histoire de bienveillance.

Toujours les bonnes conclusions, cette petite maître…

Et les bonnes plaidoiries aussi…

– Charles, tu as reçu une lettre ! criait Yacine en bas de l'escalier.

Reconnut l'écriture de sa sœur et la forme d'un CD.

Si la chèvre n'a pas bouffé ton ordi, repasse-toi la plage 18 en boucle. Les paroles ne sont pas très compliquées et avec ta voix de stentor, tu nous feras ça très bien…

Goude leuque.

Retourna le boîtier. C'était la bande originale d'une comédie musicale de Cole Porter.

Le titre ?
Kiss Me, Kate

– *Qu'est-ce que c'est ?* demanda Mathilde.
– *Une bêtise de ta tante… sourit-il niaisement.*
– *Pff… Qu'est-ce que vous êtes gamins tous les deux…*
Plus tard, en lisant le livret, apprendrait qu'il s'agissait d'une adaptation de La Mégère apprivoisée *de Shakespeare.*
Encore un titre mal traduit… The Taming, *l'apprivoisement, le dressage,* Of The Shrew *est hélas, beaucoup plus hypothétique…*

Les quatre pages suivantes sont un catalogue de maisonnettes en bois.

Un matin, Charles avait proposé à Nedra qui passait de longues heures à jouer seule dans les entrailles d'un gros buis derrière le poulailler de lui construire une vraie maison.

Avait obtenu pour seule réponse, un long battement de cils.

– Première règle : avant de bâtir quoi que ce soit, trouver un bon emplacement… Alors suis-moi pour me dire où tu la veux…

Elle avait hésité quelques secondes, cherché Alice du regard, puis s'était levée en lissant sa jupette.

– De tes fenêtres, tu veux voir le soleil qui se lève ou le soleil qui se couche ?

Était confus de la mettre ainsi au supplice mais ne pouvait faire autrement, c'était son métier…

– Qui se lève ?

Elle acquiesça.

– Tu as raison. Sud, sud-est, c'est le plus sensé…

Firent silencieusement une grande boucle autour de la maison…

– Ici, ce serait bien parce que tu as un peu d'arbres pour te donner de l'ombre et puis la rivière n'est pas loin… Très important un point d'eau !

Le voyant plaisanter ainsi, se déridait peu à peu, et à un moment même, à cause de ronces à franchir, s'oublia et lui donna la main.

Les fondations étaient posées.

Après le déjeuner, elle lui apporta son café, comme toujours depuis sa première visite, et s'appuya contre son épaule pendant qu'il dessinait toute la gamme des chalets proposés par la société Balanda & Cie.

La comprenait. Comme elle, trouvait que les dessins disaient mieux que les mots, et pour elle, dessina des tas de combinaisons. La taille des fenêtres, la hauteur de la porte, le nombre de balconnières, la longueur de la terrasse, la couleur du toit et ce que l'on percerait au milieu des volets : des losanges ou des petits cœurs ?

Aurait deviné quel modèle elle allait pointer…

Charles avait vraiment pensé partir mais Mathilde était arrivée, et Kate, entre sa dingo de mère et Mathilde justement, venait de lui remettre un sommet dans la vue. Raison pour laquelle il s'était lancé dans cet enfantillage.

Avait abattu un travail énorme avec Marc et l'avait laissé rejoindre la maison de ses parents avec le plus gros de leurs dossiers dans son coffre. Était obligé à présent, pour trouver d'autres prises, de s'occuper les mains.

Et puis… construire des maisons miniatures lui avait plutôt réussi jusque-là. En cherchant bien, trouverait certainement un bout de marbre dans les granges… Avait cru apercevoir un manteau de cheminée cassé l'autre jour…

Kate fut d'abord contrariée d'apprendre qu'il payait Sam et ses copains mais Charles ne voulut rien savoir. Tout bon manœuvre méritait salaire…

Les copains, plus paresseux que vénaux encore, les laissèrent vite tomber et leur donnèrent l'occasion de mieux se connaître. Et de s'apprécier. Comme il arrive souvent quand on en bave sous le cagna, entre deux fait chier, quelques bières et autant d'ampoules.

Le troisième soir, alors qu'ils se déshabillaient sur le ponton, il lui posa la même question qu'à Mathilde.

Charles comprit ses hésitations mieux que personne. Se trouvait exactement dans la même situation que lui.

Une photo est glissée à la page suivante. Il l'avait imprimée bien après son retour et laissée traîner des semaines sur son bureau avant de se décider à la ranger là.

État des lieux de fin de chantier.
État des lieux tout court.

C'est Granny qui l'avait prise et ça avait été épique de lui expliquer comment presser un seul bouton sans se soucier de rien. Poor Granny *ne s'y entendait guère en hybrides numériques…*
Ils sont tous là. Sur le seuil de la maison de Nedra. Kate, Charles, les enfants, les chiens, le capitaine Haddock et toute la basse-cour.
Tous souriants, tous beaux, tous suspendus aux tremblements d'une vieille dame qui leur refaisait son grand

numéro de diva dépassée mais tous confiants.

Ils la connaissaient depuis le temps…
À la fin de l'envoi, elle toucherait.

Alice s'était chargée de la décoration (la veille, était allée chercher ses livres et lui avait fait découvrir le travail de Jephan de Villiers… Et c'est ce que Charles appréciait le plus chez ces enfants… Cette façon qu'ils avaient toujours de l'emmener sur des terres inconnues… Que ce soit les principes de dressage de Samuel, le talent de celle-ci, l'humour grinçant d'Harriet ou les cinquante anecdotes à la minute de Yacine… Ils étaient tout à fait conformes par ailleurs, fatigants, réclamants, irrespectueux, pleins de mauvaise foi, chahuteurs, cossards, roublards et se chamaillant sans cesse, mais avaient quelque chose que les autres gamins n'avaient pas…

Une liberté, une tendresse, une vivacité d'esprit (un courage même, parce qu'il fallait les voir accepter toutes les besognes que cette énorme baraque leur imposait sans jamais rechigner ni se plaindre), un goût pour la vie et une sorte de familiarité au monde qui n'en finissait pas de le fasciner.

Se souvenait d'une réflexion de la femme d'Alexis à leur sujet... « Ces petits Mormons... » mais n'était pas du tout d'accord avec elle. D'abord les avait vus s'écharper comme des bêtes autour de manettes de jeux vidéo, passer des après-midi entières à chatter, fignoler leurs blogs ou dépecer le meilleur de YouTube (l'avaient forcé à se cogner tous les épisodes de « Avez-vous déjà vu ? ») (ce qu'il ne regrettait pas d'ailleurs, n'avait jamais ricané de si bon cœur), mais surtout, n'avait pas du tout l'impression qu'ils s'étaient retranchés derrière leur pont.

C'était exactement le contraire... Tout ce qui palpitait encore venait à eux. Se frotter à leur gaieté, à leur vaillance, à leur... aristocratie... Leurs cours, leur table, leurs prairies, leurs matelas, étaient un défilé permanent et chaque jour amenait son lot de nouveaux visages.

Le dernier ticket de caisse de ravitaillement mesurait plus d'un mètre (c'est lui qui s'en était chargé... d'où cette aberration... s'y serait pris, paraît-il, comme un Parisien en vacances...) et la plage manquait de couler aux heures d'affluence.

Ce qu'ils avaient de différent des autres ? Kate.

Et que cette femme si peu sûre d'elle, et qui, elle le lui avait confié, sombrait chaque hiver dans une espèce de déprime qui pouvait durer plusieurs jours pendant lesquels elle était physiquement incapable de se lever, ait su donner tant d'assurance à ces gamins orphelins, de père et de mère, comme il fallait le préciser sur les formulaires, lui paraissait... miraculeux.

– Revenez vers la mi-décembre, ricana-t-elle pour calmer l'Illuminé, quand il fait cinq degrés dans le salon, qu'il faut casser l'eau des poules tous les matins et que nous mangeons du porridge à tous les repas parce que je n'ai plus le courage de rien... Et que Noël arrive... cette merveilleuse fête de famille avec moi toute seule pour faire tout l'arbre généalogique et vous m'en reparlerez, de votre miracle...).

(Mais une autre fois, après un dîner particulièrement déprimant durant lequel nos quatre professionnels de la planète avaient dressé un bilan alarmant, chiffré, irréfutable de... enfin... nous le savons bien... s'était épanchée :

– Cette vie-là... tellement singulière...

discriminante peut-être… que j'impose aux enfants… C'est la seule chose qui pourrait m'en absoudre… Aujourd'hui le monde est aux épiciers, mais demain ? Je me dis souvent que seuls ceux qui sauront reconnaître une baie d'un champignon, ou planter une graine, seront sauvés…

Ensuite, élégante, avait ri et dit beaucoup de bêtises pour se faire pardonner sa lucidité…)

Alice s'était chargée de la décoration, donc, et Nedra les avait tous invités à voir son palais.

Inexact. On avait le droit de regarder mais pas d'entrer. Avait même tendu une corde devant la porte. Les autres s'indignèrent mais elle tint bon. C'était chez elle. Chez moi sur cette terre qui ne voulait pas de moi et, à part Nelson et sa maîtresse, personne n'avait droit d'asile.

Vous n'avez qu'à avoir vos papiers…

Charles et Sam avaient bien fait les choses. Le loup pourrait souffler et souffler encore, le bunker tiendrait bon. Les montants prenaient appui dans une chape en ciment et les clous du bardage étaient plus longs que sa paume.

On le voit d'ailleurs sur la photo, qu'elle est un peu stressée…

Quand Granny les autorisa enfin à se disperser, Kate se tourna vers elle :

— Dis-moi Nedra… Tu lui as dit merci à Charles ?

La petite hocha la tête.

— Je n'entends rien, insista-t-elle en se penchant.

Piqua du nez.

— Laissez, fit-il embarrassé, je l'ai entendu, moi…

Pour la première fois, la vit en colère :

— Quand même, Nedra, quand même… Deux petites syllabes en échange de tout ce travail, ça ne devrait pas t'arracher la bouche, non ?

Se la mordait.

L'autorité légale, aussi blanche que sa chemise, ajouta avant de s'éloigner :

— Tu veux que je te dise ? Je m'en fous de ne pas rentrer dans la maison d'une égoïste… Je suis déçue. Terriblement déçue.

Elle avait tort.

Le petit mot tant espéré se trouvait à la page suivante et prendrait une forme qui allait tous les laisser sans voix.

Le dessin n'est pas de Charles, il tient sur une double page et ce n'est pas vraiment un dessin.

C'est Sam qui a recopié sommairement le parcours imposé pour le mémoriser.

Des carrés, des croix, des pointillés et des flèches dans tous les sens...

Ainsi nous y sommes... Ce fameux concours à cause duquel il avait dételé...

Troisième week-end du mois d'août... Il n'avait pas encore eu le courage de l'évoquer devant Mathilde mais leurs jours étaient comptés. Sa messagerie était saturée de menaces et Barbara, cette finaude, s'était débrouillée pour trouver le numéro de Kate. Tout le monde l'attendait, une dizaine de *rendez-vous avaient déjà été pris et Paris commençait à sentir le collier, pour en revenir au moment qui nous occupe…*

Quelques heures auparavant, Sam avait gagné haut la main les derniers éliminatoires et ils bivouaquaient tous de l'autre côté des paddocks.
Quelle expédition…
Ramon et son meneur étaient partis la veille, à leur rythme et pour s'échauffer, et avaient déjà dormi sur place.
– Si tu passes le premier tour, avait déclaré Kate en déposant un panier sous son siège, on te rejoint avec nos sacs de couchage et on campe à la belle étoile avec vous pour vous supporter dans l'épreuve…
– To support is *soutenir*, not *supporter,* Auntie Kay…
– Thank you sweetheart, *mais je sais ce que je dis… On va vous supporter, ta bourrique et toi, comme on le fait depuis presque dix ans. Ça vous va, Charles ?*
Oh, lui… Tout lui allait… Avait déjà la tête dans ses clauses de pénalités de retard… Et puis ce serait une façon de dormir à moins de cent mètres d'elle pour une fois…

Disait ça juste pour dire quelque chose hein ? Avait abandonné ses rêves de grimpette depuis longtemps déjà… Cette femme avait plus besoin d'un ami que d'un homme. Ça y est. Merci. Il avait compris. Bah… Les amis sont moins périssables… Se servait des petites rasades de Port Ellen en douce dans sa chambrette et les buvait à la santé de ce merveilleux copain de vacances qu'il était devenu.

Cheese.

Évidemment, les enfants avaient bondi de joie et filé dare-dare dans leurs chambres, faire le plein de gros pulls et de paquets de gâteaux. Alice peignit une magnifique banderole, Mets la gomme Ramon !, mais Sam lui fera promettre de ne la sortir qu'en cas de victoire.

– Ça pourrait le déconcentrer, tu comprends…

Tous levèrent les yeux au ciel. C'est vrai que l'autre abruti se braquait pour un brin d'herbe de travers ou un pet de mouche.

On n'y était pas, sur le podium…

Là, ils sont tous assis en tailleur autour d'un feu et font griller, qui des saucisses, qui des Marshmallows, qui du camembert, qui des morceaux de pain, et leurs rires et leurs histoires se perdent au milieu de ces fumets euh… contrastés. L'arrière-ban a suivi. Bob Dylan fait ses gammes, les grandes filles lisent les lignes de la main aux petites, Yacine explique à Charles que cette toile d'araignée là a été tissée près du sol pour attraper des insectes sauteurs comme les sauterelles par exemple alors que celle-ci, tu vois, là-haut, eh ben, c'est pour les volants… Logique, non? Logique. Et Charles est très friendly avec sa super pote. Après lui avoir confectionné un sandwich club, était allé voler une botte de paille pour lui caler les reins…

Sigh…

Kate qui était assez nerveuse depuis l'arrivée de sa mère…

– C'est pour la fuir que nous bambochons tous ici ce soir? lui demanda-t-il.

– Peut-être… C'est stupide, n'est-ce pas? À mon âge, d'être encore si sensible aux humeurs de sa vieille mummy… C'est parce qu'elle me rappelle un autre temps… Un temps où j'étais la plus jeune et la plus insouciante… J'ai le blues, Charles… Ellen me manque… Pourquoi n'est-elle pas là ce soir ? J'imagine que l'on fait des enfants pour vivre des moments pareils, non ?

– Elle est là, puisque nous parlons d'elle, murmura-t-il.

– Et pourquoi vous n'en avez jamais eu, vous ?

– …

– Des enfants…

– Parce que je n'ai jamais croisé leur maman, j'imagine…

– Vous repartez quand ?

Il ne s'attendait pas du tout à cette question. « Mot » « Mot » « Mots », s'affolèrent ses méninges.

– Quand Sam aura gagné…

Well done, mon héros. Avait été le chercher loin, ce sourire-là…

*** *

Il était presque onze heures, s'étaient enroulés dans leurs couvertures, veillaient autour des braises « comme des cow-boys » et essayaient de déterminer les berceuses de la nuit. Quel était ce cri ? Ce chuintement ? Ce grattement ? Quel oiseau ? Quelle bestiole ? Et que disait ce lointain braiement ?

« Courage, camarades ! dans quelques heures nous n'aurons plus à distraire ces stupides bipèdes ! »

Et puis une voix, celle de Léo peut-être, a chevroté :
– Vous savez quoi… C'est l'heure de se raconter des histoires d'horreur…
Quelques cris d'orfraie l'y encouragèrent. Se lança dans un truc bien gore plein de viscères et d'hémoglobine avec des martiens cruels et des bourdons transgéniques. Mouaiff… C'était pas encore ça qui les empêcherait de dormir…

Kate, elle, mit la barre très haut :
– Heliogabalus ? Ça vous dit quelque chose ?
Seules les flammes crépitèrent.
– Il y a eu beaucoup de tarés chez les empereurs romains mais lui, je crois que c'était le pompon… Bon, déjà, il a pris le pouvoir à quatorze ans en entrant dans Rome sur un char tiré par des femmes nues… Ça commençait fort… Il était fou. Fou à lier. On raconte qu'il saupoudrait tous ses mets de poudre de pierres précieuses, qu'il mettait des perles dans son riz, qu'il aimait manger des trucs bizarres et cruels, qu'il raffolait d'un

ragoût de langues de rossignol, de perroquet et de crêtes de coq arrachées sur des animaux vivants, qu'il donnait du foie gras à ses fauves de cirque, qu'un jour, il avait fait abattre six cents autruches pour manger leurs cervelles encore tièdes, qu'il adorait les vulves de je ne sais plus quelle femelle, que... Bon, j'arrête. Tout ça, ce ne sont que les amuse-gueules.

Même les flammes la mirent en veilleuse.

– L'anecdote que Léo a envie d'entendre, la voici : Heliogabalus était fameux pour les banquets orgiaques qu'il donnait... À chaque fois, ce devait être mieux. C'est-à-dire pire. Il lui fallait toujours plus de massacres, plus de terreur, plus de viols, plus de partouzes, plus de bouffe, plus d'alcool... Bref, plus de tout. Le problème, c'est qu'il s'ennuyait assez vite... Alors un jour, il a demandé à un sculpteur de lui faire un taureau en métal qui soit creux à l'intérieur avec juste une petite porte sur le flanc et un trou au niveau de la bouche pour entendre les sons qui en sortiraient... Au début de ses nice parties, on ouvrait la porte et on enfermait un esclave à l'intérieur. Quand il commençait à s'emmerder un peu, on demandait à un autre esclave d'allumer

832

un feu sous le taureau et là, tous les invités se rapprochaient en souriant. Eh oui. C'était vachement rigolo parce que le taureau, eh ben… il beuglait.

Gloups.

Silence de mort.

– C'est une histoire vraie? demanda Yacine.

– Absolument.

Pendant que les enfants s'ébrouaient dans leurs frissons, se tourna vers Charles et murmura :

– Je ne vais pas le leur dire bien sûr, mais j'y vois une métaphore de l'humanité…

Mon Dieu… C'était un sacré blues qu'elle tenait là… Il fallait faire quelque chose…

– Oui mais… reprit-il assez fort pour couvrir leur dégoût, ce mec-là est mort quelques années plus tard, à dix-huit ans je crois, dans des chiottes, et en s'étouffant avec l'éponge qui servait à se torcher le cul.

– C'est vrai? s'étonna Kate.

– Absolument.

– Comment vous le savez?

– C'est Montaigne qui me l'a dit.

Elle tira sur sa couverture en plissant les yeux :

– Vous êtes génial…
– Absolument.

Ne le fut pas longtemps. Son histoire à lui, ou comment on retrouvait toujours des ossements en commençant un chantier et qu'il fallait ne le dire à personne sinon l'enquête gâchait le béton prêt à couler et faisait perdre beaucoup d'argent, n'ébranla personne.
Le bide…

Samuel, lui, se souvint du seul cours de français pendant lequel il n'avait pas dormi :
– C'est l'histoire d'un jeune mec, un paysan, qui refuse d'être enrôlé comme morceau de viande dans les armées de Napoléon… Ce truc qu'on appelait l'impôt du sang… Ça durait cinq ans, t'étais sûr de crever comme un chien mais si t'avais du pognon, tu pouvais payer quelqu'un pour aller crever à ta place…
Lui, il a pas un rond, donc il déserte.
Le préfet fait venir son père, il le casse et l'humilie, mais le pauvre bonhomme ne sait vraiment pas où est son fils… Un peu plus tard, il le retrouve mort de faim dans la forêt avec, encore entre les dents, l'herbe qu'il avait essayé de

manger. Alors, le vieux prend son gamin sur ses épaules et le porte sans rien dire à personne pendant trois lieues jusqu'à la préfecture…

Ce connard de préfet était au bal. Quand il rentre sur les coups de deux heures du mat', il trouve le pauvre paysan à sa porte qui lui dit : « Vous l'avez voulu, monsieur le préfet, eh ben, le v'là. » Ensuite il pose le cadavre contre le mur et il se barre.

C'était plus gouleyant déjà… N'était plus très sûr mais pensait que c'était encore un truc de l'autre Balzac, là…

Les filles n'avaient pas d'histoires et Clapton préférait tenir l'ambiance… Gling, gling. Égrenait des staccatos bien macabres…

Yacine s'y colla :

— Bon, je vous préviens, elle va être courte…

— C'est encore sur le massacre des limaces ? s'inquiéta-t-on.

— Non, c'est sur les seigneurs de Franche-Comté et de la Haute-Alsace… Les comtes de Montjoie et les seigneurs de Méchez, si vous préférez…

Grognements chez les garçons vachers. Si c'était intello, merci bien.

Le pauvre conteur, coupé dans son élan, ne savait plus s'il devait continuer.

— Vas-y, siffla Hattie, refais-nous l'adoubement et la gabelle. On adore.

— Non, c'est pas la gabelle justement, c'était un truc qu'on appelait « le droit de prélassement »…

— Ah ouaiiis… Pour installer des hamacs entre les créneaux… ?

— Pas du tout, se désola-t-il, que vous êtes bêtes… Pendant les dures soirées d'hiver, ces seigneurs avaient, j'ouvre les guillemets, « le droit de faire éventrer deux de leurs serfs pour réchauffer leurs pieds dans leurs entrailles fumantes », en vertu, je viens de vous le dire, de ce fameux droit de prélassement. Voilà. C'est tout.

Pas du tout un bide pour le coup. Des « Berk » et des « Nonnn ? », des « T'es sûr ? » et des « Dégueu… » lui réchauffèrent le cœur tout aussi efficacement…

— Bon, allez, annonça Kate, on ne fera pas mieux ce soir… Time to go to bed…

On commençait déjà à s'énerver contre les fermetures Éclair quand une protestation ténue les stupéfia tous :

— Moi aussi j'ai une histoire…

Non, pas stupéfia. Statufia.

Sam, toujours aussi classieux, dit en plaisantant pour alléger l'instant :

– T'es sûre qu'elle est horrible, ton histoire, Nedra ?

Elle hocha la tête.

– Parce que si c'est pas le cas, ajouta-t-il, tu ferais mieux de te taire pour une fois…

Les rires qui suivirent lui donnèrent l'envie de continuer.

Charles regardait Kate.

Comment avait-elle dit l'autre nuit ?

Numb.

She was numb.

Numb et toute creusée de fossettes aux aguets.

– C'est l'histoire d'un verdfekrr…

– Hein ?

– Quoi ?

– Parle plus fort Nedra !

Le feu, les chiens, les rapaces, le vent même, étaient suspendus à ses lèvres.

Se racla la gorge :

– D'un, hum… D'un ver de terre…

Kate s'était agenouillée.

– Alors euh… Un matin, il sort et il voit un autre ver de terre. Il lui dit : Il fait beau, hein ? Mais l'autre ne répond rien. Il répète : Il fait beau, hein ?! Toujours pas de réponse…

C'était coton parce qu'elle parlait de plus en plus bas et personne n'osait l'interrompre…

– Vous habitez par ici ? continua-t-il en se tortillant tout gêné mais l'autre restait muet, alors le ver de terre énervé retourne dans son trou en disant : Oh zut j'ai encoreleramakeu.

– Quoi ? protesta l'assemblée frustrée. Articule, Nedra ! On n'a rien compris ! Qu'est-ce qu'il a dit ?

Releva la tête, laissa voir une petite moue confuse, sortit de sa bouche la mèche de cheveux qu'elle mâchonnait en même temps que ses mots et répéta vaillamment :

– Oh zut ! J'ai encore parlé à ma queue…

C'était très mignon parce que les autres ne savaient pas s'ils devaient sourire ou faire semblant d'être horrifiés.

Pour rompre ce silence, Charles applaudit très doucement. Tous l'imitèrent mais à s'en faire péter les phalanges. Du coup les chiens réveillés en sursaut commencèrent à aboyer, du coup Ramon se mit à braire, du coup tous les ânes du campement le prièrent de se taire. Des jurons, des clameurs, d'autres jappements, des claquements de fouets, des bruits de tôle montèrent de toutes parts et la nuit entière célébra la courtoisie d'un lombric.

Kate était trop émue pour se joindre à cette ola.

Bien plus tard, Charles ouvrirait un œil pour s'assurer que les coyotes n'étaient pas à la porte, chercherait son visage de l'autre côté des cendres, essaierait de discerner ses paupières, les verrait se fendre et le remercier à leur tour.

Peut-être l'avait-il rêvé... Peu importe, se renfonça dans ses plumes hima-layennes en souriant de bonheur.

Avait dû croire un jour qu'il bâtirait de grandes choses et serait reconnu par ses pairs, mais les seuls édifices qui compte-raient vraiment dans sa vie, il fallait s'y résoudre, c'étaient des maisons pour les poupées...

***

Pour une raison encore inexpliquée à ce jour, Ramon ne franchit jamais le dernier gué juste avant la ligne d'arrivée. Celle-là même dans laquelle il avait barboté dix fois déjà...

Que s'était-il passé ? On l'ignore. Peut-être qu'une lentille d'eau avait dérivé ou qu'une grenouille facétieuse lui avait fait un pied de nez... Toujours est-il qu'il s'immobilisa à quelques mètres du titre et attendit que tous les autres soient passés pour daigner les suivre.

Dieu sait qu'il avait été bichonné pourtant... Les filles l'avaient brossé, peigné, lustré et flatté toute la matinée « c'est bon, là... avait maugréé Samuel, c'est pas une Polly Pocket non plus...».

On n'avait pas sorti la banderole, on n'avait pas pris de photos ni mis de lunettes de soleil pour éviter tout reflet fâcheux, on l'avait encouragé avec prudence et serré les fesses douloureusement mais en vain... Avait préféré donner une leçon à son maître... Ce qui était important, c'était de bien travailler à l'école, pas de jouer aux petites voitures entre deux obstacles à la con...

Son maître qui portait pour l'occasion le frac de son arrière-grand-père et était le seul de tous les concurrents à mener sans fouet.

Le plus puissant, quoi...

La seule chose qu'il trouva à dire alors

qu'ils se pressaient tous à son chevet, plus désolés les uns que les autres, ce fut :

– *Je m'en doutais. C'est un émotif… Hein, mon trésor? Allez, viens, on se casse…*

– *Et ta récompense? s'inquiéta Yacine.*

– *Bah… Va la chercher, toi… Kate?*

– *Oui.*

– Thanks for the great support. I appreciate.

– You are welcome, darling.

– And it was a fantastic evening, right?

– Yes really fantastic. Today I feel like we're all champions, you know…

– We sure are.

– *Qu'est-ce qu'ils disent? demanda Yacine.*

– *Qu'on est des champions, lui répondit Alice.*

– *Des champions de quoi?*

– *Ben d'ânes, tiens!*

Charles se proposa de rentrer avec lui. C'était gentil, mais il était trop lourd… Et puis il avait envie d'être un peu seul…

Il adorait ce môme. S'il avait eu un garçon, aurait choisi exactement le même modèle…

Le dessin qui suit est le seul qui ne soit pas terminé.

Et il y a des cheveux tout le long de la pliure…

Quand il rangerait son carnet dans son cartable après avoir tout empaqueté, son premier réflexe serait de souffler dessus pour les chasser et puis non, les enferme-rait là pour toujours.

Comme marque-page.

De celle qu'il avait tournée.

Avait passé la matinée, et toute la journée de la veille, avec Yacine, et obsédé par la construction d'un Patator. Il avait fallu retourner chez BricoTruc une deuxième fois (no comment) parce qu'un tube en PVC ne convenait plus. Maintenant il en fallait un en métal.

Pour le Patator chimique… Celui qui pouvait envoyer un morceau de patate jusqu'à Saturne à condition que la réaction Coca/Mentos soit au point (avec celle bicarbonate de soude/vinaigre on n'allait que jusqu'à la Lune, c'était beaucoup moins drôle…).

Dieu sait que ça les avait occupés, ce truc-là… Il avait fallu piquer des pommes de terre en douce à René, rendre à Kate son super vinaigre de Modène et se faire engueuler encore en plus alors qu'il ne valait pas tripette, retourner dare-dare à la boulangerie parce que ces crétines de filles avaient bouffé tous les Mentos, empêcher Sam de boire le Coca, prier Freaky de recracher la valve qu'il était en train de mâchouiller, faire des tas de tests, retourner à l'épicerie acheter une canette parce que les grandes bouteilles ne donnaient pas assez de gaz, écarter tout le monde, courir à la rivière se rincer les mains parce qu'elles étaient trop poisseuses pour resserrer le bouchon, retourner une quatrième fois chez l'épicière qui commençait à avoir des doutes (quoique… il y avait bien longtemps qu'elle ne se faisait plus d'illusions sur la santé mentale de cette maison…), parce que le Coca light, ça devrait marcher mieux que le Coca normal et…

– Tu sais, je crois que c'est plus simple de construire un mall en Russie avec Sergueï Pavlovitch, mon petit Yacine... finit par soupirer Charles.

Là, ils reviennent penauds vers la maison. Auraient pu faire dix kilos de frites avec tout ce qu'ils venaient de gâcher et doivent encore vérifier un truc sur Internet.

Kate était en train de couper les cheveux de Sam dans la cour.
– Yacine, c'est ton tour après...
– Mais... On n'a pas fini notre Patator...
– Justement, fit-elle en se redressant, avec cette tignasse en moins, t'auras les idées plus claires... Et puis laisse Charles un peu tranquille...

Il avait souri. N'osait pas le dire mais commençait à avoir deux grosses patates sous la pomme d'Adam... Était allé chercher son carnet, une deuxième chaise, et s'assit près d'eux pour les croquer.
Yacine se fit ratiboiser, les filles égaliser, raccourcir ou dégrader selon l'humeur et la dernière tendance en cours aux Vesperies, et des mèches de

toutes tailles, et de toutes les nuances, tombaient dans la poussière.

– Vous savez tout faire, s'émerveilla-t-il.

– Presque tout…

Quand Nedra se releva, la coiffeuse secoua son grand torchon-cape et se tourna vers celui qui les crayonnait :

– Et vous ?

– Moi quoi ? répondit-il sans lever la tête.

– Vous ne voulez pas que je vous coupe les cheveux à vous aussi ?

Sujet sensible. Sa mine cassa net.

– Vous savez, Charles, reprit-elle, je n'ai pas beaucoup de principes ou de théories en ce bas monde… Oui, vous le savez… vous nous avez vus vivre… Et pour ce qui est des hommes, encore moins hélas… Mais il y a une chose dont je suis absolument certaine…

Cliquait sur son Rotring comme un dément.

– Moins un homme a de cheveux, moins il doit en avoir…

– Par… pardon ? s'étrangla-t-il.

– Rasez tout ! rit-elle. Débarrassez-vous de ce problème une bonne fois pour toutes !

– *Vous croyez ?*

– *J'en suis sûre.*

– *Et euh… Vous savez, ce truc de virilité, là… Quand Dalila rase Samson, il perd toute sa puissance et les scalps et…*

– Come on, Charlie ! *Vous serez mille fois plus sexy !*

– *Bon… Si vous le dites…*

Malheur… Vingt ans qu'il veillait sur sa chétive toison comme une maman poule et voilà que cette fille allait tout ruiner en deux minutes…

Se dirigeait vers le billot quand il entendit ces mots prononcés chirurgicalement *:*

– *Sam, tondeuse.*

Misère.

– *Kate, laissez-moi tourner la chaise vers la statue du faune… Que je dessine ses jolies boucles pour me consoler…*

Son associé revint avec la mallette de torture et les enfants s'en donnèrent à cœur joie en sortant les différentes tailles de sabots :

– *Tu lui fais à combien ? À cinq millimètres ?*

– *Nan, c'est beaucoup trop long. Fais-lui à deux…*

– T'es fou, il va avoir l'air d'un skin! Prends la trois, Kate…

Le condamné ne pipait mot mais n'eut aucun mal à reproduire le gentil sourire narquois du satyre qui lui tenait tête.

Traça ensuite la ligne de son cou, alla jusqu'aux lichens de ses… Ferma les yeux.

Sentait son ventre contre ses omoplates, s'y appuya le plus discrètement possible, baissait le menton tandis que ses mains l'effleuraient, le tâtonnaient, le touchaient, le caressaient, l'époussetaient, le lissaient, le pressaient. Fut si troublé qu'il ramena son carnet plus haut sur ses cuisses et continuait de garder les yeux bien clos sans plus se soucier du bruit de la machine.

Aurait voulu que son crâne n'en finisse pas et était prêt à perdre toute la virilité du monde pourvu que cette crampe délicieuse dure toujours.

Elle posa la tondeuse et reprit sa paire de ciseaux pour le finir en beauté. Et, pendant qu'elle était ainsi devant lui, concentrée sur la longueur de ses pattes, et qu'elle se penchait, lui prêtant *au passage sa chaleur, son odeur, son parfum, il avança la main jusqu'à sa hanche…*

– Je vous ai fait mal? s'inquiéta-t-elle en reculant d'un pas.

Rouvrit les yeux, comprit que son public était toujours là, les plus petits du moins, qui attendaient de voir sa réaction quand il se croiserait de nouveau et décida que l'heure était venue d'assurer un ultime point d'ancrage avant de lancer sa dernière corde :

– Kate?

– J'ai presque fini, ne vous inquiétez pas…

– Non. Ne finissez jamais. Pardon, ce n'est pas ce que je voulais dire… J'ai réfléchi à quelque chose, vous savez…

Elle était de nouveau derrière lui et lui rasait la nuque avec un coupe-chou.

– Je vous écoute…

– Euh… Vous ne voulez pas arrêter deux minutes, là?

– Vous avez peur que je vous égorge?

– Oui.

– Oh God… Qu'avez-vous à me dire?

– Eh bien… J'habiterai seul avec Mathilde à partir de la rentrée et je me disais que…

– Que quoi?

– Que si Sam était vraiment trop malheureux en pension, je pouvais le prendre, moi...

La lame se tut.

– Vous savez, continua-t-il, j'ai la chance d'habiter un quartier plein d'excellents lycées et...

– Pourquoi « à partir de la rentrée » ?

– Parce que c'est... C'est la fin de l'histoire qui se trouve dans la bouteille de Port Ellen...

La lame reprit son tour de chauffe.

– Mais vous... Vous avez de la place pour lui ?

– Une très jolie chambre avec du parquet, des moulures, et même une cheminée...

– Ah ?

– Oui...

– Vous lui en avez parlé ?

– Bien sûr.

– Et qu'est-ce qu'il en pense ?

– Il aime l'idée mais il a peur de vous laisser seule... Ce que je comprends d'ailleurs... Pourtant vous le verri...

– Aux vacances ?

– Non, je... je comptais vous le ramener tous les week-ends...

S'immobilisa de nouveau.

– Pardon ?

– Je pourrais l'attendre à la fin des cours le vendredi soir, prendre le train avec lui et acheter une petite voiture que je laisserais à la gare de...

– Mais, l'interrompit-elle, et votre vie alors ?

– Ma vie, ma vie, fit-il semblant de s'agacer, tant pis pour ma vie ! Vous n'avez pas le monopole du sacrifice, vous savez ! Et puis, pour cette histoire d'adoption avec Nedra, je ne veux pas vous faire de peine mais ce serait beaucoup plus facile pour vous si vous pouviez justifier d'une sorte de... présence masculine, même factice, à vos côtés... Je crains que ces gens des administrations ne soient encore très vieux jeu... pour ne pas dire, misogynes...

– Vous croyez ? fit-elle semblant de se désoler.

– Hélas...

– Et vous feriez ça pour elle ?

– Pour elle. Pour lui. Pour moi...

– Pour vous, quoi ?

– Eh bien... Pour le salut de mon âme, j'imagine... Pour être sûr d'aller au paradis avec vous.

Kate reprit son travail en silence pendant que Charles baissait la tête de plus en plus bas en attendant le verdict.

Il ne le voyait pas mais le sourire du bourreau était sur la lame.

— Vous... finit-elle par murmurer, vous ne parlez pas beaucoup mais quand vous vous y mettez, c'est...

— Regrettable ?

— Non. Je ne dirais pas ça...

— Vous diriez quoi ?

De la pointe du torchon lui essuya le cou, souffla doucement et très longuement dans l'interstice de son col, lui fichant des frissons tout le long de l'échine et des cheveux plein le carnet, puis se redressa et déclara :

— Allez la chercher, cette putain de bouteille... Je vous rejoins devant le chenil.

Charles s'éloigna décontenancé pendant qu'elle montait dans la chambre d'Alice.

Mathilde et Sam s'y trouvaient aussi.

— Dites... J'emmène Charles faire un peu de botanique. Je vous confie la maison.

— Vous partez combien de temps ?

— Jusqu'à ce qu'on trouve.

— Que vous trouviez quoi ?

Était déjà en train de descendre les escaliers quatre à quatre pour préparer un panier de survie.

Et pendant qu'elle s'agitait ainsi, ne se souvenant plus où se trouvait la cuisine, ouvrant, retournant, claquant portes et tiroirs, Charles demeurait interdit.

C'était lui, sûrement, mais ne se reconnaissait pas.

Il avait l'air plus vieux, plus jeune, plus viril, plus féminin, plus doux peut-être, et pourtant s'était découvert si rêche sous sa paume... Secoua la tête sans être inquiété par le retombé de ses mèches, leva sa main devant son visage pour se replacer dans une échelle familière, toucha ses tempes, ses paupières, ses lèvres, et tenta de se sourire pour s'aider à s'adopter.

Glissa la bouteille dans l'une des poches de sa veste (comme Bogart dans Sabrina) (mais sans les cheveux donc...), et son carnet dans l'autre.

Lui prit le panier des mains, y coucha la dix-huit ans d'âge et suivit son index :

— Vous voyez le tout petit point gris là-bas ? dit-elle.

– *Je crois…*

– *C'est une loge… Une petite maison pour le repos de ceux qui trimaient dans les champs… Eh bien, c'est là que je vous emmène…*

Se garda bien de lui demander pour quoi faire.

Ne put s'empêcher, elle, de préciser :

– *L'endroit idéal pour monter un dossier d'adoption, si vous voulez mon avis…*

C'est le dernier dessin.
Et c'est sa nuque…
L'endroit d'elle qu'Anouk avait si furtive-
ment touché et qu'il venait, lui, de
caresser pendant des heures.

Il était très tôt, elle dormait encore, était
étendue sur le ventre et, de la minuscule
meurtrière, un rai de lumière lui révélait ce
qu'il s'était désolé de n'avoir pu discerner
dans le noir.
Était encore plus belle que ce que lui en
avait suggéré sa main…

Remonta la couverture jusqu'à ses
épaules et attrapa son carnet.
Délicatement, écarta ses cheveux, s'in-
terdit d'embrasser encore ce point de
beauté de peur de la réveiller et dessina
le plus haut sommet du monde.

Le panier était renversé et la bouteille vide. Lui avait raconté, entre deux étreintes, comment il était arrivé jusqu'à elle. Depuis les parties de billes jusqu'à Mistinguett, retenue entre le bitume et le peu de lui qui palpitait encore ce matin-là...

En lui parlant d'Anouk, de sa famille, de Laurence, de son métier, d'Alexis, de Nounou, lui avoua qu'il l'avait aimée dès la première minute, autour de ce grand feu, et n'avait jamais donné son pantalon à nettoyer pour garder au fond de ses poches, les poussières de bois qu'elle lui avait mises dans la paume en le saluant.

Pas seulement elle, d'ailleurs... Ses enfants aussi... « Ses » avec un « s » pas un « c » parce qu'elle avait beau s'en défendre, si différents soient-ils, étaient tous à son image... Absolument, et merveilleusement, sparky.

Avait cru d'abord qu'il serait trop impressionné, ou ému, pour lui faire l'amour comme il la baisait dans ses rêves, mais il y avait eu ses caresses, ses aveux, ses mots à elle... Les bienfaits de la bouteille et leurs notes de miel, et d'agrumes, à toutes les deux...

Sa vie, son histoire, s'était livré sans retenue et l'avait aimée en conséquence. Honnêtement, chronologiquement. D'abord en adolescent maladroit, puis en étudiant consciencieux, puis en jeune architecte ambitieux, puis en ingénieur inventif, enfin, et ce fut le meilleur, en homme de quarante-sept ans, reposé, tondu, heureux, arrivé à un but lointain qu'il n'avait jamais envisagé, encore moins espéré, et sans aucun autre drapeau à planter que ces milliers de baisers qui, mis bout à bout, formeraient le plus précis des emporte-pièce.

Son corps. À émietter. À grignoter. À bâfrer. Ce serait comme elle voudrait...

Sentit sa main chercher la sienne, referma son carnet et s'assura qu'il ne s'était pas trompé dans les perspectives...

– Kate ?
Il venait d'ouvrir la porte.
– Oui ?
– Ils sont tous là...
– Qui ?
– Tes chiens...
– Bloody Hell...
– Le lama aussi.

– Ooooh… gémirent les couvertures.

– Charles ? reprit-elle dans son dos.
Il était assis dans l'herbe. Croquait une pêche de la couleur du ciel.
– Oui ?
– Ce sera toujours comme ça, tu sais…
– Non. Ce sera mieux.
– On ne sera jamais tranqu…
Ne put finir sa phrase. Croquait une bouche à la saveur de pêche.

12

– Alors...? T'as trouvé un trèfle à quatre feuilles?

– Pourquoi tu me demandes ça?

– Pour rien, se marra Mathilde.

Elle était perchée sur le rebord de la fenêtre.

– Il paraît qu'on repart demain...

– Moi je suis obligé de rentrer mais toi tu peux rester encore quelques jours si tu veux... Kate t'emmènera à la gare...

– Non. Je viens avec toi.

– Et tu... Tu n'as pas changé d'avis?

– À propos de quoi?

– De tes modalités de garde et d'hébergement...

– Non. On verra bien... Je m'adapterai... Je pense que c'est mon père qui va passer à la trappe mais bon... j'suis même pas sûre qu'il s'en rende compte... Quant à Maman... ça nous fera du bien...

Charles laissa ses papiers deux minutes et se tourna vers elle :

– Je ne sais jamais quand tu es sérieuse ou quand tu fanfaronnes... J'ai l'impression que tu encaisses beaucoup de choses en ce moment et je trouve ta gaieté un peu louche...

– Qu'est-ce que tu veux que je fasse ?

– Je ne sais pas... Que tu nous en veuilles...

– Mais je vous en veux *à mort*, je te rassure ! Je vous trouve nuls, égoïstes, décevants. Des adultes, quoi... En plus je suis hyperjalouse... Maintenant t'as plein d'autres enfants que moi et tu seras toujours barré à la campagne... Seulement y a des trucs qu'on peut pas télécharger dans la vie, hein ?

– Et que Sam vienne avec nous, ça t'ennuie ?

– Nan. Il est cool... Et puis je suis trop curieuse de voir ce que ce mec va donner dans la cour d'H4...

– Et si ça se passe mal ?

– Ben comme ça tu te feras des cheveux...

Hi hi hi.

Toute la maisonnée les accompagna jusqu'aux composteurs et Kate n'eut pas besoin de s'enfuir pour lui dire au revoir : il revenait la semaine suivante récupérer son jeune pensionnaire.

Chassa les gosses en leur refilant de la monnaie devant le distributeur de bonbons, attrapa son amoureuse par la nuque et l'emb...

Des « Houuuuuuhh » fusèrent de tous côtés, ferma la bouche pour les faire taire mais Kate la lui rouvrit tout en montrant sa bague à ceux qui l'auraient oubliée.

— Nul, fit Yacine goguenard, dans le livre des records, y a des Américains qui se sont embrassés pendant trente heures et cinquante-neuf minutes sans s'arrêter.

— T'inquiète, monsieur Patate. On va s'entraîner...

13

Charles fit sensation avec sa boule à zéro. Était bronzé, avait grossi, s'était étoffé, se levait tôt, travaillait facilement, proposa à Marc de l'embaucher, assura les inscriptions de Samuel, acheta des lits, des bureaux, laissa les deux chambres aux enfants et s'installa dans le salon.

Dormait, lui, dans un 90 de large et se mortifiait d'avoir tant de place.

Eut une longue conversation avec la mère de Mathilde qui lui souhaita bon courage et lui demanda quand il viendrait récupérer ses livres.

– Alors? Il paraît que tu te lances dans l'élevage intensif?

Ne sut que répondre. Raccrocha.

S'envola à Copenhague et revint par Lisbonne. Commençait à poser les jalons d'une nouvelle carrière de conseiller et de consultant plutôt que de concours, de procédures, et de responsabilités. Continuait de lui écrire des lettres dessinées tous les jours et lui apprit à répondre au téléphone.

Ce soir-là, c'est Hattie qui décrocha :

– C'est Charles, ça va ?

– Non.

C'était la première fois qu'il entendait cette fofolle se plaindre.

– Que se passe-t-il ?

– Le Grand Chien est en train de mourir...

– Kate est là ?

– Non.

– Elle est où ?

– Je ne sais pas.

Annula ses rendez-vous, emprunta sa voiture à Marc et la trouva, au milieu de la nuit, recroquevillée devant ses fours.

L'autre n'était qu'un râle.

Vint derrière elle et l'enlaça. Elle toucha ses mains sans se retourner :

– Sam va partir, toi tu ne seras jamais là et lui qui m'abandonne aussi...

– Je suis là. C'est moi, derrière toi.

– Je sais, pardon...

– ...

– Il faudra l'emmener chez le véto demain…

– J'irai.

La serra si fort dans ses bras cette nuit-là qu'il lui fit mal.

C'était exprès. Elle ne voulait pas, disait-elle, pleurer pour un chien.

Charles regarda la seringue se vider en pensant à Anouk, sentit sa truffe sèche mourir dans le creux de sa paume et laissa Samuel le porter jusqu'à la voiture.

Samuel qui pleurait comme un bébé et lui racontait encore le jour où il avait sauvé Alice de la noyade… Et le jour où il avait bouffé tous les confits de canard… Et le jour où il avait bouffé tous les canards… Et toutes ces nuits qu'il avait veillé sur eux et dormi devant la porte quand ils campaient dans le salon pour les protéger des courants d'air…

– Ça va être dur pour Kate, murmura-t-il.

– On s'occupera d'elle…

Silence.

Comme Mathilde, ce garçon ne se faisait pas beaucoup d'illusions sur le monde des adultes…

S'il avait été moins triste, Charles le lui aurait dit. Qu'il était tout à la fois une personne physique, et morale, soumise au joug de la responsabilité décennale. Le lui aurait dit en riant bien sûr et aurait ajouté qu'il était prêt à maçonner leur pont tous les dix ans pour les empêcher de dériver loin de lui.

Mais Sam se retournait sans cesse pour s'assurer que le grand Totem de son enfance était confortablement installé à l'arrière avant de se moucher dans la chemise d'un père qu'il avait à peine connu.

Par décence donc, se tut.

Ils creusèrent le trou ensemble pendant que les filles lui écrivaient des poèmes.

C'est Kate qui avait choisi l'emplacement.

– Couchons-le sur la colline, comme ça il continuera de nous… pardon, pleurait-elle, pardon…

Tous les gamins de l'été étaient là. Tous. Et René aussi, qui avait mis une veste pour l'occasion.

Alice lut un petit texte très émouvant qui disait à peu près tu nous en as bien fait voir, mais nous ne t'oublierons jamais tu sais… Puis ce fut le tour de…

Se retournèrent. Alexis et ses enfants grimpaient à leur rencontre.

Alexis. Ses enfants. Et sa trompette.

… le tour de Harriet. Qui ne put aller au bout de son compliment. Le replia et cracha entre deux sanglots : Je déteste la mort.

Les gamins lancèrent des morceaux de sucre dans le trou avant que Samuel et Charles ne le rebouchent et, pendant qu'ils étaient tous les deux arc-boutés sur leurs pelles, Alexis Le Men joua.

Charles, qui jusque-là, avait respecté et compris leur émotion sans la partager, cessa son travail de fossoyeur.

Porta sa main à son visage.

Des gouttes de… de transpiration lui brouillaient la vue.

Ne se souvenait plus qu'Alexis pleurait ainsi.

Quel concert…

Pour eux tout seuls…

Un soir de fin d'été…

Sous les derniers vols d'hirondelles…

En haut d'une colline qui dominait, d'un versant, un pays somptueux et de l'autre, une ferme réchappée de la Terreur…

Le musicien gardait les yeux fermés et se balançait doucement d'avant en arrière comme si ses accords lui renvoyaient son propre souffle avant d'aller se perdre dans les nuées.

Le bras d'honneur. La ballade. Le solo d'un homme qui n'avait plus dû jouer depuis ses années de petites cuillères chauffées à la flamme et se servait d'un vieux chien pour pleurer toutes les morts de sa vie...
Oui.
Quel concert...

– Qu'est-ce que c'était? lui demanda Charles alors qu'ils redescendaient tous à la queue leu leu.
– Je ne sais pas... *Requiem pour un sagouin qui m'a ruiné deux bas de pantalon*...
– Tu veux dire que...
– Oh là, oui! Je balisais bien trop pour ne pas improviser!
Charles, pensif, le suivit encore quelques mètres puis toqua à son épaule :
– Oui?
– Bienvenue, Alex, bienvenue...
L'autre lui ficha une bourrade dans sa côte fragile.

Histoire de lui apprendre à ne pas sortir les violons quand on avait une oreille aussi nulle.

– Bien sûr, vous restez dîner tous les trois… déclara Kate.
– Merci, mais non. Je dois…
Croisa le regard de son ancien voisin, fit une petite grimace et reprit plus gaiement :
– Je dois… téléphoner !
Charles reconnut ce sourire, c'était celui qu'il avait quand il allait tirer et exploser du même coup, le super calot de Pascal Brounier…

Rejoua pour les yeux rouges ce soir-là. Toutes les conneries de leur enfance et les mille et une façons qu'ils avaient d'emmerder Nounou.
– Et *La Strada* ? demanda Charles.
– Une autre fois…

Ils étaient devant les voitures.
– Tu repars quand ? s'inquiéta Alexis.
– Demain à l'aube.
– Déjà ?
– Oui, là, je suis juste venu pour…
Allait dire une urgence.
– … la révélation d'un jeune talent…

867

– Et tu reviens quand?

– Vendredi soir.

– Est-ce que tu pourras passer à la maison? Je voudrais te montrer un truc…

– OK.

– *Allez, zou!*

– Tu l'as dit…

Kate ne comprit pas les derniers mots qu'il lui murmura dans le creux de l'oreille.

Qu'est-ce que tu fais? Tu me fais de l'effet? Tu es une fée?

Non. Ce devait être autre chose. Les fées n'ont pas des mains aussi moches…

14

Ainsi se trouva de nouveau devant l'interphone du 8 Clos des Ormes...

Dieu que ça le gonflait de perdre son peu de temps des Vesperies dans cette maison de merde...

– J'arrive ! répondit Alexis.

Génial. N'aurait pas besoin de mettre les patins et de se fader la patineuse.

Lucas lui sauta au cou.

– On va où ? demanda Charles.

– Suis-moi.

– Voilà...

– Voilà quoi ?

Ils étaient tous les trois au milieu du cimetière.

Et comme Alexis ne répondait pas, lui signifia qu'il avait compris :

– Écoute, c'est parfait. Là, elle sera exactement entre ta maison et celle de Kate. Quand elle aura besoin de calme, elle viendra chez toi et quand elle aura envie de folklore, elle ira là-bas.

– Oh, je sais bien où elle ira…

Charles, qui trouvait ce sourire un peu triste, le lui rendit.

– Pas de problème, reprit-il en relevant la tête, moi, le folklore, j'en ai eu ma dose…

Ils cherchaient Lucas qui jouait à cache-cache avec les morts.

– Tu sais je… J'étais sincère quand tu m'as appelé la première fois… Et je continue de penser que…

Charles lui fit signe que c'était bon, qu'il n'avait pas besoin de se justifier, que…

– Et puis quand j'ai vu tout ce qu'ils faisaient pour leur clebs, là… je…

– Balande ?

– J'aimerais que tu fasses le voyage avec moi…

Son ami acquiesça.

***

Plus tard, en longeant la route :

– Dis-moi… C'est du sérieux avec Kate ?

– Non, non. Pas du tout. Je vais juste l'épouser et adopter tous ses gamins. Et le cheptel avec pendant que j'y suis… Je prendrai le lama comme demoiselle d'honneur.

Reconnut ce rire.

Au bout de quelques pas silencieux :

– Tu ne trouves pas qu'elle ressemble à Maman ?

– Non, se protégea Charles.

– Si… Moi je trouve que si. C'est la même. En plus solide…

15

Charles alla le chercher à la gare et ils se rendirent directement à la déchetterie.

Étaient tous deux vêtus d'une chemise blanche et d'une veste claire.

Quand ils arrivèrent, deux gros types étaient déjà en train de la desceller.

Les mains derrière le dos et sans échanger la moindre parole, les observèrent remonter son cercueil à la surface. Alexis pleurait, Charles non. Se souvenait de ce qu'il avait été vérifier dans son dictionnaire la veille :

Exhumer, v.tr. Tirer de l'oubli, rappeler.

Les cravatés des pompes funèbres prirent la suite des opérations. La portèrent jusqu'au camion et refermèrent leurs deux portes sur eux trois.

Étaient assis l'un en face de l'autre et séparés par une drôle de table basse en sapin…

– Si j'avais su, j'aurais amené un jeu de cartes, plaisanta Alexis.

– Pitié, non… Elle aurait été encore capable de tricher!

Sur les dos-d'âne et dans les tournants, posaient instinctivement la main sur celle qui était sanglée et archi-sanglée pour l'empêcher de glisser. Et, une fois qu'elles s'y trouvaient, leurs mains, les y laissaient longtemps et prenaient prétexte de suivre les dessins des nœuds du bois pour la caresser en douce.

Se parlèrent peu et de sujets sans intérêt. Leur métier, leurs problèmes de dos, de dents, la différence de prix entre un bridge des villes et un bridge des champs, la voiture que Charles devait acheter, les meilleurs garages d'occasions, l'abonnement au parking de la gare et cette fissure dans sa cage d'escalier… Ce qu'en avait dit l'expert et le modèle de lettre que Charles lui refilerait pour les assurances.

Ni l'un ni l'autre, c'était manifeste, n'avaient envie d'exhumer autre chose que le corps de celle qui les avait tant aimés.

À un moment, quand même, et il fallait que ce soit lui parce que c'était toujours lui qui assurait l'ambiance et tamisait les éclairages, évoquèrent le souvenir de Nounou.

Non. Pas le souvenir. La présence plutôt. La vitalité, l'entrain de ce petit bonhomme emperlousé qui leur apportait toujours un pain au chocolat à la sortie de l'école :

– Nounou... On en a ras le bol des pains au chocolat... Tu veux pas nous prendre autre chose, la prochaine fois ?

– Et le mythe, mes bichons ? Et le mythe ? répondait-il en époussetant leurs cols. Si je vous prends autre chose, vous finirez par m'oublier alors que là, vous verrez, je vous laisse des miettes pour votre vie entière !

Ils voyaient.

– Un jour, on devrait aller le voir avec les enfants, s'égaya Alexis.

– Pff... soupira Charles en forçant sur le « pff » (il était très mauvais comédien), tu sais où il est, toi ?

– Non... Mais on pourrait demander à...

– À qui ? rétorqua-t-il fataliste.
À l'Amicale des Vieilles Rosettes ?

– Comment il s'appelait déjà…

– Gigi Rubirosa.

– Putain, c'est ça… Et tu t'en souviens ?

– Non justement. Je cherchais depuis ta lettre et ça vient de me revenir à l'instant.

– Et l'autre… Son vrai nom ?

– Je ne l'ai jamais su…

– Gigi… murmura Alexis rêveur, Gigi Rubirosa…

– Oui, Gigi Rubirosa, le grand copain d'Orlanda Marshall et de Jackie la Moule…

– Comment tu te souviens de tout ça ?

– Je n'oublie rien. Hélas.

Silence.

– Enfin… Rien de ce qui mérite d'être retenu…

Silence.

– Charles… murmura l'ancien junkie.

– Tais-toi.

– Il faudra bien que ça sorte pourtant…

– OK mais un autre jour, hein ? Chacun son tour… C'est vrai, ça, fit-il semblant de s'énerver, faites chier les Le Men avec vos psychodrames à la fin ! Ça fait quarante ans que ça dure ! Et le repos des vivants, alors ??!

Souleva son cartable. Après une demi-seconde d'hésitation, le posa devant lui, sortit ses dossiers et prouva à Anouk, en s'appuyant sur elle, que non, tou vois yé né pas changé, yé souis toujours cé jeune homme étranger qui etc.

Nounou aurait adoré cette chanson...

Et les modes d'emploi, regarde, se ramassent toujours à la pelle... Les souvenirs et les regrets aussi... *Et la vie sépare ceux qui...* nin nin nin... *Tout doucement, sans faire de bruit...*

Cora Vaucaire, c'était différent. Il l'avait bien connue...

– Qu'est-ce que tu fredonnes ?

– Des conneries.

***

Il était presque une heure quand ils arrivèrent au village. Alexis proposa aux croque-morts de les inviter à déjeuner à l'épicerie-bistro.

Les autres hésitèrent. Étaient pressés et n'aimaient pas laisser la marchandise au soleil.

– Allez... Vite fait... insista-t-il.

– Rien qu'un croque-monsieur, ricana Charles.

– Tu veux dire un croque-madame, le reprit Alexis.

Et se marrèrent comme les deux jeunes cons qu'ils n'avaient jamais cessé d'être.

La dernière gorgée de bière bue, retournèrent à leurs cordes.

***

Quand elle fut de nouveau au frais, Alexis se rapprocha du trou, s'immobilisa, baissa la tête et...

– Vous pouvez vous pousser, m'sieur ? le troubla-t-on.

– Pardon ?

– Ben, on est vraiment à la bourre, là... Alors on va mettre l'autre tout de suite, comme ça vous pourrez vous recueillir après...

– L'autre quoi ? sursauta-t-il.

– Ben... L'autre...

Se retourna, découvrit un deuxième cercueil posé sur des trépieds près de la famille Vanneton-Marchanbœuf, tiqua encore et chopa le sourire de son pote :

– Que... Qui c'est ?

– Allons… Fais un effort… Tu ne les vois pas, les boas et les froufrous roses autour des poignées?

Alexis craqua et Charles mit très longtemps à le consoler de cette surprise.

– Co… comment t'as fait? bégayait-il pendant que les hommes de l'art remballaient leur matos.

– Je l'ai acheté.

– Hein?

– D'abord je me souvenais très bien de son nom. Il faut dire que j'ai un peu cogité ces derniers mois… Ensuite je suis allé voir son neveu et je l'ai acheté.

– Je ne comprends pas.

– Il n'y a rien à comprendre. On était assis autour d'un verre, on discutait, le Normand n'était pas d'accord, ça le choquait, disait-il, et moi ça me faisait marrer que ces gens qui l'avaient tellement conspué vivant, soient soudain si délicats avec ses asticots… alors je me suis aligné sur leur grossièreté et j'ai sorti mon chéquier.

C'était beau, Alex… C'était grandiose. C'était… comme dans une nouvelle de Maupassant… L'autre crétin essayait de se draper dans la bêtise crasse qui lui tenait lieu de dignité mais au bout d'un moment sa femme s'est avancée et elle a dit : Quand même Jeannot... Y a la chaudière à changer... Et pis qu'est-ce que ça te fait que le Maurice y repose là ou ailleurs, hein? Il les a eus les sacrements... Hé? *Les sacrements...* Sublime, non? Alors j'ai demandé combien ça valait une chaudière neuve. On m'a annoncé une somme et l'ai recopiée sans broncher. À ce prix-là, je pense que je réchauffe tout le Calvados!

Alexis buvait du petit-lait.

– Attends le meilleur... J'avais tout bien rempli, le talon, la date, le lieu, mais au moment de signer, mon stylo s'est relevé :

« Vous savez... vu ce que ça me coûte, il me faut au moins... Long silence... six photos. » « Pardon? » « Je veux six photos de Nou... de Maurice, répétais-je, c'est ça ou rien. »

T'aurais vu le branle-bas de combat là-dedans... On n'en trouvait que trois! Il fallait qu'on appelle tante Machine! Qui n'en avait qu'une! Mais p't'êt ben que la Bernadette, elle en avait aussi! Le fils a filé dare-dare chez la Bernadette! Et pendant ce temps-là, on écumait tous les albums en s'énervant sur le papier cristal. Oh... Que c'était bon... Pour une fois, c'est moi qui lui en donnais du spectacle... Enfin, bref...

Sortit une enveloppe de sa poche :

– Les voilà... Tu verras comme il est mignon... Bien sûr, celle où on le reconnaît le mieux c'est bébé, et à poil, sur une peau de bête... Là oui, là tu sens qu'il est bien dans son élément !

Alexis les égrenait en souriant :

– T'en veux pas une, toi ?

– Non... Garde-les...

– Pourquoi ?

– C'est ta seule famille...

– ...

– Et à Anouk aussi, d'ailleurs... C'est pour ça que je suis allé le chercher...

– Je... reprit-il en se frottant le nez, je ne sais pas quoi te dire, Charles...

– Ne dis rien. C'est pour moi que je l'ai fait.

Puis plongea brusquement en avant et fit semblant de renouer l'un des lacets.

Alexis venait de le prendre par l'épaule « à la frères d'armes » et cette accolade l'avait importuné.

C'était pour lui, ce rachat. Le reste, leur complicité, n'était plus de ce monde.

Comme ce dernier s'étonnait de le voir s'éloigner vers le corbillard, l'interpella :

– Où tu vas ?

– Je repars avec eux.

– Mais... Et...

Charles n'eut pas le courage d'écouter la fin de sa phrase. Il avait une réunion de chantier le lendemain à sept heures et n'aurait pas assez de la nuit pour la préparer convenablement.

Il se cala près des deux charognards et, alors que le panneau *Les Marzeray* barré d'une croix rouge disparaissait sur sa droite, connut, éprouva, le seul chagrin de la journée.

Être venu si près d'elle et ne pas l'avoir embrassée, c'était... mortifiant.

Heureusement ses compagnons de voyage se révélèrent être de fameux boute-en-train.

Commencèrent par raccourcir leurs mines de circonstance, desserrèrent la cravate, tombèrent la veste, enfin se lâchèrent carrément. Racontèrent à leur passager des tas de blagues plus glauques et plus salaces les unes que les autres.

Les morts qui pètent, les portables qui sonnent, les maîtresses cachées qui se révèlent avec le goupillon, les dernières volontés de certains feu farceurs qui, sic, les avaient « franchement tués », les réactions de vivants déjantés qui vous feraient des putain d'anecdotes pour la retraite et tout ce que l'on peut évoquer encore de si mortellement désopilant.

La source des anecdotes tarie, *Les Grosses Têtes* prirent le relais.

Grasses. Couillues. Au poil.

Charles, qui avait accepté l'une de leurs cigarettes, profita de ce qu'il lançait son mégot par la fenêtre pour jeter son brassard avec.

Ricana, demanda à Jean-Claude de monter le son, quitta le deuil et se concentra sur la nouvelle question de madame Belpert.

De Loches.

16

La scène se déroule à la mi-septembre. Le week-end précédent, il avait cueilli deux kilos de mûres, recouvert vingt-quatre livres de classe (vingt-quatre!) et aidé Kate à parer les pieds de la chèvre. Claire était venue avec lui et avait pris la place de *Dad* devant les bassines de cuivre en tchatchant pendant des heures avec Yacine.

La veille, était tombée raide dingue du maréchal-ferrant et sentait qu'elle allait se reconvertir et faire plutôt Lady Chatterley comme métier.

— Vous avez vu ce torse sous le tablier de cuir? langoura-t-elle jusqu'au soir. Kate? Tu l'as vu?

— Laisse tomber. Il a un marteau dans la tête...

— Comment tu le sais? T'as testé?

Attendit que son frère soit dans la

pièce d'à côté pour lui grimacer que oui, elle avait fait l'enclume autrefois...

— Ouais mais quand même, soupirait la baveuse, ce torse...

Quelques heures plus tard, et sur des oreillers bienheureux, Kate demanderait à Charles s'il allait passer l'hiver.

— Je ne comprends pas le sens de ta question...

— Alors oublie-la, murmura-t-elle en se retournant et en lui rendant son bras pour pouvoir se coucher sur le ventre.

— Kate ?

— Oui ?

— C'est une expression ambiguë en français...

— ...

— Que crains-tu, mon amour ? Moi ? Le froid ? Ou le temps ?

— Tout.

Pour seule réponse, la caressa longuement.
Les cheveux, le dos, le *bottom*.
Ne se battait plus avec les mots.
Il n'y avait rien à dire.
La faire gémir encore.
Et l'endormir.

Là, il était à son bureau et essayait de comprendre les résultats graphiques de l'analyse des arcs soumis à des charges inégales provoqu...

– Qu'est-ce que c'est que ce bordel? surgit Philippe de sa boîte en lui tendant une liasse de papiers.

– Je ne sais pas, répondit-il sans quitter son écran des yeux, mais tu vas me le dire...

– La confirmation d'une inscription à un concours de merde pour faire une salle des fêtes merdique, à Pétaouchnoque-les-Merdillons! Voilà ce que c'est!

– Elle va pas être merdique du tout, ma salle des fêtes, répliqua-t-il calmement en se penchant sur sa tablette graphique.

– Charles... C'est *quoi* ce délire? J'apprends que tu étais au Danemark la semaine dernière, que tu vas peut-être re-bosser pour le vieux Siza, et maintenant ce...

Son carton de ball-trap figea ses écrans, roula en arrière et attrapa sa veste :

– Tu as le temps de boire un café?

– Non.

– Alors trouve-le.

885

Et comme l'autre se dirigeait vers leur kitchenette, ajouta :

– Non, pas ici. Descendons. J'ai deux-trois trucs à te dire...

– De quoi tu veux me parler encore ? soupira son associé dans les escaliers.

– De notre contrat de mariage.

***

Cinq tasses vides les séparaient à présent.

Bien sûr, Charles ne lui avait pas raconté comme c'était chaud de tenir les cornes d'une chèvre épouvantée pendant qu'on la manucurait mais assez tout de même pour que son équipier réalisât sur quelle drôle d'arche il avait embarqué.

Silence.

– Mais... Que... Qu'est-ce que t'es allé faire dans cette galère ?

– Me mettre au sec, sourit Charles.

Silence.

– Tu le connais, le dicton sur la campagne ?

– Vas-y...

– « La journée, tu t'ennuies et la nuit, tu as peur. »

Souriait toujours. Voyait mal comment l'on pouvait s'ennuyer une seule seconde dans cette maison et ce que l'on pouvait craindre, quand on avait la chance de dormir dans les bras d'une super héroïne...
Aux seins si jolis...

– Et toi, tu ne dis rien, reprit-il accablé, t'es là, à sourire comme un con...
– ...
– Tu vas te faire chier.
– Non.
– Bien sûr que si... Là, t'es sur ton petit nuage parce que t'es amoureux, mais... enfin, merde! On la connaît un peu, la vie, non?
(Philippe était en train de consommer son troisième divorce.)
– Ben non... Moi je la connaissais pas justement...
Silence.
– Hé! reprit Charles en lui tapant sur l'épaule, je te donne pas mon préavis, je suis juste en train de t'annoncer que je vais travailler différemment...
Silence.
– Et tout ce chambardement pour une femme que tu connais à peine, qui vit à cinq cents bornes, qui a déjà cinq

gamins tout esquintés et qui porte des chaussettes en poils de bique, c'est ça ?

— On ne saurait mieux résumer la situation…

Silence bien plus long encore.

— Tu veux que je te dise, Balanda…

(Ah… Ce petit ton paternaliste d'enculeur de mouches au vinaigre… Odieux…)

Son associé qui s'était retourné pour capter l'attention d'un garçon, revint à ses points de suspension et lâcha :

— C'est un beau projet.

Et, pendant qu'il lui tenait la porte :

— Dis donc… Tu sentirais pas un peu la bouse de vache, toi ?

888

17

Pour la première fois, son père n'était pas venu les accueillir à la grille.

Charles le trouva dans la cave et complètement perdu parce qu'il ne se souvenait plus de ce qu'il était venu y chercher.

L'embrassa et l'aida à remonter.

Fut plus peiné encore en le découvrant sous la lumière des appliques. Ses traits, sa peau avaient changé.

Sa peau s'était épaissie. Avait jauni.

Et puis... s'était tellement coupé pour leur faire honneur...

– La prochaine fois que je viens, je t'offre un rasoir électrique, papa...

– Oh, mon grand... Garde donc tes sous, va...

L'escorta jusqu'à son fauteuil, s'assit en face de lui et le contempla jusqu'à ce qu'il trouve autre chose, de plus encourageant, sur ce visage tailladé.

Henri Balanda, ce prince, sentit cela et fit de grands efforts pour distraire son unique garçon.

Mais, tandis qu'il l'entretenait des potins du jardin et des derniers grands événements de la cuisine, ce dernier ne put s'empêcher de se perdre un peu plus loin.

Ainsi il allait mourir, lui aussi...
On n'en finirait donc jamais?
Pas demain. Avec un peu de chance, pas après-demain non plus, mais enfin...
Les paroles d'Anouk n'avaient pas fini de résonner.
Avait donné Mistinguett à Alexis et ne garderait que cela en mémoire d'elle : la vie.
Ce privilège.

Les piaillements de sa mère le sortirent de ses Sénèqueries de salon :
– Et moi, alors? Tu ne viens pas m'embrasser? Il n'y en a que pour les vieux dans cette maison ou quoi?
Puis, brinquebalant du chignon :
– Miséricorde... Cette coiffure... Je ne m'y ferai jamais... Toi qui avais de si beaux cheveux... Et pourquoi tu ris comme un idiot, là?

– Parce que ce genre de réflexion vaut tous les tests ADN du monde! De si beaux cheveux... Il faut vraiment que tu sois ma mère pour dire des conneries pareilles!

– Si j'étais vraiment ta mère, grinça-t-elle, je te prie de croire que tu ne serais pas aussi grossier à ton âge...

Et la laissa se pendre à ce cou qu'il avait de si bien dégagé derrière les oreilles...

Le dîner à peine terminé, les zigotos remontèrent à l'étage regarder la fin de leur film pendant que Charles aidait l'une à débarrasser, puis l'autre, à classer ses papiers.

Lui promit qu'il reviendrait un soir de la semaine prochaine pour l'aider à remplir sa déclaration.

Disant cela, se promit qu'il reviendrait le voir toutes les semaines de l'année fiscale en cours...

– Tu ne veux pas un petit cognac?

– Je te remercie Papa, mais tu sais bien que je prends la route... Où sont les clefs de ta voiture d'ailleurs?

– Sur la console...

– Charles, ce n'est pas raisonnable de partir à cette heure-là... soupira Mado.

– Ne te fais pas de souci. J'ai deux moulins à paroles dans la boîte à gants...

À propos... Se dirigea vers le couloir et, un pied sur la première marche des escaliers, leur annonça qu'il était temps de partir.

– Ho! Vous m'avez entendu?

Les clefs... La console...

– Et alors? s'étonna-t-il. Qu'est-ce que vous avez fait du miroir?

– On l'a donné à ta sœur aînée, répliqua sa mère depuis les profondeurs de son lave-vaisselle. Elle y tenait beaucoup... Sa part d'héritage en avance...

Charles regardait la tache que ce décrochage avait laissée sur le mur.

C'était là, songea-t-il, songeai-je, que je m'étais perdu de vue il y a presque un an.

Sur ce plateau, que m'attendait la lettre d'Alexis.

Ce n'était plus le regard absent d'un type laminé par quatre syllabes que je fixais là, mais un grand rectangle blanc se détachant de manière presque incongrue sur un fond grisâtre et encrassé.

892

Jamais mon reflet ne me parut plus ressemblant.

– Sam! Mathilde! gueulai-je encore, vous faites ce que vous voulez, mais moi j'y vais!

J'embrassai mes parents et dévalai les marches de leur perron avec la même fébrilité qu'à seize ans, quand je faisais le mur pour aller rejoindre Alexis Le Men.

M'initier au be-bop, à la nicotine, à ce qui traînait encore au fond des bouteilles de celle qui était de nuit ce soir-là, aux filles qui ne restaient jamais très long-temps parce que le jazz, c'était « trop chiant » comme musique, puis l'écouter me pistonner du Charlie Parker jusqu'à plus soif pour nous consoler de leur départ...

Je klaxonne.
Les voisins...
Ma mère doit me maudire...

J'attends encore deux minutes mais après tant pis pour eux.

C'est vrai, quoi! Ils abusent ces deux-là! Je me tape le double de devoirs de maths, le triple de physique, des photos de Ramon dans la cuisine, des couteaux pleins de Nutella et même un commentaire composé sur *Le Neveu de Rameau* à minuit et quart l'autre jeudi !

Je leur rapporte une baguette fraîche tous les soirs et j'essaye de bien équilibrer légumes, protéines et féculents, je retourne leurs poches et sauve des tas de saloperies à chaque fois que je lave leurs jeans, je les supporte quand les portes claquent et qu'ils ne se parlent plus pendant des jours, je les supporte quand les portes se referment et qu'ils ricanent jusqu'à pas d'heure, je me cogne leur musique de merde et me fais engueuler parce que je ne suis pas foutu de distinguer les subtilités entre la techno et la tecktonik, je... Rien de tout cela ne me pèse en vérité, mais qu'ils ne me fassent pas perdre *une seconde* de plus pour aller rejoindre Kate.

Pas une.

Ils ont la vie devant eux, eux...

Et parce que j'ai encore eu la faiblesse de rouler très lentement, les récupère essoufflés et furibards au feu suivant.

Sempiternel refrain, se battent pour savoir lequel des deux aura le droit d'être assis devant.

C'est mon tour.

Nan, c'est le mien.

J'avance encore de quelques centimètres pour finir de les départager. Donnent de grands coups sur la carrosserie, se fichent bien de leurs places à présent, trop occupés qu'ils sont à m'agonir d'injures et me laissent seul avec celle du mort.

— 'tain t'es lourd, Charles!
— Ouais c'est vrai, ça... T'es lourd...
— T'es amoureux ou quoi?

Je souris. Je cherche un truc à leur répondre pour les moucher, ces deux petits crétins, et puis je me dis laisse... c'est la jeunesse...

Et elle est derrière...

Henri Bertaud du Chazaud,
je vous remercie.

Aubin Imprimeur
LIGUGÉ, POITIERS

Achevé d'imprimer en août 2008
Dépôt légal août 2008 / N° d'impression P 72415
Imprimé en France